KB006232

시녀로
살아남기

시녀로 살아남기 3

구름고래비누 장편소설

초판 1쇄 찍은 날 | 2019년 5월 24일
초판 1쇄 펴낸 날 | 2019년 5월 31일

지은이 | 구름고래비누
펴낸이 | 권태완 우천제

편집책임 | 박은정
편집 | 박가연 김효주 천희진 유안진 손혜진

펴낸곳 | (주)케이더블유북스
등록번호 | 제25100-2015-43호
등록일자 | 2015. 5. 4
WFN | 제3-048호

주소 | 서울특별시 구로구 디지털로31길 38-9 에이스테크노타워 1차 401호
전화 | 02-867-4626 팩스 | 02-866-4627
E-mail | cl_production@kwbooks.co.kr

ISBN 979-11-293-3143-4 04810
     979-11-293-3140-3 (set)

시녀로 살아남기

구름고래비누 장편소설

Ⅲ

위즈북

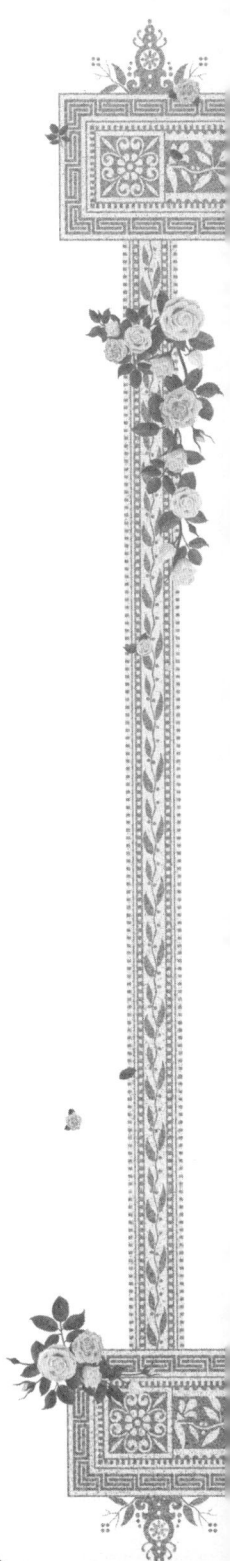

Contents

14장

당신의 말

평소보다 이르게 눈을 떴을 때 미오 경이 없었다. 익숙함이 느껴지는 기상이다. 요새 이 남자가 자주 없다. 혹시나 해서 바로 시엘의 위치를 파악했더니, 침대로 쓰고 있는 요람 한편에서 이불도 마다하고 잠들어 있었다. 낮에는 더워도 새벽엔 추운데 이불이라도 덮어주고 갈 것이지, 미오 경이 정이 없다. 어쩐지 짠해서 이불을 끌어다 시엘의 배를 덮어줬다.

미오 경이 시엘을 두고 어디로 갔을까. 휴가도 쓰지 말고 일하라는 건 아니지만 사람이 말도 없이 사라지는 건 동업자에 대한 예의가 아니지.

"아, 못 들으셨던가요?"

내가 출근 준비를 거의 끝마쳐 갈 때 일어난 시엘이 눈을 비비며 말했다.

"들은 말이 없는데요."

잠이 덜 깨었는지 멍하니 앉아 있던 시엘이 엉금엉금 기어 왔다. 왕자 때문인가 싶어서 자기 발가락을 깨물려고 애쓰는 왕자를 달랑 들어 건넸더니 받으라는 왕자는 안 받고 내 등 뒤로 네발로 느릿느릿 기어갔다. 대신 왕자가 갑자기 신이 나서 내 손에 들린 채로 점프하기 시작했다.

"머리 빗겨 드릴게요."

이미 빗은 머리인데 시엘의 눈에는 부스스해 보였나 보다. 진실을 알려주는 대신에 얌전히 시엘의 손에 빗을 쥐여 주었다. 모든 사람의 머리카락이 다 시엘처럼 자다 일어나도 찰랑찰랑한 건 아니라는 것을 그도 알아야 하는데.

"카펠라가 미오 경에게 검술을 알려주겠다고 했어요."

자다 일어나서인지 약간 목소리가 가라앉은 시엘은 내 머리카락 끝에서부터 아주 천천히 빗어나가기 시작했다. 하, 안 그러면 빗이 안 내려갈 것 같은가 보지?

"마법사님. 이 속도대로라면 전 출근을 못 할 것 같습니다."

"그것도 좋을 것 같군요."

"아뇨, 안 좋아요. 직장인의 기본은 근태라고요."

한 달의 반을 업무 시작 종과 함께 PC 파워 버튼을 눌렀던 입장에서 말하자면, 지각만 안 해도 회사 생활 반은 먹고 들어간다. 하지만 문 열고 나가면 근무지이고, 근무 내용인 왕자가 내게 들려서 발을 구르며 놀고 있는 이 상황에서 출퇴근과 지각을 논하는 것은 의미가 없을 것 같기도 하다.

"그럼 미오 경이 카펠라 공작님의 제자가 된 건가요?"

"그 정도는 아니고 그냥 훈련만요."

"두 분이 그렇게 친한 사이인 줄 몰랐어요. 카펠라 공작님 정도 되는 분은 아무나 훈련시키지 않잖아요."

저번에 봤을 때는 시엘까지 셋이서 오징어처럼 팔다리를 얽고 싸우고 그랬는데, 대체 언제 그 정도로 친해졌대. 미오 경과 시엘도 나 빼고 둘이 술 마시고는 절친 먹는 거 보면 역사는 밤에 이루어지고, 친목질은 내 등 뒤에서 이루어지나 보다.

"그냥 만일을 대비한 훈련일 뿐입니다. 어쨌든 미오 경은 왕자님의 안전을 책임져야 하는 사람이니까요. 그자와 친해서 저러는 건 절대 아닙니다. 아시죠?"

"아, 네."

"저도 미오 경을 훈련시켜 줄 수 있어요. 하지만 그는 마법적 재능이 하나도 없는 사람이라 훈련해도 성과가 없을 겁니다. 저도 미오 경이랑 훈련할 수 있다고요. 할 수 있지만 안 하는 거예요. 그러니까 미오 경을 훈련시켜 준다고 해서 카펠라 놈이 미오 경과 가장 친한 사람인 건 아닙니다."

이렇게 극진히 사랑받는 걸 미오 경도 알아야 하는데 안타깝다.

이제 시엘은 내 머리카락을 땋아 내리기 시작했다. 내가 남의 머리를 땋아준 적은 있어도 남이 내 머리를 땋아준 건 아주 어릴 때 어머니가 땋아주신 것밖에 없어서 좀 어색했다.

"그래도 되게 일찍 나가셨네요."

"카펠라도 바쁜 사람이겠죠."

그러게. 매일 왕궁으로 출근하는 걸 보면 클라인도 일하는 사람이겠지. 클라인이 무위도식하며 불로소득을 얻을 거라고 생각한 건 아니고 그처럼 높은 사람들은 일을 안 한다는 경험적 지식이 있었을 뿐이다. 우리 차장님은 일을 안 했거든. 그쪽은 낙하산이었지만.

"다 되었습니다."

ㄱ 말과 함께 시엘은 내 등 뒤에서 정수리에 입을 맞췄다. 돌아보니까 그는 꽤 뿌듯해 보이는 얼굴로 웃고 있었다.

"마법사님, 이렇게 허락 없이 키스하시면 안 돼요."

"사랑하는 사람끼리는 키스하는 겁니다."

"그건 그렇지만 저희가 연인 사이는 아니잖아요."

"클라인 그자는 아스에게 키스를 하잖아요. 설마 그자와 연인이 된 건 아니죠?"

"음, 뭐. 청혼은 하셨지만 연인은 아니죠."

정말 잊고 싶다, 그 청혼. 클라인 뒤통수를 쇠막대기로 내려쳐서 납치한 다음에, 잊도록 레드썬을 걸고, 나한테도 자가 레드썬을 걸어서 그런 게 있었다는 사실 자체를 지워 버리고 싶다.

"아스, 저와 결혼해 주세요."

자다 일어난 직후인데도 개기름이 안 흐르고, 눈곱도 없고, 머리도 찰랑찰랑한 시엘이 침대 위에서 한쪽 무릎을 꿇고 내게 손을 내밀었다. 아직 이른 아침이라 방 안에 불을 켜지 않았는데, 이 방 안에 있는 모든 빛이 궤도를 꺾어 시엘을 비추고 있는 것처럼 반짝반짝 빛나고 있었다.

"자, 청혼했으니 이제 우린 약혼자입니다."

심장에 두 번째 대못이 박혔다.

"아니, 잠깐. 프러포즈를 이렇게 날로 하는 경우가 어딨어요."

시엘이 방금 박은 대못은 옆으로 누워서 자란 사랑니처럼 클라인이 박은 대못의 고통까지 자극했다. 흑흑, 인생에 도움이 안 되는 두 남자가 내 로망을 아주 아작을 냈다. 애써 잊으려 했던 내 비극적인 첫 번째 프러포즈의 추억에, 이제 되지도 않는 두 번째 프러포즈까지. 아냐, 따지자면 이건 '크면 엄마랑 결혼할 거예요'랑 동급이니까 노카운트를 하자. 좋아, 잊자! 아무도 내 로망을 막을 수 없어.

"그럼 프러포즈는 어떻게 해야 하는 겁니까?"

"일단 꽃을, 바닥에 꽃이 있어야 하고요. 그리고 제게도 꽃을 줘야 해요. 반지도 있어야 하고."

공개 프러포즈는 최악이지만 어디 예쁜 카페를 잠깐 빌리거나 아니면 물소리 시원한 계곡 같은 곳도 괜찮은 것 같다. 아니, 내가 이걸 왜 진지하게 설명하고 있어야 하지? 퍼뜩 정신이 들었는데 시엘이 진지한 얼굴로 꽃과 반지를 번갈아가며 중얼거리고 있었다.

대화는 아주 먼 곳으로 흘러왔고 나는 출근 전부터 이미 퇴근 시간 두 시간 전 정도 되는 피곤이 적립되었지만 화제를 원래대로 돌려야 한다. 하지만 사회적 규칙과 예의범절에 대해 그를 이해시킬 수 있을 만큼 설명할 능력이 내겐 없다. 그래서 어쩔 수 없이 솔직히 말했다.

"머리 안 감았는데 키스하시면 제가 많이 곤란해요. 가끔 안 감는다고요. 이번에는 감았지만. ……사실 자주 안 감거든요."

시엘은 대단히 납득한 얼굴을 했다. 다행이다. 설득을 했어. 하지만 내 존엄성이 많이 떨어진 이 기분은 뭘까.

"날이 밝았는데 마법사님은 출근 안 하세요?"

"오늘은 재택근무입니다."

나도 따지자면 재택근무라 눈을 뜨면 출근이고 눈을 감아야 퇴근인데, 시엘은 이상하게 여유 있어 보인다. 좋겠다, 높으신 분.

왕자를 안고 밖으로 나오니 제법 밝았다. 이 정도면 안나가 날 불러야 하는데 안나의 기척이 없는 게 어째 불안하다.

"안나. 우리 나왔어. 너 어디 있니?"

얼마 전에 우리끼리 왕자 이유식을 만들어야 한다는 이야기를 했었다. 별로 그럴 것 같지 않지만, 만에 하나 부엌에서 안나가 이유식을 만들어보고 있을 수도 있지 않을까? 잠깐 그런 생각을 했지만 역시 그럴 리가 없었다. 안나는 우리가 공용 거실쯤으로 사용하는 아래층 소파에 널브러져 있었다.

"안나?"

안나는 최선을 다해 꿈틀거렸다. 수업 중에 일어나려는 나를 보는 세야의 마음이 이런 거였겠군. 가까이서 본 안나의 얼굴은 열이 올라

새빨갰고 숨도 거칠었다.

"조국의 날씨가…… 미쳤어……."

맞는 말을 하는 걸 봐서 아프긴 해도 제정신인 것 같다.

"뭐야, 감기야? 이 여름에 진짜로?"

"더워서 창문…… 열고 잤는데…… 아니, 어떻게 새벽에 그렇게 추울 수가 있어……."

그랬구나. 나는 시엘이라는 자동 냉난방 장치가 있어서 방에 있을 때 기온 변화를 잘 모르고 사는데, 안나는 그랬구나. 그랬던 거구나. 심심한 위로를 담아 안나를 토닥이려다 깜짝 놀랐다.

"꺅? 안나, 너 열이 장난이 아냐!"

"허억…… 아냐, 버틸 수 있어."

"아냐, 이 정도면 버티지 마. 제발 날 위해 쉬어줘. 난 독박 육아보다 네가 왕자님한테 병을 옮기는 게 더 무서워."

왕자가 내 관리 소홀로 병이 났다고 유르겔을 찾아가 의사를 보내달라고 부탁하는 광경은 상상만 해도 싫다. 몇 번이나 설득한 끝에 안나는 물린 지 45년쯤 된 좀비처럼 느리고 지친 동작으로 겨우 방 안으로 돌아갔다.

"왕자님, 우리도 돌아갈래요? 응? 시엘 보러 갈래요?"

나는 이렇게 출근하자마자 퇴근하게 되었다. 안나도 없는데 굳이 1층에 있을 이유가 없으니 내 방에 있는 요람에서 왕자도 구르고, 나도 구르고, 가끔은 시엘도 구르고.

계단을 콩콩 올라와 문을 열기 전에 잠깐 고민을 했다. 시엘은 오늘 재택근무라고 했는데, 그렇다는 건 일을 하고 있다는 소리 아닌가. 마법사는 재택근무를 어떻게 하지? 그리고 아무리 내 방이라고는 해도 일하는 사람 있는 곳에 아기를 데리고 들어가기가 좀 그렇다.

나는 문틈으로 안을 살짝 들여다보았다. 시엘은 침대 가장자리에 편하게 등을 기대앉아 있었는데, 그의 주변에 LED 패널 같은 것 열댓 개가 금속성 빛을 뿜으면서 동그랗게 떠 있었다. 처음에는 그냥 떠 있는 줄로만 알았는데 계속 보고 있으니까 나무늘보가 털 고르는 속도로 옆으로 천천히 이동한다. 개중에 시엘이 시선을 오래 두는 것은 살짝 앞으로 나와 더 강하게 빛을 뿜어내기도 했다.

이것이 마법사의 재택근무구나. 프로페셔널해 보이는 광경이라 쉽게 문을 열지 못하고 주춤하고 있는데, 나와 마찬가지로 홀린 듯이 안을 보고 있던 왕자가 갑자기 즐거워하는 돌고래 소리를 내었다.

"아스?"

소리는 왕자가 질렀는데 왜 나를 부르지요? 끼헤잇 비슷한 아주 이상한 소리가 났는데 그게 내가 낸 소리 같아서?

"안나가 아프대서 방에서 왕자님을 돌볼까 했어요."

시엘이 손바닥이 하늘을 보게 펼치자 그의 주변을 맴돌고 있던 LED 패널들이 순식간에 그의 손바닥 위로 모여들었다. 근미래적 광경처럼 빛을 내던 LED 패널들은 그의 손 위에서 빛을 잃고 평범한 종이가 되었다. 하도 쨍한 전자파 색으로 빛나길래 전자 제품인가 했는데 그럴 리가 없었구나.

"뭔지 봐도 돼요?"

"왕비 궁 마법진의 도면입니다."

왕자를 먼저 침대에 풀어주고 나도 시엘의 옆까지 기어 올라갔다. 내가 아는 도면은 평면도, 설계도 그런 것인데 이건 미술 스케치에 가까워 보였다. 카드 디자인 시안 같기도 하고 타지마할 묘당에 앉아서 아라베스크 무늬를 스케치한 도면 같기도 했다. 뭐, 마법진이니까.

"마법으로 딱! 하고 복구하는 줄 알았어요. 도면 단위에서부터 수동으로 복구하시는 거였구나."

"현재의 도면 밑에 있는 도면들을 복사하고 있습니다. 제일 아래부터 현재까지 쌓인 패턴과 마력을 모두 복구해 놓지 않으면 나중에 어디서 오류가 날지 알 수 없는 노릇이니까요."

과거 데이터베이스를 제대로 백업해 놓지 않고 결과값만 보존해 놓으면 에러가 났을 때 어디서 꼬인 건지 찾아 고치기 힘들긴 하지.

"마법사님이 기대보다 훨씬 성의 있게 일하시는 것 같아서 기뻐요. 돌아가도 안전하게 잘 수 있겠어요."

"겸사겸사 하는 일이기도 합니다. 여태까지 마법진은 대마법사 미카엘 쿼테른이 심장을 뽑은 전설이 나오는 부분에서만 언급이…… 잠깐, 제가 일을 성의 있게 안 할 사람으로 보이셨다고요?"

"저희의 잠자리를 소중히 여기셔서 감사하다고요."

밤에 보는 시엘이 너무나 편안한 얼굴에 몹시도 태평하게 왕자랑 놀아주고 있어서 왕비 궁 복구를 너무 날로 하는 거 아니냐고 바가지를 긁어볼 예정이었는데 더 참아야겠다. 마법이라는 게 그렇다. 열심히 일해도 티가 안 난다.

나는 침대에 털썩 누워서 요람 겸 침대 위를 돌아다니는 왕자를 보았다. 사이드에 가드가 있어서 바닥에 떨어질 염려는 없어 눈으로만 봐도 괜찮았다. 왕자는 정말 한시도 가만히 있지 않고 기어 다녔다. 손바닥이랑 무릎에 물감을 발라서 놔두면 한 시간도 안 되어서 시트가 빈틈없이 칠해질 거다. 나도 인생 저렇게 열심히 살아야 하는데. 안 될 거야. 난 이제 지쳤어요, 땡벌땡벌.

"미오 경이 안 오네요."

"훈련하는 것이니 한두 시간으로 끝나지는 않을 겁니다."

요가도 한 시간 하면 죽겠던데 기사들 체력은 다른가 보다.

"놀러 갈까요?"

"……어디를요?"

"카펠라 공작님이랑 미오 경."

생각해 보니 날도 좋고 오늘은 휴가인 셈이다. 이런 핑계 아니면 언제 왕비 궁, 유르겔 별장, 왕비 궁, 유르겔 별장을 오가는 이 루틴에서 벗어날 수 있겠어. 생각할수록 좋은 핑계, 아니, 기회인 것 같다. 쨍쨍한 햇볕이 내리쬐고 있는 창밖을 보았다. 슬슬 점심시간이었다.

"도시락을 만들어서 두 분 만나러 가볼래요."

"그냥 요리사께 맡기는 게 어떨까요?"

"이 궁에는 그런 거 부탁할 사람이 없어요. 그냥 모처럼이니까 제가 만들어볼래요."

"저런."

'저런' 다음은 뭔데. 시엘은 마치 아무 말도 안 했다는 듯이 정색하고 고개를 살래살래 흔들었다.

"불쌍한 미오 경."

"방금 마법사님이 하신 말씀이세요?"

"아뇨? 전 아무 말도 안 했습니다."

손 가는 대로 푸다닥푸다닥했는데 꽤 그럴듯한 도시락이 준비되었다. 난 원래 요리를 잘했다. 안 해서 그렇지 내가 요리를 해줬을 때 맛없다는 말을 들어본 일은 없었다. 그러니 음식이 맛이 없다면 재료가 부실한 탓이다. 뿌듯하다.

도시락 가방을 챙겨서 방으로 다시 올라가니까 왕자가 자지러지게 웃는 소리가 들려왔다. 시엘이 정말 몸 바쳐서 놀아주고 있나 보다. 나는 문을 슬쩍 열고 안을 들여다보았다. 왕자가 날아다니고 있었다. 비유가 아니라 진짜로 무슨 고담을 날아다니는 영웅처럼 날아다니고 있었다.

"마법사님, 도시락 끝났어요. 이제 갈까요?"

허공에서 왕자를 안아 든 시엘이 내가 들고 있는 바구니로 시선을 주었다.

"그거 카펠라와 미오 경 먹일 건가요?"

"그럼요. 좋아하겠죠?"

"미오 경이 그거 사람이 먹을 음식이 아니라고 했는데요."

"오해세요. 그때 그 스콘은 급하게 하느라고 그랬어요. 이번에는 휴지 시간 제대로 줬으니까 괜찮을 거예요."

"스콘에 밀가루 말고 뭘 넣으셨죠?"

"고기랑 무요. 진짜로 이번엔 맛있을 거예요."

이상하게도 시엘은 숙연하고 어두운 얼굴로 왕자를 끌어안았다. 그때야 깨달았다. 이럴 수가! 시엘은 오리지널 스콘 파벌이었나 보다. 상대방이 부먹인지 찍먹인지 확인도 안 하고 탕수육 소스를 부어버린 셈이다. 세상에, 미오 경이랑 클라인도 오리지널 스콘 파벌이면 어쩌지?

"저는 아직 할 일이 많아서. 빨리 마법진 구조를 분석해야 왕비 궁을 복구하지 않겠습니까. 제가 왕자님을 돌보고 있을 테니까 아스는 편하게 다녀오세요."

"몇 시간 쉰다고 왕비 궁 복구가 드라마틱하게 빨리 이루어질 것 같지는 않아요."

"지금! 지금 막 갑자기 제게 영감이! 도면에 제가 나아갈 길에 대한 빛이! 오오, 계시가!"

시엘도 언제부턴가 많이 비굴해진 것 같다. 어쩔 수 없이 시엘에게 외로워지거든 찾아오라고 신신당부를 하고 별궁을 나섰다. 나오긴 했는데 생각해 보니 클라인이 평소에 어디서 근무하는지 모르겠다. 평소에 다정하고 늘 함께 있던 애인에게 잠수 이별을 당하고 보니 이 사람의 연락처만 있고, 사는 곳이 어딘지 직장이 어디인지 모르고 있더라는 게시판 글이 갑자기 생각이 나네. 클라인이 내 애인은 아니지만 아무튼.

그래도 클라인은 무려 공작님이셨고 유명인이라 두어 명을 거쳐서 물어물어 클라인이 있는 곳을 찾아갈 수 있었다.

나는 발소리를 죽여 제1기사단의 뒤뜰이라는 클라인의 개인 연무장으로 향했다. 병장기 소리가 나려나? 하지만 내 기대와 달리 병장기가 부딪히는 날카로운 소리보다는 북을 두드리는 것 같은 둔중한 소리만 들려왔다.

설마 팔 힘부터 키우라고 가죽 터는 것부터 시키는 거 아냐? 둘의 수련이 어떻게 이루어진 건지 모르겠다. 아무리 봐도 사이가 안 좋아 보이던데 누가 먼저 제안을 했을까? 클라인 같기는 한데 미오 경이 먼저 슬쩍 운을 뗐을 수도 있겠다. 오, 소름. 하지만 클라인이 먼저 제안한 거여도 소름이다. 사실 둘이 같이 있는 것부터가 소름인 것 같다.

클라인의 붉은 머리카락이 흩날리는 것이 보였다. 더 다가가면 바로 보일 것 같아서 수풀 사이에 책상다리로 앉아서 둘의 수련하는 모습을 지켜보았다.

일단 클라인은 진검을 들고 있지 않았다. 빨랫방망이나 사극에서 봤던 육모방망이 같은 몽둥이를 들고 있었고 미오 경만 진검을 들고 있었다. 헐, 저걸로 어떻게 대련을 하지? 고수와 하수의 싸움에서 고수는 진검을 들지 않는다는 그건가? 내가 진검을 뽑도록 만들어보아라? 둘의 검이 부딪히면 클라인이 검은 기를 씌워서 막고 그런 거야? 좀 두근대는데.

하지만 예상과 달리 미오 경의 검은 한 번도 클라인의 방망이에 닿지 못했다. 닿으려고 하면 클라인이 방망이로 미오 경의 몸을 후려쳤고, 닿으려고 하면 클라인이 내 눈에 보이지도 않는 움직임으로 미오 경의 옆으로 돌아가 또 방망이로 후려쳤다. 그때마다 여기로 걸어오면서 귀에 익었던 북소리가 났다. 내가 듣던 북소리의 정체가 저거였나 보다. 미오 경이 북이 되었어. 미오 경은 정말 엄청나게 얻어맞고 있었다.

이건 클라인이 제안한 게 틀림없다. 미오 경을 합법적으로 후려 팰 수 있는 수단을 결국 찾아낸 클라인이 미오 경을 학대하고 있는 거다! 아니면 미오 경이 클라인의 약점을 잡고서 훈련을 협박한 탓에 열 받은 클라인이 훈련을 빙자한 구타를 하고 있거나……? 몰라, 무서워. 난 저런 거 해본 적이 없어서 모르겠는데 저런 걸로 훈련이 되나? 미오 경은 너무 현란하게 얻어터지고 있었다.

"그만."

한참 미오 경을 신나게 패던 클라인이 방망이를 내렸다.

"더 할 수 있습니다."

더 할 수 없을 것 같은데. 신나게 얻어맞던 미오 경은 클라인을 아직 한 대도 못 때렸나 보다. 아니다, 저 칼로 클라인을 때리면 큰일이 나지. 어쨌든 반발하는 미오 경에게 클라인은 내 쪽을 턱짓하는 것으로 대답했다.

어, 나? 나예요? 나 들켰어?

클라인은 방금 미오 경을 동네북처럼 후려 팼던 적이 없는 사람처럼 내게 다가와 손을 내밀었다.

"그런 곳에 있으면 다칩니다, 아스."

나는 클라인의 손을 잡고 수풀에서 나왔다. 미오 경이 되게 불만족스러운 얼굴로 나를 보고 있었다. 처맞던 걸 내가 구해준 줄 알았는데 그게 아니라 둘의 오붓한 시간을 방해했나 보다.

"같이 점심 먹고 싶어서…… 제가 좀 만들어 왔어요."

나는 보란 듯이 바구니를 내밀었다. 그렇다. 나는 훈련을 방해하려고 온 것이 아니라 무려 식량을 가져온 사람이다.

"아스, 혹시나 해서 묻는 건데…… 네가 만든 건 아니겠지?"

"맞는데요."

미오 경의 얼굴은 와락 일그러졌지만 클라인의 얼굴은 기쁨으로 하얗게 빛이 났다.

"절 위해서 음식을 만드신 겁니까?"

그는 정말 행복해 보이는 얼굴로 에스코트하고 있던 내 손 위에 입을 맞췄다. 클라인과 미오 경 먹으려고 만든 음식이니까 틀린 말은 아닌데. 이상하게 그게 아닌 느낌이 든단 말이지. 하지만 클라인이 자기 말이 당연하다는 듯이 행복한 얼굴을 하니까 부정할 수가 없어졌다.

"그거 안 드시는 게 좋을 겁니다."

"미오 경, 조용히 하세요. 저 요리 잘한다고요."

"'잘'에는 여러 의미가 있다는 걸 널 통해서 알게 되었지."

미오 경은 한 번의 실수만으로 사람을 너무 편파적으로 보는 경향이 있는 것 같다. 하지만 다행히도 클라인은 딱히 미오 경의 말을 듣는 기색이 아니었다. 그는 오로지 나를 보면서 손을 잡아 커다란 나무 그늘로 이끌더니 자기 겉옷을 벗어 바닥에 깔아주었다. 나는 떨어지는 꽃잎처럼 곱게 그 옷 위에 올라가 앉았다. 클라인은 내 곁에 앉기 전에 잠시 나를 내려다보았다. 그는 정말로 행복해 보였다. 그가 행복하니 나도 행복하다. 아마도.

지금 여기서 행복하지 않은 건 미오 경뿐인 것 같다. 미오 경은 이런 자리가 별로 내키지 않아 보였다. 하긴, 방금 전까지 자기를 후려패던 사람과 같이 밥을 먹으려니 밥이 목구멍이 걸려 안 내려갈 것 같기는 하다. 나도 이해는 한다. 하지만 나는 미오 경이 슬쩍 자리를 피하려는 것을 빤히, 물끄러미 쳐다봄으로써 그의 도주를 막았다. 내가 쳐다보니까 클라인이 그를 향해 턱짓을 해서 앉힌 것이다.

미오 경에게는 항상 미안한 마음을 지울 수 없기는 하지만 나는 셋이 같이 밥을 먹어보고 싶었다. 내 설욕전의 의미도 있지만 클라인을 위해서. 클라인은 시엘과도 안 친하고, 미오 경하고도 안 친하다. 군이 상성이 안 맞는 사람들을 친하게 만들 필요는 없는 거겠지만 그래도 미오 경과 클라인이다.

미오 경에게도 클라인과의 친분은 나쁜 이야기가 아닐 것 같았다. 그가 백작가 자제라고는 하지만 작위를 이을 확률이 적다면 그래도 권력자와의 친분과 인맥이 그의 앞날에 큰 도움이 되지 않을까? 그리고 클라인에게도 에반스가 아닌 다른 친구가 필요할 것 같았다.

나는 두 남자를 양옆에 끼고 앉았다. 미오 경은 살짝 등을 돌려 클라인을 보고 싶지 않다는 태도를 취했고, 클라인은 세상에 오직 나만 보이는 사람처럼 굴었다. 나라는 공통분모를 둔 두 개의 세계가 겹쳐진 것 같다.

"저는 두 분이 사이좋게 지내기를 바라는데 불가능한 일일까요?"

나는 이제 미오 경이 표정으로 하는 말이 무엇인지 너무 잘 알아볼 수 있을 것 같은 기분이 든다. 그는 '알면서 묻냐?'는 얼굴로 나를 돌아보았고, 클라인은……. 잘 모르겠다. 그는 여전히 부드럽게 웃고 있었다. '당신의 뜻대로'라고 말할 법도 한 그가 미소만 짓고 침묵을 유지하니까 어쩐지 조금 무섭다. 과연 대륙을 호령하는 기사이긴 한 모양이다. 검을 든 것도 아닌데 압박감이 느껴진다.

그래, 나도 사실 힘들 것 같았어. 그래도 한번 시도는 해보려고 한 거야.

"당신은 당신이 원하는 것만을 보시게 될 겁니다. 그렇지, 미오 경?"

"……예, 각하."

그렇게 난 클라인이 사람 하나 협박하는 광경을 현장감 있게 라이브로 지켜보게 되었다. 미오 경도 어디 가서 그렇게 꿀리는 사람이 아닐 텐데, 클라인의 한마디에 깨갱 하는 모습을 보게 되니 되게 동정심이 생기기도 하고 동지감이 생기기도 하고 그렇다. 힘내요, 미오 경. 우리 같은 서민이 사는 게 다 그렇지, 뭐. 그래도 클라인은 존재 자체가 넘사벽이니까 엄한 사람한테 진 것보다는 낮지 않을까.

나는 바구니에 챙겨 온 피크닉 천을 펼쳐놓고 그 위에 음식들을 꺼내놓았다. 심판의 시간이다. 미오 경과 클라인의 손을 양손으로 하나씩 잡았다.

미오 경은 야멸차게 내 손을 치웠지만 클라인은 잡힌 손을 내려다보며 부드럽게 눈을 접었다.

클라인이 카나페를 한입 먹어보곤, 놀라운 속도로 계속 집어 먹기 시작했다. 클라인은 정말 미남이었다, 내 타입이 아니라서 그렇지. 저렇게 입안에 음식을 잔뜩 넣고서도 그는 잘생겼다.

"맛있어요?"

클라인은 고개를 끄덕였다. 그렇구나. 맛있구나. 다행이다. 사실 기억 속 레시피대로 만드는 거라 스콘 빼고는 자신이 없었다. 저렇게 맛있게 먹고 있으니까 나도 먹고 싶어졌다. 슬쩍 손을 내미는데 미오 경이 중간에서 덥석 내 손을 잡았다.

"안 먹는 게 좋을 것 같다."

"음…… 그럴까요?"

나는 나중에 다시 만들어 먹어도 되니까 지금은 클라인에게 양보할까? 미오 경은 그러더니 한숨을 쉬고서는 한 번에 음식 여러 개를 입안에 쑤셔 넣었다. 클라인이 맛있고 빠르게 먹는다는 느낌이라면 미오 경은 그야말로 쑤셔 넣었다. 난 먹지 말래놓고, 왜!

잠시 후 입안의 음식을 모두 삼킨 클라인이 입술을 닦아내며 말했다.

"고맙다."

"후…… 별말씀을."

인사는 나를 향한 것이 아니라 미오 경을 향한 것이었다. 불길한 예감이 들었다.

"설마 저거 맛없었어요?!"

"맛은 있었습니다, 아스."

"그렇지. 맛은 있었지. 이상한 맛이지만 맛이라는 건 있었다. 또 먹고 싶냐고 하면 그건 아니지만."

"아닌데! 그거 맛있는 건데!"

"아스, 괜찮습니다. 당신이 주시는 모든 것이 제게는 달콤합니다."

클라인이 진지한 얼굴로 말했지만, 하나도 위안이 되지 않았다. 어쩌면 입에 익숙하지 않은 맛이라 그렇게 느낀 게 아닐까? 의혹 어린 눈으로 그랑 미오 경을 바라보았다. 미오 경은 한숨을 푹 쉬면서 모양이 많이 흐트러진 마지막 샌드위치를 마저 씹었다.

"아스, 질문이 있는데. 안에 들어간 이…… 풀이 뭐지?"

"쑥이랑 벤자민 잎사귀요."

"하아."

질문은 미오 경이 했는데 대답 같은 한숨은 클라인이 쉬었다. 분위기는 급격히 숙연해졌다. 내 세계의 레시피가 이 세계 사람들이랑 안 맞나? 음식 문화 차이는 거의 없던데 뭐가 문제지? 둘은 묵묵히 음식을 먹기 시작했고 나도 슬쩍 눈치를 보다 스콘 하나를 반으로 갈랐다.

그때 갑자기 챠르릉 하는 맑은 방울 소리 같은 것이 들리더니 바람이 불었다. 칼로 물을 베는 것처럼 공기가 베어지고 그 허공 틈새에서 시엘이 떨어져 내렸다.

"아스!"

"아부!"

정정, 시엘과 미카엘 왕자가 꽃비처럼 떨어져 내렸다. 나는 시엘의 긴 금빛 머리카락과 왕자의 짧은 금색 고수머리가 섞이는 것을 보았다. 커다랗고 하얀 꽃 같은 시엘이 나를 보고 봄비처럼 웃는 것도 보았고 왕자가 따라 꺄르르 웃으며 내게 손을 내미는 것도 보았다.

"안 온다면서요."

"외로워서요."

시엘은 아슬아슬하게 피크닉 천의 끄트머리에 떨어져 내리더니 달려들듯이 나를 와락 끌어안았다. 누가 보면 한 석 달 만에 만난 줄 알겠는데 우리 헤어진 지 아직 한 시간도 지나지 않았다. 얼떨결에 마주 안아 어깨를 두드려 주니까 단단한 손이 내 어깨와 시엘의 어깨를 잡고는 떨어뜨려 놓았다.

"마법사, 여성의 몸은 함부로 안는 것이 아니다."

"난 너에게 마법사라고 불릴 위치가 아니라고 말했을 텐데?"

클라인은 바로 내 어깨에서 손을 떼었지만, 그가 시엘을 떼어내기 위해 잡았을 때의 아픔이 꽤 깊게 남았다. 아마 시엘도 그렇겠지? 그는 왕자를 고쳐 안으며 거의 즉각적으로 불쾌감을 표현했다.

"아니, 시엘. 이번은 네가 잘못했다."

"왜지? 나는 아스에게 청혼했으니까 약혼한 것과 마찬가지다!"

"차였지?"

"아니야! 아스는 생각해 보겠다고 했어. 그렇죠, 아스?"

"그게 차인 거다."

차이고 뭐고 간에 나는 청혼을 받은 적이 없다. 시엘의 청혼은 노카운트로 칠 거다. 반드시 노카운트다. 생각 같아서는 클라인도 노카운트로 치고 싶다. 댁들이 내 로망을 살해했어.

"아스?! 마법사보다 제 청혼이 먼저라는 걸 잊지 말아주십시오."

"공작 각하, 결혼은 선착순이 아닌 것 같습니다만."

"나는 아스가 좋은 선택을 하길 바라는 것뿐이다. 결혼도 못 하는 대마법사보다는 공작 부인이 훨씬 나을 테니."

"그러면 공작 각하는 아스가 더 좋은 조건의 사람을 선택한다면 그걸로도 괜찮다는 겁니까?"

미오 경이 물었다. 클라인은 웃었다.

"나 이상의 남자는 없다. 그렇죠, 아스?"

와, 패기. 시엘이나 클라인이나 저럴 때마다 되게 신기한데 대체 저런 자기애와 확신은 어디에서 나오는 걸까. 대륙에 어깨를 나란히 할 사람이 몇 없다는 자신의 유니크함인가?

"잠깐만, 착각하는 것 같아서 정정하겠는데."

아까 클라인이 나와 시엘을 떼어냈던 것처럼 시엘이 나와 클라인을 떼어놓았다. 그의 무릎에서 왕자가 데구루루 굴렀다. 미오 경이 서둘러 왕자를 주워 안았다. 왕자는 미오 경의 품에 안기자마자 미오 경의 머리카락을 양손에 가득 쥐고 잡아당겼다.

"찾아봤는데 대마법사는 공식적으로 결혼을 못 할 뿐, 비공식적으로는 결혼한 야사가 전해져 내려옵니다. 그러니까, 아스. 우리도 결혼할 수 있어요."

"음, 그래요. 알았어요."

시엘이 뭔가 항의하려는 듯이 입을 벌렸다. 그 입에 미오 경이 서둘러 쪼갠 스콘을 쑤셔 넣었다.

"먹어라, 마법사. 그토록 사랑하는 아스가 만든 거다."

"지금쯤 다 먹었을 줄 알고 왔……."

"아스를 사랑한다면 그것까지 사랑해야지, 그렇지?"

뭔가 이상하게 디스를 당한 것 같은 말인데, 저거.

"천천히 생각하셔도 좋습니다."

쪼갠 스콘의 나머지 반쪽을 먹으며 클라인이 말했다. 공작님인 그가 먹기에는 지나치게 소박한 음식일 텐데도 그는 행복해 보였다. 안다, 사실 그는 나와 함께 있을 때 늘 행복해 보인다.

"하지만 아스, 진지하게 생각해 주십시오. 저희의 머리카락이 하얗게 세었을 때 함께 황혼을 바라보고 있는 안온한 광경이 얼마나 행복하고 아름다울 수 있을지를요."

그때가 되면 클라인의 붉은 머리카락도 하얗게 세어 있을까? 그 하얀 머리카락 위로 노을이 져서 붉은빛을 반사하는 광경을 보고 있을 내 모습을 상상해 보려고 했지만, 잘 되지는 않았다. 하지만 그때의 묵직하고 미지근하고 짙을 노을의 향기는 느껴졌다.

내가 무슨 표정을 하고 있는지는 모르겠지만 아마 그렇게 나쁘지는 않았나 보다. 클라인은 짧게 웃고는 음식을 두고 뭔가 아웅다웅하고 있는 미오 경과 시엘을 향해 고개를 돌렸다. 나는 천천히 피크닉 풍경을 돌아보았다. 하늘은 눈이 부셨고, 뜨거운 태양에 달궈진 땅과 풀, 나뭇잎에서 좋은 냄새가 났다. 미오 경이 있었고, 클라인이 있었고, 시엘이 있었다. 그들은 내 곁에 있었고 그들의 목소리도 내게 닿았다.

내 마법사와 내 기사님들.

내 미래는 어떻게 될까. 정말 내가 스스로 이루어낸 내 자리로 다시 돌아갈 수 없을까. 엄마와 아빠, 내가 사랑하는 사람이 있는 곳으로는 돌아갈 수가 없는 걸까. 이곳에서 다시 내 가치를 입증하고, 서 있을 기반을 마련하고, 다시 누군가를 사랑하고 사랑받으며 그렇게 살아야 하는 걸까. 이곳에서?

가급적 오래 들여다보지 않으려 노력하지만 마음속에서는 늘 얕은 파도가 치고 가끔씩은 걷잡을 수 없는 해일과 폭풍이 몰아닥친다. 그러니 바라는 것은 그저 지금 같은 평온함이 영원처럼 오래 이어지기를. 그 정도뿐이다. 하지만 내 팔자에 그럴 리가 없지.

오래 지나지 않아 세사르 카직이 찾아왔다. 한동안 그의 존재를 잊고 있었다. 계절은 이제 한여름이었다. 그림자마저도 녹색인 숲을 산책하고 있는데 그 그림자들 사이에 그가 서 있었다. 왜 진작 그를 발견하지 못했을까. 잿빛 머리카락에 회색 옷, 지팡이마저도 짙은 회색인 그는 숲의 한 귀퉁이를 잘라내 빛을 바래게 만든 것처럼 이질적이었다.

우리 사이의 거리는 열 걸음 남짓. 그는 나를 보고 있었지만 내가 움직이지 않는다면 그도 움직이지 않을 것 같아 보였다. 나는 미카엘 왕자를 고쳐 안고 한 발자국씩 그를 향해 걸어갔다. 인간적으로 내가 몇 발 다가가면 한 발자국 정도는 그가 와야 한다고 보는데, 그는 꼼짝도 않고 눈이 먼 사람처럼 나를 보고 있었다. 지팡이의 사정권에서 아슬아슬한 곳에서 나는 멈춰 섰다.

"주인님, 연회에서 뵐 수 있을 줄 알았어요."

연회에서 정신이 없긴 했지만 그를 보지 못했다. 아마 사람들 틈에 있는 그는 그렇게 눈에 띄지 않는 사람이어서일까? 하지만 나는 이곳에 아는 사람이 없었기 때문에 나를 지팡이로 후려친 사람이라도 익숙한 얼굴이 보고 싶어서 필사적으로 아는 얼굴을 찾아봤었다.

"내가 카펠라의 승작을 기리는 연회에 갈 거라 생각한 건가?"

응. 사회생활 원투데이 하는 것도 아니고, 어른인데 아무리 싫어도 공식 석상에서는 생글생글 웃으면서 어른들의 비즈니스를 할 줄 알았지. 설마 이렇게 패기롭게 사시는 인생인 줄 내가 어떻게 알았겠어.

"뵙고 싶었단 뜻이었어요, 주인님."

기분 좋아지라고 일반적인 사회생활용 아부를 좀 했는데 그는 인상을 찌푸리며 지팡이를 짚고 반걸음 걸어 나왔다. 설마 날 패려는 건 아니겠지? 주변에 인적이 없는데다가 저 지팡이에 얻어맞은 적이 있어서 나도 모르게 움찔했다. 조상들의 지혜는 정확했다. 자라 보고 놀란 가슴은 솥뚜껑만 봐도 놀란다.

옛 주인만 아니었어도 계급장 떼고 붙어볼 만한데 아무래도 과거의 아스 토케인을 제일 잘 아는 사람이 그일 것 같아서 막 나갈 수가 없다. 세사르는 움찔한 나를 보고 인상을 더욱 파격적으로 찌푸리며 그 자리에 멈춰 섰다.

"조만간 왕비 궁으로 돌아간다지?"

"제가요?"

전혀 예상치 못한 말이라 반사적으로 되물었더니 세사르가 미간을 더 구겼다. 사람이 살다 보면 모를 수도 있지. 워낙 말단이라 당일이 되기 전까지는 아무도 내 일정을 말해주지 않는단 말이다.

나는 그가 혹시라도 지팡이를 휘두를까 봐 살짝씩 슬금슬금 뒤로 물러섰다. 그가 인상을 더 찡그렸다. 그는 날 보면 습관처럼 미간을 찌푸린다. 아니지, 그가 누군가에게 상냥하게 웃는 모습이 상상이 안 되니 그에게는 모든 인류가 불쾌한 모양이다. 부인에게도 저러려나.

"이번에야말로 왕비 궁의 마법진을 찾아내도록. 나해 여왕이 한 말로 미루어 볼 때 마법진은 반드시 그곳에 있다."

"그게 제 능력으로 가능할까요?"

나는 그를 자극하지 않도록 산들바람처럼 부드럽게 물었다. 마법사도 아닌 사람에게 마법진을 찾아내라는 건 개발자도 아닌 일반 사원에게 지원 하나도 없이 프로그램 매뉴얼을 만들어내라는 부장급의 횡포 아닌가. 그러자 그가 굉장히 신경질적인 얼굴로 품에서 작은 상자를 꺼내 주었다. 이거 느낌 굉장히 쎄하다.

열어보니까 예쁘장한 팔찌가 하나 들어 있었다. 이 동네 남자들은 왜 이렇게 팔찌를 좋아할까. 물론 반지보다 만만한 게 팔찌여서겠지.

"이세 뭔가요, 주인님?"

"마력에 반응하게 만든 팔찌다. 마법진 근처에 가면 빛이 날 테니 그걸로 찾아보도록."

아스가 왕비 궁에 들어온 지 최소 반년이 지난 시점에서 아이템을 갖다주는 그도 어지간하다.

"왕비 궁은 대마법사님이 복원하신 걸로 아는데 그 마력에 반응하지는 않을까요?"

"대마법사의 복원 마법이 이미 날아가 버린 새라면 마법진은 날갯짓하며 날아오를 준비를 하는 새다. 다른 마력에 같이 반응하지는 않을 테니 안심하고 반드시 찾아내라."

새라. 어쩐지 그의 비유가 아름답게 느껴져서 나는 애매한 얼굴로 그를 올려다보았다. 세상 모든 것이 싫은 사람처럼 인상을 찡그리고 있던 그가 지금은 너무나 가까운 곳에서 편안한 얼굴로 내게 설명을 해주고 있다. 마치 원래 아스 토케인과 세사르의 거리가 이 정도였던 것처럼.

이렇게 보니 클라인과 정말 많이 닮았다. 내 눈에는 둘이 아무리 봐도 형제 같았다. 많이 봐주면 사촌 형제 정도? 〈탈출기〉를 읽은 나는 세사르에게 출생 콤플렉스가 있다는 것을 알고 있어서 형제 쪽으로 생각이 굳어가고 있지만…… 사교계의 평판과 소문은 어떤지 모르겠다. 모두가 고상하게 쉬쉬하는 비밀일까? 아님 내 눈에만 둘이 형제로 보이는 걸까.

세사르와 눈이 마주쳤다. 그가 나를 보았고 그 순간 미간에 미세한 주름이 잡혔다. 그건 나를 걱정하는 것처럼도 보였고 내게 집중하는 것처럼도 보였다. 나는 손을 내밀어 세사르의 미간의 골을 엄지손가락으로 문질러 폈다. 평소에 얼마나 찌푸리고 다닌 건지 주름이 몇 번 문지르는 걸로는 펴지지도 않았다. 이렇게 찌푸리고 다니지만 않았어도 그는 사실…….

"아스트리드."

낮은 목소리가 차갑게 나를 불렀다, 아니, 아스 토케인을 불렀다. 푸른색으로 물들어가는 회청색 눈동자를 보자 새파란 물을 뒤집어 쓴 것처럼 정신이 돌아왔다. 잠깐 정신이 나갔나 보다. 미간의 주름을 본 순간 나도 모르게 손이 나가 버려서. 아니면 드디어 아스 토케인의 몸의 기억이 나온 걸지도 모르겠다.

나는 왕자를 안고 주춤주춤 두어 걸음 물러섰다. 저 지팡이로 또 때릴까? 왕자가 있는데 설마라고 생각하고 싶지만 왕자를 안고 있던 안나를 밀쳤다니까 날 때릴 수도 있겠다.

하지만 세사르는 더러운 것이 묻은 걸 닦아내는 것처럼 내가 만졌던 미간을 문질러 닦아낼 뿐 내 무례를 탓하지는 않았다. 나를 용서한 것은 그의 관용이 아니라 그와 아스 토케인의 시간이라는 것쯤은 알 수 있었다. 둘은 생각보다 가까운 사이였다.

"나해 여왕의 처형장에 갔었다고. 클라인 카펠라와 함께."

벌써 며칠이 지난 일이니까 소문이 나기에는 충분한 시간이었다. 그렇다 처도 인터넷도 없는 세계인데 엄청난 정확도를 자랑하는 소문인 것 같다. 소문은 엄청나게 왜곡되게 마련인데 대체 나해 여왕의 소문이 어떻게 돌고 있을지 궁금하다.

그 자리에 클라인 카펠라가 있었다는 것과 내가 공격당한 것. 최소한 두 가지 정보가 알려져 있다는 건데, 그게 어떤 식으로 조합이 되어 어디까지 왜곡, 과장되었을지 신경이 쓰인다. 판도라의 상자라는 걸 알면서도 사람 심리라는 게 꼭 그 상자를 열어보고 싶어진다.

"그자가 네게 뭐라고 말했지?"

그리고 여기에도 그 판도라 상자를 열고 싶어 하는 인간이 있습니다, 동네 사람들. 뭐랬더라, 일단 세사르 카직을 온건하게 말하지는 않았던 것 같은데, 어떻게 돌려서 말해야 하나. 하지만 그는 내 대답을 기다리지 않았다.

"흥, 뭐라고 했을지 뻔하지. 그자가 네게 청혼이라도 하더냐?"

이 새끼 미아리에 돗자리 깔거나 타로 카페 차려도 되겠는걸?

"믿지 마라, 아스트리드. 귀족의 결혼은 본인의 뜻대로만 되는 것이 아니다."

그는 인상을 찡그린 채로 어쩌면 조금은 씁쓸한 목소리로 말했다. 그건 남자들이 흔히 이야기하는 '결혼은 인생의 무덤이다'라는 말과는 조금 다른 느낌이었다. 얼굴은 떠오르지 않지만 아이를 갖고 싶다고 이야기하던 그의 부인과 왕비의 말이 생각났다.

"널 원하지 않던 자와 억지로 결혼해 행복하니?"

왕비가 원해서 결혼한 것이 아니었듯이 그도 그랬을까?
"그건 주인님의 이야기인가요?"
습관처럼 미간을 찌푸린 세사르가 나를 돌아보았다. 이놈의 입은 정말 필터기 장착이 안 되려는가 보다. 그가 내게로 손을 뻗었다. 이번에야말로 맞는가 싶었지만 의외로 그의 손은 내가 아니라 미카엘 왕자에게 닿았다. 그의 손이 미카엘 왕자의 작고 둥근 금빛 머리통을 만지더니 상냥한 척 고수머리를 쓰다듬었다.
"미카엘 왕자."
그에 대한 호불호를 떠나 늘 등골이 저릿해질 정도로 좋은 목소리라고 생각해 왔다. 하지만 미카엘 왕자의 이름은 부르는 목소리는 뱀을 씹어도 저거보다는 온화할 것처럼 지독했다.
"그 여자가 낳은."
차마 똑바로 쳐다볼 수도 없는 얼굴이었다. 〈탈출기〉에서 그를 뱀 같다고 비유했었는데, 지금 그는 뱀보다는 1001년 묵은 이무기 같은 무시무시한 표정으로 왕비를 불렀다. 불길한 예감이 든다. 〈탈출기〉에는 그가 유르겔을 사랑했기 때문에 왕비를 파멸시켰다고 나오지만 사실은 왕비에게 원한이 있는 게 아닌가 하는 생각이, 처음으로 들었다.
"백작님."
"주인님이다. 네 본분을 잊지 말도록, 아스트리드."
혹시라도 그가 왕자를 해칠까 싶어서 조용히 그를 불렀는데, 그는 의외로 멀쩡한 목소리로 대답했다. 그리고 처음에 내가 멈춰 섰을 때와 비슷한 거리가 되도록 두어 걸음 뒤로 물러섰다.

"아스트리드."

"네, 주인님."

"너에게 많은 걸 기대하고 있지 않다."

그럼 시키지를 말든가.

"하지만 왕비 궁의 일은 네게 맡길 수밖에 없다. 너의 본분을 잊지 말고 집중해라."

아무래도 일을 시키면서 세사르도 불안한 눈치였다. 불안하겠지. 나도 불안한데 그는 얼마나 불안하겠어. 그럼에도 그에게는 일을 믿고 맡길 만한 사람이 아스 토케인밖에 없었던 게 아닐까. 단순히 왕비 궁에 들어올 수 있는 적임자가 아스 토케인밖에 없었을 가능성도 있지만, 내 생각에 둘은 남들이 아는 것보다 가까웠던 것 같다.

그는 차가운 왕성 남자처럼 한 번도 뒤를 돌아보지 않고 내 곁을 떠났다. 세사르의 출생의 비밀을 클라인에게 물어보면 대답을 해줄까? 그가 알고 있다면 대답이야 해줄 것 같은데 알고 있을지 모르겠다.

그것도 그렇고 왕비를 향한 저 이상한 적대감이 문제다. 어쩌면 그의 증오는 강제로 결혼하게 된 부인을 미워하다 처형인 왕비에게 전가된 것일 수도 있다. 하지만 기본값이 정략결혼인 세상에서 대단한 로맨티시스트거나 다른 사람과 세기의 사랑을 한 게 아니라면 정략결혼이라고 자기 부인 싫어하는 것도 이상하긴 하군. 싫었으면 도망을 가든가. 결혼은 자기가 해놓고 부인을 미워하는 것도 좀스럽다.

머리 위에서 푸드덕하고 커다란 새가 내려앉는 소리가 났다. 머리 위로 그늘이 지나 싶더니 내 손바닥보다 긴 깃털이 떨어져 내렸다. 어디서 본 것 같은 느낌인데…… 머리 위가 쎄하다. 올려다보고 싶지 않지만 안 올려다보는 것도 무서워서 고개를 들어 위를 보았다.

언젠가 보았던 나해의 이형의 왕족이 나무 위에 내려앉아 나를 내려다보고 있었다. 지금까지의 이야기들을 다 들었을까? 그때는 실내라서 몰랐는데 낮에 보니까 그는 더욱 사람 같지 않은 모습이었다. 형형히 빛나는 눈은 절대 인간이 가질 수 있는 것이 아니었다. 그가 그 기묘한 눈을 나에게 고정한 채 커다란 날개를 펼치고 입을 열었다.

"당신은."

방송이 끝난 TV에서 흘러나오는 주파수가 어긋난 소리처럼 쉬고 탁한 목소리였다. 뜻을 알 수 없는 말을 내뱉고 그가 웃었다. 가느다란 입술 양 끝이 말려 올라가는 것과 동시에 나는 온몸에 소름이 좍 돋았다. 도망치고 싶은데 발이 움직이지 않았고, 그에게 등을 보이고 싶지도 않았다.

당신은 뭐, 왜? 그 뒷말 좀 해줘. 시답잖은 말이라도 괜찮으니까. 뭔데. 문제가 뭐지. 하지만 직접 물을 용기는 또 없었다. 천사와 같은 모습이라고 생각했던 것 같은데, 이제는 절대 그렇게 보이지 않았다. 이 세상에 있어서는 안 되는 것을 보고 있는 것 같았다. 눈을 돌리고 싶은데 눈을 돌리면 다가와 덮칠 것 같았다. 그의 모든 것이 불길했다.

유르겔은 어떻게 저런 불길한 존재를 곁에 둘 수 있는 걸까? 에반스는 어떻게 그걸 허락한 거지? 난 이렇게 무서운데. 대낮부터 이런 공포 영화는 너무 심한 것 같다. 어차피 기억도 못 할 왕자의 눈이라도 가려주고 싶은데 몸이 움직이지를 않았다.

이형의 왕족이 악의를 가득 품은 귀신처럼 웃으며 날개를 움직였다. 그가 날개를 펄럭일 때마다 커다란 깃털이 한 움큼씩 떨어져 내렸다. 그 하찮게 떨어지는 커다란 깃털이 내 몸에 닿는 것도 불길하고 무서웠다. 저런 존재가 어떻게 〈탈출기〉에서 영향이나 비중이 없을 수가 있지? 원작이 빠뜨리고 묘사하지 않은 곳에 분명 커다란 것이 있었다.

무거운 날갯짓 소리와 함께 비상한 그는 그대로 내 머리 위를 지나쳐 날아갔다. 그는 마지막 순간까지도 내게서 눈을 떼지 않았다. 격한 바람 때문에 틀어 올린 머리카락이 모두 풀려서 흩날렸다. 나는 겨우 손을 올려 머리카락을 눌러 내릴 수 있었다. 기묘한 위화감이 들었다. 그제야 멀리서 풀벌레 울음소리가 들려왔다. 마치 이곳의 모든 것이 내게 적대적인 것처럼 느껴지는 순간이었다.

나는 왕자를 끌어안았다. 그래, 나도 빨리 이곳을 벗어나고 싶다.

어떤 실험은 이상하게도 실험 결과를 확인하기도 전에 그 실험의 성공 여부에 대한 예감이 든다. 사실 실패한 실험에 대한 예감은 백발백중이다. 두근거리며 결과를 확인하려는 순간에 '아, 이 실험은 텄어……'라고 예감이 들면 빗나가지 않았다. 그리고 지금도 예감이 든다. 불길한 예감이 적중할 것 같은 예감.

나는 아무런 빛도 내지 않는 세사르의 팔찌와 그의 만년필을 보며 한숨을 쉬었다. 만년필에 팔찌를 갖다 대보기도 하고 문질러도 봤으나 팔찌는 아무런 반응을 보이지 않았다. 만년필은 만년필일 뿐 마법 도구가 아니었다. 문제가 좀 복잡해졌다.

"몽블쉘? C.K? 클라인 경이 준 거냐?"

목욕하고 나와서 따끈따끈하고 나른해 보이는 미오 경이 말했다. 푹 익어서 돌아온 그는 꽤 인생 만족도가 높아 보였다.

"그랬으면 좋겠지만 아니에요."

"네가 샀다고? 몽블쉘은 어지간한 귀족가에서도 사기 힘든 제품이다."

"카직 백작님 물건이에요."

"저번에 때린 상해 보상금을 그걸로 받은 거면 나쁘지 않군."

그 무슨 자해 공갈단 같은 말을.

"이거 전부터 있던 거잖아요. 미오 경도 몇 번 써보셔 놓고는."

처음부터 이 만년필만은 책상 한쪽에 따로 놓여 있었다. 시간이 흐른 후 먼지가 쌓이는 것을 보고 서랍에 넣어두려다가 그때 처음 위화감을 느꼈었다. 문맹인 아스가 왜 만년필을 갖고 있을까. 그리고 먼지가 쌓이지 않게 관리를 할 정도면 왜 서랍에 넣어두고 소중히 하지 않은 걸까.

언제나 볼 수 있는 곳에 두고 싶었던 거겠지.

"어, 아스. 그거 마법 물품이네요."

미오 경 다음으로 욕실에 들어갔던 시엘이 생각보다 빨리 돌아와서 말했다. 이 방에 마법사가 있다는 걸 잠시 깜빡했다.

"탐색용 도구 같은데? 찾고 싶은 게 있다면 제가 찾아드릴까요, 아스? 사랑하면 아부하고 아첨해서 점수를 따는 거라고 합니다."

"누가요?"

틀린 말은 아닌 것 같으면서도 맞는 말도 아닌 것 같은 그런 말을 누가 했을까. 미오 경을 보니까 그는 되게 억울한 얼굴로 고개를 저었다. 충격적이다. 시엘에게 미오 경 말고 다른 친구가 있다고?

"잠깐, 마법사. 머리를 하나도 안 말리고 나왔잖아."

"따끈해서 좋다."

"아니, 물기는 좀 말리라고."

미오 경이 고생이 많다. 발그레하게 익은 얼굴로 나온 시엘의 머리카락에서는 뚝뚝이 아니라 후두둑 수준으로 물이 떨어지고 있었다. 미오 경이 기함을 하고서 시엘을 앉혀놓고 수건으로 머리를 말려주기 시작했다. 사람 머리 말린다는 느낌보다는 뭔가 개털을 말리듯이 수건으로 비비는 느낌이긴 한데 뭐가 좋은지 시엘이 꺄르륵 웃었고 그걸 따라 왕자도 꺄르륵 웃었다.

"목과 등 부분 옷이 다 젖었다."

"금방 마를 거다."

"머리카락이 이렇게 푹 젖었는데 잘도 금방 마르겠군."

아마 시엘은 마법으로 머리를 말리려고 했을 것 같다. 다만 그가 내 팔찌를 보고 말을 거는 사이에 미오 경이 기겁해서 아프간하운드 털 말리기 하고 있는 거지. 하지만 잔소리 같은 미오 경의 말은 꽤 다정하게 들렸고, 아프간하운드 털 말리기를 당하는 시엘도 즐거워 보였다. 아냐, 금발이니까 골든레트리버 털 말리기인가.

머리 쪽은 어느 정도 물기를 털었는지 시엘이 내게 손을 내밀었다. 나는 시엘이 내민 손 위에 팔을 올렸다. 시엘이 팔찌를 손가락으로 쓰다듬으며 말했다.

"나쁘지 않은 마법이 걸려 있네요. 팔찌 모양도 예쁘고."

나와야 하는 말이 있는데 나오지 않는다. 나는 슬쩍 물어보았다.

"마법사님보다 괜찮은 마법이에요?"

"세상에 그런 마법은 없습니다."

그렇지. 이게 나와야지. 정말 신기한 게 시엘이 본인 얼굴에 금칠하는 종류의 말을 처음 들었을 때는 신기하고 막 대단하고 그랬는데, 이제는 그 카테고리의 말이 안 나오면 나와야 하는 게 안 나와서 안정감이 없고 뭔가 불안해지는 경지에 이르렀다.

"그거 말고 이 만년필은요, 마법사님. 여기에 무슨 마법이 걸려 있을까요?"

이미 알고 있으면서도 돌다리를 튼튼하게 두드려 보려고 물어보니 역시나 시엘은 고개를 저었다.

"평범한 만년필입니다. 마법을 걸어드릴까요?"

"아뇨. 그 의미가 아니었어요."

손가락으로 만년필을 들어 빙글빙글 돌려보았다. 묵직하고 딱 봐도 고급스러운 좋은 물건이다. 보지 않으려고 하면 보이지 않는 것은 많다. 하지만 보려고 한다면 보이는 것도 있다. 그러니 눈에 빤히 보이는 답을 피하기 위해서는 얼마나 돌아가야 하는 걸까.

이티카 카직이 가지고 있었지만 본래는 세사르 카직의 만년필이다. 그렇게 고가라는데 가난해 보이던 아스가 팔지도 않고 늘 보이는 곳에 두고 관상용으로 간직하고 있었다. 아스가 이티카가 썼던 수많은 물건 중에서도 이걸 그녀의 유품으로 간직해 왔을 가능성이 얼마나 될까?

차라리 세사르 카직과의 연락용으로 갖고 있던 물건이었으면 하는 실낱같은 기대를 품어봤었다. 하지만 마법이 안 걸려 있으면 그 추측도 꽝인 거지. 아닐 것 같긴 했는데 혹시나 했다.

아마도 아스 토케인이 세사르 카직을 좋아하긴 했을 거다. 그 둘은 처음 내가 예상했던 것과 다른 관계인 것 같다. 둘은 생각보다 가까웠고 그들 사이에는 내가 알 수 없는 시간이 있다. 아스 본인과 세사르가 아니면 알 수 없는 시간이 이제는 고요히 단풍잎들에 덮여 존재하고 있다.

내게는 급발진이 일어나는 똥차급이라도 아스에게는 드림카였을 수도 있지. 취향은 존중한다. 내가 궁금한 건 따로 있다. 그녀는 이 사랑을 한 번이라도 세사르에게 이야기한 적이 있을까……? 나는 주변 사람들에게 내가 하는 사랑을 한 번도 말하지 못했는데 그녀도 그랬을까? 아니면 그녀는 나보다 조금 더 용감했을까? 그리고 내가 좋아한 사람이 말한 적 없는 내 사랑을 알고 있었듯이 세사르도 아스의 사랑을 알고 있었을까?

나는 손안에서 만년필을 빙글빙글 돌리면서 그것을 궁금하게 여겼다. 사람 사는 모습은 모두가 제각각이면서 또한 닮은 부분이 있는 것 같다. 넌 왜 나랑 닮았을까. 왜 이런 것까지 닮았을까.

나는 더 생각하기를 포기하고 만년필을 손수건에 얌전히 싸맸다.

그사이 미카엘 왕자에게 머리카락을 뜯기며 괴롭힘을 당하고 있던 미오 경이 반색하며 나를 돌아보았다. 그냥 둘까 하다가 불쌍해서 아부부 하는 왕자를 안아 들었다.

"맞다, 마법사님. 왕비 궁 복구 끝나가요? 제가 좀 들은 말이 있는데요."

"아, 작업 끝났습니다. 아마 내일 돌아갈 거예요."

이렇게 갑자기?

⸎⸎⸎⸎⸎

덜 챙긴 짐이 없나 잠시 생각해 보았지만 유르겔의 별장에 맨몸으로 들어온 덕분에 싸 갖고 갈 짐은 보따리 하나와 왕자와 시엘뿐인데 다행히 시엘은 알아서 잘 걸어 다닌다. 아니, 날아다닌다.

나는 왕자를 추슬러 안으며 눈에 보이지 않는 마법의 양탄자 위에서 뒹굴뒹굴하는 한량처럼 머리 위를 동동 떠다니고 있는 시엘을 슬쩍 보았다. 나와 미오 경 외의 사람들에게는 안 보이게끔 마법을 걸어둔 상태라고는 하지만 너무 안나의 머리 위까지 떠내려간 것 같아서 후진하라고 급하게 손짓을 했다. 고도가 올라간다. 접촉 사고는 피했다.

"함께해서 더러웠고 다시는 만나지 말자."

모르는 사이에 접촉 사고를 피한 빈손의 안나가 우리가 머물던 유르겔의 별장을 향해 말했다.

"재수 없으니 후추라도 확 뿌리고 가고 싶은데 이럴까 봐 조미료를 안 줬나 봐."

살다 보니 이곳 생활도 할 만했지만 유르겔과 잉어가 내게 준 스트레스가 지대했다. 그때 약간 떨어져 있던 미오 경이 말했다.

"후추가 아니라 소금 아닌가?"

"어? 그러게요? 아니, 알아듣기만 하면 되죠."

시엘의 머리카락이 볼을 스쳤다. 슬쩍 올려다보니까 허공에서 뒤집기를 하다 비끗했는지 급하게 고도를 올리는 시엘의 모습이 보였다.

"요물한테는 간다고 인사하고 온 거 맞지?"

"안 만나주더라. 아프대."

"뻔하지. 핑계 삼아 왕자님을 자기가 키우고 싶었는데 우리가 간다니까 빈정이 상했겠지."

그런가. 보통은 다음 왕이 될 왕자의 공식적인 보호자가 되는 게 굉장한 힘을 가지는 명분이 되겠지만 유르겔은 그런 게 필요하지는 않을 텐데. 하지만 〈탈출기〉에 유르겔이 아파서 에반스가 걱정하거나 병간호하는 내용이 없었고 유르겔이 굳이 나를 피할 이유도 없기에 안나의 말도 설득력 있게 들렸다.

이제 절대 한 손으로 안아 들 수 없는 왕자가 내 뺨을 만지며 웃었다. 나는 머리 위를 확인했다. 고도를 높인 시엘은 미오 경의 머리 위에서 빙글빙글 몸을 굴리면서 놀고 있었고 우리 위로 그늘을 드리운 나뭇가지는 왕자의 보드라운 뺨을 가릴 정도는 아니었다. 어두워서 잘못 볼 만한 것은 없었다.

"안나, 있잖아. 가끔 왕자님 눈동자 까만색으로 보이지 않아?"

"아니? 밖이라 빛 반사 때문에 잘못 본 거 아냐?"

나는 왕자가 귀찮다고 짜증을 낼 때까지 이리저리 돌려 안아 보고 안은 자세를 바꿔 보았지만 어느 각도에서도 호박색이었다. 한 번씩 왕자의 눈이 검은색으로 보이는 것 같았는데. 진짜 기분 탓인가?

왕비 궁은 기대 이상으로 멀쩡했다. 치즈처럼 구멍이 숭숭 나다 못

해 홀랑 불에 타고 있던 게 내가 마지막으로 본 왕비 궁이었는데, 처음 봤을 때 모습 그대로 하얗고 낡고 단아한 왕비 궁이 서 있었다. 나는 안나 몰래 시엘에게 엄지를 척 들어주었다.

"내 방이 무사한지 보고 올게!"

안나가 먼저 뛰어 들어갔다. 우리보다 먼저 돌아와 있던 시녀 친구들이 한마디씩 하며 나와 미오 경을 반겨주었다.

"아스, 너도 방 잘 살펴봐. 물건이 사라졌을 수도 있어."

안부 인사는 짧았다. 오랜만에 돌아온 탓에 다들 바빴다. 본인들의 방이 무사한지, 근무지들이 무사한지 살피러 뛰어다니는 것을 보다 보니 나도 조바심이 생겨 계단을 뛰어 올라갔다.

"오오."

미오 경과 추격전을 찍으며 도착한 왕자의 방은 대단히 무사했다. 호텔 방처럼 깨끗하게 정리된 모습을 상상했는데, 우리가 생활했던 어느 특정 시간을 잘라 온 것처럼 생활감이 있었다. 그렇다면 내 방은? 왕자를 요람에 올려놓고 내 방문을 열어젖혔다. 딱 봐도 어수선한 내 방이라 달려 들어가려고 했다.

"꺄악?!"

튕겨 나왔다! 유리문이 있는지 모르고 들어가려다가 부딪혔을 때처럼 온몸이 아팠다.

"아스!"

내가 나뒹구는 것을 본 미오 경도 몸을 던졌다. 그러자 정말로 방문이 얇은 유리문이 있는 것처럼 엷은 빛을 발하더니 엄청난 기세로 미오 경을 튕겨냈다. 내 쪽으로 튕겨 오는 미오 경을 피해 재빨리 옆으로 반 바퀴 굴렀다. 난 좀 봐준 건지 아니면 부피와 질량의 차이인지 나보다 미오 경이 훨씬 아프게 바닥을 굴렀다.

"어쩌죠. 우리 방이 우리를 거부하는데요."

"……괜찮은지 먼저 물어봐 주면 안 되겠나?"

"괜찮으세요?"

"안 괜찮다."

"괜찮네요. 이거 어떻게 하죠?"

어쩌면 뛰어 들어간 게 문제일 수도 있으니 무릎걸음으로 슬슬 다가가서 손을 대보았다. 이번에는 '꺼져!'라는 느낌으로 튕겨내지는 않았지만 은근하게 밀어내는 것처럼 손을 거부하는 반발력이 느껴졌다. 진짜 못 들어가나?

"마법사! 문제가 생겼다."

미오 경이 잠시 잊고 있던 시엘을 불렀다. 어디서 뭘 하다 온 건지 시엘은 그제야 둥둥 떠서 왕자 방으로 들어오고 있었다.

"뭡니까?"

"방이 우리를 거부해요."

이제 허공에 다리를 늘어뜨리고 앉은 시엘이 고개를 갸웃거리는 게 도통 상황 파악을 못 하는 것 같아서 내가 슬쩍 다시 문가에 손을 대 실행 예를 보여주었다. 몸통 박치기가 꺼져! 였고 아까 손을 대본 게 싫어~ 라면 이번에는 뭐엣! 하는 느낌으로 내 손이 밀려났다. 그는 잠시 생각한 후 바닥으로 뛰어내리며 말했다.

"두 분, 제가 드린 수호 부적을 갖고 계십니까?"

미오 경이 검끝을 흔들었다. 귀찮다고 수호 부적 잘 안 들고 다니던 양반이 항상 가지고 다니는 물건에 달아둔 걸 보니 메테오 떨어졌을 때 배운 바가 있는 모양이다. 사실 나도 그랬다. 시엘과 미오 경의 시선이 내게로 향했다. 아무래도 꺼내라는 것 같아서 목깃을 당겨서 옷 안에 손을 집어넣었다.

"잠깐, 지금 뭐 하시는 겁니까?"

"꺼내라는 거 아니었어요?"

"맞지만 왜 손이 이상한 곳에!"

"여자 옷에 주머니가 없는걸요."

나도 메테오 터졌을 때 배운 바가 아주 창자를 찌르는 듯해서 그 뒤로는 꼬박꼬박 속옷 안쪽에 넣어 다니고 있었다. 시엘은 약간 슬픈 얼굴로 우리의 수호 부적을 회수해서 살폈다.

"아무래도 수호 부적과 방에 걸린 수호 마법이 충돌을 일으킨 모양입니다."

"왜 마법이 만능이지를 못해요."

"대체 누가 마법을 만능이라고……. 복구하는 과정에서 마법이 한 번 덧씌워져서 변수가 생겼습니다. 마법을 이루는 법칙은 섬세하기에 변수가 생기면 실패하거든요."

"그럼 이대로 방에도 못 들어가고 살아야 해요?"

시엘을 방생하는 꿈을 이렇게 이루게 되나 보다. 정이 많이 들어서 아쉽겠지만 나는 할 수 있다. 대마법사님이니까 우리보다 방 구하기는 쉽겠지.

"실패한 마법은 변수를 제거해야 합니다."

나는 슬픈 마음으로 방을 돌아보았다. 내 방에는 들어가 보지도 못하고 뿌셔뿌셔를 해야 한다니. 그럼 어디부터 어디까지 부수고 다시 만들어야 하지?

"어떻게 하실 건데요?"

"아스와 미오 경의 피가 필요합니다."

"왜죠."

"이 경우에 변수는 수호 부적인데, 피를 매개로 패턴을 분석해서 넣은 마법이기 때문에 취소하려면 다시 피가 필요합니다."

눈에는 눈, 이에는 이, 피에는 피냐고. 하지만 쿨하게 그깟 부적 필요 없다고 하기에는 세상이 너무 어둡고 위험하다. 난 오래 살 거야.

오래 살아야 한다.

미오 경이 우울한 얼굴로 칼을 빼 들었다. 길고 멋들어진 칼날이 미오 경의 목덜미로 향하는 순간 시엘이 다급하게 말렸다.

"그렇게 많이는 필요 없어요! 대규모 마법진도 아니고 수호 부적은 규모가 작은 마법이니까!"

부적이 손바닥 반만 한 크기라 다행이다.

부적 문제를 해결하고 방을 열어준 시엘은 오래 머물지 않았다. 요새 한창 바쁠 때라는데 뭐 하느라고 바쁜 건지는 모르겠다. 시엘은 바쁘고, 클라인도 바쁘고, 세야는 안 찾아오고.

세야를 못 본 지 오래되었다. 급하게 준비시켜야 했던 목적이 끝나서 쉬었다 가는 타임인가. 나도 당장 그를 보면 어떻게 맞아야 할지 모르겠으니 잘된 셈이긴 한다. 유쾌하게 왓 썸 맨, 짝사랑 어렵지 맨을 외쳐야 할지 아니면 점잖게 모르는 척을 해야 할지. 그렇다고 세야를 이대로 영영 안 보고 싶은 것은 아닌데, 공백이 길어지니 불안해진다. 설마 세야는 이대로 영영 나를 안 보고 싶은 건 아니겠지?

이 세계에 오고부터 잠들지 못하는 밤이 자주 찾아오는 것 같다. 어둠 속에서 눈을 뜨고 한참을 귀를 기울여서 다른 사람의 잠든 숨소리를 찾아내었다. 그 안에 당연히 클라인은 없었고 오늘은 시엘도 없다.

첫날 이후 벌써 며칠째 시엘을 보지 못했다. 바쁘다길래 그런가 보다 했는데 정말 많이 바빴던 모양이다. 그냥 높으신 분이 아니라 책임자니까 그렇겠지. 그럴 거면 우리가 왕비 궁으로 돌아오는 날에 따라오지 않았어도 되었는데. 하지만 그것은 시엘 나름의 걱정과 호의의 표시였다.

시엘도 지금 시원한 이불을 덮고 잘 자고 있을까? 어디서 무슨 일을 하는지 몰라도 밥 잘 먹이고 잘 재우면서 일을 시키는 거겠지?

도저히 잠이 올 것 같지 않아서 그만 침대에서 일어났다. 그대로 나가려다가 어쩐지 걱정이 되어 잠에 푹 절어 늘어지고 있는 왕자를 안아서 살금살금 미오 경의 침대로 옮겼다. 왕자도 잘 자고 미오 경도 잘 잔다. 잘된 것 같다. 왕자가 깨면 미오 경이 보살펴 주겠지. 그래도 이대로 왕자가 안 깨고 쭉 자기를 빌며 방 밖으로 나갔다.

왕비와 이 복도를 걸었던 밤이 생각났다. 이상한 날이었지. 꼭 누가 나를 부르는 것처럼 일어날 리 없는 시간에 눈이 떠졌고 발이 밖으로 향했었다.

나는 어두운 복도를 걸으면서 왕비를 찾았다. 어쩌면 이 밤에도 그녀는 잠들지 못하고 있을지도 모른다. 하지만 복도에 나 외에 다른 인기척은 없었다. 나는 왕비의 평온한 잠을 기원했다.

왕비 궁은 차갑고 어두웠다. 가볍게 걷고 나면 잠이 올 줄 알았는데 걸으면 걸을수록 잠이 깨고 있었다. 차라리 억지로라도 누워서 양을 셀까 싶을 때 중앙 쪽 테라스로 향하는 문이 열려서 얇은 커튼이 흔들리는 것을 발견했다.

시녀들이 퇴근하기 전에 모든 문과 창문을 단속하고 가니까 저건 그 후에 열린 거다. 왕비 궁에 야간 경비 하나 안 세워둘 때 이런 날이 오리라 예상은 했지만 정말 도둑이 든 걸 보니 당황스럽긴 하다. 이 도둑은 하필 들어와도 훔쳐 갈 것 하나 없는 왕비 궁에 왔냐. 어디를 뒤지고 있는지 모르겠지만 일단 시녀장 언니한테 보고부터 해야겠다.

하지만 몸을 돌리기 직전, 나는 창문 틈 사이로 어디서 많이 봤던 백금발을 발견했다. 저 정도로 화려하고 찬란한 색채는 살면서 시엘 밖에 본 적이 없다.

"마법사님?"

도둑이 미쳤다고 여길 오나 싶지만 혹시 모르는 것이기 때문에 튈 준비는 단단히 하고 작게 그를 불러보았다. 백금발이 사르르 움직이는 것이 보였다. 날 발견한 것 같았다. 역시 거리를 좀 더 벌린 다음에 부를 걸 그랬나? 시엘 맞겠지?

"아스. 왜 안 자고 나와 계십니까?"

"마법사님이야말로 이렇게 밤을 돌아다니시면 위험해요."

"전 대마법사입니다. 절 해칠 수 있는 사람은 많지 않습니다."

아니, 너 말고 내 평판이 위험하다는 건데. 나는 그가 있는 테라스로 나가 문을 닫았다. 내 방에서 잠옷을 입고 구르던 모습과 달리 완전하게 옷을 갖춰 입은 시엘을 만날 수 있었다. 긴 로브를 입은 그는 정말 마법사처럼 보였다.

"안 주무세요?"

"잠이 오질 않는군요."

"저도 그런데."

내가 다가가자 시엘은 자리를 조금 비켜주었다. 테라스 끝에 서니 왕비 궁이 내려다보였다. 왕자 방에도 테라스가 딸려 있어서 자주 주변을 내려다봤었는데 중앙 테라스에서 보는 건 또 처음이었다. 본 적 없는 광경이었다, 면 좋겠지만 밤 풍경은 사실 거기서 거기였다. 이곳은 야경이라는 개념이 그다지 없는 것 같다.

"그래도 마법사님 피곤하시잖아요."

시엘은 웃으며 고개를 저었다. 하지만 그 얼굴에는 여전히 피곤이 덕지덕지 붙어 있었다.

"사실은 아스, 오늘은 내 스승들의 기일입니다."

시엘이 스승이라고 부를 만한 사람들은 마탑의 마법사밖에 없는데 그들은 어린 시엘을 마탑에 가두고 감정적으로 학대했던 이들이다. 시엘이 마탑을 무너뜨렸을 때 그곳에서 빠져나오지 못하고 죽은 사람들. 혹은 그전에 굶어 죽은 사람들.

나는 그들이 개새끼라고 단언할 수 있지만 20년이 넘는 세월 동안 함께 있었던 시엘에게는 부모와 같은 존재일 수도 있다. 나를 학대했지만 나를 길러준 부모, 내가 죽인 부모라. 어떤 감정일지 상상도 가지 않는다.

"후회하세요?"

"그렇지 않습니다. 저는 대마법사로서 실격자이니 언젠가는 일어날 일이었습니다. 그저 오늘만은 잠을 이룰 수가 없군요."

내가 아는 시엘은 좀 더 어린 소년 같은 사람인데 대마법사로서 이야기하는 시엘은 언젠가의 밤처럼 온화하고 어른스러운 얼굴을 하고 있었다. 이제 막 사회를 배우고 사람들과 소통을 시작하며 감정과 감각을 배워 나가는 시엘은 여러모로 많이 어리고 서툴렀다. 하지만 그런 그도 대마법사로서 이야기할 때는 많이 달랐다.

"그만 들어가십시오, 아스."

"들어가실 거예요?"

"아뇨, 조금 더 있다 가겠습니다."

"그럼 저도 여기 있을게요. 저번에 마법사님도 제 곁에 있어주셨잖아요."

그는 달빛을 받아 부드러워진 눈으로 나를 보았다. 비켜주는 게 나았을 수도 있다. 하지만 슬픈 생각은 혼자 있을 때 하는 게 아니다. 나는 천천히 그의 옆에 앉아 무릎을 안았다. 추워 보였는지 허공에서 갑자기 생겨난 숄이 내 어깨를 감싸 안았다.

"그때는 그것이 이런 기분일 줄은 몰랐습니다."

"지나간 일은 생각 안 하시는 게 좋을 것 같아요."

"하지만 직면하는 게 나은 일도 있는 법입니다."

시엘에게 이런 말을 듣게 될 줄은 몰라서 좀 놀랐다. 그도 오랫동안

이 일을 생각했던 것 같다.

"전 어쩔 수 없는 건 생각하지 않는 편이 낫다고 봐요."

그는 대답 없이 웃었다. 조금 난처해하는 것 같았다.

"보고 싶었습니다, 아스. 당신과 미오 경과 왕자님 모두요."

"저도요. 어디서 밥은 먹고 다니시나 걱정했어요."

"대마법사가 어디 가서 밥도 못 얻어먹고 다닐 직업은 아닙니다."

"저번에 과로로 죽을 것 같았는데 말입니다."

한동안 부드러운 대화가 오갔다. 나는 그가 스승에 대해 더 이야기하게 할지, 아니면 이대로 바뀐 대화를 계속하며 아침이 오기를 기다려야 하는 건지 알 수가 없었다. 그가 어느 쪽을 바랄까? 후회하지 않는다고 말했지만 정말 그럴까? 이제 깨어나기 시작한 어린 감정이 감당하기에는 너무 복잡하고 무거운 마음일 것 같았다.

잠시 대화가 끊겼다. 시엘은 아직도 아득한 곳을 바라보고 있었고 나도 가벼운 대화를 찾아내기에 지쳤다. 침묵이 길어지자 문득 생각나는 화제가 하나 있었다.

"나해의 왕족에 대해 아세요? 그 이형의 왕족이요."

"무슨 일이 있었습니까?"

"며칠 전 낮에 산책하다 그를 봤는데 저에게 뭔가 말을 하려다가 그냥 날아가 버렸어요."

"뭐⋯⋯."

시엘은 내 이마부터 발끝까지 천천히 시선을 미끄러뜨렸다. 가게에서 옷을 입어봤는데 그 옷이 몸에 꼭 맞는지, 혹은 어긋나 돌아가는 부분은 없는지 살피는 것처럼 면밀한 시선이었다.

"나해의 왕족들은 전원이 마법사입니다."

"그런데 전쟁에서 졌어요?"

"그중에 대마법사는 없으니까요. 저만큼 강한 마법사도 없고요."

이 어색하고도 숙연한 상황에서도 시엘은 여전히 자기 얼굴에 금칠하는 것을 잊지 않았다. 그는 정말 프로다. 존경해야 한다.

"그중에서도 이형의 왕족은 특별히 공경을 받습니다. 그들은 사람의 영혼과 본질을 볼 수 있거든요. 그래서 나해에서는 그들을 거울이라는 별칭으로 부릅니다. 아마 그는 그저 당신이 신기했던 것이 아닐까 합니다만."

"무서웠어요."

"이 세상에 있어서는 안 되는 것을 보고 있는 것 같고, 눈을 돌리고 싶은데 그러면 다가와 덮칠 것 같고, 보고 있노라면 불길해서 무섭지 않았습니까?"

그는 단조로운 책을 읽는 것처럼 말했지만 나는 들켜서는 안 되는 것을 들킨 것처럼 가슴 한편이 뜨끔했다.

"마법사님도 그를 보셨나 봐요."

"그건 아스, 당신이 그런 존재라서 그렇습니다."

머리로 이해하기 전에 가슴이 먼저 섬뜩해지는 말이었다. 상대방을 찌른 줄 알았던 창이 거울을 뚫고 들어와 내 가슴 사이에 박힌 것만 같았다. 나는 숨은 들이켰지만 내뱉는 방법을 잊었다. 시엘은 이해할 수 없는 말을 한 주제에 아무렇지도 않은 얼굴로 머리 끈을 당겨 성기게 묶은 머리카락을 풀어 내렸다. 차가운 머리카락이 칼날처럼 내 뺨을 쓸고 지나갔다.

온몸에 소름이 돋았다. 사람의 영혼과 본질을 볼 수 있다는 그 말이 무슨 의미일까? 그자가 아스 토케인이 아닌 내 영혼을 알아보았을까? 천천히 손등에서부터 팔꿈치, 그리고 어깨로 소름이 돋았다.

"아스, 괜찮습니다."

시엘이 내가 아스 토케인이 아닌 것을 알고 있다고 했을 때는 그럴 수도 있다고 생각했다. 낮을 밤으로 바꿀 수 있는 대마법사니까 그가 알 수도 있으리라 여겼다. 하지만 다른 마법사가 나를 알아보았다. 그는 나를 보았고, 나는 그를 보았다. 그의 존재가 거울과 같아 내가 그를 통해 이 세상에 있어서는 안 되는 불길한 것을 보았다면 남들의 눈에 나는 대체 어떻게 보이는 것이지?

"마법사님 보시기에 제 영혼이 어떤 모습인가요? 한눈에 봐도 이질적인가요?"

"제 눈에는 길을 잃은 작은 영혼이 보입니다."

"전 위안이 아니라 진실이 필요해요."

그는 천천히 내 머리부터 발끝까지를 살폈다.

"아마 당신의 영혼과 원래의 영혼이 많이 닮았던 모양입니다. 작은 혹 같은 약간의 어긋남과 이질감은 있었으나 처음부터도 형태는 거의 유사했습니다."

"처음은요. 그러면 지금은요?"

하나는 예외일 수 있지만 둘부터는 아니다. 시엘이 알아보고 이형의 왕족이 알아보았다면 다른 누군가도 알아볼 수 있는 것이다. 내가 어디를 감추고 어떻게 피해야 하는지를 알아야만 한다.

"아스."

그는 처음 들어보는 목소리로 나를 불렀다. '아스'라고. 손으로 자신의 눈을 가리고 언젠가 클라인이 그랬듯이 '아스'라고 나를 불렀다. 죽은 그의 스승들보다 내가 그를 더 괴롭히고 있는 것 같다. 그는 내가 질문을 철회하길 바라는 사람처럼 마지막으로 애원하듯이 나를 불렀다.

"아스."

"나해의 왕족은 무서웠어요. 그러니 말해주세요. 제가 어떤 꼴인지 알아야 대책을 강구하죠."

"당신은 지금……."

시엘은 눈을 가리고 있던 손을 내리고 나를 똑바로 바라보았다. 생각한 것과 달리 그는 괴로워하고 있지 않았다. 그는 그저 어머니를 잃고 혼자 길거리를 헤매는 어린아이의 손에 사탕을 쥐여 주려는 어른처럼 나를 보고 있었다. 그가 말했다.

"저는 당신을 위해 묻지 않은 것이 있습니다. 당신 스스로 알기를 바랐기 때문입니다."

시엘의 손이 천천히 내 얼굴을 만졌다. 그건 마치 이 세계에 와 처음으로 누군가와 닿은 것 같은 느낌이었다. 그는 내 영혼을 만지듯이 이마를 만지고, 눈썹을 만지고, 부드럽게 눈꺼풀을 감겨 속눈썹을 쓸어내렸다. 편안한 어둠 속에서 나는 시엘의 목소리를 들었다. 그는 '아스 토케인'이라며 내 이름이 아닌 이름으로 나를 불렀다. 마침내 그가 말했다.

"당신의 진짜 이름이 기억납니까?"

예상치 못한 방향에서 심장에 검이 꽂히는 느낌이었다.

"처음엔 몰랐고 그다음엔 당신이 아는 줄 알았습니다. 아스, 괜찮으십니까?"

숨을 깊이 들이쉬고 싶은데 가슴이 얕게 헐떡거리며 숨을 거부했다. 커다란 거짓말을 했을 때랑 비슷한 느낌이었다.

내 이름.

내 이름이 뭐지? 내가 좋아했던 사람의 얼굴이 기억나지 않는 것은 알고 있었다. 하지만 난 그 사람의 얼굴보다 눈빛을 오래 사랑했다. 그래서 그의 눈빛만 고운 재로 남겨 내 속에 각인해서 그것만 남아 있는 줄 알았다. 그 사람의 이름도 생각나지 않는다. 솔직히 말해 내 이름을 잊은 것보다 그것이 더 충격이었다. 신처럼 부르던 그 이름이 사라졌다.

내 이름이 뭐였지? 엄마가 날 뭐라고 불렀더라? 도통 기억이 나지 않는다. 이 세계로 온 초반에는 기억하고 있었던가? 그랬던 것 같아. 내 이름……

알고 있었는데 어느 순간부터 잊었다.

'아스 토케인'이 아스가 되고 또 그것이 내 이름인 것처럼 느껴지던 때부터 내 이름이 희미하게 멀어졌던 것 같다. 방금까지 시원했던 바람이 이제는 서늘하게 느껴졌다. 그런 나를 물속에서 건져내는 것처럼 시엘이 내 어깨를 잡았다. 그는 나와 시선을 맞추고 천천히, 그러나 단호하게 다시 물었다.

"아스, 괜찮으십니까?"

그는 나에게 괜찮냐고 물었다. 괜찮냐고? 당연히 안 괜찮다. 원래 괜찮냐는 물음은 안 괜찮아 보일 때 나오는 물음이고, 나는 내 이름을 잃어버렸다. 나는 어디에 가서 내 이름을 찾아야 할까.

"제 이름을 돌려주세요."

"당신은 이제 괜찮습니다."

"저 안 괜찮아요. 제가 괜찮은지 괜찮지 않은지를 마법사님이 어떻게 장담하시겠어요."

"당신은 괜찮아요, 아스. 지금 당신의 영혼은 이 세계와 융화하고 있습니다. 이제는 처음 봤을 때만큼 이질적이지 않고 불길하지도 않아요. 당신은 점점 더 이곳에 뿌리를 내릴 겁니다. 당신도 알고 계시잖아요. 그렇기 때문에-"

시엘이 입을 열었다. 그 입에서 나올 다음 말은 이때까지 들었던 말 중에서 가장 불길하고, 듣기 싫은 말일 것 같았다. 무슨 말이 나올지 모르면서도 그 불안함만은 알았다. 손을 내밀어 시엘의 입을 가리려고 했지만 나보다 그가 더 빨랐다. 그는 그 제비꽃같이 아름다운 눈동자로 나를 보면서 입을 열었다.

"그렇기 때문에 당신은 제게 한 번도 돌아가는 방법을 묻지 않았습니다."

당신이 알고 있어서 그러는 줄 알았는데, 몰랐던 거군요. 연민에 찬

눈으로, 아름답고 순수하지만 자비를 모르는 대마법사가 그렇게 말했다.

"마법사님은 얼마나 알고 계세요?"
나는 달의 위치가 바뀔 즈음에야 입을 열 수 있었다. 그가 가느다란 숨을 뱉으며 말했다.
"저는 대마법사입니다."
달빛을 뽑아낸 것처럼 창백한 손이 내 흐트러진 머리카락을 귀 뒤로 넘겨주었다. 아직 어려 배워야 할 것이 많은 대마법사가 여전히 나를 가여운 어린아이 보듯이 바라보며 건넨 답은 대답이 되지 않았다. 대마법사는 신과 같은 존재니까, 어쩌면 그는 이미 모든 것을 다 알고 있었을까?
"제 영혼이 그렇게 불길하고 이질적이라면, 마법사들 모두 제 상태를 알 수 있을까요?"
"무엇이 두려우신 겁니까?"
"모든 것이요."
이곳에서 살아가는 것도 두렵고 돌아가는 것도 두려웠다. 이곳에서 나는 무사할 수 있을까? 돌아간 나는 과연 온전히 나일 수 있을까? 돌아갈 수는 있을까?
알 수 없는 것은 모두 두려운 것이다. 누군가가 나를 안고 이제는 괜찮다며 붉은 융단이 깔린 길을 보여줬으면 좋겠다. 저대로만 걸어가면 성에 닿을 수 있고 그곳에서 나를 위한 무도회가 열리고 있다며 내 등을 밀어주길 원한다. 그렇게 해서 유리 구두를 신고 나아갈 수만 있다면 더 꿀 꿈도 없을 것 같다.
"당신은 이제 점점 안전해질 겁니다."
"제가 이름을 잊어버렸으니까요?"
"영혼을 알아볼 수 있는 마법사는 많지 않습니다. 저 같은 대마법사나 나해의 이형의 왕족, 그리고 흑마법사만이 타인의 영혼을 들여다볼 수 있습니다."

그가 서툴게나마 그의 방식대로 나를 위로하려는 것 같았지만 전혀 위로가 되지 않았다. 이곳은 나의 세계가 아니었다. 여행은 자신이 얼마나 집을 사랑하는지를 다시 확인하기 위해 떠나는 것이지 이주할 곳을 찾기 위해 떠나는 것이 아니잖아.

"왜 저였을까요?"

불행이 찾아올 때 흔히들 하게 되는 말을 하면서 내가 원하는 답을 생각해 보았다. 꼭 나여야만 했던 이유가 있으면 마음이 편해질까, 아니면 아무 이유 없이 재앙이 닥쳤다는 게 더 마음이 편할까.

"마법진의 분석이 모두 끝나야 알겠지만 아마도."

시엘은 별로 대답을 하고 싶어 하지 않는 것 같아 보였다.

"당신과 그 몸의 원래 영혼이 많이 닮았던 거겠죠."

아마도 시엘이 할 수 있는 한 가장 상냥한 대답이었겠지만 아무 이유가 없다는 것과 크게 다르지도 않은 말이었다.

"제가 이름을 잃어버리지 않았다면 돌아갈 방법이 있었나요?"

내가 이름을 되찾는다면, 그럼 나는 돌아갈 수 있나요?

시엘은 아주 슬픈 표정을 지었다. 어둡고 추운 곳에서 그와 내가 함께 길을 잃은 것 같은 슬픈 얼굴로 입을 열었다.

"저와 떠나지 않겠습니까?"

달그림자 같은 창백한 손이 내 뺨을 감싸 안았다. 마법을 이야기하는 밤의 그는 너 자라야 하는 낮의 그와 달랐다. 대마법사다운 단단하고 고독하며 아름다운 얼굴로 그는 나에게 꿈을 이야기하기 시작했다.

"영지를 하나 얻어서 그곳에 당신을 위한 영원한 밤을 만들어 드리겠습니다. 아침이 결코 오지 않는 땅, 황혼과 밤의 시간만을 당신에게 약속하겠습니다. 그러니 저와 떠나시겠습니까?"

영원한 밤.

영원히 오지 않는 아침.

눈을 감으면 빛이 보이지 않는 캄캄한 세계. 어스름한 황혼과 안온한 밤만이 이어지며 밝고 잔인하게 희망을 품어야만 하는 아침은 오지 않는 세상. 다시 무언가를 시작하지 않아도 되고 끝남만을 축복해도 되는 그런 곳.

"저에게 밤은 악몽뿐인 공간이지만, 당신과 미카엘 왕자와 함께라면 저는 거기서도 살 수 있을 것 같습니다. 당신이 있는 공간에는 악몽도 찾아오지 않지요. 우리는 행복할 수 있을 겁니다."

생각만 해도 가슴이 두근거리는 꿈과 같은 말이었다. 눈만 감아도 해가 저무는 공기와 노을의 향기를 맡을 수 있을 것 같았다.

하지만 왜? 그냥 모르는 척 고개를 끄덕이면 좋았을 텐데 머릿속에 '왜?'라고 외치는 소리가 있었다. 돌다리를 두드려 보고 남이 건너는 것까지 봐야만 안심하고 건널 수 있는 내 세계의 이름도 없는 현대인이 뻔뻔하게 고개를 들고 내게 물었다. 그와 같은 대마법사가 대체 나에게 이런 말을 해서 무엇을 얻느냐고.

"왜 제게 그런 말씀을 하시는지 모르겠어요."

"당신을 사랑합니다."

시엘은 머뭇거리지도 않고 내 눈을 들여다보며 부드럽게 말했다. 그가 말한 꿈 같은 풍경보다 더 꿈 같은 말이라서 졸음 같던 평안함이 단번에 깨지는 느낌이었다.

나는 목구멍에서 쏟아져 나오는 다시 한번 말해줄래요, 라는 말을 겨우 혀끝에서 잡아챌 수 있었다. 이 온실 태생의, 아직 배이샤 히는 감정이 산더미인 대마법사가 사랑에 대해 알까?

"마법사님은 사랑을 너무 쉽게 이야기하세요."

"사랑이 항상 무겁고 어려워야 합니까?"

"가볍게 이야기할 건 아니잖아요."

"그럼 제 마음은 가벼운 것 같나요?"

그가 웃는 바람에 내가 한 말의 무례함을 깨달았다. 내 사랑은 무겁고 다른 사람의 사랑은 가벼운 것이 아닐 텐데. 하지만 갑작스럽고 당황스럽다. 우리가 사랑을 이야기할 만한 관계였던가? 우리라고 부르는 것조차도 어색한데?

"아니, 언제부터요?"

내가 이름을 잃어버린 것과 시엘이 나를 사랑한다는 것 중에 뭐가 더 충격적인 건지 모르겠다. 시엘은 여전히 한 손으로 내 볼을 간질이면서 다른 손으로 내 손을 잡아 자신의 심장 위에 올렸다.

"이 안에 당신 때문에 생겨나는 감정이 있다는 것을 알았을 때부터요. 그리고 그것이 계속 흐르고 있다는 것을 알았을 때부터."

"그건 아마 사랑이 아닐 것 같은데요."

"왜 아니라고 생각하십니까?"

"그야……."

나는 한 번도 사랑받아 본 적이 없어서. 내 사랑은 늘 하찮고 볼품 없었으니까.

시엘은 심장에 올린 내 손을 꾸욱 눌렀다. 가만히 손에 신경을 집중하니 그의 체온, 그리고 내 심장과는 다른 박자로 뛰고 있는 그의 심장박동이 느껴졌다. 내 손등을 누르고 있는 그의 손안은 차가운 땀이 맺혀 있었고, 심장은 그의 박동을 따라가려는 내 숨이 조금 가빠올 만큼 빠듯하게 뛰고 있었다. 낮을 밤으로 만들 수 있는 대마법사라도 긴장을 하는구나. 하지만 그는 웃고 있구나. 현실감이 없는 머릿속에서 그런 생각이 들었다.

달은 그의 등 뒤에 있었다. 빛을 등진 그의 눈이 보일 리가 없었다. 한데 보석을 갈아 뿌린 것 같은 그의 보라색 눈동자만은 환하게 보였다.

"당신을 특이한 여자라고 생각했었습니다. 하지만 특이한 여자가 특별한 여자가 되는 건 그다지 어려운 일이 아니더군요."

밤바람이라고 해도 추울 계절이 아닌데 내 뺨을 만지는 시엘의 손이 떨리고 있었다. 그리고 자신의 심장에 내 손을 누르고 있는 손도 가늘게 떨리고 있었다. 그는 웃고 있었다. 나도 웃고 싶었지만 웃음은 나오지 않았다.

언젠가 누군가에게 간절히 바라던 말이었다. 시엘은 내 손을 놓고 무너지듯이 내 앞에 한쪽 무릎을 꿇고 앉았다. 그는 그의 심장에 대고 있던 내 손끝을 잡고 나를 올려다보며 말했다.

"저는 영생을 살기 때문에 조금 더 기다리려고 했습니다. 아스. 이 이름이 싫다면 제가 당신께 새 이름을 드리겠습니다. 당신이 바라신다면 저와 같은 생을 드리겠지만 당신은 그걸 원하지 않으실 테니 밤의 세계를 드리겠습니다. 그러니 부디, 이제부터 저를 사랑해 주시겠습니까?"

가슴이 벅차오르고 눈물이 나올 만큼 아름다운 풍경이었다. 영원한 밤의 세계, 영원히 오지 않을 내일. 그리고 드디어 나를 사랑한다는 사람. 십 년이 넘는 시간 동안 다른 세계를 갈망하면서 내가 진정으로 바랐던 것은 이거였던 것 같다. 사랑받고 싶었다. 시엘의 말은 그냥 모르는 척 그 손을 잡아버리고 싶을 만큼 달콤하고 유혹적이었다.

그러나 한창 자라고 있는 대마법사가 긴장한 얼굴로 웃고 있었다. 그가 절대 거절당하지 않으리라 확신하고 있는 거였으면 훨씬 나았을 것 같다. 하지만 내 손끝을 지탱하고 있는 그의 손끝은 파르르 떨리고 있었고, 미소는 진짜였으나 어색했다. 이를 악물 것 같은 불안한 그 미소를 나는 알고 있다.

이 손을 잡으면 아쉬움과 미련은 남아도 후회는 없을지도 모른다. 하지만 시엘도 그럴까? 마음이 치열하게 내게 말을 걸어오고 있었다.

그도 완전하고 결백한 사랑을 받을 자격이 있는 사람이다. 욕심은 내게 이야기한다. 내가 지금 시엘의 사정까지 봐줄 게 뭐야, 제안은 그가 했는데. 하지만 난 늘 어중간해서 발치에 뭐가 걸리면 그걸 계속 돌아보다 결국은 되돌아가 확인하고야 마는 미련한 사람이었다.

"저도 마법사님을 아주 많이 좋아해요."

행간에 숨은 뜻을 알아들은 시엘의 눈가가 슬프게 변했다. 그의 제비꽃 같은 보라색 눈동자에 푸른빛이 더해졌다. 평소에 보는 그의 보라색 눈동자보다 한층 더 아름답고 슬프게 보이는 색깔이었다.

"그런데 왜……?"

"왜냐면, 다른 사람들이 이렇게 마음이 약해져 있을 때는 청혼을 수락하면 안 된다고 했어요."

마음이 약해져 있을 때는 누구라도 좋으니 기대고 싶어지기 때문에 그때 중요한 일을 결정하거나 마음속에 사람을 들이는 것은 인생 망루트 타는 지름길이라고 랜선 속에 있는 인생의 언니들이 수없이 글을 써주셨다.

시엘은 내 손가락 위에 가볍게 입을 맞췄다. 클라인의 키스와는 조금 다른 가볍고 정중한 키스였다.

"그럼 저는 조금 더 기다려서 당신이 충분히 용감하고 강해져 있을 때 다시 청혼하면 되겠군요. 저는 불사의 대마법사니까 언제까지라도 기다릴 수 있습니다."

"그러다 죽어요, 마법사님."

"글쎄요. 전 언젠가 당신이 제게 반할 거라고 믿습니다. 그리고 그건 그렇게 오래 걸리지 않을 겁니다."

시엘에게 종종 감탄을 했었긴 한데 이번만큼 감탄한 적은 없는 것 같다. 대단한 패기다. 클라인도 저 정도까지는 아니었던 것 같은데. 나는 손을 당겨 시엘을 일으켰다.

밤이 두려운 대마법사와 아침이 두려운 이방인, 그리고 자신의 요람을 뽑아 없앤 대마법사와 이름을 잃어버린 이방인. 정말로 잘 어울리는 조합이다. 마치 누군가 만들어놓은 것처럼 잘 맞는 한 쌍이었다.

"마법사님, 정말 저는 이제 돌아갈 수가 없는 건가요?"

시엘은 청보라색 눈동자로 나를 보았다. 스승들의 기일을 이야기할 때보다 지금 나를 보는 눈빛이 더 푸르게 빛나는 대마법사가 밤이 지나가는 소리처럼 조용히 말했다.

"당신이 이곳에 속한 영혼이 아니라는 것은 알고 있습니다. 당신이 이름을 잃어버리지 않았다면 본래 연결되어 있던 세계를 추적할 수는 있었겠지요. 하지만 아스, 내가 사랑하는 이방인이여. 세계를 여는 데는 방대한 마력이 필요합니다. 저는 대마법사지만 살아서 그만한 마력을 만들어낼 수 있을지는 장담할 수가 없군요."

이곳에 오자마자 자기소개서를 쓰듯이 나에 대해 이것저것 최대한 자세히 적었어야 했나 하는 죄책감에 시달리는 나를 달래주는 말이었다. 내가 할 수 있는 일은 없었다, 아마도. 하지만 이게 정말 안도일까?

미오 경이 활짝 열린 창문 앞에 앉아서 찡얼거리는 미카엘 왕자를 달래고 있었다. 잘 자고 있었는데 언제 깼는지 모르겠다. 그는 우리를 보자 왕자의 통통한 배를 감싸 안아 올리면서 놀랍도록 부드러운 목소리로 왕자에게 말했다.

"왕자님, 왕자님의 유모가 밀회를 가진 후 돌아왔군요."

"그런 거 아니거든요?!"

"한밤중에 몰래 둘이 나갔다 돌아온 게 밀회지."

"산책 나갔다가 우연히 만났어요, 우연히."

무슨 소리를 더 할까 무서워서 얼른 미오 경의 어설픈 팔에서 미카엘 왕자를 뺏다시피 안아 들었다. 왕자는 잠시 뻗대다가 내 팔 위에 엉덩이를 비비고 앉더니, 시엘의 머리카락을 향해 손을 내밀었다. 밤이면 달빛 같아 보이는 마법사가 웃었다.

"아무래도 왕자님은 아스보다 제가 더 좋으신 것 같습니다."

"아기들도 예쁜 걸 좋아해서 그렇대요."

"아스도 음…… 저기…… 제 눈에는 예쁜데."

"그렇게 굳이 무리하지 마세요. 저는 제 얼굴 싫어하진 않으니까."

귀찮을 텐데도 시엘은 명주실 같은 머리카락을 왕자의 손에 쥐여 주었다. 손아귀의 힘을 다룰 줄 모르는 아기가 마구잡이로 잡아당겨 대서 아플 텐데도 뭐가 그렇게 행복한지 그는 웃었다.

"왕자님, 마법사님께 안길래요?"

하지만 시엘의 머리카락을 잡고 캬캬대며 웃던 왕자는 시엘의 품에 안겨주려고 하니까 엉덩이를 내 쪽으로 주욱 밀며 싫다고 내게 안겼다. 몸은 내게, 관심은 시엘에게라니. 이 왕자 욕심 한번 원대하구나.

"왕자님 언제 깨셨어요?"

"좀 됐지."

"그런데 왜 안 주무시지? 기저귀는…… 괜찮은데."

잠투정이라고 보기에는 왕자가 지나치게 칭얼거리고 있었다. 열은 없고 기저귀도 아니면 배가 고픈가? 나는 시엘에게 잠시 왕자를 맡기고 나가서 안나가 퇴근하기 전에 준비해 둔 예비 젖병을 데웠다.

짐깐 왕자의 방에 있다가 곁방으로 돌아가니까 열린 창문에서 들어오는 바람이 살짝 서늘하게 느껴졌다. 여름이라도 열대야가 아닌 밤은 좀 서늘한 모양이다. 나에게는 이 공기가 쾌적하지만 아직 어린 왕자에게는 추울 것 같아서, 미오 경을 지나쳐 그의 침대 쪽으로 열려 있는 창문을 잡아당겼다.

문이 닫히기 전에 잠깐 미오 경을 돌아보았다. 그는 나도, 시엘도, 아무도 보지 않은 채 어깨에 검을 기대놓고 검날을 닦고 있었다.

봤을까? 미오 경의 침대 쪽에 있는 창에서는 나와 시엘이 있던 테라스가 측면에서 훤히 들여다보였다. 봤어도 뭐, 거기서 우리가 무슨 도둑질 같은 걸 한 것도 아니니까. 잠깐 고민하다가 창문을 닫았다.

"마법사님, 왕자님을 이리 주세요."

왕자를 시엘에게 건네받아 심장께에 머리를 두고 입안으로 젖병을 기울였다. 동그란 눈의 왕자가 좋은지 발을 퍼드덕거리며 젖병에 매달렸다. 배가 고팠구나. 아기들은 배고프면 울 텐데.

"우리 왕자님은 성격이 참 좋아요. 바람직한 현상이에요. 계속 이대로만 자라주세요, 아버님은 닮지 마시고. 왕자님 아버지 성격 나빠요. 왕자님 보시는 앞에서 사람 아야 하게 한 적이 있다고요. 기억 안 나시죠? 나려나? 닮지 말고 자라세요. 그거 지지예요."

말을 알아들을 리가 없는 왕자는 말갛고 동그란 눈동자로 나를 보면서 젖병을 쪽쪽 빨았다. 많이 배고팠나 보다. 재우기 전에 먹였던 것 같은데도 이렇게 잘 먹는 걸 보면 자랄 시기인가 보다. 아기는 한 번에 쭉 자라는 시기가 있다고 하니까.

왕비는 젖을 뗀 이후로 한 번도 왕자를 찾아오지 않았다. 그녀를 비난하려는 것은 아니고 모성애도 일종의 학습이라는 말을 들은 기억도 있지만, 정말로 아이가 그립지 않은 걸까? 왕자는 왕비를 어떻게 기억할까?

"왕자님, 어머님은 조금 아프세요. 하지만 왕자님을 많이 사랑하신답니다. 왕자님 이름도 지으셨대요. 유진이라고요."

이 말을 다 자란 왕자가 기억하고 있을 거라는 기대는 거의 없다. 하지만 또 모르지. 내 왕자가 사실은 천재라서 아주아주 어린 시절의 기억도 갖고 자라게 될지.

"너는 스스로가 그 말을 믿으면서 하는 건가?"

그때 얌전히 검을 닦고 있던 미오 경이 검을 내리면서 물었다.

"안 믿으면요?"

"전부터 신경 쓰였는데. 네가 무슨 생각으로 그런 말을 하는지 모르지는 않지만…… 나는 그게 좋은 일은 아닌 것 같다."

시엘이 경고라도 하는 것처럼 미오 경, 하고 그를 불렀다. 하지만 미오 경은 시엘을 짧게 쳐다본 후 말을 이어나갔다.

"왕비는 왕자님을 사랑하지 않아. 물론 미워하지도 않겠지만 그녀는 자기가 낳은 아이에게 아무런 관심도 없어. 너도 알고 있지 않나."

"정말 관심이 없는 사람이라면 아이 이름도 생각해 보지 않았을 거예요."

"이름뿐이지. 그게 왕비가 왕자님을 사랑한다는 증거가 될 수는 없어."

나도 안다. 왕비는 왕자를 싫어하지 않겠지만 좋아하지도 않는다. 이곳에 왕자가 없는 것처럼 아무런 관심도 없다. 내게 유진이라는 이름을 말했지만 그건 어느 날 아침 문득 눈을 떴을 때 생각난 이름일 수도 있고, 그날 왕비가 읽고 있던 책에 나온 어떤 왕자의 이름이었을 수도 있다. 나도 안다.

아이를 사랑하지 않는 부모와 정말로 병이 든 부모가 자신의 아이에게 어떠한 짓까지 할 수 있는지를 알고 있다. 내 세상은 도처에 온갖 비극이 널려 있어서 슬픈 이야기들로 더는 몸서리치지 않을 정도였다.

그러니 부모에게 사랑받지 못한 아이는 조금은 슬프지만 그렇게까지 비극은 아닐지도 모른다. 나는 그렇게 믿는다. 사랑이 없어도 아이는 잘 자랄 수 있다.

하지만…… 왕자는 너무 작았다. 내가 왕자를 사랑하지 않더라도, 너도 사랑받았던 적이 있노라고 말해주고 싶을 만큼 왕자는 너무 작고 어렸다. 사랑하지 않아도 그 정도는 말해줄 수 있을 만큼은 나도 왕자를 가엾이 여겼다.

"왕자님이 네 말을 믿을 수도 있어. 그럼으로써 생기는 비극이 더 괴로울 수 있다고 생각해 본 적은 없나? 차라리 처음부터 기대를 안 했다면 모를까, 사랑한다고 믿었다가 진실을 안다면 더 힘들 수 있어."

"하지만 어린아이들은 환상이 있어야 해요. 인생에 자기만을 위한 왕자와 기사는 없다는 걸 알기 전까지, 모든 어린아이는 자신이 사랑받는다고 믿어야 한다고요."

짙은 암녹색의 눈동자가 나와 어쩔 줄 몰라 하는 시엘을 훑고 지나갔다. 잠을 자다 강제로 일어나서일까, 미오 경은 조금 피곤해 보였다.

"그게 꼭 왕비의 사랑일 필요는 없잖아. 왕자님은 왕비가 아니더라도 충분히 사랑을 받고 있어."

"조금 잔인하지 않아요?"

"애초에 자기 몫이 아니었던 것은 포기할 줄도 알아야 해."

그래서 그는 어린아이의 귓가에 네 어머니는 널 사랑하지 않는다고 속삭였을까? 아무것도 기대하지 않도록? 나를 보는 우울한 암녹색의 눈동자에 대고 그렇게 물어보고 싶었다. 그쪽이 왕자는 더 행복할까? 하고.

나는 어머니가 되어본 적이 없고 부모님의 사랑이 모자란 적도 없었기 때문에 어느 쪽이 더 나은 것인지 모르겠다. 아무리 내가 최선을 선택하기 위해 노력해도 이해할 수 없는 것은 이해할 수 없는 것이고, 내가 경험하지 않은 것은 나도 모른다.

아스 토케인이 갖고 있던 오르골이 생각났다. 그 오르골처럼 영원히 만나지 않을 원반 위에 미오 경과 내가 서 있는 것만 같았다.

"제 생각에는 두 분이 다 맞는 말을 하는 것 같습니다. 굳이 싸우지 않더라도요."

미오 경과 내가 다소 격하게 말다툼을 하니까 어쩔 줄을 모르고 손만 쥐었다 폈다 하던 시엘이 내게서 왕자를 다시 받아 들며 말했다. 우유를 다 먹고 배가 불러 기분이 좋은 왕자는 다리뿐 아니라 양팔까지 퍼드덕거리면서 꺄아아 하고 웃었다.

어두운 밤이라서 그런가, 아주 잠깐 왕자의 눈이 또 검은색으로 보였다. 이번에야말로 자세히 보려고 그쪽으로 시선을 두니까 커다란 눈은 원래의 색대로 반짝이고 있었다. 신경이 과하게 예민한 것 같다. 시엘이 왕자를 고쳐 안으면서 말을 이었다.

"모든 사람이 사랑하면 사랑한다고 입 밖에 내어서 표현하는 건 아니지 않습니까. 아스의 말대로 왕비님이 그런 분일 수도 있고요. 아니면 또 어떻습니까. 왕자님께는 저와 아스와 미오 경이 있고 또 이토록 사랑스러운 왕자님을 아끼고 사랑하는 사람이 많고 앞으로도 늘어날 텐데요."

우울한 얼굴이던 미오 경이 살짝 웃었다.

"그래. 차라리 앞으로는 왕비보다는 아스 네가 얼마나 왕자를 사랑하는지를 말하는 게 낫겠다."

글쎄. 미오 경은 왕자를 사랑하나? 난 아니고 그도 아닐 텐데. 어쨌든 언쟁은 그쯤에서 끝이 났고 내일도 근무해야 하는 우리는 다시 반토막 난 꿈에 빠져들어 갔다.

그날 밤 나는 꿈을 꾸었다. 악몽인지 꿈인지 모를 꿈속에서 미오 경을 닮은 남자의 목소리를 들은 것 같았다. 그건 내가 상상하던 차가운 목소리와 달랐다.

"왕비님은 왕자님을 사랑하지 않으십니다. 그러니까 왕자님도 그분께 더는……"

그 뒤는 기억나지 않는다.

세브의 결혼식은 왕성 서쪽의 평민 거주 구역에 있는 휴의 집에서 열렸다. 내 세계의 하얀 웨딩드레스를 입고 면사포를 쓴 신부가 꽃으로 장식된 하얀 길을 걸어가 연미복을 입은 신랑의 팔을 잡고 주례 앞에 서는 그런 결혼식이 아니었다.

이 세계의 결혼식은 신랑, 신부가 가진 옷 중에서 제일 좋은 옷을 입고 친구들을 초대해서 먹고, 마시고, 춤을 추는 파티에 가까웠다. 그래서 지금 세브도 어두운 붉은 옷을 입고 화관을 썼을 뿐, 내가 아는 신부의 새하얀 차림은 아니었다.

나는 자리에 앉아 왕자의 통통한 배를 토닥이면서 세브를 물끄러미 바라보았다. 시녀 친구들 사이에서 제일 예쁜 건 안나라고 생각했는데 가장 행복한 순간에 서 있어서 그런가, 오늘만큼은 세브가 세상에서 제일 예뻤다. 평소에 표정이 많아 보이지 않던 휴도 오늘은 표정이 밝았다. 아까 클라인이 축하 인사를 하고 악수를 청했을 때, 어쩔 줄을 몰라 했지. 동네 클럽에 갑자기 에미넴이 강림한 느낌이려나.

"가까이 안 가보셔도 되겠습니까?"

청첩장도 안 받았으면서 아침 일찍부터 여기 오자고 문을 두드렸던 클라인이 내게 물었다.

"네, 아스. 신부의 친구이니 더 가까운 곳에 있어야 하지 않습니까?"

그리고 그 클라인을 발견하자마자 자기도 가겠다고 억지에 억지를 썼던 시엘도 한마디를 덧붙였다.

"아니, 민폐다. 여기 가만히 있도록."

의도치 않게 같이 끌려 나와야 했던 피해자 미오 경이 내가 하고 싶었던 말을 대신 해주었다. 평민 거주 구역에서 클라인과 시엘은 그 존재 자체가 민폐다. 반짝반짝한 시엘은 누가 봐도 귀족이라서 민폐고 클라인은 모두가 누군지 알아봐서 민폐다. 자꾸 한숨이 나왔다. 안나는 물론이거니와 신랑의 다리를 부러뜨려 목발을 짚게 한 폐폐도 저기 가까이에 있는데 난 이게 뭐냐.

"괜찮아요, 여기서도 보이니까."

서당 개는 삼 년이면 풍월을 읊는다는데, 나는 시녀 생활 몇 달 만에 마음에 없는 소리를 진짜처럼 할 수 있는 스킬을 얻었다.

동네 사람들인 것 같은 허술해 보이는 악단이 간단한 곡을 연주하기 시작했다. 뭔가 덕담을 나누는 듯하던 사람들이 둥글게 물러서더니 그 사이에서 세브와 휴가 춤을 추기 시작했다. 휴는 저 목발로도 잘도 춤을 추는구나. 화관을 쓴 세브의 머리카락이 찰랑인다. 오늘 세브는 정말 예쁘다.

"공작님, 세브 진짜 예쁘지 않아요?"

"당신이 더 예쁩니다, 아스."

이 인간은 이런 시력으로 전쟁터에서 어떻게 살아온 거지. 아무렴 내가 신부보다 더 예쁠까.

"귀족분들의 결혼식은 이거랑은 좀 다르겠죠?"

"보통 결혼식은 신부 쪽의 의사에 따르기 때문에 세세한 것도 다 다르게 마련입니다만 훨씬 화려하고 절차가 많죠. 화려할수록 신부가 사랑받는다는 말이 있습니다. 그러니 당신과 제 결혼식은 이 나라에서 가장 화려한 결혼식으로 남을 겁니다."

아까부터 빤히 결혼식을 보고 있던 클라인이 나를 보며 부드럽게 웃었다. 그제야 나는 그가 내게 청혼한 적이 있다는 것을 떠올렸다. 하도 충격적인 청혼이라 잠깐 잊고 있었다. 내 슬픈 첫 청혼의 추억이 그였다.

"클라인 경? 저도 여자에 대해 잘 모르지만 청혼을 그렇게 구렁이 담 넘듯이 하는 건 좋지 못하다고 알고 있습니다만."

"아니, 정식 청혼은 진작에 했었다."

"청혼을 했다고요?"

미오 경이 심각한 얼굴로 나를 돌아봤다. 그와 눈이 마주쳐서 흠칫했다. 왜? 별로 죄지은 건 없는데? 하지만 내가 더 생각하기도 전에 시엘이 끼어들었다.

"안됐군, 카펠라. 아스는 나랑 결혼할 거야."

"청혼은 내가 먼저 했을 텐데."

"결혼은 선착순이 아니잖아."

아, 씨. 아침에 이 셋을 데리고 나오면서 이런 사태는 생각해 본 적이 없는데, 너무 안일했나 보다. 내 세계에서 이런 걸 겪어봤어야 알지. 아스 토케인이 부럽다. 이 여자나 나나 얼굴은 똑같은데 로맨스의 수나 질적 차이가, 좀? 아니야. 생각해 보니 다들 하나씩 하자가 있어서 질적으로는 크게 안 부럽군.

"아니, 다들 좀 조용히 해주실래요? 신랑, 신부가 안 보여요."

견디다 못해 한마디 하니까 조용해졌다. 하지만 무슨 생각인지 미오 경이 나머지 둘의 팔을 잡고 내 등 뒤로 물러났다. 그러더니 툭, 툭 하는 소리가 들리기 시작했다.

처음엔 그냥 발끝에 돌이 차이는 소리 같았는데 점점 들리는 간격이 짧아지고 소리가 커져서 아무리 등 뒤의 일을 모른 척하려고 해도 너무 어수선해져서 모른 척할 수가 없었다.

"아, 좀! 가만히들 계세요!"

와락 소리치며 뒤를 돌아본 내 눈에 들어온 건 세 남자가 다섯 살배기 어린애들처럼 서로의 멱살을 잡고 팔다리가 엉킨 채 드잡이질을 하는 광경이었다.

헉, 클라인 실망이야. 시엘은 그럴 수 있지만 당신마저 체면을 다 버리고 그러고 놀고 있을 줄은. 나는 모르는 척 고개를 돌리고 조금 떨어진 곳에서 진행되고 있는 세브의 결혼식에 집중했다.

신부도, 목발을 짚은 신랑도, 모두 행복해 보였다. 동네 사람들과 초대된 사람들이 모두 한 덩이가 되어서 춤을 추는데 그걸 보던 악사 하나도 연주를 포기하고 그 사이에 섞여 들어갔다. 소박하고 즐거워 보이는 풍경이었다.

"아스, 당신은 원하는 결혼식이 있습니까? 여자들은 하나씩 양보할 수 없는 결혼식 로망이 있다고 하더군요."

"음…… 전 그냥 드레스가 예뻤으면 좋겠어요. 하얀 드레스에 레이스가 촘촘히 박혀서 등 뒤로 길게 늘어지는 게 제 로망이에요. 아, 면사포도 화려하고 화관이나 하얀 꽃 장식이 있었으면 좋겠어요."

"하얀색이요. 그건 좀 특이하군요."

"그래요?"

"그날 신부는 가장 화려해야 해서 보통 붉은색 옷을 가장 많이 입으니까요."

그런가. 이 세계에는 결혼식에 신부가 하얀 옷을 입는다는 공식이 없나 보다.

"하지만 당신이 원한다면 왕국을 모두 뒤져 가장 귀한 하얀 비단을 준비하겠습니다."

클라인이 내 손바닥에 입을 맞췄다. 배를 통통 두드려 주던 손이 사라지니까 왕자가 잠시 짜증을 내는 듯한 애앵 소리를 내었지만 클라인의 눈은 짧게만 왕자를 보았을 뿐 다시 나를 향했다. 그는 꿀처럼 웃고 있었다.

"뭘 그때까지 기다려. 지금 하면 되지."

이 꼴을 가만히 보고 있을 시엘이 아니었다. 그는 클라인의 손을 강제로 떼어내더니 의기양양한 얼굴로 나를 돌아보았다. 그 순간 내가 입고 있던 옷이 물결이 퍼져 나가듯이 새하얀 드레스로 바뀌었고 땋아 내렸던 머리카락도 어느새 부드럽게 풀려 어깨를 감쌌다. 눈도 깜짝 안 했는데 나는 언젠가 입고 싶은 웨딩드레스로 어렴풋이 상상하던 안개 같은 하얀 드레스 차림으로 왕자를 안고 앉아 있었다.

"이대로 나랑 결혼할까요, 아스?"

"마법사, 청혼은 내가 먼저라고 아까……."

"날 마법사라고 부를 수 있는 건 아스랑 미오 경뿐이라고 말했을 텐데?"

"무례하군. 대마법사라는 위치에는 경의를 표하나 위계상 나와 그대는 같다."

"난 나보다 약한 자의 말은 듣지 않는다."

"호오? 그럼 한번 붙어볼까, 마법사?"

나는 클라인이랑 미오 경이 많이 싸울 줄 알았는데, 이렇게 셋이 붙여놓으니까 정작 싸워대는 건 클라인과 시엘이다. 둘이 계급이 같아서 다이다이로 붙을 수 있어서 그런가, 아예 미오 경은 논외로 두고 둘이 줄곧 싸워댄다.

부럽다. 나도 이번에 대리 진급하면 대리님이랑 계급장 떼고 붙는 게 꿈이었는데. 가만, 대리님이 아니라 과장님이었나? 회사의 모든 것이 블랙이라 갑자기 헷갈리네. 어쨌든 신분 높은 둘이 싸워대니까 쪼렙인 내가 말릴 수가 없잖아.

"아스."

그때 나처럼 진작 둘에게서 떨어져 있던 미오 경이 작게 나를 불렀다.

"네?"

돌아보니 그의 손이 너무 내 얼굴 가까이에 와 있었다. 어? 하는 사이에 귓가가 묵직해지고 그의 손은 다시 멀어졌다. 손을 올려 귓가를 만져보니까 꽃잎의 촉감이 느껴졌다.

"꽃이에요?"

"음, 화관은 무리지만 하얀 꽃 정도는 달아줄 수 있으니까."

그러더니 그는 바로 옆에 있는 화단에서 하얀 꽃을 한 송이 더 꺾어서 내 손에 쥐어 주었다. 장미를 닮은 크고 예쁜 꽃이었다. 하얀 꽃은 클라인 때문에 질린 줄 알았는데 이상하게 이 꽃은 받으니까 기분이 좋아서 웃음이 나왔다.

"고마워요, 미오 경."

나는 꽃을 들고서 세브를 보았다. 이 세계 사람들은 어떻게 데이트를 할까 궁금했을 때가 있었는데, 영화관만 없을 뿐이지 사람들은 쇼핑하고, 연극을 보고, 손을 잡고, 이야기를 나누고, 데이트를 한다. 내 세계와 똑같이. 놀랍게도 이 세계에서도 사람들은 사랑을 하고, 죽고, 결혼을 한다. 내 세계처럼. 나는 그것이 조금 마음이 놓이기도 하고 신기하기도 하고 무섭다.

"아스? 무슨 생각 하십니까?"

미오 경이 시엘을 데리고 저만치 멀어져 가고 있었다. 시엘이 순순히 따라갈 사람은 아니라 신기해서 계속 쳐다봤다. 둘은 결혼식 춤판이 벌어진 한쪽 끄트머리에 서더니 서툴게 왈츠를 추기 시작했다. 춤을 가르쳐 주겠다고 데려간 모양이다.

"세브가 오늘 참 예뻐 보여서요."

"아까도 말씀드렸지만 당신이 더 예쁩니다."

"이티카 아가씨보다요?"

이렇게 갑자기 찌를 줄은 몰랐던지 클라인이 놀란 눈으로 나를 돌아보았다.

나는 그를 보며 품에서 나해 여왕의 귀걸이 상자를 꺼냈다. 사실 나해 여왕이 처형을 당하던 그날도 이걸 클라인에게 돌려줄 생각으로 갖고 나갔던 건데 일이 그렇게 꼬여서 돌려주기 어정쩡해 계속 들고 다녔다. 누가 보면 연인의 정표를 들고 다니는 줄 알았겠네.

"이거 돌려드리려고요. 제게 어울리는 물건은 아닌 것 같아요."

"가지고 싶지 않다면 차라리 버려주십시오."

클라인은 손끝도 닿지 않은 채로 고개를 저었다. 과연 능력 있는 소드마스터 공작쯤 되면 이런 물건을 막 버릴 수 있는가 보다. 그래도 한 나라의 여왕이 대대로 물려받았던 물건이면 거의 국보급 아닌가? 나 같은 서민은 손 떨려서 이런 거 함부로 못 버린단 말이다.

"주신 분께 돌려드리는 게 맞는 것 같아요. 그리고 절 사랑하지도 않는 분께 이런 걸 받는 게 아니고요."

"왜 제가 당신을 사랑하지 않는다고 그렇게 확신하시는 겁니까?"

"사랑은 궁금한 만큼, 혹은 아는 만큼 커지는 건데 공작님은 아니잖아요. 그렇다고 제게 첫눈에 반하신 것도 아니고요."

"저는 당신을 사랑합니다."

"그렇다고 생각하고 싶으신 거예요. 저를 모르시잖아요."

"당신은."

정오에 가까운 시간이었지만 햇빛은 이미 내 등 뒤에 있었다. 나를 보는 클라인의 눈동자는 하늘색으로 보일 정도로 밝고 맑았다.

"걸을 때 왼발을 먼저 내딛습니다. 가만히 서 있을 때면 왼쪽 손목을 돌리는 버릇이 있지요. 손바닥에 햇살을 받는 걸 좋아하지만 햇빛을 보면 우선 눈을 찌푸립니다. 그때 당신의 눈동자는 밝은 개암색입니다. 물건을 잡을 때는 왼손을 내밀지만 사람과 접할 때는 오른손을 내밉니다. 이렇게, 무언가 마음에 들지 않을 때 당신은 지금 같은 얼굴로 웃습니다. 그리고 제가 당신을 보지 않는다고 믿을 때 당신은 저를 관찰하듯이 보지요. 그게 제가 아는 당신입니다."

가슴속을 아주 작고, 아주 얇은 핀이 찌르고 지나간 것 같았다. 내가 사랑을 했을 때, 나도 그 사람이 길을 걸을 때 어느 쪽 발을 먼저 딛는지, 어느 손으로 컵을 들고, 뒤돌아볼 때 어느 쪽으로 도는지 알고 싶었다.

나는 드레스 자락 아래 감춰진 다리를 까닥여 보았다. 내가 걸을 때 왼발을 먼저 뻗는다고? 진짜 아스 토케인도 그랬을까? 그는 언제부터 나를 그렇게 지켜봤을까?

"절 관찰하셨어요?"

"이전의 전 그녀에게 정신이 팔려 당신을 잘 알지 못했습니다. 하지만 이제 제 눈에는 당신만이 보이고 몰랐던 당신을 알아가는 것이 한없이 기쁘고, 행복합니다."

클라인은 내 손을 잡고 다시 한번 내 손바닥에 입을 맞추며 말했다.

"사람들은 계절이 네 개라고 하는데 그렇지 않습니다, 아스. 그녀와 사랑에 빠졌을 때 저는 모든 계절의 꽃이 한 번에 피는 다섯 번째 계절에 살았고, 그녀가 죽고 당신도 사라졌을 때는 모든 걸음마다 생명이 시드는 여섯 번째 계절에 살았습니다. 당신을 다시 만났을 때는 태양과 별과 달이 한꺼번에 뜨는 일곱 번째 계절이 찾아왔고요. 저는 지금 여덟 번째 계절이 돌아온 것을 느낍니다. 당신의 계절은 어떻습니까?"

"공작님의 여덟 번째 계절은 어떤 모습인가요?"

"황혼 속에서 낙엽이 저물고 모든 꽃이 피었다 지는 아름답고 안온한 계절입니다."

낮도 밤도 아닌, 어스름의 시간. 꽃은 피어서 낙엽을 맞고 또 낙엽은 새싹과 함께 저무는 광경을 잠시 상상해 보았다. 나는 이곳에서 어느 계절에 머물고 있었을까. 그의 계절에 나도 머물면 추웠던 몸에도 조금 온기가 돌까?

손끝에 힘을 주니 클라인의 입술과 볼이 만져졌다.

"아름다운 계절이겠군요."

늘 궁금했던 게 있었다. 다른 세계에 간 그들은 왜 항상 돌아가고 싶어 할까. 세계가 그들을 사랑하고 세상이 그들을 중심으로 도는데, 왜? 엄마가 보고 싶다는 것이 그 모든 사랑을 버릴 만한 가치가 있는 것일까?

"네, 이 세상에 없는 아름다운 계절입니다."

어쩌면 이런 감정이 그들을 낯선 세계에 남게 하는 것인지도 모르지.

"그럼, 공작님."

나는 양손으로 그의 얼굴을 만지며 속삭였다.

"다음에 제 귀를 뚫어주세요."

외전 7
아스's 게스트하우스

내 생각인데 사람은 자기의 통제력을 벗어난 일에는 관대해지는 것 같다. 다른 말로 하자면 포기하면 편해진다.

"공작님은 옷 안 갈아입으세요?"

이 상황에서 이런 말을 할 수 있을 정도로.

"옷이요?"

"잠옷. 주무셔야죠."

벽에 기대앉아서 뭘 생각하는 것 같던 클라인이 당황해서 날 쳐다봤다. 마주 보며 젖은 머리카락을 수건으로 털었다. 잠옷을 안 가져왔나?

"제 옷 빌려드릴까요?"

"안 맞을 거라 생각합니다만."

나는 잠깐 생각해 보고 다시 물었다.

"시도만이라도 해보시겠어요?"

"아스……."

"마법사님 옷도 안 맞으실 것 같고. 그럼 미오 경 옷을 빌리셔야 할 것 같아요."

그는 별로 내키지 않은 얼굴이었다. 그러면 돌아가라고 말하고 싶은 걸 참으며 침대 가장자리까지 굴러온 왕자를 안아 들었다. 시엘이나 미오 경한테는 그렇게 들러붙는 왕자가 클라인은 닭 쳐다보는 개처럼 가만히 보고만 있었다. 굉장하다, 클라인. 시엘에 미오 경, 세사르에 이어 왕자까지 그를 안 좋아한다.

"아스."

"네?"

"왜 저자가 여기에 있는 겁니까?!"

잠깐 시엘을 잊고 있었다. 퇴근하고 상쾌하게 돌아온 방에서 별로 좋아하지 않는 클라인을 발견한 시엘이 거세게 항의했다.

"어쩌다 보니."

"어쩌다 보니?"

시엘은 납득을 못 하는 모양이었지만 정말로 어쩌다 보니 이렇게 되었다고밖에 말을 할 수가 없었다.

클라인은 오늘따라 늦게 나를 찾아왔다. 평소에 그가 찾아오는 시간은 아침 시간대로 늘 일정했기 때문에 사실 오늘은 안 오는 줄 알았다. 공교롭게도 인나는 이미 퇴근을 했고 난 그가 왔는지도 모르고 방 안에 있었다. 우연이 이미 두 가지가 겹쳤는데 거기에 평소라면 기척을 내고 나를 기다렸을 클라인이 우연히 반쯤 열린 내 방문을 건드렸다. 그 정도면 그냥 이 상황이 불가항력이었다고 믿고 싶다.

방문을 연 클라인과 방 안에서 왕자를 안고 비행기 놀이를 해주던 미오 경의 시선이 먼저 마주쳤다. 그대로 얼음이 된 미오 경이 이상해서 돌아봤다가 나도 클라인을 발견했다.

그 짧은 순간에 어떻게든 말이 되는 상황을 만들려고 머릿속으로 온갖 시뮬레이션을 돌려봤는데 방법이 없었다. 침대 두 개가 모든 정황을 보여주고 있었고 어쩔 수 없이 남는 생활감이라는 것이 있었다. 미오 경이나 시엘 모두 짐이 많은 사람은 아니었지만 방 안에는 절대 내 물건으로 보이지 않는 흔적들이 있었다.

뒤늦게 방 안 검열을 하는 내 눈에 보였으니 클라인에게도 보였을 것이다. 분위기는 어쩔 수 없이 숙연해졌다.

"이게 어떻게 된 일인지 설명해 주시겠습니까?"

클라인은 꽤 침착하게 보였고 목소리도 차분했다. 어쩌면 이해해 줄 수 있지 않을까? 그렇게 생각했다. 육아가 이렇게 헬일 수가 없으니 일단 사람이 살고 봐야 할 것 아냐.

그렇게 생각하고 설명을 시작했지만 시간이 지날수록 나와 미오 경은 교무실에 불려 온 학생처럼 고개를 숙이게 되었다. 처음에는 침착한 줄 알았는데, 설명이 이어질수록 클라인의 눈이 너무 형형하게 빛났던 것이다. 그런 걸 살기등등한 눈이라고 말할 것 같다. 눈이라도 마주칠까 봐 고개를 들지 못하는 우리의 머리 위에서 클라인이 나직하게 말했다.

"그래서⋯⋯."

별거 아닌 말인데도 심장이 덜컥거리면서 주저앉는 것 같았다.

"셋이 동거를 한다고요?"

"아니, 동거 같은 게 아니라 일종의 전략적인 잠자리 터전의 공유라고나 할까요."

당당하고 뻔뻔스럽게 말을 하고 싶었는데 뒤로 갈수록 내 목소리는 작아졌다. 언제 어디서든 자신 있고 당당하게 말할 수 있을 거라 생각했는데 클라인을 앞에 두고 이런 이야기를 하자니 본능이 알아서 눈치를 본다. 도움을 바라고 옆을 슬쩍 봤지만 미오 경도 패닉 상태라 클라인에게 뭐라 말을 꺼낼 수 있는 상태가 아니었다. 생각해 보니 나

보다 미오 경의 심적인 타격이 더 클 것도 같았다.

"불미스러운 일은 없었습니다."

그래도 다행히 미오 경이 지원사격을 나왔다. 하지만 클라인의 미소는 한층 더 사납게 짙어졌다.

"당연히 그래야지."

분위기는 다시 숙연해졌다. 내가 소싯적에 34점 나온 국어 시험지를 들고 집에 갔을 때도 이런 분위기는 아니었다.

"그러면 아스, 저도 이곳에 머물겠습니다."

"네?"

"불미스러운 일이 없다면 제가 함께 있어도 문제가 될 것은 없지 않습니까?"

문제가 될 것은 아주 많았다. 사용하지 않는 자신의 방에서 잠옷으로 갈아입고 돌아온 미오 경이 내 옆에 섰다. 비누 냄새가 났다.

"문제가 뭔지 아시겠죠?"

"문제는 아주 많은데."

"당장 보이는 가장 큰 문제요."

잠을 자고 옷을 갈아입는 정도의 최소한의 개인적 생활을 하기 위한 공간인 곁방은 애초에 넓지가 않았다. 그런 곳에 침대 두 개를 껴넣었더니 사실 걸어 다니는 것도 장애물을 넘어 다니는 것처럼 조심스러운 형편이었다.

"침대가 모자라는군."

"한 침대에 세 명은 무리겠죠?"

미오 경이랑 시엘이 한 침대에서 자는 것도 정말 좁아 보이는 판국이라 거기에 클라인 하나가 더 추가되는 건 정말 무리일 것 같다.

"전 바닥에 앉아 있어도 충분합니다."

우리 목소리가 들렸는지 클라인이 나직하게 말했다. 사실 클라인은 이미 바닥에 앉아 있었다. 그는 내 침대에는 앉을 수가 없다고 정중하지만 단호하게 거절했다. 그리고 남아 있는 침대 쪽은 시엘이 아르렁대고 있어서 바닥에 앉을 수밖에 없었다.

"거기서 주무실 수는 없어요."

"전쟁터에서는 이것도 사치스러운 침상입니다."

내 방을 전쟁터에 비교당했다. 정리를 전혀 안 하고 살아서 많이 어지럽고 지저분한 곳이긴 해도 전쟁터급은 아니라고 생각하는데.

"그래도 공작님이 바닥에서 주무시면 죄책감이 느껴질 것 같아요."

"전 괜찮습니다."

아니, 제가 안 괜찮아서요. 내 침대를 봤다. 미오 경과 시엘이 자는 침대에 클라인까지 들어가기는 미션 임파서블이지만 내 침대는 좀 좁긴 해도 가능하지 않을까?

"저랑 같이 주무실래요?"

반은 농담 삼아 별생각 없이 한 말이었는데 반응은 격했다.

"아스."

"차라리 저랑 누워요!"

"마법사, 넌 좀 가만히 있는 게……."

아무리 나라고 해도 저런 말을 진담으로 하지는 않는다. 그냥 분위기 환기용 농담이었는데 상황이 악화되었다.

"그래도 공작님이 바닥에서 자는 건 좀 아닌 것 같아요."

"저자는 불청객입니다. 우리가 불청객까지 신경 쓸 필요는 없습니다."

클라인과 지위가 비슷한 시엘은 당당하게 말했고 미오 경은 클라인에게 훈련을 받는 입장이라 대놓고 고개를 끄덕이지는 않았지만 시엘에게 동조하는 분위기였다.

두 사람이 애초에 이 방이 내 방이라는 것을 좀 생각해 줬으면 좋겠다. 미오 경이야 내가 초대했지만 시엘도 시작은 불청객에 가까웠다는 걸 그새 싹 잊은 모양이다.

"정 그렇다면 제가 바닥에서 자겠습니다."

"그럴 것 없다, 미오 경."

"공작님이 바닥에 계시면 저도 아스도 편하게 잘 수가 없을 것 같습니다."

미오 경은 그렇게 말했지만 굳이 말하자면 누구든 바닥에서 잔다면 나는 침대에서 편하게 잘 수 없을 것 같았다. 아니, 자려면 잘 수는 있는데 심정적으로 편하지는 않다.

"침대를 붙여서 나란히 누워볼까요?"

"침대 높이가 달라서 힘들 거다."

그러게. 가운데 눕는 사람은 척추가 아작이 나겠네. 어쩌지. 내 집이라면 차라리 바닥에 이불을 깔고 다 같이 자겠는데. ……나쁘지 않은 생각인 것 같다. 침대를 치우고 다 같이 누우면 좁지 않게 대충 공간이 나올 것 같았다. 비록 방바닥을 부지런하게 청소하지 않았다는 게 문제지만 어떻게든 되지 않을까?

"마법사님, 혹시 침대를 잠깐 치울 수 있을까요?"

"지금 말입니까?"

"네, 아니다. 잠깐 이불만 좀 빼고요."

서둘러 시트랑 이불을 침대에서 걷어내었다. 바닥에서 자는 건 다시 생각해도 좋은 아이디어인 것 같은데 이불이 부족할 것 같았다. 이 방은 사람 빼고 모든 게 다 부족하다.

내가 침대에서 이불을 모두 걷어내고 나자 시엘이 손가락을 까닥여서 침대를 우리 머리 위로 올렸다. 줄에 매단 것도 아닌데 침대는 천천히 천장에 올라붙었다.

"바닥에 이불을 깔고 다 같이 잘까 해요."

이 방은 사용한 후로 한 번도 청소한 적이 없는데도 방바닥은 생각보다 깨끗한 것 같았다.

"한 사람 때문에 모든 사람이 하향 평준화된 환경에서 지내야 하는 거로군."

"그거 큰 소리로 말해보세요, 미오 경. 공작님 귀까지 들리게 큰 소리로."

시엘이 무슨 마법을 부렸는지 방울 소리 비슷한 게 나더니 바닥도 깨끗하게 변했다. 덕분에 반짝반짝 윤기가 도는 바닥에 이불을 깔고 누울 수 있었다. 천장에 대롱대롱 매달린 침대도 보이고 아주 인테리어가 스릴 있게 멋있는 것 같다.

내 옆으로 왕자를 뉘었고 그 옆으로 클라인, 시엘, 미오 경 순이었다. 덮을 이불이 부족해서 미오 경은 구석에서 자신의 겉옷을 덮고 누워야 했다. 불쌍한 미오 경. 애초에 미오 경과 나는 쾌적한 근무 환경을 위해 같은 방을 쓰기 시작한 거였는데 어느새 쾌적함은 멀리 사라지고 그가 이 사태의 최대 피해자가 되었다.

나는 돌아누워 클라인을 보았다. 불을 모두 껐어도 그의 붉은 머리카락은 어둠 속에서도 불타오르는 것처럼 눈에 띄었다. 오늘은 충동적으로 이 방에서 자겠다고 한 것 같은데 설마 내일도 그러려는 건 아니겠지?

"무슨 생각 하십니까?"

"공작님 생각이요."

클라인은 웃으면서 손을 내밀었지만 우리 사이에 왕자가 누워 있었고 거리가 적당히 멀었기 때문에 내게 닿지 못한 곳에서 손을 멈춰야 했다. 그가 여기에 있어서 편한 건지 아닌 건지, 내 마음인데도 잘 모르겠다. 그냥 이런 것도 나쁘지 않은 것 같다. 눈을 뜨면 그를 가장 먼저 볼 수 있으려나.

"안녕히 주무세요, 공작님."

"안녕히 주무십시오, 아스."

⊰⊱❦⊰⊱

"안녕히 주무세요, 공작님."

시엘은 마음속으로 숫자를 세었다. 하나, 둘, 셋. 그러곤 몸을 벌떡 일으켜 세웠다. 같은 생각을 하고 있었는지 그의 옆에서 미오도 동시에 몸을 일으켰다.

"아스는 잠들었겠지?"

"뭐…… 머리 대면 삼 초면 잠드니까. 안 일어나는 거 보면 잠든 게 확실하다."

아스 토케인이라는 여자의 가장 대단한 점은 자겠다는 의지를 가지고 머리를 대는 순간 삼 초 만에 잠드는 것이었다. 둘이 자리에서 벌떡 일어나자 뭔가 이상한 느낌이 들었는지 몸을 일으키려는 클라인의 멱살을 시엘이 덥석 잡았다. 클라인은 의외로 순순히 멱살을 잡히게 두었다.

"무슨 속셈이야?"

"그러는 너희는 무슨 속셈이지?"

"우리는 순수하게 아스랑 자는 사이일 뿐 속셈은 없어."

"그게 잘못된 거라 생각한 적은 없나? 한 번도? 머저리가 아니고서야."

마지막 말은 조금 작았다.

"그 머저리랑 같아진 너는 어떻지?"

"내게는 그녀의 평판 같은 것이 중요하지 않지만, 귀족 세계에서 여자의 평판이라는 게 얼마나 중요한 문제인지 네가 모르지는 않을 거라 생각한다."

"나 역시 아스의 평판 같은 건 중요하지 않아. 어차피 그녀는 나랑 결혼할 거니까."

"대마법사의 결혼은 금지되어 있을 텐데?"

"대마법사는 법칙을 만드는 자다. 내가 바라면 그게 법이야."

"그래서 전쟁터에서 그 꼴이 났나?"

아마도 클라인이 한껏 비웃는 얼굴로 말했다면 시엘도 그렇게 화가 나지는 않았을 것이다. 하지만 클라인은 더없이 단정하고 담담한 얼굴로 시엘의 아픈 곳을 사정없이 찔렀다.

아직도 시엘의 꿈속에서는 그 불꽃과 피와 비명이 가득한 전쟁터가 보였다. 죽은 스승과 죽은 병사들이 번갈아 그의 잠을 지배했다. 그리고 그 악몽의 한 축에는 클라인도 있었다.

"네가 감히 그런 말을 할 수 있어?!"

"명령 불복종자. 네 덕에 잃은 내 병사들을 기억한다."

시엘이 휘두른 첫 주먹은 미오가 가까스로 막았지만 그다음부터는 난투에 가까웠다. 말리려다가 졸지에 휘말린 미오는 클라인과 시엘의 사이에 껴서 양쪽에서 얻어맞았다.

"으음……."

아스가 뒤척이는 소리에 셋 다 움직임을 멈췄다. 서로의 다리와 팔이 얽혀 당장 풀어내기도 힘든 상황이었다. 아스 토케인은 한번 잠들면 좀처럼 깨어나지 않는다. 미오와 시엘은 거기에 기대를 걸고 숨마저 참은 채 아스가 다시 잠잠해지기를 기다렸다.

"……다들 안 주무세요?"

기다림은 버림을 받았다. 생각보다 아스의 목소리는 또렷했다.

"그게……."

"주무세요."

"네."

셋은 어기적어기적 얽힌 팔다리를 풀고 자리에 누웠다. 시엘은 다시 삼 초를 세었다.

"마법사님."

그가 몸을 일으키려는 찰나에 아스가 그를 불렀다. 시엘은 몸에 힘을 주던 자세 그대로 굳었다.

"얌전히 주무세요."

이건 아스의 지난 수면 패턴에 없는 일이었다. 시엘은 누워서 눈만 깜빡깜빡하다가 얼마간 시간이 흐른 후에 몸을 일으켰다. 이번은 삼 초보다 훨씬 많은 시간이 흐른 후였다.

"마법사님, 좀."

시엘은 얌전히 자리에 누웠다. 잘 상황은 아니라고 생각했지만 시간은 이미 한밤중이었고 미카엘 왕자가 새액새액 숨을 쉬는 소리는 멀리 떨어져 있는데도 귓가에 들려왔다. 시엘이 이미 익숙해진 보드라운 숨소리였다. 신경을 쓰지 않으려고 해도 귀는 왕자의 고르고 평화로운 숨소리를 잡아내었다. 오래지 않아 시엘도 미카엘 왕자와 똑같은 박자로 숨소리를 내기 시작했다.

미오는 숨소리를 들었다. 드디어 시엘이 잠들었다. 그보다 이르게 클라인이 잠들었고 아스는 사실 시엘의 생각보다 훨씬 빨리 잠들었다. 아스는 머리만 대면 3초 만에 잠이 들고 도중에 잘 깨어나지도 않았지만 잠귀 자체는 밝아서 주변에 사람 기척이 느껴지면 대꾸를 했다. 하지만 본인이 기억을 못 하는 그 모든 대답은 꽤 제정신인 척하는 잠꼬대일 뿐이다.

"아스."

미오는 작게 아스를 불렀다. 시엘은 잠자리에 예민한 데 비해 잠귀는 어두운 편이라 문제없었지만, 오늘 처음 같이 자보는 클라인이 걱정되어 크게 부르지는 못했다.

"아스."

처음보다 조금 목소리를 키워 불러보았지만, 왕자의 유모는 대답이 없었다. 완전히 잠든 모양이었다. 주변보다 늦게 자고 일찍 일어나야 하는 왕자의 호위 기사는 그제야 안심을 하고 자신의 겉옷을 가슴 위로 끌어 올리고 눈을 감았다. 늦은 잠은 빠르게 그를 덮쳐왔다.

15장
이루어질 꿈

세사르 카직은 내게 왕비 궁의 마법진을 찾아내라고 말했다. 꼭 그 때문만은 아니지만 나도 마법진을 찾아보려 했다. 그 마법진이 내 인생에 무슨 영향이 있을까? 몹시 Yes라고 말하는 직감과 본능과 육감이 있다. 내 주변에서 가장 수상쩍은 존재가 그건데 안 뒤지면 그것도 문제지. 세사르가 준 팔찌의 마력 감지 사정거리가 어느 정돈지 모르겠다.

비밀의 방을 3층을 통해서 올라갔었으니까 3층 복도를 왔다 갔다 해보면 팔찌가 반응할 줄 알았는데 감감무소식이었다. 시녀장 언니한테 걸려서 몇 번 잔소리를 듣고 나니까 용무 없이 3층 복도를 돌아다니기도 조심스러워졌다.

마법진을 찾아내면 필요한 무기를 다 갖추게 된다고 했으니까 〈탈출기〉에 정해진 그의 역할대로라면 마법진은 왕비의 친정을 몰락시킬 도구 중 하나로 쓰일 것 같다. 그러니 세사르에게 알려주지 않더라도 찾아내기는 해야 했다.

시엘에게 대놓고 물어보지 않은 건 아닌데…….

"마법사님, 왕비 궁의 마법진 입구가 어디예요?"
"궁금해요?"
"네!"
"말해주면 제게 반할 것 같은가요?"

이딴 식이라서 물어볼 수가 없었다. 장난친다고 능글맞게 저런 거였으면 하하, 이 자식 장난도 참 간이 크게 치는구나 하고 말겠는데 시엘은 해맑았다. 해맑지. 그는 늘 해맑았다. 인생은 정말 자력구제야. 인생에 왕자랑 기사는 없고 그나마 있는 마법사도 도움이 안 된다.
"아스, 네가 이 사실을 기뻐할지 아닐지 알 수가 없는데……."
"별로 안 좋은 예감이 드는데, 뭔데?"
"왕자님이……."
"그만, 안 들을래. 알고 싶지가 않아졌어."
"왕자님이 오늘 아침에 의자를 잡고 일어나셨어."
오, 신이여. 믿지는 않지만 신이시여. 왜 나에게 이런 시련을 주시나이까.
"그럼 곧 혼자 걸으시겠네?"
"응…… 아주 잠깐 몇 초 정도뿐이었지만 혼자 서셨으니까…….
"왜지. 보통 생후 1년 전후해서 걸어 다닌다고 하던데 발육이 너무 빠르잖아?!"
"왕자님이라 빠르신가 보지."
"난 마음의 준비가 아직 되지 않았어…….
재앙을 맞이할 준비가 되지 않았지. 지금도 혼자 기어 다니며 종종 없어지고 무언가를 엎어뜨리는 왕자가 일어서기까지 하면 재앙의 범

위가 늘어난다. 왕실은 대체 언제쯤에야 왕자에게 쓰는 인력을 증원할 생각인가 모르겠다. 내가 왕이라면 벌써 왕자한테 가정교사 하나 붙여서 영재교육 시작했다, 진짜.

안나가 어느새 지저분해진 왕자의 손을 닦아주고 있었다. 누워 있을 땐 얌전했는데 돌아다니기 시작하니까 더러워지는 속도와 빈도수가 이전에 비할 바가 아니다. 왕자는 손바닥이 간지러운지 까르륵 웃다가 나를 보고 입술을 내밀며 부우- 하는 표정을 지었다. 왕자는 월령이 늘어갈수록 표정이 풍부해지고 있다.

"왕자님, 그 표정 뭔데요. 웅, 웅?"

통통한 볼을 안 아프게 콕콕 찌르니까 아우아우 하면서 내 손가락을 잡아 입에 물고 쪽쪽 빨기 시작한다.

"근데 있잖아, 아스. 넌 그 마법사라는 사람이랑 카펠라 공작님 중에 누가 더 좋은 거야? 권력이랑 미래를 생각하면 카펠라 공작님이 당연한데 뭐랄까, 우리 신분에 공작가는 좀 부담스럽기는 하잖아. 그런 면에서 마법사님이 괜찮을 것 같은데 그분 어느 정도 지위의 마법사셔?"

"사실 두 분 다 부담스럽기도 하고 내 눈에 안 차기도 하는데 갑자기 왜?"

"갑자기는 아니지. 네가 세브 결혼식에 남자 넷을 대동하고 나타났을 때부터 다들 궁금해했어. 나는 오래전부터 궁금했고."

나는 왕자의 볼을 손끝으로 쓰담쓰담 문질렀다. 방금 왕자는 시녀들 사이에서 어엿한 남자 1이 되었다. 대단하다, 왕자. 한 살이 되기도 전부터 대마법사와 대륙 최고의 기사와 왕자 자신에게 있어서는 최고일 기사와 어깨를 나란히 하는 어른으로 대우를 받았다.

"그리고 또…… 방금 카펠라 공작님이 왕비 궁 안으로 들어오시는 것을 봐서 생기는 궁금증이랄까. 너 나갈 거잖아. 독박 육아를 하게 될 입장에서 정당한 호기심이지."

"어억, 왜 이렇게 갑자기!"

"네 방문자들이 언제 소식을 전하고 왔어야 말이지."

그러면서도 안나는 들고 있던 물수건으로 세심히 내 눈곱을 떼어주었다. 아침에 세수한 것 같은데 안나의 반응을 보니까 자신이 없다. 사실 요새 내가 아침에 세수를 제대로 했는지, 머리는 빗질하고 다시 묶은 건지 확신이 안 선다.

"내가 시간을 벌어줄게, 빨리 들어가서 입술에 뭐라도 칠하고 나와. 넌 할 수 있어!"

이처럼 든든하고 진한 우정이 느껴지는 말도 없었다. 무려 공작님 앞에서 내가 화장할 시간을 벌어주겠다는 안나는 너무 늠름하고 다정했다. 하지만 클라인이 그보다 빨랐다. 처음에는 그래도 노크를 하고 허락을 받은 후에 들어왔던 것 같은데, 이제는 노크를 하고 한 호흡 정도 쉰 다음에 허락을 기다리지 않고 바로 문을 열고 들어온다.

"갑자기 바빠져서 격조했습니다."

붉은 머리카락의 미남이 고운 색의 모란을 한가득 안고 들어왔다. 모란은 미녀에 대한 비유 아니었나요. 모란이 미남이랑도 저렇게 환상적인 조합인 것을 이제야 알았다. 내 얼굴을 박박 닦아주고 있던 안나가 한순간 '와아……' 하고 작게 감탄을 터뜨릴 만큼 화려하고 아름다운 조합이었다.

"안나, 나 있잖아."

"나가, 나가."

안나에게 양해를 구하고 클라인과 밖으로 나갔다. 나가기 직전, 그가 안고 왔던 모란을 한 송이 빼 들어 냄새를 맡아봤다. 모란에는 향기가 나지 않는다고 하던데, 그래도 살아 있는 꽃에서는 희미하게 좋은 냄새와 생화 특유의 풋풋한 풀 냄새가 나고 있었다.

"공작님, 이제 오시는 시간을 조정하셔야겠어요. 날이 많이 더워졌네요."

계절은 이제 착각할 수 없는 여름이었다. 건물 안에 있을 때는 그나마 괜찮았는데 나오자마자 공기가 훅, 하고 목을 졸랐다. 이건 사람이 숨을 쉴 수 있는 기온이 아니다. 슬쩍 클라인 쪽을 돌아보니까 이 더위를 뚫고 왔을 그는 땀 한 방울 없는 평온한 얼굴이었다. 세상 사람은 두 가지로 분류할 수 있다. 여름에 죽는 사람과 여름에도 더위를 안 타는 사람. 나는 더할 나위 없이 전자인데 클라인은 후자인가 보다.

이 왕국은 겨울이 한 달 정도밖에 안 되는 짧은 시기인 대신에 다른 계절이 길었다. 그렇다는 것은 봄이 길었던 만큼 여름도 길다는 소리지. 난 죽을지도 몰라.

"그럴까요, 아스?"

클라인의 평소 대화 패턴을 생각한다면 '전 괜찮습니다' 같은 소리가 나올 줄 알았는데, 대놓고 반색을 했다. 안 그래 보이는데 역시 그도 덥긴 더웠나 보다.

"출근하는 순간부터 당신이 그립습니다. 아침 일찍 찾아뵙는 건 여성분께 무례인 것 같아서 참아왔습니다만……."

"아니, 전 해가 진 다음에 오시라는 말이었어요."

이미 볼 장 다 본 미오 경이라면 또 모를까, 클라인에게는 아직 눈곱만큼이라도 나에 대한 환상을 남겨두고 싶었다. 그가 아침 일찍 찾아온다면 진짜 눈곱을 보여주게 될 것 같으니까.

우리는 예전에도 왔었던 반쯤 폐허가 된 분수대 앞에서 발을 멈췄다. 이곳 역시 완전히 메테오에 파괴되고 불타올랐던 것으로 알고 있는데 시엘이 어떻게 시간을 되돌린 것인지, 분수대는 내가 마지막으로 보았던 모습 그대로 무너져 이끼가 낀 상태였다. 회색의 돌 사이사이로 짙은 녹색의 이끼와 녹음이 가득했다.

나는 분수대 앞에 놓인 기다란 벤치에 앉았고 클라인은 내 앞에 한쪽 무릎을 세우고 앉았다. 사람이 없어서 망정이지 많이 민망하고 부끄러운 광경이었다.

"정말 괜찮으십니까?"

그가 물었다. 아마 괜찮지 않을까? 품 안에서 그가 선물했던 나해 여왕의 귀걸이를 꺼내며 나는 막연하게 그런 생각을 했다.

"공작님을 내려다보는 건 좀 이상한 기분이네요."

"싫으십니까?"

"그게 아니라 좀, 이상해요."

내 손으로 상자를 열었다. 진주와 토파즈를 닮은 보석으로 장식된 아기자기하면서도 고풍스러운 귀걸이가 그 온갖 소동에도 불구하고 가지런히 놓여 있었다. 참 예쁜 귀걸이다. 나해의 여왕에게 대대로 내려온 이유도 알 것 같다. 화려하고, 격조 높고, 그러면서도 아기자기하다.

이 귀걸이도 여왕의 귀에서 떨어질 때 자신의 종착점이 타국 유모의 귀가 될 거라고는 생각 안 했을 것 같은데.

"참 예뻐요. 하지만 역시 저한테 어울리는 물건이 아네요."

"저는 처음 보는 순간부터 당신과 닮았다고 생각했습니다만."

어, 음, 글쎄…… 예쁘게 봐주셔서 감사하긴 한데요, 그것도 어느 정도껏이죠. 어지간한 미인이 아니고서는 이런 화려한 물건이 어울리기 쉽지 않을 텐데. 이렇게 색상까지 밝아서는 나보다는 차라리 유르겔한테 잘 어울릴 것 같다.

클라인이 한쪽 귀걸이를 집어 들었다. 상자를 잡고 있던 내 손가락 옆을 따뜻하지도 차갑지도 않은 그의 살갗이 살짝 스쳐 지나갔다. 잠깐 그의 시선이 겹쳐놓은 내 손에 머물렀다. 긴장해서 쥐고 있는 것으로 보였을까 봐 얼른 손을 풀었다.

"조금 아프실 겁니다."

"공작님은 귀 안 뚫어보셨잖아요. 어떻게 아세요?"

살짝 웃으면서 물어봤는데 그는 조금 난처한 표정으로 천천히 말했다.

"귀는 뚫어본 적이 없지만……."

뒤의 말은 안 해도 알 것 같아서 고개를 끄덕였다. 그가 아무리 강한 검사라도 그렇게 전쟁터를 찾아다녔으면 어디든 한 번 이상은 뚫려보았겠지.

내 세상에 있을 때 나는 귀를 뚫었었다. 피는 많이 나지 않았지만 귀를 뚫는 순간부터 부어오르더니 끝내는 곪아서 햇수로 2년 이상 고생을 했던 기억이 난다. 아스와 나는 얼굴과 몸이 거의 같은데 그런 부분까지 닮았을까? 이번에도 귀가 곪는다면 이미 풀어버린 세야의 리본이나 한 번도 풀어낸 적이 없는 미오 경의 팔찌가 필요 없는 증표가 될지도 모르겠다. 내 세계에서도 2년 내내 귓불에 피가 고인 고통을 잊어본 적이 없으니까.

그는 내 귓불을 잡고 천천히 손끝에 힘을 주었다.

"공작님, 그렇게 누르시면 아픈데요."

"이렇게 해야 조금이라도 덜 아프실 겁니다."

그는 살이 눌려서 불편한 감각이 아픔으로 바뀔 즈음에야 손에서 힘을 풀었다. 귓불에 내 체온인지 그의 체온인지 모를 온도가 남았다. 막혔던 피가 통하면서 귀가 뜨거워지고 미력한 아픔도 같이 퍼져 나갔다. 화끈거리는 귀에 서늘하게 느껴지는 그의 손이 다시 닿았다. 이래야 덜 아프다니까 할 말은 없는데 좀 많이 아프다.

쳐다보고 있을 곳이 필요해서 나는 클라인을 보았다. 흘러내린 소맷자락 안에서 움찔 일어선 손목뼈와 힘줄이 보였다. 그리고 클라인의 눈을 보았다. 이토록 녹색인 세상에서 오로지 나에게만 집중한 클라인의 눈동자는 푸른빛이 더해져 있었다. 얼마나 집중을 했는지, 이렇게 대놓고 바라보고 있는데도 그는 내 시선을 눈치채지 못했다.

그가 눌러대는 귀는 점차 뜨거워졌고 이제는 내 체온이 그의 손으로 옮겨가고 있었다. 더워지는 여름의 그늘에서 내 몸은 평화로웠지만 귀만은 마치 설레는 것처럼 화끈거렸다. 회청색의 눈동자가 물처럼 나를 보고 있어서, 텅 비어 있던 내 어딘가에 조금씩 따뜻한 물이 흘러 떨어지는 것 같았다.

"아스."

클라인을 훔쳐보다 그와 눈이 마주쳤다. 그의 팔에 약하게 힘이 실리는 것도 보였다. 그리고 날카로운 끝이 나를 관통했다.

화끈한 아픔이 귀를 마비시키는 것처럼 번졌다. 클라인의 여덟 번째 계절이 내 가슴을 찔렀을 때처럼 귀에 따끔함이 느껴졌다. 거의 동시에 가슴에도 가느다랗고 화끈한 통증이 남았다. 묵직한 귀걸이가 걸린 순간부터 귀가 붓고, 당기기 시작했다. 클라인은 바로 반대쪽 귀를 잡고 같은 일을 반복했다. 양쪽 귀가 빠르게 부어오르면서 당기는 것 같은 통증이 귀 끝에 달라붙었다.

그는 곧 양손으로 내 볼을 잡아 똑바로 나를 보았다. 녹색의 정원 안에서 그는 이제 거의 새벽 동트기 직전의 하늘색 같은 눈으로 나를 보았다. 아니다, 내 귀를 보는 건가? 그는 가늠하듯이 나를 보다가 한 손으로 내 귀를 꾸욱 눌렀다. 동일한 아픔이 이번에도 귀와 가슴을 꿰뚫고 지나갔다.

"……그래도 아프네요."

"귀를 식힐 얼음을 가져와야 했는데, 제 생각이 짧았습니다."

"아녜요. 저야말로 손수건이라도 가져올 걸 그랬어요."

클라인은 나를 보며 드물게도 조금 의문스러운 표정을 지으면서 습관처럼 사연스럽게, 그의 손가락에 묻은 내 피를 혀로 핥았다. 그의 혀보다 내 피가 더 붉었다. 응, 네. 그럴 것 같아서 손수건 이야기를 한 건데 못 알아들었구나……. 분수대에 물이 흘렀다면 좋았을걸.

귀걸이를 단 내 모습을 볼 수 없는 대신 그 묵직함을 느끼려 고개를 잘래잘래 젓고 있으니까 클라인이 작은 손거울을 건네주었다. 그란 남자, 손수건은 없어도 거울은 갖고 다니는 이 세계의 멋쟁이 남자.

나는 거울 속의 내 모습을 들여다보았다. 귀걸이가 지나치게 화려해서 나랑 어울리지 않을 줄 알았는데, 귓불에 덩굴이나 작은 꽃송이처럼 붙은 귀걸이는 생각보다 잘 어울렸다.

"별일이 없다면 언제 한번 제집에 놀러 오셨으면 합니다."

경험에 의하면 '별일이 없다면'이라는 조건문은 별일이 있을 때 붙는 거다. 〈탈출기〉가 생존을 보장해 준 클라인이 사망 플래그를 찍을 일은 없을 테고 그에게 별일이 생겼나 보다.

"무슨 일 있으세요?"

"아무 일도 없습니다. 그저 아스 당신께 제가 자란 곳을 보여 드리고 싶어서 그렇습니다. 집을 자주 비워 낡기는 했지만 정취 있고 아름다운 곳입니다."

'돌아가면 그녀에게 고백하겠어. 나중에 따라갈 테니 먼저 가'와 불길함 레벨이 비슷한 말이었다. 뭘 더 물어보고 싶은데 절대 대답을 해줄 얼굴은 아니라서 그냥 한숨만 쉬었다.

"가면 공작님네 가계도도 볼 수 있나요?"

이 세계에 족보라는 말이 없을 것 같아서 돌려 말했다.

"작위 증서를 보고 싶으신 거라면……."

"아뇨, 가계도가 보고 싶어요. 그런 거 본 적도 없고 공작님의 친척이 어떤 분들이실까 궁금하기도 해서요."

카직 백작이랑 무슨 관계인지가 궁금해서요.

어느 포인트가 문제인지 모르겠지만 클라인이 굉장히 기뻐했다. 그는 얼굴에서 광채가 날 정도로 웃었다.

"잠시만 기다려 주십시오. 당장 가계도를 가져오도록 하겠습니다."

나는 책상 위에 묵중한 소리를 내며 내려앉은 우편번호 일람 같은 두께의 책 더미를 질린 눈으로 바라보았다. 클라인의 집과 왕궁에 무슨 포탈이라도 뚫려 있는지 그의 부관 길버트와 빈센트가 이걸 들고 오는 데 시간이 오래 걸리지도 않았다. 안나가 길버트, 빈센트, 왕자 세 남자를 데리고 사라져 주었다.

대체 언제 적부터 꺼내 왔길래 먼지가 이따위일까. 책 더미 위에서 손을 한참 휘휘 저은 후에야 먼지가 잦아들어 책장을 넘길 수 있었다. 가계도의 맨 뒤, 최근의 기록부터 찾았다. 제발 여기에 카직가와 연결된 기록이 있었으면 좋겠다.

세사르는 출생 콤플렉스에 시달린다. 그게 얼마나 심각한 콤플렉스냐면, 유르겔의 말 몇 마디에 자신의 인생을 던질 정도로 심각하다. 그리고 그는 클라인과 피의 연결을 느끼게 할 만큼 닮았다. 그러니 카펠라 가문과 연관된 무엇인가가 그의 콤플렉스이지 않을까.

절대 그의 윗대로 많이 올라가지는 않을 것이다. 그러기엔 세사르와 클라인이 많이 닮았기도 하고 저렇게 강렬한 콤플렉스는 직접적으로 그와 관련된 부모님이 문제일 가능성이 크다. 클라인이 무인치고 길고 아름다운 손가락으로 최근의 기록 한 부분을 짚었다.

"이분은 제 아버님의 큰누님 되시는 분입니다. 병약하셔서 일찍 돌아가셨지만 검은 머리카락의 아주, 아름다운 분이십니다. 저택에 초상화가 남아 있으니 당신께 꼭 보여 드리고 싶습니다."

클라인은 마치 꿈을 꾸는 것 같은 눈으로 말했다.

"다음에 제가 카펠라 저택에 놀러 가면 공작님이 신기한 이야기들을 해주시면 좋겠어요."

"네, 아스. 꼭 그렇게 합시다."

그리고 그는 내 손이 먼지투성이인 데도 개의치 않고 잡더니 손바닥에 입을 맞췄다. ……가끔 그가 이렇게 내 손바닥에 키스할 때면 마치 손바닥에 뜨거운 낙인을 찍는 것 같은 느낌일 때가 있다. 그는 뭘 새기고 싶은 걸까.

나는 신중하게 가계도를 읽었다. 한 4대 전까지 올라가도 카직이라고 읽을 만한 단어는 보이지 않았다. 내가 철자법이 엉망이라는 것을 감안하더라도 비슷하게 읽힐 만한 것도 없었다.

뭐야, 둘이 비혈연이야? 내가 과잉 추측을 한 거야? 거의 멸종하다시피 한 내 본능이 둘이 형제라고 아예 사이렌을 삐뽀삐뽀 울리고 있었는데. 나는 이제 한계다. 이 동네에 무슨 인터넷이 있는 것도 아니고, 내가 인맥으로 어디 귀부인들 다과회에 들어가서 '오호호호, 부인들. 재미있는 가십이 없을까요?' 하는 마리 앙투아네트 놀이를 할 수 있는 것도 아니고, 여기가 내 한계점인 것 같다.

물어볼까? 물어보고 싶다. '공작님. 카직 백작님이랑 어떤 관계세요?'라고 물어보고 싶다. 진짜 물어보고 싶다. 공작님, 카직 백작님이랑 무슨 사이세요? 아냐, 이렇게 물어보면 이티카 카직에서 비롯된 앙숙 관계만 설명할 수도 있다. 그럼…… 뭐라고 하지? 카직 백작님이 공작님 형이에요? 아니면 공작님이 카직 백작님 형이에요?

"아스, 뭘 보고 계십니까?"

"공작님이 카직 백작님 동생이에요?"

망했다. 뇌에다가 세뇌를 걸고 있었는데 클라인이 말을 걸어서 정보 신호의 교란으로 인하여 헛소리를 하고 말았다. 말이 헛나가고 말았어. 망할, 이걸 어떻게 수습하지? 제가 정신이 나갔어요?

내 어깨에 손을 올리고 있던 클라인의 손이 그대로 굳어버렸다. 나는 차마 무서워서 클라인의 얼굴을 볼 각오가 생기지 않았다. 회사 직원들과 사내 메신저로 사장 욕을 신나게 하던 걸 차장님께 잘못 보냈을 때의 그 공포가 밀려온다. 하지만 계속 이러고 있을 수는 없었다.

나는 눈을 질끈 감았다가 클라인을 올려다보았다. 그는 내가 알 수 없는 표정으로 나를 보고 있었다.

"당신은."

심판의 순간처럼 클라인의 입이 열렸다. 그는 잠시도 내게서 눈을 떼지 않고 한번 깜빡이지도 않으면서 말했다.

"사실은 다 잊어버리신 거군요. 저에 관한 거나 그녀에 관한 것이나…… 그에 관한 것 모두."

클라인이 계절을 말했을 때 찔린 가슴과 그가 뚫어준 귀와 그가 키스하는 손바닥이 한꺼번에 뜨끔하고 당겨왔다. 불에 지진 것 같기도 하고 손톱으로 꼬집어 양옆으로 당기는 것 같기도 한 날카롭고 미세한 고통이었다. 하지만 그가 나를 들여다보고 있어서 고개를 돌릴 수도 없었다. 어쩌면 이 고통은 죄책감을 닮은 어떤 것일지도 모르겠다.

클라인은 내 뺨에 손을 올렸다. 그는 체온으로 나를 빚듯이 내 볼을 쓸어내리며 말했다.

"공공연한 비밀입니다. 그와 저는 어머니가 같습니다."

"이런, 젠장."

둘이 형제라고 생각했으면서도 전혀 생각하지 못했던 답이라 나도 모르게 욕이 입 밖으로 나갔다. 클라인은 내일은 해가 또 뜬다는 말을 하듯이 평온하게 이야기했지만 내가 무의식중에 내뱉은 욕에는 당황한 얼굴을 했다. 왜? 뭐? 왜? 여자가 살다 보면 예상치 못한 말을 듣고 욕 좀 할 수 있지, 뭐.

내 찍기 실력이 좀 괜찮은 것 같다. 이걸 어떻게 찍었지?

"어머님이 재혼을 하셨군요."

"아스."

그는 잠시 안타까운 얼굴을 했다. 그러고는 책을 들여다보듯이 내 눈을 들여다보았다.

"우리 왕국은 사별이 아닌 재혼은 허가하지 않습니다."

클라인은 이제 양손으로 내 뺨을 감싸 안았다. 그의 손가락이 아직 상처가 낫지 않은 내 귀를 건드려서 날카로운 아픔에 움찔, 몸을 떨었다. 그러나 그의 손은 조금 더 조심스럽게 변했어도 내 뺨을 놓지는 않았다.

"아스, 예전에 당신은 기억 일부분을 잊었다고 하셨습니다. 그 말이 틀림없습니까?"

그가 지금 나를 의심한다. 그는 나를 의심하고 나는 그를 의심했다. 나는 그것이 꽤 공평하게 여겨졌다.

"네, 제가 무슨 기억을 잃었는지 모르겠다고 말씀드렸잖아요."

나는 늘 그를 의심한다. 그는 나를 사랑한다고 말했지만 그것이 이티카 카직의 일부로서의 사랑인지, 아니면 그 시간을 함께했던 아스 토케인을 향한 동지애의 변질인지 모르겠다. 그는 나를 사랑한다. 하지만 그 근원에 무엇이 있느냐에 따라서 많은 이야기가 달라질 수 있을 것 같다. 만약 내가 그때의 '아스 토케인'이 아니라면, 그래도 그는 나를 사랑할까? 그의 여덟 번째 계절이 무너지지 않을 수 있을까?

클라인은 길게 한숨을 쉬었다. 그러더니 손을 위로 올려 내 눈을 가렸다.

"아스, 서는……."

아무것도 보이지 않는 몇 번의 깜빡임이 지나고 한숨 소리와 함께 다시 빛이 돌아왔다. 그는 내 눈을 가렸던 손을 거둬 가 스스로를 가렸다.

내게 그는 파도치지 않는 바다 같은 사람이었다. 어쩌면 그의 바다에 지금 해일이 몰아치고 있는지도 모르겠다. 늘 차분하게 나를 보던 그 회청색 눈동자가 흐트러져 있다면, 그 뒤집힌 바다에서 무언가를 찾아낼 수 있을까. 나는 그가 스스로를 가리고 있는 그의 손목을 잡아 내렸다. 그의 손은 잠깐 저항하는가 싶더니 맥없이 내 손에 딸려 내려왔다.

"저는……."

"공작님."

가릴 것을 잃은 클라인은 내 목소리에 대답하는 대신에 두 눈을 감아버렸다.

"공작님, 절 보세요."

클라인은 고개를 모로 꺾어 채근하는 나를 피했다. 붉은 머리카락이 그의 뺨과 목덜미를 덮고 있는 게 조금 묘한 느낌이었다.

"공작님, 제 기억이 있고 없고가 중요한가요? 이미 이티카 아가씨를 기억하지 못하는 건 알고 계셨잖아요."

그가 뚫어준 귀가 손톱으로 잡아당기는 것처럼 아팠지만 그 아픔을 무시하고 나는 참 뻔뻔한 말을 잘도 꺼냈다. 클라인이 나를 보았다. 그는 괴로워 보였다. 내가 그를 괴롭히나? 그럴지도 모르겠다.

"그렇지, 않습니다. 아스, 전 당신을 그저…… 당신이."

나는 그가 얼마나 강한 기사인지 모른다. 아마 한 손으로도 충분히 나를 제압할 힘이 있을 것이다. 하지만 그는 사소한 힘 하나 주지 않고 있었다. 그는 늘 그랬다. 클라인이 손을 놓아달라는 듯이 살짝 흔들었다. 슬며시 놓아주자 그는 그 손으로 내 손목을 잡았다. 서로의 손목을 잡은 채로 우리는 잠시 서 있었다. 그의 맥박이 나를 닮아가고 내 맥박은 그의 맥박을 훔쳐 왔다.

그는 자유로운 손을 내밀어 틀어 올리고 있던 내 머리카락을 풀어 내렸다. 긴 머리카락이 무겁게 출렁이며 등을 덮었다.

"당신은 머리카락을 틀어 올리고 있는 것을 좋아하지 않으시죠. 이따금 머리가 아픈 듯 당기는 것을 보았습니다."

"네."

"당신은 손을 모으고 있을 때 오른손을 왼손 위에 올립니다."

한 번씩 클라인이 내 손을 보고 있던 것이 생각났다. 세야의 리본이나 미오 경의 팔찌를 보고 있는 줄 알았는데 아니었다. 그가 나를 관찰하고 있었는데 나는 그걸 몰랐다.

"당신은 눈으로만 사람을 올려다볼 때도 있습니다."

단단한 기사의 손이 내 이마에 닿았다. 사라질 것을 만지듯이 옅은 체온으로 그는 내 이마를, 눈썹과 콧대를, 눈꺼풀과 속눈썹, 코와 볼 그리고 윗입술을 쓸어내렸다. '아스'라며 작게 나를 부르면서.

"알고 있었습니다. 그건 하녀들의 습성이 아닙니다."

시녀 친구들이 그런 말을 했던 것 같다. 하녀들은 높은 사람들 앞에서 오른손을 가리고 시선을 내려야 한다고. 하지만 내 세계는 명절에 절을 올릴 때 오른손이 왼손 위에 있어야 한다고 가르쳤다. 몸에 밴 습관이 그것이라 오른손을 가려야 하는 이 세계의 규칙이 아닌 왼손을 가리는 내 세계의 규칙을 따랐다.

"아스, 저는 상관이 없습니다. 이제는."

그건 무슨 뜻일까?

클라인은 천천히 손을 내밀어 내 머리카락을 귀 뒤로 쓸어 넘겨주었다. 스치듯이 그 손끝이 내 귀와 귀걸이를 건드린 것 같았다. 다시 한 번 눈잎이 어두워졌다. 그는 한 손으로 내 눈을 가리고 내 쪽으로 몸을 숙인 듯했다. 희미한 꽃과 물 냄새에 섞인 그의 향수 냄새가 났다.

클라인은 가린 내 눈 위에 입을 맞추는 것 같았다. 닿은 것은 그의 손바닥과 내 속눈썹뿐인데도 이상하게 이마랑 뒤통수랑 목덜미가 간지러워졌다. 나는 손등으로 목덜미를 슬슬 긁으면서 반걸음 물러섰고, 클라인은 그걸 보며 싱긋 웃었다. 내가 알고 있는 사람이 아니라 지금 처음 만나는 소년 같은 얼굴이었다.

"세사르 카직은 제 어머님이 결혼 전에 낳은 사생아입니다."

그는 내가 이 간질거리는 감각이 무엇인지 파악하기도 전에 폭탄을
던져 버렸다. 난 사실 세사르가 하녀가 낳은 사생아일 수 있지 않을까
생각했었다. 왜, 조선 시대 영조만 해도 어머니의 출신이 귀하지 않아
서 유독 무수리에게 관심을 기울이고 명문가 출신 왕후한테 냉정했
다는 말이 있지 않은가. 세사르도 그런 의미로 하위 계층에 야박한 게
아닐까 했는데, 문제가 더 복잡해졌다. 귀족들 사이의 사생아라. 옛날
유럽은 사생아면 친부모가 챙겨주는 거 외에 가문 내의 권한은 하나
도 없다고 알고 있는데 여긴 다른가 보다.

"음…… 그래도 되는 건가요?"

클라인은 가볍게 웃었다. 나도 내가 되지도 않는 질문을 했다는 자
각은 있다.

"사생아가 가문을 잇는 경우는 극히 드물긴 합니다만…… 선대 카
직 백작은 선량한 분이셨습니다."

"그 부분이 아니라 어머님이요."

"어머님의 태내에 그자가 있을 때 제 아버님이 청혼을 하셨답니다."

그러니까 클라인의 어머니랑 세사르의 아버지가 해피한 커플이었
는데 클라인의 아버지가 그 사이에 끼어든 것? 난 왜 엔터테인먼트가
없는 세상에 와서 이런 아침 드라마 스토리를 듣고 있을까.

"그 사실을 카직 백작님도 알고 계시는 거겠죠?"

"예, 그렇습니다."

"그리고 카직 백작님은 공작님을 많이 싫어하시고요?"

"이유는 모르겠지만 그자는 절 처음 본 순간부터 싫어했습니다."

그렇구나. 이유를 모르는구나. 나는 잘 알겠는데.

"저 그럼 이티카 아가씨는요? 그분은……."

어라? 가계도가 콩가루가 되고 있다. 이 왕국이 근친혼은 허가하던
가? 아님 그걸 개의치 않을 정도로 클라인의 사랑이 눈먼 열렬한 사

랑인 건가? 나는 말을 하다 말고 슬쩍 그의 눈치를 보았다. 클라인이 고개를 흔들었다.

"어머님이 아버님과 결혼을 한 후에 카직 백작도 다른 분과 결혼을 했습니다. 그녀는 축복받은 적법한 결혼으로 태어난 분입니다."

"이키타 아가씨랑 카직 백작님이 왜 사이가 나빴는지 알 것 같네요."

보지 않아도 저 집안 내부 분위기를 알 것 같다. 어머니가 다르다는 사실을 둘 다 알고 있었겠지. 가족이 꼭 피가 섞여야 가족인 것은 아니겠지만 한 점 다른 피가 있는 그는 겉돌았을 수도 있겠다.

한 가족인데 집안에서 그만이 외부인이 되어서 평생을 사는 건 어떤 느낌일까 잠깐 생각을 해보았다. 세사르를 딱히 좋아하지 않지만 가지고 있는 것들을 언제 빼앗길지 몰라 불안하고 경계심이 많아졌으리라 생각되어서 약간 동정심이 생길 뻔했다. 그게 그가 그렇게 안하무인으로 폭력적인 남자가 된 변명이 될 수는 없지만.

"그냥 질문인데, 공작님의 아버님은 왜 굳이 다른 분의 아이까지 있는 분께 청혼하셨을까요. 다른 미혼 여성도 많았을 텐데."

"아버님이 전쟁터에서 크게 다치신 후 좀처럼 회복이 되질 않아서 혹시나 후계를 보지 못하고 돌아가실까 서둘렀다고 합니다."

로맨스를 사랑하는 내 마음이 세기의 로맨스 스토리가 나올 것을 기대했지만, 클라인은 간단하고 담담하게 내 기대를 저버렸다.

"그때 어머님이 이미 임신 중이셨으니 몇 달을 기다려야 했을 텐데…… 다른 분과 서둘러서 결혼하시는 쪽이 낫지 않아요?"

"어머님은 본래 수태가 순조로운 다산으로 유명한 가문 출신으로 당시 출산이 머지않은 상태셨습니다. 차라리 몇 달을 기다리더라도 확실하게 후사를 낳을 수 있는 신부를 원하신 것 같습니다."

카직가의 가계도에는 세사르가 그의 아버지의 정식 부인과의 사이에서 태어난 아이로 기록되어 있을까, 아니면 카펠라가로 시집간 클라인의 어머니가 생모로 기록되어 있을까 궁금해졌다.

"카직은 그때도 몰락한 가문이었기 때문에 어머님도 아버님과의 결혼에 불만이 없으셨을 겁니다. 결혼과 연애는 다른 것이니까요. 그러니 그때까지도 카직 백작과 결혼을 하지 않은 상태셨겠죠."

이 세계는 가끔 내게 엄청나게 현실적인 이야기를 한다. 사랑만으로 결혼하는 건 메르헨의 세계고 결혼은 현실이라고. 내게는 책 속의 이야기라 메르헨 같아야 할 이 세계도 언제나 현실에 발을 대고 있었다.

"그래도 어린아이를 떼어놓고 사랑하지 않는 남자에게 시집오신 어머님의 마음은 좀 편치 않으셨을 것 같네요."

"아스, 모든 어머니가 자신의 모든 아이를 사랑하는 것은 아닙니다."

어디서 많이 듣던 이야기다. 나는 담담히 말을 끝낸 클라인의 옆얼굴을 바라보았다. 왕비가 미카엘 왕자를 사랑하지 않듯이 클라인의 어머니도 그를 사랑하지 않았을까? 그는 내가 알 수 없는 얼굴로 자신의 집안의 가계도를 바라보다가 더는 얻을 것이 없는 책장을 덮어버렸다. 연한 먼지가 피어올랐다.

"가풍이라는 것이 있습니다. 그 가문의 여자들은 결코 연약하고 가녀린 사람들은 아니지요."

하지만 당사자밖에 모르는 일이다. 당사자들 간이라고 해도 본인이 아니고서는 알 수 없는 이야기들도 얼마든지 있다. 가끔은 나도 내 마음을 모르겠는데 남이 어떻게 또 다른 남을 알 수가 있을까.

클라인의 어머니는 연인과 갓 낳은 자신의 아이와 강제로 헤어진 비극적인 사람일 수도 있고, 그 아들 되는 클라인의 생각처럼 권세를 찾아 연인을 차버리고 떠난 야심 찬 사람일 수도 있겠지.

"제 말을 믿지 않으시는군요?"

"아뇨, 그냥 어머님을 많이 존경하시는 것 같아서요."

어머니랑 안 친해 보인다는 말을 할 수 없어서 대충 돌려 말했더니 반어로 들렸던지 클라인이 쓰게 웃었다.

"제 말을 믿으십시오. 당신이 제게 거짓말을 하시더라도 전 절대 당신께 거짓말을 하지 않습니다."

뭔가 어폐가 느껴져서 난 어색하게 웃었다.

"그 가문의 여인들은 원하는 바는 반드시 갖습니다. 당신은 왕비를 좋게 생각하는 것 같지만 그 왕비조차도 아직 어린 소녀일 적에 지나가던 어린 귀족 소년의 다리를 타고 있던 말로 짓이긴 일이 있는 여자입니다."

"그럴 리가요."

"왜 안 믿으시는지 모르겠지만 사교계에 유명한 이야기입니다."

그 왕비가? 에이. 그 정도 성깔이 있는 언니라면 진작에 유르겔의 머리채를 잡아 뒤뜰로 끌고 가지 않았을까? 저렇게 얌전히 숨소리도 안 들릴 정도로 사는 언니가 무슨. ……어? 잠깐?

"왜 공작님의 어머님 친정 가문 이야기를 하는데 왕비님 이야기가 나와요?!"

클라인은 조금 난감하게 웃었다.

"모르셨습니까? 왕비와 전 사촌지간입니다. 왕비의 아버님이 제 외숙이 되십니다."

네, 놀랐어요. 왜냐면 두 분 전혀 안 친해 보였어요. 저번 연회에서도 마치 라이크 초면인 것 같았는뎁쇼.

"제 어머님이 일찍 돌아가셔서 왕래는 없었습니다."

클라인이 변명을 했다. 그래, 생각해 보면 나도 사촌지간을 포함한 모든 친척 관계에 왕래가 없었다. 하지만 나는 각박하고 바쁜 현대사회를 살았던 사람이고, 이런 세계는 가문 간의 왕래 및 친교가 큰 재산일 텐데.

"그래도 외가랑 그렇게 왕래가 없기는 힘들 텐데요."

"가문의 위세가 동등하지 않으면 돈독하게 지내기는 힘든 법입니다."

우아한 약육강식의 세계인가 보다. 왕비의 가문이 명문가로 취급되는 것치고 중앙 정계에서 그렇게까지 영향력이 있는 집안은 아니라는 설정이 있었던 것 같다.

"저, 공작님. 그래도 사촌인데 왕비님을 도와주실 생각은 없으신가요?"

"그녀는 제 도움이 필요하지 않습니다."

"왕비님은 별로 행복해 보이지 않으신데요."

"아스, 행복은 사람 나름이고 또한 생각하기 나름입니다."

그건 아마도 클라인이기 때문에 할 수 있는 말이 아닌가 한다. 그는 부족함이 없기 때문에.

나는 손을 내밀어 살며시 그의 손을 잡았다. 그는 해가 떠오르는 것 같은 밝은 미소를 지으며 내 손을 잡고 손가락 위에 입을 맞추었다.

나는 클라인을 좋아한다. 그런데 한편으로는 그를 질투하기도 한다. 가끔은 그 마음이 좋아하는 마음보다 더 깊기도 하다. 클라인도 사람이니 인생에 좌절이라는 것이 아예 없지는 않았겠지만, 그 좌절 중에 극복 못 할 좌절이 있기는 했었을까? 도저히 자신의 힘만으로는 극복이 불가능하고 혼자 올라갈 수 없는 늪에 빠진 것 같은 그런 일이 있었을지 궁금하다. 그도 나랑 똑같은 사람일지.

"하지만 나를 사랑하지 않는 남편과의 결혼 생활은 행복하지 않을 거예요."

"그렇군요, 아스. 그러니 전 당신이 원하는 것을 모두 이루어 드릴 겁니다."

클라인은 생각보다 질척거리는 남자였다! 예상하지 못한 시점에 훅 치고 들어온다. 그는 내 양손을 겹쳐 잡았다. 이거 안다. 내가 우리 집 개념 혼낼 때 이러고 혼냈었다.

"시엘 커퍼필드가 당신께 청혼을 했다고요."

"굳이 말하자면 청혼보다는 구애에 가까울 거예요."

엄밀히 말해 시엘은 내게 구애를 했지 청혼한 건 아니었다. 대마법사들은 결혼은 못 한다고 하니까. 그런데 따지면 결혼만 못 하는 거지, 연애는 상관없는 건가?

클라인은 개를 혼내는 것처럼 겹쳐 잡고 있던 내 손을 뒤집어 잡았다. 이거 손바닥 맞을 때 준비 자세인데. 그는 그대로 내 손바닥에 얼굴을 묻었다.

"저는 당신이 누구를 택하든 괜찮습니다. 당신만 행복할 수 있다면."

하지만 그 말과 다르게 그는 살짝 내 손바닥 살을 깨물었다. 아니, 살짝은 아닌 것 같다. 가볍지만은 않은 아픔이 몰려와서 눈살을 찌푸렸다. 그는 절대 나를 다치게 하지 않을 거라는 막연한 믿음이 있었다. 손바닥에 상처가 난 것은 아니지만 갑작스러운 통증에 많이 놀랐다. 나는 당장 클라인이 사과를 할 줄 알았는데 그는 그대로 나를 올려다보며 웃었다.

늘 내가 보아온 차분하고 온화한 미소가 아니었다. 낯설고, 본 적 없는 얼굴로 나를 올려다보는 남자의 얼굴을 보니까 나도 모르게 얼굴이 달아오르기 시작했다.

빨개져서 어버버거리는 나를 보며 클라인은 드디어 내가 아는 얼굴로 돌아와 자기가 깨문 곳을 사과하듯이 핥아주었다. 얼굴에서 올라온 붉은 핏기와 손바닥에서 올라온 뜨거운 열기가 가슴 부근쯤에서 만나는 것 같았다.

⁂

날이 진짜 더웠다. 산책 삼아 잠깐 밖에 나왔는데, 그 잠깐 사이에 숨이 막히게 더워졌다. 최대한 그늘만 골라서 걷다가 정문 앞에서 시녀장 언니와 눈이 마주쳤다. 나는 자연스럽게, 마치 처음부터 뒷문으로 갈 예정이었던 것처럼 길을 돌아갔다.

원칙적으로 시중인들은 정문이 아니라 뒷문을 사용하게 되어 있다. 그 이유로 미관과 편이성을 전혀 신경을 쓰지 않아서, 뒷문으로 가는 직선거리에는 햇빛을 피할 그늘이 하나도 없었다. 구운 오징어 꼴이 되긴 싫어서 후원 쪽으로 좀 우회해서 걸었다. 그러다 후원 안쪽에서 희끗희끗한 물체를 발견했다. 낮에 귀신이 나올 리는 없으니 사람이긴 할 텐데.

나는 왕비 궁에서 유독 하얀 옷을 좋아하는 한 존재를 떠올렸다. 왕비도 낮에 잠깐 산책을 한다는 말은 들었지만 보는 건 처음인 것 같다. 나는 조심스럽게 수풀을 걸어서 하얀 형체 근처로 다가갔다. 다가갈수록 색은 분명해졌다. 하얀색보다는 연보라색에 가까운 긴 옷자락이 먼저 눈에 들어왔고, 이어 내 쪽에서 반쯤 등을 돌리고 있는 하얀 옆얼굴과 긴 검은 머리카락이 보였다.

"왕비님……?"

부르는 목소리를 따라 왕비가 내게 시선을 돌렸다. 이렇게 더운 날에도 그녀는 더위를 느끼지 않는 사람처럼 차분하고 하얀 얼굴로 나무 그늘 사이에 서 있었다.

"알렉스 경도 없이 왜 혼자 나와 계세요?"

말을 하고 나니 그가 메테오가 떨어지던 날에 다친 후로 아직 회복을 못 했다는 게 떠올랐다.

"나는 혼자인 쪽이 더 편하다."

"전 왕비님과 같이하는 산책이 좋았어요."

왕비 궁의 후원은 손보는 이가 없어서 걷는 길이 엉망이었다. 나는 왕비에게 다가가 손을 내밀었다. 그녀는 내 손을 잡지 않고 물끄러미 바라보았다.

"방까지 모셔다드릴게요. 귀한 분들은 혼자 걷는 게 아니라고 들었어요."

왕비는 조금 주저하는 것 같기도 하고 신중하기도 한 것 같은 얼굴로 나를 보다가 천천히 내 손 위에 손을 얹었다. 같은 여자인데도 왕비의 손은 내게 참 작고 연약하게 느껴졌다.

"왕비님 되게 오랜만에 뵙는 것 같아요."

"연회가 먼 일은 아닌 것 같은데."

"그러게요."

손 위에 왕비의 손을 얹고 있는데 무게가 전혀 느껴지지 않았다. 가끔 발길이 험한 곳을 걸을 때 내게 무게를 지탱하는 것 같은데 그 무게마저도 터무니없을 만큼 가벼웠다. 문득 저번 연회에서 끝내지 못한 대화가 생각났다.

"왕비님, 그때요. 왕비님이 찾고 있던 게 뭔지 알았다고 하셨잖아요. 그게 뭐였나요?"

그늘이 끝나는 곳에서 나는 왕비에게 물었다. 밤에 만난 그녀가 인상 깊어서일까, 밤에 나눈 대화들이 인상 깊어서일까. 나는 낮의 왕비가 낯설다. 이 그늘이 그 밤의 연장인 것 같다. 이곳에서 나가면 완전히 낮의 왕비가 되어 나와 멀고도 먼 곳에 있을 것 같아서 나는 걸음을 멈추고 왕비를 보았다.

왕비는 나를 보지 않고 대답했다.

"내 인생."

뭐라고 대답할 말이 없어졌다. 내가 기대한 것이 무엇인지 나도 모르겠지만 저 대답은 아니었던 것 같다. 그녀의 인생은 어디에 있는 것일까. 〈탈출기〉를 읽으며 나도 그런 생각을 했던 것 같다.

에반스와 유르겔은 서로 사랑한다. 서로를 사랑하기에 서로에게 필요한 것을 기꺼이 주었고, 줄 수 없는 것까지 주었다. 그곳 어디에 왕비의 행복이 있었을까. 왕궁에서 아무도 기억하지 못하는 박제가 되어 사는 것에 그녀의 인생이라고 부를 만한 것이 있나?

왕비는 짧게 나를 보았다. 나는 서둘러 왕비의 손을 고쳐 잡고 그늘이 없는 한낮의 길로 인도했다. 왕비 궁의 주인은 왕비이니 정문으로 가야 한다는 게 뒤늦게 생각났지만 왕비의 발은 이미 뒷문을 향하고 있었다. 자연스럽고 익숙해 보였다. 조용히, 아무도 모르게. 자신의 궁에서조차 왕비는 그렇게 다니고 있는 것 같았다.

"이쪽 길로 자주 다니세요?"

나는 좁은 계단에 먼저 올라 왕비를 부축하며 물었다. 그녀는 짧게 미소 비슷한 것을 지었다.

"아니. 알렉스 경이 있을 때는 이런 길로 다닐 기회가 없었어."

"그럼 제가 왕비님께 제가 다니는 길을 소개해 드리는 거네요?"

좋은 일인지 아닌지 모르겠다. 귀한 분이 이런 길로 다닐 이유가 하나도 없을 텐데. 하지만 왕비는 싫거나 꺼리는 기색은 아니었다. 다른 시녀들이 보면 좀 안 좋으려나?

다행히 4층까지 가는 길에 마주친 사람은 한 명도 없었다. 누군가 방문자가 있어서 시녀장 언니가 아까 정문에 있던 거 아니었나? 어렴풋하게 그런 생각이 들었다.

4층에 도착했을 때야 그 이유를 알 수 있었다. 낯설지만 어쩐지 눈에 익은 사람들이 고개를 숙이고 있었고 왕자 방의 문이 모두 열려 있었다. 느낌이 들었다. 유르겔. 그리고 어쩌면 에반스가 왔다는 것을.

왕자가 태어나 혼자 일어설 수 있게 될 때까지 한 손으로도 셀 수 있을 만큼 드물게 찾아왔던 사람이 이렇게 또 소식 없이 온 건 무슨 일이려나. 에반스를 만날 때마다 내게 그다지 좋은 일은 없었던 것 같아서 왕비의 손을 잡은 내 손끝까지 두근 하고 맥이 뛰어올랐다.

"같이 가보시겠어요?"

왕비는 생각하는 것처럼 시선을 먼 곳으로 돌렸다. 아주 잠깐, 그녀는 머뭇거리는 것 같았지만 이내 고개를 끄덕였다. 나는 왕비의 손을 잡고 왕자의 방으로 향했다. 그 밖에서 예를 갖추고 있던 시중인들이 모두 왕비를 향해 고개를 조아렸다.

예상대로 긴 검은 머리카락이 보였다. 그 옆에 있는 정오의 햇빛처럼 빤짝이는 금발은 유르겔이겠지. 이대로 들어가도 되나 고민했다. 아마 안 될 것 같은데, 그럼 안에 어떻게 기척을 내야 하는 건지 좀 고민스럽다. 사극처럼 흠흠, 하고 헛기침이라도 해볼까? 계속 고민하다가 유르겔과 눈이 마주쳤다.

조금 놀랐다.

유르겔을 마지막으로 본 지 그렇게 오래되지 않았는데 깜짝 놀랄 만큼 여윈 모습이었다. 하얗고 부드럽던 뺨이 가파른 곡선을 그리고 있었고, 피부 결도 푸석푸석하게 생기를 잃었다. 물론 병색이 완연한 모습으로도 유르겔은 아름다웠지만, 바꿔 말하자면 아름다움으로도 병색을 숨기지 못했다는 뜻이기도 했다.

"전하, 뒤를."

유르겔이 에반스의 어깨를 당겨 우리를 돌아보게 하였다. 에반스가 몸을 반쯤 돌려주고서야 나는 에반스의 그 귀한 얼굴을 볼 수 있었다. 그의 발치에서 바지 자락을 잡고 꺄르륵거리면서 놀고 있는 미카엘 왕자는 덤이었다.

내가 뭐, 몇 번 찾아오지도 않은 생부의 얼굴을 보며 와락 울기까지 바란 건 아니지만 그래도 그렇게 태어난 후부터 쭈욱 한결같이 헌신적으로 놀아준 아버지를 반기듯이 친근하게 놀고 있지는 않아줬으면 했어. 집 지키라고 들였던 우리 집 개님이 택배 아저씨한테 배를 보여주고 있었을 때 느낀 배신감과 엇비슷한 배신감이 들었다.

"왕비. 마침 잘 왔소."

에반스가 반색하는데 좋은 예감이 들지 않는다. 왕비도 그럴까? 하지만 왕비는 여전히 하얗고 정결한 얼굴로 앞을 보고 있었다.

"왕자가 어느 정도 장성한 것 같으니 유르겔에게 학식과 예법을 배우게 하려고 하오."

너 지금 뭐랬어? 문장은 분명 한 문장인데 문제가 되는 부분은 한두 군데가 아니었다. 장성? 이제 혼자 서기나 겨우 하는 아기가 장성? 왕자가 걷기라도 하면 말을 안 하겠는데 잡아주지 않으면 혼자서는 아직 한 발자국도 못 떼는데 장성? 거기에 한 살도 안 된 아기를 어머니에게서 떼어 독립시키겠다는 건 대체 어디의 상식이며, 백번 양보해도 왜 친부가 아니라 유르겔이 기르죠? 또 아직 말도 못 하는 아기한테 학식이랑 예법은 뭐란 말이냐.

어이가 없어서 말도 나오지 않았다. 물론 〈탈출기〉에 의하면 왕자는 결국 유르겔의 손에 양육된다. 하지만 그게 지금은 아니었다. 적어도 왕자는 그때 아장아장 걸어서 왕비 궁을 떠나 유르겔의 궁으로 갔었다.

"전하, 외람되오나 왕자님은 아직 어리십니다."

나는 왕비의 손을 놓고 에반스의 앞에 고개를 조아렸다. 그래도 아버지기는 한지 바지 자락에 매달린 왕자의 머리 위로 외투를 팔락팔락 흔들며 놀아주던 에반스의 눈살이 찌푸려졌다.

"또 건방지게 나서는 건 너구나."

"왕자님은 세상에 나와 아직 한 해를 보내지 않으셨습니다. 아직 친어머니의 보살핌이 필요하다고 봅니다."

"왕비가 왕자의 보육에 관심을 두지 않는다는 걸 이미 알고 있다. 실제 보육을 맡고 있는 그대가 함께 이궁을 한다면 문제 될 게 없겠지."

도매금으로 나도 같이 가는 거였냐.

"그건 너무 잔인하십니다!"

"말을 신중하게 두어라. 그것은 그대 개인의 의견인가, 아니면 왕비가 지배하는 이 왕비 궁의 공통 의견인가?"

내가 전부터 생각한 건데, 저 새끼는 연좌제를 너무 좋아한다. 그리고 뭔 말만 하면 모두의 의견이냐고 묻는다. 공산당원 같은 자식. 하지만 저번에 내가 말을 잘못했다가 왕비가 근신을 받았던 일이 생각나 주춤할 수밖에 없었다. 아무래도 돌아가는 상황이 불리해지려는데, 내 뒤에 있던 안나가 나섰다.

"황공하옵니다, 전하. 왕자님의 어린 연치는 잦은 환경의 변화를 감당하기 어려우십니다."

"유르겔 님의 궁에는 아직 왕자님을 위한 호위 체계가 준비되어 있지 않습니다."

달달 떨리는 안나의 목소리에 뒤이어 입을 다물고 있을 줄 알았던 미오 경까지 말을 보탰다. 예상과 다르게 방 안의 공기가 에반스에게 불리하게 변했다. 우리의 이유는 타당했고 에반스는 무도했지만 폭군은 아니었다.

그가 '흠……' 하는 긴 한숨 소리를 냈다. 그때 유르겔이 나를 보며 웃었다. 내가 슬슬 그를 싫어해서 그런가, 별로 기분 좋게 느껴지는 미소가 아니었다. 웃고는 있는데 짜증이 난 것처럼 보였다.

"네, 전하. 저들의 말이 맞습니다. 왕자님의 건강과 안전이 가장 중요하죠. 저는 괜찮아요."

솔직한 내 심정으로는, 이 상황에서 유르겔이 괜찮을 일이 뭐가 있는지 알고 싶었지만 조용히 입을 다물었다. 이 로열패밀리 앞에서 나는 이미 내게 주어지지 않은 발언권을 너무 남발했다.

"괜찮겠나?"

"괜찮습니다. 왕자님은 아주 소중하니까요."

에반스는 꽤 감동한 얼굴을 하더니 가볍게 유르겔을 포옹했다. 에반스의 팔 안에서 유르겔이 나와 시선을 마주했다. 코 아래가 가려져 있어서 자세히 보이지 않았지만 그가 나를 비웃고 있는 것만 같았다. 이세계에서 적응 기간 없이 과중한 업무 스트레스를 받다 보니 이제 피해망상까지 생기고 있나 보다.

"그래, 왕자는 아직 어리지. 하지만 내 아들은 강건하다. 왕자가 혼자 잠들 수 있게 되면 곧 유르겔의 궁에서 양육하도록 하겠다. 그리고 왕비는 좀 더 조용히 지내는 편이 좋겠소. 그대에게는 아직 다칠 가족이 많이 남아 있을 테지."

완전한 협박이었다. 왕은 그 말을 남기고 유르겔의 손을 잡은 채로 왕비의 옆을 스쳐 지나갔다. 왕비는 에반스의 옷자락이 스치고 지나간 자신의 팔뚝을 툭툭 털어냈다.

다행이다. 왕자를 지켜낸 것 같다. 지금이나 아장아장 걷게 된 후나 크게 차이가 나지는 않을 거다. 하지만 지금 유르겔의 그늘에서 왕자가 자란다면 왕비를 영영 잊어버릴 것만 같았다. 나도 안다. 왕비는 왕자를 사랑하지 않는다. 하지만 그럼에도 지금 왕자를 그녀에게서 떼어내는 건 옳지 못하게 여겨졌다.

왕비가 내 손을 잡았다.

"다칠 뻔했구나."

그런가? 그때 안나와 미오 경이 내 편을 들어주지 않았다면 에반스가 내게 역정을 내었을까? 잘 모르겠다. 왕비는 새카만 눈동자로 나를 들여다보며 말했다.

"아무것도 하지 마."

"하지만 왕비님."

왕비는 내 말이 끝나기도 전에 고개를 저었다.

"더는 아무것도 하지 말렴."

가슴이 따끔했다. 저번에도 위험했고 이번에도 위험했다. 나도 안다. 저번에 왕비는 나 때문에 근신을 명받았고 이번은 직접적인 협박과 위협을 들었다. 힘도 없이 나선 나 때문에.

"아무것도 바꾸려고 하지 마."

잡힌 손목이 조금 아픈 것 같았다. 나는 왜 '아스 토케인'의 몸에 빙의했을까. 나는 왜 왕자도 기사도 아닌 일개 시녀로 이 세계에 오게 된 걸까. 가능했다면 나는 왕자이고 싶었다. 기사이고 싶었다.

나는 그녀를 구해주고 싶었다.

왕비는 폭풍이 가라앉은 뒤의 난초처럼 다시 고요하게 나를 스쳐 지나갔다. 방금 전에 아무 일도 없었고, 곁에 나도 없는 그림자 같은 모습이었다. 왕비는 응당 자기가 있어야 하는 곳으로 돌아가야 한다는 듯이 왕자 방을 나섰다. 나도 모르게 복도까지 왕비의 뒤를 따라갔지만 말을 붙일 것도 없었고 인사말을 건넬 것도 없어서 색채가 옅은 뒷모습만 바라보았다.

똑똑.

살다 보면 아주 가끔 재해 감지급 쎄함을 느낄 때가 있다. 등 뒤에서 난 노크 소리에 엄청난 쎄함이 몰려왔다. 나름 마음의 각오를 다지고 뒤를 돌아봤더니 에반스와 함께 돌아갔을 줄 알았던 유르겔이 열린 문가에 기대서서 손가락으로 문을 두드리고 있었다. 눈이 마주치자 싱긋 웃는 유르겔은 예뻤지만 전혀 예상을 못한 터라 쁘띠 심장마비가 오는 줄 알았다.

방금 왕자를 빼앗아 가려고 수작질하다 실패한 사람이라고는 생각할 수 없는 맑고 천진한 얼굴이었다.

"유르겔 님."

"지금 바빠?"

응, 바빠. 네가 실질적인 육아를 안 해봐서 잘 모르겠지만 육아는 원래 항상 바빠. 하지만 이 말을 할 수가 없어 나는 그냥 적당한 외교성 언어를 찾아 대답했다.

"바쁘긴 해도, 유르겔 님이 더 중요하죠."

유르겔은 싱긋 웃더니 문가에 기대고 있던 몸을 바로 세웠다. 이렇게 호리호리하고 또 병색이 완연한 상태인데도 이상하게 털을 눕히고 있던 맹수가 몸을 일으킨 것 같은 위압감이 느껴졌다. 유르겔의 주변에 에반스는 물론, 늘 붙어 다니던 호위 기사나 시중인이 보이지 않는 것도 이상했다. 유르겔은 절대 혼자 다니지 않는다. 그게 걸렸다.

"그럼 나랑 같이 산책 좀 하자."

지금 이 타이밍에 왜 굳이 나랑? 하지만 유르겔이 웃으면서 친근한 말투로 말하긴 했어도 저건 엄연한 명령이었고 상대가 유르겔이라면 No도 Yes로 만들어야 했다.

"저야 영광입니다."

아니, 사실 싫어. 이 양심 없는 작자야. 이제 곧 점심시간인데, 어떻게 점심시간에 직장인을 불러내서 외근을 시킬 수가 있어. 사람이 먹고살자고 하는 짓인데 밥은 먹어야 할 것 아냐.

유르겔은 별반 다른 인사도 없이 내 손목을 잡고 방 밖을 향해 걸어 나가기 시작했다. 내 밥! 나는 안나를 돌아보려고 했다. 왕자와 내 밥을 눈빛으로라도 부탁할 생각이었다. 하지만 그보다 먼저 유르겔에게 잡힌 내 손목을 타고 올라오던 미오 경의 시선과 내 시선이 이어졌다. 오랜만에 보는 깊고 짙고 어두운 암녹색의 우울한 눈이었다.

그건 무슨 의미일까. 사실 아까 그가 에반스와 유르겔의 의지를 만류한 게 나는 많이 의외였다. 사랑하면 그 사람이 원하는 모든 일을 들어주고 싶어지는 게 당연하다. 그래서 항상 그런 부분은 각오하고 있었는데. 유르겔의 뜻에 반대하고 내 편이 되어주었다는 것이 감동이었다. 하지만 지금 저 우울하고 짙은 눈빛은 무력감일까, 죄책감일까?

유르겔이 나를 데리고 간 곳은 왕비 궁에 딸린 작은 연못이었다. 나는 이곳에 연못이 있다는 사실조차 몰랐다. 이쪽은 본궁이나 유르겔의 궁으로 가는 길이 보이는 곳이라 우리 같은 사람들은 가급적 접근하지 않는 곳이기도 했다.

유르겔은 꽤 빠르게 걸었고 내가 손목을 빼내려고 할 때마다 손목을 쥔 손에 힘을 주었다. 모델처럼 호리호리한 유르겔은 생각보다 손아귀 힘이 세서 연못에 도착할 때 즈음에는 피가 통하지 않아 손끝이 저릴 정도였다.

"왕비 궁에도 연못이 있는지 몰랐어요."

"그래? 작기는 하지만 참 예쁜 연못이라서 나는 눈여겨봤었는데. 갖고 싶더라고."

쌀 아흔아홉 섬을 가진 부자가 가난한 사람의 쌀 한 섬을 탐낸다는 말이 갑자기 생각났다.

"내 이름은 고대어로 흐르기를 멈춘 물이라는 뜻이야. 그래서 그런지 연못이 좋아."

유르겔이 나를 데리고 나온 이유가 같이 연못 찬양할 덕친을 만들겠다는 목표라면 맞춰줄 의향이 있다. 아니겠지만. 갑자기 에반스가 찾아와 왕자를 데려가려고 한 이유로 꼽을 수 있는 건 유르겔밖에 없었고, 목표를 이루지 못한 유르겔이 나를 데리고 나온 이유로 화풀이 아닌 다른 것은 생각할 수가 없었다.

슬슬 그가 호위 기사나 시중인들을 데리고 있지 않던 이유가 신경 쓰이기 시작한다. 날 죽여 파묻으려는데 증인을 남기지 않으려는 건 설마 아니겠지. 저 가느다란 팔로는 혼자 땅도 못 팔 테니까. 나는 혹시 몰라서 연못을 노려보았다. 깊으려나?

"아스."

눈치를 보던 내가 연못 찬양을 시작하기 전에 유르겔이 먼저 입을 열었다. 시녀다운 자세로 경청하기 위해 손을 앞으로 모았다. 저번에 클라인도 시녀들은 손 어느 쪽을 위로 올려야 하는지 정해진 게 있다고 말했는데. 크게 신경 안 쓰고 살았더니 몸 사려야 하는 지금 생각이 나지 않는다.

"아까 말 잘하더라."

나는 유르겔의 눈치를 살폈다. 기분이야 당연히 나빴을 텐데 얼마나 나쁜 건지 모르겠다. 내 발목에 돌을 매달아서 연못에 던져 버리고 싶을 정도로 나쁜 건 아니었으면 좋겠다.

"왕자님을 돌보려는 유르겔 님의 따뜻한 마음과 정성은 저도 알지만, 왕자님의 안전과 정서를 최우선으로 생각했을 때 아직은 시간이 필요할 것 같습니다."

유르겔이 웃으며 나를 바라보는데 뭔가 이상했다. 뭔가 이상은 한데…… 살피려는 찰나에 유르겔이 잔기침을 시작했다. 이 계절에요? 진짜로요? 기침이 꽤 오래 심하게 이어져서 가느다란 몸이 흔들릴 정도였다. 부축이라도 해줘야 하나 눈치를 보는데 한참 만에야 기침이 그쳤다. 예쁨과 병색 중에서 예쁨이 워낙 두드러져서 잊고 있었는데 겨우 기침을 끝낸 그의 얼굴은 굉장히 오래 병마에 시달린 사람처럼 지쳐 보였다.

"아스."

"네, 유르겔 님."

"너 대마법사님께 약 안 줬지?"

갑자기 훅 치고 들어와서 정신을 차릴 수가 없네. 정말로 조금만 삐끗하다가는 저 연못 아래 내 시체가 잠기겠다. 유르겔은 여전히 예쁘게 웃고 있지만 나는 이 숨쉬기도 빅찬 무더운 여름에 등줄기가 서늘해지고 있었다.

"글쎄요, 드리긴 했는데 드셨는지는 제가 잘……."

유르겔은 품에 손을 집어넣고 작은 봉지 같은 것을 꺼냈다. 나는 저게 무엇인지 안다. 연꽃이 핀 못에서 첨벙하고 잉어들이 움직였다. 새

빨간 비늘을 가진 작은 잉어들이 그 아래에서 참방거리며 꼬리 쳤다. 유르겔은 마치 먹이를 주는 것처럼 발치에 몰려든 잉어들에게 약을 뿌렸다.

생각을 하고 싶지 않은데, 그날 본 잉어들의 동족상잔의 현장이 떠오르려고 한다. 그날의 거세던 물소리와 마지막 발악을 담아 느리게 퍼덕이던 꼬리의 움직임과 물비린내에 섞이던 피 냄새가…….

"뭐, 너한테 많은 걸 기대한 건 아니니까 크게 상관은 없어."

장갑을 끼지 않은 하얀 손이 약을 손가락 위에 덜어내어 연못 위로 부슬부슬 던졌다.

"원래 그렇거든. 돼도 안 돼도 상관없는 일이나 불확실한 데에 거는 거지, 반드시 해야 하는 것은 반드시 이루어질 일에 사용하는 거니까. 너한테 부탁한 건 반쯤은 재미였거든."

나는 그가 무슨 말을 하는지 모르겠다. 어쨌든 유르겔은 정말로 그림처럼 아름다워 보였다. 그는 연한 미소를 입가에 걸고 마치 사랑스러운 것을 보는 것처럼 그의 발치로 모여드는 잉어를 보고 있었다.

"마법사, 아니, 대마법사님을 죽이고 싶으신 건가요?"

"아니? 왜 그렇게 생각해?"

"그 약의 효과가 뭔지 저도 알아요."

"응, 그렇겠더라. 놀랐어. 잉어가 씨가 말랐더라고."

아끼며 길렀는데, 라고 그가 웃었다. 클라인이 연못에 남아 있던 잉어들의 잔해 정도만 치워줬을 거라 생각했는데, 더 나아가서 잉어를 전부 찾아 없앤 모양이다. 그 약을 먹고 자기 동족의 피를 마시고 살을 뜯은 그 잉어들이 단 한 마리도 안 남아 있다고 생각하니까 묘하게 안심이 된다.

"왜 대마법사님을 해치려 하세요?"

유르겔은 고개를 살짝 한쪽으로 기울였다. 이 순간마저도 유르겔은 아름답고 사랑스럽게 보였다. 그게 역겨울 정도로 말이다.

"아니. 이 시점에서 그를 해치지는 않아. 그냥 약간만 도와주려고 한 거야."

"그 약을 먹이는 게 어떻게 대마법사님을 돕는 일이에요?"

유르겔은 빙긋 웃었다. 뭐가 이상해 보이는 건지 알겠다. 아까부터 유르겔은 코 아래로만 웃고 있었다.

"잉어들은 나도 놀랐어. 아무래도 몸체 차이 때문에 약효가 더 극단적으로 나타났나 봐. 사람이 먹으면 좀 다르거든. 그 약을 먹었더라면 대마법사는 좀 더 편해졌을 거야."

"대마법사님은 불편한 곳이 없어요."

"그렇게 생각하는 건 네 오만이지."

나는 후배들을 혼낼 때 뒷골이 땅긴다는 표현을 자주 썼는데 지금 그들에게 사과하고 싶은 마음이 든다. 내가 뒷골이 땅긴다는 느낌이 어떤 건지 알지도 못하고 남발을 했다. 진짜 뒷골이 땅기는 느낌은 이렇게 숨이 막히고 혈관이 땅겨서 뒤로 넘어질 것 같은 느낌인데.

물론 시엘은 여전히 가끔 악몽을 꾸고 밤을 두려워한다. 그가 영원히, 다시는 악몽을 꾸지 않을 거라고 말할 수는 없을 것 같다. 하지만 그래도 시엘은 이제 잠드는 것을 두려워하지 않고 즐거울 때 웃을 수 있는 사람이다.

"유르겔 님은 대마법사님을 잘 모르시잖아요."

유르겔은 아예 약이 담겨 있던 봉투를 뒤집어서 연못 위에 털어버렸다. 참방참방 물고기들이 꼬리를 쳤다.

"시엘 커퍼필드를 모를 순 있지만 대마법사에 대해서는 잘 알아. 너보다 훨씬 잘 알지."

"잘 알아서 그런 불법적인 약을 먹이려고 하셨다고요?"

"응, 네가 먹이면 더 재미있을 것 같았거든."

유르겔은 웃었다. 어떠한 악의나 적의도 없이 천진하고 순진무구한 웃음이었다. 마치 그가 시엘에게 건네려던 것이 사탕이었던 것처럼, 그렇게 믿고 싶어질 만큼 밝고 사랑스러웠다.

지금 내 눈에 보이는 것과 머리로 생각하는 것이 서로 달랐다. 한여름의 눅눅한 바람이 칼로 베는 것처럼 내 뒷목을 쓸고 지나갔다. 아, 그렇구나. 난 지금 조금 무서운 것 같다. 잉어들이 퍼덕거리는 소리에 내 정신이 입는 대미지가 상당했다. 그날 본 동족상잔의 현장이 내게 남긴 트라우마가 적지는 않은 것 같다. 진짜 충격적이었지.

나는 사실 꽤 둔하다. 명확하게 말해주지 않으면 알아듣지 못하는 것도 많고 말로 하면 거짓말이라도 믿어버리는 것들이 있다. 그러나 아무리 둔해도 그런 생각을 안 할 수가 없다. 합리적인 의심이다. 유르겔은 왜 하필, 하고많은 장소 중에 이곳으로 나를 데려왔을까. 정말로 단순히 연못을 보고 싶어서? 상황을 단순하게 보이는 대로 보고 믿을 만한 나이가 지났다는 게 내 비극이다. 온실의 화초 같은 삶을 살던 스무 살만 되었어도 그렇게 믿으려고 했을 테지만, 나는 보이는 걸 한 번 더 의심해 볼 만큼은 나이가 들었다. 그가 지금 나를 협박하는가? 내 생각에는 그런 것 같은데.

역시 늘 달고 다니는 호위 기사와 시중인들을 두고 온 이유가 이건가 보다. 그가 나를 데리고 나온 것을 본 증인은 안나와 미오 경뿐인데 유르겔이 작정을 했다면 그들도 증인이 될 수 없다. 왕비가 유르겔을 음해하려고 한다는 역공이나 안 받으면 다행이지.

과한 생각일까? 하지만 유르겔이 무섭다. 굳이 이곳으로 나를 데리고 와서, 내가 처했던 상황과 비슷한 상황을 다시 연출하는 유르겔과 내 발아래에서 첨벙거리는 잉어가 두려워서 도망치고 싶다.

"그 약을 먹으면 대마법사님은 어떻게 되는 거였을까요?"

"편해졌을 거야. 그가 원래 살아야 했던 인생을 살았을 테니까. 한

없이 영생에 가깝게."

"그 편해진다는 말씀의 의미를 모르겠어요."

유르겔은 잠깐 고개를 갸웃거리더니 손톱 끝까지도 아름다운 손을 뻗어 내 머리카락을 풀어 내렸다. 그는 내 머리카락을 한 움큼 잡아 들고 가까이 가져가 관찰하듯이 내려다보았다.

"오래 먹으면 감정이 둔해지고 머리도 멍해져서 나중에는 내 말만 듣게 되었겠지. 당장은 그 정도까지는 아니고, 그래, 얌전해지는 정도일까."

그거 지금 바보가 된다는 말을 풀어서 한 거 아냐? 마약이세요?

유르겔은 그 말을 하면서 내 머리카락에 입을 맞추더니 살짝 깨물었다. 저거 요새 미카엘 왕자가 미오 경한테 많이 하는 짓인데, 왕자랑 많이 닮은 유르겔도 저러니 뭔가 기분이 많이 이상했다.

"그런 걸 편해진다고 말하지 않아요."

"마탑에서 대마법사들은 그렇게 자랐어. 연인이 죽을 때마다 따라 죽는 게 고질적인 문제였거든."

만약 이 자리에 시엘이 있었다면, 마탑을 부순 걸 잘했다고 칭찬했을 것 같다. 단순히 아이 때부터 감정을 갖지 않도록 방치해서 키우는 줄 알았더니만 아예 바보를 만드는 육아 방침인 줄 몰랐다.

사랑 때문에 대마법사들이 죽는 것이 걱정이었다면 상실을 극복하기 위한 케어를 잘했어야지, 그 감정 자체를 모르게 만든다는 건 대체 어떻게 나온 무식한 발상인지 모르겠다.

"기록상으로는 대마법사 미카엘 쿼테린부터 대마법사들은 연인이 죽으면 스스로 심장을 뽑아서 죽었어. 신기하지 않아? 사랑 때문에 죽으면서 그 사랑을 느낀 심장을 자기 안에 남겨두고 싶어 하지 않는다는 게? 자식을 두고도 스스럼없이 죽는다는 것도."

나와 그들이 살아온 세계가 달라서일까, 생각과 감정 없이 사는 것이 편안한 삶인지 잘 와닿지가 않았다. 다만 누군가가 이미 길을 제시했고 따라가기만 하는 삶이라면 조금 편할지도 모르겠다는 생각은 들었다. 나도 지도 위의 삶을 살고 싶었다. 내가 어디에 있고 어디로 가야 하는지 이미 방향이 제시된 삶이라면 헤매지 않고, 고민하지 않고 걸어갈 수 있을 것 같았다. 그건 확실히 편하겠지.

"난 그냥 그가 아무것도 궁금해하지 않고, 아무 일도 안 하고, 대마법사라는 직분에 충실했으면 좋겠어. 아무것도 안 하고 얌전히 있는 거. 내가 바라는 건 그것뿐이야. 나쁜 건 아니잖아."

하지만 시엘에게 아무것도 생각하지 않고 아무것도 느끼지 않는 인생이 그에게 편하고 옳은 것이니 그 길을 가라고 한다면 그 인생을 선택할까? 아니겠지. 시엘은 이미 마탑을 부수는 것으로 그 자신이 느끼고 생각하는 삶을 선택했다. 용감하게.

뭘 계획하고 있길래 시엘을 치울 필요가 있는 거지? 생각을 하려는데 유르겔의 손이 내 이마를 가렸다. 그러곤 천을 걷어내는 것처럼 내 얼굴을 쓸어내리면서 목덜미로 내려갔다.

"그런데 유르겔 님, 제가 불안해서 그러는데요."

"응?"

"이 이야기를 이렇게까지 친절하게 해주시는 이유가 뭘까요?"

왜냐면 아까부터 증거인멸이라는 단어가 머릿속에서 탭댄스를 추고 있거든. 냅다 튈까 해서 도주로도 눈여겨보고 있긴 한데 유르겔이 내가 튈 걸 대비를 해뒀을까 안 해뒀을까.

유르겔은 웃으며 잡고 있던 내 머리카락을 놔주었다. 하지만 놓기 직전에 아닌 척 한 번 잡아당겼다. 내 몸이 살짝 휘청일 정도로 머리카락을 잡아당긴 후에 놓아준 그는 친절하게 또 쓰다듬어서 정리를 해주는 것도 잊지 않았다. 날 패대기치고 싶은 마음과 온전히 두고 싶은 마음이 혼재하는 사람처럼 말이다.

"난 널 꽤 좋아해. 보고만 있어도 정말 재미있단 말이야."

네, 제가 모두의 기쁨조입니다. 바로 저, 저예요, 네!

"넌 아무것도 못 할 거야."

적어도 시엘에게 이를 수는 있을 것 같은데. 유르겔은 잠깐 생각하는 것 같더니 다시 한번 말했다.

"응, 넌 아무것도 할 수 없어."

그런 저주 같은 말을 하며 유르겔은 내 어깨를 밀었다. 혹시 연못 쪽으로 미나 주춤했는데, 그는 나를 통행로 쪽으로 밀었다. 마치 가보라는 것처럼. 나는 유르겔에게서 충분히 멀어질 때까지 등을 돌리지도 못했다.

이거 분명 협박인데 입을 다물라는 협박도 아니고 까발리라는 협박도 아닌 겁을 주려는 의도인 것 같다. 하지만 유르겔이 그렇게 움직이는 인물일까? 〈탈출기〉의 유르겔은 너무나 선량하고 완전히 착한 사람이었는데 내가 직접 겪은 유르겔은 이제 알 수가 없다. 유르겔이 뭘 노리고 뭘 생각하는지 그걸 알 수가 없었다. 분명 목적은 있을 텐데……. 아무 목적 없이 그저 재미를 위해 이런다고 생각하는 건 너무 소름이 끼친다. 이유 없는 악의만큼 무서운 게 없다.

혹시 몰라서 유르겔과 지나왔던 길은 피했다. 누가 쫓아오는 것도 아닌데 마치 쫓아오는 것 같은 기분이 들었다. 사실 그럴지도 모른다. 미약한 내가 뭘 자신할 수 있을까.

오래 달리지 않아서 내 체력은 한계에 달했다. 내게 오 분만이라도 전력 질주할 체력이 있었으면 좋겠다. 사실 숨은 다섯 걸음부터 벅차 올랐고 폐인지 심장인지도 못해먹겠다고 아우성이었다. 잡히든 말든 안 쫓아오는 것 같은데 그만 멈출까? 그런 생각을 할 즈음에 누군가랑 격하게 부딪혀서 뒤로 나가떨어졌다. 달려오는 속도는 이미 많이 떨어졌으니까 이건 무게 탓이다. 반 바퀴는 구른 몸이 아팠다.

이거 너무하지 않냐? 오늘 무슨 날이야? 평소 왕비 궁에 사람이 오는 날이 어디 있다고 꼭 이럴 때만 사람과 마주치지? 전혀 대비하지 못한 상태로 넘어져서 내 대미지가 너무 컸다. 하지만 확률상 나랑 부딪힌 사람이 귀족일 가능성이 커서 억지로 몸을 일으켰다.

"아, 저, 죄송합니다. 제가 급해서 뛰다가……."

"아스트리드?"

언제 들어도 등골이 저릿해질 정도로 좋은 목소리였다. 나를 아스트리드라고 부르는 사람은 한 명뿐이다. 역시, 나처럼 나동그라진 세사르가 나를 보고 있었다. 그래, 왕비 궁을 찾아올 만한 사람이 클라인 아니면 댁뿐이긴 했지. 근데 지금 댁을 보고 싶지는 않았어.

"주인님, 웬일이세요?"

오늘 보고 싶지 않은 얼굴 원, 투를 순서대로 만난 나는 의식적으로 배시시 웃었다. 웃는 얼굴에 침 못 뱉는다고 했다. 세사르는 뱉을 것 같지만. 그는 놀란 얼굴로 잠시 나를 보며 눈살을 찌푸렸다. 저거 아주 습관인 것 같다.

"지팡이."

"네?"

"지팡이를 주워 오거라."

그가 턱짓으로 가리킨 곳을 보니까 그가 늘 가지고 다니는 검집 겸 지팡이가 저만치 나동그라져 있었고 세사르는 본인이 일어나 저걸 가져오려는 의지가 병아리콩만큼도 보이지 않았다. 뉘 댁 도련님이야…… 아, 귀족이었지.

어차피 멀리 튕겨 나가지도 않았다. 기계적으로 일어나 지팡이를 주워서 세사르에게 내밀었다. 흙이 좀 묻어 있었는데 그가 그걸 또 봤다. 세사르는 잠시 눈을 치떴지만 별말 없이 지팡이를 받아서 짚고 일어섰다. 그는 자리에서 일어나 옷을 툭툭 털더니 나를 보며 또 눈을 찌푸렸다. 이미 눈살을 찌푸리고 있는데 거기서 더 찌푸릴 수 있다니,

대단하다.

그는 머뭇거리는 것처럼 손을 내밀어서 내 어깨를 툭툭 쳤다. 완전히 나동그라져서 반쯤 구르다시피 했다 보니 꼴이 말이 아닌가 보다. 그는 내 주변을 돌며 내 어깨에서부터 등, 반대쪽 어깨까지 몸에 붙은 지푸라기와 흙을 털어주었다. 결벽증 있는 도련님처럼 생겨서는 의외다.

"어딜 가던 중이냐?"

"도망치던 중이었어요."

세사르는 이해할 수 없을 내 말을 듣고는 지팡이를 고쳐 잡고 내가 뛰어온 방향으로 시선을 돌렸다. 유르겔이 나를 쫓아오지는 않는 모양이다. 만약에 유르겔이나 유르겔이 준비한 사람이 정말로 나를 해치려고 쫓아오고 있었다면, 그는 나를 보호해 줄까?

나는 세사르를 보았다. 잿빛 머리카락은 햇빛에 반짝이는 부분이 은색으로도 보였다. 청회색 눈동자는 클라인과 닮았지만 클라인보다 조금 푸른 기가 적고 더 탁한 색이었다. 키가 크고 세상 모든 것에 불만이 있는 것처럼 눈을 찌푸리고 나를 보는 사람. 이 사람을 아스 토케인이 사랑했다.

세상에 확신할 수 있는 게 얼마나 될까마는 나는 아마 내 생각이 맞을 거라 생각한다. 어쩌면 그도 아스를 사랑했을지도 모른다. 뱀과 같다는 남자가 보여주는 이상한 온기와 여백을 볼 때마다 그런 생각을 했다. 하지만 무슨 상관일까. 그는 무려 삼 년 전에 결혼했고 둘 사이에는 넘을 수 없는 신분의 차이도 있었다. 그 시점에서는 둘은 아무리 같은 마음을 갖고 서로를 바라본다고 해도 결코 손을 잡을 수 없는 세상에 서 있었다.

아스 토케인이 갖고 있던 결코 손이 닿지 않을 남녀의 오르골처럼 말이다. 아스는 마을의 축제가 그려진 다른 오르골도 갖고 있었지만 그게 그녀의 결혼식 풍경이 될 수는 없었다. 둘은 그런 사이였다.

나는 세사르를 물끄러미 바라보았다. 그도 내 등 뒤 쪽에서 아무것도 발견하지 못하자 나를 돌아보았다.

"마법진은 아직인가?"

"그 마법진이 뭔지 주인님은 알고 계시나요?"

세사르는 대답하지 않았지만 무언이 긍정이었다. 그는 적어도 내가 아는 만큼은 알고 있다.

"그게 주인님께 얼마나 도움이 되는지 알면 제게 더 큰 도움이 될 것 같아요."

"넌 생각할 것 없다. 내가 시키는 대로 해. 그게 무엇이든지 간에."

마법진을 찾는 것이 딱히 위험도가 높은 일이 아니라는 것을 지금의 나는 알고 있다. 하지만 보통은 왕비의 궁을 열심히 뒤지고 다니라는 건 나가 죽으라는 말일 텐데, 그는 매정한 말을 참 당연한 것처럼 한다.

나는 사랑을 하면 그것이 몸에 각인될 줄 알았다. 설령 기억을 잃거나 영혼이 달라지더라도 사랑하는 사람을 본다면 내 마음이 느끼기도 전에 몸이 먼저 반응할 줄 알았다. 하지만 지금 내 몸은 세사르 카직을 보고 있어도 평온하기만 하다. 나는 이게 조금 슬픈 것 같다. 가엾은 아스 토케인. 너의 사랑은 아무것도 남기질 못했구나.

삼 년 전 이티카 카직이 죽었고 세사르 카직은 결혼을 했다. 클라인도 세사르도 말하지 못하는 시간이 있다. 말할 수 없는 시간일 수도 있다. 그들이 결혼하고 상실을 잊는 시간 동안에 아스도 혼자였다. 그녀도 소중했을 존재를 잃었고 서툰 연심은 끝이 났다. 그러나 아스 토케인이 혼자였던 시간을 아무도 내게 이야기하지 않았다. 그녀는 그 시간을 어떻게 보냈을까. 이제 그녀의 얼굴을 하고 그녀의 이름을 쓰게 된 나는 아무도 궁금해하지 않는 그녀의 시간이 궁금하다.

"마법진, 혹은 그에 준하는 마법이 왕비에게 있다. 그걸 증명할 수만 있다면 나는 소원을 이룰 수 있어."

"그 소원이 주인님을 행복하게 만들까요?"

아무래도 왕비를 몰락시키는 일을 말하는 것 같은데 그게 그의 행복일 수가 있을까? 세사르는 지팡이를 반대쪽 손으로 고쳐 잡았다.

"오랫동안 이를 악물고서 바란 일이다."

나는 이제 반듯하게 선 세사르를 보았다. 아스는 왜 이 남자를 사랑했을까? 뱀처럼 냉정하고, 난폭하고, 아랫사람을 사람으로도 안 보는 오만방자한 사람을. 나는 도저히 아스를 이해할 수가 없다.

하지만 이 남자가 아스를 주웠고 '아스트리드'라는 이름을 주었다. 아름다운 이름이다. 그 아름다운 이름으로 아스에게 삶을 주었고 그녀가 발붙일 곳을 주고 키워주었다. 어쩌면 그게 사랑일 수도 있겠지. 내 사랑과는 다르고 내가 아는 거랑도 다르지만 사랑일 수도 있겠지.

"주인님."

그는 인상을 찌푸리지 않고 나를 보았다. 그를 보며 심장이 두근거리지는 않았지만 드물게 평화로운 그의 얼굴이 내 눈에도 아름답게 보이기는 했다. 아스는 이런 얼굴을 많이 보았을까? 그래서 사랑했을까, 이 오만하게 아무도 사랑하지 않는 남자를.

"제가 당신을 많이 좋아했어요."

바라옵건대 아스가 이전에도 이 말을 했던 적이 있기를.

세사르는 대답하지 않았다. 그렇다고 그가 늘 달고 사는 사람이 싫어 견딜 수 없다는 얼굴을 하지도 않았다. 던져진 돌을 삼킨 호수처럼 고요하게 나를 보고 있었다. 놀라지 않는구나. 그런 느낌이 들었다. 가엾은 아스 토케인이 세사르 카직에게 고백을 했는지 안 했는지는 알 수 없지만, 그 마음을 그가 모르지 않았다는 느낌이었다.

사랑보다 한 글자가 더 붙었을지라도, 짝사랑도 사랑은 사랑이다.

감추려고 해서 감춰지는 것이 아니다. 내 사랑도 내 주변 사람은 물론이고 그 사람의 주변 사람들도 모두 알았고 그 사람 또한 알고 있었다. 감춰놓고 나 혼자 보려고 한 사랑이었는데 어느덧 모두가 다 알도록 소문이 나 있었지.

모를 리가 없으려나. 그 시선과 그 눈빛을. 더구나 세사르는 아스보다 나이가 많았다. 내 스물에도 열다섯은 너무 쉬웠고 내 스물다섯에는 스무 살이 쉬웠다. 나이가 들어갈수록 더욱 내 손바닥을 내려다보는 것처럼 쉬웠다. 세사르도 그렇겠지. 자신이 주워 이름을 붙여 기른 여자아이 마음 하나 들여다보는 게 그렇게 쉬울 수가 없었겠지. 자신하지는 않겠지만 알 것 같았다.

"아스."

그가 나를 불렀다. 그의 '아스'는 어떤 의미일까. 신기한 일이다. 클라인, 미오 경, 시엘 그리고 세사르까지. 그들이 부르는 '아스'는 다 같은 느낌이 아니다. 나에겐 모두 다르고 모두가 낯설다.

세사르가 나를 아스라고 부른 것은 처음인 것 같았다. 그 역시도 입에 선 이름인지 내가 모르는 얼굴로 나를 보고 있었다. 저건 혹시 곤란해하는 얼굴일까.

왜 그를 하필 지금 여기서 만나게 된 걸까. 조금은 지친 것 같고, 조금은 울고 싶은 기분인 것도 같고, 또 조금은 웃고 싶어졌다. 조금만 더 시간이 지나 있었어도 내 무모하고 얄팍한 용기는 시들어 버려서 이런 말을 할 일이 없었을 텐데, 나는 지금 겁에 질렸고 아스 토케인이 무겁다.

"오해 마세요. 지금도 그렇다는 말은 아녜요, 주인님."

나에게 내밀려는 것처럼 들어 올리던 손이 멈췄다. 더 다가오지도 않고 그렇다고 내려놓지도 않는 손을 보며 나는 말했다.

"저는 주인님을 존경했어요. 저를 주워서 이름을 주고 키워주신 주인님은 제가 갖지 못한 아버지 같았고 오빠 같았습니다. 그래서 한때는 주인님의 연인이 되는 꿈을 꾸기도 했었어요."

아마 아스는 그랬겠지. 나는 생각을 하고 또 생각하고 다시 생각했다. 여태까지 그래왔던 것처럼 처음 작정한 대로 아무것도 건드리지 않는 유예된 아스 토케인의 삶을 살 수도 있었다. 하지만 아직 아물지 않은 귀가 아팠다.

나는 아스 토케인의 모든 것을 그대로 남겨두고 싶었다. 내가 책임질 필요 없는 것까지 돌아보고 싶지 않았고, 내 것이 아닌 것은 갖고 싶지 않았다. 모르는 척 고개를 숙이고 있으면 모든 것이 유보가 되고, 나는 돌아가고, 아스 토케인이 제자리를 찾는 날이 올 줄 알았다. 그러나 계절들이 바뀌었고 나는 이름을 잃었다. 지금 이 자리에서 모든 것을 느끼고 말하고 감당하고 있는 것은 나다. 나이게 될 것이다. 충분히 길지 않았나? 이 세계에서 살아갈 각오를 하기까지.

"저는 이제 주인님을 사모하지 않아요."

세사르는 내가 감당할 몫이 아니다. 가엾은 아스 토케인의 감정도 내가 책임져야 하는 몫이 아니다. 아스의 사랑은 내 사랑이 아니고, 그녀의 사랑을 내가 책임질 필요는 없다. 하지만 이상하게 가슴이 아팠다. 그렇더라도, 이 아픔 역시도 그녀의 아픔이 아니고 나의 아픔이다.

모든 것이 나의 감정이다. 혹시 나는 이것이 가슴 아픈 걸까? 감정이 지도가 아닌 게 안타깝다. 왜 내 감정인데도 내가 읽어 내리고 정의 내리지 못하는 걸까. 나를 향하려던 손이 천천히 내리고 세사르의 눈가가 꿈틀거렸다. 그는 무슨 말을 할까? 하지만 왠지 그는 아무 말도 하지 않을 것 같았다. 아스에게도 그는 아무 말도 하지 않았겠지.

"기어이 클라인 카펠라를 선택한 거냐."

예상이 항상 들어맞는 것은 아닌가 보다. 별말 안 하고 듣고 있을 줄 알았는데.

"클라인 카펠라는 너를 사랑하지 않아."

나는 세사르의 일그러진 얼굴을 올려다보았다. 마음 한편에서는 그가 결코 자신의 감정에 대해 말하지 않을 거라 예상하던 내가 있었다. 그러니 그의 입에서 그의 감정이나 내 고백에 대한 대답이 아닌 클라인의 이름이 나온 것이 놀랍지는 않았다. 나는 그로 인해서 가슴이 아프지는 않는데, 만약에 이 자리에 아스가 있었다면 그녀는 상처를 받았을까?

"공작과 일개 하녀에게 좋은 미래가 있을 것 같더냐? 어리석구나, 아스트리드."

"시녀예요, 백작님."

회청색 눈동자가 꼭 얼음 위에 불이 붙은 것처럼 보였다. 세사르는 클라인을 말할 때 항상 그렇다. 하지만 아닌 것은 아니기에 나는 그의 말을 정정해 주었다.

"전 하녀가 아니라 시녀예요. 그리고 유모고, 준귀족이에요."

잠시 품을 더듬어보았다. 혹시라도 그를 만나면 그의 것이 맞는지 물어보려고 만년필을 들고 다녔었는데 하필 오늘은 만년필을 두고 나왔다. 그렇지. 모든 일이 소설처럼, 영화처럼 예정된 일들이 예정된 길을 가듯이 이루어지지는 않는다. 이 자리에서 모든 걸 끝내고 싶었는데 내 욕심이었나 보다.

"네가 평민이 아니라 준귀족이 되었다고 해서 고위 귀족과 준귀족의 차이를 좁혀주지는 않아."

"그게 중요한 게 아닌 것 같아요, 주인님. 아니, 백작님. 제가 백작님을 더 사랑하지 않는 건 제 마음이 변했기 때문이지 카펠라 공작님 때문이 아니에요."

"그 때문에 네 마음이 변했겠지."

"제가 변한 거예요, 백작님."

하지만 그는 이해하지 못하겠지. 저렇게 철석같이 클라인 때문이라고 믿고 있으니까. 클라인에게 들었던 그의 복잡한 출생 비화가 떠올랐다. 그의 부모님은 그를 사생아로 만들었지. 그의 아버지는 그를 후계자로 받아들여 주었지만 어머니는 그를 버리고 떠났다. 그 때문에 이렇게 클라인에 대한 자격지심에 시달리는 걸까?

하지만 아스의 사랑 고백에 클라인의 이름이 가장 먼저 튀어나온 건 좀 실망이었다. 분명 차는 건 나인데 왜 내가 차인 것 같은 기분이 드는지 모르겠다.

"세상 모든 것이 내 뜻대로 되지 않았지만 너만은 내 뜻이었다."

그는 나에게 내밀려던 손을 들여다보다 살짝 주먹을 쥐었다. 마치 그 안에 아스가 있기라도 했던 것처럼.

"죄송해요. 제가 백작님의 소유물이 아니라서."

세사르는 고개를 저었다.

"클라인 카펠라는 너를 선택하지 않을 거다. 자신의 출세에 도움이 될 여자를 선택할 테지. 그자의 피에는 그런 게 흐르니까."

갑자기 그를 위해 기도하고 싶은 마음이 들었다. 주여, 저 새끼를 구원하소서.

여태까지 내 말을 전혀 안 들었나 보다. 클라인 때문이 아니라고 말했는데도 그의 안에서 여전히 내가 클라인 때문에 변심한 여자인 모양인데, 아니, 잠깐 이것도 이상해. 하도 뻔뻔한 얼굴을 해서 잊을 뻔했는데 세사르는 이미 결혼했잖아! 이미 다른 사람과 미래를 약속하고서 아스는 계속 자길 좋아하고 있길 바란다고? 뭐 이런 양심 없는 인간이 있을 수가.

"백작님, 사랑하고 사랑받을 가치는 출생으로 정해지는 게 아니에요. 백작님은 백작님의 출생을 부끄러워하시지만 전 그런 백작님도 좋아했어요. 자신을 가지세요."

그 순간 조금, 아니, 많이 이상한 기분이 들었다. 녹슬고 거친 톱니바퀴가 덜거덕거리며 맞춰진 듯한. 그리고 세사르의 표정은 무섭게 일그러졌다.

"감히, 네가. 너 따위가 나한테!"

일본 가면처럼 일그러질 대로 일그러진 얼굴로 그는 지팡이를 고쳐 잡았다. 하지만 그는 비틀거리면서 초인적인 인내로 나를 지팡이로 내려치고 싶어 하는 충동을 참았다.

"꺼져! 내 눈앞에서 사라져라, 아스트리드!"

가까이 가서 손을 대면 데일 것 같은 분노였다. 힘이 들어가 하얘진 손아귀에서 지팡이가 튕겨 나갔다. 몇 발자국 떨어진 곳까지 날아간 지팡이의 궤적을 반사적으로 눈이 좇았다. 세사르가 지팡이를 주우려 한 걸음을 내디뎠다. 그 순간 그의 몸이 형편없이 바닥을 나뒹굴었다. 나는 놀라서 그를 보았지만 그는 더욱 형형한 눈으로 내게 분노를 토했다.

"날 내려다보지 마!"

그때야 나는 세사르의 지팡이가 소품이 아니라는 것을 알았다. 그는 지팡이 없이 걸을 수 없는 사람이었다. 나는 세사르를 동정하거나 연민을 느끼지 않는다. 하지만 나 때문에 극심하게 분노하다 넘어진 그를 두고 돌아설 수가 없었다. 지팡이라도 주워주고 가려는데 그가 다시 외쳤다.

"당장, 꺼져!"

그리고 그는 한 손으로 가슴을 움켜잡고 불규칙하게 숨을 헐떡였다. 이대로 내가 눈앞에 있다가는 쓰러질 것 같아서 그를 보며 천천히 뒷걸음질을 쳤다. 돌아서는 내 귓가에 그가 이를 가는 소리가 들릴 것만 같았다. 나는 얕은 덤불을 헤치고 수풀을 지나쳤다.

그 앞에 거짓말처럼, 옅게 웃는 유르겔이 있었다.

"난 정말 네가 좋단 말이야."

가슴이 서늘해졌다. 날 쫓아왔던 걸까? 내 이야기를 들었을까? 세
사르와의 대화였으니 별다른 것이 있을 리는 없지만 혹시나 해서 대
화를 반추해 보았다. 특별한 것도 없었고 이상한 것도 없었다. 하지만
유르겔은, 언제나 짓고 있던 미소와 비교해 생각해 봐도 확연하게 밝
고 기쁘게 웃고 있었다.

"아스, 고마워. 네 덕분이다."

유르겔은 그 말을 남기고 승리자처럼 웃으며 내 곁을 지나갔다. 이
상한 느낌이 들었다. 아까 전에 내가 세사르에게 말을 건넸을 때처럼
이상한……

*"사람이 사랑하고 사랑받을 가치는 출생으로 정해지는 게 아닙니다. 그러
니 카직 백작은 자신의 출생을 부끄러워할 필요 없어요. 저는 카직 백작을
많이 좋아한답니다. 그러니 자신을 믿으세요."*

머릿속에 누군가가 글자를 새기는 것처럼 〈탈출기〉의 문장이 떠
올랐다. 나는 숨이 막히는 기분으로 유르겔이 뒷모습을 보았다. 바닥
에 주저앉은 세사르에게 유르겔이 햇살 같은 미소와 함께 손을 내밀
고 있었다. 뭔가, 말이 목구멍에 걸린 것처럼 나오지 않았다. 말을 하
고 싶은데, 이걸 토해내야 편해질 것 같은데 말이 나오지 않았다. 이
럴 순 없어. 뭐가? 하지만 이럴 순 없는 거다. 숨이 헐떡이기 시작했
다. 유르겔이 입을 여는 것을 보는 순간 나는 뒤돌아서 달리기 시작했
다. 보고, 듣고 있을 수가 없었다.

얼마 달려 나가지 못하고 나는 멈춰 섰다. 목 끝까지 차오른 숨이 계
속 입 밖으로 거칠게 뱉어지는데 아직도 목구멍에 걸린 말은 나오지
않았다. 헉헉거리며 숨을 고르는데 머리 위로 연한 그늘이 졌다. 고개

를 들어 보니까 이형의 왕족이 내 앞에 내려 날개를 접고 있었다.

키가 크고, 팔다리가 말라 관절이 두드러지는 모습이었지만 이상하게도 저번처럼 무섭지는 않았다. 그때는 이 세상에 있어서는 안 되는 것을 보고 있는 것처럼 불길하고 무섭기 그지없었는데 지금은 조금 이상해 보이기는 하지만 그렇게 불길하거나 무섭지는 않았다.

"안녕?"

심지어 그는 내게 인사를 하기까지 했다. 칠판을 긁는 것처럼 새된 목소리긴 했지만 많이 거슬리지는 않았다. 그 목소리를 듣자 격앙되었던 감정이 이상할 정도로 가라앉기 시작했다.

"안녕하세요."

이형의 왕족은 나를 보며 웃었다. 분명 저번에는 그것조차도 겁에 질릴 정도로 무서웠는데 지금은 괜찮았다. 이 상태가 이상할 정도로 모든 게 괜찮았다.

"저번에 저 만나신 거 기억하세요?"

그는 웃으며 고개를 끄덕이고는 접었던 날개를 다시 펼쳤다. 그의 큰 키에 어울리게 아주 크고, 끝이 금색으로 빛나는 하얀 날개였다. 그가 날개를 가볍게 몇 번 퍼덕이니까 부드러운 바람이 내 얼굴을 간질였다.

"그때 제게 뭐라고 말씀을 하시다 말았는데…… 무슨 말씀을 하시려던 건가요?"

바람이 점점 강해져 갔다. 처음엔 눈을 깜빡이며 버텼지만 점점 눈을 뜨고 있기 어려워졌다. 팔을 들어 바람을 막았지만 속수무책이라 몸까지 밀려날 것 같았다. 그가 날아오르려나 보다. 퍼득거리는 강한 날갯짓 소리만 들렸다. 그러다 바로 귀 옆으로 쉰 목소리가 속삭이듯이 말을 남겼다.

"교환된 이계의 영혼."

바람이 점차 내게서 멀어졌다. 얼마나 지났을까. 바람이 옅어졌을 때에야 팔을 내리고 하늘을 올려다보았다. 이형의 왕족은 내가 달려 나왔던 곳으로 날아가고 있었다. 유르겔에게로.

유르겔이 풀어 내린 머리카락이 내 등 뒤로 다시 떨어져 내렸다. 나는 헝클어진 머리카락을 쓸어내리며 이제는 보이지 않는 유르겔과 세사르를 돌아보았다. 예정대로 유르겔은 세사르를 함락했다. 세사르는 앞으로도 계속 증오로 왕비를 파멸시키려 들겠지. 이 이야기 속에서 나는 정말로 아무것도 할 수 없는 걸까.

16장
나의 기사

안나가 휴가를 떠났다. 휴가를 낼 때도 되기는 했다. 시녀들은 정기적으로 휴가를 받는데 안나는 육아의 하드함 때문에 휴가 신청을 못하고 있었다. 안나는 되게 지긋지긋하지만 산뜻하다는 얼굴로 떠났다.

나는 왕자를 바라보았다. 바닥을 짚고 일어나려고 엉거주춤하더니 힘을 주욱 빼고 앉았다. 그러고는 발가락을 입에 물고 구른다. 나는 손톱을 바싹 깎은 것을 확인한 후에 괜히 왕자의 통통하고 말랑말랑해서 폭폭 들어가는 뺨을 쿡쿡 찔러보았다.

"왕자님, 엘리라고 기억하세요? 제 친구 엘리가 있었는데요. 그 친구가 얼마나 왕자님을 아꼈냐면요."

왕자님이랑 저 때문에 죽은 셈이거든요. 마지막 말은 못 했다. 엘리가 보고 싶다. 가끔 내가 이렇게 엘리를 생각하는 걸 엘리는 싫어할까? 아니면 자주 생각하지 않아서 박정하다고 여기려나. 계속 볼을 찔러대니까 왕자가 발을 들어 항의하듯이 막았다. 어쭈?

"막았어요? 막았어요? 이것도 막아볼 거예요?"

어차피 손톱도 짧겠다, 별로 아프지 않을 세기로 콕콕콕콕 찔러대니까 왕자가 성가신 듯이 팔을 휘저어댄다. 그러고 있자니 아까부터 화장실 급한 학생처럼 쩔쩔매고 있던 시엘이 은근슬쩍 다가와 왕자를 안았다. 요새 아주 어미 새처럼 왕자를 보호하느라 극성이다.

"마법사님은 출근도 안 하세요?"

"한동안 제가 할 일은 없어서요. 기초 조사가 끝날 때까지 고급 인력은 쉬는 거죠."

"뭘 조사하는데요?"

"마법진의 도면을 그린 김에 구조와 효능을 대대적으로 조사해 보려고 합니다. 그걸 신경 쓴 대마법사들은 없는 것 같아서."

시엘은 안 보이게 한다고 슬쩍 몸을 틀었지만 내가 찌르고 있던 왕자의 볼을 손으로 살짝 쓰다듬는 게 보였다. 저러니까 꼭 내가 왕자를 괴롭힌 것 같잖아.

나는 책상 앞에 앉아 다리를 꼬고 턱을 괴고서 시엘을 바라보았다. 그는 내가 왕자를 더 안 건드릴 것 같았는지 침대에 왕자를 눕히고 다리를 쭉쭉 당기며 놀아주기 시작했다. 정말 한가해 보이는 모습이었다.

시엘은 유르겔의 추종자가 되지 않았다. 원래 유르겔의 어장에 있어야 하는 인물인데 유르겔을 적당히 좋은 사람 정도로 생각할 뿐 유르겔의 후광에 들지는 않았다. 다만 원래부터도 〈탈출기〉에 깊이 나오지 않던 인물이라 애초에 감정이 가벼웠는지 아닌지를 알 수가 없다.

세사르 카직은 〈탈출기〉의 흐름대로 유르겔에게 넘어갔다. 왕비궁까지는 그런 소식이 잘 들려오지 않는 편이지만 그래도 그가 요즘 유르겔의 추종자가 되어 국정에서 유르겔에게 힘을 밀어주고 있다는 이야기를 들었다. 세사르는 그렇게 〈탈출기〉의 흐름을 탔고 나는 그를 바꾸지 못했다. 그러면 시엘은 뭐가 바뀐 걸까?

"마법사님?"

"네?"

"가끔 왕자님 눈동자가 유르겔 님처럼 검은색으로 보이지 않아요? 호박색이라 잘못 보기도 힘들 텐데 그렇더라고요."

"뭐, 아마 기분 탓이겠죠."

전에 안나도 기분 탓이 아니냐고 했었으니까 진짜 기분 탓이겠지만 좀 신경이 쓰인다. 나는 유르겔의 이름이 나온 김에 전부터 시엘에게 물어보고 싶었던 이야기를 꺼냈다.

"마법사님이 저번에 유르겔 님은 마법사가 아니라고 하신 거 기억나세요?"

"네, 어렴풋이."

"그거 정말 확실한가요?"

"제가 대마법사인 만큼이나 확실합니다. 그분은 마법사가 아녜요. 마법사는 마법사를 알아볼 수 있으니까요."

차라리 유르겔이 마법사였다면 많은 문제가 간단해졌을 텐데. 그가 시엘에게 수상한 약을 먹여서 바보로 만들려고 했던 것도, 나해의 왕족이 그를 따르는 것도. 그럼 대체 마법사도 아닌 그가 뭘 생각하고 뭘 의도하는 걸까. 나는 짐작도 할 수가 없다.

"그건 어떤 느낌인가요?"

"마법사를 알아보는 거요?"

시엘이 살짝 미소를 지었다. 날은 더욱 밝아지며 정오를 향해 가는 시간이었는데도 그가 그렇게 웃으니까 나는 이 시간에 존재하지 않는 달빛을 볼 수 있었다. 시엘은 대마법사다운 얼굴로 웃으며 말했다.

"그냥 보면 알 수 있는 겁니다. 아스의 머리카락이 검은색이고 미오 경의 머리는 밤색이고 얄미운 클라인 카펠라의 머리 색이 붉은색인 것처럼, 아스가 아스이고 미오 경이 미오 경인 것처럼 마법사는 다만 마법사인 거죠."

"뭔가 빛이 나거나 마법사만의 독특한 향이 나거나?"

"없어요. 그냥 보면 알아요."

왕자가 아앙거리며 보채기 시작했다. 침대 밑으로 내려가지 못하게 막는 시엘의 손을 짤막한 두 팔과 다리로 밀어내며 침대가에 엉덩이를 비비적거렸다. 시엘은 왕자가 머리부터 떨어지는 꼴을 막기 위해 안아서 바닥에 내려주었다.

"그럼 유르겔 님은 진짜로 마법사가 아닌 건가요?"

"그분이 꼭 마법사여야만 하는 건가요?"

"꼭 그런 거는 아닌데요."

꼭 그런 거는 아니지만 그랬으면 하는 바람은 있네요. 나는 여전히 유르겔이 뭘 위해 시엘에게 약을 먹이려고 한 것인지는 모르겠지만 그가 마법사라면 납득할 수 있을 것만 같았다.

나는 기어 온 왕자를 안아 들었다. 왕자는 눈을 마주치니까 배시시 웃으며 좋아하긴 했는데 두 발로 내 배를 주우욱 밀어냈다. 희한한 자세였다. 나는 좋은데 안기는 건 싫고?

"뭐, 흑마법사일 수는 있겠죠."

왕자를 도로 내려놔 주다 멈칫했다. 유르겔이 흑마법사라고? 흑마법사를 배척하는 나라에서 왕의 후궁이 흑마법사일 수가 있다고?

"유르겔 님이 흑마법사라고요?"

"이 말 전에도 해드린 것 같은데, 흑마법사는 마법을 쓰기 전까지는 알 수가 없습니다. 그러니 누구든 흑마법사일 가능성 자체는 있는 거지요."

"그래서, 유르겔 님이 흑마법사라고요?"

"아스……."

시엘이 되게 난감해하는 건 알았지만 어쩔 수가 없었다. 생각하지도 않은 발상이고 생각할 수도 없던 발상이었다. 유르겔이 흑마법사?

"그럼 그걸 어떻게 알 수 있어요?"

"흑마법을 쓰면 알 수 있습니다. 현행범이어야겠죠."

"어, 대놓고 그렇게 마법을 쓰는 흑마법사가 있을까요?"

시엘은 곰곰이 생각해 보더니 신중한 얼굴로 말했다.

"미친 흑마법사라면 가능합니다."

긴장해서 답을 기다리던 나는 하마터면 아직 양손에 들어 올리고 있던 왕자를 시엘에게 집어 던질 뻔했다. 나는 그쯤에서 허공에서 발 버둥을 치고 있는 왕자를 바닥에 내려주었다. 왕자는 쏜살같이 나를 지나쳐 기어가기 시작했다.

"그, 며칠 전에요. 마법사님. 제가 나해의 왕족을 다시 만났는데요."

처음에는 그토록 불길하고 감히 쳐다보고 있기조차 두려웠던 그가 조금 특이하고 이상하긴 하지만 사람처럼 보이고 느껴졌다. 하지만 처음 그를 봤을 때는 불길하고 기형적인 것, 당장 내 눈앞에서 치워 흔적도 남겨서는 안 되는 괴물 비슷한 것으로 보였었다. 나는 이걸 시엘에게 어떻게 설명해야 할지 알 수가 없어 흐리게 웃었다.

시엘이 침대에서 내려와 책상 앞에 앉은 내게 다가왔다. 그러곤 한쪽 무릎을 꿇고 앉아 아래에서 내 얼굴을 들여다보며 말했다.

"괜찮아요, 아스."

그건 어떤 영화가 생각나는 말이었다. 옛날에 본 외로운 한 소년이 나오던 영화. 그의 심리 상담사는 아무런 맥락 없이, 하지만 오래전 누군가가 그에게 해주어야 했던 말을 해주었었다. 괜찮아, 너의 잘못이 아냐, 괜찮아. 소년은 결국 울었지.

"뭐가 괜찮은데요, 마법사님?"

"나해의 왕족은 영혼의 거울이라고도 불립니다. 당신은 이제 이 세계에 적응해서 처음처럼 불길하고 소름 끼치지 않아요. 다음에 또 그자를 만난다면 저번 같지 않을 겁니다. 당신의 영혼은 더욱 합당하고 마땅하게 변하고 있으니까요."

"그는 제게 이계의 영혼이라고 했어요."

"당신의 영혼을 알아볼 수 있는 건 그와 저 정도뿐입니다. 그리고 곧, 누구도 모르게 될 거예요."

나는 시엘의 무구하고 맑은 얼굴에 묻고 싶었다. 그게 정말 괜찮은 일인가요? 그리고 의문이 하나 더 들었다. 나해의 이름 모를 그 왕족이 안다면 그의 주인 되는 유르겔도 나를 알까? 모르겠다. 그냥 우울하고 무기력하다. 유르겔이 세사르를 함락시킨 그 순간부터 나는 갈피를 잡지 못했다. 나는 아무것도 바꾸지 못한 걸까? 아니면 큰 틀은 내가 바꿀 수 없지만 시엘 같은 작은 틀은 바꿀 수 있는 걸까.

나는 굳게 닫힌 책상 서랍을 톡, 건드렸다. 이 안에 세사르 카직의 만년필과 그가 준 팔찌가 들어 있다. 언젠가 돌려주긴 해야 하는데 그는 나를 찾아오지 않고 있고, 나는 그를 어디서 찾아야 하는지를 몰랐다. 하지만 그는 나를 찾지 않을 텐데 그런 날이 오기는 할까? 언제라도 우연히 그를 만나 이것들을 돌려주고 다시는 같은 길을 걷지 않을 사람처럼 지나갈 수 있으면 좋겠다. 그렇게 영원히 타인이 되면 좋겠는데. 나와 세사르가. 그리고 나와 아스가.

"팔찌네요."

"다른 사람한테 받은 건데 미오 경이 준 팔찌가 있어서 하고 다닐 수가 없네요."

물론 돌려줄 물건을 착용하고 있다가 주는 것도 별로 보기 좋은 건 아니지만 이대로는 가지고 다니기가 좀 성가시다. 만년필이야 손수건에 싸서 안주머니에 넣어 다닌다지만 팔찌는 장식이 있어서 품에 넣기가 불편하다.

시엘이 팔찌를 내 검지에 걸어놓고 톡, 건드렸다. 팔찌는 서서히 줄어들어서 내 검지에 딱 맞는 반지로 변했다.

"엇, 저 사실 이거 선물받기는 했지만 돌려줘야 하는 물건이라 이렇게 훼손하면 조금 곤란한데요!"

"빼면 원래대로 돌아갑니다."

"아."

"하고 다니고 싶은데 팔찌가 두 개라 아스가 곤란해하는 것 같아서요."

시엘이 말한 대로 팔찌였던 반지는 손가락에서 빼면 다시 팔찌가 되었고, 끼면 반지 사이즈로 줄어들었다. 세사르를 만나면 몰래 손을 뒤로 돌려서 빼 주면 될 것 같았다. 나는 웃으며 시엘에게 감사 인사를 했다.

"고마워요!"

시엘은 나를 따라 웃더니 고개를 숙여서 내 볼에 키스를 했다. 쪽 소리가 났다.

······어?

"정말 좋아해요, 아스. 당신이 다시 웃어서 행복해요."

시엘이 너무 환하고 행복하게 웃고 있었다. 그의 기쁨은 내 감정에 기반을 둔 것이었다. 내내 우울하고 침울하던 내가 잠깐 기뻐한 것이 시엘에게 행복이 되었다. 이런 것을 뭐라고 말해야 할까.

"마법사님. 제 사소한 감정 변화에 마법사님이 기뻐하거나 슬퍼하거나 행복해하면 안 돼요."

"왜 안 됩니까?"

"왜냐면······."

왜냐면, 꼭 내가 사랑받고 있는 것 같으니까. 어째서인지 시엘의 보라색 눈동자를 보고 있으려니 그 말이 나오지 않았다. 내가 다시 침울해 보였는지 시엘이 안절부절못하다가 왕자를 안아 올려 내게 내밀었다. 안아 들려 하니까 왕자가 팔을 힘껏 휘저으며 내 손을 쳐내고 대신 내 볼에 뽀뽀를 했다. 나나 미오 경이나 이런 걸 해준 적이 없는데 어디서 배워 온 거야. 어이가 없어 쳐다보는데 시엘이 배시시 웃었다. 왕자도 꺄르르 웃었다.

"보세요, 아스. 왕자님은 당신이 좋대요."

그럼 시엘도 내가 좋아서 나한테 뽀뽀를 한 걸까. 나는 팔을 벌렸다. 이번에는 왕자도 순순히 내게 안겨왔다. 왕자를 안느라 손을 쓰니 새삼 반지가 걸리적거려 내가 잠시 잊으려 했던 세사르와의 약속과 마법진의 존재가 상기됐다. 물론 처음부터 그 마법진의 존재를 세사르에게 알려줄 생각이 없었고 그가 나를 손절한 지금은 더더욱 없지만, 마법진의 입구를 알아두기는 해야 할 것 같다. 원래 남에게 중요한 패가 될 수 있는 단서는 나 역시 손에 쥐고 있어야 한다.

"마법진이 있는 지하실이요. 다시 한번 가보고 싶은데 방법이 없을까요?"

"거긴 아스가 관심을 둘 만한 곳이 아닌 것 같습니다만."

"그래도 알아는 두고 싶어요."

시엘은 고민하는 것처럼 보였다.

"그곳은 지금 제가 조사 중이니 얼씬도 하지 마세요."

무리한 요구를 하는군.

⚜

일단 확실한 것은 3층을 통해 올라간 다락방에서 마법을 사용하면 지하실로 갈 수 있다는 것인데. 곰곰이 생각해 보면, 다락방에서 마법을 어떻게 쓰는지도 문제이긴 하다. 3층, 다락방, 지하. 여러 구조에 걸친 복잡한 마법인데 아무리 그래도 입구가 3층이었으니 거기 뭐가 있을 것 같다. 일단 자력갱생을 꾀해본다. 혹시 몰라서 2층과 3층 사이의 층계참까지 조사를 확대해 살피고 있는데 위층에서부터 미나가 달려들어 내 팔을 덥석 잡아끌었다.

"너 빨리 나와. 큰일 났어."

"무슨 일인데?"

"그 여우가 왔는데 지금 방에 아무도 없어. 넌 대체 왜 자리를 비운 거야."

유르겔, 유르겔, 오, 유르겔. 그래, 그가 기별하고 올 리가 없는데 미오 경과 내가 자리를 비워 버렸다. 유르겔이 이번엔 혼자 왔나? 저번에 왕자를 빼앗아 가려다가 실패했으니 이번에는 단단하게 준비하고 온 거 아닐까?

나는 미나에게 손목이 붙잡힌 채로 왕비 궁의 계단을 뛰어올랐다. 미나는 참 작은데도 잘 뛰었다. 나는 3층까지 올라온 시점에서 이미 죽을 것 같았다. 미나가 손을 놔주면 네발로 계단을 올라갈 의향이 있는데. 그래서일까? 3층을 지날 때 잠깐 반지가 반짝 빛을 냈다. 세사르가 마법진을 찾으라고 준, 원래는 팔찌였던 반지. 이거 빛이 난 거 맞나? 반지를 낀 손가락을 흔들어봤더니 햇빛에 반지가 반사되기만 한다. 반사광이었나 보다. 4층에 도착하자 바람이 불어왔다.

"음…… 미나. 여기 4층이지?"

"당연히 4층이지. 왜?"

"그게……."

창문이 열려 있는데 사람이 없는 건 무슨 의미일까? 더불어 당연하다면 당연한 거지만, 왕자도 없다. 왕비 궁에서 일어나는 모든 사건, 사고는 다 왕비의 책임이 된다. 이곳에서 유르겔과 왕자가 없어지면 그 결과는 상상하기도 싫다. 진짜 사라진 거라도 문제고 단순 해프닝으로 끝나도 문제다. 에반스는 분명 이 기회를 놓치지 않고 왕비를 공격할 거고 그 김에 왕자를 빼앗아 갈 수도 있다. 가만, 유르겔이 그래서 일부러 사라진 건 아니겠지?

마나와 나는 최대한 흩어져서 찾아보기로 했다. 유르겔이 작정하고 창문을 통해 나간 게 아니라면 좋겠다. 도대체 어디로 사라진 거지? 유르겔이 지금 왕자 유괴 사건을 벌일 이유가 하나도 없을 텐데? 혹시 외부의 누군가가 유르겔을 납치한 건 아닐까? 이 왕국은 여전히 전쟁 중이고 이야기가 끝날 때까지도 전쟁 중일 거다. 아니면 나해 여왕의 처형에 앙심을 품은 잔당이? 혹은 흑마법사가?

안 좋은 추리들이 계속 가지를 뻗어나간다. 그러다 문득 아까 3층에서 반지가 빛을 냈던 게 신경이 쓰였다. 단순한 반사광일 수도 있지만 아닐 수도 있다. 나는 치맛자락을 허리춤까지 올려 잡고서 3층을 향해 뛰었다.

반지는 빛을 내는지 아닌지 알 수 없는 색으로 물들어 있었다. 그 밤에 왕비와 걸었던 기억이 떠올랐다. 아직 한낮인데 주위가 밤이 된 것처럼 고개를 돌리면 내 옆에 하얀 왕비가 걷고 있을 것 같아서 고개를 돌리지 않았다.

이 앞은 서재고 이 앞은 접견실. 그러면 그다음이 비밀의 다락방으로 연결되던 그 방이다. 나는 시녀들의 눈치를 살피며 조심스레 방문을 열고 안으로 들어갔다. 어두워지니까 반지가 희미하게 빛을 내는 것이 눈에 들어왔다. 저 방에 숨겨진 마법에 반응을 하고 있는 걸까?

"유르겔 님……?"

정말 조심스럽게 계단을 올라갔다. 내게 이곳은 어둡고 달빛으로만 가득한 밤의 공간으로 기억되고 있었다. 이제는 그 기억에 억지로 낮의 빛이 칠해질 거다. 이유 없이 억울해지기 시작했다. 소중한 것을 빼앗기는 기분이었다.

마지막 계단을 올랐다. 달빛으로 환했던 다락방이 지금은 태양 속에 있는 것처럼 빛으로 가득 찼다. 어딘가에 보물이 숨겨져 있을 것 같았던 방은 밤의 신비로움 대신에 초라함과 쇠락함, 낡고 어수선한 분위기를 여과 없이 보여주었다. 이래서 이곳에 다시 오고 싶지 않았다. 꿈과 밤 사이의 길을 걸었던 기억으로 이 모든 것을 남겨두고 싶었는데.

"유르겔 님, 여기 계세요?"

좁고 초라한 방을 한 바퀴 돌아보았지만 유르겔과 왕자의 모습은 보이지 않았다. 바닥에 쌓인 먼지를 보니 나 아닌 누군가가 들어온 흔적이 있었다. 설마, 지하실까지 갔을까? 마법의 도움이 아니면 들어갈 수 없는 곳을 유르겔이?

어떻게 해야 할지 몰라 방 안을 빙빙 돌며 망설이고 있는데, 갑자기 반지에서 빛이 솟구쳤다. 방 안 전체가 자동차 시동이 걸리는 것처럼 지잉지잉 하고 울리며 귀에도 심한 이명이 공명했다. 하지만 갑자기 그 모든 것이 스위치를 끈 것처럼 사라졌다.

혹시나 하는 마음으로 다시 4층으로 돌아갔다. 왕자 방의 문을 열자 유르겔이 왕자를 안고 있었다. 낮고 부드러운 자장가를 부르고 있는 유르겔은 행복해 보이는 얼굴이었다. 왕자를 볼 때면 늘 그렇듯이, 그는 빛처럼 웃으면서 부드러운 자장가를 부르고 있었다. 이전부터 불러주던 것과 같은 노래 같기도 하고 다른 노래 같기도 한 노래가 은은하게 방 안을 향기처럼 메웠다.

그는 나를 보더니 눈가를 휘며 웃었다. 전보다 더 야윈 것 같지만 대신 생기와 활기가 보였다.

"계속 여기 계셨어요?"

"응."

"하지만 아까 문을 열었을 때는 유르겔 님도 왕자님도 안 계셨는데."

"잘못 봤나 보지."

유르겔이 햄스터도 아니고 저만한 성인 남자의 사이즈를 잘못 볼 리가 없는데. 나는 유르겔의 눈치를 살피다가 그가 요람에 누인 왕자를 슬쩍 보았다. 왕자는 잘 시간도 아닌데 잠이 들어 있었다. 그리고 요람의 끝을 잡은 내 손가락에 끼워진 반지도 살짝 희미하게 빛을 내었다. 아까 3층에서처럼 손으로 가리지 않고서는 빛을 분간할 수도 없는 아주 희미한 빛이었지만 분명히 빛이 서려 있었다.

이 반지는 마법에 반응한다고 했는데 3층의 마법진에 아직도 반응하고 있는 걸까, 아니면……. 나는 유르겔을 돌아보았다.

"왜?"

창문에서 빛이 쏟아지고 있었다. 그 빛을 등지고 선 유르겔은 눈이 부시게 아름다웠다. 그리고 창밖에서 그의 아름다움을 장식하려는 것처럼 커다란 날개가 펼쳐졌다. 이제는 전혀 이상하게 보이지 않는 나해의 왕족이 유르겔의 뒤쪽에서 날갯짓을 하고 있었다.

"먼저 돌아가 있어."

나해의 왕족은 나를 보며 생긋 웃었다. 그는 이제 내가 연회장에서 처음 봤던 그 모습이 아니었다. 날개만 없다면 키가 큰 평범한 사람처럼 보일 것 같았다. 불에 타는 금속 같았던 눈동자도 이제는 조금 광택이 도는 정도로 보였다. 그가 멀어져 감에 따라 반지의 빛도 천천히 꺼졌다. 어딜 다녀온 걸까, 저 나해의 왕족과 함께.

"반지."

퍼뜩 정신이 들어 반사적으로 손으로 반지를 덮어 가렸다.

"누구한테 받은 거야? 카펠라 공작? 대마법사?"

"둘 다 아닌데요."

"넌 참 운이 좋아. 그리고 재주도 좋고. 대단하단 말이야. 나는 힘들었는데 넌 안 힘들어 보여."

나는 열심히 살았다. 세상 앞에서 당당하게 내가 선량한 사람이라고는 말할 수 없을지언정 열심히 살아온 것만큼은 자신 있게 말할 수 있다. 그렇지 않나? 우리 모두 열심히 살고 있다. 각자 서 있는 곳에서 모두가 힘들고 열심이다. 하지만 권력이 깡패라서 입은 다물고 탁자 위에 뒀던 브라우니 접시나 그에게 내밀었다.

"이거 드셔보실래요? 제가 만든 건데 맛있어요."

한 번도 험한 일을 해보지 않았을 것 같은 하얀 손이 브라우니를 조금 잘라 가서 입에 넣었다. 나는 그의 표정을 살폈다.

"맛있으세요?"

그는 똑같은 미소로 나를 보았다. 가끔 유르겔의 미소가 가면 같다고 생각할 때가 있다. 그는 기분이 좋아도 웃었고 기분이 나빠도 웃었다. 그리고 내가 본 바에 의하면 에반스와 있을 때도 미소의 결이 크게 달라지지는 않았다. 표정으로는 내 음식의 맛이 없고 있고를 판단하기가 어렵다.

"몇 번이나 말했지만 난 널 꽤 좋아하거든. 그래서 하는 말이야. 알수 없는 건 그냥 알 수 없는 대로 둬도 되지 않아?"

사실 나도 그렇게 생각한다. 알 수 없는 것들은 알 수 없는 채로 두는 것이 낫다. 하지만.

"알 수 없는 걸 알 수 없는 대로 두면 사람이 멍청해지거나 바보가되지 않을까요?"

"절망한 우울증 환자보다는 행복한 바보가 낫잖아."

"전 배부른 철학자이고 싶네요."

유르겔은 웃으면서 작게 잘라 반쯤 먹은 브라우니 조각을 창문 밖으로 던졌다.

"넌 요리를 안 하는 게 낫겠다."

맛이 없었던 거냐!

"이건 진짜 널 위해서 하는 말이야."

유르겔이 돌아간 후에 창문을 열어 방 안을 환기했다. 식겁해서 소금이라도 뿌리고 싶을 정도인데 왕자는 물색도 없이 유르겔에게 했던 것처럼 나한테도 손을 내밀며 웃었다.

"왕자님, 다음에는 그냥 울어버리세요."

살짝 볼을 꼬집어줘도 왕자는 좋다고 내 손을 잡으려고 손을 뻗었다.

"어? 왕자님, 이거 왜 이래요?"

그런데 한 줌도 안 되는 왕자의 작은 손바닥에 베인 것 같은 상처와 핏자국이 남아 있었다. 실수로 긁힌 것과 확연히 다른 칼을 댄 자국이었다.

세상에. 유르겔이 왕자를 예뻐하는 것처럼 굴어놓고 뒤에서는 학대하고 있었나?! 이렇게 작은 아이한테 어떻게 칼을 댈 수가 있지? 왕자의 양육권이 순조롭게 안 넘어와서 화풀이했나. 다쳤는데도 왕자는 팔을 힘차게 휘저으면서 맑게 웃고 있었다. 얼굴에 눈물 자국 같은 것도 보이지 않았다.

"왕자님, 다음에는 물어버려요."

왕자는 내 말을 별로 알아듣는 것 같지 않았다. 당연하지. 이제 유르겔이랑 단둘이 있지 않게 내가 알아서 조심해야 한다.

"미오 경, 단것 좋아하세요?"

"네가 만든 건 다 싫어."

"미오 경은 초콜릿 되게 좋아하게 생겼는데 의외네요."

중탕 중인 초콜릿이랑 미오 경의 머리카락 색이 똑같다. 그래서 미카엘 왕자가 미오 경의 머리카락을 유독 좋아하는 걸까? 왕자의 방에는 젖병을 데울 때 쓰라는 의미에서 간단한 조리 도구가 마련되어 있었다. 난 중탕된 초콜릿을 휘저었다.

"마법사님은요?"

"단것도 쓴 것도 다 좋습니다."

"마탑에는 단것들이 없다고 하셨죠?"

"솔직히 말해 마탑의 식사는 아무 맛도 나지 않던 것들이라."

시엘은 쓴웃음을 지으며 말했다. 옛날 중세 수도원 같은 데서는 감각의 사치를 경계하기 위해 음식 맛 같은 것도 절제한다고 본 것 같긴 하다. 하지만 장담컨대, 마탑에서 그런 것들이 제한된 건 시엘뿐일 것이다. 예전에는 그냥 그렇구나, 하고 이야기를 들었는데 이제는 내 속이 상한다.

중탕한 초콜릿을 틀에 넣으며 고개를 숙였지만 시엘은 내 표정을 본 모양이다. 왕자를 안고 다가와서 부드럽게 내 머리카락을 쓰다듬더니 왕자의 얼굴을 내 볼 쪽으로 밀어 넣어 뽀뽀를 시키고, 다른 쪽 볼에는 그가 입을 맞췄다. 요새 시엘의 스킨십이 늘었는데 상황이 애매해서 지적하기가 뭐하다. 나를 위로하려는 그의 의도가 기쁘고 처음과 달리 남을, 특히 나를 생각하고 위하는 그 마음이 기쁘다.

"다 된 거예요?"

"이대로 식힌 다음에 파우더에 굴리면 끝나요."

빨리 굳었으면 좋겠다. 클라인은 단걸 좋아하던가? 저번에 먹는 걸로 봐서는 주면 일단 먹어주기는 할 것 같다.

미오 경이 저번에 내가 싸 간 도시락이 진짜 별로였다고 했다. 그러면 먹질 말든가. 한참이 지난 후에야 알게 되니까 억지로 먹인 것 같아서 많이 미안하다. 그래서 사죄 겸 이걸 싸 들고 가볼까 한다. 디저트는 언제나 실패하지 않지.

"초콜릿이 다 되었는데 드셔보실래요?"

나는 접시 위에 파우더를 묻힌 파베 초콜릿 조각을 몇 개 올렸다. 시엘이 먼저 집어 들었고, 미오 경은 미심쩍은 듯 눈살을 찌푸리면서도 한 조각을 집어 들었다.

"이거 이름이 뭐라고요?"

"파베 초콜릿."

나도 한 조각 입에 물었다. 부드럽고 씁쓸했다. 내가 기억하는 맛이다. 이것이 그리웠다.

"욱!"

"음……."

하지만 비슷하게 파베 초콜릿 조각들을 입에 넣은 시엘과 미오 경의 반응은 나와 달랐다. 왜? 뭐? 왜?

"대단해, 아스. 어떻게 쓴맛과 단맛을 함께 느끼게 만들 수가 있지?"

"음…… 제 입에는 좀…… 많이 쓰군요."

이 세계에 초콜릿이 없었던 건 아닐 테니까 초콜릿을 처음 먹은 유럽인처럼 이게 악마의 디저트같이 느껴지진 않을 텐데 왜 저런 반응인지 모르겠다. 초콜릿은 원래 이런 맛이다. 쓰고 신맛.

"두 분이 애들 입맛이에요."

"아스, 이거 까슬까슬한 가루가 많이 씹히는데 무슨 가루입니까?"

"파우더요? 사과나무 껍질 간 거요."

사실 내가 본 그 나무가 사과나무인지 아닌지 알 길이 없지만 나무 껍질이야 거기서 거기라고 믿는다. 씹히기만 하면 되지. 시엘과 미오 경의 얼굴이 많이 창백해졌다. 다행이다. 클라인에게 선물로 싸 갈 건데 맛있어서 둘이 더 달라고 하면 어쩌나 살짝 걱정하고 있었는데 그럴 일은 없겠다.

나는 둘을 본체만체하고 초콜릿을 예쁘게 포장했다. 설마 클라인도 별로라고 하진 않겠지? 음…… 그건 좀 걱정이 된다. 이상하다. 이세계의 음식이 내 입맛에 맞았으니 내 미각도 보편적일 텐데.

"미오 경, 오늘은 카펠라 공작님 보러 안 가세요?"

"삼 일에 하루씩은 쉰다."

하긴, 미오 경은 떡이 아닌 사람이니 매일같이 쳐낼 수는 없겠지.

짐을 다 싸고 돌아보니까 시엘이 왕자의 짤막한 팔을 잡고 흔들었다. 미오 경도 손을 들어주었다. 나도 마주 손을 흔들어주었다.

무더운 여름이었다. 사실 모든 여름이 다 덥다. 아직 한낮은 덥지만 슬슬 아침과 저녁은 기온이 참을 수는 있게 바뀌고 있었다. 늦여름인가 보다. 다음 달 정도가 되면 슬쩍 가을이라고 불러도 될 것 같았다.

가을이 지나면 나는 이 세계의 모든 계절을 겪게 된다. 처음 이곳에 왔을 때가 겨울이 끝나갈 무렵이었으니까. 눈 온 거는 못 봤으니까 겨울은 0.5로 칠까? 어쨌든 이다음 봄이 올 땐 조금 더 마음 편하게 봄을 맞을 수 있을까?

"아스."

클라인이 있는 기사단 사무실에 안내되어 들어가니까 집무실 같은 곳에서 클라인이 나를 반겨주었다. 익숙한 얼굴의 부관 두 명이 따로 책상을 두고 앉아 있었고, 클라인이 앉아 있는 커다란 책상에도 서류가 산처럼은 아니라도 두 뼘씩은 쌓여 있었다. 낯선 곳에서 클라인을 낯선 모습으로 보니까 되게 이상했다.

"약속 없이 찾아와서 죄송합니다."

"제 모든 시간은 아스의 것입니다."

클라인이 평소에 이런 말을 하는 사람은 아닐 거다. 빈센트랑 길버트, 두 부관이 경악한 눈으로 클라인의 눈치를 살피고 빠르게 내 얼굴을 다시 훑고 지나갔다.

"부끄럽네요."

늘 듣던 말이지만 안 친한 사람들 앞에서 그런 말을 들으니까 새삼 부끄럽다. 클라인은 내 부끄러움을 제대로 해석해 냈다. 부관 둘에게 휴식 시간을 준 것이다. 그들은 그대로 밖으로 방출되었다. 그러고 클라인은 손님용으로 보이는 소파에 앉으려던 내 손을 잡고 그의 거대한 책상을 돌아가 그가 앉아 있던 회장님 의자 같은 의자에 나를 앉혔다.

"어, 그럼 공작님은."

어디에 앉으시려고요, 라고 물으려고 했는데 그는 서류를 치우더니 책상 위에 걸터앉았다. 원래도 나보다 컸던 사람이 그렇게 책상 위에 앉으니까 한없이 올려다보게 되는데 역광 때문에 얼굴이 잘 보이지 않았다.

"언젠가 이곳을 소개해 드리려고 했는데, 이렇게 먼저 찾아와 주실 줄은 몰랐습니다."

"공작님도 보고 싶었고 저번에 제가 한 음식이 맛없었다고 나중에 들었거든요."

"전 나쁘지 않았습니다만."

"전 진실을 원해요, 공작님. 셋 중에 둘이 별로라고 하면 별로일 것 같거든요."

클라인은 은은하게 웃었다. 어떤 의미로는 '나쁘지 않다'는 그의 말은 진실이긴 할 거다. 그는 내가 주는 독도 달콤하게 먹을 사람이니까. 하지만 난 객관적인 진실이었으면 좋겠다. 주관적으로 사람에 따라 달라지는 진실은 가끔 의도하지 않아도 거짓이 되는 법이다. 마치 내게는 모든 마법사가 대단하지만 시엘에게는 대부분의 마법사가 시시한 것처럼.

"그런데 어째 어수선하네요."

클라인의 성격대로라면 절도 있고 근엄한 분위기여야 할 것 같은데, 안으로 안내되면서 본 기사단은 좀 느슨하고 어수선해 보여서 슬쩍 말해봤다. 물론 성격과 업무 스타일이 꼭 같으리라는 법은 없지만, 이상하잖아?

"아……."

너무나도 함축적인 의미를 담고 있는 '아'였다. 클라인은 말을 어떻게 하는지 모르는 사람처럼 한참 만에 다시 입을 열었다.

"요새 갑자기 전하께서 제국을 도발하시는데, 그 연유를 모르겠지만 그 수습으로 모든 부서가 바쁩니다."

에반스가? 왕비 건을 빼면 국왕으로서의 능력치나 정신머리는 괜찮은 설정인 걸로 아는데.

"그럼 제국과 우리 왕국은 원래 관계가……?"

"동맹국이나 우호국까지는 아니더라도 관계가 나쁘지 않았습니다. 그런데 전쟁을 벌이고 싶으신 것처럼 유독 제국을 향해 언행에 가시를 세우시니 저희뿐만 아니라 제국에서도 당황하고 있습니다."

클라인은 피곤한 얼굴로 미간을 문질렀다.

"재미없는 이야기를 드렸습니다."

"아니에요."

나는 다만 그와 같은 사람도 직장 상사 때문에 스트레스를 받는다는 것이 신기했다. 그를 처음 본 날 투구에 새파랗게 반사되던 눈동자를 기억한다. 이처럼 대단하고 왕자님 같은 사람도 나와 똑같은 고민을 하는구나. 몸속 어딘가에 단단히 굳어 있던 돌이 살짝 구르는 소리가 들린 것 같았다.

"다 괜찮을 거예요, 공작님."

이런 말이 아무 의미도 없고 위로도 되지 않는다는 것을 알지만 클라인은 내게 싱긋 웃어주었다.

"그래서, 뭘 가져오신 겁니까?"

"아, 그때랑 다른 길 만들어봤어요. 이번은 맛있을 거예요."

나는 손수건으로 싼 포장을 풀고 책상 위에 파베 초콜릿을 펼쳤다. 초콜릿 특유의 냄새가 확 퍼졌다.

"초콜릿 같군요."

"네, 파베 초콜릿이라고 해요. 단 거 좋아하세요?"

클라인은 다시 너 is 뭔들의 표정을 지었다. 그 얼굴을 견딜 수가 없어서 나는 한 조각을 먼저 내 입에 넣었다. 나무껍질 파우더가 입안에 좀 까슬까슬하게 도나? 원래 이런 감촉이 아니라 좀 텁텁한 식감이었던 것 같다. 클라인도 작은 조각을 삼켰다. 긴장해서 그럴까, 그의 모든 동작이 천천히 흐르는 물처럼 보였다. 멍하니 보고 있다가 클라인과 눈이 마주쳤다. 그는 나와 시선을 이은 채로 웃었다.

"어떠세요?"

"약간 시고 많이 씁쓸하군요."

"초콜릿은 원래 그렇잖아요."

초콜릿은 원래 시고 쓰다. 그게 맞다. 그런데 난 왜 아까 단것 좋아하냐고 물어본 거지?

머리에서 뭐가 덜거덕거리는 것처럼 이상한데, 그때 클라인이 양손으로 내 고개를 들어 올렸다. 한 번도 생각해 본 적이 없는데 그의 손은 꽤 컸고, 손가락은 따뜻했지만 손바닥은 차가웠다. 의자에 앉아 있는 나에 비해 책상에 걸터앉은 그는 아득하게 멀고 높았다.

이거 아무래도 타이밍이 그건데. 아무리 모르고 싶어도 모를 수 없는 그건데. 어쩌지? 갈등이 느껴졌다. 모르는 척 클라인의 손을 떼어낼지, 아니면 눈을 감을지. 긴장되는 순간이다. 클라인의 눈을 보았다. 따뜻하고 아름다운 회청색 눈동자가 나를 보고 있었다. 나는 눈을 감았다. 하지만 한참이 지나도 아무 일도 없었다.

어쩌지? 눈을 떠야겠지? 근데 눈을 뜨는 순간 되게 뻘쭘해질 것 같은 그런 예감인데, 그렇다고 눈을 감고 있는 시간이 길어도 엄청나게 문제일 것 같다. 클라인이 뭐라도 말해줬으면 좋겠는데 시간이 멈춘 것처럼 그는 조용하고 아무 움직임도 없었다.

결국 나는 살짝 다시 눈을 떴다. 눈앞에서 클라인이 조용히 미소 짓고 있었다. 욕조를 가득히 채운 따뜻한 물처럼 따뜻하고 아름다운 미소였다. 그는 그대로 고개를 숙여 내 입술에 입을 맞췄다. 닿은 부분이 살짝 따끔하게 느껴질 정도로 메마른 입술이었다. 입술 틈새로 그의 숨결이 느껴졌고 내가 만든 초콜릿의 향기가 섞였다. 클라인은 잠시 나와 입술을 맞댄 후 혀로 짧게 내 입술을 핥고 입술을 떼어냈다.

"그렇군요. 달콤합니다."

그는 굉장히 달콤한 고기를 배부르게 먹은 사자처럼 웃으면서 엄지 손가락으로 내 입술을 닦아주었다.

이게 무슨 일일까. 방금까지 따뜻했던 그의 손가락이 지금은 굉장히 차갑게 느껴질 정도로 내 모든 체온이 얼굴로 몰려들기 시작했다.

⚜

클라인 카펠라. 클라인을 생각한다. 사실 생각나는 건 별로 없다. 공기는 따뜻했고 클라인은 내가 눈을 뜨길 기다렸다 입을 맞추었다. 입술은 메말라 있었고 주변이 조용해서 귀를 기울이고 있으면 그의 속눈썹 움직이는 소리가 들릴 것 같았었다. 흘러 내려온 클라인의 붉은 머리카락이 내 눈가에 닿아 있어서 눈을 깜빡일 때마다 일렁이는 붉은빛이 마치 노을의 한중간에 있는 것 같았다.

나는 숨을 쉬는 것을 잊었고 심장도 잠깐 멈췄던 것 같다. 쿵쾅대야 할 것 같은 내 심장 소리도 들리지 않았었다. 모든 것이 조용했고, 초콜릿 냄새가 났다. 그러다 눈을 감았던 것 같다.

이 세계에서의 내 첫 키스의 추억은 그런 것들로 남게 되었다. 따뜻하고 조용한 공기, 클라인의 속눈썹, 붉은 머리카락, 그리고 초콜릿. 그 달콤한 향기.

"아스 양, 듣고 있나요?"

"아. 잠깐 졸았어요."

"대낮입니다만."

"선생님이랑은 늘 새벽에 만났더니 습관이 들었나 봐요."

세야는 지나간 봄처럼 웃으며 더는 나를 탓하지 않았다. 세야가 뭐라고 했더라? 아. 나는 세야가 불러준 마지막 문장을 마저 받아 적고서 손바닥으로 파닥파닥 부채를 부쳐 잉크를 말리고 세야에게 건네주었다. 그가 익숙한 붉은 펜을 들고 채점을 시작했다.

이대로 연락 끊긴 지인이 되는 건가 싶은 시점에 '격조했습니다' 한마디를 하며 나타난 세야는 지나치게 태연하고 자연스러웠다. 마치 우리가 엊그제 만나고 오늘 다시 만나는 것처럼 어색함이 전혀 없어서 나도 질 수 없어 열심히 친근하게 대하는 중이다.

"놀랍군요."

"뭐가요?"

"아스 양에게는 습관적으로 틀리는 부분이 있었는데 오늘은 하나도 틀리지 않았어요."

그런가? 늘 쓰던 대로 받아쓴 것 같은데. 세야가 내게 돌려준 답안지에 붉은색으로 커다랗게 100이라는 점수가 쓰여 있었다. 학교를 졸업한 지가 몇 년이더라. 대체 몇 년 만에 받아보는 백 점인 줄 모르겠다. 살짝 기분이 좋아졌다.

"이렇게만 한다면 더 가르쳐 드릴 게 없을 것 같아요."

엄청난 칭찬이었다. 하긴, 몇 달째 같은 것을 가르치느라 세야도 진력났을 것이다. 우리의 수업은 처음엔 진도가 빨랐지만 내가 같은 것을 몇 달째 계속 틀리면서부터 전혀 진도를 나갈 수 없었다.

"저도 이제 아스 양에게 전념할 수 없던 참인데 다행입니다."

"관두세요?"

시녀장 언니가 그걸 허락했을까 몹시 흥미로운데?

나는 세야가 왕비를 짝사랑하는 것을 안다. 그리고 세야는 내가 안다는 것을 안다. 하지만 우리는 말할 수 없는 것 한두 개쯤 갖고 있는 어른답게 한 번도 그 일을 입에 올리지 않고 아무 일도 없었던 사람들처럼 수업을 했다. 새삼 그게 문제가 된 게 아닐 텐데 그것 때문에 관두려고 하는 거라면 놀라울 거다.

하지만 세야는 고개를 저었다.

"제국에 사신을 보내는 일로 너무 바빠져서요."

"카펠라 공작님이 국왕 전하께서 그쪽에 시비를 엄청 건넸어요."

세야가 대놓고 한숨을 쉬었다. 비가 내리던 내 채점지를 보면서도 저렇게까지 대놓고 한숨을 쉬지는 않았었는데. 할 말이 아주 많지만 굳이 하지 않겠다는 자세로 그가 고개를 내저었다.

"유르겔 님이 아프시고부터 전하께서 많이 예민해지셨죠."

"너무 오래 아프신 것 같은데 병명은 뭐래요?"

"의사에게도 보이지 않으셨답니다."

그거 좀 수상하지 않나? 아픈 사람이 의사를 피하는 건 병명을 알고 있거나 감춰야 할 때뿐이다. 아니면 둘 다 해당하든가. 유르겔을 그토록 아끼고 사랑하는 에반스가 이토록 오랫동안 그를 의사에게도 안 보였다는 건 뭔가 아주 수상쩍다.

"전하의 마음도 이해는 갑니다. 아무리 제국의 황후가 절대 선인 블랙 드래곤이라 해도 나해 정복의 일에 그녀가 참견할 바는 아니죠. 먼저 무례하게 타국의 일에 이의를 제기하니 전하께서 못 참고 응대하실 만했습니다. 좀 심했지만요."

정확히 에반스가 무슨 짓을 했는지 모르겠는데 세야가 심하다고 할 정도면 정말 심한 일을 한 것 같다.

"공작님은 전하께서 전쟁을 벌이고 싶어 하시는 것 같다고 했어요."

"안 돼요, 저쪽은 블랙 드래곤이 있고 용은 아니나 그분의 피를 이어받은 사 황자도 있습니다. 사 황자 본인은 마법을 못 쓴다지만 드래곤에게 받은 그 마력은 마법사들이 차용할 수 있으니 용이 두 분 있다고 봐도 무방합니다. 아무리 우리나라에 대마법사가 계셔도 힘들 겁니다."

하지만 <탈출기>에 저 정도로 큰 전쟁은 없었던 것 같은데. 자잘하게 뭐가 많긴 했지만 제국이랑 붙었으면 드래곤이 날아다녔다는 묘사가 있었을 것 같은데 본 기억이 없다.

"그거 말고 다른 이유 있으신 건 아니죠?"

나한테 왕비를 향한 짝사랑을 들켜서 쪽팔린다거나 하는 유의.

"왕자님의 교육관을 뽑는다는 소식 혹시 못 들으셨습니까?"

"처음 들어봐요. 거기 뽑히셨어요?"

"아직 확정이 난 것은 아닙니다. 그래도 경쟁률이 치열한 자리는 아니었다는 것은 고백하겠습니다."

지원했구나. 세상에서 가장 즐거운 사람처럼 바닥을 뿔뿔 기어 다니고 있는 왕자를 돌아보았다. 미카엘 왕자는 다른 사람을 사랑해서 그를 호위하게 될 기사와 또 왕자가 아닌 다른 사람을 사랑해서 그를 가르칠 스승을 갖게 된 셈이다. 그래도 괜찮다. 그렇게 시작하는 사랑도 있는 것이다. 내 외할머니는 자신의 딸이 낳은 아이이기에 나를 사랑했고 내 친할아버지도 아들의 딸이기 때문에 나를 사랑하셨다. 첫눈에 그 사람이기 때문에 하는 사랑이 아니라도 괜찮다. 그런 식으로 옮겨 가는 사랑도 있다.

나는 <탈출기> 속의 왕자를 생각해 내려 노력했다. 그러나 스토리 진행도 기억하지 못하는 내 머리로는 무리였다. 대충 읽은 소설에서 그걸 기억할 수 있는 뇌였다면 내 대학교 지원 원서는 SKY와 포항공대, 카이스트 등등이 되었을 거다. 하지만 소년이 된 왕자는 밝고 경쾌한 느낌이었던 것 같다. 유르겔이 데려가 길렀던 왕자는 그가 왕궁을 뛰어다닐 때마다 주변 귀족과 시중인들이 슬며시 웃음을 지으며 쳐다보는 그런 종류의 사람으로 자랐다.

왕자는 사랑을 받을 것이다. 직선으로 오지 않고 길을 돌아온 사랑도 결국은 온전히 그에게 향하게 만들 수 있는 사람으로 자라나게 될 테니까. 그러니까 이런 시작도 괜찮을 것 같다.

"아스 양에게는 숙제를 내드리겠습니다. 매일 일기를 써 오세요."

"그걸 설마 선생님이 읽어보시겠다는 건 아니겠죠?"

세야는 잔잔하게 입가에 힘을 주면서 웃고 있었다. 읽겠다는 소리구나. 내 프라이버시는 어디 갔냐.

그때 바닥을 뿔뿔 기던 왕자가 갑자기 멈춰 서서 물끄러미 무언가를 바라보았다. 그냥 작은 얼룩이었지만 아기라서 작은 데다가 바닥을 기어 다니고 있는 왕자의 눈에는 이상하게 보인 모양이다. 왕자는 털을 세운 고양이처럼 물끄러미 그걸 보다가 획 돌아서 꺅 하며 내게 버둥버둥 기어 왔다.

"우리 왕자님 뭣 때문에 놀라셨을까~?"

왕자는 이제 묵직해져서 바닥에서 안아 올리려면 마음의 각오가 필요하다. 팔뚝만 했던 게 엊그제…… 는 아니고 한 반년 전 같은데. 음, 반년 전이 맞구나. 하여튼 시간 참 빠른 것 같다.

작은 가슴이 놀라서 콩닥콩닥 뛰고 있었다. 하지만 안아 들고 몇 번 토닥여 주니까 그래도 익숙한 품이고 냄새랍시고 왕자의 심장이 다시 조금씩 느려지기 시작했다. 그 모든 모습을 세야가 봄빛 같은 눈으로 부드럽게 지켜보고 있었다.

"안아보실래요?"

"그래도 될까요?"

세야는 얼어붙은 겨울에 손난로를 안듯이 왕자를 끌어안았다.

"왕비님은 왕자님 이름을 유진이라고 짓고 싶으셨대요."

등 뒤에서 미오 경의 탄식과 닮은 한숨 소리가 들렸다. 하지만 뭐 어때. 그 안에 담긴 마음이 무엇이든지 간에 왕비가 왕자의 이름으로 유진을 생각했던 건 사실이다. 좋은 이름 아닌가, 유진. 부르기도 좋고 똑똑해 보이고 적당히 중성적이고. 나 외에 한 사람 정도 더 그 이름을 알고 있으면 좋잖아.

"안녕, 왕자님? 붙여지지 못한 그 이름도 왕자님과 잘 어울리시네요. 유진."

세야가 자그마한 왕자의 손을 정중하게 잡고 인사했다. 왕비, 나, 그리고 세야인가. 미오 경은 저 이름을 부른 적이 없던 것 같으니까 이렇게 셋이 맞는 것 같다. 세야의 목소리로 불리는 유진이라는 이름은 굉장히 따뜻한 울림을 갖고 있었다.

그냥 그런 예감이 들었다. 어찌 되었든 세야는 저 왕자를 몹시 사랑하게 될 거고 그 사랑 속에서 왕자는 구김살 없이 모두에게 사랑받는 아이로 자라게 될 것 같아졌다.

그리고 난, 아마도 난 왕자를 좋아하게 될 것 같다. 사랑하지는 않는다. 여전히 왕자는 내게 귀찮고 버거운 짐이지만 때때로는 귀엽고 때때로는 안쓰럽게 보인다. 지금도 이렇게 힘드니까 자랄수록 더 귀찮고 버겁게 여겨지겠지. 그러니 평생 사랑하진 않겠지만 그래도 나 아닌 다른 사람과 왕자를 아는 모든 사람에게 사랑받았으면 좋겠다. 그렇게 자랐으면 좋겠다. 이런 걸 생각하는 걸 보니 내가 왕자를 좋아하긴 하는 것 같다.

"선생님, 사랑하는 것과 좋아하는 것의 차이가 뭘까요?"

"그 마음을 가진 사람이 어느 쪽 마음이라고 생각하느냐에 따른 것이겠죠."

처음에 왕자는 세야의 품이 편해 보이지는 않았는데 세야의 머리카락을 손에 쥔 순간부터 무섭게 편해졌다. 시엘의 백금색 머리카락과 세야의 레몬빛 머리카락이 닮아 보이나 보다. 왕자는 남의 머리카락을 잡고 있는 걸 참 좋아한다. 그 기세대로 유르겔의 머리카락이나 잡아당겨 주면 참 좋겠는데.

"아, 맞다. 선생님. 이거 드세요."

나는 깜빡하고 안 줄 뻔했던 푸딩 그릇을 세야에게 밀어주었다. 미오 경이 아예 들으라는 것처럼 한숨을 쉬었지만 신경 쓰지 않기로 했다. 세야는 고개를 갸웃거리며 푸딩을 조금 떠먹더니 바로 푸딩 컵에 내용물을 뱉었다!

"선생님?!"

"아, 죄송합니다. 상한 것 같네요, 아스 양."

"아녜요, 오늘 아침에 만들었어요!"

"상한 달걀을 썼나 봐요."

세야는 친절하게 내 손에 들려 있는 푸딩 컵까지 빼앗아 치워 버렸다. 그 단호한 태도가 여태까지 들었던 그 어떤 평보다 제일 잔인했다. 뭐가 문제일까? 내 입에는 괜찮은 것 같은데 왜 내 세계의 레시피대로 만든 음식만 이렇게 평이 야박하지? 이상하고 아주 이상한 기분이 들었다. 수업 시간에 다른 수업의 교과서를 펼쳐놓고 들여다보고 있는 느낌이었다. 이대로 덮고 모르는 척하면 남에게 들키기 전까지는 모르는 척할 수 있을 것이다. 하지만 그러면 안 될 것 같다.

모르는 것은 모르는 것이고 때로 그런 것들은 모르는 채로 내버려 두면 아무 일도 없던 것처럼 무사히 지나가곤 한다. 한참 후에 뒤돌아보며 그런 일도 있었지, 하게끔 내버려 두는 게 가장 좋다. 하지만 가설이라는 것이 있었다. '혹시 그렇지 않을까' 시험하고 확인해 보고 싶어지는 가설이 내게 있었다.

"아스."

문을 열고 시엘이 들어왔다. 밤이었다. 문밖은 벌써 불을 밝혀놓아서 시엘의 백금발이 이 어두운 곳에서도 반짝거렸다. 이 부엌까지 나를 어떻게 찾아왔을까.

"미오 경이 아스를 걱정해요."

"제가 좀 이상한 것 같아요, 마법사님."

"음, 이럴 때 이런 말은 좀 뭣하지만…… 당신은 늘 조금 이상했습니다."

어느새 다가온 부드러운 손이 내 볼을 쓰다듬었다. 검을 잡는 클라인의 손과 다르게 누구 하나 다치게 한 적 없는 미카엘 왕자의 손바닥처럼 부드럽기만 한 손이다. 하지만 이 손이 사람을 죽인 적이 있다는 걸 나도 알고 그도 알고 있다.

"제가 바보가 된 것 같아요. 그런데 전 바보가 아니거든요."

"아스."

그 부름은 다정하게도 들렸고 안타까운 것처럼도 들렸다.

"이상한 생각이 들었어요. 그래서 음식을 만들어봤어요. 이곳의 음식은 제게도 다른 사람에게도 맛있지만, 제 세계의 음식은 제게만 맛있어요. 마법사님, 이게 왜 그럴까요?"

"새로 얻은 기억과 그렇지 않은 기억의 차이입니다."

시엘은 내 앞에 무릎을 꿇고 앉았지만 의자에 앉아 있는 나보다 눈높이가 약간 더 높았다. 그는 허리를 세우고서 내 얼굴을 양손으로 감쌌다. 그의 손은 나보다 한참이나 더 컸다. 얼굴 전체에 내 것이 아닌 체온이 느껴졌다.

"모르는 척하고 있으면 영원히 모를 수 있는 일입니다, 아스."

"공포소설 읽어본 적 있어요, 마법사님? 중간에 덮어버리면 범인이랑 동기에 대해 영영 모르게 되잖아요."

시엘이 무슨 얼굴을 하고 있는지 모르겠다. 그가 나에게 해주듯이 나도 그의 뺨을 손으로 감쌌다. 그에게 닿은 내 손은 차가웠다.

"마법사님은 왜 그런지 아시죠? 알려주세요."

"당신은 이름을 잃어버렸습니다, 아스."

그 순간 어쩐지, 이름을 잃은 나를 '아스'라고 부르는 게 많이 이상하다는 생각이 들었다. 하지만 그럼 나는 뭐라고 불려야 안 이상할까?

"이름을 잃어버렸는데 다른 기억은 무사할까요?"

거짓말을 배우지 못한 대마법사가 말했다.

"엄마 얼굴이 기억나지 않아요, 마법사님."

"네, 아스."

"가끔 아주 빠르게, 아니, 짧게 얼굴이 반짝하는 때가 있는데 그게 엄마 얼굴인지 모르겠어요. 그리고 그 반짝 떠오르는 얼굴이 눈에 박히지가 않네요."

"곧 당신은 그것도 잊어버릴 겁니다. 그때가 되면 당신의 영혼은 완전히 우리 세계에 속하게 되겠죠. 그때가 되면 당신은."

더는 괴롭지 않을 겁니다, 라고 대마법사가 속삭였다.

나는 내가 만든 음식을 돌아보았다. 내가 구할 수 있는 비슷한 재료로 내가 기억하고 있는 것과 비슷하게 만든 것들. 하지만 내가 기억하는 음식이 이 음식일까? 그런 생각이 들었을 때 접어야 했었다. 보낼 수 없었던 내 수많은 편지처럼 접고, 접고, 또 접어서 손가락만큼 작게 만들어서 멀리 날려 보내고 잊어야 했다.

하지만 나는 어중간한 사람이라 의심하고 망설이는 사이에 멈출 수 있는 선을 그대로 지나쳐 버리고 말았다. 내 인생의 5대 악덕이 나태와 의심과 질투, 회피와 집착인데, 언젠가 그것들이 내 인생을 망칠 줄 진작부터 알고만 있었다. 그 의심을 그냥 끊었어야 했는데.

"제 세계의 기억을 다 잃게 되나요?"

"그건 아닐 겁니다. 하지만 기억들은 섞이게 되겠죠. 당신이 읽었던 책 제목을 요리의 이름으로 기억하게끔, 당신이 열이 났을 때 먹은 약의 맛을 당신이 좋아한 쿠키의 맛으로 기억하게끔."

나는 내가 좋아하던 음식의 맛을 잊었고, 내 이름을 잊었고, 내가 사랑하던 사람의 이름을 잊었다. 언젠가 이 기억들이 다 섞이면 나는 다른 사람의 이름을 내 사랑으로 기억하는 날이 오게 될까?

"비밀인데요, 마법사님. 저 가사 하나도 못해요. 빨래도 청소도 설거지도 제대로 할 줄 아는 게 없어요."

그나마 몇 가지 음식이라도 할 줄 아는 건 좋아하는 사람에게 내가 한 음식을 먹이고 싶어서 어머니의 오래된 베이킹 레시피를 펼치고 따라 해본 덕분이다. 지금도 어려운 건 못한다. 독학과 야매가 뭐 얼마나 하겠어.

"왜냐면 저희 어머니가 그런 거 하나도 안 시켰거든요. 손 망가진다고. 조금만 상해도 속상하시다고 저한테 아무것도 안 시키셨어요. 그래서 저도 아무것도 안 했는데."

왜냐면 우리 엄마는 유리병 속에 사는 요정처럼 너무 약하고, 소녀라서, 너무 잘 우서서 내가 아픈 걸 이야기할 수가 없었기 때문에. 어느 여름날 출근길에 다른 사람 힐에 발등이 찍혀 까진 것을 보고 우리 엄마는 펄펄 뛰다가 속상하다고 우셨다. 성가시고 의지가 하나도 안 되는 우리 엄마.

"마법사님. 전 엄마가 없어도 살 수 있을 것 같은데요, 우리 엄마는 저 없으면 못 사실 거예요. 그러니까."

그 많은 이야기 속의 이방인들은 어떻게 자기 세계를 포기하고 이 세계에 남았는지 모르겠다. 우리 엄마는 나 없으면 죽을 텐데. 나도 엄마가 없으면 사람답게 안 살 텐데. 사랑의 형태는 다양하다고 하는데 내게는 늘 하나였다. 내 엄마만큼 날 사랑하지 못할 거면 사랑한다는 말도 꺼내지 않았으면 좋겠다. 그러니 이제는 이 말을 해도 되지 않을까?

"집에 돌려보내 주세요."

나는 엄마가 보고 싶다.

한창 야근하던 시절에 멍하니 창문에 기대 밖을 바라본 적이 있었다. 동이 트기 시작한 하늘을 넋을 빼고 보면서 세상에 나밖에 없구나를 생각했었다. 지금 와서 생각해 보면 그때는 혼자가 아니었다, 그때는.

"이거 따는 것도 가져왔어야 했던 거네."

나는 주방에서 챙겨 온 럼주를 발로 밀었다. 와인도 와인 오프너가 필요한 판국에 난 뭘 믿고 이걸 돌려서 열면 될 거라 생각한 걸까. 생각은 무슨 생각이 있었겠어. 그냥 와아, 술이다~ 하고 챙겼겠지. 나는 나를 안다.

세상이 나를 취하게 두지도 않는다. 나는 그냥 내 무릎을 안고 고개를 숙였다. 오늘 같은 날은 술을 마셔주는 게 예의인 것 같은데. 대신에 미지근한 바람이 등 뒤를 식혀주었지만 그래도 위안은 되지 않았다.

"집에……."

나는 울지 않았다. 그 말을 하면 울거나 무너지거나 할 줄 알았는데 놀랍게도 아무 일도 일어나지 않았다. 세상이 무너지지도 않았고 지진이 일어나지도 않았다. 이럴 줄 알았으면 그 말을 아껴두지 말고 열심히 해볼 걸 그랬다. 뭐 예쁜 말이라고 아껴놨을까, 자주자주 했으면 내 안에서 무뎌질 대로 무뎌져 있을지도 모르는 말이었는데.

발끝에 차이는 술병을 굴렸다. 아침에 출근한 주방장 아저씨가 럼주가 몇 병 사라진 걸 보면 날 죽이려고 할까? 등가교환이라고 생각해 줬으면 좋겠다. 술 몇 병 훔친 대신에 내가 만든 음식들을 잔뜩 놔두고 왔으니까. 물론 아무도 먹지 않겠지. 그렇겠지. 나도 알아. 알게 뭐야.

"아스."

예의 바른 미오 경은 나를 부르면서 동시에 테라스 문틀을 두드려 인기척을 알렸다. 하지만 난 미오 경이 거기 있는 거 한참 전부터 알고 있었다. 테라스 문을 열어두면 바람 따라서 커튼이 오락가락한단 말이지.

"아스."

대답을 안 하니까 그가 나를 다시 부른다. 나는 고개를 들기 싫어서 한쪽 손만 들고 까닥거렸다.

"그렇게 흔들면 들어오라는 의미인지 가라는 의미인지 모르겠다."

잘됐다. 나도 그가 갔으면 좋겠는지 내 곁에 있어주면 좋겠는지 모르겠으니까. 여전히 무릎에 이마를 댄 채로 고개만 삐딱하게 돌려 보았다. 미오 경이 테라스를 넘어오고 있었다. 이상하지. 그는 항상 내가 힘들 때 나를 찾아내고야 만다. 그는 나를 도와줄 수 없는데, 그래도 나를 찾아낸다.

머리 위로 그림자가 졌다. 그는 잠깐 내 앞에서 서성이더니 럼주를 발로 치우고 옆에 앉았다. 아직 여름을 지나고 있는 계절이라 춥다고 생각하지 않았는데 미오 경의 기척이 따뜻하게 느껴졌다.

미오 경은 럼주를 하나 들더니 마개를 뽑아냈다. 말 그대로 마개를 뽑아서 한 모금 마시더니 내게 건네주었다. 나는 다시 병나발을 불었다. 뭐야, 이거. 나 데킬라 스트레이트 원샷 세 잔 하는 여잔데 이거 맛이 없다! 럼주가 달다고 한 사람이 지금 내 앞에 있으면 목에 깔때

기를 꽂고 이걸 붓고 싶다.

"미오 경. 이 상황 왠지 익숙하지 않아요?"

"네가 주정 부리는 상황은 익숙하지."

"제가 주정이 뭔지 확실히 보여 드리겠습니다!"

미오 경은 나를 물끄러미 보다가 한 손으로 내 눈을 가리듯이 이마를 눌렀다. 밖에 오래 있었던가 보다. 차가워진 내 이마에 닿은 그의 손이 따뜻했다. 미오 경이 다른 손으로 내 손을 잡았다. 그러더니 그 손을 당기고 내 고개를 젖히더니 내 입에 술병을 꽂아 넣었다. 뭐야, 이거? 닥치고 술이나 먹으라고?!

"미오 경, 첫사랑 이야기 좀 해주세요. 지금 제 상처를 치유하려면 첫사랑 이야기가 필요해요."

"그게 무슨 논리지?"

"아, 쫌. 저 오늘 차였다고요."

"그 마법사가 널 찰 것 같지는 않다만."

"차인다는 말에는 다양한 의미가 있으니까요."

집으로 돌아가고 싶다고 말했을 때, 나는 울지 않았지만 시엘은 울 것 같았다. 하지만 내가 울지 않았기 때문에 그도 울지는 않았다. 대신에 그는 미안하다고 내게 사과를 했다.

미안하다고. 뭐가 미안한 걸까. 나를 슬프게 하는 모든 이유 중에서 그가 미안함을 느끼는 부분은 어디쯤일까. 나는 그에게 울지 말라고 대답했다. 그건 좀 이상한 기분이었다.

마음속 한곳에서 피어난 두 갈래의 불이 있었다. 시엘을 상처 입히고 싶은 마음과 그러고 싶지 않은 마음. 이상하지. 왜 내가 상처를 입었다고 다른 사람도 상처 입기를 바라게 되는 걸까.

테라스에서는 시녀들의 숙소가 내려다보였다. 아직 불이 꺼진 곳보다 켜진 곳이 더 많은 걸 봐서는 시간이 오래되지는 않은 모양이다.

나는 창문으로 보이는 그림자들을 헤아리면서 가장 그림자가 많은 곳을 응시했다. 계속 보고 있으면 흥청망청 노는 즐거운 소리가 들릴 것 같았다.

오늘도 어느 방에들 모여서 술판을 벌이려나? 오늘 같은 날에는 나도 그들 사이에 있는 한 명이고 싶다. 이대로는 누군가를 상처 입힐 것 같아서 아무것도 아닌 이야기를 하며 잊고 싶었다. 세상에 내가 혼자가 아니라는 것을 확인받고 싶다.

"첫사랑 이야기가 싫으면요, 그분에 대한 이야기를 해주시면 안 돼요? 언제 처음 봤는지, 어쩌다 반하게 된 건지."

물끄러미 나를 보던 미오 경이 '그건 좀 곤란한데'라면서 이마를 문질렀다.

"내 첫사랑이 그분이거든."

이건 좀 의외인데 그럴듯했다. 하지만 미오 경의 첫사랑이 유르겔이 되려면 그는 얼마나 늦게 첫사랑의 열병을 앓고 있는 걸까.

"전 미오 경이라면 젊은 새어머니를 남몰래 좋아한 게 첫사랑이었을 거라고 생각했어요."

"왜 새어머니…… 우리 어머니가 두 번째 부인이시다."

바닷가 작은 마을에 살았다는 미오 경의 슬픈 어린 시절이 그건가 보다. 어느 날 영지를 시찰 나온 미오 경의 아버지는 부둣가를 거닐고 있던 작고 예쁜 처녀와 사랑에 빠지게 되었겠지. 그분은 이미 결혼을 했지만 둘은 어쩔 수 없이 끌리고 둘 사이에 사랑의 결실도 생겼겠지. 하지만 둘은 본부인의 시기로 헤어질 수밖에 없게 되고……

"아스, 내가 널 좀 알아서 하는 말인데 지금 하고 있는 그 생각은 아닌 것 같다."

"제가 무슨 생각을 했다고 그러세요."

"아버지의 첫 번째 부인은 병으로 돌아가셨고 어머니랑은 그 후에 만나서 결혼하셨다고 들었다. 그래서 나와 형님은 나이 차이가 크지. 다들 좋은 분이시다."

미오 경의 진한 암녹색 눈동자가 작은 별들을 뿌려놓은 것처럼 반짝였다.

"형님은 결혼하셨어요?"

"조카도 있다. 3살이랑 7살이던가."

"조카도 있으신 분이 왕자님을 그렇게 못 안아요?"

"아니, 난 어려서부터 기사 생활을 해서 조카들이라고 해도 자주 볼 일이 없었다."

하지만 미오 경은 조카와 형님을 아주 많이 좋아할 거라고 생각된다. 얼굴 몇 번 본 일이 없다는 조카를 이야기하는 미오 경의 얼굴은 많이 편안해 보였다. 그는 돌아갈 곳이 있는 사람이다.

"저 지금 미오 경 질투했어요."

그는 나를 보았다. 아직 별빛이 꺼지지 않은 암녹색 눈동자가 나를 보았다. 그는 왜 질투했느냐고 묻지 않았다.

"세상 어떤 이야기는 비극으로 끝나기도 한다고 한다."

"그래요? 그럼 비극으로 끝나지 않게 열심히 살아야겠네요."

근데 여기서 어떻게 더 열심히 살지?

"넌 참…… 특별한 사람인 것 같다. 그런 말 들은 적 있나?"

"들은 적은 없지만 잘 알고 있죠."

"들은 적 없는데 어떻게 알아?"

"왜 몰라요, 내가 아는데."

바람이 많이 서늘해졌다. 이제 곧 기을이다. 나는 아직도 이곳에 조난당해 있는데 계절은 나를 두고 착실하게 가야 할 길로 나아가고 있다.

"마법사와 싸웠나?"

차라리 싸울 수 있는 문제였으면 좋겠다. 그랬다면 나는 무슨 짓을 해서라도, 어떻게 애걸해서라도 시엘이 내 말을 들어줄 수밖에 없도록 만들었을 텐데. 하지만 시엘은 나에게 미안하다고 말했다. 미안하다고.

"네가 너답지 않게 우울해 보여서 마법사가…… 그리고 나도 좀 심심하다."

인생에 해봐야 하는 명대사 100선 중에 당당히 베스트 텐 안에 드는 그 대사 '나다운 게 뭔데'가 등장해야 할 순간이다. 나는 침을 꼴깍삼키고 배에 힘을 주었다. 긴장된 순간이었다. 하지만 미오 경이 조금더 빨랐다.

"넌 발칙할 때가 제일 보기가 좋아."

복식호흡으로 준비하던 내 대사는 갈 길을 잃었다. 우리는 각자 들고 있던 럼주의 목을 교차해서 쨍, 하고 부딪혔다. 술을 마실 일이 있을 때마다 계속 병나발을 불게 되는 것 같다. 나도 우아할 때는 우아할 수 있는데.

"사랑을 말해주세요, 미오 경."

그것이 좋은 것이라고, 아름다운 것이라고, 행복할 것이라고 말해 줬으면 좋겠다.

"말 위에서 고삐를 당기며 자신의 말에 치일 뻔한 소년을 내려다보고 있었지. 그때는 그분도 어렸다."

"그 소년이 혹시 미오 경이었어요?"

사랑의 시작으로는 좀 과격한 것 같은데 미오 경은 현재가 아니라 과거에 있는 미소를 지었다. 미오 경과 이것과 비슷한 대화를 했던 날이 있었다. 계절은 아직 봄이었고, 바람은 시원했고, 나는 아직 많이 슬퍼지기 전이었다. 책 속인 이 세계의 사람들도 사랑을 하는구나, 처음으로 생각했던 날이다.

"그때를 떠올리면 그저 모든 것이 다 아름답다. 붉은 단풍과 황금색 낙엽, 그분과 푸른 하늘, 내 머리 위에서 요동치던 말발굽과 내 팔꿈치 아래에서 짓이겨지던 낙엽과 흙의 냄새까지 모두. 내 유년기의 가장 아름다운 기억이다."

그건 그가 유르겔을 아름답게 추억하는 걸까, 아니, 그의 유년기를 아름답게 추억하는 걸까.

"미오 경은 절대 그분의 이름을 부르지 않네요."

"절대로 부를 수 없지."

나는 그의 얼굴에서 괴로움을 찾아보려고 했다. 하지만 불 꺼진 밤은 어두워서 내가 찾고자 한 것을 찾을 수가 없었다.

그건 무슨 의미일까. 유르겔이 왕의 연인이기 때문에 입에 올릴 수 없다는 의미일까, 아니면 그의 안에서 유르겔의 이름이 너무 신성해져 있다는 의미일까.

나한테도 그런 이름이 하나 있었는데. 절대 값싸게 함부로 부를 수도 없이 귀했던 이름이 하나 있었다. 마음대로 섞이고 재배치 중이라는 내 기억 속에서 그 이름은 어디로 옮겨 가고 있을까. 이왕이면 내 세계의 신의 이름이 그 사람의 이름이 되었으면 좋겠다. 나보다 그 사람이 먼저 행복해지기를 기도했던 순간이 내게도 있었으니까.

"누가 절 그렇게 좋아해 줬으면 좋겠네요."

"시엘? 아님 클라인 경?"

미오 경이 아픈 데를 예고도 없이 푹 찔렀다.

"예전에는 절 좋아하는 사람이 없었는데 두 명이나 절 좋아한대요."

"세 명이다. 나도 널 좋아해."

가슴에 누가 돌을 던진 것 같았다. 맑은 물이 찰랑이는 소리가 들린 것 같았다. 팔짱을 낀 미오 경을 돌아보았다. 그는 달빛을 받아 어두운 녹색으로 보이는 눈으로 나를 보고 있었다.

"언제부터 절 사모하셨어요?"

"아니, 아마 왕자도 널 좋아하고 안나도 널 좋아할 거라는 말을 하고 싶었다."

"미오 경, 이 상황에서 '우리 모두 친구, 우리 모두가 너를 좋아해' 같은 말은 마법사님도 안 할 거예요."

그는 낮게 웃었다. 이 상황에서 농담이 하고 싶을까. 하지만 어쨌든 이 자리는 술자리였다. 농담이 가장 잘 어울리는 상황이다. 나는 미오 경이 마개를 뽑아준 럼주를 들이켰다. 다시 먹어도 여전히 맛이 없다.

"꼭 그 두 사람 중에서 골라야 한다는 생각은 마. 느긋하게 선택해라. 정 선택을 못 할 것 같으면."

"같으면?"

"내가 결혼해 줄 테니까 억지로 선택하지는 말아라. 나는 잘 모르지만 네 나이대 여자들은 슬슬 초조해진다고 하더군."

미오 경이 저런 말을 할 줄은 몰라서 웃음이 새어 나왔다. 그가 보기에 나는 연애의 핑크빛에 물들어 있는 여자는 아닌가 보다. 그러니까 무려 대마법사와 공작님에게 청혼을 받은 여자한테 싫으면 도망가라는 소리를 하고 있지. 지금 클라인에게 그렇게 얻어터지고 있는 미오 경이라고 해도 나중에 내가 도움이 필요해지면 날 데리고 도망가 주려나?

"제가 쓰는 향수 중에 아모레 미오라고 있는데요."

"너 향수 안 쓰잖아."

"대꾸만 해줘요, 대꾸만."

"그래, 향수가 있는데."

"이게 되게 달달한데 또 묵직해서 되게 설레는 거예요. 그래서 처음 뿌렸을 때 봄에 온 첫사랑이 이런 느낌이겠구나 했었어요."

그래서 좋아하던 사람을 만나는 날에만 그 향수를 뿌렸었다. 내게 그 향수는 그 사람만을 위한 향수라서 그랬었다. 그냥 그랬던 게 기억이 난다. 이 기억은 아직 섞이지 않으면 좋겠다.

"그런데 아모레 미오가 내 사랑이라는 의미거든요. 그중에서 아모

레가 사랑이라는 뜻이라니까 미오는 나의, 라는 뜻이겠죠?"

나는 왕비와 왕자와 클라인을 생각할 때도 경칭을 붙이지 않았다. 오로지 미오 경만을 '경'이라는 칭호를 붙여서 불러왔다. 그는 왕자의 기사일 뿐 나의 기사는 아니었지만 내가 그를 미오 경이라고 부를 때마다 나는 그를 나의 기사라고 부른 셈이다. 그가 내 기사였기를 바랐었나 보다. 인생에 기사도 왕자도 없다고 말하고 다녔으면서.

"취했나?"

"아닌데요."

"맥락 없는 말을 시작한 것 같은데."

"아직 아니거든요, 아직은."

나는 불행하다. 하지만 또 행복하지 않느냐고 물어보면 그렇다고 당당하게 대답할 수 있는 것도 아니다. 나는 굶고 있지 않고, 추위나 더위에 떨지도 않고, 하룻밤 잘 곳이 없어서, 한 끼 배를 채울 길이 없어서 헤매지도 않는다. 누군가를 증오하지도 않고, 누군가에게 미움받지도 않고, 나를 사랑해 주는 사람이 있고…… 내가 사랑하는 사람도 있다.

"어렵네요. 불행도, 행복도."

"우린 생존 공동체라고 네가 말했지. 네가 행복하다고 내가 행복해지는 건 아니지만 네가 불행한데 내가 행복하기는 힘들다. 그러니까 힘내라."

미오 경이 말했다. 그는 좋은 사람이다. 나를 위로하기 위해 그 누구보다 열심히, 그리고 매 순간 진지하게 그의 진실을 이야기한다. 그래서 그는 항상 내가 힘들 때 나를 찾아내고야 만다.

그를 사랑했으면 하는 순간도 있었다. 내가 조금만 더 영악하고 조금만 더 약했더라면, 조금만 더 현명하고 조금만 더 용기가 있었다면 그를 사랑했을 수도 있겠지. 하지만 나는 용기가 없어서 돌다리도 두

들기고 또 두들겨야 하는 사람이라서 그를 사랑할 수가 없었다.

"미오 경, 파이팅."

작게 말했지만 내 모든 말을 귀담아듣는 그는 아주 약간, 흐리게 웃었다.

17장
여백 혹은 공백

나는 병이 났다. 병이 난 나도 황당해서 웃음이 나온다. 나도 병이 나는 사람이었다. 하도 병이 안 나길래 나는 사람이 아닌 줄 알았다. 하지만 나도 병이 나고 슬프고 힘들 수 있는 사람이었나 보다. 그냥 사람이 아니고 싶다. 그래도 이 근무 환경에서 이제야 병이 나다니 그야말로 대단하다. 입주 베이비시터들도 주말엔 쉰다던데 난 그 휴일도 없이 몇 달을 버틴 걸까.

이 세계에 온 후로 난 한 번도 병이 나지 않았고 꿈도 꾸지 않았다. 꿈은 그나마 근래에 두세 번 꾸었지만 병은 처음이라 좀 당황스럽긴 하다. 열이 높은 모양인지 몸도 축축 늘어지고 귓가에 모기 같은 게 냉냉기리는 소리가 들린다.

사실 이 병이 술 먹어서 생긴 병인 것 같다는 생각이 든다. 럼주를 마시는 순간 목구멍 점막들이 펄떡펄떡 뛰며 이건 아닌 것 같아 외쳐대는 걸 그냥 무시했더니 이 꼴이 났다.

객지에서 병도 나고 진짜 팔자가 편하다. 난 왜 의사도 안 불러주지?

하긴, 우리 집 고명딸이었던 내 세계에서도 의사가 왕진을 올 정도로
귀한 몸이 아니었는데 시녀인 지금은 오죽하겠어.

"병이 난 이 내 몸~ 간호해 줄 사람 하나 없이 병이 났더니~ 고향
은 멀리에 있고 나는 깊고 깊은 병이 병이 들었다네~"

몸은 무거워도 기분이 들떠서 좋아하던 노래를 흥얼거렸더니 아까
부터 앵앵거리던 모깃소리가 또렷하게 들리기 시작했다.

"봐, 상태가 안 좋은 게 분명하잖아!"

"하지만 병은 자연 회복이 중요하지, 억지로 회복시켰다가는 나중
에 늙어서 더 크게 돌아온다고요!"

"이봐, 마법사. 보통 사람들은 아플 때 절대로 노래를 부르지 않아."

사람이 살다 보면 노래도 좀 부를 수 있지. 노래를 계속 부르고 싶
었는데 머리에 열이 올라서 다음 가사가 생각나지 않았다. 야, 최고다.
병은 났는데 돌봐줄 가족도 없고, 고향도 없고, 고양이도 없고, 이제
가사도 없어. 나만 없어. 하지만 괜찮다. 난 사회생활 적당히 한 사람
이니까 대처할 수 있어. 뒤 가사가 생각이 안 나면 생각나는 가사를
부르면 되지.

"병이 병이 들었다네~ 멍이 멍이 멍멍! 개는 멍멍, 고양이 냐옹냐옹,
검은 고양이 네로네로! 네로 황제는 빨개, 빨가면 현아~"

온몸에 열이 들끓는데 특히 가슴과 등에 열이 너무 심하다. 더워서
견딜 수가 없다. 아, 아직 여름인가? 나는 고민하다가 누운 채로 주섬주
섬 옷을 벗기 시작했다. 아 씨, 더운 이유가 있었어. 술을 먹고 그대로
뻗었는지 누가 날 옷을 입힌 채로 침대에 갖다 던져두었다. 범인은 아
마 미오 경이겠지. 옷을 껴입고서 침대에 누워 있으니까 당연히 덥지.

"미오 경, 저거 말려야 하는 거 아닙니까?"

"됐어, 안에 캐미솔은 입고 있으니까."

"……그걸 미오 경이 어떻게 아는 건데요?"

겨우겨우 옷을 벗고 침대 밖으로 밀어내리려는데 이불 한쪽이 너무 무거워서 들리지 않는다. 뭘까. 심지어 뺨 한쪽에 뭐가 와 닿았다. 최선을 다해 눈을 떠보니까 왕자가 내 앞에 앉아서 그 조막만 한 손으로 내 볼을 찌르고 있었다.

이 미친 자들이 열이 펄펄 끓는 환자의 침대에 왕자를 올려놓은 것이다. 내 짐작으로 이거 백 프로 술병이지만 그게 아니라 뭐, 전염병이나 감기였으면 어쩌려고 이런 상식도 뭣도 없는 짓거리를 할까.

"왕자님."

왕자를 안아주려고 했지만 왕자가 고개를 푸르르륵 저으면서 거부를 했다. 세상에. 고향도, 가족도, 고양이도 없는 나를 왕자까지 거부했다. 나는 충격으로 다시 눈을 감았다.

"일단 침대를 잠시 숨기고……."

"차라리 그냥 밖에……."

"……니, 안나……."

집중하지 않으면 자꾸 정신이 흐트러진다. 아닌가? 정신이 자꾸 몸 안으로 파고들려는 것 같다. 눈을 감으니까 그게 더 빠른 것 같기도? 잘하면 유체 이탈 중인 내 영혼이 몸을 내려다보는 섬뜩한 광경을 볼 수 있을 것도 같다. 잠인지 기절인지 모를 상황에 가까이 가면서 안 그래도 왱알왱알대는 미오 경과 시엘의 대화 소리도 멀어져 갔다.

시간이 얼마나 지났을까. 나는 극심한 추위를 느끼며 일어났다. 뭐야, 내 위에 이불 어디로 갔어? 팔을 짚고 일어나려는데 팔이 내 팔처럼 느껴지지 않았다. 이상하다. 나는 방금까지 곁방인 내 방에서 이불 잘 덮고 누워 있었던 것 같은데 어느새 왕자 방 소파에 팽개쳐져 있고 옷도 시녀복을 입은 상태다. 내게 무슨 일이 일어난 거냐.

"아스, 좀 괜찮아?"

여전히 발열 상태로 몸은 아프고, 온몸이 먹먹해서 정신이 맑지도

않은데 안나의 목소리가 들려왔다. 안나가 언제 출근한 거지? 시원한
손이 내 뺨을 거쳐 이마에 닿았다. 안나가 낮게 혀를 찼다.

"아직도 열이 심하네. 일어날 수 있겠어?"

일어나려면 일어날 수야 있겠지만 일어나 봤자 제대로 서 있지도 못
할 것 같아서 고개를 저었다. 그 작은 행동으로도 골이 울렸다. 누가
망치로 신나게 두드리는 것 같다.

"그럴 것 같았어. 누워서 쉬어. 왕자님은 지금 자고 있어. 엔간하면 그
냥 두고 싶은데 곁방에서 쉬고 있을 때 윗분들 오시면 근무지 이탈이 되
는 거라 데리고 나왔어. 옷은 내가 갈아입혔고. 불편한 데는 없어?"

"사는 게 불편해."

"많이 아프구나. 더 자. 일 있으면 깨울게."

안나가 조심스레 소파 의자 위에 내 머리를 옆으로 뉘어 내려주고
토닥토닥 등을 두드려 주었다. 아니, 이대로 자기엔 추워. 난 환잔데
베개나 이불은 안 되는 걸까.

"안나, 이불 좀……."

"안 돼. 일하다 깜빡 존 거는 정상참작이 되지만 이불까지 덮고 있
으면 변명의 여지가 없잖아."

"그럼 숄이라도 덮어주면 안 될까. 온몸이 추워."

어차피 이 방에 올 사람도 많지 않은데 왜 존재하지도 않는 눈치를
살펴야만 할까, 서럽게시리.

안나는 잠깐 고민하더니 내 등 위로 얇은 숄을 덮어주었다. 그나마 한
기가 덜해졌다. 나는 그대로 눈을 깜빡였다. 그리고 곧 잠에 빠져들었다.

다시 자고 일어났을 때는 몸이 많이 가벼워져 있었다. 오가던 오한
이 더는 일지 않았고 손발이 차갑거나 뜨겁지도 않았다. 슬며시 몸을
일으켰는데 어지럽거나 나른한 느낌도 없었다. 잘 자고 일어난 것처

럼 너무 가뿐했다. 내 자연 회복력이 이 정도일 리가 없을 텐데? 아까 미오 경한테 반대했던 시엘이 결국 마법을 걸어주었나? 시엘을 찾기 위해 고개를 돌리다가 요람 앞에 서 있는 왕비를 발견했다.

검은 머리카락이 길게 늘어져 있었다. 하늘거리는 하얀 드레스가 바닥으로도 길게 늘어져 있어서 마치 면사포를 쓰고 있는 것처럼 느껴졌다. 크리스털처럼 보이는 귀걸이가 햇빛에 반짝였다.

안나는 어디에 갔을까. 왕비가 왔는데 나를 깨워주지 않았던 안나는 이 방 안에 없었다. 오직 왕비와 나, 그리고 요람 안에 있는 왕자뿐. 왕비가 들어오면서 안나를 내보냈을까? 어쨌든 나는 소파에서 내려가 왕비에게로 다가갔다.

"왕비님."

내 쪽을 보지 않고 있었다. 어떻게 허리를 숙여서 인사를 해야 하나 고민하다가 그냥 왕비를 불렀다. 그녀는 요람의 난간 위에 손을 대고 그대로 왕자를 내려다볼 뿐 나를 돌아보지 않았다. 대답하진 않았지만 내 목소리는 닿았을 거다. 지나치게 조용해서 햇빛이 땅 위에 퍼지는 소리까지 들릴 것 같은 날이었다. 왕자는 지금 어떤 얼굴로 왕비를 보고 있을까? 슬쩍 목을 빼보았지만 왕비의 하얀 어깨에 가려 보이지 않았다.

"왕자님이 많이 자라셨죠?"

왕비가 왕자를 만난 지 꽤 오래된 것 같다. 메테오가 떨어지던 그날에 왕비와 왕자는 한자리에 있었지만 왕비는 굳이 왕자를 보려 하지 않았고 나도 굳이 왕자를 왕비의 품에 안겨주려 하지 않았다. 왕자가 젖을 뗀 이후로 왕비가 자발적으로 왕자를 보러 온 것은 이번이 처음인 셈이다.

"글쎄, 잘 모르겠구나."

보이지 않지만 왕자는 자고 있나 보다. 깨어 있으면 손가락이나 발가락 쪽쪽 빠는 소리라도 낼 텐데 그저 조용했다.

"안아보셔도 돼요, 왕비님."

자다 깨서도 안겨서 어화둥둥받는 중이라면 보채지도 않고 꺄르르 웃는 왕자를 믿고 말해봤다. 그 왕이랑 이 왕비 사이에서 기적적으로 순한 아기가 태어난 것 같다.

"아니, 괜찮다."

"아쉽지 않으시겠어요?"

"괜찮아. 난 그저…… 내가 낳은 것 같지가 않구나."

왕비는 언제나 행복해 보이지 않았지만 지금은 불행해 보이지도 않았다. 물에 젖은 사람처럼 가라앉고 조금 우울해 보였지만 내가 아는 아주 보통의 사람 같았다. 계기만 있다면, 어쩌면 웃을 수도 있는 그런 사람.

가끔은 왕비에게 그녀가 바라는 대로 '맞아요, 왕비님이 낳지 않았어요'라는 말을 해주고 싶다. 그 한마디면 왕비는 지금처럼 힘들어하지 않을 것 같다. 하지만 안타깝게도 나는 왕비가 아기를 낳는 과정을 보았다.

"괜찮아요, 왕비님. 제 친구의 친구 중에 어려서 아기를 낳은 친구가 있는데, 몇 년이 지나도록 자기가 낳은 것 같지 않다고 했어요."

그 말에 왕비가 처음으로 나를 돌아보았다. 여전히 창백하고 하얀 얼굴이었다.

"그래서 어떻게 되었니?"

"그냥 지금은 남들만큼 잘 살아요. 평범하게."

"그렇구나……."

백일이 안 된 아기를 끌어안은 채 어찌할 바를 모르고 아기랑 같이 펑펑 울었다던 내 친구의 아이는 이제 유치원에서 돌아올 때 엄마 준다고 꽃을 따 온단다. 비가 오면 친구는 우산을 들고 아이를 마중 나가고 같이 동화책을 읽다 잠들면서 남들처럼 그렇게 산단다.

왕비가 영원히 왕자에게 정을 안 붙일 수도 있겠지. 아니면 내 친구처럼 일상이 섞이고 시간이 더해져서 정이 생겨날 수도 있고. 그 모든 것은 왕비의 선택이면서 왕비의 선택이 아니기도 하다.

나는 왕비가 강요처럼 느끼지 않게 조심하면서 다시 한번 권해보았다.

"왕자님을 한번 안아보세요. 아기 냄새는 되게 따뜻하고, 아기에게서만 느낄 수 있는 냄새가 나거든요."

왕비는 움직이지 않았다. 그렇다고 내 말을 거절하거나 자리를 떠나지도 않아서 나도 용기를 내서 왕비와 요람 쪽으로 조금 다가갔다. 왕비에게 왕자를 안겨줄 수 있으면 좋고 그게 아니더라도 왕비와 왕자가 사소한 접촉이라도 있으면 좋을 것 같아서였다.

내가 다가서자 왕비가 검은 눈동자로 나를 돌아보았다. 나는 그녀의 어깨 너머로 요람을 보았다.

요람은 텅 비어 있었다.

"헉!"

나는 추위 속에서 눈을 떴다. 온몸이 차가웠고 옷이 젖어 있는 게 느껴졌다. 땀인가?

"아스, 깼냐? 뭘 좀 먹어야지."

"미오 경?"

그의 얼굴을 보기도 전에 얼굴에 미지근한 뭔가가 덮였다. 그리고 무슨 식탁 닦이듯이 내 얼굴이 벅벅 닦였다.

"미오 경, 이거 폭력인데!"

"닦지 말까?"

"감사합니다. 전 식탁이에요. 박박 닦아주세요."

얼굴을 닦으니까 기분은 좀 개운해지기는 개뿔, 더 추워졌다. 나는 이미 잘 덮고 있는 이불을 끌어당겨 몸을 파묻었다.

"미오 경, 저 젖었어요. 따뜻하게 해주세요."

미오 경이 내 얼굴을 닦은 수건을 내 얼굴에 집어 던졌다! 난 환자인데!!

"아, 춥다고요!"

"어쩌라고! 안나가 퇴근해서 네 옷 갈아입혀 줄 사람도 없단 말이다!"

"잡았어야죠! 방 안에 환자가 있는데!"

그러고 보니 시녀복을 입고 있었다. 왕비가 왔던 게 꿈이 아니었던가? 얼굴을 뒤덮은 수건을 치우고 미오 경한테 손을 내미니까 그는 한쪽 눈썹을 치켜들고 나를 보다가 손을 맞잡아주었다. 그 손에 의지해 몸을 일으켰다.

"왕비님이 오셨었어요."

"꿈일 거다. 넌 오늘 이 방에서 나간 적이 없어."

"진짜요?"

"안나를 불러서 네 옷을 갈아입혔다."

안나를 부르느라 치웠는지 미오 경이랑 시엘이 같이 자는 침대가 안 보였다. 정말 꿈인가? 꿈치고 되게 이상한 꿈이었다. 몸은 아직 열이 떨어지지 않아서 그냥 서 있기만 해도 후들거리고 머리가 아팠다. 도로 침대에 누워버리고 싶었지만 내게는 현실감이 필요했다.

나는 미오 경을 재촉해 밖으로 나가보았다. 저녁과 밤의 중간쯤 되는 시간이었다. 시엘이 돌아올 시간이 되었는데 돌아오지를 않았다. 열어둔 테라스 쪽 창문으로 바람이 들어왔다. 어제 저 문을 닫은 적이 없는 것 같았다. 나는 방 안을 쭉 훑어보았다.

그렇구나. 이 방에는 이제 왕자의 요람이 없었다. 왕자가 활발하게 기어 다니고 확실히 설 수 있게 되면서 요람은 치우고 대신에 넓은 침대를 들여놓았었다.

아까 그 일은 꿈이었구나. 내 무의식은 무슨 생각을 하고 있는 걸까. 꿈은 무의식의 반영이라는데, 내 인생이 아작이 났다는 선고를 들은 직후에 꾼 꿈이 왜 이렇게 개판인 걸까.

"미오 경, 못 걷겠는데요."

"잡아줄 테니까 천천히 걸어봐라."

"이럴 때는 좀 안아주시면 참 좋을 텐데."

"진짜 못 걸을 것 같으면 진작에 안아 들었다."

"저 환자예요."

"시엘이 그러는데 자연 회복력으로 충분한 환자라고 했다."

"그분 야매예요."

"야매가 뭐지?"

이 세계는 야매라는 단어도 없나 보다. 있는 게 뭐냐, 진짜. 미모의 남자들? 투덜대면서 미오 경의 팔을 잡고 다시 방으로 들어가다가 멈춰 섰다. 뭔가 반짝이는 것을 본 것 같다. 왕자의 침대 발치에서 뭔가가 반짝였다. 그곳까지 다시 걸어갈 엄두가 나지 않아서 미오 경에게 부탁했다.

그는 작은 귀걸이 한쪽을 내 손 위에 올려주었다. 불빛에 그 귀걸이를 비춰보았다. 크리스털인지 뭔지 모를 귀걸이가 영롱하게 반짝였다. 왕비가 이런 귀걸이를 하고 있었던 것 같은데.

다시 한번 귀걸이가 있던 곳을 돌아보았다. 요람이 저쪽에 있었던가. 방금 내가 본 게 꿈인지 내 기억인지 모르겠다. 내 기억 속엔 왕비가 젖을 뗀 이후로 왕자를 찾아온 적이 없었는데, 언제 적의 귀걸이지?

"아."

예전에, 왕비가 왕자에게 수유하던 시절에 자주 하고 다니던 귀걸이였다. 몸에 걸치는 걸 크게 신경 안 쓰는 왕비가 비교적 즐겨 하는 귀걸이라 내 눈에도 익었다.

"이게 왜 여기에 있을까요?"

미오 경이 한쪽 눈썹을 치켜떴다. 그걸 왜 자기한테 묻느냐는 것 같았다. 이상하게 기억이 흐리다.

꿈을 꾸었다. 꿈속에서 나는 미오 경과 함께 미로를 걷고 있었다. 새벽인지 저녁인지 알 수 없는 어슴푸레함이 계속되고 있었고 미오 경은 나보다 걸음이 빨라서 나는 열심히 걸어야 했다. 미로의 끝은 보이지도 않았다. 마침내 미로의 끝에 도달했을 때, 발 앞에는 새카맣게 바닥이 보이지 않는 암흑이 펼쳐져 있었다.

그런데 그때, 어디선가 나타난 시엘이 날 밀어서 그 암흑 속으로 떨어뜨렸다. 비명도 못 지르고 떨어지는데 날 향해 손을 내미는 클라인이 보였다. 하지만 클라인의 얼굴은 금세 멀어졌고, 나는 시커먼 암흑 속으로 빠르게 추락했다.

그러다 잠에서 깼다.

"높은 데서 떨어지는 꿈은 키가 크는 꿈이라던데."

이 나이에도 키가 크면 좋겠다. 내 꿈의 키는 167이었다. 남자들도 내 나이면 성장이 끝난다니까 퍽이나 크겠냐마는.

정말 최악의 몸실인 게 온갖 잡꿈을 엄청나게 꾸어대고 있다. 저번에는 시엘이랑 유르겔이랑 손잡고 내 목에다 대고 슬근슬근 톱질하는 꿈도 꾸었고 하여간에 이상한 꿈 많이 꾸고 있다. 아픈 후로 이러는 걸로 봐서는 몸이 허해서 이러는 것 같은데 이곳에는 몸보신을 해주실 치킨님이 없다. 병이 나도 백번은 났을 환경인데 어째 잘 버티나

했다. 이렇게 한 번에 몰아서 아프려고 멀쩡했던 것을.

내가 깨어난 것을 확인하자마자 슬그머니 왕자를 데려가서 둥기둥 기 놀고 있는 시엘을 보았다. 꿈에서 그가 한 일은 그의 죄가 아니고 꿈이라는 게 내 무의식이니까 시엘의 죄가 절대 아닐 텐데, 그럼에도 얄밉다.

나는 미오 경의 침대 위로 기어 올라갔다. 정확히는, 벽과 시엘 사이를 비집고 들어갔다. 좀처럼 없던 일에 시엘이 눈을 동그랗게 뜨고 나를 보았다. 저 마법사는 저러고 볼 때마다 무구한 어린아이 같아 보여서 내 죄책감을 좀 자극한다.

"잘 잤어요, 마법사님?"

"어, 네, 아스. 그런데 우리가 한 침대에 있는 거 미오 경이 보면 화 낼 거예요."

"마법사님이 미오 경을 오해하는 거예요. 미오 경은 화를 잘 내는 분은 아니세요."

짜증이라면 모를까.

나는 시엘이 데리고 놀아주고 있던 왕자를 들어 안았다. 왕자는 잠깐 저항하는가 싶더니 내 냄새를 맡고는 내 품으로 더 파고들었다. 가끔 이런 걸 보면 신기하다. 왕자가 가장 많이 접하고 있는 게 나랑 안 나라고는 하지만 나한테 젖 냄새 같은 게 나지는 않을 텐데 어떻게 내 냄새를 제일 좋아할까.

왕자는 내 품에 있었지만 시엘을 포기하지도 않아서, 그의 백금발을 그 작은 손아귀에 한 움큼씩 잡고 놓지 않았다.

"왕자님은 마법사님을 왜 좋아할까요?"

"편안해서가 아닐까요?"

왕자가 가장 좋아하는 게 미오 경의 머리카락이라는 걸 감안하면 사실 장발 취향인 게 아닐까 싶기도 하고. 장래 왕자랑 결혼하게 될

아가씨는 머리 색이 아주 화려하고 예쁜 아가씨여야겠다. 이 조그만 왕자는 언제 자라서 누구랑 결혼하게 되려나?

왕자의 통통한 양 볼을 손을 벌려 잡고 살짝 흔들어보았다. 왕자는 내가 뭘 하든 간에 좋다고 꺄르르 웃는다. 왕자를 잠깐 쿠션감이 좋은 내 배 위에 올려두고 이불을 당겨 시엘을 돌돌 말았다.

"어, 아스? 이거 좀 이상한데요?"

"제가 살던 데는요, 마음에 열정을 불러일으키는 사람이 있으면 이렇게 이불이나 거적때기에 말아두는 풍습이 있었어요."

사실은 내가 떨어졌던 것처럼 시엘도 침대에서 떨어뜨리고 싶었지만 뒷감당이 안 돼서 관뒀다. 꿈이란 건 깨어나는 순간부터 멀어지는 거라서, 미로에서 떨어지던 때의 감정이 어떤 것이었는지 이제 기억도 나지 않았다.

시엘은 멍석말이를 당하면서 헤죽 웃었다.

"아스는 그럼 절 좋아하는 거네요."

가끔 시엘을 보면 내 철없던 시절이 생각날 때가 있다. 나도 저렇게 온몸으로 좋아요, 좋아요를 뽐내고 있었을까? 그랬겠지, 온몸으로 좋아요 광선을 줄줄 흘리면서 꼬리까지 붕붕 흔드는 게 남의 눈에도 보였겠지.

본래 나이보다 어린 시엘은 가끔 이렇게 귀엽고 사랑스럽다. 이렇게 온몸으로 나는 당신을 사랑합니다를 외치고 있는 시엘이 사랑한다고 말을 해올 때 거부할 수 있는 사람은 별로 없을 것 같다.

"그런데 마법사님. 오늘도 안 나가세요?"

요새 계속 내 방에서 빈둥거리고 있던데.

시엘의 근무 환경은 그야말로 신의 근무 환경이었다. 물론 진짜 신이라면 직장에 안 다니겠지. 그렇겠지. 하지만 옆에서 봤을 때 나가고 싶은 날에 나가고 안 내키면 안 나가는 시엘의 근무 패턴이 그렇게 부러울 수가 없었다.

"재택근무입니다."

"……근무요."

차마 너 놀고 있잖아, 라고 할 수 없던 내 심정을 아는지 시엘이 어깨를 흔들어 멍석말이를 순식간에 풀어냈다. 그리고 일어나 앉아 허공을 향해 손을 한 번 그으니까 그의 손이 지나간 궤적에 빛에 휩싸인 서류들이 좍 펼쳐졌다. 전에 한번 봤던 대로 SF 애니메이션에서 모니터들이 둥둥 떠다니는 모양이랑 비슷했다.

"이걸 분석하는 건 저만이 할 수 있는 일이니까요."

손을 내밀어서 둥둥 떠다니는 서류 중의 하나를 손가락 끝으로 살짝 잡아보았다. 그러자 서류는 빛을 잃고 내 손으로 떨어졌다.

내 배에 기대 있던 왕자가 침대로 기어 내려가 시엘에게 다가갔다. 그는 고양이를 안아 올리듯이 왕자를 안아 올리고는 종이를 하나 잡아서 왕자에게 가까이 가져가 보여주었다.

종이도 사람 차별을 하는 모양인지 내가 잡으니까 빛이 사라졌던 게 시엘이 잡으니까 여전히 은은한 금색의 빛이 남아 감돌고 있었다. 종이에게 차별받았다.

"왕자님, 이거 보세요. 이게 마법진 지하 32층의 도면이랍니다. 예쁘죠?"

왕자가 고사리 같은 손으로 꽤 난폭하게 종이를 잡았는데 그래도 빛이 꺼지지 않았다. 진짜 사람 차별한다. 반짝반짝 빛나는 종이가 예뻐 보여서 내가 들고 있는 종이도 빛을 내게 해달라고 하려다가 없어 보여서 참았다.

"별로예요? 그럼 지하 48층 도면을 볼래요?"

"그거 지하 몇 층까지 있는 거예요?"

"91층입니다."

나라면 91층까지 지하를 팔 바에야 지상으로 올릴 텐데 이 세계 사람들의 취향과 선호도는 나랑 다른가 보다.

"그럼 오늘 하루 종일 여기 있을 거예요?"

"네."

시엘은 왕자의 통통한 뺨에 입을 맞추면서 대답했다. 하루 종일 여기에서 한가롭게 뒹군단다. 부럽다. 난 아픈 순간에도 일하고 있었는데.

미오 경이랑 술을 마신 날 이후로 나는 며칠을 앓아누웠다. 그런데도 내 방에서 쉬는 건 근무지 이탈이라고 아침저녁으로 안나가 내 옷을 갈아입혀 가며 출퇴근을 시켜주었다. 가혹한 나날이었지, 누가 찾아온다고. 유르겔밖에 없는데 유르겔도 계속 아프다니까.

"아스."

제복을 다 차려입고 칼까지 차서 출근 준비를 마친 미오 경이 방 안으로 들어왔다. 아직 시간이 일러서 뒹굴뒹굴하다 나가도 될 것 같은데 그는 자리에 앉을 생각이 없어 보였다. 대신에 내 이마를 짚어본 후 옅게 웃었다.

"밖에 카펠라 공작님이 기다리고 계신다."

이렇게 일찍? 바로 왕자를 안고 일어섰다. 그러다 갑자기 생각난 게 있어서 멈춰 섰다. 세야가 왕자의 교육에 대해 한 이야기가 있었는데 엄청난 몸살에 걸려 잊고 있었다. 나는 둘 모두에게 말했다.

"왕자님의 교육관을 뽑는다는 말 들으셨어요?"

"아직 걷지도 못하시는데 진짜요?"

시엘은 아는 게 없는 눈치. 세야에게 처음 이야기를 들었을 때 나도 저 생각을 한 게 기억이 난다. 저 나이에 배운다고 기억하냐. 에반스가 알아서 할 일이긴 한데 시기가 시기라 유르겔이 개수작을 부리고 있는 게 아닌지 의심이 된다.

"왕가의 제왕학은 빠른 법이니까. 유일한 후계자시기도 하고."

미오 경이 말을 받았다. 하지만 아무리 제왕학을 빠르게 가르쳐도 말귀를 알아듣기는커녕 걷지도 못하는 아이에게 하냐. 그냥 아이들 발달을 돕는 식으로 하는 그런 교육이겠지?

"누가 하는지는 정해졌어요?"

"절반 정도 정해졌다고 하던데 나도 다는 모른다."

"알긴 안다는 말씀이신데, 그거."

"알아봤자 아스 네 일상에 달라질 건 없잖아."

"그건 그렇지만요."

거기에 유르겔의 사람들이 얼마나 있게 될까. 왕자를 데려가는 데는 실패했지만 앞으로 자라날 왕자의 주변에 자기 사람은 심어둘 것 같은데.

〈탈출기〉의 유르겔은 딱히 왕자를 데리고 꼭두각시놀음을 하려는 사람으로 읽히지 않았다. 고작해야 에반스의 아들인 왕자가 다른 사람과의 사이에서 태어난 걸 슬퍼하는 그런 느낌일 뿐이었는데 내가 만나는 유르겔은 뭔가 명확한 목적이 있어 보인다. 그게 뭔지 나는 모르지만.

"저, 있잖아요. 보통 궁중 암투에서요. 후궁이 왕비가 낳은 후계자를 자기편으로 세뇌하려는 이유가 뭘까요?"

"차대의 권력을 쥐기 위해서 아닐까요?"

"보통은 그렇죠?"

그런데 유르겔은 잘 모르겠다. 에반스를 암살하고 권력을 잡을 예정은 아닐 텐데. 그때 미오 경이 소파에 앉은 채로 불쾌한 듯 목소리를 내었다.

"그분은 그런 분이 아니시다."

내가 요새 정신이 좀 없긴 없었나 보다. 어떻게 유르겔을 사랑하는 미오 경을 앞에 두고 유르겔의 뒷담화를 했을까. 그래도 주어 없이 말했는데 알아듣는 걸 보면 미오 경도 생각하는 바가 있던 게 아닐까.

시엘은 미오 경의 완고한 얼굴이 낯선지 고개를 한쪽으로 기울였다.
이상하게 시엘이 보는 데서 미오 경과 싸우면 죄책감이 든다. 난 애도
없는데 왜 애가 있는 데서 싸우는 부모가 된 것 같은 그런 느낌이지?

"저도 그러기를 바라죠."

"그분은 왕자님을 사랑하신다."

유르겔은 왕자를 사랑한다. 왕비는 왕자를 사랑하지 않는다. 글쎄,
어느 쪽이 맞을까.

왕자가 시엘의 머리카락을 향해 손을 뻗으며 항의하는 것 같은 소
리를 내어서 정신을 차렸다. 클라인을 너무 오래 기다리게 했다.

"그럼, 마법사님. 저랑 왕자님은 나가볼게요. 열심히 일하세요."

시엘이 왕자를 잡으려고 손을 내밀길래 잽싸게 몸을 돌려서 방 밖
으로 나왔다.

너무 이른 아침이라 안나조차도 출근을 안 한 시간이었다. 나는 조용
히 문을 열고 아직 내가 나왔는지 모르고 팔짱을 끼고 벽에 기대서 있
는 클라인을 물끄러미 바라보았다. 그와 키스한 이후로 처음 보는 것 같
다. 아닌가? 잘 모르겠다. 한번 크게 앓고 나니까 기억이 가물가물하다.

클라인은 확실히 잘생겼다. 키스 한 번 했다고 그의 얼굴에서 뭐 여
덟 가지 광채가 난다거나 후광이 비치지는 않지만, 그래도 새삼 잘생
긴 얼굴이라는 것은 알겠다. 클라인만 오면 시녀 친구들이 난리가 나
는 이유를 알 것 같다. 연예인 누구를 닮았을까, 저 얼굴은. 날 볼 때
는 항상 웃고 있어서 잘 몰랐는데 의외로 냉미남 계통……

눈이 마주쳤다. 훔쳐보다가 걸린 것 같아서 흠칫했다. 아냐, 난 당
당히 봤지 훔쳐보진 않았어! 나랑 눈이 마주치니까 클라인은 웃었다.
내가 아는 그 미소였다. 냉미남은 웃어도 냉미남이라고 생각했는데
아닌 것 같다. 클라인은 되게 아무렇지도 않은 사람처럼 웃었다.

"공작님."

"아스."

아무렇지도 않은 게 맞나? 우리가 키스했을 때 천사의 종이 울리거나 맞닿은 입술 사이로 꽃이 생기지도 않았으니까 아무렇지도 않은 게 맞기는 한데…….

미오 경도 나를 따라 방에서 나왔는데 그쪽으로 향하는 클라인의 시선이 사나웠다.

"자네는 왜 거기서 나오는 거지?"

"아스를 부르러 들어갔잖습니까."

그래도 클라인의 얼굴은 풀어지지 않았다. 모르겠다. 얼굴만 봐서는 진짜 아무 일도 없었던 사람 같다. 우리 마우스 투 마우스를 한 게 아니라 뭐 아이 투 아이를 했나요.

잠시 미오 경이랑 내가 모르는 눈빛의 대화와 협박을 끝낸 클라인이 성큼성큼 다가와서 덥석 나를 껴안았다. 얼결에 그의 가슴에 얼굴을 박았다. 아니, 난 얼굴을 좀 보고 싶은데. 하지만 곧 내 뒤통수를 감싸 안은 팔이 옴짝달싹 못 하게 나를 안았다. 클라인은 나를 안고 크게 숨을 들이마셨다. 뭔가 좀 간질간질한 게 부끄러운 것도 같고?

"각하, 제가 있다는 사실을 잊지 않아 주셨으면……."

"눈을 돌려."

"네, 각하."

패기롭게 클라인을 클라인 경으로 부르던 미오 경은 갔다. 이젠 없다. 클라인에게 훈련이라는 것을 받기 시작한 후부터는 카펠라 공작 각하라고 꼬박꼬박 직위로 부르고 있다.

포옹을 마친 클라인이 창가로 다가가 커튼을 걷었다. 아직은 이른 아침 햇살이 그의 붉은 머리카락을 투명하게 비췄다. 햇빛 앞에 선 클라인이 나를 돌아봤다. 그는 내가 본 적 없는 미소를 지었다. 그러더니 천천히, 혀로 자기 입술을 핥았다.

와, 씨. 와, 나. 클라인에게 색기가 없다고 생각한 지난 내 인생을 반성하겠다. 와, 오빠. 하면 할 수 있는 오빠였군요. 제가 잘못했습니다. 제가 눈이 좀 삐었나 봐요. 제 취향은 우수 어린 미남이라고 생각했는데, 네. 그렇습니다. 취향이라는 건 퀄리티가 일정 수준 이상이면 의미가 없어지는 것…….

"아스? 다시 아프나? 일단 진정하고 왕자님부터 내려놔."

"심장이 좀 많이 불편한데 제게 신경 쓰지 말고 계셔주세요."

말한 게 들렸는지 클라인이 살짝 웃으며 다가와 내 손을 잡았다. 그리고 그 손을 왕자가 발로 슬 밀어냈다.

"공작님, 머리카락 기를 생각 없으세요?"

"장발을 좋아하십니까?"

나 말고 왕자가요. 아무래도 왕자가 댁을 좀 싫어하는 것 같은데 머리카락이 짧아서 그런 게 아닐까 하는 생각이 들어요.

"유르겔 님이 오셨어요."

이 이른 아침에 유르겔이 출근하는 안나와 함께 들어왔다. 안나는 아침부터 재수에 옴 붙은 사람의 얼굴로 내게 자기 바로 옆에 있는 유르겔의 존재를 알려주었다. 그래도 초반에는 좀 연락을 하고 오던 유르겔이 요새는 그냥 막 오는 것 같다. 연락을 하나 안 하나 크게 다르지는 않지만 내가 마음의 준비를 할 시간을 좀 주면 좋겠다.

날개를 등 뒤로 가지런히 접어 넣은 나해의 왕족도 유르겔과 함께 왔는데 그가 인간의 다리로도 걸을 수 있는 걸 처음 알아서 매우 놀라웠다.

"다들 안녕하세요?"

오늘 유르겔의 콘셉트는 숲속의 요정인 모양이다. 하얀 옷을 즐겨 입는 왕비와 다르게 유르겔은 여간해서는 하얀 옷을 안 입는데, 오늘은 하얀 옷자락에 짙은 녹색으로 수놓은 옷을 입고 있었다. 팔과 목 쪽은 옷감이 얇은 탓에 전체적으로 하늘하늘한 요정처럼 보였다. 물론 유르겔은 뭘 입든 요정처럼 보이긴 한다. 하지만 병색이 완연한 자태로 하얀 옷을 입으니까 당장 공기에 녹아 물거품으로 사라질 것처럼 투명하고 가련해 보였다.

"어서 오세요, 유르겔 님."

"안녕, 아스. 아프다고 들었는데 여전하네."

그렇게 말하니까 마치 내가 건강한 게 유감인 것처럼 들린다. 그보다 지금 건강 상태에 대한 인사를 받을 건 내가 아닌 것 같은데.

"걱정해 주신 덕분에 쾌차했습니다."

유르겔은 내게서 시선을 떼고 클라인을 보면서 수줍고 사랑스러운 태도로 말했다.

"제가 방해가 된 건 아니겠죠?"

방해가 돼, 아무것도 안 하고 숨만 쉬고 있었어도 너는 내게 방해가 돼. 그리고 내가 봤을 때 저런 말은 대체로 방해가 되는 걸 아니까 물어보는 거다.

단단한 손이 내 어깨를 감싸 안았다. 손길은 조심스럽지만 갑작스러워서 나는 클라인의 가슴에 폭 안기게 되었다. 클라인은 옷 아래에 갑옷이라도 입고 있는가 보다.

유르겔은 클라인의 품에 안겨 있는 나를 보며 아름답게 웃었다.

"이만 자리를 비켜 드리겠습니다."

"괜찮아요. 카펠라 공작님을 만나서 저도 반갑습니다."

"유르겔 님이 왕자님을 만나는 시간을 방해할 수는 없지요. 그럼, 편안한 시간 되시길."

클라인은 그러고는 그대로 내 어깨를 끌고 방을 나갔다.

나는 유모인데! 내가 저 자리에 있어야 하는데!

유르겔이 우리를 제지하고 말고 할 시간도 없는 스피드였지만 유르겔 본인도 우리를 굳이 잡고 싶은 마음이 없는지 웃으면서 몸을 돌려 침대 위에 앉아 있는 왕자에게로 다가갔다.

그때 나는 반지가 희미하게 빛을 뿜는 것을 보았다. 한낮의 촛불처럼 아주 희미하고 작은 빛이었다. 뭔가를 더 생각해야 할 것 같았지만 끈끈한 시선이 느껴져서 고개를 들었다. 나해의 왕족이 나를 보며 웃고 있었다. 그는 이제 사람처럼 보인다. 나를 두렵게 했던 그 모습이 꿈이라는 것처럼, 등 뒤에 접혀 있는 날개를 빼면 그냥 말쑥한 귀족 청년처럼 보였다. 분명 그는 유르겔과 다른 생김새인데, 저렇게 나를 보며 웃는 얼굴을 보면 어두운 거울에 비친 잔상처럼 둘이 몹시 닮게 느껴진다.

클라인의 걸음이 빨랐다. 나해의 왕족을 더 보고 싶어도 정중하지만 단호하게 나를 이끌고 가는 클라인의 에스코트가 빨라서 끝까지 그를 볼 수가 없었다. 하지만 내가 고개를 돌리고 그를 보고 있는 동안에는 나해의 왕족도 나를 보고 있었다. 유르겔은, 그를 뭐라고 부를까?

"혹시 유르겔 님을 싫어하세요?"

클라인은 그와 내가 자주 가던 이끼가 낀 분수대 앞에서 손을 놓아주었다. 밖은 더 이상 덥지 않았다. 창문만 열어도 훅 더운 공기가 밀려와서 숨을 쉴 수가 없던 게 며칠 전이었는데. 이제는 해가 좀 따갑기는 해도 푹푹 찌지 않았다. 아파 누워 있는 동안에 계절이 바뀌고 세상도 바뀐 것 같다.

"좋아하지는 않습니다."

사람의 마음이란 게 좋다, 싫다로 딱 갈라지는 게 아니라서 그 사이에 좋지도 싫지도 않다는 기다란 회색의 영역이라는 게 있긴 하다. 하지만 클라인의 대답은 그 회색 지대에 있는 게 아니라 싫다 쪽에 훨씬 더 가까운 느낌이었다.

신기하다. 〈탈출기〉에서 유르겔의 존재는 절대 선에 가까운 것이었다. 유르겔은 모두에게 사랑을 받는다. 연예인도 그런 인생은 못 살 텐데 부럽다. 물론 유르겔도 소수의 안티가 있긴 하지만.

"왜요?"

내 질문이 충분히 조심스럽게 들리길 바란다. 사촌인 왕비가 유르겔로 인해서 대우를 받지 못하고 시들어가는 꽃처럼 살고 있어서? 그런 것치고 둘은 대단히 안 친해 보였다. 클라인은 이티카 카직이 있었으니까 독자들이 예상했던 것처럼 에반스를 사랑한 것도 아니었는데 왜 유르겔을 싫어할까?

"제게는 그가 사람 같아 보이지가 않습니다."

이 정도면 좋아하지 않는 정도가 아니라 그냥 엄청 싫어하는 것 같은데.

"어떤 부분이요?"

"냄새와 기척과 얼굴, 모든 것이 사람 같아 보이지가 않습니다."

엄청 싫어하는구나. 이건 그냥 유르겔의 존재 자체가 싫단 소린데.

"아스."

클라인은 더는 유르겔의 이야기를 하기 싫다는 듯이 나를 끌어당겨서 이마에 입을 맞췄다. 따뜻한 숨이 느껴졌다. 지금 클라인을 보면 물을 찾은 여행자 같은 얼굴을 하고 있을 것 같아서 올려다보지 않았다.

"당신께 해야 하는 말이 있습니다."

이마 위에서 메마른 입술이 사각사각 움직였다. 아직 입술이 반쯤 닿아 있어서 입술과 숨결의 감촉 때문에 이마가 간지럽다. 그리고 추가로 어깨랑 등 언저리 어디인지 모르겠는데 그 근처도 가려워졌다.

"다시 전쟁이 시작될 것 같습니다."

그는 낭독하는 것처럼 전쟁을 이야기했다.

놀라지는 않았다. 〈탈출기〉의 세계는 항상 전쟁 중이었고 사망자도 많은 소설이었다. 옥좌의 게임만큼은 아니더라도 〈탈출기〉는 안 죽을 것 같았던 캐릭터가 서술 한 줄로 죽었다. 그 뒤에 누가 애도하는 내용이라도 나올 줄 알았는데 안 나오더라. 왕궁은 상대적으로 평화로운 편이었지만 작품 내내 전쟁 중이었기 때문에 클라인의 말이 새삼스럽지는 않았다.

"공작님도 참전하세요?"

클라인의 얼굴을 보고 싶은데 그는 내가 꼬물거릴 때마다 내 어깨를 부드럽지만 단호하게 눌렀다. 왜일까. 그는 지금 별로 내 얼굴을 보고 싶어 하지 않는 것 같다.

"미오 조디악을 단련시키고 있습니다. 급할 때는 그를 방패로 쓰십시오."

미오 경이 이 말을 들으면 되게 섭섭해할 것 같다. 그렇게 오늘 유르겔은 낮 닝겐이 되었고 미오 경은 방패가 되었다. 미오 경을 신나게 후려 패는 광경을 직접 본 그날, 미오 경을 제자로 삼은 건 아닐까 하는 말랑말랑한 기대는 아예 폐기 처분을 했었지만 그래도 엄청 박한 평가다.

"마법사도 별 유용한 인물은 아니지만 그래도 곁에 두면 쓸모가 있을 것입니다."

시엘을 싫어하는 줄은 익히 알고 있었지만 그래도 대마법사인데 그에 대한 평가 역시 되게 박하다. 아무래도 둘이 전쟁터에서 싸웠나 보다. 하긴, 평생을 전쟁터에서 살아왔을 클라인에게는 전쟁터에 적응을 못 하는 시엘이 고문관 정도로 느껴졌을 수도 있겠다.

"공작님."

팔까지 안겨 있어서 조금 불편했지만 어떻게든 몸을 틀어서 그의 등을 끌어안았다. 생각보다 편안했다.

"왜 못 돌아올 사람처럼 말씀하세요?"

얕게 오르락내리락하던 가슴이 잠깐 멈췄다. 직후 그가 나를 끌어

안았다. 머리 위에서 그가 숨기고 싶어 하는 한숨도 새었다.

"셀 수 없는 전쟁터를 나가보았습니다만 그중에 죽음을 생각하지 않은 곳은 없었습니다."

"무서우세요?"

"죽음이 무서운 것이 아닙니다."

"그럼 뭐가 두려우세요?"

그는 대답 없이 나를 안은 팔에 힘을 주고 고개를 파묻었다.

이 세계에서도 사람들은 웃고, 사랑하고, 죽기도 하고, 위대한 사람도 두려움을 느낀다. 새삼스러운 깨달음이었다. 나는 팔을 좀 더 뻗어서 왕자에게 하듯이 나보다 크고 높은 클라인의 등을 토닥였다.

그렇구나. 그도 두려운 것이 있는 사람이다. 그것이 느릿한 노크처럼 내 마음에 와닿았다. 투구에 새파랗게 반사되던 눈동자와 세상에 두려울 것이 없어 보이는 얼굴로 내 앞을 지나갔던 그도 두려움을 느낀다, 나와 똑같이. 나도 죽는 것이 두렵다. 다치는 것이 두렵고, 사랑을 못 받을까 봐 두렵고, 사랑을 잃을까 봐 두렵다. 죽는 것이 두렵고 사실은 사는 것도 두렵다. 이런 두려움을 클라인도 알고 있는 걸까? 그렇다면 그를 사랑해도 되지 않을까……?

몸속 어딘가 덜거덕거리며 구르던 돌이 드디어 녹아 흘러내리는 것 같은 기묘한 감정이 출렁였다. 그의 얼굴을 보고 싶었지만 이렇게 안긴 채로는 붉은 머리카락밖에 보이지 않았다.

어느 전쟁터로 나가려나. 괜찮으면 머리카락이나 몇 가닥 뽑아 달라고 하면 청승일까? 내가 아는 붉은 머리카락의 연예인이나 캐릭터도 많은데 나는 이제 붉은 머리카락 하면 클라인을 생각하게 되었다.

"이번 전쟁은 어디와 하나요?"

"제국과 전쟁을 하게 될 것 같습니다. 막아보려 했지만 유르겔 그자가 전하를 종용한 모양입니다."

아, 제국. 그렇지. 저번에 봤을 때 클라인은 제국을 걱정하고 있었다. 제국은 큰 나라다. 그곳에는 클라인만큼 강한 소드마스터가 몇 명이나 있고 심지어는 블랙 드래곤도 있다. 그러니 아무리 클라인이 강하다고 해도 제국을 상대로 나해와 같은 압승을 확신하지는 못할 것이다.

불안할까? 확정되지 않은 미래가 불안하고 두려울 수도 있겠다. 선택할 수 없는 미래는 언제나 두렵다. 나는 클라인의 어깨에 턱을 걸치고 그의 등을 토닥이며 말했다.

"괜찮아요. 공작님은 무사할 거예요."

"죽음이 두려운 것이 아닙니다. 제 패배가 두렵습니다. 제가 패배하면……."

그 뒤는 들리지 않고 나를 끌어안는 손길만 강해졌다. 글쎄, 그게 그거 아닐까? 클라인 같은 사람의 패배는 다른 미래를 기약할 수 없도록 죽음으로 이어지는 법이다. 클라인은 화랑 관창도 아니고 제국에 계백 장군들만 사는 것도 아닐 테니까. 하지만 그의 미래는 보장되어 있다. 〈탈출기〉에서 그는 죽지 않았다. 그는 왕자가 혼자서 뛰어다닐 나이까지 살아 있었다.

"전쟁이 안 날 수도 있지 않을까요?"

"저도 그걸 바라고 있습니다."

뭐가 되었든 나도, 클라인도 죽지는 않을 것이다.

"드릴 것이 있습니다."

"꽃 안 들고 오셨는데요."

제비꽃 한 송이를 들고 왔으면 또 모르겠지만. 안긴 채 발뒤꿈치를 들어 클라인의 등 뒤를 봐도 딱히 보이는 건 없었다. 클라인은 내 정수리와 이마에 입을 맞추며 낮게 웃었다.

"본의 아니게 드리지 못해 제 마음이 편하지 않았습니다."

살며시 나를 놓아준 클라인이 손바닥만 한 작은 천에 싸인 무언가를 내밀었다.

"그때 놓쳐 버린 오르골은 다시 찾을 수가 없더군요. 기억나는 대로 비슷하게 만들었는데 마음에 드셨으면 좋겠습니다."

조심스레 천을 펼쳐보니 도자기로 만든 작은 여자 인형이 나왔다. 얼추 내가 기억하고 있는 모습이랑도 비슷한 모양이었다. 앞으로 내민 손, 길고 하늘거리는 옷자락과 예쁜 얼굴. 클라인이 커다란 손으로 내 손과 여자 인형을 한 번에 잡고 말했다.

"그때는 제 생각이 짧았습니다. 새 오르골을 드리면 아스가 갖고 있는 오르골은 짝을 잃게 되더군요. 그래서 이렇게 인형으로 드리게 되었는데…… 마음이 불편하지 않으셨으면 좋겠습니다."

"아니에요, 감사합니다. 저도 잠깐 잊고 있었어요."

정말로 소지품을 들춰볼 시간이 많지 않기도 해서 잠깐 그 오르골의 존재를 잊고 있었다.

클라인은 기쁜 표정을 지으며 내 얼굴을 어루만졌다. 손가락 지문마다 내 솜털을 아로새길 기세였지만 바쁘긴 한 건지 오래 머무르지 못했다.

바래다주겠다는 클라인을 극구 말려서 돌려보내고 온 내 앞을 나해의 왕족이 막아섰다. 정확히는 그가 막아선 건 아니고 그의 날개가 자꾸 내 앞길을 막았다. 손을 치우고 들어가면 들어갈 수 있을 것 같은데, 손바닥만 한 깃털은 상상보다 훨씬 박력 있게 생겨서 도저히 손을 대고 싶지가 않았다. 나란 여자, 깃털의 박력에도 밀리는 여자.

"저 일하러 들어가 봐야 하는데요."

그는 짙게 미소를 지었다. 보통 사람이 6이나 7 정도로 미소를 짓는다면 그는 8 정도로 미소를 짓고 있다. 그를 자주 만난 건 아니지만 뭐랄까, 보고 있으려니까 동물원의 돌고래가 짓는 미소나 가면에 새겨 넣은 미소를 보고 있는 것 같다. 어떤 의미로는 유르겔과도 닮은 것 같기도 하고.

"통행료를 낼까요?"

솔직히 여기는 그가 사는 구역도 아니고 엄연한 내 근무지인데, 여기서 통행료 뜯어가면 완전 양아치인데. 하지만 그는 여전히 날개를 펼쳐 내 시선을 가리고 있었다. 변함이 없을 미소를 머금고서.

"아직은 안 돼."

그는 이제 정말 말쑥한 보통 사람처럼 보였다. 날개만 없었다면 지나가는 청년 1로 보였을 것 같다. 도저히 그가 물러날 것 같지가 않아서 나는 적당히 그 주변 계단 위에 앉았다. 어차피 이따가 유르겔이 나오면 그도 떠날 테고, 더는 날 막지 않겠지. 다만 저 위의 상황이 좀 신경 쓰인다. 미오 경도 있으니 별일은 없겠지? 근무지 이탈을 한 상황에서 무슨 문제가 생기면 나는 바로 망하는 거다.

나해의 왕족을 보니까 그도 듬뿍 미소를 지은 채 내 옆에 앉고 있었다. 묘하고, 이상한 기분이었다. 나도 모르는 사이에 어떤 시험장 안에 들어와 있는 그런 기분. 한쪽 얼굴의 솜털 끄트머리만 건드리는 것처럼 예민하게 신경이 일어서려고 했다.

하지만 나해의 왕족은 내 존재를 잊은 것처럼 가만히 앉아 있었다. 나도 차츰 파르라니 세웠던 경계가 느슨해져 갔다. 이러고 있을 때가 아닌 것 같기는 한데 뭘 한다고 될 것 같지가 않아서 시도할 생각은 하지도 않았다. 한가롭다.

"저는 아스 토케인이라고 해요."

어차피 그는 유르겔의 사람이니까 내 이름이라도 자주 들려주면 날 좀 친하게 여길까?

"네 이름은 그게 아니잖아."

두 가지로 충격을 받았다. 그가 그렇게 문장으로 된 멀쩡한 말을 할 줄 안다는 것이 첫 번째 충격이었고 그 내용이 두 번째 충격이었다.

"제 이름 맞는데. 다들 그렇게 불러요."

한번 튕겨보았다. 나해의 왕족은 마치 중간고사 내내 옆에 서 있다가 내가 틀린 답을 적어 내는 것을 보고 실실 웃던 우리 교수님처럼 웃었다.

"이름은 남이 불러서 자기 것이 되는 게 아니지."

"원래 이름은 남이 부르라고 짓는 거잖아요."

"이름은 자기가 누구인가를 결정짓는 증거야."

그럼 이름을 잃어버린 내게는 어떤 증거가 남아 있을까? 시엘도 찾아줄 수 없다던 그 이름이 나해의 왕족의 눈에는 보일까?

"그럼 제 진짜 이름이 뭔지 아세요?"

그는 한층 더 짙게 미소 지었다.

"그건 네가 직접 찾아야 해. 네가 정말로 바란다면 쟁취해야지."

넌 이미 알고 있어, 라고 그가 말했다. 우리 교수님들도 그랬다. 시험문제의 답은 너희도 이미 다 알고 있다고. 알고 있기는 개뿔, 시험지 받아 들고 보니까 시커먼 건 내 학점이고 하얀 건 내 머릿속이더만.

"대마법사님은 제가 이름을 찾아도 돌아갈 수 없을 거라고 말하셨는데, 정말 그럴까요? 혹시 아시는 거 없으세요?"

내가 이 세계의 사람이 아니라는 것을 아는 건 시엘과 나해의 왕족, 그리고 어쩌면 유르겔뿐이다. 그들은 각자 다른 이유로 나를 알고 있다. 시엘은 방법이 없다고 말했지만 어쩌면 날개도 달려 있고 사람과 다른 모습을 한 그는 다른 방법을 알고 있지 않을까?

하나하나 텅 빈 방을 확인해 가는 과정과 내 질문이 닮은 것 같다. 이 방은 비었어, 저 방도 이미 비었지. 어쩔 수 없으니까 이 방에서 자야 해. 다른 기회는 없어. 이미 알면서도 눈으로 다시 확인해야만 잠들 수 있는 밤처럼 말이다.

그는 웃었다.

"대마법사가 정말 그렇게 말했나? 돌아갈 수 없다고?"

"미안하다고 하셨어요."

"저런."

그 어리고 선량하고 강력한 마법사는 나보다 더 아픈 얼굴로 거듭 미안하다고 말했다. 내가 막지 않았다면 세상 끝나는 날까지 그곳에서 내게 미안하다고 말하고 있을 사람처럼.

나해의 왕족은 짧게 감탄했을 뿐 내게 미안하다고 말하지는 않았다. 이상한 일이다. 난 동정도 좋아하고 그 안에 섞여 있는 미약한 죄책감도 좋아하는데, 나해의 왕족이 내게 미안하다고 하지 않아서 좋았다.

쓸데없는 희망을 갖고 있어서 힘든 것 같기도 하다. 차례차례 하나씩 희망과 가능성을 잘라내고 나면 영원한 밤 속에 있는 것처럼 편해질지도 모르겠다.

"그쪽은 이름이 어떻게 되세요?"

이렇게 한가롭게 통성명이나 하고 있을 때가 아닌 것 같은데 머리와 입이 따로 논다. 그는 인간의 언어가 아닌 이상한 발음을 들려주었다. 왕관 앵무가 그르르거리는 소리나 고양이가 골골거리는 소리랑 본질적으로 닮은, 어쨌든 인간의 성대에서 나올 수 없는 해괴한 소리였다.

"유르겔 님은 나를 '삐야'라고 부르신다."

삐약이라는 줄 알았네. 유르겔도 보통 사람은 아니라고 생각했지만 다 큰 남자에게 저런 병아리같이 귀여운 이름을 붙여주다니, 역시 남달랐다. 그리고 왕자의 이름을 짓는 데 유르겔의 입김이 크지 않을까 생각했었는데 안심해도 될 것 같다. 저런 네이밍 센스에서는 절대 미카엘이라는 멀쩡한 이름은 안 나온다. 왕자는 어머니가 지어준 이름은 아닐지라도 아버지가 지어준 이름으로 평생을 살아갈 거다.

"네, 삐야 님…… 이름이 참 유니크하고 사랑스럽네요."

"삐야는 마법사들의 언어로 거울이라는 뜻이야."

"거울이요."

저번에 이불 속에 숨어 달달 떨고 싶게 만들었던 그가 지금은 잠옷을 입고 베개를 끌어안고서 일기장에 글을 쓰는 것처럼 편안하고 자연스럽게 느껴지는 까닭을 그 단어를 듣는 순간 그냥 알 것 같아졌다. 거울, 그렇구나. 거울이구나.

"마법사의 언어를 알고 계시면, 삐야 님은 마법사세요?"

"나같이 날개가 달린 왕족들은 다 마법사지."

"그럼 유르겔 님은요?"

가면 같은 삐야의 미소가 조금 더 짙어졌다.

"넌 멍청하다고 들었는데, 많이 멍청하지는 않구나."

살면서 이런 폭언은 처음 들어봤다. 내가 어디 가서 천재 소리는 당연히 못 들어봤지만 그래도 조별 발표 있을 때마다 다들 나랑 한 조를 하고 싶어 했고, 회사에서는 업무 적응 속도도 빠르고 일도 빠릿빠릿하게 잘한다는 칭찬만 받아봤다. 이런 충격적인 말 처음 들어봐.

"유르겔 님은 마법사는 아니지."

시엘도 그렇게 말했었다, 유르겔이 마법사가 아니라고. 마법사의 언어를 알지만 마법사는 아니라면, 그렇다면 의혹은 한 가지밖에 남지 않는다. 흑마법사.

나는 조심스럽게 삐야를 돌아보았다. 그는 시종일관 같은 미소를 짓고 있어서 의중을 파악하기가 어렵다. 이런 점이 유르겔을 닮았다.

"그런 말을 제게 해주셔도 되는 거예요?"

"네가 알면 달라질까? 네가 뭘 할 수 있지, 넌 이계의 영혼인데."

그러고 보면, 대부분의 이야기에 나오는 마왕들이 저러다 망했지, 아마?

"그때는 왜 다시 돌아오셨어요?"

왕비가 그를 풀어주었을 때, 그는 당장에 하늘로 날아올랐었다. 왕비가 바라는 대로 어쩌면 자유를 찾아서. 왜 돌아왔을까. 왜 돌아와서 유르겔을 선택했을까. 유르겔이 그에게 흑마법이라도 썼을까?

하지만 그 자리에 시엘은 없더라도 다른 마법사들이 있었다. 유르겔이 흑마법을 썼다면 당장에 그들에게 발각이 되었을 거다. 그러니 삐야는 자기 의지로 돌아온 건데 왜 굳이 유르겔을 선택했을까.

삐야는 꽤 끈질기게 나를 보았고 나는 최선을 다해 무해한 척 웃었다.

"그가 쿼테린이고, 이 왕국이 주제넘은 것을 갖고 있어서."

그의 등 뒤에서 날개가 펄럭였다. 멀찍하긴 해도 나란히 앉아 있던 삐야가 어느새 자리에서 일어나 있었다. 물어볼 게 아직 많은데 이 대화가 벌써 끝나가고 있는 것 같았다. 나도 자리에서 일어나 빠르게 물었다.

"주제넘은 게 뭔데요?"

"마법진. 그리고 대마법사."

문이 열리고 유르겔이 나왔다. 그때까지 느끼지 못하고 있던 햇빛이 그의 금발 끝에서 반짝였다. 그리고 그의 손을 잡고 웃으며 무언가를 이야기하고 있는 시엘의 백금발에도 햇빛은 아름답게 반짝였다. 번쩍이는 페어다.

"넌 아무한테도 이 말을 하지 못할 거야, 아무도 믿지 못할 테니까."

유르겔과 시엘이 동시에 내 쪽을 돌아보며 웃었다. 태양과 달이 한꺼번에 뜬 하늘처럼 찬란하고 아름다운 모습이었다. 등 뒤에서 삐야가 내 어깨를 잡으며 속삭였다.

"안 그래, 이계의 영혼?"

그건 흡사 저주 같은 말이었다. 하지만 단언컨대, 사람 잘못 봤다고 말해주고 싶다.

⚜

유르겔이 뼈야까지 동원한 건 좀 과했다. 물론 나는 유르겔 앞에서 늘 조심하고 벌벌댔지만 이 정도로 찔러대면 사람이 꿈틀하게 되지 않을까? 꽃 노래도 한두 번이지 협박이 너무 과했다. 아무리 내가 둔 감하더라도 계속 반복적으로 '넌 아무것도 못 할 거야'란 말을 듣다 보면 아무거라도 하고 싶어지는 게 인지상정. 걸어오는 싸움은 받아 주는 게 예의지. 그리고 바꿔 말하면, 저 말을 계속 반복적으로 주입 시키는 걸 보면 유르겔은 내가 무언가를 하질 않길 바라는 것 같단 말 이지. 그 무언가가 뭐겠어.

"마법사님."

"네, 네!"

유르겔과 같이 있는 모습을 내게 보인 후로 굉장히 눈치를 많이 보 고 있는 시엘이 내 부름에 바로 대답했다. 지은 죄가 있으니 눈치가 보 이겠지. 내가 그토록 자주, 많이, 확고하게 절대 왕비 궁 사람들 눈에 뜨이지 말라고 당부를 했는데 걸어 다니는 광고판 유르겔과 걸어 다 녔으니 켕겨야지.

"유르겔 님 좋아하세요?"

"네, 상냥하고 예쁘고 좋은 분이십니다."

"그럼 저랑 유르겔 님 중에 누가 더 좋아요?"

"당연히 아스죠."

좋았어, 정답이다. 나는 의기양양하게 시엘의 번쩍이는 머리통을 슥슥 쓰다듬었다. 시엘은 영문을 모른 채로 좋아했다. 모두가 행복하 군. 유르겔만 백이 있는 게 아니다. 나도 소드마스터랑 대마법사라는 백이 있다.

이 세계에서 나는 아무것도 바꾸지 못했을지도 모른다. 왕비는 여 전히 냉대를 받고 있고 세사르 카직은 예정대로 유르겔의 발치에 몸을 던졌다. 그러나 나는 큰 줄기는 아무것도 바꾸지 못했지만, 언급되지 않은 이야기 속에서 적어도 유르겔에게 갈 예정이었던 시엘의 애정을 내게로 가져왔다.

나는 시엘을 보았다. 맑은 보라색 눈동자가 어린 소년같이 꾸밈없는 호의와 사랑만을 담고 나를 보고 있었다. 시엘과 만난 지 반년 남짓, 그도 많이 변했다. 처음 그를 보았을 때는 저런 눈으로 나를 보게될 거라고는 전혀 상상도 못 했는데. 변화는 있다.

유르겔이 다녀간 다음부터 왕자가 울음을 그치지 않는다. 실수로 핀에 찔렸다고 하는데, 이번에도 피가 날 정도로 찔린 데다가 전적이 있는 이상 믿지는 않는다. 그간 유르겔은 왕자를 꽤 예뻐했던 것 같은데, 데려가는 걸 실패한 후부터 왜 이러는지를 모르겠다. 못 먹는 감 자꾸 찌르면 터지는데?

"아까 유르겔 님과 무슨 대화를 하셨어요?"

"마법진에 대해 잘 알고 계시더군요. 과연 대대로 대마법사들을 가장 많이 배출한 쿼테린 출신다운 분이셨습니다."

유르겔은 사실 잘 모르겠다. 분명히 그도 목적이 있어서 움직이는 걸 텐데, 모호한 부분이 많았다. 나를 좋아하는지 경계하는지, 또 시엘을 없애고 싶어 하는지 아닌지 분간을 할 수가 없다. 사실 둘 다인 것 같다는 생각을 가끔 하기는 했다. 그가 늘 입버릇처럼 하는 말대로 그는 어느 정도는 날 마음에 들어 하지만 동시에 경계하기도 하는 것 같다고.

나는 시엘을 물끄러미 바라보았다. 그러면 유르겔이 시엘에게는 대체 어떤 마음을 갖고 있는 걸까? 처음엔 시엘에게 약을 먹여서 죽이려는 건 줄 알았다. 하지만 유르겔은 직접 본인의 입으로 시엘이 아무것도 안 하고 얌전히 있길 바란다고 말했다. 왜? 그가 대마법사를 얌전하게 만들려는 이유가 무엇일지 도저히 알 수가 없었다. 나로서는 알 수가 없다.

"마법사님."

"네."

드디어 화를 낼 거라 생각한 건지 시엘의 대답은 아주 빨랐다.

"누가 마법사님을 해치려고 한다면 이유가 뭘까요?"

"개인적인 원한 아닐까요?"

"여기저기서 원한 많이 사셨나 봐요."

"마탑에서 죽은 스승들에게도 친인척은 있었겠죠."

시엘이 손을 휘두르니까 그의 주변을 감싸고 있던 마법진의 스케치들이 배열을 확 바꾸었다. 내 눈치 보느라고 일은 하나도 안 하고 있는 줄 알았는데 살펴보긴 했나 보다.

그래, 시엘이 마탑을 무너뜨려 굶겨 죽였다던 그의 스승들을 잊고 있었다. 그럼 유르겔의 친인척 중의 누군가가 거기에 있어서 시엘을 해치려고 한 걸까? 아니다, 그렇다면 유르겔의 목표는 시엘을 해치는 쪽이 되어야 한다. 마약을 먹여서 사람을 망가뜨리는 게 아니라. 음, 이쪽도 그럴듯한 복수인 것 같지만 유르겔의 행동에선 개인적인 원한보다는 '대마법사'를 향한 어떤 목표 같은 게 느껴졌다.

"개인적 원한 없이 마법사님을 해치려고 한다면요?"

"음, 변태성욕자일 수도 있겠군요."

누가 저런 못된 단어를 가르쳐 줬냐.

"미오 경이 최강자를 꺾어서 자기 명예를 드높이려는 이상한 사람들이 있댔어요."

미오 성이었구나. 인제 힌빈 시엘을 비르고 고운 언어만 사용하는 대마법사로 기르는 프로젝트에 대한 동의를 구해봐야겠다.

"만약 변태성욕자도 아니라면요?"

시엘은 잠깐 나를 보더니 박수 치듯이 손바닥을 접었다. 그러자 그의 주변에 널려 있던 스케치들이 책을 덮듯이 차곡차곡 접혀서 사라졌다. 시엘은 약하게 미소 지은 진지한 얼굴로 말했다.

"그냥 누구인지 말을 해주는 쪽이 대화의 진전이 빠르지 않겠습니까?"

들켰는걸? 물끄러미 시엘을 보았다. 나는 왜 클라인에게 내가 아스토케인이 아니라는 말을 하지 않았을까?

그를 믿지 않기 때문이다.

그럼 나는 왜 시엘에게 유르겔이 그를 해치려고 했다는 말을 하지 않았을까?

그를 믿지 않기 때문이다.

이 세계에서 나는 이방인이다. 나만이 이방인이다. 가진 게 없어서 잃을 것도 많지 않다. 많은 걸 가졌을 때는 한두 개 정도는 잃어도 괜찮다. 그때는 사람을 믿어도 된다. 하지만 가진 게 없으면 잃을 것은 자기 자신이 된다. 나는 아무도 믿어서는 안 된다.

하지만 말이다. 나는 이 세계에 발을 붙였고 시엘을 만난 지는 벌써 반년이 지났다. 믿지 않고자 한다면 십 년이 지나도 백 년이 지나도 사람을 믿을 수가 없다. 미오 경에게 내 생사를 믿고 맡길 수 있게 된 것처럼, 클라인에게 내가 온전한 아스 토케인이 아니라는 것을 알리기 위해 발을 내디뎠던 것처럼, 중요한 건 시간이 아니라 그러기로 한 내 마음이다.

"유르겔 님이 마법사님께 이상한 약을 먹이려고 했어요."

앞으로의 내 인생에도 시엘이 있었으면 좋겠다.

숨이 멋은 것 같다. 아니면 아주 높은 데서 심장이 떨어져서 아직 떨어지는 중인가 보다. 도통 튀어 오르지 않는 가슴을 안고 시엘을 올려다보았다. 시엘은 아주 황홀하게, 한순간이나마 유르겔보다 아름답다고 느낀 얼굴로 웃었다.

"알고 있습니다."

나는 한 호흡을 쉬고 되물었다.

"알고 계셨다고요?"

"아스, 저는 대마법사입니다."

언젠가 들어본 적이 있는 말 같았다. 그는 모든 걸 알고, 모든 걸 할 수 있는 대마법사였다.

시엘은 손을 내밀어 조심스럽게 내 뺨을 만지더니 천천히 고개를 숙였다. 보라색 눈동자가 정말 보석처럼 빛나고 있었다. 그는 행복해 보였다. 그가 머뭇거리며 내 이마에 자신의 이마를 맞대더니 방금 전까지의 조심스러움과 어울리지 않는 난폭함으로 얼얼할 정도로 이마와 이마를 문질러 댔다. 잘 모르겠지만, 작은 동물들이 이런 식으로 애교를 피웠던 것 같다.

"그럼 유르겔 님이 마법사님을 왜 해치려고 하는지는 아세요?"

시엘은 이마가 발갛게 달아오른 채로 고개를 저었다.

"퀴테린 가문과 '대마법사'가 척을 질 이유는 없습니다만."

"유르겔 님은 마법사님을 의지가 없는 인형처럼 만들고 싶어 한 것 같았어요."

〈탈출기〉에는 시엘이 언급되지 않는다. 대마법사마저도 유르겔의 추종자라는 것만이 나타난 후 소설에 두 번 다시 등장하지 않았다. 그래서 나는 〈탈출기〉에서 시엘이 왕궁을 떠나 낙향했다고 생각했는데, 지금 생각해 보니 어쩌면 그 약을 먹었을 수도 있겠다. 아닌가? 어쨌든 시엘은 그 약을 알아보았을까?

"그럼 왜 절 인형으로 만들고 싶어 했는가가 문제겠군요. 제가 무언가 방해가 되었다는 건데."

마탑에서만 살다가 전쟁에 나가 PTSD를 겪던 어린 대마법사가 대체 유르겔의 무엇에 방해가 된 건지 모르겠다. 에반스의 사랑을 빼앗길까 봐? 나랑 친해져서 왕비의 생활환경 개선에 나서면 자기 권력이 줄어들까 봐? 전부 타당해 보인다는 게 문제군.

"유르겔 님은 흑마법사라고 했어요. 그걸 고발하면 어떻게 되지 않을까요?"

시엘은 고개를 저었다.

"흑마법사라는 증거만 있다면 평민이 왕을 죽여도 무죄입니다. 바꿔 말하면 흑마법사란 증거를 찾기가 그만큼 어려운 일이라는 것이죠. 그리고……."

그렇다면 운 없이 걸렸던 유모님은 얼마나 운이 없었던 걸까.

울다 지쳐 잠깐 잠들었던 왕자가 다시 울음을 터뜨렸다. 내가 왕자를 안아 들기 전에 시엘이 왕자를 안아 들고 귀를 막듯이 작은 머리통을 감싸 안아 달래며 말했다.

"국왕 전하께서 그걸 모르고 계실지 알 수가 없군요."

그러게. 에반스의 존재를 잠시 잊었다. 물론 30년을 같이 산 부부 사이에도 비밀이라는 게 있다지만 과연 에반스가 유르겔이 흑마법사라는 것을 모를까? 모르려나? 모를 수도 있지만…… 어쩐지 그라면 알아도 감춰줄 것 같았다. <탈출기>에서의 그들의 사랑은 그랬다. 유르겔은 에반스를 위해 부모님을 버렸고, 에반스는 유르겔을 위해서라면 자신의 아이도 얼마든지 버릴 수 있는 사람이었다.

유르겔이 왕자를 보러 올 때마다 마력을 감지하는 반지가 희미하게 빛을 내고 있으니 그걸로 어떻게 해보려던 생각을 단박에 버렸다. 에반스가 유르겔을 비호하고 있다면 그걸 나한테 뒤집어씌울 수도 있겠다.

"유르겔 님이 처음 약을 주실 때쯤 무슨 일이 있었는지 생각해 보는 게 좋겠다. 마법사 네가 그 전에 안 했던 무언가를 했을 거다."

왕자가 핀에 찔리게 놔둔 죄도 있고 유르겔을 험담하는 분위기라 멀찍이서 안 듣는 척 검만 닦고 있던 미오 경이 말했다.

"처음에는 불면증에 좋다는 차만 주셨지. 그때까지는 마법사 네게 호의가 있으셨던 거다. 약이 추가되었을 즈음에 아무것도 안 하고 얌전히 있기를 바라게 되는 무슨 일인가를 네가 했던 거겠지."

미오 경은 유르겔의 편을 들 거라 생각해서 저 발언이 대단히 의외였다. 약을 먹은 잉어를 직접 본 덕분인가.

"그즈음에 있던 일은 나해 여왕이 메테오를 날려서 본궁을 방어한 일이랑 그것 때문에 왕비 궁 복구한다고 마법진의 도면을 그리고 조사한 일밖에는……."

"그러고 보면 나해 여왕도 그렇고 삐야도 그렇고 뭔가 대단히 마법진을 신경 쓰는 분위기였어요."

"뭐, 마법진에 대해서는 대륙 전체가 다 신경을 쓸 겁니다만."

세사르 카직도 마법진을 찾고 있었고 날아가던 삐야도 마법진 때문에 도로 내려앉았지.

"그렇게 대단한 마법진이에요?"

시엘은 한 손으로 왕자를 안고 다른 손을 내밀어 책처럼 덮인 마법진의 스케치를 다시 활짝 펼쳤다. 그의 주변으로 동그랗게 빛나는 종이들이 펼쳐졌다. 그는 그중 하나를 손가락으로 가리키며 말했다.

"망가져서 제대로 쓸 수 있는 사람이 없지만, 대마법사를 만들어낼 수 있는 마법진입니다. 마법진이 있다면 대마법사의 대량생산도 가능할뿐더러, 마법진에서 얻을 수 있는 마력으로는 세계 하나 정도는 가뿐히 만들고 없앨 수도 있겠죠. 아무래도…… 신과 같은 대마법사를 만들어낼 수 있는 마법진이니까요."

그렇게 어마어마한 마법진을 불임 치료 마법진으로 썼다니 유모님도 참 대단한 사람인 것 같다. 아니, 지금의 형태로 고정된 건 몇백 년은 되었다고 했나? 역시 조상의 지혜란.

왕자가 쉽게 울음을 그치지 않았다. 하도 순하고 시엘을 많이 좋아해서 시엘이 안아 들면 금방 울음을 그치던데 오늘은 유난스럽다. 나

는 왕자를 넘겨받아서 이마를 짚어봤다. 미열이 있나? 아기들은 체온
이 높아서 잘 모르겠다. 며칠 전 내가 아팠을 때 옮기라도 한 건가.

시엘은 왕자를 걱정스럽게 보다가 유난히 예쁘게 그려진 마법진 스
케치 종이를 하나 들고 팔락팔락 모빌 대용으로 흔들어대기 시작했
다. 그러라고 조사시킨 게 아닐 텐데?

나는 손을 내밀어 시엘의 주변에 떠다니고 있는 마법진의 스케치
하나를 잡았다. 역시나 내 손에 닿자마자 빛이 꺼진다. 종이 주제에
진짜 사람 차별한다. 기하학적인 무늬가 참 아름다웠다. 얼핏 보면 꽃
과 나비처럼 보이는데 자세히 들여다보면 여러 개의 선이 겹쳐져서 우
연인 것처럼 아름다운 문양을 그려내고 있었다. 이런 아름다운 문양
으로 만들어진 마법진이 나쁜 데 쓰일 것 같지 않은데.

"마법사님은 왜 마법진을 조사하세요?"

세상에서 일을 만들어서 하는 사람이 제일 신기했는데, 시엘이 그
런 사람인 것 같다. 에반스가 마법진을 조사하라고 명한 것도 아닌데,
일부러 마법진을 조사하다니. 무위도식 불로소득이 꿈인 나는 상상
도 못 할 일이다.

"어느 정도로 작동이 가능할까 궁금하기도 하고, 깨우질 못해서 마
법진 안에 잠들어 있는 마력을 사용 못 하는 게 아깝기도 하고."

한참을 울던 왕자는 시엘이 계속 눈앞에 마법진을 흔드니까 그쪽으
로 정신이 팔렸다. 왕자는 고양이가 어묵 꼬치를 노리듯이, 얌전히 놓
아두던 팔을 튕기듯이 내밀어 종이를 빼앗으려고 들었다. 시엘은 웃으
면서 계속 종이를 흔들었다.

"그리고 제 다음 대에는 대마법사의 숫자가 더 많았으면 좋겠습니다."

아이는 최대한 많이, 다복한 게 좋아요, 라는 듯이 시엘이 말했다.

유르겔이 나를 협박한 건 분명 시엘 때문일 텐데 혹시 시엘이 마법
진에 관심을 둘까 봐 싫었던 건가?

"어쨌든 조심하는 게 좋을 것 같아요. 받았던 차도 그냥 버리세요."

"그쪽은 별 이상이 없는 비싼 차입니다만······."

"버려요."

시엘은 못내 미련이 남은 얼굴로 머뭇거리다 거의 바닥을 드러낸 차통을 버렸다.

시엘이 아직도 우는 왕자의 손에 미오 경의 머리카락을 쥐여 주는 것을 보며 서랍을 열었다. 오르골을 오랜만에 열어보는 것 같다. 여자 인형을 꺼내 갔던 자리가 휑하게 비어 있어서 손을 내민 남자 인형이 외로워 보였다. 손가락으로 남자 인형의 머리를 톡톡 건드렸다.

"미안, 나 때문에 짝을 잃었구나."

클라인이 새 인형을 주었지만, 이 인형은 원래 있던 것과 같은 인형이 아니다. 이 인형에게는 만들어진 후로 계속 같은 원을 돌며 갈망하던 짝인데 나 때문에 잃어버리게 돼서 미안해졌다. 인형에게 감정은 없겠지만, 새로운 짝을 달가워하려나? 몇 번 남자 인형을 쓰다듬다가 새 여자 인형을 빼내고 난 틈새에 끼워 넣었다.

인형의 발아래로 오르골에 끼우게 되는 조각이 있었는데, 아무리 클라인이라고 해도 그쪽의 모양까지는 잘 몰랐는지 잘 들어가지 않았다. 왕자의 울음소리는 뚝 그친 대신 왕자에게 머리카락을 질겅질겅 씹히는 미오 경의 질색하는 목소리를 들으며, 이리저리 돌려서 살살 흔들어가며 넣었더니 어느 순간 쑥 하고 인형이 꽂혔다.

이제 다시 온전해진 오르골을 보았다. 뭔가 이상했다. 인형은 원래 있던 것과 아주 많이 닮았는데, 닮긴 했는데. 클라인이 원본의 모상을 제대로 보지 못했던 모양이다. 새 여자 인형은 남자 인형 쪽을 보며 손을 내밀고 있었다.

나는 서로 손을 내밀어 겹쳐지기 직전의 손을 바라보다 그 틈으로 내 손가락을 밀어 넣어 둘을 이어보았다. 영원히 마주하지 못할 남녀가 이제는 서로 마주 보며 손을 겹치고 있었다.

⋘⋙

사실 내가 시녀 1로 빙의했다는 걸 알았을 때 많이 실망하긴 했지만 그래도 그 안에서 내 나름의 로망을 찾았다. 원래는 예쁜 드레스를 입고 보석을 달고 호호 웃으면서 사교계를 누비는 것이 내 로망이긴 했다. 하지만 백화점에서 2년을 꿈꾸던 가방을 들어보고 너무 무거워서 0.3초 만에 내려놨던 기억이 남아 있어서 예쁘게 꾸미는 것에 대한 로망은 어렵지 않게 포기할 수 있었다. 그렇게 꾸미면 무거울 거야. 저 포도는 시다.

내가 뭐, 원투데이 이세계의 꿈을 꾼 것도 아니고 예쁜 공주님의 로망을 포기하더라도 로망은 많았다. 이왕 시녀가 되었다면 당연히 사교계 가십을 수집하는 꿈을 꾸어야 하는 게 아닐까? 궁중 암투, 사교계 꽃들의 하이힐 짓, 누구랑 누가 사귄다는 가십. 늘 새롭고 짜릿한 가십과 소문의 세계를 두근두근 기대했는데…….

왕비 궁은 섬이었다. 어쩜 이렇게 남들이 물고 뜯고 맛보고 다 즐기고 난 소문들의 마지막 종착지가 이곳일 수가 있을까. 이 정도로 늦을 거면 소문이 소문인 의미가 전혀 없다. 그래도 요새 제국과의 전쟁 이야기는 심심찮게 왕비 궁 안을 활보하고 있었다. 그만큼 충격적인 소식인가 보다. 제국은 이 왕국보다 세 배 이상으로 큰 대국이었다. 가진 것이 많은 나라와의 전쟁은 힘들다고 한다.

대체로 이 왕국은 모든 전쟁에서 클라인이 있다면 걱정할 것이 없다, 란 것이 기본자세였는데, 제국과의 전쟁에서는 그런 마인드를 가질 수도 없는 게 제국에도 소드마스터가 몇 명 있었던 것이다. 클라인의 압도적인 무위가 압도적인 무위가 아니게 되었다.

그러면 이번에는 시엘도 참전하게 되려나? 소드마스터는 유일한 클래스가 아니지만 대마법사는 유일한 클래스다. 이 왕국이 대륙에 있는 다른 왕국과의 외교적 관계에서 우위에 설 수 있는 근거가 그거라고 했다. 그렇지만 시엘이 다시 전쟁에 나가면 그나마 나아가던 PTSD가 더 엉망이 되어서 돌아올 것 같다.

클라인이 승리를 할지 패배를 할지 모르겠다. 확실한 건 클라인이 죽지는 않을 거라는 것. 패배하더라도 그는 죽지 않을 것이다. 나를 안고서 불안한 얼굴을 감추려고 했던 그는 살아서 내게 돌아올 거다. 그거면 된 것 같다.

"안나, 저게 뭘까?"

어쨌든 내 눈에 보이는 광경이 클라인과 관련된 것은 아닌 것 같아서 안나에게 물어봤다. 안나는 앉을까 말까 엉덩이를 위아래로 흔들고 있던 왕자를 안고 내게 다가왔다. 왕자는 이제 혼자 일어설 수 있게 되었다. 결국 이날이 오고야 말았다. 그래도 바닥을 짚고서 불안불안하게 서는 상태에서 꽤 오래 정체되어 있다가 혼자 일어나 두어 걸음을 걸을 수 있게 된 셈이다. 이제 곧 걷겠지. 뛰겠지. 아, 잠깐 눈물이.

하지만 상식적으로 혼자 일어설 수 있으면 앉을 수도 있어야 하지 않을까? 왕자는 아직 혼자 앉지는 못해서 왕자가 일어섰다 싶으면 안나나 나나 누구든 그 옆에서 왕자를 기다리고 있어야 했다. 안 그러면 엉덩방아를 찧은 왕자가 서럽게 운다. 장담할 수 있는 게, 그건 아파서 우는 울음이 아니었다. 인생 최초로 부조리함을 알게 된 서러움이 담긴 울음이었다. 세상에 그렇게 순한 아이일 수가 없이 순했던 왕자인데 점점 월령이 올라갈수록 자기주장이 강해지고 있다.

"저거 설마 병사야?"

"병사 같지?"

신분이 그다지 높은 것 같지 않은 처음 보는 기사가 칼집에 든 칼을 휘두르며 병사들을 이곳저곳으로 보내고 있었다. 이 방의 창문에서 보이는 광경은 좀 한정적이지만 그래도 왕비 궁이 덩굴에 감기듯이 칭칭 둘러싸이고 있다는 것은 알겠다. 무슨 일일까. 그래도 왕비 궁인데 되게 뭐랄까, 갇히는 기분이 드는 병사 배치다.

무슨 일이 있었더라면 귀띔이라도 있어야겠지만 에반스가 그럴 것 같지는 않군. 그래도 본궁 쪽은 소문이 돌았을 것 같은데 그 소문이 우리한테까지 들리지는 않겠지. 그래도 지금 저렇게 봉쇄해 버리면 나중에라도 들어올 소문도 우리한테 닿지 않을 것 같다.

"알아보고 올까?"

"미인계 쓰게?"

왕비 궁 시녀 중에서 제일 예쁜 안나를 믿었다. 이 세계에 와서 내가 본 여자 중에 안나가 제일 예쁜 것 같다. 갑자기 두근두근한다. 영화나 공연에서만 봤던, 한 번 웃어줬더니 아는 정보 줄줄 털어놓고 원래는 못 들어가는 곳도 프리패스로 들어보내 주는 일이 내 눈앞에서 일어날까?

"아니, 페페가 얼마 전에 본궁 쪽 시종이랑 대결해서 이겼대."

"와아, 대단하다, 페페. 부하가 생겼구나."

무슨 대결인지 하나도 궁금하지 않지만 대단하네.

안나가 내게 왕자를 넘기고 방을 나간 후에 한쪽에 서 있던 미오 경이 절룩이며 다가왔다. 어제 클라인에게 훈련을 받은 후부터 미오 경은 다리를 전다. 요새 클라인이 훈련의 강도를 높인 것 같았다. 미오 경은 전보다 훨씬 더 얻어터지고 있었다.

어젠 심지어 외박하고 오늘 아침에 들어왔다. 아니, 사람이 외박할 거면 한다고 미리 말이라도 해야지. 시엘처럼 왔다 갔다 하는 사람도 아니고 꼬박꼬박 집에 들어오던 사람이 집에 안 들어오니까 걱정이 되잖아.

다리를 저는 걸 안 봤으면 진짜 화를 냈을 텐데 평소 약한 소리도 안 하던 양반이 아침에는 힘들어죽겠다고 울적하게 말하는 통에 그냥 다음번에는 연락이나 하고 외박하라고만 말하고 참았다.

"봉쇄로군."

"뭐 아는 거 있어요?"

왕비 궁에 붙들려 있는 시녀들과 달리 미오 경은 클라인 때문에라도 외부를 들락날락했었다. 우리보다 활동 반경이 넓었으니 뭔가 알 수 있는 게 있을지도 모른다.

"카직 백작이⋯⋯."

그러더니 그는 말이 없었다. 세사르 카직이 뭐? 세사르 카직의 공세로 결국 왕비의 친정 가문이 몰락하고 왕자를 유르겔에게 빼앗기게 된다는 것은 알고 있지만 그게 벌써 이루어지는 일일까?

왕자는 언제쯤 유르겔의 궁으로 가게 되더라? 혼자서 걷고 뛰게 되었을 때는 이미 왕비 궁에 없었다. 하지만 적어도 한 살은 지나고 난 후의 일일 텐데?

"카직 백작님이 무슨 일을 했는데요?"

대답하기 전에 미오 경의 눈이 왕자의 뒤통수에 잠시 머물렀다. 그는 마치 위로라도 하는 것처럼 왕자의 머리 위에 손을 얹고 곱슬거리는 금발을 슥슥 쓰다듬으면서 말했다.

"왕자의 혈통에 의문을 제기했다."

이게 무슨 개소리지요?

"왕비의 가문은 본래 다산으로 유명한데⋯⋯ 카직 백작 부인은 왕비와 자매인데 아직 후사를 갖지 못했다며 왕비의 출산 능력이 온전한 것인가에 대해 정식으로 문제를 제기했다. 실제로 왕비는 즉위 후 오랫동안 아이를 갖지 못했었으니까."

"대부분의 사람이 그 이유에 대해서 알고 있지 않을까요?"

"그건 그렇지만."

왕에게 연인이 따로 있는데 왕비가 어떻게 아기를 가져.

"그것 역시 왕비의 잘못이지."

미오 경이 담담하게 개소리를 했다. 그가 유르겔을 사랑하기 때문에 한 편파적인 발언일 수도 있지만 아니다. 저것이 이 세계 사람들의 일반적인 의견일 것이다. 왕이 다른 사람을 사랑해도 왕비는 아기를 가져야 한다. 문제와 의혹은 그곳에서 시작된다. 왕이 찾지 않지만 아기를 가져야 하는 왕비. 거기다 왕자는 왕도 왕비도 닮지 않았다.

나는 품에 안고 있는 왕자를 내려다보았다. 왕자는 처음 내 품에 안겼을 때부터 부담스럽게 묵직했는데 이제는 정말 들고 있는 팔이 아플 정도로 무겁다. 가끔은 사람이 아니라 무거운 짐을 안고 있는 것 같다.

"그런데 이런 식으로 왕비 궁을 봉쇄한다는 건 전하께서 그 의문을 믿는다는 건가요?"

정말 그렇다면 심하게 양심이 없는 것 같은데. 하지만 생각해 보니 에반스에게 양심이 있었다면 왕비가 이렇게 살 리가 없다.

"안 돼, 못 나가. 들어올 수도 없고 나갈 수도 없대. 밖에 세야 님이 오셨는데 못 들어오고 계셔."

안나가 고개를 저으면서 들어왔다. 얼른 창밖을 내다보았지만 이쪽에서는 왕비 궁을 둘러싼 병사들밖에 보이지 않아서 서둘러 밖으로 뛰어 내려갔다. 세야가 있었다.

"선생님!"

현관 쪽으로 바짝 달라붙으니까 대번에 검날이 검집을 스쳐 나오는 소리가 들렸다. 내가 현관 밖으로 나올 줄 알았나 보다. 나는 이곳의 담당자로 보이는 기사에게 팔을 크게 휘둘러 주의를 끌고 말했다.

"시녀장의 사촌 되는 분이고 제 가정교사예요. 신원이 확실하니까 들여보내 주셔도 되지 않겠어요?"

연산군식으로 기억해 뒀다가 즉위하는 순간 갚아주겠노라 협박하려다가 참고 좀 돌려 말해봤다.

30대 중반 정도의 별로 신분이 높아 보이지 않는 기사는 뚜벅뚜벅 뒷굽으로 땅을 착실히 밟아서 내게 다가왔다. 내가 문가로 좀 다가갔다고 칼을 빼내던 병사들은 자기들 상관이랍시고 얌전히 서 있기만 했다. 그림자가 내 머리 위를 덮을 거리에 선 그는, 바깥의 햇빛과 나무와 세야를 가리며 웃었다.

"계승권의 적법함에 대한 논의가 오가고 있습니다. 제가 특혜를 드릴 수는 없지요."

"그것과 상관없이 순전히 저와 왕자님의 교육 문제입니다."

"저는 왕비 궁을 봉쇄하라는 명령만 받았을 뿐, 유모님의 교육을 지원하라는 명령은 받지 않았습니다."

"지원은 고사하고 지금은 방해하고 계신 것 같은데."

"제가 받은 명령대로 출입을 통제하고 있습니다."

씨알도 안 먹힐 것 같다. 씨알은 고사하고 웃고는 있는데 은은하게 이쪽에 대한 적대감까지 느껴진다. 물론 사람이 다른 사람에게 기본적으로 호의를 품고 있을 거라 생각하는 것도 온실의 환상이긴 하다. 하지만 미묘하게 기분이 나쁜 적대감이 느껴지는 게 혹시 댁도 유르겔 관련자세요? 추종자가 각계각층에 참 다양하게도 박혀 있어서 전부 다 알 수가 있어야 말이지.

"아스 양, 안에는, 괜찮으십니까?"

다가오지 못하게 창으로 가로막힌 앞에서 세야가 크게 외쳤다. 봉쇄 소식을 듣자마자 달려온 것인지 흐트러진 차림이었다. 나도 마주 외쳐주었다.

"다 괜찮아요!"

"모두, 그러니까, 아무 일 없는 거죠?"

그제야 세야가 저렇게 달려온 이유를 알 것 같았다. 왕비가 걱정되는 거구나. 이런 곳에서 부를 수도 없는 왕비가 걱정이 되어 달려오지 않을 수가 없던 거다. 나는 크게 고개를 끄덕였다.

"별일 없어요. 괜찮을 거예요!"

그러고 있는데 급속도로 마차 소리가 가까워졌다. 자갈이 튕기는 소리와 마차 바퀴가 구르는 소리가 듣는 것만으로도 어마어마한 속도인 걸 알 수 있었다. 왕궁을 저런 속도로 질주하면 안 될 것 같은데. 기사도 신경이 쓰였는지 내 앞에 선 채로 소리가 들리는 방향으로 고개를 돌렸다. 지금 냅다 떠밀고 세야를 안으로 들이면, 뒷감당이 안 되겠지?

마차는 얼마나 어마어마한 속도로 달렸는지 처음 소리가 들린 후 눈 몇 번 깜빡이지도 않았는데 벌써 저만치 모습을 드러냈고, 눈을 다시 한번 깜빡이자 왕비 궁의 계단 앞에 있었다.

마부가 혼신의 힘으로 고삐를 당기기도 전에 마차 문이 튕기듯이 열리고 사람이 튀어 내려왔다. 뉘 댁 귀부인이 드레스를 무릎까지 걷어 올린 채로 칼날도 튕겨낼 기세로 달려 들어왔다. 나도 무서워서 한 걸음 옆으로 물러날 정도의 기세였는데 병사들은 그 부인이 현관을 통과하기 직전에 팔을 뻗어 그녀를 잡아냈다.

"들어가실 수 없습니다."

"이거 놔라, 난 왕비를 봬야 한다!"

카직 백작 부인이었다. 몇 번 얼굴을 본 적은 없지만 얌전하고 순한 느낌이었는데 지금 그녀는 미친 사람처럼 발버둥을 치다 그녀를 막는 병사의 손등까지 물어뜯었다. 얼마나 세게 물었는지 병사의 손에서 피가 흘렀고, 훈련을 받을 만큼 받은 병사가 비명을 질렀다.

손이 풀린 사이에 카직 백작 부인은 다시 입구로 몸을 던졌다. 하지만 내 앞을 막고 있던 기사가 등 뒤에서 안듯이 그녀의 가슴 앞으로 검을 걸었다. 검을 잡고 있는 손에 핏줄이 서는 것이 보였다. 카직 백작 부인은 짐승처럼 몸부림을 쳤지만 검집에 가로막힌 채 기사의 품 안에서 빠져나갈 수가 없었다.

"왕비님! 언니! 언니, 도와주세요, 언니!!"

무심결에 귀를 막고 싶어질 만큼 처절한 비명이었다. 마치 사냥당하는 짐승이 내지르는 듯했다.

"언니!! 아기를, 아기를 낳아야 해요! 도와줘요, 언니! 방법이 있다고 했잖아요!!"

정신이 나간 것처럼 왕비를 부르는 호소가 왕비에게 닿을지 모르겠다. 왕비 궁에는 그래도 시녀가 많이 있을 텐데 마치 무덤처럼 아무도 카직 백작 부인의 울부짖음에 응하지 않았다.

카직 백작 부인은 목이 갈라지도록 왕비를 부르다 어느 순간 탈진한 것처럼 온몸에서 힘을 뺐다. 하지만 기사의 품에 갇힌 그녀는 앞으로 나갈 수 없던 것처럼 주저앉을 수도 없었다. 축 늘어진 그녀를 지탱하며 기사는 우아하게 곤란함을 표현했다.

"부인."

언제 왔을까. 지팡이를 짚은 세사르 카직이 얼음 같은 목소리로 자신의 아내를 불렀다.

"얌전히 계시라 말을 했을 텐데."

그는 지팡이가 바닥에 찍히는 불규칙한 소리를 내면서 왕비 궁 안으로 들어왔다. 그토록 사람들이 들어가지 못하게 막던 병사 중 누구도 그를 막지 않았다. 왜일까. 세사르 카직의 관작이 그렇게 높은 것도 아니고 왕궁에서의 영향력도 대단한 것이 아닐 텐데, 그는 누구의 저지도 받지 않고 왕비 궁으로 들어왔다.

한순간 그의 시선이 내게 닿았다. 그동안 나는 그를 뱀처럼 차가운 사람이라 생각했다. 그가 나를 아스트리드라고 부를 때면 심장에 긴 머리카락이 느슨히 감긴 것 같아서 숨도 크게 쉴 수 없었다. 유르겔에 대한 공포가 실체 없이 모호하다면 그에 대한 공포는 선명해서 더욱 가깝고 커다랬다.

사람의 가치가 신분으로 정해지지 않는다는 식의 말을 하며 공략을 시도했다가 실패했던 그때 나를 보던 시선이 커피라면 지금은 TOP 다. 무슨, 시선으로 사람 하나 잡겠네. 그는 천 년하고 3년을 더 묵은 이무기 같은 광폭한 눈으로 나를 보고 지나쳐 갔다.

"여보……"

한때는 단아하게 틀어 올렸던 머리가 산발이 된 카직 백작 부인이 그를 불렀다. 그는 상냥함이라든가 배려, 다정함 같은 건 전혀 없는 손길로 자기 부인의 팔을 잡았다. 세사르 카직은 휘청이는 몸을 부축도 없이 잡아끌듯이 문 쪽으로 걸어 나갔다.

"미안해요. 여보, 제발."

그건 뭐라고 말로 표현하기는 힘들지만 기분이 이상하고, 아주 불쾌한 비명이었다. 흐느낌 사이로 그다지 알고 싶지 않았던 감정이 흘러내렸다. 그녀는 그를 사랑한다. 왜 그런 느낌이 들었는지 모르겠지만 저토록 비참하고 비굴한 흐느낌에서 사랑이 읽혔다.

세상에 존재하는 모든 사랑이 이루어졌으면 좋겠다. 사그라들어야 하는 사랑에는 슬픔이나 미련이 없었으면 좋겠다. 사랑하는 사람들이 후회 없이 사랑만을 했으면 좋겠다. 그런 세상은 없다. 그래도 있었으면 좋겠다.

클라인이 보고 싶다. 그의 눈을 보면서 내가 본 것들을 이야기하고 싶어졌다. 그가 나를 안아줬으면 좋겠다. 사랑한다는 말이 듣고 싶었다. 우리는 동화 같고 꿈 같을 거라는 그런 말이 듣고 싶었다. 클라인이 그렇게 말을 해준다면 믿지 않더라도 믿고 싶어질지도 모르지.

생각을 해야 한다. 이 세계에 적응하기 위해서는 생각을 하면 안 되었는데, 이제 살아남기 위해서는 생각을 해야 한다. 왕비와 왕자를 공격한 것은 세사르지만 그 뒤에 있는 것은 에반스와 유르겔이다. 그들이 왜 이러는 걸까. 저번에 왕자를 데려가려다가 실패해서겠지. 아직 어린 왕자의 훈육을 위해서는 거처를 자주 바꾸지 않는 게 좋다는 우리의 반대를 꺾기 위해서는 왕비 궁보다 유르겔의 궁전이 더 나은 곳이 되어야 한다.

그래서 왕비 궁을 봉쇄했구나. 왕자를 훔쳐 가기 위해서. 왕자를 위해 아무리 좋은 스승을 모셔도 그들이 왕비 궁에 들어갈 수 없으면 끝인 거니까. 개새끼들.

"고분고분하니까 얼마나 좋아."

유르겔의 말대로 고분고분하게 대답하려다가 그냥 눈을 깔았다. 어차피 지금 에반스와 유르겔은 'The 둘만의 세계'에 들어가서 나는 관심도 없다.

왕비 궁은 혼란스러웠지만 나는 답을 찾아내려고 했다. 그리고 아마 찾아냈을 것이다, 언제나 그랬듯이. 다만 이 경우는 시간이 부족했고 유르겔의 존재가 너무나 치트 키였다.

그 순간, 후광을 등에 지고 나타난 유르겔은 내 눈으로 봐도 천사나 구원자에 가까운 비주얼이었다. 그의 뒤에서 삐야가 커다란 날개를 펼쳤다. 날개 끝에 햇빛이 반사되는 광경은 거의 성화나 종교 영화급의 거룩한 비주얼이었다. 그래서인지 내가 문 근처에만 가도 스릉스릉 칼 뽑는 소리를 내서 겁을 줬던 병사 중 아무도 칼에 손을 대지 않았고, 책임자인 기사도 유르겔을 막지 않았다.

"내가 널 구해줄 수 있어. 넌 왕자를 생각해."

유르겔은 수태고지에 나오는 가브리엘 대천사 같은 미소로 내게 말했다. 얼굴은 대천사인데 내용은 나쁜 요정이었다. 난 왕자 생각 별로 안 하는데. 왕자가 앞으로 어떻게 자라든 나보다는 훨씬 잘 먹고 잘 살 테고 무려 왕위 계승자이니 얼마간 더 자라면 생각해 줄 사람이 좀 많겠어. 하지만 우물쭈물하다 보니 이 꼴이 났다. 친한 사이도 아닌데 구해준다고 운운하는 사람은 최소 사기꾼이니까 열심히 경계하고 살아왔는데 그 순간 좀 혹 갔나 보다. 그럴 때가 있다. 하지만 그래서는 안 되었지.

에반스와 유르겔이 왜 저러나 일찍 생각해 봤어야 했는데 그러지 못해서 다시 맨몸으로 유르겔 궁전에 왔다. 이번은 심지어 저번 같은 외떨어진 별장이 아니라 유르겔의 옆방이고 나는 혼자다. 미오 경은 있지만 육아에 도움이 안 되니까. 유르겔 님이 주신 독박 육아의 맛 잊지 않겠습니다.

내 생각에는 에반스가 정말 개새끼인 것 같다. 몰랐던 건 절대 아니지만 새삼스럽게 감동적일 정도로 대단한 개새끼였다. 보통 사람들은 그래도 양심이나 인정 같은 것 때문에 실행하지 못하는 것을 그는 실행한다. 왜냐면 그가 정말 엄청난 개새끼이기 때문이다.

조강지처한테 부정을 저질렀다는 의혹을 씌워서 감금해 놓고 아들은 빼돌려서 자기 연인한테 양육을 맡기는 짓을 보통은 못 할 것 같다. 아니면 내가 너무 온실에서 살아와서 상상력이 부족한 건가?

"유르겔. 만족했다고 말해다오."

"주변의 부족함으로 왕자님이 제대로 된 교육을 받지 못하는 것이 마음 쓰였습니다. 이제는 마땅한 권리를 누리시겠죠."

"내가 너를 사랑해, 유르겔. 네가 원하는 것은 무엇이라도 내어 주고 이루어줄 것이다."

유르겔은 생긋 웃었고 에반스는 그를 끌어안고 이마에 입을 맞췄다. 네…… 제 앞에서 두 분의 돈독한 애정 생활의 단면을 보여주셔서 정말 감사드리고요. 제 감상은 100점 만점에 한 29점인 것으로.

문가에 물러서 있는 삐야와 미오 경의 표정 대비가 아주 볼만했다. 삐야는 한 가지 표정만 보일 수 있는 가면처럼 짙게 미소 짓고 있었고 미오 경은 한결 짙어진 눈으로 유르겔과 에반스를 보고 있었다. 글쎄. 내가 사랑하는 사람이 내가 아닌 사람과 행복한 모습을 보는 건 어떤 느낌일까. 시선을 눈치챘는지 미오 경이 나를 돌아보았다. 이전에도 한번 이런 때가 있었던 것 같다. 그때는 시선을 피했던 미오 경이 이번에는 옅게 웃었다. 다행이다.

"전하. 오신 김에 왕자님을 보고 가셔야죠."

벌써 아주 오래된 것 같아. 왕자가 아직 어리고 작았을 때 유르겔은 내게 에반스가 사실은 자기 아들을 아주 좋아한다고 말했었다. 과연 그럴까? 일반적으로 아버지가 어린 아들을 보는 시선이 어떤지 나는 모르지만 그래도 지금 아이를 내려다보는 에반스 같은 얼굴은 아닐 것 같다.

왕자는 익숙지 않은 아버지의 품에서도 울거나 소리를 지르지도 않고 얌전히 안겨 있었다. 차라리 품이 낯설다고 울고불고 난리를 쳤더라면 아이의 살이 여물어가는 동안 번연히 들여다보지도 않은 아버지에게 죄책감 타임이라도 줄 수 있었을 텐데, 내 왕자는 너무 순하고 착해서 정 없는 아버지 품에서도 예쁘게 웃었다.

"다행이야. 이 아이는 너를 많이 닮았지."

에반스는 어설픈 손으로 왕자를 불편하게 안고 있었고 그의 등 뒤에 유르겔이 있었다. 둘은 서로의 얼굴을 볼 수 없었지만 그들이 실내 인테리어 취급하고 있는 나에게는 둘의 얼굴이 모두 보였다.

낯선 것을 살피는 것 같았지만 의외로 에반스의 눈은 따뜻했다. 하지만 유르겔은 모처럼 표정 없이 에반스를 올려다보고 있었다. 기분이 좋을 때도 나쁠 때도 웃는 사람이라고 생각했는데 저런 얼굴을 하는구나. 난 유르겔이 예쁘고 순한 얼굴이라고 생각했는데 각도 탓일까, 그는 의외로 조금 날카롭고 예민해 보였다.

"너는 언제나 너이고, 네가 너인 이상 나는 널 알아보고 사랑하겠지만, 그래도 이토록 너를 닮아서 좋구나."

에반스는 유르겔을 바라보며 웃었다. 에반스가 고개를 돌리니까 유르겔도 평소와 같은 얼굴로 웃었다. 저거 말이 좀 이상한데.

"온전히 제 모든 것을 사랑하세요?"

"너의 일부분과 파편까지도 모든 형태로."

"얼마나요?"

"내 아이의 왕관을 네게 씌워줄 정도로?"

대단한 사랑 같기도 하고 아주 이상하기도 한 것 같은 기묘한 대화였다. 에반스가 유르겔을 진짜 사랑한다는 건 알겠다. 에반스는 유르겔의 손톱 조각까지도 사랑할 것 같다. 하지만 뭔가 전체적으로 아주 묘한 대화였다.

둘은 손을 마주 잡고 방을 나갔다. 문가를 지키고 있던 미오 경과 삐야가 파도처럼 몸을 비켜주었다. 삐야는 문을 나서기 전에 한차례 나를 보며 웃었다. 일부러 저러나 싶게 보는 사람 기분을 나쁘게 하는 미소였다.

방 안에는 이제 나와 미오 경뿐이다. 나는 찬찬히 아까의 대화를 생각해 보았다. 그건 아마 내가 지나치면 안 될 말 같았다. 왕자가 유르겔을 닮아서 좋다고? 후사를 이어야 하기에 애정 없이 낳은 아이가 연인을 닮아서 기쁘다는 말일까. '그래도' 닮은 것을 보니 좋다는 것은 닮지 않아도 괜찮았을 거라는 말로 들렸다. 닮아도 닮지 않아도 좋아할 대상……. 왜 닮는 것을 전제로 삼고 있지? 왕이 후계자의 탄생에 있어 전제해야 할 것은 건강이나 영리함 아냐? 그것도 피가 섞이지 않았을 유르겔과 닮는 것이 왜 중요하지?

앞에 붙는 가정들도 조금 이상했다.

"너는 언제나 너이다."

나 저거 안다. 절대 완결이 나지 않을 모 만화에서 창조주가 괴물처럼 변한 딸에게 비슷한 말을 했었다.

"미오 경, 아까 전하께서 하신 그 말씀 좀 이상하지 않았어요?"

"어떤?"

"왕자님과 유르겔 님이 닮아서 좋다는 말씀이요."

"듣긴 했는데 그 말의 뭐가 이상한지 모르겠다."

그러게. 내 입으로 다시 말하니까 그냥 평범한 말같이 들린다.

"미오 경의 방은 어디예요?"

미오 경은 말없이 손가락을 들어 문을 가리켰다. 복도에서 자는 건 아닐 테니 맞은편인가 보다.

"이따 밤에 제 방으로 오실래요?"

"넌 너무 비정상을 정상으로 여기는 경향이 있어!"

"혼자 자기 외롭단 말예요!"

난 원래 어려서부터 혼자 잤지만 이 세계에 와서는 처음에는 미나와 그다음에는 미오 경과 시엘과 같이 잠들었더니 이제 혼자 잠들기에는 외로움을 타게 되었다. 불을 끄고 침대에 누웠을 때 느껴지는 타인의 기척, 살짝 잠이 설익었을 때 내 숨소리와 공명하는 타인의 숨소리를 듣고 있으면 나른해지고 안심도 되어 편안히 잘 수 있었다. 시엘의 불면증이 왜 나왔는지 살짝 알 것 같았다.

미오 경의 얼굴을 보니까 안 올 것 같다. 남의 숨소리가 필요한 날

이 있는 만큼 그냥 혼자이고 싶은 날도 있고 그런 거지. 나는 알았다
고 고개를 끄덕여 주고 다시 에반스의 말을 생각했다. 그냥 흘려도 되
는 말일 텐데, 실이 꿰인 아주 작은 바늘이 머리카락에 매달린 것처럼
미묘한 무게감이 나를 당겼다.

*"너는 언제나 너이고, 네가 너인 이상 나는 널 알아보고 사랑하겠지만 그
래도 이토록 너를 닮은 것을 보니 좋다."*

그건 얼핏 유르겔이 늙고 아름답지 않게 되더라도 사랑하겠다는 다
짐처럼 들렸다. 하지만 조건문을 잘 들여다보면 유르겔이 유르겔이 아니
게 되어도 알아보고 사랑하겠다는 말이었다. 나도 다음 생에 우리 엄마
만나면 얼굴이 아무리 달라졌어도 사랑하긴 할 건데. 암만 생각해도 수
능 때 영어 독해가 이것보다는 쉬웠다. 혹시 내가 머리가 나쁜가……?
  사실 왕비가 부정을 저질렀다는 의혹이 있는 것도 좀 이해가 안 가
는 걸 봐서는 진짜로 머리가 나쁜 것 같기는 했다. 세사르 카직의 주
장을 정리하자면 이건데.

1. 왕비의 가문은 원래 다산으로 유명했던 가문이다.
2. 왕비는 오랫동안 아이를 못 낳았다.
3. 왕비의 여동생도 결혼 후 3년이나 아이가 없다.
4. 그러니 왕비는 부정을 저질렀을 것이다.

왜 3 다음에 나오는 결론인 4가 저따위지요? 3과 4 사이에 어떤 과
정으로 논리적 비약이 있었는지 도통 모르겠네. 물론 왕자가 유르겔
을 축소해 놓은 것처럼 똑같이 생기긴 했다. 그럼 세사르 카직이 내세
운 의혹에 유르겔의 이름이 어떤 형식으로든 나와야 한다. 그런데 영

혼을 갖다 바칠 정도로 유르겔에게 매혹이 되어서 그런가, 어디에도 그의 이름은 나오지 않았다.

군이 분석해 보자면 1번은 왕비 쪽은 문제가 없다는 것으로 읽힌다. 하지만 아무리 그 집안 사람들이 다 임신이 잘 되는 체질이었다고 해도 개인차라는게 있는데 너무 일반화해 놔서 내 빈정이 상한다. 어쨌든 그럼에도 아이가 없었고, 아이가 생겼으니 바람이다! 로 연결이 되면 어, 음, 남자 쪽에 아주아주 심각한 문제가 있는 게 공인된 사실이라는 뜻으로 보이지 않아? 물론 에반스에게 아주아주 심각한 문제가 있기는 하지.

나는 아마 미카엘 왕자는 마법진을 통해 잉태되었을 거라고 생각한다. 피를 사용해서 아이를 만든다고 했던가. 나는 왕자를 보았다. 커다란 침대에 앉은 왕자는 일어서려고 했지만 침대가 지나치게 푹신푹신해서 뜻을 이루지 못하고 짜증스레 이불만 팡팡 내려치고 있었다. 그때마다 에반스와 왕비 양쪽 모두를 닮지 않은 금색 머리카락이 팔랑거렸다.

이상한 생각이 든다. 그날 마법진이 있던 방에 세 사람이 있었다고 했지. 왕자의 얼굴에서 유르겔을 닮은 부분과 닮지 않은 부분을 구별해 보려고 했지만 의미는 없었다. 호박색 눈동자만이 다를 뿐 그 얼굴은 오로지 유르겔만을 닮았고 에반스나 왕비를 닮은 부분은 보이지 않았다. 왕자가 에반스의 아이가 아닐 수도 있지 않을까 하는 그런 이상한 생각이 들어서, 급하게 왕자를 안아 들었다.

"아, 시엘."

유르겔이 시엘을 왜 해치려고 했는지 알 것 같아졌다.

"모든 마법사가 마법사님처럼 저 마법진을 보면 정체를 알 수 있을까요?"
"지금 대륙에서는 저만이 유일할 겁니다."

모든 것은 확실하고 명확할 필요가 있다. 하지만 그랬다가 괜한 것을 더 많이 알게 되면 유르겔이 날 해치게 될까? 유르겔은 알 수 없는 일은 그냥 알 수 없는 채로 두라고 했지만, 알 수 있는 일을 알 수 없는 채로 두면 죽거나 죽도록 무서워질 것 같다. 사실 나도 필요 이상으로 무언가를 알고 싶지는 않다. 아는 것은 힘이지만 가끔은 아는 것이 재앙이기도 하다.

하지만 시엘이 위험하다. 시엘이 여기서 모든 걸 접고 마법진에 대해 더는 아무것도 조사하지 않겠다고 선언하는 게 더 안전할까, 아니면 차라리 제대로 진상을 파헤쳐서 유르겔의 약점을 잡는 게 나을까. 나라면 당연히 조사하던 것은 탁탁 접고 거북이처럼 등껍질 속에 목을 밀어 넣어 납죽 엎드릴 테지만 마탑을 부수고 나온 내 용맹한 마법사는 그렇게 하지 않을 것이다.

나는 미오 경에게 물었다.

"만약에 누가 마법사님을 해치려고 하면 미오 경은 마법사님을 도와주실 건가요?"

"일반적으로 대마법사를 누가 해칠 수가 있기는 할까?"

"칼로 찌르면 죽는다던데요. 독 먹어도 죽고."

"칼로 찔리면 회복 마법을 걸면 되고, 독 먹어도 해독 마법을 걸면 되고."

듣고 보니 그럴싸한데?

"하지만 심장을 찔리거나 목을 베이면 끝이잖아요. 독도 단번에 정신을 잃게 하는 맹독을 먹이면······!"

미오 경은 물끄러미 나를 보며 말했다.

"마법사가 무슨 잘못을 저질렀는지는 모르겠는데, 그냥 말을 하고 사과를 받는 게 어떤지? 그렇게 진지하게 죽일 궁리를 하는 것보다야······

물론 나는 네 편이다, 아스."

"아니, 제가 죽이려는 게 아니라 다른 누군가가!"

"내가 봤을 때 누가 시엘을 죽이려고 한다면 가장 성공 확률이 높은 건 너, 나, 왕자님, 셋이다."

그러네? 맨정신으로 낮에 잘 돌아다니는 시엘을 죽이기보다는 밤에 자는 걸 덮치거나 믿고 있는 사람을 회유해서 등에 칼 꽂게 하는 쪽이 훨씬 가능성이 높겠지. 미오 경의 말이 맞다. 나는 그에게 심각하게 물었다.

"혹시 누구한테 마법사님께 약을 먹이거나 아님 어디로 데리고 와 달라고 부탁받은 일 없으세요? 아무한테도?"

나는 심각했는데 미오 경은 멀뚱멀뚱 나를 보다가 왕자를 안아 들었다. 그러곤 내 어깨를 잡더니 침대로 끌고 갔다.

"내가 왕자님을 봐주고 있을 테니까 잠을 좀 자라."

"저 진지해요, 미오 경. 누가 마법사님을 해치려고 하면 미오 경은 어쩌실 거예요? 아주아주 높은 사람일 수도 있고 미오 경이 아주아주 믿고 따르고 존경하는 사람일 수도 있어요."

"옳고 그름을 따져보겠지. 그 이유가 옳은지, 그른지. 그리고 그 방법이 옳은지, 그른지."

나는 미오 경의 품에 안겨서 신나게 그의 머리카락을 쭙쭙 빠는 왕자를 보았다. 왕자가 에반스의 혈통이 아니라서, 그리고 어쩌면 단순히 그 사실 이상의 다른 비밀이 있어서 그 비밀을 알아낼 가능성이 있는 시엘을 해치려고 하는 거라면 그 어디에서 옳고 그름을 따져야 할까? 나는 그르다고 말하고 싶다. 내가 선 곳에서 보이는 것은 그르다.

"만약 옳다면요?"

그러나 유르겔에게도 유르겔만의 사정은 있겠지. 그의 논리에서는 이 모든 것이 정당한 일일 수도 있다. 사정이 있다면 말이다. 그럴 만한 사정이라는 걸 내 머리로는 생각해 낼 수 없지만 현실은 픽션을 능가한다고 하니 혹시라도 그런 일이 있을지도 모르지. 그리고 미오 경은 유르겔을 사랑하니까 세상의 중심을 유르겔에게 두고 생각하고 싶을지도 모른다.

"시엘에게 바로잡으라고 말을 하겠지."

"무슨 수로요?"

"그를 죽일 이유를 가진 사람에게 사과하든, 보상하든, 협상하든, 바로잡으라고 말을 할 거다. 친구잖아."

혹시 미오 경의 얼굴이 조금 붉어지지는 않았을까 유심히 보았지만 별로 그런 것 같지가 않았다. 아깝다. 많이는 아니고 살짝 놀려주려고 했는데. 이상하지. 어렸을 적에는 친구가 많으면 자랑이었는데 이 나이쯤 되고 나면 새로 친구를 사귀었다는 말이나 우정을 과시하는 발언은 쑥스러운 것이 된다.

"그래서 아스, 시엘이 무슨 잘못을 한 거냐?"

"남들이 대충 묻어간 일을 열심히 하셨다나 봐요."

"그건 잘한 거잖아."

"그러게요."

때에 따라서는 트롤링일 수도 있는 게, 일을 만들어서 하란다고 정말 일을 만들면 팀 킬이란 말이다.

이번이나 저번이나 급하게 옮기느라고 시엘에게 어디로 가노라 말이나 쪽지를 못 남겼다. 저번에 알아서 찾아왔으니 이번에도 찾아올 수 있을 거라 생각은 하지만 저번에 며칠 걸렸던 게 일 때문이 아니라 찾는 데 시간이 걸린 거면 어떻게 하시. 사실 와도 문제인 게, 유르겔의 궁에 시엘이 오는 게 안전할까? 개도 자기 구역에서는 반을 먹고 들어간다는데 유르겔의 궁에 있으면 유르겔이 더 열심히 효과적으로 시엘을 해칠 수 있는 거 아닐까?

잠깐 고민하다가 내가 아는 사람 중 가장 권력자인 클라인을 찾아 갔다. 왕자를 돌보는 것이 자기 임무가 아니라는 미오 경의 반박은 받지 않았다. 생존 공동체는 원래 급할 때 돕는 거다.

저번에 왔을 때보다 굉장히 어수선했다. 전체적으로 사람이 많이 준 것 같은데, 그나마 남아 있는 사람들도 분주하고 정신이 없어 보였다. 저번에는 나를 여유롭게 클라인의 집무실까지 안내를 해주었던 기사도 뭐가 그렇게 급한지 내 보폭을 전혀 신경 쓰지 않고 걸어갔다.

집무실 앞까지 안내한 기사는 노크를 하더니 응답을 듣기도 전에 문을 열어버렸다. 저러면 안 될 것 같은데, 생각해 보니 저번에도 그랬던 것 같다. 클라인은 집무실에서 일만 하나 보다. 언제든, 누가 준비 없이 문을 열어도 나는 일을 하고 있도다 하는 자신감에 가득 찬 사람이 아니라면 있을 수 없는 시스템이다.

하지만 문이 열렸을 때 나는 종이가 날아다니는 광경을 보았다. 저거 안다. 흩날려라, 보고서……! 우리 차장님이 자주 하셨다. 던질 거면 그냥 발밑으로 곱게 던지든가. 성격이 나빠서 사람 머리 위 천장으로 그냥 확 올려 던지는데, 그럼 종이가 아주 사방으로 흩어져서 다시 줍는 것도 문제였고 서류들 순서 맞추는 것도 문제였다.

"일을 이런 식으로 하고 월급을 받아 가면 아주 행복하고 보람이 있겠군. 나도 한번 그렇게 살아보고 싶어."

클라인의 목소리였다. 그리고 나는 그의 목소리를 듣자마자 가슴이 아파졌다. 누가 보이지 않는 비수를 가슴에 갖다 꽂은 것 같았다. 아니야, 나는 월급 도둑질을 하지 않았어. 받은 돈 이상으로 열심히 일했는데, 그렇지만!

종이는 팔랑팔랑 마치 꽃잎처럼 춤을 추듯이 머리 위로 떨어져 내렸다. 클라인의 붉은 머리카락이 보였다. 그가 문이 열린 것을 눈치채고 이쪽을 보다가 나를 발견했다.

"제가 바쁠 때 왔죠?"

예민할 때 왔냐고 물으려다가 돌려 말했다. 클라인은 한 손으로 얼굴을 가리고 어쩔 줄을 몰라 하다가 부관들에게 나가라고 눈짓을 하고 내게로 다가왔다.

내게 다정하고 상냥한 클라인은 아마 꽤 무서운 상관이었는지, 나랑도 안면이 있는 클라인의 부관들이 바닥에 흩어진 종이들에 달려들어 치우기 시작했다. 안타깝다. 클라인은 아무 일도 없는 척을 하고 싶은 모양인데 저 난장판이 클라인의 등 뒤에서 이루어진 통에 정면으로 모두 보였다.

"아닙니다. 아무 일도 안 하고 있었습니다. 그리고 바쁘다고 하더라도 제게 있어 가장 중요한 일은 당신이니까요."

오빠 내가 일이야? 왜 갑자기 그 말이 떠올랐는지 모르겠다. 흩날리는 종이들 사이로 봤던 클라인의 얼굴은 지금 내가 보는 얼굴과 다르게 날카롭고 차가웠다.

나는 양손을 그와 내 뺨 위에 각각 올리고 슬쩍 쓸어내려 보았다. 클라인이 나를 볼 때와 아닐 때의 얼굴이 다른 것처럼, 나도 그를 볼 때와 아닐 때가 다를까? 잘 모르겠다. 이런 건 본인은 알 수가 없는 문제인 것 같다. 클라인은 조금 당황하는 것 같더니, 곧 그의 뺨을 감싼 내 손을 겹쳐 잡고 눈을 감았다. 키스라도 해야 할 것 같은 조금 부끄러운 느낌이 난다.

그사이에 집무실이 정리되었다. 엄청난 양의 종이 뭉치를 안은 부관들은 연신 내게 허리와 고개를 숙이면서 집무실을 나갔다. 그렇구나, 지금 저 양반들이 나를 제물로 바치고 휴식 시간을 얻은 거구나. 그렇구나. 아냐, 이해하기로 했다. 직장인의 비애를 나도 안다. 가련한 자들이여.

"공작님이 보고 싶었어요."

시엘에 대한 이야기를 해야 하는데 물끄러미 그를 보다 보니까 하려고 했던 말과 다른 말이 튀어나가갔다. 클라인이 보고 싶었나, 내가? 보고 싶었지. 그랬지. 세사르 카직과 카직 백작 부인을 보고서 왜인지도 모르겠는데 그냥 그가 보고 싶었다. 그가 행복했으면 좋겠다는 생각도 했던 것 같다.

"제가 보고 싶으셨군요."

클라인은 눈을 휘면서 웃었다. 행복해 보인다. 내가 그를 행복하게 해주는 건가? 클라인은 정중하게 내 손바닥에 입을 맞췄다. 늘 간지러웠지만 유독 오늘 손바닥이 더 간지러운 것 같다.

"공작님이 보고 싶기도 하고, 도와주셨으면 하는 일도 있었어요. 도와주시겠어요?"

"제 모든 것이 아스의 것인데, 할 수 없는 일이 뭐가 있겠습니까."

클라인은 부드럽게 내 등을 밀어서 이번에도 그의 의자에 나를 앉혔다. 이건 좀 부끄럽다. 저번에 이 자리에서 클라인과 키스를 했는데. 슬쩍 봤는데 그는 별로 동요가 없는 것 같았다. 나만 신경을 쓰나 보다. 억울하다.

"마법사님과 할 얘기가 있는데……."

그와 이야기하려면 왕비 궁으로 들어가야 하는데 왕비 궁은 봉쇄 중이라는 말을 할 뻔했다, 하마디면. 시엘이 아직도 왕비 궁에 무난 숙박 중이라는 말은 안 하는 게 나을 것 같다. 하지만 저 말을 빼니 뒤를 어떻게 이어가야 할지 모르겠다. 난 대체 무슨 생각을 하고 살고 있지? 무슨 말을 할지도 안 정하고 여길 오다니? 물론 요새 아무 생각 없이 살고 있긴 하다.

"그자가 있는 곳을 모르시겠군요. 기사단에 종군 마법사가 있으니 그자에게 연락을 넣으라 하겠습니다."

마법사들끼리는 뭔가 연락할 방법이 있구나. 그것도 다행이고 클라인이 내 반 토막 난 말을 찰떡같이 알아들은 것도 다행이다.

클라인이 명령을 하기 위해 잠시 밖으로 나간 사이에 나는 창밖을 바라보았다. 이곳까지 오면서도 기사단의 앞뜰에서 웬 수레와 잡동사니를 많이 보았는데, 여기서는 기사와 시종들이 앞뜰에 오래 묵어 보이는 병장기들을 가져다 놓는 것이 보였다. 이곳은 전쟁 준비 중이었다.

"아스."

클라인은 금방 돌아와서 서류가 가득 쌓여 있는 책상 위에 걸터앉았다. 그는 피곤해 보였다. 한창때의 나처럼 다크서클이 문신 수준으로 내려와 있는 건 아니고 피부도 반질반질하지만 사람의 기운이라는 것이 좀 지치고 예민해 보였다.

"많이 바쁘신가 봐요."

클라인도 두 번은 부정하지 않았다. 전체적인 분위기가 지쳐 보였다. 그냥 얼굴만 보면 당장 퇴근해야 할 사람으로 보인다.

"전쟁 준비 중일 뿐입니다."

"출정 날짜는 정해지셨어요?"

"아마 겨울이 되기 전이 될 것 같습니다."

이미 가을이었다. 겨울 전이라고 하면 얼마 남지도 않았다.

"준비는 잘되세요?"

"큰 나라와의 전쟁은 준비를 해도 해도 또 부족하지요."

"공작님은 잘 싸우실 거예요. 그리고 무사히 돌아오실 거예요."

나는 잘 모르지만, 영웅이라 불리는 클라인의 별명은 작은 나라하고만 싸워 이겨서 얻은 것이 아닐 거다. 불리한 조건의 싸움에서도 이겼기 때문에 그렇게 대륙에 이름이 높은 것 아닐까?

하지만 그는 두려워하고, 불안해한다. 나에게 웃음을 돌려주었지만 여전히 그의 눈 깊은 곳에서는 물속에 잠긴 풀처럼 흔들리는 두려움과 불안이 보인다. 그가 내게 오랫동안 보여주지 않던 감정들이다.

클라인은 몸을 숙여 내 이마에 입을 맞췄다.

"반드시 무사히 돌아오겠습니다, 그러니 당신도 제 걱정은 하지 마시고 부디 잘 계시길 바라겠습니다."

클라인은 내 손을 잡고 마치 다짐처럼 말했다.

그가 전쟁터로 떠난다고 해도 나는 그가 다치거나 돌아오지 못하게될까 봐 뜬눈으로 밤을 지새우고, 오지 않는 소식을 기다리며 창밖을보지는 않을 것이다. 그가 낙승을 맹세했던 나해 때 잘 자고 잘 먹고잘 지냈던 것 같다. 나는 이미 그가 무사히 살아 돌아올 것을 아는데제국과의 전쟁은 조금 다르려나?

"그런데 공작님, 저희 그날부터 1일인가요?"

내가 눈치가 없는 타입은 아니라고 믿지만, 그래도 중요하니까 짚고넘어가야 할 것 같아서 물어봤다. 당연히 사귀겠거니 하고 만나다가똥을 만난 사람들의 이야기를 너무 많이 들어왔다. 그 모든 이야기가다 판춘문예는 아닐 거잖아.

클라인은 아주 잠깐 당황하는 것 같더니 고개를 숙여 내 귀에 작게말했다.

"당신이 원하는 순간부터 저는 이미 당신의 것입니다. 혹은 그 이전에도요."

이거 좀 치사한 것 같은데. 올려다보니까 클라인이 장난을 친 소년처럼 웃고 있었다. 저렇게도 웃는 사람이구나.

"그럼 오늘부터 셉시다, 아스."

입술이 닿기 직전, 숨결 때문에 보드라워진 입술 위에 가까워져 오는 그의 체온이 간지럽게 느껴져서 조금 웃었다. 그 위로 클라인의 입술이 가볍게 닿았다. 그의 입술도 팽팽히 당겨져 있었다. 닿은 입술사이로 우리는 미소를 주고받았다.

어느 순간 감은 눈꺼풀 안쪽으로 금빛 빛무리가 보였다. 키스를 하면 종소리는 안 들려도 천사가 뿌리는 금가루가 보이나? 이상해서 살 그머니 눈을 떠보니까 허공에 금빛으로 금이 가 있고 그 아래로 이제 막 내려온 시엘이 몸을 숙이고 있었다. 사르륵하는 소리도 없이 백금 발이 모래처럼 허공에 흘러내렸다. 마치 공기 속에서 요정이 태어나는 모습 같았다.

"지금 뭣들 하는 거야, 당장 안 떨어져?!"

그리고 그 요정은, 깽판을 쳤다.

"키스 한 번 했다고 아스가 널 선택했다고 생각하는 건 아니겠지?"

시엘이 손바닥 위에 별로 좋은 용도로는 보이지 않는 불덩이를 띄우고서 물었다. 클라인도 의자 뒤에 기대놓고 있던 칼을 잡고 대답했다.

"키스 한 번 한 걸로 아스가 날 선택한 건 물론 아니지."

물론 우리는 키스를 한 번이 아니라 두 번을 했다. 하지만 키스가 문제가 아니라 그 외에도 수많은 시간과 매력이 있다는 말을 저렇게 패기롭고 우아하게 할 수도 있구나. 나는 상황도 잊고 잠시 감탄했다.

시엘이야 어느 순간에도 자기 얼굴에 금칠하는 대단한 능력을 보여서 늘 감탄했었는데, 클라인도 저렇게 말할 수 있는 사람인 걸 보면 어느 정도 대륙 클래스에서 노는 사람들에게는 다 가능한 스킬인가 보다. 그렇지. 폼은 일시적이지만 클래스는 영원하니까.

시엘의 머리에 로딩이 걸린 게 보인다. 별로 복잡하게 금칠을 한 건 아닌 것 같은데 사회성이 떨어지는 젊은 대마법사가 단번에 알아듣기에는 레벨 제한이 걸린 발언이었나 보다. 좀 시간이 많이 흐르고 나서야 로딩이 끝났고 시엘은 만족스러운 얼굴로 불덩이를 없앴다. 안타깝다. 아냐, 시엘. 네가 이해한 그거 아닐 거야.

어쨌든 상황의 험악도가 많이 내려간 것 같아서 둘 사이에 끼어들었다. 나를 보고 클라인도 칼을 도로 내렸다.

"마법사님과 꼭 해야 하는 이야기가 있어요."

"네, 아스. 얼마든지."

나는 잠시 클라인을 보았다. 유르겔이 준 약을 먹고 본능만 남아 서로를 잡아먹은 잉어를 처리한 건 클라인이다. 그는 유르겔이 시엘을 해치려고 했던 것을 안다. 우리 셋 모두 유르겔이 시엘을 해치려고 했다는 것을 안다.

"제가 자리를 비켜 드리길 바라십니까?"

그 청회색 눈동자에는 아무런 궁금증도 없이 나에 대한 걱정만이 담겨 있었다.

"제가요, 공작님. 정말정말 많이 좋아해요."

방금까지 당당했던 시엘은 엄청나게 충격받은 얼굴로 변했고 클라인은 얼핏 웃었다. 희비가 교차되는 순간이었다.

나는 조금 많이 가슴이 아팠다. 클라인은 도와달라고 하면 도와주겠지. 미오 경이 시엘과 친구이기 때문에 도와준다면, 클라인은 시엘과 친구가 아니더라도 그를 도와줄 거다. 왜냐면 그가 나를 사랑해서 내가 원하는 것을 들어주고 싶기 때문에.

사랑은 아름답고 찬란할 정도로 순수한 거라고 사람들은 말을 하던데 왜 내가 하는 사랑은 이 모양인지 모르겠다. 나라고 예쁜 사랑을 안 하고 싶은 건 아닌데.

"제가 진짜로, 정말 많이 좋아해요, 공작님."

"괜찮습니다, 아스. 당신이 원하는 모든 일이 제 행복입니다."

"이야기를 다 듣고, 도와주셨으면 좋겠어요."

클라인은 내 손을 잡고 입을 맞췄다. 이번에는 손바닥이 아니라 손등이었다.

접객용 소파에 앉아서 내가 아는 이야기를 털어놓았다. 나도 모든 것을 알 수는 없어서 많은 부분은 추측이었다. 왕비 궁에 피로 그린 마법진이 있다. 수태를 위한 마법진이고, 부모가 될 이의 피가 필요하다고 했었다. 왕비는 그곳에 세 사람이 있었다고 했다. 나는 그것이 에반스와 유르겔, 그리고 왕비였을 거라 생각한다.

왕비가 오랫동안 수태를 하지 못하는 것을 걱정했던 왕비의 유모는 흑마법사였으니 어느 정도 그 마법진의 일에 관여했을 거라 짐작되지만, 왕자가 태어난 후 처형을 당했으니 아무도 그 일에 대해서는 알 수가 없다. 나는 그 마법진을 통해 왕비에게 잉태가 된 미카엘 왕자가 유르겔의 아이일 것 같다고 말했다.

"자세히 보지는 않았으나 확실히, 그 마법진은 피를 매개로 해서 육체를 만드는 마법진이긴 했습니다만."

시엘이 고개를 갸웃거렸다.

"유모가 건드린 부분이 무엇인지는 알 것 같군요. 육체를 만들어내는 마법진을 왕비의 태에 수태가 되도록 고친 모양입니다. 그건 요새 트렌드거든요. 대단히 아깝군요. 흑마법사이긴 해도 재능이 대단한 사람이었던 것 같은데."

몰랐다, 마법계에도 유행과 경향이라는 게 있다니. 아무래도 그 사람 좋게 생긴 유모님이 역시 마법계의 스페셜리스트였던 모양이다. 이 세계나 내 세계나 직업 잘못 선택한 사람이 이렇게나 많다. 유모님이 유모 일을 안 하고 진작에 흑마법사 일을 했다면 흑마법계는 엄청 발전했을 것 같다.

"하지만 아스. 에반스…… 전하께서 왕통을 바꿀 이유가 무엇이겠습니까? 왕통은 중요한 문제입니다만."

"사랑 때문 아닐까요? 죽음도 굴복시키는 위대한 사랑이요."

내 입으로 이런 말을 하긴 하지만 좀 회의적이었는데 질문을 한 클라인과 심지어 시엘도 고개를 끄덕였다. 아니, 나는 납득 못 했으니까 둘이서만 납득하지 말아줘.

"하긴, 본인 입으로 유르겔 님의 일부분까지 사랑해서 후계자에게 넘겨야 하는 왕관도 유르겔 님께 씌워줄 정도로 사랑한다고 하셨으니까요."

내 사랑은 안 그렇더라도 정말 그런 사랑이 있나 보다. 맹목적이고 자신에게 귀한 모든 것을 상대방의 발아래에 깔아주고 싶어지는 그런 사랑이.

"그 말은 좀 이상합니다."

"왜요, 전 로맨틱하다고 생각했단 말예요."

"아니, 후계자에게 넘길 왕관을 유르겔 님에게 씌운다는 말이요. 유르겔 님의 아이가 아니라 유르겔 님이라고 하니까 좀 이상하잖습니까."

나는 손을 뻗어서 시엘의 손을 잡았다. 그러고는 아직 젊고 아직 많이 어린 대마법사의 손등을 토닥거렸다.

"저도 왕이나 왕자님쯤 되면 카리스마 넘치고 완전할 줄 알았는데 사람이라서 살다 보면 말실수도 하고 그러더라고요."

시엘은 남자니까 왕이나 왕자님이 아니라 공주님에 대한 환상이 있으려나? 어쨌든 나는 여기 로망이 깨진 자를 위해 애도했다. 나도 이 세계에 와서 로망 몇 개 깨먹어 봤는데 많이 아프더라고.

"그렇다면 문제는 유르겔, 님이 마법사를 해치지 못하게 하는 방법을 찾는 거로군요."

기분 탓인가 클라인이 유르겔에게 경칭을 붙이기 전에 한 호흡을 쉬었던 것 같다. 시엘은 자신을 마법사라고 부르는 클라인이 마음에 들지 않는 눈치였으나 무척 어른스럽게도 함께 고민해 주고 있는 사람에게 싫은 소리를 하지는 않았다.

"내가 연구를 중단하겠다고 말을 하면 되지 않을까?"

"좋은 생각이군. 잘 연구하던 사람이 갑자기 친하지도 않은데 찾아와서 연구를 그만둘 테니 살려달라고 하면 아무런 의심도 안 들고 아주 좋겠어."

"그렇게까지 말할 생각은 아니었어! 마법진이 보다 보니 별로 대단치도 않아서 관두겠다고 말할 생각이었다."

하지만 시엘은 그 마법진이 대마법사를 만드는 마법진이고 동포가 더 늘어났으면 좋겠다고 말했다. 예전에는 대마법사가 더 많았다고도 말했었다.

나랑 미오 경이 앞으로 오십 년 정도는 살아남을 수 있겠지. 하지만 그 후에 시엘은 아주 긴 시간 동안 혼자 남게 될 것이다. 어쩌면 시엘이 나에게서 비롯된 아이들과 대대로 친구가 되어서 살 수도 있겠지. 하지만 외로울 것 같다. 외로울 거다.

"하지만 전 마법사님이 그 연구를 계속하셨으면 좋겠어요."

나도 시엘에게 더 많은 동포가 있었으면 좋겠다. 죽지 않고 그와 영생을 함께 살아줄 사람이 있기를 바란다.

"물론 연구는 계속할 겁니다. 말만 저렇게 해두면 안심하지 않을까요?"

유르겔이 그렇게 어설픈 사람이 아닐 것 같아서 나는 애매하게 웃었다.

"이건 순전히 그냥 호기심인데요. 그 마법진이요. 남자랑 남자나 여러 명의 피를 섞으면 아이가 안 만들어지는 거예요?"

"왕비 궁 쪽의 마법진은 자세히 보지 않았습니다만, 피가 매개가 되는 것이니 성별이 문제가 될 것 같지 않습니다. 여러 명의 피는 생각해 본 적이 없군요."

"성별이 문제가 되는 게 아니라면 유르겔 님과 국왕 전하의 피를 섞어도 좋았을 텐데요."

나름 게이들의 꿈이 아닐까. 둘을 닮고 둘의 피가 섞인 아이. 그리고 그랬다면 유르겔이 왕통을 바꾼 것에 대해 걱정하며 시엘을 해치려고 할 일은 없었을 텐데 왜 내가 생각한 걸 그들이 생각을 못 한 건지 모르겠다.

"섞지 않은 이유가 있을지도 모르죠."

클라인이 말했다. 그도 아무 생각 없이 한 말 같은데 그 후로 우리들 사이에 무서운 침묵이 찾아왔다. 누가 먼저 1을 외칠 것인지 눈치게임이 이어지다 침묵에 질식할 정도가 되었을 때 내가 살고자 하는 발버둥으로 먼저 말했다.

"섞었더니 안 되었을 수도 있죠. 그래서 피는 유르겔 님께 왕관과 나라는 전하께 이어받는 것으로 했을 수도."

진짜 말도 안 되는 발버둥이었는지 클라인과 시엘은 내 말에 수긍도 부정도 하지 않고 골똘히 생각하기 시작했다.

유르겔의 아이여야만 했던 이유. 유르겔의 아이가 그 마법진에서 잉태되어야만 했던 이유.

그걸 알아내면 유르겔이 나도 죽이려고 하겠지. 알 수 없는 것은 알 수 없는 대로 두는 게 나을지도 모르겠다. 이 세계에 온 이후로 인생의 목표는 오로지 살아남는 것이었다. 그러니 차라리 유르겔에게 가서 빌까. 아무것도 궁금하지 않고 이제 아무것도 알려고 하지 않을 테니까 날 좋아는 한다고 했던 말이 사실이라면 살려달라고. 하지만 그 좋아는 한다는 말이 별로 진심일 것 같지가 않다.

나는 한숨을 쉬었다. 공교롭게도 클라인도 나와 비슷한 타이밍에 한숨을 쉬어서 눈을 마주치고 멋쩍게 웃었다.

"마법사. 나와 함께 종군을 하겠나?"

"나랑 종군을 하고 싶어?"

"설마, 절대로 아니지."

클라인은 진심으로 진저리를 쳤다. 가끔 시엘이 처음이자 마지막으로 참전해서 둘이 같이 있었을 때 무슨 일이 있었는지 궁금하다. 사람마다 성향이 안 맞는 사람이라는 게 있게 마련이지만 둘의 사이 나쁨에는 진한 과거사가 느껴진다.

"그래도 종군을 한다면 그사이에 유르겔, 님이 널 잊을지도 모르지. 전쟁터까지 손을 뻗기는 힘들 테고."

"근본적인 해결이 안 돼."

"그분의 입장에서 근본적인 해결은 널 제거하는 거야. 그리고 난 내가 없는 동안 네가 아스의 곁에 없었으면 좋겠다."

시엘이 긴 백금발을 어깨 너머로 쓸어 넘기면서 웃었다.

"네가 있든 없든 아스는 언젠가 내게 반할 거야."

"네가 옆에 붙어 있으면 아스가 위험해질 수도 있다. 떨어져, 종군이나 해."

종군하라는 말이 이상하게 나가 죽으라는 말로 자동 통역이 되어서 들렸지만, 클라인은 나에게 하듯이 부드럽고 온화한 얼굴로 시엘을 보고 있었다. 아옹다옹하면서 좀 친해지려나 보다. 붙어 있다 보면 더 친해질까? 그래서는 아니지만 생각나는 게 있어서 나는 입을 열었다.

"그래서 말인데요, 공작님. 괜찮으시다면 전쟁 나가실 때까지 마법사님의 거처를 부탁드려도 될까요?"

지금 상황에서 시엘을 유르겔 궁으로 데리고 갈 수는 없다. 유르겔의 공간에, 그것도 유르겔의 옆방이면 할 수 있는 짓이 너무 무궁무진해서 뭘 할지 아예 상상도 가지 않는다. 그런 상상도 안 되는 공간에서 나는 당장 오늘부터 자야 하지. 울면서 잘 거야.

"아스, 농담이죠?"

"그럴 리가요. 마법사님 집 없잖아요. 달리 갈 데 있어요? 또 노숙하시려고요?"

"제게서 왕자님을 빼앗지 말아주세요. 왕자님의 숨소리 없이 잠들 수 없습니다."

"미안해요. 그래도 안 되는 건 안 되는 거예요."

시엘의 불면증이 나아서 다행이다. 관찰한 바에 따르면 시엘의 불면증은 많이 안정적이라서 잠자리가 바뀐다고 재발하지는 않을 거다, 아마도. 솔직히 말해 PTSD가 재발한다고 해도 클라인이나 클라인의 집은 그걸 감당할 수 있을 것 같았다. 공작님이잖아. 돈이 있겠지.

"출정 나가기 전까지만입니다."

그렇게 클라인과 시엘의 동거가 시작되었다.

ⵛⵚⵛ

전쟁은 일어나지 않았다. 대신에 제국의 황자가 친선 조약을 맺기 위해 이 왕국으로 오게 되었다.

나는 지나간 가을을 생각했다. 이번 가을은 유독 아름다웠다. 혼자 정원을 산책할 때면 색이 화려한 꽃들을 피해 잎사귀가 붉게 물든 나무를 찾아 그 아래에서 잎사귀를 뚫고 들어오는 황금빛 햇살을 올려다보았다.

유르겔의 궁에서 본 하늘은 높고 파랬고 정원에는 계절에 지지 않고 예쁜 꽃들이 피었지만 나는 단풍이 든 나무가 가장 좋았다. 그 가을에 왕비는 궁에 유폐되어 있었다. 사실 나는 유폐되기 전의 왕비의 삶과 유폐 후의 삶의 차이를 알지 못한다.

유르겔은 바빴다. 매일 아침 나는 유르겔을 만나기 위해 이른 시간부터 찾아온 사람들의 웅성거림과 발소리에 눈을 떴다. 내 방문 앞을 지나 복도 끝 계단참까지 아침마다 유르겔이 만나야 하는 사람들이 줄을 섰다.

원래는 왕비 궁이었기 때문에 근사한 접견실이 있었지만 유르겔은 그 모든 사람을 만나기 위해 침실 문을 열고 몸단장을 받으면서까지 접견을 받았다. 한 사람이 볼일을 끝내고 나가고 다른 사람이 들어오는 그 몇 걸음 사이에 비서들이 정리해서 보여주는 서류들을 검토하고 사인을 했다.

그래도 궁 안에서 업무를 처리할 수 있는 건 그나마 나았다. 그의 권한으로 소환할 수 없는 사람을 만나야 할 때, 국무부에 출석해야 할 때, 에반스가 할 수 없는 일을 대신할 때는 외출해야 했는데, 유르겔의 웃는 얼굴에 익숙해진 내 눈에는 그때마다 그의 기분이 그다지 좋아 보이지 않았다.

삐야는 유르겔의 궁 밖으로는 잘 나가지 않았다. 나는 가끔 그가 나무 위에 올라가서 날개를 접고 커다란 새처럼 쉬고 있는 모습을 보았다.

에반스는 왕비 궁에서도 보기 힘들었지만 유르겔의 궁에서도 보기 힘들었다. 에반스가 바빠서 유르겔도 바쁘니까 어쩌면 당연한 일이기도 했지만.

딱 한 번 그가 유르겔도 없이 왕자를 보러 왔었다. 왕자는 침대에 앉아 있었고 그는 왕자를 안아 드는 대신에 지켜보는 쪽을 선택했다. 둘은 아무 말도 없이 서로를 계속 바라보다가 에반스가 왕자의 조약돌만 한 손을 잡았다. 긴 시간도 아니었다. 짧은 시 두세 편 정도를 읽을 시간 동안이었는데 이상하게 오랫동안 눈 안에 남아서 잊히지 않았다.

가을이 짙어질수록 클라인도 바빠져서 집무실에 찾아가도 그를 만날 수 있는 날보다 만날 수 없는 날이 더 많았고, 만날 수 있다고 해도 그는 오래지 않아 떠나야 했다. 클라인 정도 되는 사람은 집무실에서 서류 일만 하면 되는 줄 알았는데, 그도 유르겔처럼 만나고 다녀야 하는 사람이 많은 모양이었다. 군수물자 확충과 군비 확보 때문이라고 했다.

나는 전쟁에 그렇게 많은 돈이 필요한 줄 몰랐다. 이 세계는 에반스가 즉위하기 전부터 전쟁 중이었고 이 왕국의 국고는 이미 오래전에 비었다.

클라인은 매일같이 한겨울에 병사들이 얼어 죽지 않도록 군사물자 확보에 애를 썼지만 쉽지 않은 것 같았다. 그 가을에 클라인은 내 앞에서도 피곤하고 지친 얼굴을 모두 감추지 못했다. 소드마스터라는 대단한 사람도 돈 문제만큼은 해결할 수 없나 보다. 가난은 나라님도 구제를 못 한다는데 공작님이 어떻게 구원을 하겠어. 어쨌든 그건 좀 많이 우울했다.

클라인의 집무실 안쪽을 맴돌던 날카로운 말들은 어느 순간부터는 문을 열기도 전에 내게 닿았다. 클라인은 부관들과 많이 싸웠고, 많이 호통을 쳐댔고, 그러다가 나를 발견하면 그 이상으로 괴로워했다. 그래서 외투를 입고도 한기가 느껴지던 즈음부터는 클라인의 집무실로 찾아가지 않았다.

나는 안나와 시엘 없이도 잘 지내고 있었다. 조용한 유르겔 궁의 시녀들은 살뜰히 보육을 도와주었고, 미오 경과 나는 종종 문을 활짝 열어놓고 각자의 방에 눕거나 앉은 채로 술을 마셨다.

그 바쁜 와중에도 클라인은 일주일에 두 번 미오 경을 단련시켰다. 이제 어지간히 맞는 걸로는 아프지도 않다고 미오 경이 덤덤히 말했다. 방 밖으로 한 발자국만 나가도 전쟁보다 혼란스러운데 미오 경과 내 방만은 섬처럼 평화로웠다.

가을이 깊어가고 있었다. 땅은 이제 추수철을 맞았다. 지방 영주 하나는 작위와 영지를 빼앗기고 쫓겨났고, 영주 둘은 에반스의 명으로 처형당했다. 그리고 또 둘은 반역으로 토벌을 당해 목이 왕성 위에 내걸렸다. 세금 때문이라고 했다. 이 왕국은 너무 오랫동안 전쟁 중이었다. 쫓겨난 영주는 에반스가 명령한 세금을 제때 내지 못했고, 둘은 전쟁을 멈춰달라 탄원을 올려 에반스의 뜻에 거슬려 처형을 당했으며, 둘은 견디다 못해 영지민들을 모아 반란을 일으켰다가 진압군에게 토벌을 당했다. 이 모든 이야기는 왕비 궁에 있을 때보다 훨씬 더 자세하고 빨리 내 귀까지 들어왔다.

유르겔은 웃는 얼굴로 방문객들을 달래며 군비를 보태겠다는 증서들을 받아냈다.

가을이 지나가고 있었다. 그래도 전쟁은 나지 않았다.

외전 8
대마법사 시엘 커퍼필드

열한 살이 된 대마법사 시엘 커퍼필드는 이제 종자가 없었다. 마탑은 대마법사의 요람이라고 불렸지만 그 안에 시엘의 스승은 없었다. 해마다 오가는 수련자들이 스승이라 부르는 마법사들은 시엘을 공경했지만 아무도 그의 스승이나 친구가 되어주지는 않았다. 대마법사들이란 모두 그랬다. 마법사들이 겨우 찾아낸 법칙을 대마법사들은 이미 알았고 그들은 마법사들이 쫓아오기도 전에 그 위에 새로운 법칙을 올렸다. 그들이 이미 알고 있는 것을 마법사들이 가르쳐 줄 수는 없었다.

대신 대마법사의 요람이라는 마탑은 종자를 통해 그의 거의 모든 행동을 감시하고 통제했다. 매일같이 이걸 하면 안 됩니다, 저걸 하면 안 됩니다, 그것을 알려고 하면 안 됩니다, 안 됩니다, 안 됩니다에 둘러싸여 살던 시엘은 종자가 사라진 것 하나만으로도 큰 자유를 누렸다.

매해 종자는 바뀌었다. 시엘보다 키가 큰 그들은 많은 걸 안답시고 으스대었지만 마탑의 수련자로 한두 해 머물다 떠나는 그들보다야 평생을 마탑에서 살아온 시엘이 더 잘 아는 것도 있었다. 이를테면 장서각의 어디에 사람이 없는지, 마탑의 계단참 어디가 사람의 눈을 피해 숨어서 다른 이들을 관찰할 수 있는지 같은 것.

시엘은 종자가 사라진 그 첫날에 마탑의 제일 꼭대기로 숨어들었다. 마탑 제일 꼭대기 지붕 아래, 그가 늘 숨어 있는 작은 공간은 여간해선 밖에서 발견할 수 없는 곳이었지만 시엘은 혹시라도 햇빛에 머리카락이 반사될까 봐 손으로 머리를 눌렀다.

대마법사에게 좋다, 싫다 같은 감정은 권장되지 않았지만 시엘은 종자가 한시도 빠지지 않고 그와 붙어 다니는 것이 싫었고, 마탑의 꼭대기에 올라 손가락 한 마디만큼 작아진 사람들이 각자의 길을 따라 움직이는 것을 보는 것은 좋았다.

"정말 나랑 결혼해 줄 거야? 넌 내가 누구인지, 내 신분이 어떤지도 모르잖아."

"무슨 상관이야. 내가 널 사랑하고 너도 날 사랑하잖아. 그것만 알면 됐지 뭐가 더 필요해."

먼지밖에 없는 공간이라 사람이 오지 않는 곳인데 오늘은 선객이 있었다. 조용히 발소리를 죽이고 마탑의 거의 끝까지 오른 두 남녀가 그곳에 그들만 있는 줄 알았는지 마탑에서는 할 수 없는 이야기를 시작했다. 시엘은 소리 나지 않게 몸을 반쯤 돌렸다. 개미처럼 움직이는 사람들을 구경하는 것보다 이쪽이 더 재미있을 것 같았다.

"넌 귀족이고 나는 아니라서 우리 사이에 많은 고난이 있을 텐데 그래도 사랑할 수 있을까?"

"난 할 수 있어. 넌 자신 없어? 힘들면 날 사랑하지 않을 거야?"

시엘은 서서히 포개지는 둘의 그림자를 보았다. 마탑에서 사랑이라는 단어는 신경질적이다시피 통제당하는 단어였다. 마탑의 스승들은 그 단어를 입에 올리지 않았고 사랑이 쓰인 연구 서적을 비롯한 책과 시약들은 통제구역에서만 열람이 가능했다. 하지만 처음 듣는 말은 아니었다. 시엘은 자신의 심장 위를 손으로 눌렀다.

두 남녀가 떠나기를 기다렸다 마법사 수아르를 찾아갔다.

"사랑이라는 것이 무엇입니까, 마법사 수아르?"

이때 시엘이 수아르를 선택한 이유는 단 하나였다. 그가 자수한 흑마법사였기 때문이다. 평생을 마탑의 감시하에 마탑에서 살 것을 맹세하고 삶을 허락받은 그는 마탑에서 경원시되는 존재였다. 사람들은 그가 나쁜 사람이라고 수군거렸고 시엘은 그것을 기억하고 있었다. 그러면 아무도 대마법사에게 알려주지 않는 것을 알려줄 수 있을 것 같았다.

수아르는 주름진 이마를 문지르면서 어린 대마법사를 보았다. 영생을 약속받은 대마법사들은 열에 아홉은 사랑하는 이를 잃은 후 스스로 죽었다. 시엘의 이전에도 그랬고 그 이전에도 그랬다. 젊어서 마탑에 갇힌 수아르는 시엘의 이전과 그 이전을 알고 있었다.

고야 퀴테린은 아내를 잃고도 오래 살아남았다. 아마 양친이 살아 있기에 오래 버틴 모양이라고 수아르는 생각했지만 마탑의 마법사들은 '그들의 교육 덕분에', '사랑이 그렇게 깊지는 않아서' 그가 오래 버텼다고 믿었다. 고야도 결국은 죽었지만 대마법사 중의 대마법사였던 그는 후임자에게 근사한 선물을 마련할 만큼은 오래 살았다. 그는 후임자 유디트 미누에게 '사랑하는 이의 영생'이라는 근사한 선물을 주고 떠났다. 어쩌면 유디트는 행복할 수도 있었으리라.

그러나 유디트는 그 선물을 사용할 수가 없었다. 유디트가 사랑한 사람은 그녀가 멸망시킨 왕국의 왕자였다. 그는 유디트의 구애와 영생을 거부하고 마탑의 꼭대기에서 뛰어내려 죽었다. 그녀는 어쩌면 특출한 재능을 가진 마법사가 될 수도 있었던 아기 셋을 죽인 후에야 올바른 후임자를 찾아내어 대마법사의 심장을 넘기고 죽을 수 있었다.

그때 그녀 나이는 19살, 이례적으로 빠른 죽음이었다. 그녀가 넘기고 간 권능은 대마법사의 심장과 함께 시엘 커퍼필드의 심장에 새겨졌다.

언제부턴가 대마법사들은 자신의 후임들에게 이런저런 권능으로 선물을 남겼다. 그러니 대마법사들이 후임자에게 남기는 선물이 무엇인지 알려진 첫 번째 예가 시엘 커퍼필드는 아니었으나, 그 선물 내용이 '영생'이라 알려진 것은 시엘 커퍼필드가 처음이었다. 너무 어려 제 팔도 제대로 가누지 못하는 갓난아기를 눕혀두고 마탑의 마법사들은 치열하게 싸워대었다. 무려 영생이 걸린 일이었다. 서류 없는 협정은 그렇게 이루어졌다.

사랑을 모르도록 길러지는 대마법사의 훈육 방법에 대한 검토는 이번에도 이루어지지 않았다. 대마법사 유디트가 너무 충격적으로 일찍 세상을 떠난 탓이었다. 새로운 대마법사의 훈육은 더욱 철저히 이루어지게 되었다.

대마법사의 영혼은 순환한다. 몇 개나 되는 영혼이 어떻게 순환을 하는가는 밝혀진 바가 없지만, 대체로 눈 색으로 구분이 되었다. 기록이 시작된 이후 절반 정도의 대마법사가 붉은 눈동자를 가졌다고 기록되어 있었다. 시엘 커퍼필드는 세 번째로 돌아온 보라색 눈동자의 대마법사였다.

"젊은 영혼이니 오래 살지도 모르겠군."

마탑의 마법사 중의 하나가 그렇게 말했다. 그것이 거의 모든 마법사의 염원이었다.

"사랑이 무엇인지 마법사 수아르 역시 제게 알려줄 수 없는 겁니까?"

한참을 대답 없는 수아르를 시엘이 재촉했다.

"마탑의 늙은이들은 사랑을 죽음에 이르는 병이라 정의할 겁니다."

"하지만 그들은 좋아 보였습니다."

"무엇을 보았습니까?"

"마탑의 가장 높은 곳에서 사랑을 이야기하며 장래를 의논하는 사람들을 보았습니다."

마탑에서 사랑은 철저히 통제되는 단어였지만 해마다 몇 명씩 찾아와 수년을 머무르다 떠나는 수련자들에게는 조금 다른 문제였다. 대체로 젊은 그들은 마탑에서도 불타는 사랑을 했고 더러는 인생을 함께할 배우자의 손을 잡고 마탑을 떠났다.

"마탑의 마법사들은 사랑을 하면 죽게 될 거라 말을 하는데 그들은 죽음에 대한 두려움이 없어 보였습니다. 또한 이전의 대마법사는 날 죽음에 이르게 할 사람을 영원히 살게 할 권능을 선물이라며 넘겼습니다. 이것이 무엇입니까?"

수아르는 심장에 영원을 새긴 어린 마법사의 맑은 얼굴을 보았다. 마탑은 대마법사의 장수와 번영을 바란다면서 대마법사에게 마땅히 가르쳐야 할 것을 가르치지 않았다. 감정의 동요와 감각적인 사치를 일으킬 수 있다며, 대마법사는 꽃조차 피지 않는 땅에서 스승도 없이 기형적으로 자라난다.

자수한 흑마법사이기 때문에 경원시되고 배척받는 입장이라 나서서 의견을 말해본 적은 없었으나 수아르는 한 번도 그것을 옳게 생각한 적이 없었다. 아무리 감추고 막아도 대마법사 역시 사람이기에, 사랑을 했다.

"사랑은 좋은 것입니다, 대마법사. 행복해지기도 하고 괴로워지기도 하지만 아주 좋은 것이라고 저는 알려 드리고 싶습니다."

"사랑을 해보셨습니까?"

"아주 오래전에, 마탑에 들어오기 전의 일이지요."

어린 대마법사는 천진한 얼굴로 말했다.

"죽지 않았군요?"

"네, 죽지 않았습니다."

모든 대마법사가 죽어 지금에 이르렀기 때문에 시엘은 자신 역시 사랑을 하면 저절로 죽을 거라 생각했다. 하지만 사랑을 하고도 살아 있는 수아르가 눈앞에 있었다. 대마법사가 아니기에 살았을까? 대마법사만이 사랑이 죽음에 이르는 독이 되는 것일까?

"달빛 아래 백만 송이의 꽃이 핀 정원에 있는 것처럼 아름답고 행복했습니다. 사랑은 그런 것입니다."

"꽃이 무엇입니까, 수아르?"

그는 웃으며 감히 대마법사의 머리를 쓰다듬었다. 시엘이 기억하는 타인과의 최초의 접촉이었다.

"성인이 되면 마탑을 나가실 수 있을 겁니다. 그때는 꽃도 사람도 마음껏 만나십시오."

다음 날 수아르는 금기를 범한 죄로 처형되었다.

클라인 카펠라는 항상 꽃을 들고 왔다. 말은 하지 않았지만 미오 조디악은 그 꽃을 거슬려 했고 시엘 커퍼필드는 미오의 그런 모습을 보면 안심했다. 클라인의 꽃은 그에게도 거슬렸다. 아스 토케인은 꽃을 좋아하지 않는다고 말은 했지만 방 안에 놓아두거나 꽃병에 꽂은 꽃 주변을 지나갈 때 한 번씩 꽃에 시선을 두거나 만지고 지나갔다.

시엘은 그 모습을 보는 게 싫었다. 백만 가지 꽃이 피는 정원에 아스가 서 있는 모습은 한 번쯤 보고 싶었지만 그 꽃 중에 클라인이 가져온 꽃은 없기를 바랐다. 이건 시엘이 클라인을 싫어하기 때문일까,

아니면 저 꽃이 싫어서일까? 시엘은 그것까지는 구분하지 못했다.

아스 토케인은 이상한 여자였다. 첫 만남은 최악이었다. 그는 아스의 목을 졸랐고 아스는 죽은 자가 되어 그에게 손을 뻗었다. 매일 꿈에서 그는 죽은 자들 사이를 거닐었고 죽은 자들은 아직도 그의 이름을 부르며 구해달라 소리쳤다. 불꽃과 피와 재와 밤의 꿈이었다.

"시엘 커퍼필드! 대마법사! 죽고 싶지 않아요."

"살려주세요, 대마법사. 저들을 다 죽여 버려!"

"구원해 달란 말이야!"

새카맣게 불에 탄, 사람이었던 것들이 그의 발아래에 몸을 던지고 불붙은 손가락으로 그의 다리를 잡았다.

구원을? 누구를? 이 전쟁터에서 누가 누구를 구원할 수 있을까. 무슨 기준으로 누굴 죽이고, 누굴 살리지? 마탑은 대마법사에게 사랑을 가르치지 않았다. 마찬가지로 죽음도 가르치지 않았다.

"구해, 달랬잖아!"

누군가 무방비 상태인 시엘을 건드렸다. 이변은 그때 일어났다. 시엘의 팔을 잡아챘던 그 사람은 시엘이 그를 돌아보기도 전에 불에 타 녹아내렸다. 불꽃과 화염이 감싼 전쟁터였지만 그들 주변에는 불이 붙지 않았다. 고통과 저주가 가득한 비명이 아주 짧게 이어지고, 그리고 소리마저 녹아내렸다. 일부러 한 일은 아니었다. 시엘은 그렇게 믿고 싶었다.

"대마법사."

어째서 또 그를 부르는 걸까. 시엘은 뒤를 돌아보았다. 불꽃을 머리에 이고 있는 이가 있었다. 마치 그가 이 불꽃 어린 전쟁 그 자체인 것처럼, 이곳의 불꽃이 그에게서 비롯된 것처럼 붉은 머리카락이었다. 그가 검을 빼 들고 시엘에게 휘둘렀다.

불꽃이 타오르고 피와 비명이 끓는 소리를 들으며 시엘은 새카만 어둠 속에서 눈을 떴다. 아직도 전쟁터인지 꿈속인지 알 수가 없어서, 비명이 갈비뼈를 밀어 올릴 기세로 목까지 차오르고 있었다.

"나 참, 또 깼어요? 우리 잠 좀 자요."

잠에 취한 여자가 웅얼거리는 소리를 내지 않았더라면 시엘은 스스로를 보호하기 위해 주변을 부쉈을 것이다.

"자장자장 우리 왕자, 자장자장 제발 자자."

아직 잠에 취한 듯 느릿하고 낮은 목소리였다. 토닥토닥 가벼운 것을 두드리는 소리와 아앙거리는 왕자의 작은 앙탈, 그리고 긴 하품 소리가 났다.

방은 어둡고 조용했다. 죽어가는 이들이 지르던 비명은 먼 곳에 있었다. 방 안은 기분 좋은 냄새가 났고 시엘은 따뜻한 곳에 편안히 누워 있었다. 미오도 깨어났다. 기척은 없었지만 숨소리가 변했다. 미오도 아스의 자장가를 듣고 있었다.

"우리 예쁜 왕자님, 제발 푹 좀 자주세요. 그래야 착한 아기, 예쁜 아기."

뒤로 갈수록 여자의 목소리는 잦아들고 토닥토닥 왕자의 가슴을 두드리던 소리도 느려지다 결국은 멈췄다. 왕자는 아직 잠들지 않아서 작게 투정했지만 그도 곧 멈추고 조용해졌다. 높낮이가 다른 숨소리가 느리고 평화롭게 이어졌다.

"자라."

미오가 툭 하고 말을 내려놓았다. 시엘은 더는 그의 목을 조르지 않았지만 아직도 가끔씩 악몽을 꾸었다. 촛불이라도 하나 켜주면 좀 나을 것 같지만 아스와 왕자는 불을 켜면 잠을 자지 못했다. 오래지 않아 미오가 먼저 잠이 들었다. 처음엔 그도 경계하느라 시엘보다 늦게 잠들고 시엘보다 일찍 일어났었다. 눈을 감았다. 처음은 모두 지금과 같지 않았다.

아스 토케인은 이상한 여자였다. 단정적으로 말할 수 있었다. 이계에서 온 영혼이니 멀쩡하게 보이지는 않았다. 이마 쪽의 작은 영혼의 혹은 이 세계와 융합이 되지 않아 몸 밖으로 튀어나온 종기처럼 보이기도 했다. 하지만.

"계속 보다 보니 귀엽네."

"그렇게 망하기 시작하는 거래요. 보통 귀엽다로 타협하기 시작한다고 하거든요. 그래서 하나 낳고 둘 낳고 망하는 거죠."

왕자는 자기 발가락을 입에 물고 데구루루 구르고 있었다. 낮 시간대에 있는 엘리와 안나는 왕자가 저런 일을 할 때마다 예쁘다, 귀엽다, 사랑스럽다, 난리였지만 아스는 시큰둥했다.

"아스 양은 아기를 별로 안 좋아합니까?"

"원래도 별로였는데 업무가 되니까 더 별로예요."

"고집 있네요."

"취향입니다. 존중해 주세요."

마탑에는 시엘보다 어린 사람이 없었다. 그는 이토록 터무니없이 연약하고 또 강대한 존재는 처음 만나보았다. 발가락을 빨던 왕자는 곧 팔다리를 퍼덕거리기 시작했고 아스가 왕자를 안아 들고 천천히 몸을 흔들었다. 여전히 표정은 시큰둥하고 피곤해 보였지만 그녀는 왕자를 안아 들고 그 등을 어루만져 주고 있었다.

아이를 좋아하지 않는다고 말하는 아스조차도 아기를 안아 들고 쓰다듬어 준다. 그렇다면 마탑의 마법사들은 자신을 얼마나 증오한 것일까? 그 생각을 안 할 수가 없었다. 시엘을 힐끔 본 아스가 한숨을 폭 쉬더니 그의 품에 왕자를 안겨주었다.

"잠들기 전까지만이에요? 그렇게까지 부럽게 쳐다보면 부담스럽잖
아요."

딱히 그 의미는 아니었지만 품 안에서 곰실거리는 왕자의 감촉이 부
드럽고 따뜻했다. 시엘은 저도 모르게 왕자를 끌어안고 뺨을 비볐다.
왕자가 크캭캬캬 하는 이상한 소리를 내면서 웃었다. 시엘도 웃었다.

씻고 돌아온 시엘은 불편한 자세로 잠이 든 아스 앞에 몸을 수그렸
다. 물에 젖은 머리카락이 흘러내렸다. 아스에게 닿기 전에 얼른 손으
로 쓸어 넘겼다. 평소보다 세 시간은 이른 취침이었다. 잠깐 엎드려 있
으려다가 그대로 잠든 모양이었다.

호위 기사라서인지 의식적으로 그들보다 늦게 잠들고 일찍 일어나
는 미오나 불면증 탓에 잠드는 시간이 일정하지 못한 시엘과 다르게
아스는 머리만 대면 삼 초 안에 잠이 들었다. 항상 그랬고 예외도 없
었다. 그 대신 그녀는 아침에도 이불에 감겨 영 일어나지 못하는 시엘
이나 은근 기분이 저조해지는 미오랑 다르게 말끔하게 일어났다. 미
오와 시엘이 아는 아스 삼 초 수면 가설은 정작 본인은 몰랐다. 이렇
게 자면 아침에 세 시간 일찍 일어나려나?

이불이라도 덮어주고 싶었지만 아스가 몸으로 깔고 있어서 어려웠
다. 시엘은 빠르게 포기했다. 때맞춰 아스의 옆구리에 앉아서 놀고 있
던 왕자가 끼야악 하면서 그를 향해 엉금엉금 기어 왔다. 커다란 눈이
검은색으로 반짝였다. 시엘은 웃으면서 손가락에 마법을 담아 왕자의
작은 얼굴을 쓸어내렸다.

"우리 왕자님은 착하기도 해라."

눈을 마주치고 웃으니까 왕자도 호박색 눈동자가 안 보이도록 크게
따라 웃었다. 미약한 마법의 기운도 사라졌다. 시엘은 아스의 침대 옆

바닥에 무릎을 대고 앉아 그녀의 귀에 속삭이기 시작했다.

"아스는 시엘을 좋아합니다. 아스는 시엘과 같이 살고 싶어 해요. 아스는 시엘과 영원히 같이 살 거예요. 아스는 시엘을 사랑해요."

씻고 방 안으로 들어오던 미오가 얼굴을 감쌌다.

"너 그거 제발 그만 좀 해주면 안 되겠냐."

"그냥 적응하시죠."

"밤마다 듣는 소리 이제는 내가 지겨워서 미칠 것 같단 말이다!"

"조용히 하세요. 전 아스의 무의식을 학습시키고 있는 겁니다."

아스는 어지간하면 다시 깨어나지 않는 편인데 둘의 다툼 소리가 좀 컸는지 으응 하고 몸을 뒤척였다. 시엘은 빛의 속도로 자신의 침대 위에 앉았다. 다행히 자세가 불편해서 뒤척거렸던 것인지 다시 아스의 숨소리가 고르게 변했다. 시엘은 다시 아스의 침대 옆으로 돌아가 아스의 귓가에 조용조용한 목소리로 속삭였다.

"아스는 시엘을 좋아합니다. 아스는 시엘과 결혼을 하고 싶어 해요. 영원히 살면서 그와 함께 있고 싶을 만큼 그를 사랑합니다."

미오는 처음에 시엘이 수면학습인지 뭔지 하는 말을 할 때 진작에 말리지 않은 것을 내내 후회했다. 그때 말렸어야 하는 건데. 그때는 이런 일이 생길 줄 몰랐다. 미오는 이제 저 주술같이 느린 문장들의 맨 앞에 붙는 '아스는'만 들어도 벽에 머리를 박고 싶을 정도로 지긋지긋해졌다. 정작 효과가 나야 하는 아스는 요지부동인데 그만이 괴로워하고 있었다.

"벌써 한 달인데 아스의 태도가 딱히 변하는 것 같지는 않더군. 효과가 없는 것 아닌가?"

"아냐, 있어. 무의식에서는 분명히!"

시엘은 강하게 반발했고 미오는 손을 들어 보이며 포기했다. 하지만 그런다고 시엘의 속삭임이 닿지 않는 것은 아니라서 그는 침대에 누워서 베개를 벴다가, 밑으로 파고들었다가, 눌러썼다가를 반복하며 희미하게 괴로운 신음을 내었다.

"아스가 나와 함께 영생을 살았으면 좋겠어요."

노래처럼 속삭인 시엘이 마지막으로 잠든 아스의 입술 위로 고개를 떨어뜨렸다.

"잠깐, 거기까지. 이마나 볼은 봐주려고 했는데 입술은 좀 아닌 것 같군."

"왜 사사건건 방해입니까!"

"성추행이니까!"

그때 시엘은 아스의 방에 있었다. 왕비 궁 앞에서 벌어지는 실랑이 정도는 그곳에서 모두 들렸다. 왕비 궁에 뭔가 문제가 있다는 것은 알고 있었지만, 마법진에 집중하느라 크게 신경을 쓰지 못했다. 숲의 마법진에서 심장을 뽑고 죽은 미카엘 퀴테린 이후로 마법진에 신경을 쓴 대마법사가 없어서 마땅한 기록도 남아 있지 않았다. 시엘의 연구는 무에서 시작되어야 했다.

시간이 흘러가면 원래의 형태대로 남아 있는 마법진은 거의 없다고는 하지만 이 마법진은 그 정도가 좀 심했다. 인위적으로 변형된 것 외에도 장기간 주어진 강대한 마력의 압력과 흐름으로 변형된 곳이 너무 많았다. 차라리 크게크게 변형이 되었더라면 변수를 예측하기 쉬웠을 텐데 사소한 것들, 있는지도 모를 미세한 것들은 예측하기 어려웠다. 층층이 변형된 마법진들끼리 아직 상호작용을 하고 있다고 생각해 보면 39층의 마법진은 28층의 마법진과 교류를 할 거고 55층의 마력과는…….

그때 발로 차기라도 한 것처럼 테라스 쪽 창문이 벌컥 열리고 커다란 하얀 새가 안으로 밀고 들어왔다.

"안녕, 대마법사."

나해의 왕족이었다. 그 빛나는 날개를 본 순간부터 시엘은 마음을 비우기 위해 노력했다. 나해의 왕족은 영혼의 거울이라고 불린다. 그들은 상대방의 영혼이 담고 있는 것을 비춰내는 거울이며 동시에 상대가 싫어하는 것을 반사하는 거울이었다. 가까이해서 좋을 것 없는 이들을 나해 사람들은 특별히 더 공경하고 경의를 표했다.

"여기까지는 무슨 일로."

"한번 만나보고 싶었거든. 대마법사니까."

시엘은 띄워두었던 도면들을 치우고 나해의 왕족을 바라보았다. 아스는 그를 처음 봤을 때 두렵고 불길했다고 했다. 이 세계에 녹아드는 것을 완강히 거부하던 영혼이 비쳤을 테니 무섭고 불길하기야 했겠지. 하지만 지금 시엘의 눈에도 그가 불길하고 부정한 것으로 보였다. 본래 나해의 왕족은 더없이 맑은 기운을 품고 있어야 하는 존재인데 이자는 그렇지 않았다. 시엘은 미간을 좁히며 그를 자세히 들여다보려 했다. 그 자신이 비치지 않게 조심해야 했다.

누군가를 비추는 중이다. 누군가 부정하고 사악한 자.

이자 본연의 모습을 보고 싶은데, 시엘에게는 그 모든 것이 안개처럼 흐리기만 했다.

"경계하지 마, 고야 퀘테린은 내 친구였다."

"대마법사에게 친구가 있다는 말은 처음 들어봅니다. 대마법사는 홀로 사는 자인데."

"꼭 그렇지만은 않은데."

날개가 퍼덕거렸다. 열린 창문으로 아래에서 나는 소리가 조금 더 분명하게 들렸다.

"이계의 손님에게 거짓말을 했더군."

"거짓말?"

"돌아갈 수 없다고 알고 있던데."

시엘은 시선을 피했다. 거짓말은 하지 않았다. 그때 집에 돌려보내 달라고 우는 아스에게 시엘은 미안하다고 대답했다. 그것은 사과일 뿐 그 어디에도 거짓말은 없었다. 하지만 기만이기는 했다. 돌아갈 방법은 있다. 한없이 불가능에 가깝고 실보다 더 가느다란 가능성을 갖고 있는 일이지만 방법 자체는 있었다.

만약 아스가 자신의 본래 이름을 찾아낸다면, 그리고 시엘이 온몸의 피를 가닥가닥 훑어 쥐어짜 온몸을 한 줌의 피로 바꾸어내 만든 마력으로 숲과 왕비 궁의 마법진을 완전히 열어 공명을 시킨다면. 그는 시신도 못 남기고 죽겠지만 방법은 있었다.

내가 죽는다면 당신을 돌려보낼 수 있을지도 몰라요. 어떻게 하시겠어요?

그렇게 물어볼 수가 없었다. 아스가 고개를 끄덕이면 슬플 것이고 고개를 저어도 가슴이 아플 것 같았다.

"너희 대마법사들은 항상 거짓말을 못 하고 사실만을 말해서 일을 그르치지. 그래서 너도 그럴 줄 알았는데 제법이야. 감탄했다."

나해의 왕족은 박수라도 쳐줄 기세였다. 시엘은 쉽게 수치를 느끼는 사람이 아니었지만 기만을 들킨 이 순간은 수치스러웠다.

"그래서 용건은?"

"별로. 그냥 경고나 할까 해서."

희미하게 보이던 나해의 왕족 모습이 조금씩 뚜렷해졌다. 시엘은 아무것도 비추지 않은 나해 왕족의 진정한 모습을 보기 위해 미간을 모았다.

"내 주인님은 널 아주 약간 해치고 싶어 하지만 난 내 옛 친구 고야의 후임자가 안 다치길 바라거든. 그러니까 말이야."

좁은 방 안에서 커다란 날개가 펄럭이며 날아올랐다. 커다란 날개를 지녔는데도 기척은 작은 새와 같았다. 그는 시엘의 귓가에 속삭였다.

"모든 일이 끝날 때까지 왕궁 밖에 나가 숨어 있어. 고개도 들지 말고, 눈도 뜨지 말고. 그러면 넌 무사할 거야."

얼핏 보라색 눈동자와 위로 올라간 입꼬리를 본 것 같았다. 그는 그대로 몸을 돌려 창밖으로 날아올랐다.

아스가 저자의 눈이 무슨 색이라고 말했더라? 생각해 봐도 답을 알수 없었다. 아스는 그저 그가 무섭고 불길했다고 말했고 그다음은 평범해 보였다고 했었다.

하지만 보라색 눈동자였다. 나해의 왕족은 상대의 영혼을 비추는 거울이다. 비춰 보는 자의 약점과 욕망을 그대로 반사해 내는 거울. 시엘은 한 손으로 눈가를 더듬었다. 그의 본체를 본 것인지 아니면 자신의 본질과 욕망을 들여다본 것인지 알 수가 없었다.

창밖을 보니 아스가 떠나가고 있었다. 연신 뒤를 돌아보고 있었지만 시엘은 그녀를 볼 수 있어도 그녀는 시엘을 볼 수가 없는 각도였다. 그래서 시엘은 안심하고 제 심장 위를 움켜잡았다.

❧

심장이 욱신거리는 것 같았다. 목욕을 마친 시엘은 거울에 가슴을 비춰보았다. 육안으로는 별 이상 없어 보였다. 아직 녹아들지 않은 마력이 있었나? 시엘이 대마법사의 심장을 물려받은 지 이십 년도 더 지났다. 심장에 녹아든 역대 대마법사들의 마력은 이미 시엘의 것이 되었다.

기분 탓으로 여긴 시엘은 심장을 누르던 손을 내렸다. 티 한 점 없는 하얀 몸의 단 한 군데, 심장 위에 마법사만이 읽을 수 있는 작은 글자가 하나 쓰여 있었다.

영원.

대마법사 유디트 미누를 거쳐 시엘에게 전해진 고야 퀴테린의 선물
이었다. 사랑하는 이의 영생. 사랑하는 이가 자신을 증오했던 유디트
같은 불행만 없다면 시엘은 연인과 함께 영생을 살 수 있다.

대마법사는 영생할 수 있지만 그들의 연인은 평범하게 늙고, 평범하
게 죽었다. 대마법사들은 사별을 견디지 못하고 죽어나갔고, 대마법
사 중에서도 운이 좋아 오래 살아남은 대마법사들만이 후임자가 자
신처럼 행복할 것을 빌며 영생의 권능을 선물할 수 있었다.

유디트는 불운했으나 시엘은 불운하지 않으리라. 거울을 보며 시엘
은 웃었다. 그 뒤로 클라인의 붉은 머리카락만 보이지 않았어도 더 즐
겁고 행복했을 테지만.

집주인은 씻으러 들어오다가 무료 세입자가 전라로 거울을 보고 서
있는 모습을 보며 눈을 찌푸렸다. 시엘과 클라인은 평등했다. 신분과
지위가 그랬고 능력과 실력도 엇비슷했다. 그리고 무엇보다 서로를 비
슷하게 싫어한다는 점에서 평등했다.

"네 불면증과 보안 때문에 한방에서 자게 되는 것은 어쩔 수 없더라
도 그 외의 동선은 조심해 줬으면 좋겠군. 아침부터 네 벗은 몸 따윈
보고 싶지가 않아."

"나라고 널 보는 게 기꺼운 건 아니다."

"제발. 옷부터 입어주게나."

클라인은 고개까지 절레절레 흔들고서 욕탕으로 들어갔다. 졸지에
아침부터 옷을 벗고 거울 앞에서 자아도취에 빠져 있던 변태가 된 시
엘은 주섬주섬 옷을 입었다. 그의 침대 위에는 마법진의 도면들이 널

려 있었다. 마법진 간의 간섭 관계를 파악하느라고 힘이 많이 들었지만 얼추 마법진에 대해서는 파악했다. 가설을 확정 지을 연구를 할 수 없는 게 아쉬울 뿐이었다.

과거엔 대마법사들의 영혼이 미켈레 숲에서 순환했다. 그 때문에 순환하는 대마법사의 영혼을 강제적으로 육체에 강림시키기 위하여 최초의 마법진은 미켈레 숲에 만들어졌다.

숲의 마법진에서는 영혼이 순환하고 왕비 궁의 마법진에서는 육체를 만들어낸다. 숲의 마법진은 대마법사 미카엘 쿼테린이 망가뜨리긴 했지만 완전히 망가지진 않았으니 얼마나 기능할 수 있는가는 추가 조사가 필요했다. 시엘은 그 부분을 간단히 기록해 두고 다른 도면들을 들여다보았다.

한숨이 나왔다. 이 마법진을 돌릴 마력이 대체 어디서 나왔는지 알 수가 없었다. 대마법사인 시엘도 다시 움직이기 쉽지 않은 규모인데.

유르겔은 굳이 그의 죽음을 바라지는 않으리라. 연구를 멈추게 하고 나아가 고분고분 말을 잘 듣는 수족을 만들고 싶다는 쪽이 본심일 것 같았다. 어쩌면 마력을 충당할 동력 확보 차원일 수도 있다. 그게 여의치 않으니 나해의 왕족을 곁에 둔 모양이다만.

몸을 씻은 클라인이 젖은 머리카락을 털며 들어오다 시엘을 보고 멈칫했다. 시엘은 그가 느끼는 감정이 무엇일지 알고 있었다. 다시 봐도 새롭고 여전히 싫고 볼 때마다 더 싫어지는 그 감정. 원래도 싫었지만 누군가를 사랑하면서 더욱 싫어졌다.

"넌 네가 앞서 있다고 생각하겠지만 마지막에 웃는 건 나야."

"딱히 그렇게 생각도 안 하지만, 자네는 기껏해야 마지막에나 웃겠지."

한마디도 안 진다. 시엘은 발끈했지만 굳이 더 반박하지는 않았다. 가슴 위로 손을 짚었다. 영생이 그곳에 있었다.

"아스, 나와 영원히 함께해 주세요."

그 생각을 할 때마다 심장이 따끔하고 아파왔다. 사람들은 그런 아픔을 죄책감이라고 부른다. 대마법사는 사랑하는 사람에게서 사랑과 질투와 외로움과 그리움을 배웠고, 이번에는 죄책감도 배웠다.

외전 9
카펠라 저택

해가 좋은 늦가을에 겨우 휴가를 얻어 카펠라 가문의 저택을 찾아
갔다. 급하게 나온 휴가라 연락도 없이 찾아갔는데도 클라인은 웃으
며 나를 반겨주었다. 가끔 클라인은 아주 짧게 소년의 얼굴을 보여줄
때가 있다. 그가 아는지 모르겠지만, 평소의 사려 깊은 어른 남자의
얼굴을 비집고 순수하게 기뻐하는 소년의 얼굴이 튀어나올 때마다 기
습을 당한 것처럼 두근거렸다.

"카펠라가의 선조들입니다."

클라인은 내 손을 잡고 계단을 오르면서 복도 벽에 줄도 없이 늘어
서 있는 초상화를 가리켰다. 카펠라 저택의 인테리어를 누가 했는지 모
르겠는데 이 집안 사람이 했다면 실험적인 도전이고, 외주를 준 거였다
면 돈을 떼어먹힌 거라고 단언할 수 있었다. 사람에게는 각을 맞추고
자 하는 강박적인 본능이 있는 법인데 아무리 봐도 종으로든 횡으로든
전혀, 앞 각이든 뒤 각이든 맞는 초상화가 없었다. 우연이라도 시작점
은 맞을 법한데 마치 절대 맞지 않는 걸 목표로 걸어둔 것 같았다.

"호방한 기개가 느껴지는 배치군요."

"어머님이 하셨습니다."

"탁월한 배치세요. 그런데 초상화가 시대 순서대로 걸린 게 아닌가 봐요?"

미술에 조예가 하나도 없긴 한데 그래도 일종의 트렌드랄까 흐름이라고 할 것은 있을 것 같은데 좀 특이했다. 나도 르네상스 미술과 현대미술의 화풍을 제대로 구분 못 하는 인간이지만 누가 봐도 렘브란트st의 서양미술 양식 사이에 동양화 화풍의 초상화나 피카소 같은 추상화 화풍의 초상화가 끼어들어 있으면 좀 이상하잖아.

"어머님께서 어느 날 저택 정리를 하시다가 창고에 쌓인 초상화를 발견하시고 모두 걸도록 지시하셨다고 합니다. 하지만 이미 걸려 있는 초상화가 많다 보니 전부 재배치를 할 수 없었을 겁니다."

"그럼 공작님은 여기 걸리신 분들이 누가 누군지 다 아세요?"

"안타깝게도 어머님이 추가로 내거신 초상화들은 시대가 뒤섞여서 아는 것이 없습니다. 더 안타까운 것은 원래 걸려 있던 초상화도 무엇인지 짐작만 할 뿐이라는 것이죠."

내 생각에 그날 클라인의 부모님이 부부 싸움을 하신 게 아닐까 한다. 어머님도 스트레스를 풀 곳이 필요했거나 남편에게 스트레스를 주고 싶었다거나.

초상화 덕분에 카펠라 가문의 복도는 아주 인상적이고 위압감이 느껴지는 인테리어가 되었다. 평범하게 복도를 걷고 있는데도 대단히 감시를 당하는 기분이 들었다. 클라인은 아무렇지도 않아 보였다. 대단하다. 역시 영웅도 아무렇게나 되는 게 아닌가 보다.

"이 초상화가 제 부모님입니다."

복도의 한중간에서 클라인이 부부가 같이 그려져 있는 그림을 가리켰다. 클라인의 붉은 머리카락은 아버지의 유전이었던가 보다. 눈매가 날카롭고 머리카락이 붉은 젊은 남자가 아내의 손을 잡고 서 있었다. 클라인과 닮은 것도 같고 아닌 것도 같은 생김이었다.

그 옆에 그려져 있는 클라인과 세사르 카직의 어머니는 환불 프리패스형으로 생긴 늘씬한 여자였는데 특이하게도 단발이었다. 이 세계에서 여자가 짧은 머리인 걸 본 적이 없어서 신선했다.

"기사셨습니다."

많이 의외였다. 왕비의 고모가 되는 셈인데, 왕비도 그렇고 왕비의 여동생인 카직 백작 부인도 그렇고 다들 얌전한 이미지였다. 클라인의 어머니는 왕비와도 왕비의 여동생과도 그다지 닮은 구석이 없어 보였다. 타국으로 시집간 왕비의 큰언니나 어린 남동생이랑은 좀 닮았으려나.

"부부로서는 사이가 별로 좋지 않았다고 기억하고 있지만 기사로서는 합이 좋았던 모양인지 전투에 나갈 일이 생기면 늘 함께셨죠."

"결혼하실 무렵에 병세가 위중하셨다고 들었는데 쾌차하셨던 모양이에요."

"합병증으로 오래 고생하셨습니다만 전쟁터에서는 강한 기사보다는 현명한 지휘관이 필요하니까요."

"두 분 다 공작님과 닮으셨어요."

다분히 립 서비스였지만 클라인은 부드럽게 웃었다.

그나저나 클라인의 어머니가 많이 의외였다. 전에 이야기하기로 세가 기운 카직 백작보다는 부유하고 권세 있는 카펠라 백작을 선택한 거라고 해서 뭔가 좀 사치스럽고 화려한 전형적인 귀부인을 생각했었는데 기사였구나.

"서재를 보시겠습니까, 아스? 언젠가 당신께 이곳을 소개하는 날이 오길 기대했지만 이렇게 빨리 그런 날이 올 줄은 몰랐습니다."

클라인은 다시 소년 같은 얼굴로 내 손바닥에 입을 맞추었다. 아. 저 이상하게 기뻐하는 것 같은 얼굴의 이유를 알았다. 여친에게 집 구경시켜 주는 남친 모드였나 보다.

"아니면, 카펠라가에도 커다랗고 아름다운 연회장이 있지요. 백 명이 되는 사람이 만찬을 즐길 수 있는 곳입니다. 당신이 바란다면요. 구경하시겠습니까?"

"그러면 서재부터?"

복도에도 빼곡하게 초상화가 있었지만 그 절정은 서재 문 앞이었다. 그곳은 크기가 지나치게 다양한 초상화들이 다닥다닥 붙어 있어서 박력 있게 징그러울 정도였다. 나는 혹시나 해서 클라인에게 다시 확인했다.

"여기가 서재 맞죠?"

"네, 아버님이 사용하시던 곳입니다. 이상해 보이십니까?"

사실 지하 고문실이라고 해도 놀라지 않을 준비를 하고 있었다. 문 앞에 '이 문을 들어서는 자는 모든 희망을 버려라'라는 현판을 붙여놓으면 딱일 것 같아서. 이런 데서 용케 산다 싶었지만 클라인은 아무렇지도 않은 얼굴로 서재 문을 열었다.

엄청난 규모의 책이 없었다. 서재라고 했던 것 같은데 책보다는 갑옷이랑 칼 같은 온갖 무기가 질서 정연하게 서 있었다. 클라인은 그중 하나를 그리운 눈을 하고 조심스럽게 만졌다.

"어머님은 사치스러운 분이시라 이런 것들을 사 모으시며 적적함을 달래셨습니다. 저쪽 갑옷은 시리즈인데 마지막 세트를 사러 가셨을 때 불법 경매 단속에 걸리셔서 그것만은 못 모으셨습니다."

컬렉터셨구나. 돈 없으면 못 하는 취미지. 아무것도 모르는 내 눈에도 갑옷에 윤기가 좌르륵 흐르는 게 엄청 비싸 보이는 물건이었다. 사치래서 나도 모르게 드레스나 구두를 생각한 걸 반성했다. 원래 진정한 사치는 소장용 컬렉션이지. 드레스나 구두는 사치품이 아니라 실용품이다, 조금 가격이 비싼. 아니지, 이런 수집품류는 되팔 수 있으니 재테크에 속할 것 같기도 하다.

"어머님은 자존심이 세고 표현에 서툰 분이시라 어버님과 자주 다투셨습니다. 그리고 난 다음에는 꼭 검이나 도끼를 사들이셔서 이 서재에 장식을 하셨죠. 그분 나름의 화해 신청이셨던 것 같습니다."

글쎄. 진짜 화해 신청이었을까. 나는 서재 의자 위에 장식된 거의 단두대급으로 커다란 도끼의 서슬이 퍼런 날에 시선을 두었다. 저 아래는 앉아만 있어도 경기가 날 것 같다.

"전 공작님은 이런 장식을 좋아하셨어요?"

"글쎄요. 아버님은 여성의 마음에 서투른 분이시라."

창가에도 석궁이 장전된 채로 걸려 있었는데, 정확하게 서재 의자를 겨냥하고 있었다. 저 의자에 오래 앉아 있으면 안 먹어도 체할 것 같은데 클라인의 아버지는 어땠으려나.

소품 배치 하나하나가 '네가 죽어주면 좋겠어'라 창가 쪽으로 시선을 돌렸다. 이 세계에도 인테리어에 유행이라는 것이 있는 모양이다. 왕자의 방은 창문이 큼지막하게 나 있었는데 이곳은 손바닥만 한 창문이 여러 개 있는 유형이었다. 그 창문을 통해 정원을 내려다보았다. 당황스러울 정도로 황폐했다.

"정원이 되게 참신하네요."

"시엘 커퍼필드입니다."

"어디요?"

"정원을 저렇게 만든 게 시엘 커퍼필드입니다."

클라인은 담담히 말하며 작은 창문으론 보이지 않는 다른 방향을 가리켰다.

"서쪽 건물은 온 그날에 무너졌고 동쪽 건물은 그다음 날, 북쪽 건물은 또 그다음 날이었습니다. 동쪽은 그나마 반만 무너뜨렸군요."

시엘이 건물 두 채 반을 해먹었다는 말에 격렬하게 양심이 아파왔다. 시엘의 불면증이 재발한 모양인데 난 결코 클라인에게 금전적 피해를 입힐 생각이 없었다. 내 방에 있을 때는 사람만 해쳤는데 대체 왜 여기서는 건물을 해친 거지? 둘이 싸웠나?

"다행히 인명 피해는 없었고 건물도 그자가 다시 복구했습니다만 정원만은 그대로 두더군요. 그래서 저도 그대로 두었습니다."

은근히 뒤끝이 느껴지는 말이라서 그냥 애매하게 웃었다. 어째 정원이 저 꼴이 난 데에는 시엘의 불면증이 아닌 다른 이유가 있을 것 같은데 말이지. 시엘이 여기서 아주 잘 지낼 거라고 기대하지는 않았지만 밥은 제대로 먹여주긴 하는지 걱정이 되기 시작했다.

클라인은 내 손을 이끌고 응접실과 이제는 주인 없이 비어 있는 방 몇 개를 구경시켜 주었다. 사람은 가도 공간은 남는 건지 클라인의 부모님이 돌아가시고 시간이 꽤 흘렀음에도 집 안 곳곳에 아직 그분들의 흔적이 남아 있었다.

"벽에 저 자국은 어머님이 내신 겁니다. 아버님이 기사단 예산을 깎아버리셨을 때 레이피어로 찍어버리신 거죠."

"벽을 찌르면서 화를 참으신 거군요."

"아버님의 귀 아니면 목 옆의 벽이었는데 그땐 저도 키가 작아서 원래는 어디를 찌르실 작정이셨는지는 모르겠습니다. 아, 저 난간의 홈집은 어머님이 '은빛 전장의 여명' 시리즈 33번을 낙찰받으셨을 때 아버님이 화를 내시며 갑옷을 빼앗아 던졌을 때 난 흔적입니다."

부모님 이야기를 하는 클라인은 즐거워 보였다. 그에게 부모님은 좋은 기억이다. 사랑받았겠구나, 막연히 그런 생각을 하고 있는데 클라인이 난처한 얼굴로 나를 보고 있었다.

"그래도 아스, 우리는 이제 새로운 가족을 만들 수 있습니다."

이게 무슨 소리야?

"그렇게 그리운 것을 잃어버린 얼굴을 하지 않아도……."

"아스!"

영 이해를 못 하고 있을 때 맑은 목소리가 나를 불렀다. 내 방에 있을 때보다 훨씬 편안한 차림의 시엘이 복도 저 끝에서부터 달려오고 있었다.

"마법사님!"

안 그래도 시엘이 잘 있는지 물어보려던 참이었다. 달려온 시엘이 나를 끌어안더니 심지어 번쩍 들어 올려 한 바퀴 뱅그르르 돌렸다. 놀라서 그의 목을 붙들어 안았다. 시엘도 남자이니 나 하나 정도는 들 수 있겠지만, 그래도 시엘이?

"보고 싶었습니다. 아스는 저 안 보고 싶었어요? 왕자님은 잘 계시고요? 미오 경은?"

"보고 싶었죠! 왕자님은 살이 토실토실하게 올랐어요. 미오 경도 잘 지내고요. 마법사님이 얼마나 보고 싶었는지 모를 거예요."

"괴롭히는 사람은 없어요?"

언젠가 이 비슷한 질문을 클라인이 했던 것 같다. 나는 웃으며 고개를 저었다. 바로 옆방까지 데려갔으니 많이 괴롭힐 거라 예상한 것과 달리 유르겔은 너무 아프고 바빠서 나를 괴롭힐 시간이 없었다. 가끔 도저히 말도 못 붙일 정도로 무서운 얼굴로 왕자를 보러 오기는 하지만 구석에서 얌전히 있으면 유르겔도 얌전히 돌아갔다.

"마법사님은 괜찮으셨어요?"

유르겔은 바쁘고 삐야는 유르겔의 궁 밖으로 잘 안 나가지만 혹시나 해서 물어봤다. 보이는 대로 보자면 유르겔은 시엘을 잊은 사람 같았다. 사람 뇌를 망가뜨리는 약을 먹이려고 했던 일이 없는 것처럼, 시엘이 왕궁을 떠나자 더는 그에게 관심을 두지 않았다. 바쁘고 아픈 탓도 있겠지만 좀 석연치가 않다.

"전 괴롭히는 사람이 있지만 괜찮아요. 마음 넓고 착하고 아스가 더 좋아하는 제가 아량을 갖고 대하려고요."

시엘은 해맑게 웃었다.

내 발은 아직도 허공에 떠 있었다. 금방 내려놓을 거라 생각한 거랑 달리 시엘은 안정적으로 내 무릎과 허리를 받쳐 안았다. 시엘의 팔 위에 엉거주춤 앉은 상태에서 그를 보았다. 좋아 보였다. 밥은 잘 먹이나 보다. 오랜만에 봐서 그런가, 키가 더 큰 것 같고 어깨도 더 넓어진 것 같았다.

꼭 맞는 비유는 아니지만, 임시 보호를 맡겼던 내 강아지가 밥 잘 먹고 산책도 잘해서 털 뽀송뽀송해져 나를 반기는 것 같아서 시엘의 목을 꼬옥 끌어안고 어깨를 토닥토닥 두드렸다.

하필 클라인에게 맡기는 거라서 싸우지나 않을까 했지만 클라인이 못해먹겠다고 내게 반품을 할 정도로 싸우지는 않은 것 같다, 건물 두 채 반을 해먹었지만. 장하다, 시엘 커퍼필드.

"안 무거우세요?"

"무거워요."

무거우면 그냥 내려놓든가. 그럴 거라 알고는 있었지만 예의상 물어봤는데 그렇게 상큼하게 대답할 건 없잖아. 나는 주섬주섬 시엘의 팔을 짚고 바닥으로 내려섰다.

"볼 것 없는 집이라 구경은 다 했겠군요."

"볼 것 없는 집이 아니라 덕분에 볼 것이 없어진 집이겠지."

가슴이 아프다. 클라인은 시엘을 공격할 생각이었겠지만 시엘 대신에 내 죄책감에 홈런을 날렸다. 하지만 시엘은 꿋꿋했다.

"침실 구경은 아직인가요?"

이런 저택 중에서도 사람이 실제 거주하고 있는 저택을 구경하는 건 처음이라 잘 모르겠지만, 보통 사용하는 침실은 구경을 안 하지 않나?

"그럼 침실은 제가 안내하겠습니다."

"앗, 잠깐만요."

"괜찮습니다. 제 침실이기도 하니까요."

너네 같이 자냐? 언제 그렇게 친해졌대? 살짝 감동을 받으려고 하는데 클라인이 말했다.

"저자를 혼자 재울 때마다 건물이 부서지고 있어서 감시 차원에서 제 방에 침대를 하나 더 들였습니다."

클라인의 목소리에는 은근한 짜증이 배어 있었다. 왕궁에서 그를 볼 때마다 날이 갈수록 지쳐가는 게 전쟁 준비 때문인 줄 알았는데 안 맞는 룸메이트를 들여서 그런 모양이었다.

시엘의 불면증은 금연하려고 은단 먹다가 은단에 중독되었다는 사람처럼 변한 것 같다.

"봐도 돼요?"

"침대밖에 없는 방입니다만."

"마법사님이 어떻게 지내시나 궁금해요."

클라인의 허락이 떨어지자마자 시엘이 빙긋 웃으면서 내 손을 잡아 끌었다. 손님이 손님을 안내하는 광경이었다. 클라인이 괜찮을까 해서 돌아보았더니 그는 별말 없이 반걸음 늦게 우리를 쫓아왔다.

한 손은 시엘을 잡고 있으니 다른 손을 그에게 내밀었다. 반 발자국만큼 늦게 클라인이 내 손을 잡았다. 그는 스며들듯이 내 손가락에 그의 손가락을 얽어 깍지를 꼈다. 손가락이 악기를 연주하는 것처럼 내 손등 위를 두드렸다. 손등에서 내가 모르는 심장이 뛰는 것처럼 화끈거렸다.

외전 10
달빛과 함께 춤을

본궁의 불빛이 비치는 창문을 바라보았다. 누군가가 규칙적으로 창문을 두드리고 있었다. 문제가 있다면 여기가 4층이라는 점과 테라스가 딸려 있던 왕비 궁의 방과 달리 유르겔의 궁에 있는 이 방은 창밖에 한 발을 걸칠 만큼의 좁은 공간밖에 없다는 것이다.

유르겔의 궁에 유령이 나온다는 말을 듣지 못했으니 분명 사람일 텐데 도둑이라면 날짜를 잘 잡은 것 같다. 궁의 주인인 유르겔은 제국의 사신을 환영하는 연회에 갔고 주인 없는 궁의 호위는 좀 느슨했다. 그러나 날짜는 잘 잡았지만 위치를 잘못 잡았다. 왜 하필 내 방이냐.

"아스."

그 소리가 아니었다면 내 방 맞은편에 있는 미오 경을 부르러 갔을 거였다. 아는 목소리라 어깨 위에 숄을 걸치고 일어나서 창문을 열었다. 차가운 바람과 함께 나를 기다린 것은 클라인이었다.

"왜 여기 계세요?"

제국의 사신을 환영하는 날이었다. 특히나 전쟁이 날 뻔하다가 극적 타결을 한 제국의 사 황자가 직접 온 것이라 특별히 하나에서 열까지 더 신경을 썼다고 했다. 나라 간의 일에는 격식과 절차가 있는데 조금이라도 삐끗하면 바로 전쟁이라고, 볼 때마다 얼굴이 소멸 직전인 세야가 말했다. 지금 여기에 있어서는 안 될 사람의 리스트를 뽑으면 톱 3가 에반스, 유르겔, 클라인일 텐데 그 클라인이 눈앞 창문 난간 위에 느슨하게 앉아 있으니 좀 당황스럽네.

"들어가도 되겠습니까?"

살짝 몸을 틀어 그에게 공간을 만들어주었다. 클라인은 가볍게 창문 난간에서 뛰어내렸다. 창문은 닫을까 하다가 그대로 두고 싸늘해진 목덜미에 숄을 당겨 덮었다.

"여기 오셔도 돼요?"

"도망쳤습니다."

클라인은 녹색 연회복 차림이었다. 패션의 완성은 얼굴이기 때문에 클라인도 뭘 입든지 잘 어울리긴 하는데, 붉은 머리카락에 녹색 연회복이라니. 얼굴 믿고 너무 신경을 안 쓴 차림이었다. 아니면 저 옷을 챙겨준 부관이 클라인의 지능형 안티거나.

"달이 너무 밝아서 당신이 보고 싶었습니다. 주무시려던 참이었습니까?"

정확히는 이미 자고 있었다. 하지만 밝은 달을 보고 내가 생각나서 비즈니스하다 말고 왔다는 사람에게 야박한 말을 하고 싶지 않아서 그냥 웃었다.

"연회는 어때요?"

"당신이 함께 있었으면 즐거웠을 겁니다."

"그렇게 즐거운 연회예요?"

"아닙니다. 재미가 없어서 당신이라도 있어야 버틸 수 있었을 것 같아서요."

이 남자 설마 취했나? 갑자기 불안해졌다.

"황자님은 어떤 분이세요? 다들 기대가 많았답니다."

"귀찮은 사람입니다."

저 말로 칼을 만들어서 무를 썰면 대번에 잘릴 것 같다. 그만큼 단호한 대답이었다. 제국 사신단의 대표인 사 황자는 많이 높으신 분이었다. 제국 서열상으로도 높고 블랙 드래곤이 황제와의 사이에서 얻은 유일한 자손이라는 점에서도 귀한 몸이셨다. 그래서 그 황자 접대에 굉장히 공을 들이고 있는 걸로 아는데 클라인이 여기로 도망 와도 괜찮은 건지 모르겠다.

뜬금없이 클라인이 손을 내밀었다. 의미를 알 수 없어서 그냥 보고만 있으려니까 그가 말했다.

"저와 춤을 춰주시겠습니까?"

오…… Shall We Dance? 언젠가 8등신 미남 앞에서 저 대사 쳐보는 것도 내 로망 중의 하나였다.

유르겔이 엄청 신경 써서 연회를 준비하고 엄선된 사람들만 초대했다고 들었는데 설마 거기 같이 춤출 귀족 영애 하나가 없어서 여기까지 왔을 리는 없고.

"생각해 보니 한 번도 당신과 춤을 춰본 일이 없어서."

"그랬어요?"

"그랬습니다."

나야 당연히 클라인과 춤을 춰본 일이 없지만 아스 토케인이랑은 해봤을 것 같았는데 아니라니까 놀랍다. 주춤주춤 클라인이 내민 손을 잡았다. 클라인은 내 손을 잡고 다른 손으로 내 등허리에 조심스레 손을 대었다. 가까이 다가서니까 클라인에게서 술 냄새가 났다. 취한 게 맞는 것 같다. 아침에 깨면 필름이 끊기는 유형인가 아닌가 모르겠다.

열린 창문에서 바람과 달빛이 쏟아졌다. 밝지는 않았지만 어둡지도 않았다. 내게는 클라인의 얼굴이 보였다. 그는 부드럽게 웃고 있었다.

"그럼, 아스."

내가 춤을 못 춘다는 사실을 잠깐 잊었다. 시작부터 클라인의 발을 밟아버렸다.

"죄송해요, 고의는 아니었어요."

"괜찮습니다. 그럼 다시."

하지만 다시 자세를 잡자마자 또 발을 밟아버렸다. 내 몸과 내 의욕은 별개의 문제인 것 같다. 나는 슬쩍 잡힌 손을 놓으면서 말했다.

"비밀인데요. 제가 춤을 못 춰요."

"저는 괜찮습니다."

내가 안 괜찮은데. 클라인은 내 손을 다시 잡아 그의 심장 위에 올렸다. 두근두근 기분 좋게 뛰는 맥박이 손바닥 아래에서 느껴졌다.

"노래를 불러주실래요?"

"노래, 말입니까?"

"네, 음악이 없으니까 더 틀리는 것 같아요."

클라인이 모를 테니까 마음 놓고 거짓말을 했다. 음악이 있고 없고와 상관없이 내가 춤을 못 추니 클라인은 내게 발을 밟힐 거다.

그는 고개를 조금 기울이고 생각을 하더니 허밍을 시작했다. 세야가 내게 춤을 가르쳐 줄 때 몸이 곡조를 외울 때까지 계속 틀어줘서 귀에 익은 곡이었다. 같은 음률이지만 악기의 소리와 사람의 목을 통해 나오는 허밍은 느낌이 많이 달랐다. 가끔 스치듯이 클라인의 목소리가 좋다고 생각했었다. 깊이 생각하지 않는데 이렇게 언어 없이 듣는 그의 목소리가 기분 좋았다.

그래도 익숙한 곡이라고 클라인의 발을 밟지 않고 성공적으로 첫 발자국이 떼어졌다. 그리고 다음 발자국, 또 다음 발자국. 박자는 영망진창이었지만 춤 비슷해 보이는 것이 이어졌다. 발자국 수가 많아질

수록 내 움직임도 괜찮아졌고 클라인도 투박한 나를 리드하는 데 익숙해졌다.

"노래 들려주시면 안 돼요?"

"지금 하고 있잖습니까."

"허밍 말고 노래요. 가사 있는 거."

"싫습니다."

"방금 좀 치사했어요."

"제가요?"

"네, 전 한밤에 잠옷 차림에 음악도 없이 춤춰 드리고 있는데 공작님은 노래 하나도 못 하시겠다고 하시니까요."

클라인은 짧게 소리 내서 웃었다. 이게 어디가 웃기지? 그가 정말 취하긴 취한 것 같다. 모르고 있는 것 같은데 나를 리드하는 손짓도 조심스러움을 많이 잃은 상태였다. 부드럽긴 하지만 잡거나 당기는 손에 조금씩 힘이 들어간다. 어느 순간부터 나는 그가 내 몸을 밀거나 당기는 관성으로 춤을 추고 있었다.

곡 하나가 끝났다. 클라인의 허밍을 들으며 마무리 자세를 취했다. 때맞춰서 열린 창문에서 차가운 바람이 쏟아졌다. 춤을 추는 동안 바람을 잊고 있었던 건지, 아님 움직이다가 멈춰서 춥게 느껴지는 건지, 바람이 차가워서 팔꿈치까지 흘러내려 간 숄을 올려야 했다.

"한 곡 더 추시겠습니까?"

"이번에는 노래 불러주실 건가요?"

"안 됩니다."

"왜요?"

"지금은 말고 다음에 불러 드리겠습니다."

"왜 지금은 안 되는데요?"

"취했으니까요."

오, 취한 걸 알긴 아는 거였구나. 난 모르는 줄 알았지.

클라인이 취한 건 처음 보는 것 같다. 원체 단정한 사람이라서 취했다고 많이 흐트러진 것은 아니지만 아무래도 맨정신일 때랑은 차이가 있었다. 그가 웃으면서 손을 내밀었다. 정말 노래를 안 불러주려나 보다.

"다음에는 꼭 불러주셔야 해요?"

"약속하겠습니다."

그제야 내민 손 위로 내 손을 올렸다. 그러자 클라인이 내 허리를 당겨 안았다. 첫 춤보다 훨씬 가까워졌다. 가슴과 가슴이 스칠 것 같고 고개를 들면 숨결이 닿을 것 같다. 그리고, 아. 술 냄새 아래로 희미하게 클라인의 향수 냄새가 났다.

클라인은 처음보다 훨씬 느리게 허밍을 했다. 어쩐지 올려다볼 수가 없어서 그의 목덜미에만 시선을 고정하고 있다가 가끔씩 그를 훔쳐보았다. 그럴 때마다 그는 따뜻한 물이 출렁이는 파란 눈빛으로 나를 보고 있어서 점점 더 쳐다볼 수가 없어졌다.

"본궁으로 안 돌아가셔도 괜찮아요?"

"가야죠."

"언제요?"

"우리 춤이 끝나면요. 하지만 아쉬우니까 한 번 더 추고, 그리고 또 한 번 더 추면 그때는 돌아가야겠죠."

술에 취한 클라인의 목소리는 평소와 거의 같았지만 조금 느렸다. 그만큼 허밍도 느렸으면 좋겠다.

열어둔 창문으로 들어오는 달빛이 밝았다. 바닥으로 길게 달빛이 그린 창문이 보였다. 밤은 어쩔 수 없이 어두웠지만 달빛이 닿은 부분만큼은 밝았고, 본궁에서 밝힌 빛도 가끔 어른거렸다. 그 빛을 따라 클라인의 눈동자와 뺨이나 눈썹, 입술이 하얗게 빛났다.

클라인의 허밍은 끊어지지 않고 이어졌다. 익숙한 음률은 몇 번이

나 같은 부분에서 어색하게 처음으로 되돌아갔다. 내가 그의 손을 놓고 반 바퀴를 돌아 다시 양손을 클라인과 맞잡았을 때였다.

본궁에서 폭죽이 터졌다. 커다란 소리와 함께 하늘로 빛이 날아올랐다. 불꽃놀이의 시작이었다.

색색의 다양한 불꽃이 하늘에서 터졌다. 예전에 한번 클라인이 왕국으로 돌아왔을 때도 불꽃을 밤하늘에 쏴 올렸지만 제국의 사신을 맞이한 지금이 그때보다 더 화려하고 아름다웠다.

클라인의 허밍이 멎었고 우리의 춤도 멈췄다. 나와 클라인은 양손을 맞잡고 창문으로 쏟아져 들어오는 아름다운 색깔의 불꽃들을 감상했다.

세상은 하얗고 파랗고 노랗게 점멸했다. 커다란 소리가 꼬리를 끌며 하늘로 올라가면 밤하늘에 꽃이 피었다.

"공작님, 아까 무슨 말씀 하려고 하셨어요?"

시선을 불꽃놀이에 고정한 채 클라인에게 물었다. 그는 내 뺨을 감싸서 나와 눈을 마주했다.

그의 눈이 주홍색으로 청록색으로 노란색으로 물들었다. 그가 보는 내 눈도 그럴 것 같았다.

"당신을 사랑합니다."

진부한 말과 함께 커다란 불꽃이 하얀 꼬리를 달고 하늘로 쏘아졌다. 곧 세상은 금빛으로 물들었다. 왜 불꽃놀이일까. 축제도 불꽃놀이, 사신 접대도 불꽃놀이. 너무 진부하다. 하지만 그 진부함이 아름다울 때가 가끔 있다.

손을 뻗어 클라인의 목을 당겼다. 그는 순순히 고개를 숙여주었다. 우리가 입을 맞추는 동안에도 멀지 않은 하늘에서 하얗고 화려하고 밝게 불꽃이 빛났다.

다시 춤을 추었지만 불꽃놀이 소리에 묻혀 클라인의 허밍이 잘 들리지 않았다.

우리는 좀 더 바싹 서로를 끌어안고 춤을 추었고 나도 클라인과 함께 허밍을 했다. 불꽃놀이가 끝날 때까지 우리는 함께 허밍하며 춤을 추었다.

19장
미켈레 숲

돌부리에 발등이 걸려 악 소리도 못 내고 바닥에 패대기쳐졌다. 달리던 속도에 내 몸무게까지 합쳐져서 넘어졌더니 진짜 온몸이 아프다. 봄이나 여름, 하다못해 가을이기만 했어도 바닥이 푹신해서 좀 덜 아팠을 텐데 메마른 바닥에 그대로 곤두박질친 셈이 되니까 잠깐 정신이 없을 정도로 아팠다.

내가 팔자 좋게 기절했던 건 아니겠지? 머리가 빙빙 돈다. 나는 겨우겨우 눈을 뜨고 몸을 추스르려고 했지만 쉽지 않았다. 일어서려고 버둥거리는데 꿈틀거리는 하늘이 눈에 들어왔다. 얼마 전까지만 해도 새파랗기만 하던 하늘에 회색과 먹색의 구름이 서로 엮일 듯이 꿈틀거렸고 그 너머로 섬광이 들이치고 있었다. 세상이 멸망하려나 보다. 망할 때도 됐지, 이놈의 세상.

"한참 찾았잖아."

비척거리며 일어나 앉은 내 앞에 유르겔이 나타났다. 내가 도망칠 때까지만 해도 깨끗했던 가슴팍에 누구의 피인지 모를 피가 불길하게 범벅되어 있었다. 클라인의 피일까? 아니면 미오 경? 도망쳐야 하는데 몸은 아프기만 하고 내 맘대로 움직이지 않았다. 어디로 가야 할지도 모르겠다.

유르겔이 칼을 들어 올렸다. 저기 찔리면 아프겠지? 죽을까?

살고 싶다.

꧁⋆⋆꧂

제국의 황제는 젊어서 황후를 잃었다. 그 후 오래도록 혼자 살았는데 어느 날 황궁으로 블랙 드래곤이 날아들어 여인의 모습으로 변하더니 황제에게 청혼을 했다. 황제는 기꺼이 블랙 드래곤을 두 번째 황후로 맞아들였고 그래서 태어난 게 사 황자였다. 제국은 황자라고 해도 무조건 제위 계승권이 있지 않지만 사 황자는 무려 블랙 드래곤의 피를 이었기에 제위 계승권까지 갖고 있는 진짜 귀하신 분이라고 했다.

그 귀하신 분이 일부러 사신으로 왔기 때문에 왕국은 국고를 전부 비울 기세로 사치스러운 연회를 열어 황자를 환영했다.

난 무려 드래곤이 반한 황제는 얼마나 잘생겼을까 궁금해서 사 황자에게 많은 걸 기대했는데, 그저 그랬다. 일단 아저씨였고, 아저씨였다. 황자님이면 당연히 미혼에, 잘생긴 젊은 남자여야 하는 거 아냐? 어쨌든 황자보다 그가 열심히 추근대던 클라인이 백배는 더 잘생겼더라. 이건 친분 보정으로 인한 편협한 시각이 아니라 진짜로 클라인이 훨씬 더 잘생겼다.

불쌍한 클라인. 제국에도 소드마스터는 있을 텐데 황자는 엄청난 열성 팬처럼 클라인에게 추근대더니 심지어 춤까지 신청했었다. 그때 클라인의 표정이 정말 엄청났지. 지켜주지 못해서 미안해, 클라인. 내가 아무리 클라인의 파트너라고는 해도 쪼렙이라 무려 황자씩이나 되는 사람 앞에서 내 남자 건드리지 말라고 나설 수가 있어야 말이지.

연회는 무려 칠 일이나 계속되었다. 그러라고 클라인이 나랑 데이트도 못 해가면서 돈 벌어 온 게 아닐 텐데, 밤마다 하늘에서는 폭죽이 터졌고 국고와 세금도 터져 나갔다.

그러더니 기어이 사냥 대회까지 열렸다. 관광지 필수 코스 찍는 것도 아니고 이 계절에 무슨 사냥인지 모르겠다. 곰도 도토리 먹고 이미 동면 들어갔을 계절인데 무슨 사냥. 하지만 유르겔이 사냥을 제의했을 때 황자는 너무 좋아했고, 클라인의 사냥 솜씨를 볼 수 있는 거냐고 너무너무너무 좋아했으며…… 이 나라 설마 평화 협정을 위해 클라인의 정조를 파는 건 아니겠지? 날이 갈수록 불안해지고 있다.

유르겔은 나 엿 먹으라는 뜻인지 아니면 알아서 감사하라는 뜻인지 연회에 꼬박꼬박 초대했다.

그리고 유르겔은 이번에도 어김없이 초대했다. 그래서 지금 나는 왕자를 안고 익숙하지 않은 안장에 앉아 있다.

지난가을에 클라인은 내게 승마를 가르치다가 포기했었다. 그는 충분히 그럴 만한 의욕과 열정이 있는 사람이었지만 난 두발자전거도 못 타는 자랑스러운 현대인이었다. 차밍한 속눈썹을 깜빡이는 말은 사랑스러웠지만 타는 건 또 다른 문제라서, 허벅지 사이에서 말의 근육이랑 체온이 느껴지는 건 워 씨, 살인적으로 무서워.

그때 포기하지 말고 승마를 더 배워둘 걸 그랬다. 이 계절에 정말 사냥을 할 것 같지는 않은데 그래도 달릴 일이 좀 있지 않을까? 난 못 달릴 것 같지만.

내가 걱정스러운 만큼 클라인과 미오 경도 걱정스러운지 내 주변을 어슬렁거렸다. 괜찮다고 손이라도 흔들어주고 싶은데 고삐에서 손을 뗄 수도 없고 절대 괜찮지가 않았다. 그게 문제지.

"아스, 나중에 정말 낙마나 뭐나 긴급한 순간이 오면 왕자님은 내게 던져라. 무슨 일이 있어도 내가 받아주겠다."

"그거 참 믿음직스럽고 고마운 말인데요, 미오 경. 하시는 김에 저도 좀 받아주시면 안 될까요."

"왕자님이 우선적으로 무사하셔야지 우리도 무사하지."

너무 맞는 말이니까 안전도를 더 확실히 높이기 위해 왕자를 좀 대신 태워주든가.

미켈레 숲이었다. 세야와 시엘이 나를 데려왔었던, 재떨이가 옆구리에 박힌 커다란 나무가 있는 숲의 이름이 미켈레 숲이었다고 한다. 세야는 여길 유적지라고 말했었는데 이 나라는 유적지에서 사냥도 하나 보다. 좋은 세상이다.

이곳에서 정말 사냥을 할 수나 있는지 궁금한 게, 여기는 여전히 새도 날지 않고 풀벌레 소리도 들리지가 않는다. 동물이 사는지도 모르겠는데 여기서 사냥을 하겠다고?

사냥을 나온 인원은 많지 않았다. 에반스와 유르겔, 황자 그리고 황자가 열심히 집적거리는 클라인과 왕자를 안은 나, 왕자를 호위할 미오 경과 제국에서 온 황자의 호위 기사들. 그리고 젊은 대신 몇몇이랑 몰이꾼들 정도. 요새 세사르 카직이 유르겔의 근처를 떠나지 않아서 살펴봤지만 그는 없었다. 지팡이 없이 걸을 수 없다는 건 알겠지만 말도 못 타나……?

카직 백작 부인이 임신을 했다. 백작 부인과 왕비의 오랜 난임 탓에 생겼던 스캔들은 그로 인해 전혀 다른 양상으로 뻗어나갔다. 왕비는 한참 폐위 이야기가 나올 즈음에 왕자를 가졌고 카직 백작 부인도 상황이 좋게 돌아가지 않자 아이를 가졌다. 한 번은 우연일 수 있지만 두 번은 우연이 아니라며 스캔들은 생각지도 않은 방향으로 흘러가고 있었다.

왕비의 가문이 흑마법사라는 소문이 조용하지만 빠르게 퍼지고 있었다. 계보를 따져보면 왕비의 가문과 혼사를 안 한 가문을 찾는 게 어려울 지경이라 누구 하나 나서서 '저 여자들이 흑마법사요, 저 집안이 우리에게도 피해를 입혔다!'고 외치지는 않겠지만 이후로는 나서서 그 가문과 혼사를 이으려는 가문은 없게 될 것 같다. 〈탈출기〉에 한 줄로 묘사된 왕비의 친정의 몰락이 이런 건가.

황자의 접대를 완전히 클라인에게 넘기고 에반스랑 간간이 그쪽을 보며 뭔가를 속닥거리던 유르겔이 나를 보며 곱게 웃었다.

정말 신기한 게 나는 일주일 연속 연회를 나갔더니 이미 4일째부터 체력이 거덜이 나서 골골거렸고 눈 밑의 다크서클이 지워지지도 않아서 고민인데 똑같이 7일 연속 연회에 나온 유르겔은 나날이 예쁘다. 바깥 활동을 한 덕분인지 지난 계절 내내 지워지지도 않던 병색도 많이 완화되었다. 그렇다고 생생한 것도 아닌지 겨울이라고 하기엔 지나친 이 계절에 은빛 모피를 입고 있긴 했지만.

몰이꾼들의 뿔피리와 고동 소리가 울렸다. 그리고 사냥개들이 컹컹거리며 짖는 소리가 앙상한 겨울 숲을 달려 우리에게 전해졌다. 사냥감을 찾으면 뿔피리로 알리게 되어 있었기 때문에 말을 탄 사람들이 일제히 고삐를 당겨 소리가 난 쪽으로 달려 나갔다. 황자를 접대하느라 지쳐 있던 클라인이 가장 빨랐고 그다음은 에반스였다. 황자도 달려가려고 했지만 그때 뭘 잘못 밟은 건지 유르겔의 말이 날뛰다가 유르겔을 내동댕이쳤다. 황자의 바로 옆이었다.

"괜찮으시오?"

이미 시종들이나 기사들은 모두 몰이꾼의 피리 소리를 따라 떠난 뒤였다. 한참 뒤에 있던 나는 말을 타는 것보다 걷는 게 빠를 것 같아 말에서 내렸고 미오 경은 유르겔에게 튀어 나가려다가 말고 내가 왕자를 안고 말에서 내릴 수 있게 도와주었다. 그래서 가장 먼저 유르겔을 부축한 사람은 황자였다.

"괜찮습니다, 말이 놀란 것 같은데……."

그 놀란 말은 유르겔을 낙마시킨 후 전혀 다른 쪽으로 달려 나가 버렸다. 황자는 주변을 돌아보다가 남아 있는 사람이 나와 미오 경뿐인 것을 확인하고 혀를 찼다. 유르겔은 괜찮다고 말은 했지만 다리를 약간 절고 있었다.

"살짝 접질린 것이니 곧 괜찮아질 겁니다."

"사냥에 합류하는 건 무리겠고 잠시 어디로 피해 있어야겠소."

"저는 괜찮으니 부디 황자께서는 여흥을 마저 즐기십시오."

"나는 성정이 유해 본래 사냥을 즐기지 않소이다. 차라리 귀한 미인과 함께 카펠라 공의 담소를 즐기고 싶은데 허락해 주시겠소이까?"

황자가 덕질 팟을 제의했다. 클라인은 좋겠다. 무려 제국 황자님이 자기 열성 팬이라서. 문득 이 황자가 사신으로 온 거는 제국에서 왕국을 그만큼 중요하게 여기기 때문이 아니라 황자가 덕질하러 넘어온 게 아닐까 하는 의문이 생긴다.

난 어쩌지. 어차피 사냥에 따라갈 생각도 없어서 중간에 빠지려고 했긴 한데 지금 이 시추에이션은 빼도 박도 못하고 내가 저 둘을 따라가서 시중들게 생긴 시추에이션이다. 애매하게 웃고 있으니까 황자가 나를 보았다. 아무리 봐도 거래처 홍 부장님 닮은 얼굴이다.

"레이디도 함께 가셔야지. 카펠라 공의 파트너이니 카펠라 공에 대해 잘 아실 거라 믿소."

인간의 파티는 그렇게 맺어졌는데 말이 문제였다. 사람은 넷이요, 말은 셋이라. 어쨌든 여기서 신분이 제일 처지는 게 나니까 내가 자진 납세를 했다.

"저는 말을 잘 못 타니까 걸어서 따라가도록 하겠습니다."

"아직 어린 왕자님을 안고 숲길을 걷는 건 위험해, 아스."

"그럼 왕자님만 미오 경께 맡기는 걸로 하고……."

"카펠라 공의 파트너가 숲길을 걷게 할 수는 없소이다!"

황자가 강력하게 반대했다. 거참 기분이 묘하네. 그렇다고 황자가 걸을 수도 없고 누군가랑 같이 말을 탈 수도 없었다. 왕의 남자인 유르겔도 마찬가지. 그럼 미오 경밖에 안 남는데 아무리 왕자가 아기라고 해도 저기 셋이 타기는 좀……

"그럼 왕자님과 미오 경이 한 말을 타고 저랑 아스가 한 말을 타면 되겠네요. 아스는 아스니까 전하께서도 괜찮으실 거예요."

나도 몰랐는데 아스라는 새로운 생물종이 있는가 보다.

"안쪽에 자리를 피해 있을 만한 곳이 있습니다."

"너무 멀리 들어가면 국왕께서 못 찾지 않겠소이까?"

"황자께서는 그런 걱정을 안 하셔도 된답니다."

그렇겠지. 유르겔한테 무슨 일이 생기면 에반스는 만만한 나나 미오 경을 족치지, 귀하신 황자님께 뭐라고 하지는 않을 테니까.

미오 경에게 왕자를 안겨주고 오자 유르겔이 내 팔을 잡아서 말 위로 올려주었다. 나비 한 마리 못 잡게 생겼는데 내 몸무게를 지탱하다니 상남자다. 하지만 아까 좀 더 적극적으로 반대할 걸 그랬다. 별생각 없었는데 유르겔 앞에 앉아 있으려니까 되게 부담스럽다. 차라리 오토바이 타듯이 뒤에 탈 걸 그랬다.

"너무 그렇게 긴장 안 해도 되는데."

혹시라도 유르겔이랑 몸이 닿을까 봐 허리를 세우고 있으니까 유르겔이 웃었다. 아니, 너님은 뭔가 꿍꿍이가 느껴져서 방심하면 안 될 것 같아요.

겨울 초입의 숲은 봄과 여름에 보았던 모습과 많이 달랐다. 여전히 숲에서는 새소리와 벌레 소리가 들려오지 않았고, 끝도 없는 침묵이 내리누르는 공기는 묵직했다. 그래도 숲은 변함없이 신비로웠다. 유르겔이 앞장서서 말을 몰아 우리를 데리고 간 곳은 재떨이 같은 그 원반이 박혀 있는 나무 아래였다. 어쩐지 여기일 것 같았는데 정말 여기일

줄이야.

"이게 그 유명한 마법진이군요."

"바로 아시는군요."

"모후께서 블랙 드래곤이시라 그 피를 받아 남들보다 마력에 민감하다오. 이건 정말 대단하고…… 아름다운……."

난 나무의 거대함에 놀랐는데 황자가 보는 마법진은 다른 무언가가 있나 보다. 그는 엄청난 예술 작품을 보는 사람처럼 고개를 꺾고 입을 벌리고서 움직일 줄을 몰랐다.

저 마법진은 나해 여왕도 알고 있고 삐야도 이 왕국에 있기에는 과분한 물건이라더니 황자도 안다. 많이 유명했나 본데 이렇게 막 아무렇게나 관리되어도 되는 건가 모르겠다. 거의 방치 느낌이던데.

"이리 귀한 것을 보니 사냥을 따라가지 않은 게 잘한 일인 것만 같소."

유르겔은 웃으며 우리 쪽을 돌아보았다. 나랑 미오 경은 마치 일행이 아닌 것처럼 조금 떨어져 앉아 있었고 미오 경이 왕자의 팔을 흔들며 놀아주고 있었다.

"미오 경은 사냥에 가지 않아도 되겠어요? 오랜만에 있는 사냥일 텐데."

"괜찮습니다. 제 임무는 왕자님을 지키는 것입니다."

"이런 숲속에서 왕자에게 무슨 일이 있으려고요."

"귀한 분들을 아무런 호위도 없이 둘 수는 없습니다."

그러고 보면 이상한 일이었다. 아무리 애초에 데려온 인원이 적었다고는 해도 이 사냥 대회의 주인공인 황자가 빠지고 국왕의 연인인 유르겔이 빠졌다. 나는 그렇다 치고 왕자마저 없어졌다. 아무리 사냥 때문에 흥분해 있다고 해도 누군가는 이상함을 느끼고, 알고, 우리를 찾으러 와야 했다.

클라인이 내 부재를 모르는 것도 이상하고 그렇게 극진히 유르겔을 챙기는 에반스가 유르겔의 실종을 모르는 것도 이상했다. 거기다 황자의 호위는 모두 어디로 갔을까?

"신기한 게 꼭 아스 네가 관계가 되면 변수가 생기더라고, 재밌지 않아?"

그래서 그다음 순간에 벌어진 일을 내 눈으로 보면서도 믿을 수가 없었다. 커다란 나무에서 날개를 펄럭이며 내려온 천사 같은 삐야의 손이 황자의 목을 잡았다. 우두둑 소리가 들렸다. 그 옆에서 유르겔은 나를 똑바로 보며 웃었다.

드래곤의 피를 이었다는 황자는 쉽게 죽지 않았다. 우두둑, 우두둑 뼈가 뒤틀리는 소리가 나며 삐야의 손안에서 색이 다른 전기 같은 것이 파직거리며 맞부딪히는 것이 보였다. 뼈는 부러지는 것과 동시에 재생이 되었고 재생이 되는 것과 동시에 짓눌려 터져 나갔다. 전기는 삐야의 손을 할퀴듯이 상처를 내었지만 삐야의 손도 피가 흐르기도 전에 금방 다시 회복되었다.

"유르겔 님, 하지 마세요."

나는 간신히 작은 목소리로 말했다. 내가 말을 한 것인지 속으로 중얼거린 것인지 스스로도 모를 목소리였지만 유르겔은 상냥하게 웃으며 나를 보았다.

"왜?"

이 세계에서도 사람은 살고 죽고 사랑한다. 그런데도 사람을 죽이지 말라는 데 이유가 필요한 나라였던가?

"친선 사절입니다. 외교적 문제가 될 것입니다."

미오 경이 검집을 들고 내 앞으로 나서며 말했다. 나는 미오 경이 넘긴 왕자를 꼭 끌어안았다. 내 손이 바들바들 떨리고 있는 건 왕자를 곰 인형 안듯이 안고 난 후에 알았다.

"전하께서 지시하신 일인걸요."

유르겔은 곤란하다는 듯이 몸을 조금 꼬았다. 황자의 목을 조르고 있는 뻬야의 옆얼굴이 보였다. 이를 악물고 있는 그 얼굴에는 웃음이라는 것이 없었다.

내가 고개를 너무 많이 빼었던지, 미오 경이 팔을 들어 내 앞을 가렸다. 나는 초조하게 황자를 보았다. 이 세계에서 드래곤의 위상이 어느 정도인 줄 모르겠지만, 그래도 드래곤의 피를 이었는데 이렇게 죽여도 되는 걸까?

황자의 손에서 기다란 손톱이 튀어나오고 손등이 비늘로 덮이려고 했다. 하지만 뻬야가 움켜잡고 있는 목에서 스파크가 튈수록 손톱과 비늘은 자취를 감췄고, 파충류처럼 일자로 찢어지던 눈도 보통 사람의 홍채와 교차하다 이내 사람의 모습으로 고정이 되었다. 뿌득뿌득 뼈가 어긋나는 소리가 들렸다.

"황자는 친선 사절이라고 속이고서 왕국의 군사기밀을 빼돌리고 있었답니다. 정식 항의 절차를 밟지 않은 것은 유감이지만 속전속결로 황자의 머리라도 왕성에 걸어놔야 병사들의 사기가 살지 않을까요? 상대는 제국이니까."

"하지만 이건 마치 암살……."

계속 들리던 뼈가 부러지는 소름 끼치는 소리가 갑자기 한차례 커지더니 뚝 끊겼다. 그리고 파지직거리는 소리를 내며 뻬야의 손을 찢던 전기들도 사그라들었다.

드래곤의 피를 이은 제국의 황자가 죽었다.

뭔가 더 말을 하려던 미오 경이 말을 멈췄다. 뻬야는 황자의 시신에서 손을 떼고 마치 자신이 만든 작품을 감상하듯이 지상에서 조금 떨어진 곳에서 날개를 퍼덕이다가 다시 황자의 시신을 잡아 올렸다. 그는 그대로 황자의 목을 비틀어서 뽑아버렸다.

기절할 것 같다. 쇠 비린내가 확 풍겨왔다. '게임을 시작하지'라는 명대사가 나오는 피와 고문이 가득한 스릴러 영화가 내 베스트 영화일만큼 고어에 익숙한데도, 화면을 통해서 보는 잔혹함과 바로 지척에서 보는 잔혹함은 그 폭력도가 달랐다. 아주 잠깐, 내 목 아니면 정신 줄이 비틀어지는 것처럼 아찔했다.

황자의 몸은 맨땅에 무릎을 꿇더니 커다란 나무에 제물로 바쳐지듯 쓰러졌다. 피가 쏟아져 나왔다.

유르겔은 등 뒤에서 삐야가 행하는 폭력을 보고 있지는 않았다. 하지만 다 아는 것처럼 희미하게 웃고 있었다. 여전히 꿈처럼 아름다운 얼굴로 그가 황자를 죽였다.

"제국이 가만히 있지 않을 겁니다."

나도 그렇게 생각한다. 아들을 잃은 드래곤부터가 가만히 있지 않을 거다.

"괜찮아요, 미오 경. 우리에게는 대마법사가 있으니까."

시엘은 전쟁터를 두려워한다. 그 대마법사는 두 번 다시 누군가를 해치지 못할 거다.

"대마법사님은 전쟁터를 견뎌내지 못할 거예요."

"그러게. 그 약을 먹었다면 편했을 텐데. 그치?"

그걸 말이라고.

삐야가 유르겔의 어깨 뒤에 내려앉았다. 유르겔이 입고 있던 모피를 벗어주자 그걸로 황자의 머리를 둘둘 감싸서 품에 안는다. 삐야에게 뭔가를 말하려던 유르겔이 나를 보고서 싱긋 웃었다.

"삐야는 날아서 왕궁으로 돌아갈 거야. 왕자를 줄래? 함께 돌려보내자. 이곳은 곧 위험해질 거야."

"아네요, 왕자님은 제가 지킬게요."

"나도 어지간하면 너도 같이 돌려보내고 싶은데 너까지 삐야가 한

번에 안아서 나르기에는 힘들어. 너는 나중에."

나는 무겁지 않다고 반박하려다가 말았다. 유르겔의 말에도 일리는 있었다. 당장 제국이 전쟁을 걸어오지는 않더라도 황자의 호위들은 주인의 시신이 저 꼬라지가 난 것 때문에라도 눈을 뒤집고서 덤빌 것 같았다. 말도 못 타는 내가 왕자를 지킬 수 있을 것 같지가 않다.

삐야에게 왕자를 건네주려는데 삐야의 양손이 피투성이였다. 사람 목을 잡아 뽑으니까 당연히 그렇지. 그 피투성이 손에 왕자를 건네주려니 안 내켰는데 삐야도 나를 재촉하지 않고 기다렸다. 결국 내 옷으로 최대한 왕자를 감싼 후에야 삐야의 피투성이 손 위에 왕자가 안겨졌다. 삐야는 웃고 있었는데, 일그러진 그 얼굴은 굉장히 소름이 끼쳤다. 그의 손은 피에 젖어 있고 그 반대편 손에 황자의 목이 있어서 그런가. 이상하게 하면 안 되는 일을 하는 것 같았다.

커다란 날개가 움직였다. 삐야는 훌쩍 날아올라, 높은 곳에서 한 바퀴를 돌아 우리를 보고는 왕궁을 향해 날아갔다. 왕자는 괜찮겠지? 빨리 돌아갈 거니까 그곳에서 울지 말고 기다렸으면 좋겠다.

"전하를 모셔 오도록 하겠습니다. 뒷수습에는 전하의 힘이 필요합니다."

"그래요, 미오 경. 꼭 전하를 모셔 오세요."

미오 경은 굳은 얼굴로 에반스를 이야기했다. 에반스가 온다고 이 상황이 해결될지는 모르겠지만 이 상황을 책임질 수 있는 유일한 사람이 에반스이기는 했다.

이 세계에 살지 않아서 이 세계의 논리를 잘 모르는 나도 이 상황이 정상적이지 않다는 것은 느낄 수 있었다. 그러니 이 세계의 귀족으로 살아온 미오 경에게는 더욱 비정상적으로 느껴졌을 수도 있다.

"미오 경……."

나도 여기 있기 싫다. 후각은 금방 둔해진다는데 저 피 냄새는 익숙해질 수도 없었다. 미오 경은 어쩔 줄 몰라 하는 나를 내려다보다가 내 손을 잡아주고 어깨를 툭 쳤다.

"금방 돌아오겠다."

손안에 무언가가 닿았다. 단단하고 차가운 것. 닻이 걸린 것처럼 가슴속에서 쿵 하는 소리가 났다. 유르겔이 있어서 손안을 바로 확인할 수가 없었다. 나는 주저앉아 치마폭 사이로 손을 숨기고 미오 경이 떠나는 것을 보았다.

"꼭 전하를 찾아서 와주세요."

유르겔의 배웅에 말을 탄 미오 경은 가슴 앞에 손을 모아 예를 표하고 말 머리를 돌렸다. 이제 나랑 유르겔 둘이 남았다. 유르겔은 피가 튀기지 않은 땅을 골라 앉아서 내게 옆자리를 탁탁 쳐 보였다. 시체 바로 옆이라 가까이 가면 피 냄새가 더 날 것 같아서 고개를 절레절레 흔들었다.

시체에서는 피가 아직도 흐르고 있었고 묘하게 현실감이 없었다. 목이 찢겨 나간 단면이 아니라 상대적으로 곱게 남은 뒷모습만 보고 있어서 그런가. 그냥 계속 시체에서 냇물이 흐르듯이 피가 흘러나오는데 신기할 정도로 현실감이 마비되고 있었다.

피비린내가 가실 줄을 몰랐다. 나는 근처에도 다가가지 못하는데 유르겔은 천진한 소년처럼 그 시체 주변에 손가락으로 그림을 그렸다. 나한테 완전히 신경을 껐나? 슬쩍 유르겔의 눈치를 보았다. 끄적끄적 알아서 노느라 나한테 신경을 안 쓰고 있었다. 치마폭에 감춘 미오 경의 물건을 확인해 봐도 될 것 같았다. 치마폭 속에 숨긴 물건을 보려고 슬쩍 치맛단을 잡았다. 한 뼘 정도 되는 작은, 은장도 크기의 단검이었다. 이걸 왜 주고 갔을까.

"내가 널 얼마나 좋아하는지 넌 모를 거야."

"네?"

유르겔이 뜬금없이 말을 했지만 나는 고개도 들지 못했다. 가끔 유르겔의 저 좋아한다는 말은 싫어한다는 말과 동의어가 아닐까 생각했었다. 불길한 예감이 들었다. 반지가 빛나고 있었다. 어느새 유르겔은 아름다운 얼굴로 내 앞에 서 있었다.

"마력을 감지하는 반지구나."

햇빛이 잘못 반사된 거라고 우기고 싶었는데 이 정도 빛이 햇빛을 반사해서 나는 거면 이 반지는 전설의 다이아몬드 정도는 되어야 할 것 같았다.

"뭐 그렇게 놀라? 내가 흑마법사인 거 너도 알고 있잖아."

알고는 있는데 그렇게 대놓고 말을 하니까 엄청 불안해져서요.

심장이 내려앉는 것 같았다. 퇴마계 공포 영화를 볼 때 가장 무서운 순간은 온갖 이상한 징조가 날뛰고 널뛰고 있을 때가 아니라 등장인물들이 그 이상 징조를 위험하다고 인식을 하는 순간이다. 바로 지금처럼.

나는 빠르게 유르겔의 손과 몸을 살폈다. 무기는 없었고, 없어 보였다. 그렇다고 안심하기에는 유르겔이 마법사였다. 마법사가 무에서 유를 만드는지는 잘 모르겠지만 흙에서 유리 성을 지을 정도는 될 것 같다.

설상가상으로 뭐가 문제인지 모르겠지만 유르겔의 등 뒤에서 세계수 같은 그 커다란 나무가 희미한 빛을 내기 시작했다. 빛은 아주 느리게 튀어 오르듯이 강해졌다가 약해지기를 반복하면서 연한 붉은빛을 내고 있었다. 붉은빛은 점점 짙어졌다.

목을 잃은 황자의 몸이 허공으로 떠올랐다. 나무와 공명을 하듯이 떠오른 그 몸은 한숨 같은 시간이 지난 후 사지가 마치 공처럼 짓눌렸다. 목을 잃은 황자의 몸은 한 줌의 핏물이 되어서 흔적도 없이 나무에 흡수되었다.

나는 한순간 붉은색으로 타오르는 마법진을 보았다. 내가 서 있는 땅과 공기 중을 기하학적인 붉은 무늬가 빼곡히 채워 나가다 일시에 태양보다 강렬한 빛이 터져 나오고 바람이 몰아치더니 사그라들었다. 한숨 정도 늦게 사냥터 저 너머 먼 곳에서 한 줄기 보라색 불빛이 위로 솟구치고 그게 끝이었다. 내 반지도 눈부시게 빛이 나고 있었다.

이게 대체 무슨 일이야. 내가 본 것을 믿을 수가 없다. 저 나무가 황자의 시신을 빨아 먹은 것 같잖아.

"사실 제국이랑의 전쟁은 저 황자 때문에 일으키려고 했던 거거든. 근데 직접 와줘서 참 좋았지."

"무슨 원한이 있으셔서 저렇게까지 하신 건지 물어봐도 될까요?"

"원한은 없어. 그냥 마력이 필요했거든."

갑자기 그런 생각이 들었다. 삐야가 황자의 목을 왕성에 걸겠다고 들고 갔는데, 진짜 그러려고 가져갔을까?

"자, 그럼 널 어쩌면 좋을까."

"살려주시면 된다고 생각해요."

유르겔이 웃었다. 내가 생각해도 날 멀쩡히 살려 보낼 거면 이런 이야기들을 안 하고 있지 싶었다. 젠장, 평소에 갑작대기는 했어도 날 해칠 것같이 굴지는 않았는데 이렇게 나오기냐.

이 숲에 날 도와줄 사람이 있기는 한가? 그렇게 멀리 울려 퍼지던 뿔피리 소리와 고동 소리, 개가 짖는 소리가 왜 들리지를 않을까? 치마폭에 숨긴 단검을 힘을 주어 쥐었다. 이게 얼마만큼 도움이 되려나. 호신술 강좌에서는 어설프게 흉기를 쥐고 있는 게 더 위험하다고 했었는데.

"제가 마음에 든다고 하셨잖아요. 전 앞으로도 계속 마음에 들 거예요!"

"널 정말 좋아했지. 널 봤을 때 얼마나 반가웠는지 몰라."

내 달리기는 100미터에 25초였다. 여기서 뛰어봐야 잡힌다. 그런데 안 뛰어도 잡힌다. 내가 주춤주춤 물러날 때마다 유르겔은 한 발자국씩 짐승을 모는 것처럼 다가왔다. 이 넓은 숲에 유르겔의 사냥감은 이제 나 하나뿐이다.

말 한 필은 미오 경이 타고 갔고 남은 건 두 필.

"제가 이계의 영혼이라서요?"

"응, 너 때문에 내 계획이 다 망했었거든."

유르겔이 내게 손을 뻗어왔다. 몸을 웅크리고 기다리다가 그 손이 바로 앞에 왔을 때 미오 경이 준 단도를 휘둘렀다. 칼을 쥔 양손에 뭔가 걸리는 이상한 감촉이 닿는 순간에 땅을 박차고 나와 뒤도 안 보고 말을 향해 뛰었다. 사람한테 그런 흉기를 휘둘러 본 것은 처음이다. 이상한 감촉이었다. 거기다 내 인생에서 이렇게 절박하게 달려본 일이 없었다.

억지로 말 등에 올라타서 숲길을 달려 나갔다. 달려 나가는 내 주변으로 누가 잡아채기라도 하듯이 메마르고 앙상한 나무들이 줄줄이 꺾여 나갔다. 머리 위로 덮쳐오는 나무들을 피해 최대한 말에 바싹 붙었다. 나는 말이 어디로 달리는지도 몰랐다. 방향을 살피려고 고개를 들면 유르겔을 보게 될 것 같아서 필사적으로 말 목에 매달렸다.

이히힝!

갑자기 말이 앞발을 들고 급하게 멈춰 섰다! 말이 달리던 앞으로 나무들이 쓰러지고 있었다.

떨어진다!

내겐 앞발을 들고 날뛰는 말 등에 붙어 있을 재주가 없었다. 진작에 낙법이라도 배워둘걸. 악착같이 고삐에 매달려 보았지만 결국 말에서 튕겨 나갔다.

아주 잠시 허공을 날았다. 중력이 나를 놓친 한순간은 생각보다 길고 심장에 아주 안 좋았다. 날뛰는 말 목에 매인 고삐가 펄럭이는 게 보였다. 저걸 잡으면 붙어 있을 수도 있을 것 같았다. 손을 뻗고 싶은데, 하고 싶다고 다 할 수 있었으면 여기서 시녀 일을 안 하고 있지.

나는 가차 없이 나뒹굴었다. 그나마 바닥에 쓰러진 나무들의 잔가지 사이로 굴렀다. 아주 잠깐은 숨을 쉴 수가 없었다. 몸이 너무 아파서 숨을 쉴 수도 없고 그렇다고 들이마실 수도 없어서 숨을 멈추고 뻐근한 통증이 가시기를 기다리려고 했다.

누워 있는 땅바닥을 통해 말이 달리는 진동이 느껴지지 않았다면 계속 그러고 있었을 텐데, 진동을 느낀 순간 기어서라도 그곳을 벗어나야 할 것 같았다. 하지만 날뛰던 말은 나를 버리고 넘어진 나무들을 훌쩍훌쩍 넘어서 사라졌다.

"아파……."

어디로 가야 하지? 말 목에 그대로 매달려서 왔더니 방향을 모르겠다. 어느 쪽에서 유르겔이 오고 있을까. 하늘을 올려다보았다. 그 커다란 세계수급 나무 주변으로 공터 비슷한 것이 있었다. 가지가 무성히 보이는 쪽으로 가야 할 것 같았다.

걷듯이 뛰고 있는데 말발굽 소리는 점점 가까워져 온다. 혹시나 해서 방향도 꺾어봤지만 내 몸에 무슨 추적 장치라도 달았나, 어떻게 이렇게 정확하게 따라오는지. 몸은 여전히 아프고 담 걸린 것처럼 숨쉬기가 힘들었지만 어떻게든 달리다 보니 달려졌다. 놀랍다. 이런 순간에 이런 상황에서 나를 구할 게 내 다리밖에 없다는 사실이.

어느 순간 갑자기 발목에 무언가가 감기더니 나를 잡아당겼다. 그대로 엎어져서 비명을 지르며 주르륵 끌려가는데, 뭘 잡으려고 해도 잡을 것이 없었고 잡아도 금세 우두둑 부러져 나가서 나를 지탱해 주지 못했다.

도대체 뭐가 문제인지 겨우 발목을 보았더니 시커먼 미역 줄기 같은 것이 감겨서 나를 잡아당기고 있었다. 반지는 정말 사이킥 조명등 저리 가라 수준으로 번쩍번쩍 빛을 냈고, 줄기 끝에는 말을 탄 유르겔이 있었다. 다급한 마음에 아직도 꼭 쥐고 있던 단도로 발목 주위를 찍어서 미역 줄기 같은 걸 떼어내려고 했지만 그 모든 것이 너무 미약해서 시시각각 유르겔이 가까워지고 있었다.

"사람 살려요!!"

이렇게 죽일 거면 그동안 왜 나를 가만히 둔 거야. 안심시키려는 것처럼 마음에 드니 마니 하면서. 안 그러면 내가 도망칠까 봐?

"아스!"

그때 갑자기 허공에서 검이 날아와서 내 발목을 옥죄고 있는 검은 것을 잘라내고 바닥에 꽂혔다. 그리고 멀지 않은 곳, 유르겔보다 훨씬 가까운 곳에서 그가 말을 달려오며 내게 손을 내밀어 외쳤다.

"아스, 뛰어!"

미오 경이었다. 나의 기사님.

⟨❖⟩

아직 검은 것이 옥죄고 있는 발목이 아팠지만 중간이 끊겨 더는 나를 유르겔에게로 끌어당기지 않았다. 마구잡이로 내지른 칼날에 여기저기 베여 피가 나고 있었지만 나는 일어나 미오 경의 말을 향해 달렸다. 나무들이 또다시 무너지기 시작했지만 오로지 미오 경만 보며 달렸다. 가까이 다가가자 미오 경이 나를 한 손으로 끌어 올려 말에 태워 달렸다.

"어떻게 다시 오셨어요?"

"전하를 찾으러 갔는데 아무도 보이지가 않아서. 그리고 전하께서 연인에게 그런 일을 시키셨을 것 같지 않았다."

"유르겔 님이 하는 일을 막아도 되는 거예요?"

"아스."

우지끈 소리를 내며 우리 주변의 나무들이 무너져 내렸다. 세상이 무너지는 것 같았다. 그 순간 속에서 아주 잠시 미오 경은 숲보다 더 깊은 녹색의 눈으로 나를 보며 말했다.

"어떠한 경우에도 나는 네가 죽기를 바라지 않아."

하지만 다음 순간에 우리는 같이 바닥을 나뒹굴었다. 미오 경이 내 머리를 감싸 보호해 주기는 했지만 두 번째 낙마라 뼈가 울려서 딱 죽을 것 같았다. 심지어 떨어질 때 이를 잘못 부딪쳐서 골까지 울렸다. 머리 위에서 작은 신음이 들렸다. 다음 순간 미오 경은 나를 밀어내고 비틀거리며 일어나 검을 뽑았다. 우리 옆에는 뭐에 맞은 것인지 뒷발 하나가 부자연스러운 각도로 꺾인 말이 고통스러워하며 발버둥 치고 있었다.

어느새 다가온 아름다운 유르겔이 말에서 내리며 웃었다.

"미오 경, 날 방해하지 않았으면 좋겠는데."

유르겔은 늘 아름다웠지만 지금은 아득할 정도로 정말 새하얗고 순결하게 아름다운 모습이어서, 지금까지 있었던 일은 다 착각이나 오해이고 유르겔은 오로지 선의만 갖고 한 일이 아니었을까 믿고 싶을 정도였다. 미오 경의 뒤에 있는 나는 그의 얼굴을 볼 수 없었다. 귀와 옆 뺨 언저리만 보였지만 그가 동요하고 있다는 건 알 수 있었다.

"미오 경, 유르겔 님은 흑마법사예요."

이 말이 얼마나, 무슨 도움이 될까. 하지만 나는 그 말이라도 해야 했다. 당신이 사랑한다는 사람은 흑마법사야. 발각되면 반드시 죽는 그런 흑마법사니까 제발, 나를 도와줘. 나를 살려줘.

"아스."

괴로운 목소리로 미오 경이 나를 불렀다.

"곧 카펠라 공작이 오실 거다. 그때까지만, 버텨라."

유르겔이 입 끝을 끌어당겨 웃었다. 미오 경은 나에게 버티라고 했지만 이 상황에서 진짜 버텨야 하는 건 미오 경이었다.

"미오 조디악 경. 경이 정말 국가와 국왕에게 충성을 맹세한 기사라면 나를 방해하지 마세요."

"저는 국가와 국왕 전하께 충성을 맹세했지만 유르겔 님께 충성을 맹세한 적은 없습니다."

미오 경이 유르겔에게 저런 말을 하는 날이 올 줄 몰랐다. 그가 나를 지켜주길 바라긴 했지만 유르겔 앞을 검을 들고 막아줄 줄은 나조차도 기대하지 않았었다.

유르겔이 손을 들어 올렸다. 그 순간 내가 끼고 있는 반지가 반짝 빛이 났다 사라졌다. 뭔가를 할 것 같았던 유르겔은 지겹고 짜증이 난 얼굴로 손을 내리고 한숨을 쉬며 말했다.

"아스만 넘겨준다면 당신이 바라는 모든 것을 들어드리겠습니다."

"모든 것을?"

"그래요, 모든 것을."

나는 그의 사랑을 안다. 마음속에 매일 세상에 존재하는 모든 색의 감정이 피어나는 그런 것. 누군가는 짝사랑이란 게 부질없다고 말했지만 혼자서도 감정은 피어났고 세상은 그 색으로 물들어 아름다웠다. 사람들은 내 사랑이 사랑이 아니라고 말했지만 내게는 사랑이었고 그 자체로 행복했다. 나는 유르겔을 좋아하지도 않고 이 순간 그가 무서워서 견딜 수가 없지만 그래도 항상 미오 경의 사랑을 알고 있었다.

"아스만 버리면 모든 것을 가질 수 있어요. 그녀와 당신은 타인입니다."

미오 경의 등이 크게 흔들리는 것이 내 눈에 너무 잘 보였다. 나는 단검을 다시 고쳐 잡았다. 그를 원망하지는 않는다. 인생은 원래 자력갱생이고 자력구제였다.

"그녀는 제 레이디입니다."

손바닥에서 힘이 빠질 뻔했다.

"한 번도 청해본 적은 없지만 그래도 아스가 제 레이디이고 제가 그녀의 기사입니다. 기사는 나라에 충성하고 레이디에게 헌신하는 법이죠."

나의 기사님.

나는 항상 그를 나의 기사님이라고 불렀다.

유르겔의 얼굴에서 아주 잠깐 표정이 사라졌다. 직후 그는 조금 사나워 보이게 웃으면서 불길을 만들어 우리에게 던졌다. 미오 경은 검을 들어 올리며 머리를 막았고 나도 머리를 감싸며 바닥에 엎드렸다. 우리를 지나친 불은 주변 나무와 풀들을 새카맣게 불태웠다. 메마른 계절이라 숲이 전부 불탈 줄 알았는데 강한 불은 한순간에 주변을 불태우고 끝이었다. 마법이 우리를 피해 갔다.

유르겔은 짜증을 내면서 아까 내 발목을 휘감았던 채찍 같은 것을 휘둘렀는데, 그것 역시 미오 경에게서 조금 떨어진 곳의 허공을 때리고 튕겨 나갔다. 꼭 무슨 방어막이라도 친 것 같은 반응이었다.

"대마법사가 직접 만들어준 수호 부적입니다."

아. 그런 게 있었다. 예전에 시엘이 미오 경에게 목을 졸리고 사과를 했을 때 만들어줬었다. 진짜 잠깐 빼둔 사이에 급하게 이사를 오게 되어서 내 거는 챙기질 못했는데, 미오 경은 무사히 갖고 있었나 보다.

"유르겔 님, 이대로 아스를 떠나게 해주신다면 저도 유르겔 님이 흑마법사인 것을 잊겠습니다."

아마도 그건 미오 경이 할 수 있는 최대한의 타협 선이었겠지만 유르겔은 빙긋 웃었다. 차갑게 독이 올라 있는 미소였다.

"그 수호 부적의 허점을 모를 것 같나?"

갑자기 메마른 나무들이 고개를 숙여 앙상한 가지로 내 팔을 틀어잡기 시작했다. 옷 위로 잡힌 곳은 괜찮았는데 맨살이 닿는 부분은 그대로 거칠거칠한 나무껍질에 긁혔다. 단검을 휘둘러 봤지만 잔가지만 쳐낼 수 있을 뿐 곧 다시 잡혀 허공으로 몸이 올라갔다.

"아스!"

미오 경이 칼을 휘둘러 나를 움켜잡는 가지들을 쳐냈지만 이곳은 숲이었다. 나무는 너무 많았고 그가 등을 보일 때마다 유르겔이 마법을 사용했다.

"수호 부적은 공격으로 인식하지 못하는 것들은 막아내지 못하지."

유르겔이 낮은 목소리로 말하면서 손 위에 마름모꼴의 마력체 같은 것을 만들어냈다. 천천히 회전하는 마력체에서 본체보다 작은 알갱이 같은 것이 생겨났는데 그냥 보기에도 심상치 않았다. 예상대로 알갱이들이 사방으로 난사되었다.

미오 경의 방어막은 그것이 몸에 닿는 것은 막아냈지만 주변을 둘러싼 나무나 바위를 때리는 것까지 막지는 못했다. 부서진 나무와 바위 파편들이 날아와 우리의 피부를 찢었다.

"왜 그녀를 해치려는 겁니까!"

"알면 죽어줄 것도 아니면서 뭐가 궁금하지? 드디어 마력이 모였다. 이제 그녀가 죽을 차례야!"

유르겔은 검은 안개 같은 것을 만들어서 미오 경을 향해 밀었다. 치명적이지 않아 보이던 것이 치명적인 것이었는지 미오 경 앞의 방어막이 이전보다 훨씬 눈에 보이게, 강하게 그 안개와 맞서 반발했다. 맞닿은 사이로 강렬한 불꽃이 튀었다. 밀부딪힌 사이에서 생긴 빛이 둘의 얼굴색을 다른 빛으로 물들였고, 지이익 소리와 함께 미오 경이 뒤로 밀려났다. 느리지만 분명하게 유르겔이 한 발 앞으로 나왔다. 미오 경은 더 밀려 나갔고, 방어막은 중심부터 금이 가기 시작했다.

"미오 경, 피해요!"

오래 비디지 못하고 방어막이 깨졌다. 미오 경은 방어막 파쇄의 충격을 이기지 못하고 뒤로 넘어졌고, 팽팽한 줄다리기 중이던 유르겔의 마법은 아슬아슬하게 나를 스쳐 지나갔다. 단단히 틀어 올렸던 내 머리카락이 풀려서 나부꼈다. 내 목을 유르겔이 잡았다.

"잡았다."

살려달라고 말을 하고 싶은데, 목을 잡혀서 끄윽끄윽 하는 소리밖에 나오지 않았다. 가느다랗고 아름다운 손가락인데 힘이 너무 세서 아무리 매달려도 손가락 하나 꿈쩍하게 할 수 없었다.

"안 됩니다!"

쓰러졌던 미오 경이 검을 들고 달려드는 것이 보였다. 그러나 그는 안개를 두르고 후려친 유르겔의 손에 맞아 몇 걸음 밖의 나무에 등을 부딪쳐 쓰러졌다. 어디를 잘못 맞았는지 입가에 피가 흘렀다. 유르겔은 그대로 내 뒷덜미를 잡고 나를 목줄에 매인 개처럼 질질 끌고 갔다.

"걱정 마. 여기서 죽이는 건 아니야."

그 말은 다른 데서는 죽일 거라는 소리잖아. 하지만 아무리 몸부림을 쳐봐도 유르겔의 손은 꿈쩍도 하지 않았고, 바닥에 끌리는 내 몸에만 상처가 나고 있었다. 사느냐 죽느냐가 문제인 이 마당에도 바닥에 쓸리는 상처들은 아팠다.

"난 네가 내 눈앞에 나타나서 정말 좋았어. 내 계획이 다 망했는데 뭐 때문인지도 몰랐거든. 근데 널 보니까 알겠더라. 너 때문이었어."

유르겔이 말하는 게 나인지 아스인지 모르겠다. 나는 아무 일도 하지 않았다. 이 세계에서 열심히 살았을 뿐이다. 억울해서인지 무서워서인지 아니면 목이 졸려서인지 눈가에 눈물이 배어 나왔다.

"마법진에 네 피를 뿌리면 실패한 이전 마법은 소거가 될 거야. 기뻐해. 너만 죽으면 모든 게 해결이 되겠네."

질질 끌려가면서 뒤를 돌아보았다. 미오 경이 비척거리며 일어나고 있었다. 이대로 가면 정말 죽을 것 같다. 누가 나를 구해줬으면 좋겠다. 나는 나를 구할 수 없다. 미오 경이 빨리 검을 들고 쫓아와 줬으면 좋겠다. 하지만 나도 알 수 없는 마음이 교차한다. 그가 저대로 아무엇도 하지 말고 죽은 것처럼 누워 있기를 바란다. 내가 죽는 게 무섭고 미오 경이 저러다 죽는 것도 무섭다. 어느 쪽이 더 무서운지 모르겠지만 그냥 무섭고, 무섭다.

미오 경이 간신히 몸을 일으켜서 비척비척 걸어오기 시작했다. 땅에 떨어진 검을 주워 올리고, 입가의 피를 닦고 몸을 세웠다.

나는 고개를 흔들었다. 유르겔은 목표물인 나를 노렸을 뿐 미오 경을 죽이려는 열의는 강하지 않았다. 그러나 그가 다시 달려들면 이번에는 죽일지도 모른다. 나는 말했다. 살려달라고 해서 미안해요, 미오 경. 그만, 더 하지 말아요. 내가 정말 그렇게 소리 내어 말했는지, 들렸는지도 모르겠다. 그냥 그가 죽지 않았으면 좋겠다. 비척비척 걸어오던 미오 경의 몸이 쓰러져 내렸다. 그 순간 심장을 얻어맞은 것 같았지만 조금은 안도했다.

유르겔은 아까 황자의 몸을 빨아들인 나무가 있는 곳으로 가고 있는 것 같았다. 나는 질질 끌려갔다. 이미 온몸의 힘은 빠져나갔고 바닥에 끌리는 몸은 아팠다. 그때 하얀빛이 내 목을 잡고 있는 유르겔의 팔을 향해 날아왔다.

빛이 닿기 직전 유르겔이 나를 내팽개치고 훌쩍 몸을 띄웠다. 빛은 유르겔이 있던 자리에 깊이 박혔다. 땅에 쓰러져 풀린 목을 잡고 기침하는 나를 누가 일으켜 안았다. 익숙한 꽃향기가 났다.

"죄송합니다. 신호탄을 보고 바로 달렸지만 늦었습니다."

나무가 황금빛으로 불타오른 후 보라색 빛이 쏟아진 걸 기억한다. 그게 신호탄이었나 보다.

클라인이 왔다.

어디서부터 달려왔을까. 클라인의 말은 거품을 물고 옆으로 나뒹굴고 있었고 클라인의 붉은 머리카락도 땀에 젖어 있었다. 아마 내 꼴도 엉망인 모양이었다. 클라인은 아파 보이는 얼굴로 내게 손을 내밀다가 차마 만지지도 못하고 손을 거두었다.

"지금 떠난다면 아무것도 문제 삼지 않겠다, 유르겔. 네가 흑마법사라는 사실도 불문에 부쳐주지."

내가 이렇게 엉망진창이 되는 중에도 유르겔은 여전히 깨끗하고 아름다웠다.

"클라인 카펠라."

클라인을 부르는 목소리 역시도 설탕을 삼킨 것처럼 감미로웠다.

"에반스는 내 모든 것을 알아."

"그런 것 같더군. 너와 아스와 황자만 남겨두고 이곳에서 떠나게 만든 것을 보면. 에반스는 어디까지 알고 있지?"

"전부."

나는 내가 놀랄 거라고 생각했다. 하지만 한편에서는 마치 정답을 확인한 학생처럼 담담하게 받아들이는 내가 있었다. 유르겔이 꾸미는 일은 에반스의 동의가 있지 않고서는 할 수 없는 것들이었다.

"황자는 어디에 있지?"

"목은 왕비 궁에 있고 몸은 저 마법진에 흡수되었지."

뒷덜미부터 팔뚝까지 온몸의 털이 바싹 서는 느낌이었다. 나는 머리가 좋은 편이 아니다. 머리가 좋았더라면 스카이를 찍고 대기업에 입사했겠지. 하지만 이 순간 갑자기 뚫리지 않던 바늘이 확 뚫고 지나간 것처럼 떠오르는 것이 있었다.

왕비 궁에도 마법진이 있다. 이 숲과 한 쌍인 마법진이 있고 삐야가 왕자를 데려갔다. 뭘 하려고? 아직도 내가 모르는 뭔가가 있나?

"유르겔. 난 네가 무슨 일을 꾸미고 뭘 하려는지 아무런 관심이 없어. 하지만 아스를 건드린다면 널 가만두지 않겠다."

클라인은 조심스럽게 나를 내려놓고 검을 꺼내 들었다. 그 옆으로 언제 다가온 것인지 아직도 비틀거리는 미오 경이 나란히 섰다.

"대마법사도 아닌 너희가 날 막을 순 없어."

유르겔은 그 아름다운 얼굴에서 미소를 지우고 손을 펼쳤다. 양손 사이로 긴 검이 흘러나왔다. 파지직거리는 새카만 전류가 검에 흘렀다.

"그 대마법사가 여기 있습니다."

빛도 소리도 없이 새가 내려앉는 기척처럼 조용하고 아름답게 시엘이 우리 앞에 나타났다. 그의 속눈썹 위로 빛이 반짝였다.

내가 처음 보는 옷이었다. 어쩌면 클라인과 시엘을 처음 만났던 그 연회에서 입었던 옷이랑 비슷한 것도 같았다. 검은 로브가 길게 나부꼈고 그 위로 새벽같이 찬란한 백금발이 내려앉았다. 손에는 얼음과 빛으로 만든 것 같은 긴 지팡이를 들고 있었는데 정말 이야기 속에 나오는 대마법사 같았다.

유르겔은 한숨을 푹 쉬고 나를 똑바로 보았다.

"너만 아니었으면 이렇게 될 일이 아니었어."

그건 너무나 적반하장 같은 말이었다. 그러면 내가 유르겔을 위해 저 셋에게 둘러싸이지 않도록 그 전에 죽어주기라도 해야 했단 말일까.

땅이 우우웅 하고 울렸다. 그리고 가깝지 않은 곳에서 다시 한번 황금빛이 터져 나왔고 그걸 따라 땅이 길게 진동하고 지나갔다. 그나마 서 있던 나무들이 지진이 난 것처럼 사방으로 쓰러져서 아까 황족의 피를 흡수했던 커다란 나무까지 시야가 뚫렸다.

한눈에 들어오지도 않는 거대한 나무가 진동하고 있었고 그 옆구리에 박혀 있는 재떨이 같은 원반이 웅웅 거대한 소리를 내며 떨렸다. 진원지가 거기인 것 같았다. 그것의 진동을 따라서 나무와 땅이 떨리고 있었다.

"⋯⋯맙소사."

시엘이 작게 중얼거렸다. 마법적인 일은 클라인이나 미오 경 같은 사람들보다 시엘에게 더 민감한 모양이다. 그는 고개를 돌려 유르겔을 보고 말했다.

"대체 무슨 일을 저지르신 겁니까."

"기쁘지 않아, 대마법사? 저걸 빼내면 이제 대마법사들이 더 태어나겠지. 지금처럼 심장을 물려주는 방식도 아닐 거야."

"저 마력을 어디서 얻었습니까? 제 마력으로도 감당하기 어려운 것을."

"드래곤의 피."

유르겔이 왜 그 불쌍하고 무해한 황자를 죽였는지 알 것 같아졌다. 그의 목이 왕비 궁에 있다고 했던가. 절대로 황성에 내걸기 위한 게 아니었다. 설마 왕비 궁의 마법진에도 황자의 마력을 넣기 위해 목을 들고 간 걸까. 한창 생각에 빠져 있는데 갑자기 다가온 검은 안개가 나를 감싸 안으려고 했다.

"아스!"

시엘이 지팡이로 그걸 후려쳐서 흐트러뜨려 주었다. 하지만 내게서 멀어진 안개는 클라인과 미오 경을 감싸 안았다. 클라인은 검기로 안개를 후려쳤지만 잠깐 닿은 피부가 화상을 입은 것처럼 빨갛게 변해 있었다. 미오 경은 시엘이 급하게 실드 같은 것을 쳐주었지만 긴 머리카락이 잘려 나가고 말았다.

"성가셔."

유르겔의 그 한마디와 함께 클라인과 미오 경의 목 주변으로 목걸이 같은 것이 생겨나더니 그 선 위로 보이지 않는 어항을 뒤집어쓴 것처럼 빠르게 물이 차오르기 시작했다.

"마법사님! 어떻게 좀 해주세요!"

시엘은 내가 처음 보는 얼굴로 지팡이를 휘둘렀다. 그곳에서 빛 덩이가 뻗어나갔지만 클라인과 미오 경의 어깨와 몸을 무의미하게 건드리고 사라졌다.

"저러다 죽겠어요!"

"마력의…… 간섭이 심해서……."

클라인과 미오 경은 그 목걸이 같은 것을 벗어내려고 했지만 둘의 손에는 잡히지 않는 모양이었다. 나도 달려들었지만 분명 눈에 보이는 그것을 잡을 수가 없었다. 시엘이 둘을 도우려고 했지만 잘 안 됐다. 난감한 얼굴로 애를 쓰던 시엘이 불현듯 얼굴을 굳히고 유르겔을 향해 지팡이를 들었다.

"잘 버티네. 온실의 대마법사에겐 이 숲의 마력 분포도 익숙하지 않을 테고, 결계가 파훼되고 있어서 법칙들 간의 연결망도 망가져 쉽지 않을 텐데."

처음 시험장에 들어온 어린아이처럼 난감해하는 시엘과 다르게 유르겔은 굉장히 여유로워 보였다. 하지만 시엘과의 대치가 길어질수록 그의 미소에도 어금니를 악무는 듯이 힘이 들어갔다.

그사이에도 클라인과 미오 경이 뒤집어쓰고 있는 어항 같은 것에 물이 차올랐다. 물이 거의 끝까지 차올랐을 때야 클라인이 무슨 수를 썼는지 스스로 그 어항 같은 것을 깨부수고 나왔다. 그는 숨을 돌리기도 전에 미오 경에게 달라붙어 그를 도왔다.

안 되겠다 싶었던지 시엘이 그 화려한 지팡이를 들고 머리 위로 작은 원을 그렸다. 금빛의 궤적을 그린 원은 점점 커지며 우리 머리 위로 떠올라 높은 곳에서 금가루를 뿌리며 깨졌다. 지팡이가 땅을 짚었다. 시엘은 조금 창백하고 어딘지 불편한 얼굴로 말했다.

"이 부근의 마법 연결망을 깨버렸습니다. 이제 마법을 쓰지 못할 겁니다."

그 말은 시엘도 마법을 쓸 수 없다는 말이었다. 클라인과 미오 경이 검을 들고 앞으로 나섰다. 나는 비틀거리는 시엘에게 다가가 그를 부축했다. 그는 부축을 받기는 했지만 내 꼴이 말이 아니었는지 조심스럽게 내 뺨을 만졌다.

"왜 이렇게 많이 다쳤어요. 고쳐줄 수도 없는데."

"자연 회복력이 중요하다면서요."

"맞아요. 그랬죠."

마법을 쓰지 못한다는 말에 안심하고 연계 공격을 하던 클라인과 미오 경이 유르겔의 마법에 얻어맞고 주욱 뒤로 밀렸다.

"마법 못 쓴다면서!"

"마법을 만드는 법칙들 간의 연결망을 풀어둔 거라 마력의 배열이 간단한 아주 쉬운 마법은 쓸 수 있을 겁니다. 혹은 이미 배열이 끝난 마법 도구들도……."

시엘의 말이 끝나기도 전에 클라인이 유르겔의 마법에 얻어맞고 바닥을 굴렀다. 잠깐 내 앞을 가로막는 것이 아무것도 없게 되었다. 그 틈에 유르겔이 내게 돌진했다. 유르겔이 닿기 직전에 시엘의 지팡이가 내 앞을 막아섰다.

"도망쳐라, 아스."

피가 섞인 침을 뱉어내면서 미오 경이 내 어깨를 밀었다.

"널 지키면서 싸울 수가 없어. 도망쳐."

하지만 그들은 나를 지키기 위해 싸우고 있었다. 그 멀끔했던 클라인도 잠깐 사이에 엉망이 되었고 미오 경은 이미 온몸이 너덜너덜하다시피 했다. 본래 마법사인 시엘도 클라인이나 미오 경을 후방 지원하면서 싸우고 있었다.

"아스, 왕비 궁으로 가세요! 저 마법진은 동력입니다. 제어하는 것은 왕비 궁의 마법진이에요. 왕자님이 거기 있을 겁니다."

삐야가 황자의 목과 함께 왕자를 데려갔었다. 황자의 목이 왕비 궁에 있다면 왕자도 거기에 있을 거다. 왕자가 위험할까? 내가 키운 그 왕자가?

시엘의 지팡이와 유르겔의 검이 만났다. 마법을 사용할 수 없을 거라고 했는데 마력 자체는 사용할 수 있는지 맞닿은 지점에서 반발이 거세게 일어나 온갖 색의 전기가 튀어 올랐다. 아름답고 말끔했던 유르겔도 지금은 말끔하지가 않았다. 클라인과 미오 경을 함께 상대하면서 많이 지저분해졌고 몸싸움을 하느라고 여기저기 옷도 찢어져 있었다.

둘 사이에서 지직거리면서 전기가 튀고 매서운 바람이 불었다. 그 바람에 찢긴 유르겔의 옷이 더 제대로 찢겨 나가면서 옷 안의 피부가 보였다.

그건 아주 이상한 모습이었다. 유르겔의 가슴에는 썩어들어 가는 검은 혈관 뿌리 같은 것들이 있었다. 거미줄 같기도 하고 부패한 혈관이 엉긴 모습 같기도 했다. 그게 혈관을 타고 오르듯이 다닥다닥 위로 번져 올라가는 게 보였다. 우리가 지켜보는 그 앞에서도 심장 근처에 자리 잡은 뿌리가 더욱 검고 깊게, 가슴 주변으로 퍼져 나갔다.

유르겔과 힘겨루기하던 시엘의 눈도 유르겔의 옷 안에 닿았다. 그 시선을 눈치챈 유르겔이 힘을 주어 시엘을 튕겨내고 뒤로 물러섰다.

"이게 신경 쓰여?"

그는 웃으면서 아예 옷자락을 잡고 상반신을 드러냈다. 뿌리처럼 썩은 혈관들이 자리 잡은 그의 가슴에는 심장이 없었다.

"대마법사 미카엘 쿼테린……."

뽑혀 나간 심장을 보며 시엘이 한숨처럼 속삭였고 유르겔이 웃었다. 그건 마치 긍정처럼 보였다.

"당신은 심장을 뽑고 죽었다고 들었는데."

"운이 나쁘게도 아직 살아 있지."

"가장 최근에 고쳐진 미법진은 내상사의 영혼을 소멸시키고 다른 영혼을 강림시키는 내용이었죠. 왜 그런 내용이 필요했나 이해를 못 했습니다만 이제 알 것 같군요."

가장 최근에 그 마법진을 통해 태어난 건 왕자였다. 그럼 유르겔이 왕자의 영혼을 소멸시키고 그 몸에 자기가 들어갈 예정이었단 소리일까? 온몸에 소름이 쫙 돋았다.

"너는 언제나 너이고, 네가 너인 이상 나는 널 알아보고 사랑하겠지만 그래도 닮은 것을 보니 좋다."

그 말이 이제야 이해가 갔다. 어떻게 생각해도 어딘지 이상했던 그 말이, 왕자를 자기 자식이 아니라 유르겔이 입을 새로운 몸으로 보는 거였다면 이해가 갔다. 이해되는 한편으로 구역질이 났다. 사랑이란 대체 무엇이라서 한 사람이 어린아이의 몸을 인위적으로 만들고 그 몸을 빼앗게 만드는 거지? 어지간한 이야기들로는 더는 몸서리치지 않을 거라 생각했는데 그 말은 너무나 혐오스러웠다.

"이 마법진은 대마법사의 육체를 만드는 마법진입니다. 대마법사의 육체를 만들어 새로 옮겨 갈 예정이었던 거군요."

"심장을 뽑아낼 만큼 괴로웠던 사랑도 놀랍게도 시간이 지나니 잊히더군. 하지만 사랑은 없는데, 육체가 한계를 맞아 무너지더라고. 어쩔 수가 없잖아."

나는 왕자를 사랑하지 않는다. 내가 낳지도 않았고 내 피가 섞이지도 않은 왕자를 사랑해야 할 의무는 없다. 하지만 그래도 내가 고이 기른 왕자의 몸에 저딴 이유로 저딴 유르겔이 들어오는 것은 용납할 수가 없었다. 이 감정이 뭘까.

부모가 사랑하지 않아도 아이는 산다. 부모가 없어도 아이는 행복할 수 있다. 그러니 왕비와 에반스가 왕자를 사랑하지 않는 건 괜찮았다. 하지만 이건 아니다. 내 왕자는 착취되기 위해 태어난 것이 아니다.

다시 싸움이 시작되었다. 미오 경이 그간 클라인에게 얻어맞기만 한 것은 아닌지 둘은 호흡을 맞추는 게 익숙해 보였다. 시엘도 간간이 간단한 마법 같은 걸 날리면서 둘을 서포트했다. 이제 클라인과 미오 경은 괜찮을 것 같았다. 아무리 오래 묵은 대마법사라지만 그래도 저 셋을 해치지는 못하겠지. 그럼 이제 내가 문제다.

나는 시엘을 보았다. 아까 뭐라고 했더라? 마법의 연결망을 풀었댔나? 그 비슷한 말을 했던 것 같다. 듣기로도 쉬운 일이 아닌 것 같았던 말인데 시엘의 창백하고 식은땀이 배어 나오는 얼굴을 보니까 내가 생각하는 것 이상의 일을 그가 해낸 것 같다.

"마법사님."

"아스."

시엘은 다시 한번 나를 위아래로 살펴보다가 살며시 끌어안고 내 이마와 볼에 입을 맞췄다.

"미안해요. 지금은 마법을 쓸 수가 없어서 고쳐줄 수가 없어요."

"전 괜찮아요."

애초에 내가 하려던 말도 그런 게 아니었으니까.

"지금 왕자님은 왕비 궁에 있는 거겠죠?"

"십중팔구는. 저자의 육체가 되기 위해 마법진 안에 있을 겁니다."

시엘은 유르겔을 유르겔이라고 불러야 할지 아니면 고대의 대마법사 미카엘 퀴테린으로 불러야 할지 헷갈려하는 것 같았다. 나도 그렇긴 하다.

"그럼 마법사님. 제가 왕비 궁에 가볼게요."

"아스."

"누군가는 왕자님을 구해야 하는 거잖아요."

클라인도 미오 경도 시엘도 각자의 역할과 몫이라는 것이 있다. 내 몫은 여기에 있는 것 같지 않다. 아무도 구하러 와주지 않을 왕자가 내 몫인 것 같다.

"왕비 궁으로 보내 드리고 싶지만 지금은 끈을 풀어버린 그물망처럼 모두 엉망이 되어 있습니다. 이전 패턴을 알지 못하면 마법을 사용할 수가 없어서……."

"괜찮아요. 여기서 왕비 궁은 멀지 않아요."

세야와 걸어서 왔던 길이었다. 좀 멀고 마음이 급하지만 다시 걸어서 갈 수 있을 거리였다. 숲만 빠져나가면 마차든 말이든 사용할 수 있는 다른 수단도 있을 테니까.

그때 작은 마법 하나가 내 귓불을 스치고 지나갔다. 파삭하는 소리와 함께 클라인이 선물한 귀걸이가 깨져서 떨어졌다.

"어딜 가. 넌 아무 데도 못 가."

클라인과 검을 맞댄 유르겔이 말했다. 그의 등 뒤로 미오 경이 달려들었지만 유르겔이 클라인을 밀어내고 미오 경의 복부를 발로 걷어찼다. 한 계절 내내 아팠던 몸이라 생각할 수 없는 움직임이었다. 어떻게 저 호리호리한 유르겔이, 심지어 마법사가 기사 둘을 상대할 수 있을까.

시엘이 온몸을 의지하듯이 지팡이를 잡고 일어나 유르겔 쪽을 향해 손을 내밀었다. 투명한 유리 같은 작은 공간이 유르겔의 몸을 구속했다.

"어서 떠나세요, 아스."

마력을 쓰기 어려운 상황이라는 시엘의 말대로 그의 이마에는 송송 식은땀이 솟아 있었고 안색은 더욱 파리해졌다. 내가 떠나면 유르겔이 더 악착같이 공격을 해댈까? 그 좁은 공간에서 유르겔은 어떻게든 시엘의 구속구를 내려쳐 대고 있었다.

시엘이 벌어준 시간은 길지 않을 것이다. 나는 최선을 다해 달렸다. 숲은 이미 엉망이 되어서 방향을 잡기가 쉽지 않았다. 그래도 얼마간 남은 형태의 도움을 받아 추측하며 열심히 달려 나갔다. 얼마나 달렸을까. 내가 달려가고 있는 방향 쪽에서 커다란 새가 날아오는 것이 보였다. 미심쩍은 기분이 들어서 그나마 멀쩡히 남아 있는 나무 밑에 숨었다.

새는 점점 가까이 다가왔고 기어이 내 머리 위를 스쳐 내가 온 방향 쪽으로 날아갔다. 삐야였다. 유르겔이 오지 않으니까 찾으러 나온 걸까. 어쨌든 삐야가 자리를 비웠다면 지금이 왕자를 데리고 나올 절호의 기회였다. 숨어 있는 동안 폐가 땅에 눌어붙는 것처럼 아팠지만 참고 다시 달리기 시작했다. 하지만 오래지 않아 뒤쪽에서 커다란 소리와 함께 붉은빛이 터져 나왔다.

쿵! 쿠구궁! 콰앙!

뭔가 부서지고 무너지는 소리가 들렸다. 하늘에는 아직 삐야가 떠 있었는데 그의 손에 마법의 잔상이 남아 있었다. 마법의 연결망을 끊어낸다고 시엘이 올려 보낸 황금의 원을 생각했다. 지금 삐야가 떠 있는 구간까지 높게 올라가지는 않았다. 시엘의 마법이 저 하늘까진 영향을 행사하지 않는 것이다. 삐야는 마법을 쓸 수 있다.

당장 그쪽으로 튀어 나가려는 내 몸을 억지로 자리에 앉혔다. 클라인은 괜찮을 것이다. 시엘과 미오 경도 괜찮을 거다. 괜찮아야 한다. 왜냐면 내가 해줄 수 있는 일이 없기 때문이다.

미오 경은 무사할까? 시엘은 무사히 방어막을 쳤을까? 클라인은 삐야의 마법을 튕겨냈을까?

저쪽의 먼지가 걷히기 전에 나는 내가 낼 수 있는 속도 이상으로 뛰었다. 헐떡이는 숨 때문에 목구멍이 칼날에 찢기는 것 같고 폐의 말단 세포가 터져 나가는 것 같은 고통이 따랐지만 뛰는 동안에는 고통 외의 모든 것을 잊을 수 있었다. 클라인은 무사하겠지. 시엘도 무사할 거다. 그리고 미오 경도. 그렇게 생각하면서 뛰었다.

나는 왕자를 사랑하지 않는다. 세상을 세 번쯤 다시 산다 해도 왕자를 사랑하지는 못할 거다. 그런데 난 지금 왜 사랑하지도 않는 아기를 위해 뛰고 있을까.

사실 잘 모르겠다. 그냥 그런 생각을 했다. 시간이 많이 지나 내가 늙었을 때 왕자의 손을 잡고 이런 일이 있었노라고 말을 해주고 싶었다. 그때 너를 사랑하지 않았어도 너를 위해 달렸노라고. 누군가는 너를 위해 달리고 있었노라는 말을 해주기 위해서 나는 뛰었다. 클라인과 시엘과 미오 경이 모두 무사했으면 좋겠다. 이 순간에 돌아갈 것을 선택하지 않은 나를 후회하지 않게.

온몸의 근육이 내 의사와 상관없이 움직이기 시작했다. 연골이 녹아내린 것처럼 무릎 아래의 움직임이 낯설고 기이했다. 발목이나 무릎을 그런 식으로 꺾을 마음이 없었는데, 바닥을 달리는 충격을 흡수하기 위해서인지 이상하게 튀어 올랐다. 그러다 비죽하게 올라와 있는 돌부리에 발등이 차였다. 넘어질 만한 충격은 아니었는데도 몸이 쉽게 균형을 잡지 못했다.

누가 말하길 숲길에서 달린다는 말의 의미는 반드시 넘어질 거라는 뜻이라던데 그 말이 틀린 데가 없었다. 달리던 속도에 내 몸무게까지 합쳐서 넘어졌더니 진짜 온몸이 아프다. 봄이나 여름, 하다못해 가을이기만 했어도 바닥이 푹신해서 좀 덜 아팠을 텐데 메마른 바닥에 그대로 곤두박질친 셈이 되니까 잠깐 정신이 없을 정도로 아팠다.

내가 팔자 좋게 기절했던 건 아니겠지? 머리가 빙빙 돈다. 나는 겨우겨우 눈을 뜨고 몸을 추스르려고 했지만 쉽지 않았다. 일어서려고 버둥거리는데 꿈틀거리는 하늘이 눈에 들어왔다. 얼마 전까지만 해도 새파랗기만 하던 하늘에 회색과 먹색의 구름이 서로 엮일 듯이 꿈틀거렸고 그 너머로 섬광이 들이치고 있었다.

세상이 멸망하려나 보다. 망할 때도 됐지, 이 놈의 세상.

"한참 찾았잖아."

비척거리며 일어나 앉은 내 앞에 유르겔이 나타났다. 내가 도망칠 때까지만 해도 깨끗했던 가슴팍에 누구의 피인지 모를 피가 불길하게 범벅되어 있었다. 클라인의 피일까? 아니면 미오 경?

도망쳐야 하는데 몸은 아프기만 하고 내 맘대로 움직이지 않았다. 도망쳐야 하는데, 어디로 도망쳐야 할지도 모르겠다.

유르겔이 칼을 들어 올렸다. 저기 찔리면 아프겠지? 죽을까? 살고 싶다. 나는 최선을 다해 유르겔의 신경을 다른 곳으로 돌리려 노력했다.

"시엘은요? 카펠라 공작님이랑 미오 경은요?"

"지금 그 사람들 걱정할 때가 아닐 텐데."

나도 이제 유르겔의 화법은 대강 알 것 같다. 다행이다. 아무도 안 죽었나 보다. 죽지는 않았다. 그러면 됐다. 된 것 같다.

"진짜 저 그냥 살려주면 안 돼요?"

"어차피 여긴 네게 아무것도 없고 넌 아무것도 할 수 없잖아. 그냥 죽어."

"절 좋아하신다고 했잖아요."

"그럼. 널 좋아해. 날 위한 제물이 되어줄 널 아주 좋아해."

그런 거면 정말 잘해주기라도 하든가, 거의 일 년간 내 신경을 긁었으면서! 무서워서 그런지 자꾸 눈물이 나려고 한다. 아닌데. 여기에는 클라인도 있고 미오 경도 있고 시엘도 있고 안나도 있고 왕자도 있는데. 우리는 이야기하고 눈을 마주 보고 손을 잡고 함께 살아가고 함께 행복할 수 있는데.

"내가 만든 마법진에 네 피가 섞여 들어가 버렸어. 그 바람에 모든 게 엉망이 되어버렸거든. 네가 죽어야 잘못 그려진 그 마법진을 파기하고 새로 시작할 수가 있어. 그러니까 그만하자."

유르겔이 피곤한 얼굴로 검을 치켜들었다. 처음에 내가 그에게서 도망을 치느라고 휘두른 칼에 맞은 팔뚝의 옷이 찢어져 있었다. 검은 피가 말라붙은 게 보였다.

죽을 때 주마등을 본다는 말은 조금 틀린 것 같다. 내 지나온 인생들이 슬로모션으로 지나가지는 않았지만 내게 다가오는 유르겔의 검이 천천히 보이기는 했다. 피하려면 피할 수 있을 것 같은데 온몸이 너무 끔찍하게 아팠다. 그래도 이를 악물고 조금이라도 유르겔의 검에서 벗어나려고 몸을 움직였다.

그런 생각이 들었다. 얼마나 열심히 살았는가, 얼마나 선량하게 살았는가가 죽을 때의 상황에는 반영되지 않는 것 같다. 정말 열심히 살았는데. 그것만은 자신이 있는데.

그때 작은 음악 소리가 났다.

유르겔이 잠깐 멈칫하는 것을 보고 바닥을 더듬었더니 손끝에 차가운 게 걸렸다. 왕비와 비밀의 방을 발견했을 때 그 방에서 찾은 목걸이였다. 늘 목에 걸고 다녔는데 언제 떨어졌는지 로켓이 열려서 미카엘 퀴테린의 빛바랜 초상화가 보였다. 그리고 그 옆에는 작은 돌멩이 같은 보석이…….

왕비 궁의 지하실로 갈 수 있는 보석.

예상치 못한 순간에 얻어맞은 사람의 얼굴로 유르겔이 손을 내밀었다. 나는 서둘러 유르겔보다 먼저 보석을 움켜잡았다. 보석을 잡고 지하실로 가고 싶다 강하게 원하라고 했다. 지금 여기서 나보다 더 강하게 이곳을 벗어나길 원하는 사람은 없다.

날 왕비 궁의 지하실로 데려가 주세요.

빛과 바람이 나를 감쌌다.

빛과 바람이 나를 왕비 궁의 지하로 데려다주었다. 오래 닫혀 있던 방 특유의 갑갑한 냄새가 났다. 나는 살며시 눈을 떴다. 예상외로 엄청 살벌한 광경이 나를 기다리고 있었다. 처음 이 방을 보았을 때도 참 살벌한 방이구나 생각하긴 했지만 그때보다 더했다.

마법진 전체가 반드르르 윤기 나게 빛나면서 묘하게 일렁이고 있었다. 꼭 어디 우주선이 폭파되기 직전이나 시한폭탄이 터지기 직전에 점멸하는 빨간 등 아래에 앉아 있는 것 같다.

나는 잠시 멍하니 방 안을 보다가 퍼뜩 정신을 차리고 왕자를 찾았다. 하도 시뻘건 빛이 점멸해서 헷갈리기는 했지만 방 한가운데에 있는 침대에 왕자가 얌전히 앉아 있었다.

그리고 다행히도 그 근처에 황자의 목은 없었다. 진짜 다행이다. 나란히 둘을 세워놨으면 어쩔까 걱정했는데 삐야가 그 정도로 미치지는 않았던가 보다. 나는 반갑게 다가가서 왕자를 안아 올리려고 했다. 그러나 근처에도 가지 못했다. 바닥에 그려진 마법진에서 수직으로 올라가 점멸하는 붉은 장막이 나를 거부했다.

이게 무슨 상황인지 모르겠다. 왜 사람 차별하지? 왕자가 저 안에 있는 걸 보면 못 들어가는 공간은 분명히 아닌데. 다시 한번 시험 삼아 마법진에 손을 내미니까 달궈진 프라이팬에 손을 덴 것처럼 뜨겁고 아팠다. 좀 오래 손을 대고 있었다가는 손이 녹겠다.

이거 대체 뭐가 문제지. 나는 거칠게 얼굴을 쓸고 마법진 한편에 조심스럽게 손을 가져다 대었다. 이상하게 이번엔 조금 전 같은 뜨거움이 느껴지지 않았다. 무슨 차인데? 재도전의 정신을 높게 쳐주는 것? 내 얼굴의 개기름? 손을 내려다보고 알았다. 얼굴에 흐른 피가 손에 묻어 있었다.

맞다. 저 마법진은 피로 그려진 마법진이었다. 생각을 안 하고 있었는데 인식한 순간부터 찜찜해졌고 이 방 어디에도 황자의 목이 없다는 사실에 찜찜함은 더해졌다.

설마 숲의 마법진처럼 이미 황자의 목을 녹여서 흡수한 건 아니겠지? 근데 내 마음은 몹시 그게 맞다고 대답하고 있다. 마법진에 손도 대기 싫다.

피가 정답이라면 피를 내야 한다. 하지만 이 방은 저번에 왕비랑 조사했을 때도 별반 날붙이 같은 것이 없었고, 아까 미오 경이 준 검도 숲에 떨어뜨리고 왔다. 어떻게 피를 내지? 혀를 깨무나? 망설이다가 팔뚝을 세게 물어봤는데 독함이 부족했는지 아프기만 하고 피가 나지는 않았다.

유르겔의 미역 줄기를 떼어내려고 칼로 발목을 마구잡이로 그어댄 흔적이 생각났다. 피는 이미 멎어 있었지만 여기저기 큰 상처들이라서 어떻게 후벼 파보면 괜찮을 것 같았다. 내가 미쳤나 보다. 내 몸을 후벼 파는 게 괜찮은 생각 같다니. 하지만 달리 방법이 없었다.

겨우겨우 낸 내 피가 마법진에 섞이니까 마법진이 우웅 진동을 하며 울었다. 겉보기에는 별반 차이가 없는데 피를 섞은 부분은 나를 거부하지 않았다.

내 한 몸이 들어갈 수 있게 피를 칠한 후에 마법진 안으로 들어가 왕자를 안아 들 수 있었다.

"왕자님, 별일 없었어요?"

삐야가 구박이라도 했을 줄 알았는데 왕자는 멀쩡해 보였다. 내 품 안에 감겨오는 몸 전부가 다 포동포동한 그대로였다. 다행이다. 서둘러 왕자를 안고 나오는데 마법진을 벗어나는 순간에 찢어지는 비명이 들렸다. 처절한 비명이었다. 그리고 방 안이 불타는 것처럼 붉은빛으로 변했다. 마법진이 마치 텐 카운트 안쪽으로 떨어진 시한폭탄처럼 빛이 나고 흔들렸다.

보석을 다시 잡았다. 저번에는 지하실에 들어오기 전에 있던 곳으로 갔었는데 이번에도 그러면 유르겔의 앞이니까 그건 안 된다. 어디로 가지?

내 방, 미오 경이 있고 시엘이 있던 내 방으로.

바이킹을 탄 것 같은 느낌이 지나가고 눈을 떠보니 내 방이었다. 건물 전체가 붉은빛을 뿜어내며 흔들리고 있었다. 마법진만 흔들리는 줄 알았는데 이 건물 자체가 문제였나 보다. 슬쩍 밖을 보니 사람들이 이미 밖으로 줄을 지어 도망치고 있었다. 난 이 왕비 궁 사람들의 생존 본능만큼은 강하게 믿고 있다.

그런데 내가 죽을 판이군. 한쪽에 구경하듯이 모인 사람들 틈에서 세사르 카직의 모습이 보였다. 지팡이를 짚은 그는 뭘 기다리는 것 같았다.

내 본능이 이 점멸하는 붉은빛과 흔들림이 진짜 시한폭탄의 카운트다운이라고 외치고 있었다. 나는 왕자를 고쳐 안고 방 밖으로 뛰어나갔다. 얼마만큼의 시간이 남아 있는지는 모르지만 서둘러야 한다는 것만은 알겠다.

그렇게 계단으로 질주하다가 문득 멈춰 섰다.

왕비가 이번에는 대피했을까? 생각하기 전에 몸이 먼저 홀린 듯이 방향을 틀어 왕비의 방문을 밀어 열었다. 바람이 나를 어루만지고 지나갔다. 열린 창문 앞에 하얀 드레스를 입은 왕비가 서서 밖을 내다보고 있었다.

"왕비님!"

외쳐 부르자 왕비가 나를 돌아보았다. 놀란 것 같기도 하고 전혀 놀라지 않은 것 같기도 했다. 이러고 있을 시간도 없었다. 얼른 왕비의 손목을 잡아끌었다.

"저희 빨리 나가야 해요."

"난 괜찮으니 너나 피하거라."

"같이 나가요."

가늘고 가벼운 몸이었다. 같은 여자인데도 내 손안에 들어오는 왕비의 손은 작고 가녀렸다.

손을 잡고 당기자 휘청거리며 딸려왔다. 나는 왕비의 손을 잡고 냅다 뛰기 시작했다. 한 팔에는 왕자, 다른 한 손에는 왕비. 피난민이라도 된 것 같다.

그사이에 붉은빛의 점멸이 더 빠르고 강렬해졌다. 왕비는 이런 움직임에 익숙하지 않은 사람처럼 좀처럼 잘 뛰지 못하고 힘들어했다. 내게 힘이 있었으면 좋겠다. 왕비를 번쩍 안거나 업고 뛸 수 있는 힘이 있었으면 좋겠는데.

난 지금 왕자가 주르륵 흘러내리는 걸 추슬러 안기에도 벅차다. 이미 왕자를 안은 쪽의 팔에는 감각도 없었다.

"왕비님, 두 층만 더 내려가면 돼요. 힘내세요."

"너도 알잖니. 난 별로 살고 싶지 않아."

"하지만 죽고 싶으신 것도 아니잖아요."

왕비가 멈춰 섰다. 나도 멈춰 서서 계단 위에 있는 그녀를 올려다보았다. 하얀 난초 같은 얼굴이 물끄러미 나를 보고 있었다.

"괜찮아요, 왕비님. 우울해도 돼요. 사람이 늘 행복하지는 않은 것처럼 늘 불행하거나 우울한 것도 아닐 거예요. 하늘에 구름이 없어서, 아침에 노란 옷을 입고 지나가는 사람을 봐서, 그런 걸로 괜찮은 날도 있을 거예요."

그녀는 이대로 병들어 죽게 된다. 그녀의 가문은 흑마법을 써서 수태했다는 의혹을 받고 몰락하게 된다. 왕자는 빼앗길 것이고 그녀는 유폐된 것처럼 궁에 갇혀 시들어 죽을 날만 기다리며 살게 될 것이다. 이대로 죽게 두는 것이 더 행복할 수도 있겠지.

하지만 그래도 난 왕비가 살기를 바란다. 살다 보면 하루 정도는 좋은 날이 있을 수도 있겠지.

기르던 화분에 꽃이 피어 기분이 좋은 날이 있을 수도 있고 그날따라 화장이 너무 잘돼서 기분이 좋을 수도 있다. 하다못해 종이를 찢었는데 딱 절반으로 찢겨 신기한 날이 있을 수도 있다. 그런 것들을 행복이라 생각하고 살았으면 좋겠다. 별다른 일이 없어도 소소한 일이 겹쳐서 아, 오늘 참 좋았구나 생각하는 날이 하루, 이틀, 사흘……. 그렇게 쌓여갔으면 좋겠다. 유르겔이 어쩔 수 없는 건 어쩔 수 없는 대로 두라고 말했는데 그래도 난 어쩔 수 없는 것 중에서 어쩔 수 있는 것을 찾고 싶다.

고개를 돌리는 내 시선 끝에 왕비의 발이 보였다. 구두 굽이 부러져 있었다. 이러니 그렇게 못 걸었지.

시간이 별로 없었다. 나는 잠깐 왕자를 왕비의 품에 안겨놓고 내 신발을 벗어 왕비의 발에 신겼다. 사이즈가 약간 안 맞기는 한데, 부츠라서 끈을 조이니까 괜찮을 것 같았다.

"이걸 내가 신으면 너는?"

"저 양말 두꺼워요."

이 날씨에 사냥을 간다고 해서 두꺼운 걸로 신었다. 그리고 아니더라도 내 발은 고생을 안 해 보드라운 왕비의 발과 다르게 굳은살이 잘 잡혀 있어서 이런 곳을 맨발로 걷는 것 정도로 쉽게 상처 입지 않는다.

이제 정말 시간이 없었다. 붉은빛의 점멸 속도가 거의 폭발 직전이었다.

"가요."

왕비의 손을 잡고 다시 계단을 뛰어 내려갔다. 입구에 모습을 드러낸 우리를 보고 밖으로 대피한 사람들이 길게 비명을 질렀다. 우리가 문을 통과하고 두어 걸음 정도 걸었을 때 난폭한 힘이 등을 떠미는 것이 느껴졌다. 본능적으로 왕자를 품에 감싸 안고 몸을 숙였다. 쓰러지는 나와 왕비를 안나가, 그리고 왕비 궁의 다른 시녀들이 감싸 안아주었다.

왕비 궁이 폭발하고 그 안에서 붉은 마법진이 기지개를 켜듯이 자라났다.

20장
그러나 그래서 그리고

방 하나를 채울 정도로 작은 마법진이었다. 그런데 지금 그것이 왕비 궁이 무너질 정도로 몸집을 크게 불려 자라나서 숲의 마법진과 공명하고 있었다. 공명하는 마법진 사이로 공간이 일그러져 있었다. 주파수를 잘못 맞춘 라디오 같기도 했고 배율을 잘못 맞춘 망원경 같기도 했다. 마법에 대해 전혀 모르는 나도 둘 사이에서 퍼져 나오는 힘 때문에 피부가 떨렸다.

"아스트리드."

내 방에서 세사르를 잘못 본 게 아닌 모양이다. 지팡이가 내 앞에 멈춰 섰다.

"네가 왜 여기에 있는 거지?"

사실 그건 내가 묻고 싶었던 말이다. 그는 왜 여기에 있을까. 그는 시녀들에게 안겨 있는 왕비에게 시선을 두었다. 이를 아득 갈고 지팡이를 움켜잡는 게 보였다. 마치 왕비에게 무슨 일이 생길 것을 기대하고 온 사람처럼.

"백작님."

조심스럽게 그를 불러보았다. 그는 나를 머리끝에서 발끝까지 한번 보더니 뒤로 한 걸음 물러섰다. 그가 물러선 자리에 신발이 놓여 있었다. 그 앞에 양말만 신은 내 발이 있었고 이제 맨발이 된 그의 하얀 발이 보였다.

그를 본 김에 팔찌를 돌려주려고 했는데, 그는 내가 끼고 있던 반지가 팔찌로 변하는 것을 알 수 없는 눈으로 지켜보다 고개를 저었다. 심지어 한 걸음 더 물러서기까지 해서 일단 반지는 다시 꼈다.

"아스."

신발을 신자마자 허공을 가르고 나타난 시엘이 내게 손을 내밀었다. 얼굴에 피가 튀어 있었지만 다친 곳은 없어 보였다. 어린 대마법사는 그 잠깐 사이에 십 년은 나이를 먹은 것처럼 피곤해 보였다. 그가 여길 온 것을 보면 저쪽도 잘 해결이 된 모양이겠지? 유르겔의 옷에 잔뜩 묻어 있던 피가 생각났다. 모두 무사해야 할 텐데.

잠깐 뒤를 돌아보았다. 왕비는 시녀장 언니를 비롯한 시녀 친구들이 둘러싸서 보살피고 있었다. 이곳은 이제 괜찮을 거다. 나는 왕자를 추슬러 안고 시엘의 손을 잡았다.

"아스트리드!"

세사르가 나를 부르는 소리가 들린 것 같았다. 눈앞이 잠깐 흐려진다 싶더니 엘리베이터가 덜컹하고 멈춰 서는 것과 비슷한 균열감이 들었다. 눈을 깜빡이니 전혀 다른 땅 위에 서 있었다. 사실 시엘이 착지 지점을 잘못 잡아서 좀 넘어질 뻔하기는 했다.

"죄송합니다. 이 근처는 아직 마법을 쓰기가 어려워서."

커다란 나무 근처의 공터였다. 나는 시엘이 너무나 멀쩡한 모습으로 내게 와서 모두가 무사할 줄 알았다. 아무 일도 없이 다들 다치지 않고 무사할 거라고. 시엘이 왕자를 안아 들고 내 등을 밀었다.

"미오 경."

배에 긴 칼이 꽂힌 미오 경이 클라인의 부축을 받으며 겨우 숨만 헐떡이고 있다가 나를 보며 간신히 웃었다.

"이거 치료 안 되나요, 마법사님?"

"이 근처는 아직 마법을 쓰기가 어렵습니다."

"제가 있는 곳으로 공간 이동하셨잖아요."

"대기가 불안정한 상태라 미오 경 같은 경우 자칫하면 검이 더 파고들 수 있습니다. 안정될 때까지 기다려야 합니다."

그럼 뭐야, 나는 왜 데리러 온 거야. 마치 죽기 전에 마지막 인사를 나누고 남길 말이라도 들으라는 것 같잖아. 영화 속 주인공들은 이럴 때 칼을 뽑고도 잘만 움직이던데, 미오 경은 칼을 아직 뽑지 않았는데도 피가 줄줄 흐르고 있었다.

"나 안 죽는다. 이상한 얼굴 하지 마라."

뭐라고 말을 해야 할지 모르겠다. 〈탈출기〉에 의하면 그는 죽지 않는다. 그런데 지금 원작의 흐름을 따지는 게 과연 의미가 있는 일일까? 대신에 클라인에게 물었다.

"유르겔 님과 삐야는요?"

클라인은 손을 들어 한곳을 가리켰다. 삐야의 한쪽 날개는 잘려 나갔고 다른 한쪽 날개와 가슴에 검이 꽂혀 있었다. 그리고 그 시신을 마주 보는 곳에 유르겔이 묶여 있었다.

유르겔은 죽지는 않았지만 심장을 중심으로 퍼져 나갔던 부패한 혈관 덩어리 같은 것이 얼굴까지 번져 있었다. 거미줄 같기도 하고 균열 같기도 한 검은 낙인을 달고 있는 얼굴에서 예전 같은 아름다움을 느낄 수는 없었다. 묶여 있는 그의 한 손에는 내가 떨어뜨린 로켓이 쥐여 있었다.

몇 가지 의문은 있었다. 그는 왜 계속 날 좋아한다고 주지시켰을까.

마치 내가 도망칠까 봐 안심시키고 싶은 것처럼. 그리고 내가 그의 계획에 필요하다는 것을 진작에 알았다면 왜 일찍부터 날 죽이지 않고 옆에 둔 걸까. 그런 거. 물어볼까 했지만 별로 중요한 것 같지 않아서 관뒀다. 무슨 상관일까. 어쨌든 나는 살아남았는데.

미오 경이 기침을 했다. 심상찮은 소리라 저러다가 죽을 수도 있지 않을까 생각되는 기침이었다.

"어떻게 해야 하지 않아요?"

"아직 마법을 쓸 수 없습니다."

"그럼 수레라도 가져와서 마법을 쓸 수 있는 곳으로 이동해요!"

물론 이동하는 동안에 흔들리겠지만 그래도 여기서 언제 풀릴지 모르는 마법을 기다리는 것보다는 훨씬 나을 것 같았다. 멀리 갈 것도 없이 근처 마을에서 수레만 빌려 오면 된다. 움직이려는 내 팔을 시엘이 잡았다.

"사랑합니다, 아스."

시엘의 입에서 수없이 많이 들은 말이었다. 하지만 이상하게, 시엘이 어른 같은 얼굴을 하고 있어서 그런가, 이번에 처음으로 제대로 들은 것 같았다.

"언젠가 제게는 세계를 열 만한 마력이 없어서 당신을 돌려보낼 수 없다고 말한 걸 기억하십니까?"

기억하고 있다. 언젠가 시엘이 내게 청혼했을 때 그는 아무리 대마법사라도 그 정도 마력은 없다고 말했었다. 시엘은 웃으면서 아직도 공명하며 일그러진 세계를 그리고 있는 마법진을 가리켰다.

"드래곤의 피로 세계를 열 만한 마력이 모였습니다. 곧 닫히겠지만."

내가 지금 무슨 말을 들은 건지 알 수가 없었다. 이해가 되지 않아서 시엘의 검은 로브를 붙들었다. 시엘은 슬픈 사람처럼 웃고 있었다. 이미 내 대답을 아는 사람처럼.

"내가 사랑하는 이방인이여. 저는 당신의 뜻에 따르겠습니다."

나는 그 긴 계절 돌아가기를 꿈꾸었다. 이제 꿈꾸기를 놓고 발을 땅에 내려놓았는데 이제야 길이 열렸다. 원망하는 것처럼 시엘의 로브를 잡아당겼지만 시엘은 왕자를 안고 하얗게 웃고 있었다.

쉽게 대답이 나오지 않았다. 나는 미오 경과 미오 경을 부축하고 있는 클라인을 보았다. 둘 다 아무 말 없이 나를 보고 있었다.

"저는……."

내 세계는 겨울이었다. 이 세계도 겨울로 접어들고 있지만 내 세계는 눈이 내리고 한창 추워지고 있을 때였다. 하늘의 색깔은 회색빛이었고 눈이 오는 날은 모든 도시가 한층 더 회색으로 보였다. 그 새벽의 공기. 눈이 모든 소리를 흡수하던 그 정적 속을 거닐면 내 숨소리밖에 들리지 않았다.

봄에는 꽃들이 일제히 피어났고 짧은 초봄에 벚꽃이 피었다. 새벽세 시, 꺼지지 않은 가로등 아래에 서 있으면 내 머리 위로 벚꽃이 팔랑거리며 떨어졌다. 길에는 사람도 차도 없어서 세상이 오로지 나만을 위해 춤추는 것 같았다.

여름이 되면 아스팔트는 뜨겁게 달아올랐고 햇빛에 축 늘어진 풀잎들은 익은 냄새를 풍기며 내 곁을 스쳐 지나갔다. 가을 단풍 사이로 하늘을 보면 계절이 이렇게나 아름다웠던가 경이로웠다.

내 세계는 언제나 아름다웠다.

"아스."

미오 경이 나를 불러 꿈같은 기억에서 벗어날 수 있었다. 모든 순간이 아름다웠던 내 세계가 멀어지고 피를 흘려 창백한 미오 경이 눈앞에 있었나. 그에게 다가가 손을 잡았다. 얼마나 피를 흘린 건지 미오 경은 손마저도 차가웠다.

"가족이 보고 싶다고 했었지."

내가 미오 경에게도 내 그리움을 내려놓은 적이 있던가. 그랬던 것 같다. 언젠가, 아직 아스에게 가족이 있는지 없는지도 모르던 때에 지나가는 말로 한 번 정도 이야기했던 것이 기억난다. 나도 어렴풋한 그걸 미오 경은 아직도 기억하고 있었나 보다.

"고생 많았다."

마법진 사이에서 불어오는 바람에 내 머리카락이 훅 떠밀리듯이 흩날렸다. 미오 경은 언젠가의 밤처럼 이마를 쓸어 내 머리카락을 넘겨주며 그렇게 말했다. 그 암녹색 눈동자에 뭐가 들어 있는지 모르겠다. 왜 그가 이런 말들을 할까.

"네가 내 곁에 없더라도 내가 살아 있는 한은 너도 별일 없을 거라 생각하며 그렇게 살겠다."

미오 경에게 한 번도 내가 다른 곳에서 왔다는 말을 한 적이 없는데도 그는 다 아는 사람처럼 그렇게 말을 하며 머뭇거리는 손으로 내 머리를 쓰다듬어 주었다.

"당장 죽으실 것 같은데요."

겨우 나온 뾰족한 말에도 미오 경은 웃었다.

"아스, 시간이 많이 없습니다."

"넌 괜찮을 거다."

시엘의 재촉 위로 미오 경의 목소리가 겹쳐졌다. 그는 배를 누르고 있던 손을 떼서 내 손을 세게 잡아주었다. 피가 내 손에도 묻어 손금 사이로 타고 내렸다.

"저는……."

클라인과 눈을 마주쳤다. 그는 단 한 번도 내게서 눈을 떼지 않았다. 차라리 그가 내게 가지 말라고 말을 했으면 좋겠다. 아니다, 이대로 아무 말도 하지 않았으면 좋겠다. 그는 지금 무슨 생각을 할까. 하지만 난 그 청회색 눈에서 아무것도 읽어낼 수가 없었다.

나는 미오 경의 손을 놓고 일어섰다. 그 손은 맥없이 내 손안에서 미끄러져 떨어졌다. 미오 경이 겨우 억누르고 있는 거칠고 불안정한 숨을 모르는 척하면서 나는 클라인을 내려다보았다.

"클라인."

이 이름을 불러보는 건 처음인 것 같다. 낯설 거라 생각한 이름이었는데 혀는 익숙한 듯이 입안을 굴렀다. 심장이 작은 조각을 토해내는 것처럼 아팠다. 나는 끊임없이 나를 보는 클라인의 얼굴을 잡고 천천히 입술을 겹쳤다. 우리가 하지 않은 말이 있다. 하지 않고도 알고 있는 말이 있다. 그 말을 삼키며 우리는 혀와 입술과 숨결과 감정을 섞었다.

당신은 나를 사랑하고 아마 나도 당신을 사랑하지만.

그래서 당신은 나를 당신의 미래에 넣었고 나도 당신을 그렸지만.

그래도 사랑으로도 안 되는 일이 있다.

"돌아가고 싶어요."

마지막으로 클라인의 입술을 가볍게 훔쳐낸 후 나는 시엘 쪽을 바라보며 대답했다. 그는 이미 마치 마법진에 딸려 올라가듯이 왕자를 품에 안고 허공에 떠 있었다. 그의 몸 주변으로 마법진 사이에서 일렁거리는 힘의 물결이 보였다.

"이곳에 오셔야 합니다."

시엘은 초조한 듯이 말했다. 나도 초조하다. 그는 충분히 손에 닿지 않을 허공에 떠 있었고 나는 거기까지 올라갈 능력이 되지 않는다. 높이뛰기 선수라고 해도 거기까지는 닿지 않을 거다. 내가 고개를 저으니까 시엘이 재차 말했다.

"지금은 마법을 쓸 수 없습니다. 제가 당신을 돕겠지만 이곳까지는 스스로 오셔야 합니다."

하지만 갈 수가 없다. 눈앞에 집으로 돌아갈 기회를 두고서, 나는 그곳까지 날아오를 수가 없었다. 시엘의 얼굴은 창백했고 나는 울 것 같았다.

"아스."

그때 뒤에서 점점 거칠어지는 숨을 가다듬고 있던 미오 경이 나를 불렀다. 그는 클라인의 부축을 마다하고 자리에서 일어서고 있었는데 칼에 찔린 배에서 내 눈에 보일 정도로 피가 쏟아지고 있었다.

"미오 경, 움직이시면 안 되는데."

"뛰어서, 내 칼을 밟고, 올라가라."

무슨 칼? 그가 배에 꽂힌 칼을 잡았다. 우두둑 근육들이 맞물리는 소리가 들리는 것 같았다. 나는 서둘러 외쳤다.

"그거 뽑으면 안 돼요!"

"괜찮아."

"안 괜찮거든요?!"

"네가 괜찮으면 나도 괜찮다."

바닥으로 피가 쏟아져 내렸다. 이미 창백했던 미오 경의 얼굴이 급속도로 더 창백해지고 있었다. 그는 배에 꽂혀 있던 칼을 기어이 뽑아내어서 바닥을 향해 크게 휘둘렀다. 피가 꽃잎처럼 바닥으로 저물었다.

"뛰어."

내가 무사히 뛰어오를 수 있을까. 검날을 제대로 밟을 수는 있을까. 그런 부분에서 나는 나를 믿지 않는다. 아는지 모르는지, 미오 경은 나와 똑바로 눈을 마주치고 속삭이듯이 다시 한번 말했다.

"뛰어."

그 말과 동시에 나는 달렸다. 거리를 계산할 수가 없었다. 언제쯤 검날을 향해 뛰어 올라가야 하는지 전혀 모르겠다. 이번 기회에 실패해도 다음이 있을까? 미오 경이 더 버티고 서 있을 수 있을까? 시엘이 더 높이 올라가 버리는 건 아닐지, 곧 닫힐 거라는 마법진이 진짜 닫히는 건 아닐지. 그 짧은 순간에도 생각이 많았다.

"지금이다!"

미오 경의 앞에서 최대한 높이 뛰어올랐다. 발아래에서 미오 경의 검이 나를 위로 밀어 올렸다. 튕기듯이 위로 올라가자 그 다음부터는 마법진의 기운이 빨아 삼키듯이 나를 당겨 올렸다. 어느 순간 시엘이 손을 뻗어 내 팔을 잡았다. 그는 내가 더 위로 솟구치지 않게 나를 안고 내 이마에 입을 맞췄다.

발아래에서 장미 꽃잎처럼 피를 뿌리고 쓰러진 미오 경이 보였다. 클라인이 달려와 그의 배를 누르며 지혈을 시도하고 있었지만 미오 경은 이미 피를 너무 많이 흘렸다. 그가 죽을까 봐 걱정된다.

"당신이 돌아가고 마법진이 닫히면 마법을 쓸 수 있습니다. 그러니 걱정 마십시오, 미오 경은 무사할 겁니다."

"정말로 돌아갈 수 있어요? 마법사님은 제 세계가 어디인지도 모르잖아요."

나는 시엘의 가슴에 매달려 그에게 조급하게 물어보았다. 소년 같았던 대마법사는 부쩍 어른이 된 얼굴로 나를 들여다보며 물었다.

"제가 누구죠?"

"대마법사."

법칙을 만드는 자.

그 순간 내 안에 꽁꽁 묶여 있던 무언가가 풀려나는 것 같았다. 오래 묵은 체기처럼 묶여 있던 것이 줄을 당기는 것처럼 풀려 나가 일부는 마법진 사이의 일그러진 공간으로 빨려 들어갔다. 일렁이던 균열이 난폭하게 움직이며 사나운 번개가 치기 시작했다. 회색빛 구름과 하늘이 소용돌이치며 비 오기 직전의 하늘처럼 변화하고 있었다. 나는 그 속에서 익숙한 냄새를 맡을 수 있었다.

"비 오는 날 아스팔트 냄새……."

시엘의 팔 안에 있던 왕자가 내 머리카락을 잡아당겼다. 왕자의 손이 내게 닿는 것과 동시에 작은 왕자의 몸을 스캔하듯이 지나가는 금빛의 물결이 생겨났다. 일렁이는 빛은 동시에 내 몸도 아래에서 위로 지나갔다. 무언가를 긁어 가는 것 같은 날카롭고 뜨거운 감촉이었다. 왕자와 내 몸을 통과한 금빛 빛무리가 시엘의 손바닥 위에 작게 뭉쳤다. 가느다란 실 같은 것이 우리에게 연결되어 있었다.

"그럼 마지막으로 당신의 이름을 알려주세요."

"제 이름은……."

아스? 아스트리드? 아스 토케인?

그 순간에 어렴풋하게 떠오르는 이름이 있었다. 작게 그 이름을 말했다. 금빛 빛무리가 물처럼 출렁였고 내 발끝부터 머리끝까지 알 수 없는 기운이 일렁이다 흩어졌다. 시엘은 고개를 저었다.

"이건 당신이 해야만 하는 일입니다. 제가 도와줄 수 없어요. 이름을 되찾으세요."

"내 이름은……."

다시 금빛 빛무리가 내 몸에 어리다가 사그라들었다. 몸 안이 덜덜 떨리는 묘한 반발력을 느꼈기 때문에 시엘이 말하지 않아도 실패한 것을 알 수 있었다. 하늘은 다시 닫히기 위해 요동치고 있었고, 아득히 멀고 초조해서 가만히 있을 수가 없었다.

"당신의 이름을 찾아가세요, 이방인이여."

어렴풋한 물속에서 흐릿한 돌멩이를 꺼내는 것처럼 나는 정신을 집중해 희미한 이름을 움켜쥐며 외쳤다.

"내 이름은……!"

그 순간 시엘의 손에 있던 금빛 빛무리가 쏟아지는 것처럼 내 이마 위로 파고들어 왔다. 그 금빛보다 찬란하게, 내 이름이 나에게로 돌아왔다.

다시 한번 하늘이 비틀리듯이 요동을 쳤다. 그리고 공명하고 있던 두 마법진 사이의 일그러진 균열이 탐욕스레 입을 벌리고 나를 빨아

당기기 시작했다. 이제 완전히 나를 놓아버린 시엘이 왕자를 품에 안고 고요한 눈으로 나를 보았고 왕자는 마치 배웅이라도 하는 것처럼 손을 흔들었다. 나는 낙엽처럼 마법진의 균열 틈새로 빨려 들어갔다.

그렇게 나는 내 세계로 돌아왔다.

세계와 세계가 이어진 것은 시엘도 처음 보았다. 세계 간의 연결은 불안정했고 차원의 밀도도 서로 달랐다. 그 불안정함이 만들어낸 마력이 밀도가 낮은 이 세계로 흘러들어 오는 것을 시엘은 물끄러미 바라보았다. 균열 사이로 회색과 녹색과 푸른색과 붉은색이 섞인 다른 세계가 엿보이는 것 같았다.

시엘은 눈을 감고 균열 사이의 움직임을 느껴보려고 애를 썼다. 폭풍 같은 마력의 움직임 사이의 모든 것이 낯설고 느끼기 어려웠고 방금 그 사이로 사라진 여자의 기적은 너무나 미약했다. 하지만 그녀가 무사할 거라는 것 정도는 알 수 있었다.

하늘에서 천천히 무언가가 떨어져 내려왔다. 난폭하게 요동치는 균열과 다르게 그것은 꽃잎처럼 천천히 시엘의 앞까지 내려왔다. 시엘은 슬픈 눈으로 바라보다 아스 토케인의 몸을 안고 지상으로 내려갔다.

"그 몸은?"

"본래의 아스 토케인의 육체다. 영혼은 무사히 원래의 세계로 돌아갔으니 몸을 돌려주는 것이지."

그들은 익숙한 것 같으면서도 낯선 얼굴을 보았다.

"죽은 건가?"

"아마 왕자님이 태어나는 그날에 본래의 영혼은 소멸되었을 거다. 그런 마법진이니까."

클라인은 한참 동안 한쪽 신발이 벗겨진 아스 토케인의 몸을 바라보다 고개를 돌렸다. 균열이 좁아지면서 세계 간에 바람이 불고 있었다. 시엘은 세찬 바람 때문에 자꾸 고개 앞으로 넘어오는 머리카락을 밀어내면서 클라인을 바라보았다.

"어쩔 텐가?"

"가야지."

그는 피를 너무 많이 흘려서 정신을 잃은 미오를 바위 위에 기대앉혔다. 생각보다 너무 담담하게 들리는 말이었다.

"그곳에서의 너는 이곳의 네가 아닐 텐데 다 버리고?"

약간 심술을 부려보았지만 대륙의 지도를 바꿀 수 있는 남자는 흩날리는 붉은 머리카락을 쓸어 넘기며 웃었다.

"갈 거다. 그녀가 어디에 있더라도, 내가 무엇이 되더라도."

"사랑이군."

싸움이 끝난 후 다른 세계에 대해 시엘이 알려줬을 때부터 생각하던 것이었다. 사실은 싸움 중에 유르겔이 폭로하듯이 그녀가 이계의 존재라는 것을 말하기 전부터 그도 이미 알고 있었다. 깊이 생각하고 싶지 않아 묻어두었을 뿐. 굶주린 아이처럼 그의 가족 이야기를 듣던 모습을 선명하게 기억하고 있다. 그러니 그녀의 대답은 묻지 않고도 알 수 있었다.

"그녀는 아스 토케인이 아니야. 그래도?"

"그녀가 무엇이든 누구이든 나는 그녀의 곁에 있겠다."

"사랑이군."

대마법사는 머리카락을 쓸어 넘기며 웃었다.

"그러는 너는?"

클라인은 시엘 역시 세상을 넘어갈 거라 생각했지만 대마법사는 조용히 웃었다.

"이곳에는 마법진을 닫을 대마법사가 필요해."

열린 두 세계가 가까워지고 있었다. 서로 맞부딪히거나 아니면 한쪽이 다른 한쪽을 빨아들일 듯이 균열이 더 강해지면서 줄어들고 있었다. 이내 하늘은 접히고 균열은 힘을 잃어버리는 것처럼 그들 근처까지 떨어져 내렸다.

클라인은 물끄러미 대마법사를 바라보았다. 어떤 마음인지는 그 자신도 몰랐지만 대마법사가 다시 웃었다.

"그런 눈으로 보지 마. 다음 대마법사가 자랄 때까지 기다린 후 나도 그녀에게로 갈 것이다. 대마법사는 영생이니까, 나는 괜찮아."

"저 마법진을 열 마력은 너조차도 만들어내기 힘들다고 하지 않았나?"

"다음 대의 대마법사는 마법진을 정복할 거다."

시엘은 가만히 왕자의 금빛 머리카락을 쓰다듬어 넘기고 펄떡이는 작은 가슴 위에 손을 올렸다. 보이지 않겠지만 그의 가슴에 영원이 새겨져 있듯이 왕자의 가슴에는 정복이 새겨져 있었다.

"왕국의 새 희망이신 왕자님께, 훗날 당신이 간절히 바라는 것 하나를 정복할 수 있는 권능이 깃들도록 나 시엘 커퍼필드의 이름과 마력으로 각인을 새기겠습니다."

이런 날을 예측했던 것은 아니지만, 왕성에 처음 들던 그 밤에 그의 어린 후임자에게 남겼던 축복은 옳은 선택이었다. 한때의 이기심과 치기가 언젠가 그 스스로를 구원할 것이다.

"놀랍지 않아요? 과거의 자신은 미래의 자신에게 도움이 된다고요?"

이제는 떠나간 여자의 목소리가 들린 것 같았다. 왕자가 자라나 성인이 되면 그때 그의 권능으로 마법진은 정복될 것이다. 그러면 세상은 더 많은 대마법사가 활보하고 사랑하며 살게 될 것이다. 그것을 상상하는 것만으로도 시엘은 기뻤다.

"그렇군. 그럼…… 언젠가 또 보도록 하지."

클라인은 뒤도 돌아보지 않고 균열의 틈새로 몸을 던졌다. 이 상황을 이해하지 못할 왕자가 팔을 흔들며 클라인을 배웅했다. 시엘은 검은 로브를 흩날리며 클라인의 뒷모습을 지켜보다 왕자의 손을 잡고 그 위에 입을 맞췄다.

빛과 바람이 클라인의 몸을 삼켰다.

나는 싱크대에서 수도꼭지를 잠갔다. 라면은 충분히 끓고 있어서 버섯을 넣고 조금 기다린 후에 젓가락으로 한번 휘젓고 불을 껐다. 식탁에 냄비 받침을 깔고 그 위에 냄비를 올려놓고 앉았다. 잊었던 라면의 맛이었다. 음식 투정은 안 한다고 생각했었는데 새삼 이것을 많이 그리워했다는 것을 깨달았다.

맛있었고, 맛있는데 눈물이 났다. 기쁨인지 미련인지 나도 모르겠다. 나는 옳은 선택을 했다. 그렇게 믿는다. 곧 외출하셨던 엄마와 아빠가 돌아오실 거고, 나는 드디어 엄마를 끌어안을 수 있다. 그러면 비로소 돌아왔다는 기쁨을 느낄 거다.

하지만 목구멍에서 치솟는 울음을 참기 힘들었다. 라면을 삼켜야 하는데 꽉 막힌 목이 그 모든 것을 거부하고 있었다. 참으려고 해도 울음이 새어 나왔다.

그때 반대편 의자 앞으로 길쭉한 빛이 생겨났다. 이곳의 것이 아닌 그리운 냄새를 품은 바람이 불어왔다. 팔락팔락 머리카락이 날리고 식탁 주변에 둔 가벼운 종이가 날아갔다.

"아스."

빛에서 익숙한 손이, 그리고 팔이 빠져나왔다. 그리고 붉은 머리카락이.

"클라인."

"이제 당신의 이름을 알려주십시오."

메마르고 부드러운 입술이 닿았다.

21장
어느 놈

오늘도 나는 사장을 죽였다.

커피숍을 다녀오는 길에 오토바이에 치여 죽는 상상을 했더니 마음이 좀 편해졌다. 그래도 오늘은 머릿속에서 4번밖에 안 죽였다. 아마 사장도 머릿속에서 날 죽이거나 자르는 상상을 하고 있을 거라 믿는다.

다른 세계에 거의 일 년을 있다 왔더니 내 업무 내용이 하나도 기억나지 않았다. 맥스 켜놓고 명령어 생각이 안 나서 멍 때리다가 화장실 가서 울 뻔했다. 대리 진급 시험도 떨어졌다. 사장 새끼, 반년이나 승진시켜 줄 거라고 날 개처럼 부려먹고는 승진을 안 시켰어. 개새끼. 한 번 더 죽어라.

그래도 귀한 반차였다. 반차를 쓸 바에야 연차를 쓰라고 하면서, 정작 연차를 쓰면 바쁘니까 나중에 쓰라고 했지. 나 언제 쉬니?

밥 먹고 들어가는 회사 후배들의 인사를 받으며 밖으로 나오니까 길 건너편 해가 닿는 곳에 클라인과 시엘이 서 있었다. 선명한 붉은 머리카락과 백금발을 가진 미남들이라 지나가는 사람들이 한 번씩 쳐다보고 간다.

둘이서 무슨 대화를 할까. 닭둘기가 뒤뚱거리는 걸 보고 있던 둘은 거의 동시에 고개를 들고 나를 보았다. 나도 손을 흔들어주고 길을 건넜다.

"궁금한데, 둘이 같이 있을 때 무슨 얘기 해요?"

"주식 동향과 부동산 매매가 같은 사소한 이야기입니다."

전혀 안 사소한 것 같은데.

클라인과 시엘이 나를 따라 세계를 건너온 지도 네 달이 지났다. 이제 계절은 완연한 봄이었고 시엘은 내 세계의 봄을 좋아했다. 같이 봄 나들이라도 할까 해서 회사 앞으로 불렀다가 밥 먹고 느지막이 들어가는 회사 후배에게 둘과 같이 서 있는 걸 들켰다.

내일 출근하면 둘에 대한 러브 스토리를 어떻게든 날조해서 들려줘야겠다.

"전 경복궁보다는 종묘를 더 좋아하기는 하는데 외국인 필수 코스는 경복궁이니까요."

"여기도 가고 거기도 가면 안 돼요?"

"입장료가 비싸요."

클라인도 금수저, 시엘도 금수저인데 그들은 여기에 와서까지 금수저다.

처음 정착이야 클라인의 막노동과 시엘의 마법으로 했지만 그 이후 벌어먹고 사는 건 각자 능력껏 하는 것 같다. 내 펀드는 반 토막이 나다 못해 가루가 되어 사라지고 있거늘 둘은 나날이 주식 승리로 부자가 되어간다고 한다.

"주식이라는 기 침 새니가 있너군요."

나같이 주식 망한 사람들이 들으면 좀 많이 슬퍼할 것 같은 소린데.

넉 달 전, 클라인이 나를 따라온 것이 감동은 감동이었지만 그와 별 개로 이 불법 이민자를 어떻게 해야 할까 고민하면서 거실에 앉힌 지 한 시간도 되지 않아서 시엘이 건너왔다.

시엘은 내가 본 마지막 모습과 비슷하면서도 조금 다른 얼굴로 웃 었다.

"아스, 클라인! 보고 싶었습니다. 둘 다 별로 변하지 않았군요."

그의 세계는 벌써 23년이 지났다고 했다. 한 시간 전에 배에 칼이 꽂혀 있던 미오 경이 스물세 살을 더 먹은 아저씨가 되고 내 품에 안겨 있던 왕자가 멀쩡한 성인이 되었다고 생각하니까 기분이 되게 이상했다.

시엘이 하다못해 한 일 년 정도 더 있다가 왔다면 좀 감동이었을까? 이세계의 감각이 아직 떨어지지 않아서 내가 알던 사람들의 이야기인 데도 오히려 낯설게 들렸다.

"원래는 왕자가 스무 살이 되자마자 오려고 했는데 도저히 놓아주 질 않아서 더 걸렸습니다. 곧 결혼도 할 아이가 왜 그렇게 응석이 많 은지. 뭐, 제가 보모이고 스승이고 형이고 아버지인 셈이었으니까 의 지하는 것도 어쩔 수 없지만요. 약간 오만하고 독선적이고 고집이 센 부분이 있긴 하지만 왕자는 사랑스럽게 자랐습니다. 아주 영리하 고…… 아, 저는 왕자라고 부르지만 열 살에 국왕으로 즉위한 어엿한 왕입니다."

고슴도치가 제 새끼 예뻐하는 소리를 하는 시엘은 20년이 넘는 세 월 동안에 조금 수다쟁이가 된 것 같았다.

제국은 시체조차 남지 않은 황자의 죽음에 분노했다. 거의 전쟁이 일어날 상황이었다. 제국의 서쪽 지방에 있는 영주들이 연합해서 독 립 전쟁을 일으키지 않았다면 가능했다. 대륙은 오랫동안 전쟁 중이 었고 제국은 큰 나라라서 너끈히 여러 나라와의 전쟁을 감당할 수 있었지만 내란은 또 달랐다.

아들을 잃은 블랙 드래곤이 중재에 나섰다. 날개를 펴고 하늘을 날아온 그녀는 자신의 발톱 위에 왕자를 올려 살펴본 후 장성하여 제국의 딸을 아내로 맞을 것을 조건으로 왕국을 용서했다고 한다.

부마국이라는 단어가 연상되기는 하는데 그래도 왕자는 대마법사니까 쌍방 투자에 가깝지 않나 그런 생각을 좀 하고.

블랙 드래곤은 아들을 죽인 유르겔의 신병을 요구했다. 에반스는 왕자에게 양위하고 유르겔과 함께 제국으로 갔다.

시엘은 그 후로 두 사람의 소식을 들은 게 없다고 했다. 죽었는지 살았는지.

"그 몸으로는 오래 살지 못했을 겁니다. 마지막으로 본 모습도 심장뿐 아니라 얼굴까지 썩어 일그러진 모습이었으니까요."

"유르겔은 왜 그런 일을 일으켰을까요. 성공했더라도 제국과 블랙 드래곤이 분노해서 날뛰었을 텐데."

"몸이 무너지고 있었으니 살고 싶었다면 그도 선택지는 없었을 거라 생각합니다. 대마법사의 영혼은 대마법사의 육체에만 깃들 수 있으나 심장을 잃었으니까요. 마력은 살아온 시간에 비례하니 성공만 했다면 역사에 없던 가장 강력한 대마법사의 군림이었겠죠. 그때는 제국도 항의할 수 없었을 겁니다."

왕국도 무사하지만은 않았다고 했다. 왕자가 자라는 동안 영토가 많이 축소되었고 나해는 다시 독립했다.

불과 한 시간 전에 내가 있던 세계의 이야기는 책을 읽는 것처럼 낯설고 신기하기만 했다.

"왕비님은 어떻게 사셨는지 아세요?"

난초 같은 내 왕비님은 여전히 그 별궁에서 조용히, 있는 듯 없는 듯 머물다가 왕자가 열 살이 되기 전에 죽었다. 다만 그녀는 산책을 좋아하고 꽃을 좋아해서 그녀가 죽을 때쯤 왕비 궁은 왕국에서 가장 아름다운 정원으로 유명해졌다고 한다.

"미오 경은요?"

솔직히 한 시간도 지나지 않아서 별로 그가 그립지는 않지만 그 이름을 말하기가 왜 그렇게 힘들었는지 모르겠다. 흩어진 꽃잎처럼 피를 뿌리며 쓰러져 있던 그의 마지막 모습이 아직도 생생했다.

괜히 목이 가려웠다. 시엘을 봤을 때 나는 어쩌면 미오 경도 기대했던 것 같다.

"미오 경은 카펠라 공작의 제자라고 소문이 나는 바람에 여기저기서 제자들과 추종자들이 몰려들었습니다. 그 명성 때문에 카펠라 가문에서 양자로 들였지만 그도 결혼하지 않으니 대가 끊기거나 제자로 이어지겠군요."

"그것도 나쁘지 않군."

자기 가문 일인데 클라인은 의외로 선뜻 기쁘게 받아들이는 것 같았다. 내 생각 이상으로 미오 경이 마음에 들었나 보다.

그렇구나. 미오 경도 잘 살고 있구나.

"그나저나 왜 제목이 〈탈출기〉였을까요."

그들이 있던 곳이 책 속의 세계라는 것을 알고도 시엘은 별로 불쾌하게 여기지 않았다.

책은 다른 세계로 통하는 통로일 뿐이지 않겠냐고 웃는 바람에 책장에 꽂힌 다른 소설들을 한번 돌아보았다. 저 소설들도 그 안에 다른 이야기들을 품고 있을까?

"그 세계의 다른 누군가도 당신처럼 그곳에서 빠져나왔을지도 모르죠."

시엘은 〈탈출기〉를 별로 중요하게 생각하는 것 같지 않았다. 사실 돌아온 후부터는 나도 그랬다.

바람이 좋고 햇살이 따뜻한 날이나 밤바람이 서늘해서 기분이 좋은 날은 미오 경이 생각났다. 혼자 걷는 해가 좋은 날에는 문을 열고 들어서면 미오 경이 나를 돌아볼 것 같았다. 왕비 궁의 그 방을 나는 그렇게 싫어하지는 않았던 것 같다. 나는 아직 시간이 오래 지나지 않아 미오 경을 그리워하지는 않는데 시간이 오래 흐른 그곳에서 미오 경은 가끔 내 생각을 할까?

"유진아!"

경복궁을 들어가 경회루 근처를 걷고 있는데, 웬 여자가 나를 불렀다. 뒤를 돌아보니까 촉촉한 검은 머리카락을 늘어뜨린 예쁜 새댁이 유모차에서 칭얼거리는 어린아이를 들어 올리고 있었다. 동명이인이구나. 눈이 마주치니까 새댁은 웃으면서 눈인사를 보냈다.

"아기가 예쁘네요. 몇 개월이에요?"

"열 달이요. 이제 엄마 비슷한 옹알이도 한답니다."

"아기가 예쁘네요. 애기 엄마랑 닮았어요."

여자는 그 순간 너무나 기쁘게 웃었다. 누굴 닮은 것 같은데. 부드럽고 침착한 아름다운 얼굴이 내가 아는 사람을 닮은 것 같은데 누군지 당장 떠오르는 사람은 없었다. 난초 향기가 날 것 같은 여자는 나를 스쳐 지나갔다.

"유진, 여기 잉어 살아요! 빨리요."

"아마도 내 기억에 따르면 유진은 잉어를 별로 안 좋아할 텐데."

"이제는 좋아할 거다. 나랑 같이 잉어를 봤으니까."

잠깐 나보다 앞서 있던 둘이 나를 부르며 손을 흔들었다. 잉어라. 잉어. 거참. 난 애매하게 웃었다. 난 아직도 생선을 먹지 않는다.

"맞다, 유진. 미오 경이 전해달라고 한 말이 있었습니다."

"와아, 그걸 넉 달 만에 생각해 냈어."

"저도 경황이 없었으니까요."

넉 달이나 전언을 안 전해주고 있던 걸 알면 미오 경이 되게 서운해 할 것 같다.

하지만 시엘도 미안해서 어쩔 줄을 몰라 하고 있었고 나도 미오 경의 전언이 궁금해서 더 타박하지 않기로 했다.

"뭔데요?"

"잘 살라고. 잘 살라고 했습니다."

아주 잠깐 숨이 막힌 것 같아서 나는 뻐근한 가슴을 누르면서 겨우 웃었다. 아마 미오 경도 이곳에 왔다면 내 세계의 봄을 좋아했을 텐데. 아직 내게 그리움은 먼 곳에 있었지만 미오 경의 녹색 눈이 보고 싶어졌다.

〈완결〉

번외 1
아스트리드

마지막일 순간에 그녀는 방 안을 다시 한번 둘러보았다. 외부에서 십 년 넘게 살다 본가로 들어온 지 2년이 채 되지 않아 그녀의 짐은 많지 않았다. 이제 방 안에 그녀의 흔적이라고는 창가에 매달려 있는 오래된 풍경 하나밖에 남지 않았다.

풍경은 예전에는 맑은 소리를 내었던 것 같은데, 이제는 세월과 바람에 삭아 녹이 슬었는지 손으로 잡아 흔들어야 겨우 탁하고 희미한 소리를 내었다. 이걸 받은 게 몇 살이었더라…….

"아스, 짐은 다 챙겼니?"

한스 아저씨였다. 아스는 자신의 손끝을 보았다. 발뒤꿈치를 들면 금방이라도 닿을 거리에 풍경이 있었다. 하지만 아스는 손을 내리고 치맛자락을 정리하며 웃었다.

"네, 거기 두 개가 다예요."

부모 없이 거리를 떠돌던 작은 여자아이는 애초에 가진 것이 없었다. 운 좋게 귀족가의 하녀가 되어 굶지는 않았으나 여전히 그녀는 뿌리내릴 곳이 없었고 가질 수 있는 것도 없었다. 단출한 가방 두 개에 한스는 혀를 찼지만 달리 말을 붙이지는 않았다. 그는 십여 년 전 이 집에 처음 들어오던 새끼 고양이처럼 깡마르고 꾀죄죄했던 아스의 모습을 기억하고 있었다. 하지만 그래서? 대부분의 평민이 다 그러고 산다.

한스가 짐 가방을 들고 먼저 나가 방을 한 바퀴 둘러보며 말했다.

"저건?"

아스와 한스의 시선이 창 끝에 걸린 풍경에 닿았다.

"두고 가려고요. 제 것이 아닌 것 같아요."

다행히 고용인들이 돌아다닐 시간이 아니었다. 아스는 한스보다 먼저 걸어가 문을 열고 밖으로 나갔다. 굳게 닫힌 문으로는 밖에서 쏟아져 들어오는 햇빛을 막을 수가 없었다. 그 찬란함 속에 세사르 카직이 있었다.

"주인님."

"타라. 왕궁까지 배웅하겠다."

한스는 이미 고삐를 잡고 있는 마부 옆에 아스의 짐을 내려놓았다. 그리고 세사르의 등 뒤에서 아주 살짝 그녀에게 눈인사를 건네고 저택 안으로 돌아갔다.

아스가 먼저 마차에 올라서 세사르에게 손을 내밀었다. 그는 불쾌한 듯 미간을 꿈틀거렸지만 한순간이었다. 고삐를 놓고 달려 나온 마부가 마차 앞에 바싹 엎드렸다. 세사르는 마부의 등을 밟고 아스가 잡아주는 손에 의지해 마차에 올랐다.

마차 안이 좁아서 치맛자락을 정리하다 말고 아스는 몸을 움츠렸다. 자칫하다가는 무릎이 닿을 것 같았다. 키가 다 자란 이후 세사르와 아스가 한 마차에 타는 건 처음 있는 일이었다. 세사르는 아무렇지도 않게 지팡이로 그가 기댄 벽을 두드려 마차를 출발시켰다. 말들은 천천히 걸었다.

아스는 고개를 들어 이제는 마지막일 저택을 바라보았다. 그녀가 열어두고 나온 창문에서 풍경이 흔들리고 있었다. 소리가 날까? 눈을 감고 귀를 기울여 봐도 마차 바퀴와 말발굽 소리에 묻혀 풍경 소리는 들리지 않았다.

"아스트리드."

"네, 주인님."

제대로 교육받은 하녀라면 주인의 눈을 똑바로 바라보지 않는다. 그녀는 눈을 내리뜨고 지팡이 끝을 만지작거리는 세사르의 손에 시선을 고정했다. 왼쪽 네 번째 손가락의 반지가 반짝였다.

"널 믿는다."

아마도 세사르 본인에게도 낯설 말이었다.

"마법진을 찾으면 어떻게 하실 건가요?"

"왕비에게 알려줘야지."

왜? 아스는 조심스럽게 세사르의 얼굴을 살폈다. 오랜만에 그가 웃고 있는 것을 보았다. 배부른 사람처럼 은은한 미소가 번져 있었다. 이티카 카직이 죽은 것을 확인하러 왔던 그날에 그가 저렇게 웃었다. 세사르의 손가락이 규칙적으로 지팡이를 두드렸다. 기분이 좋을 때 극히 드물게 나오는 습관인데, 그는 모르는 모양이었다.

소녀가 하나 있었다. 아니, 청년이었다. 아무도 없는 새벽에 누구도 듣지 않을 피아노를 연주하던 천덕꾸러기 도련님이었다. 그때 철모르는 어린 하녀가 훔쳐 듣고 있었던 걸 그는 알고 있을까? 그는 지금도 피아노를 칠까?

마차는 왕궁이 보이는 숲길에 그녀를 내려놓았다.

"너는 아무것도 할 필요 없다."

아스는 마부가 건네준 그녀의 짐 가방을 들고 마차 안에 있는 세사르의 청회색 눈을 물끄러미 바라보았다. 왕비 궁의 비밀을 알아내기 위해 그녀를 왕궁에 보내는 사람이 할 말이 아닌 것 같았다.

"마법진을 발견하는 즉시 내게 알리도록. 그곳에는 너를 보호해 줄 사람이 없다."

하지만 카직 저택에서도 당신은 날 보호하지 않았는데. 아스는 하녀가 주인에게 할 수 없는 말은 삼키고 최대한 순종적으로 웃었다.

"주인님, 제가 일을 잘해내면 상을 주시겠어요?"

"너는 내 것이다. 내가 원하는 일을 하는 게 당연한데 상이라고? 주제를 알도록 해라."

그에게 진심으로 무언가를 기대하고 한 말은 아니었다. 그녀는 고개를 숙여 순종을 나타내고 한 걸음 뒤로 물러섰다. 왕궁까지는 아직 갈 길이 멀었다. 그녀의 머리 위로 세사르가 물었다.

"만약에 상을 준다면 뭘 받고 싶었지?"

주인의 얼굴을 똑바로 쳐다봐서는 안 된다는 것을 알지만 아스는 그 순간 고개를 들어 세사르를 똑바로 보았다. 고개를 돌려 시선을 피한 건 그였다.

"아가씨를 추억할 수 있는 물건을 하나 갖고 싶어요."

이티카의 물건은 세사르가 손수건 한 장 남기지 않고 불에 태웠다. 아스의 손에는 이티카를 추억할 모래 한 줌도 남아 있지 않았다. 세사르는 불쾌한 얼굴로 아스를 보았을 뿐 대답 없이 떠났다.

⊹⊱✧⊰⊹

왕비 궁에는 그녀와 가까운 또래에 비슷하게 가난하고 불행한 젊은 여자가 많았다. 아스는 그중에 미나라는 사람과 룸메이트가 되었다. 미나는 상냥해 보이는 눈을 가지고 있었다.

"넌 여기 왜 왔어?"

아스는 초장부터 눈에 띄었다. 왕비 궁은 선호되는 근무지는 아니었다. 특히나 아스처럼 귀족가에서 일한 경력에 추천서까지 있는 사람은 다른 귀족가나 다른 소속의 왕궁으로 가지, 지금 같은 시절에 왕비 궁으로 오지 않는다.

"나도 가진 게 없어서."

그 말에 미나는 대충 이해한 얼굴을 했다. 왕비 궁으로 몰려든 사람 중에서도 아스의 짐은 압도적으로 적었다.

방은 작았다. 카직 백작가에 들어갔을 때 몇 달 정도 하녀들의 공동 숙사에 있던 때 말고는 누군가와 방을 함께 쓰는 것도 처음이었다. 미나가 짐을 정리하는 동안에 아스도 자신의 공간에 옷가지 등을 대강 던져 넣고 가방에서 소중히 가져온 오르골을 꺼냈다. 이걸 사고 순식간에 가난해졌지만 그래도 행복했다.

이티카와 외부 저택에서 지내던 시절이었다. 그때는 그런 순간이 영원할 줄 알았다. 이티카가 연인인 클라인 카펠라와 결혼을 하면 아스 그녀는 카직 가문으로 가게 될까 카펠라 가문으로 가게 될까 그런 것을 궁금해했을지언정 행복한 연인은 영원히 함께 있을 거라 생각했었다.

이 년 전, 이티카는 죽었고 세사르는 결혼했다.

세상은 그녀를 두고 흘러갔고 아무도 그녀를 찾지 않았다.

꽃◇◇◇◇

왕비 궁의 생활은 의외로 즐거웠다. 매일이 단조롭고 바쁘지만 평화롭게 지나갔다.

"아스, 시녀장님이 널 보고 있어."

"내가 최선을 다하고 있다는 걸 그분도 아실 거야."

"아는 눈치가 아니셔."

정신이 육체를 지배한다는 말을 한 사람은 적어도 바느질을 안 해 본 사람일 거라고 아스는 생각했다. 그냥 정해진 자리에 바늘을 찔러 넣어서 정해진 자리로 빼내면 되는 단순한 일인데도 단순하지가 않았 다. 정말로 정신이 육체를 지배한다면 지금 아스가 들고 있는 천 자락 에는 어여쁜 꽃이 수놓였어야 했는데 난해한 소용돌이만 가득했다. 분명 마음과 의욕은 천 색깔을 바꿔 버릴 정도로 멋진 꽃을 수놓는 거였다.

"앗, 따가워!"

또 찔렸다. 이대로는 붉은 실로 수를 놓아 천을 물들이는 것보다 그 녀의 피로 붉게 물들이는 게 더 빠를 거다.

"아스 토케인."

"네, 시녀장님."

"추천서에는 분명 귀족가에서 십 년을 일했다고 되어 있던데."

"작은 가문이라 이렇게 자수를 놓을 여유가 없었습니다."

"넌 음식도 못하지."

억울했다. 아스는 거의 모든 집안일에 통달해 있었다. 이티카와 보 낸 십여 년의 세월은 거의 자급자족의 생활이었다. 다만 보름에 한 번 씩 식료품과 생필품을 본가에서 지급받았기에 식량 원재료의 손질에 무지할 뿐이었다.

"청소도 못하고."

이 또한 억울했다. 이티카와 십 년을 넘게 산 집을 쓸고 닦은 것은 오로지 아스 한 명뿐이었다. 그저 그 집은 나무로 지어졌기 때문에 왕 비 궁과 같은 대리석과 석조 건물의 청소법을 모를 뿐이었다.

"빨래도 못하고."

아스의 고개가 푹 꺼졌다. 이것만은 변명의 여지가 없었다. 아스가 이티카와 외딴집으로 옮긴 건 열두 살의 겨울이었다.

이티카의 상태를 보러 주기적으로 방문하던 세사르는 한겨울 찬물에 빨래하고 있던 아스를 보았다. 그 후로 보름에 한 번씩 식료품을 가져오는 하인들이 세탁물도 수거해 갔다. 속옷이나 손수건 같은 간단한 것들은 아스가 빨았지만 의복과 부피가 큰 이불 같은 세탁물에 대해서는 아는 바가 없었다.

"넌 할 줄 아는 게 대체 뭐지?"

"환자 간호는 정말 잘합니다. 제 전공이죠."

나중에 미나가, 그 순간에 아스가 쫓겨나지 않은 것은 왕비 궁이 정말 일손이 부족한 곳이며 때마침 그때 왕비가 앓아누웠기 때문일 거라고 했다.

⊹⊱⟨▧⟩⊰⊹

새하얀 얼굴로 침대에 누운 왕비는 늦봄의 목련 같았다. 어제 그녀가 꽃병에 꽂아두고 갈지 않은 꽃이 왕비의 얼굴보다 더 생기 있어 보였다. 꽃이 지는 데는 이유가 없으나 때를 맞춰 시들어 떨어져야 하는데 때를 놓친 꽃처럼 보여 안타까웠다. 병들어 달아오른 이마에 물수건을 올려주며 나이 든 유모는 눈물을 닦았다.

"불쌍한 우리 아가씨."

왕비의 친정에서 따라왔다는 유모는 아직도 왕비를 아가씨라고 불렀다. 그 호칭에는 따스한 미련과 후회가 있었다. 만약에 이티카가 무사히 클라인 카펠라에게 시집을 갔더라면 아스도 그녀를 부인이라고 부르기보다는 아가씨라고 불렀을 것 같았다.

"의사에게 보여야 하지 않을까요?"

자연히 더 부드럽고 조심스러워진 목소리로 물었다. 이티카의 병 수발을 십 년 넘게 든 아스의 눈에 왕비는 가벼운 영양실조와 감기로 보였지만 일국의 왕비였다. 의사의 진단이 필요했다. 하지만 유모는 고개를 저었다.

"이곳으로 와줄 의사는 없단다."

"하지만 왕비님인데."

"몹쓸 것들이지. 가엾은 우리 아가씨."

아스는 손을 내밀어 왕비의 이마를 짚었다. 뜨거웠지만 해열제를 먹으면 열은 금방 가라앉을 거다. 하지만 왕비 궁에는 그런 간단한 약도 없는 모양이었다. 유모와 그녀는 밤새 찬 물수건을 갈아 왕비 이마에 놓았다.

"아가씨가 왕자를 낳으셔야 해."

깊어가는 밤에 유모는 몇 번이나 그렇게 중얼거렸다. 옆에 아스가 있는 것도 잊은 눈치였다.

"왕자를 낳으시면 이런 수모에서 벗어날 수 있어."

"유모님?"

조심스레 유모를 불렀지만 그녀의 목소리가 들리지 않는지 유모는 다시 중얼거렸다.

"우리 아가씨는 이런 대접을 받으실 분이 아니야. 왕자만 낳으면……."

왕비 머리맡의 창문이 끼이익 열렸다. 밤에 문단속하는 시녀가 일을 꼼꼼하게 하지 않은 모양이었다. 아스가 찬 바람이 들기 전에 창문을 닫으려고 일어나는데 다시 끼이익 하고 창문이 닫혔다. 바람이 이상하게 불었을까?

"아무도 우리 아가씨를 방해할 수 없어."

늦은 새벽이었다. 유모는 방금 창문이 열렸던 것도 모르는 눈치였다. 피곤함에 잠겨 방금까지도 졸음으로 깜빡거리던 눈동자가 지금은 아스가 알 수 없는 기운으로 번들거리고 있어서 소름이 돋았다.

"왕자만, 아이만 낳으면……."

다행히 유모의 목소리는 점점 잦아들었다. 정확히는 아스가 알아들을 수 없는 웅얼거림으로 변해갔다. 유모가 한쪽에서 중얼거리는 동안에 아스가 왕비의 물수건을 갈았다. 창백할 정도로 새하얀 얼굴이었다.

얼마나 되었지? 십오 년은 넘은 것 같은데 이십 년은 안 된 것 같고. 그때 아스는 카직가의 하녀가 된 지 얼마 되지 않은 참이었고 아직 이티카의 하녀가 되기 전이라서 세사르의 뒤를 졸졸 쫓아다녔었다.

그때 왕비는 아직 왕비가 되지 않은 어린 소녀였다. 검은 머리카락을 가슴 앞으로 땋아 내린 예쁜 소녀는 종종 길가에서 세사르와 시비가 붙었다. 그녀의 입장에서는 세사르의 일방적인 시비고 다툼이었다. 그때마다 왕비는 미간을 찡그리고 자리를 피했다.

하지만 그날은 달랐다.

"넌 나를 이유 없이 증오하는구나. 그렇다면 그럴 만한 이유를 하나 만들어줘야겠지."

그 말 직후 왕비가 타고 있던 말이 앞발을 들어 올렸다. 끔찍한 소리였다. 길게 이어지는 말 울음과 세사르의 비명, 콰드득 하는 소름 끼치던 울림을 아직도 기억한다. 조금 무료한 듯, 불쾌한 듯 침착했던 왕비의 얼굴도 아직 기억한다. 그때는 왕비가 어디 마녀 정도는 되는 줄 알았다. 세사르의 친어머니는 갓난아이를 두고 다른 남자와 결혼을 했고 그 조카 되는 왕비가 저러니 저 집안 여자들은 다 저런가 싶었다.

그때 이후로 세사르는 한쪽 다리를 쓰지 못한다. 그러니 동정을 하면 안 되는데. 하지만 왕비와 그녀의 이티카가 서로 닮았을지도 모른다. 이티카처럼 왕비도 고통스러울지도 모르고 이티카처럼 그녀도 아름다운 꿈을 가꾸었던 소녀 시절이 있는지 모른다.

"아가씨……."

유모가 다시 중얼거렸다. 좋겠다. 유모의 아가씨는 아직 살아 있어서.

⸙

"이름이 뭐야?"

한두 살 차이가 날까. 또래라고 들었던 저택의 아가씨는 서너 살은 더 차이가 날 것처럼 작았다. 퀭한 얼굴에 눈만 커다랗게 뜨고 있었다.

"아스트리드입니다, 아가씨."

"그 귀족 같은 이름이 진짜로 네 이름이라고?"

그녀처럼 길거리를 헤매는 아이들에게 길은 평등했다. 누구 하나 말하지 않았어도 아이들은 멀쩡한 어른이 되지 못할 스스로의 미래를 알고 있었다. 멀쩡한 어른이 못 되거나, 혹은 어른이 되질 못하거나.

세사르 카직은 길거리를 떠돌고 있던 그녀를 주워 이름을 주고 새로운 삶을 주었다. 저택에서 따돌림과 괴롭힘을 당하면서 아스는 비교적 정확하게 자신이 그런 괴롭힘을 받는 이유를 알고 있었다. 천덕꾸러기 도련님이 데려와 귀족 같은 이름을 붙인 출신 모를 고아 소녀란 얼마나 같잖아 보일까.

하지만 세사르의 손과 그가 준 이름은 그녀가 처음으로 갖는 그녀의 것이었다. 맞아 죽는다고 해도 놓을 수 없었다.

"제 이름은 아스트리드입니다. 하지만 아가씨께서 내키지 않으신다면."

세사르가 그녀를 아스트리드라고 부를 때면 커다란 날개를 가진 하얀 백조라도 된 것 같았다. 아름다운 이름이다.

"아스, 라고 불러주세요."

그 아름다운 이름은 세사르의 입으로 불리는 것만으로도 충분했다.

아스는 눈을 떴다. 온몸이 찌뿌둥했다. 촛불이 아직 길게 빛나고 있었지만 어느새 아침이었다. 왕비를 간호하다 침대에 고개를 박고 깜빡 잠이 든 모양이었다. 옆에는 유모도 기절한 사람처럼 침대에 몸을 푹 파묻고 잠들어 있었다. 바싹 마른 물수건을 내리고 손을 내밀어 왕비의 이마를 확인해 보자 열은 내렸다.

유모는 아침까지도 함께 왕비를 지킨 아스를 보고 감격해서 말을 제대로 잇지 못했다. 유모를 깨운 후 아스는 물그릇을 챙겨 방을 나왔다. 그런데 하룻밤 내내 사용한 물그릇에 왜 아직도 물이 가득 차 있을까? 그런 생각을 잠깐 했다.

"아스, 밤새웠어??"

아침이 되어서야 돌아온 아스를 보고 미나가 놀랐다.

"퇴근할 타이밍을 놓쳤어."

"우리 같은 사람들은 초과근무하는 거 아니랬어."

"그래도 어제 철야 근무했는데 시녀장님이 오늘은 일을 좀 빼주시지 않겠어?"

"절대 아니니까 퇴근은 칼처럼 해야 하는 거야. 잊지 마."

밤을 새우니까 졸린 것도 졸린 것이지만 온몸이 아팠다. 불편하게 엎드린 팔이랑 어깨, 목이 아픈 건 그러려니 하겠다만 왜 다리가 쑤신지 알 수가 없었다. 하지만 그녀가 생각해도 시녀장이 오늘 하루 그녀의 일을 빼줄 것 같지는 않으니 졸려도 먹어야 했다. 톡톡 온몸을 두드리며 친한 시녀들과 어울려 식당으로 내려갔다.

세사르가 말한 대로 마법진을 찾고 있기는 하지만 이런 일상을 지나다 보면 그런 것이 과연 있기는 할까 싶어진다. 무슨 마법진인지 그녀도 모르지만 그런 것을 알 법한 사람들이라곤 보이지 않았다.

"그거 들었어? 카펠라 백작님이 또 전쟁에 나가신대."

예상치 못한 곳에서 클라인의 이름이 들렸다.

"한동안은 안 나가시더니 또?"

"전쟁만 안 나가셨지, 국경 분쟁 지역은 다 돌아다니셨다던데?"

"그분은 왜 결혼을 안 하실까."

입 끝을 당기고 있는 것이 조금 힘들었다. 왕비 궁은 작고 조용하며 바빠서 잊고 싶은 것을 잊고 살기에 좋은 곳이었다. 이렇게 준비되지 않은 곳에서 준비하지 않은 이름으로 얻어맞는 것을 각오하지 않았다.

클라인 카펠라. 죽은 이티카의 연인이었던 붉은 머리카락의 젊고 강한 기사님. 그리고 세사르의 아버지 다른 동생. 그를 좋아하지는 않았다. 첫인상은 최악이었다. 산책을 나갔던 이티카가 어디서 몇 바퀴 구른 것 같은 모습이 되어서 질질 끌고 들어온 것이 정신을 잃은 클라인이었다.

일거리가 늘어난 것을 직감했다. 신분마저 있어 보여서 골치였다. 이름을 듣는 순간 쫓아내겠다고 결심했다. 사람이 다친 걸 처음 보는 이티카는 울고불고 난리였지만 죽을 정도의 부상은 아니었다. 걸을 수만 있게 되면 쫓아낼 생각이었다. 세사르가 부정기적으로 찾아오던 시절이었다. 그의 눈에 띄어 좋을 일이 없을 것 같았다.

둘은 대체 언제 사랑에 빠졌을까. 첫눈에 반한 게 아닌 건 확실한데. 그 작은 집에서 셋은 거의 한 몸처럼 붙어 있었지만 그래도 아스가 알 수 없는 둘만의 시간과 역사가 있었다.

"그래도 카펠라 백작님 잘 사시는 모양이네."

"넌 전쟁터 가는 게 잘 사는 것 같니, 아스?"

"아무것도 안 하는 것보다는 낫잖아."

이티카가 죽은 후 클라인이 아스를 찾기까지는 일 년의 시간이 필요했다. 그 시간을 아스가 어떻게 견뎠는지는 아무 관심도 없겠지. 그래서 그녀도 클라인에게 관심을 두지 않기로 했다. 어차피 이티카도 죽었다.

"아."

유모의 심부름으로 왕궁에 있는 마법사에게 책을 받아 오던 길이었다. 비가 내렸다. 젖는 것을 마다할 귀한 몸은 아니었지만 그녀의 몸값보다 비쌀 책이 품 안에 있었다.

아스는 잠깐 손바닥을 펴서 빗방울을 받아보았다. 옷만 적시고 끝날 비가 아닌 것 같았다. 마침 한적한 곳이라 피할 데도 마땅치가 않은데 비는 빠르게 거세지고 있었다.

아스는 방향도 모르면서 뛰는 사람들을 따라 아무렇게나 뛰었다. 멀지 않은 곳에 작은 건물이 하나 있었다. 왕궁에 이런 곳이 있었나. 지붕이 짧은 건물은 이제는 사용하지 않는 곳 같았다. 그녀 말고도 서너 명 정도가 좁은 지붕 아래에 바싹 붙어 비를 피했다. 젖은 옷자락을 툭툭 털어내다가 누군가와 눈이 마주쳤다.

"주인……."

세사르는 주변을 눈짓하며 살짝 고개를 저었다. 퍼뜩 정신을 차리고 그녀도 다시 정면으로 시선을 돌렸다.

뛸 때는 정신이 없어 몰랐는데 치맛자락 끝이 흙탕물이 튀어 엉망이었다. 뛰는 동안에 틀어 올렸던 머리카락도 흘러내렸다. 다시 묶고 싶지만 젖은 머리카락을 잘못 건드리면 더 엉망이 될 것 같아 손을 댈 수가 없었다. 화장은 멀쩡한가?

힐끔 세사르를 훔쳐보니 그는 여전한 것 같았다. 몇 주 만인데도 마지막에 봤을 때랑 별로 다른 것 같지 않았다. 냉막한 얼굴도 그대로고 금장이 달린 지팡이도 그대로고 반지까지도 그대로다. 천천히 그의 몸을 타고 올라가다 시선이 마주쳤다. 아스가 먼저 시선을 만내편으로 돌렸다.

"그래서, 찾으라는 것은 찾았나?"

빗소리가 거셌지만 세사르의 목소리는 늘 지나치게 잘 들렸다.

"아직입니다."

"무능한 것."

몇 발자국씩 떨어져 있긴 해도 근처에 사람이 없는 것은 아니었다. 아스는 둘의 대화가 다른 사람에게 들리지 않을까 걱정되어서 힐끔힐끔 뒤를 살폈다. 다행히 다들 갑자기 쏟아지는 비에 정신이 쏠린 것 같았다.

지붕이 있는 곳으로 오자 빗소리는 흐리게 들렸다. 좁은 곳이라 비에 닿지 않게 물러서는 동안에 어깨가 스쳤다. 아스는 보이지 않게 구겨진 치마를 당겨 펴면서 세사르의 눈치를 살폈다. 몸이 닿지는 않았지만 체온이 닿을 것 같았다. 팔을 아무리 당겨 안아도 어깨와 팔꿈치 부근에서 세사르의 체온이 느껴졌다. 어디선가 옅은 향수 냄새가 났다. 세사르의 향수였다. 비에 섞인 흙과 풀 냄새가 멀어져 갔다.

서로 다른 곳을 보며 얼마나 그렇게 서 있었을까. 비는 그칠 기미가 보이지 않았고 젖은 몸이 조금씩 추위를 느끼기 시작했을 때 세사르가 주위를 둘러보다가 조용히 아래쪽으로 손을 내밀었다. 은색의 만년필이었다.

"저택에도 이티카의 물건은 남아 있는 게 없다. 그건 본래 내 것이지만 그 아이가 쓰던 것이기도 하니 네가 갖도록 해라."

"아가씨가 쓰시던 걸 본 적 있어요."

"그 아이는 남의 걸 빼앗아 가는 도둑이었으니까."

사이가 좋았던 적이 없는 남매였다. 아스는 구태여 이티카를 편드는 대신에 입을 다무는 쪽을 선택했다.

"빨리 일을 끝내고 네가 돌아오길 바란다."

이게 문제였다. 세사르의 목소리는 언제나 지나치게 잘 들려서 들어서 좋을 것 없는 말까지 모두 들렸다.

돌아간다고? 어디로? 갑자기 턱 아래가 서늘해졌다. 비를 맞아 차 갑게 식은 세사르의 손이 아스의 턱을 들어 올렸다. 눈을 바라보았지 만 그는 어디를 보고 있는 건지 아스와 눈이 마주치지 않았다.

청회색 눈동자에 빗방울이 반사되어 여러 가지 색깔이 아롱거렸다. 먼 옛날에 그녀를 향해 손을 내밀어주었던 어렸던 도련님의 눈빛도 아직 그곳에 있었다. 퍼뜩 정신을 차렸다. 사람들은 비를 보느라 여념 이 없었지만 언제 이쪽으로 시선을 둘지 알 수 없는 일이었다.

"사람들이 볼 거예요, 주인님."

아스는 품 안에 마법서를 단단히 집어넣고 한 걸음, 쏟아지는 빗속 으로 걸어 나왔다.

"아스트리드……!"

"급해서 먼저 가보겠습니다. 다음에 뵐게요, 주인님."

왕비 궁은 멀지 않은 곳에 있었다. 아스는 사람이 드나든 흔적이 있 는 길을 따라 그냥 뛰었다. 세사르의 목소리는 비 사이를 뚫고도 잘 들렸지만 도망치는 그녀의 등 뒤까지 따라붙지는 못했다.

숨이 턱 끝까지 차올랐을 때 아스는 발을 멈췄다. 머리는 어느새 다 풀려서 등 뒤를 추적추적하게 덮고 있었고 옷도 다 젖어서 피부에 달라붙어 있었다. 빗물 때문에 눈을 뜨기도 힘들어서 손바닥으로 얼 굴을 닦아내었다. 왕비 궁이었나.

"어머, 얘, 아스. 왜 이렇게 젖었니?"

후원에서 뭘 하고 있었는지 손을 털면서 유모가 그녀에게 다가왔 다. 안으로 들어가자고 잡아당기는 손도 따뜻했다. 유모의 손이 닿은 팔과 세사르의 손이 닿은 턱이 모두 화상을 입은 것처럼 뜨거웠다. 하 지만 이상하지. 이렇게 비가 오는데 우산도 없는 유모는 몸이 전혀 젖 지 않았다.

비를 맞은 날 이후 아스는 졸음에서 깨어난 것 같았다. 이티카가 죽었는데 그녀와 하던 소꿉놀이를 왕비 궁에서 혼자 계속하고 싶었던 모양이다. 잠시 그때처럼 행복하고 평화로웠다. 하지만 해야 할 일이 있었다.

드디어 사물에 색이 입혀진 것처럼 보였다. 꽂아놓고 갈지 않아도 시들지 않는 꽃과 길이가 줄어들지 않는 초, 바람 없이 닫히는 문과 줄지 않는 물그릇, 젖지 않는 몸, 그리고 마법서 같은 것들이 그동안은 왜 보지 못했던 것인지 의아할 정도로 눈에 잘 들어오기 시작했다.

유모는 마법사일까, 흑마법사일까. 모든 마법사는 마탑에 소속되어 평생 관리된다. 아무리 미약한 힘을 가진 마법사라 할지라도 마탑의 간섭 없이 사는 것은 불가능하다. 운이 좋게 늦게 발현되어 마탑의 감시를 피했을까? 하지만 뒤늦게 발현된 마법사라는 것도 들어본 적이 없었다.

하지만 저토록 온화하고 후덕해 보이는 유모가 흑마법사일 수가 있을까. 유모는 무엇 때문에 흑마법사가 되었을까. 답은 바로 나왔다. 왕비. 이티카는 죽고 아스는 멀쩡히 살아 있는데, 왕비가 행복하지 않아서 유모가 흑마법사가 되었다.

아스는 책상 위에 올려둔 만년필을 물끄러미 바라보았다. 글은 모르지만 몇 가지 철자는 알고 있었다. 만년필의 몸통에 아름답게 새겨진 C.K 두 글자가 보였다. 세사르 카직.

"아가씨, 미안해요."

책상에 앉아 세사르의 펜을 잡고 그가 보낸 종이 위에 그에게 생필품을 구걸하던 이티카의 모습은 아직 생생했다. 남매는 더할 수도 없을 만큼 서로를 증오했다.

이것조차 원래 이티카의 것이 아니었다. 이제 이티카를 추억할 것은 그녀의 기억밖에 남지 않았다. 원래는 세사르의 것이었던 아스가 원래 세사르 것이었던 물건을 보며 이티카를 추억한다. 아스는 그것이 조금 우스워졌다. 하지만 이티카가 죽은 후 아스가 보낸 이 년의 시간을 아무도 모르는 것처럼 이티카와 보냈던 십 년의 세월도 이제 아무도 모른다.

세사르가 찾는 마법진은 어디에 있을까.

"유모님이 흑마법사면…… 마법진의 위치를 아시려나."

꽤 그럴듯했다.

하녀로 길러진 아스는 인내심이 강했다. 매일 밤 유모를 감시하고 뒤를 밟느라 부족한 잠도 참을 만했고, 기다리지 않고 바로 쫓아가 덜미를 잡으면 모든 것을 알 수 있을 거라는 유혹 역시도 참을 만했다. 하녀는 주인이 하는 일에 궁금증을 가지지 않는 법이다. 세사르를 위한 일이다. 모든 것이 참을 만했다.

아스는 한 달 만에 마법진을 찾아내었다. 궁에 들어온 지 두 달이 되어가던 때였다.

그녀는 침대 뒤 조그만 공간에 최대한 몸을 웅크리고 입을 막았다. 있는 대로 혀를 깨물고 있지만 혹시라도 소리가 새어 나갈지도 모른다. 두런두런 대화를 나누는 소리가 들렸다. 국왕과 유르겔이었다.

왜 이곳에 두 사람이 있을까. 아니지, 왕궁의 주인은 국왕이니 왕비궁의 비밀도 국왕이 알고 있는 게 이상하지 않은 일인가? 공공연한 비밀이라 세사르도 알고 있는 건지도 모른다. 그렇다면 마법진이 대체 뭐길래?

유모가 방을 나오는 것을 보고 알아낸 시동어를 이용해 바로 들어왔던 아스는 마법진을 제대로 살피기도 전에 두 사람을 피해 숨었다. 왜인지 모르겠지만 이곳에 있는 걸 들키면 안 될 것 같았다.

"닿지 않게 조심하세요. 이런 마법진은 한번 시동되면 무를 수가 없습니다. 대상자가 죽지 않는 한은요."

"그럼 닿으면 죽일 텐가?"

"제가 전하를요? 차라리 그냥 죽겠습니다."

긴장 때문에 머리카락이 솟을 것 같았다. 마법진을 살펴보는 중인지 둘의 발걸음 소리가 가까워지고 있었다.

"그보다 정말 괜찮겠습니까, 전하?"

"전하가 아니다."

"에반스. 이 마법으로 태어날 아이의 영혼이 소멸될 텐데도 정말로?"

"그리고 네가 돌아오겠지. 건강하고 더는 아프지 않은 네가."

저게 무슨 대화일까. 아스는 유르겔에 대해 아는 것이 없었다. 이티카와 함께 세상과 떨어진 곳에 살았고 이티카가 죽은 후 돌아간 카직 저택에서도 비슷했다. 아스가 아는 건 유르겔이라는 왕의 연인이 있다는 것 정도였다.

"마법진이 우리의 피 외에 다른 피에 반응하면 어떻게 되지?"

"그런 일은 없어야겠지요. 마법은 섬세합니다, 에반스. 예상치 못한 변수가 발생하면 어떤 일이 일어날지 아무도 알 수 없습니다. 흐른 지 하루가 되지 않은 생피만 마법진에 반응할 테니 그런 일도 없을 테지만요."

"무사히 끝나면 좋겠군."

"무사히 끝이 나야 합니다. 아무리 저라도 마법진을 두 번이나 작동시킬 마력은 없으니까요."

"그래, 이 일이 끝나면 내게도 후계자가 생기겠지. 내가 못 본 네 어린 모습을 보는 것도 즐거울 거다."

"그럼 예정대로 다음 보름 합궁일에 하도록 할까요?"

두런두런 목소리는 다시 멀어지고 사라졌지만 아스는 해가 완전히 진 후에야 침대 뒤에서 나올 수 있었다. 들어선 안 될 것을 들었다. 사람들 눈을 피해 방으로 돌아온 아스는 만년필을 끌어안고 이불을 뒤집어썼다. 미나가 뭐라고 걱정하는 것 같았지만 들리지도 않았다.

유모가 바라는 건 왕비의 행복. 왕자를 낳아야 한다는 맹목이었다. 에반스와 유르겔은 태어난 아이의 영혼을 없앨 거라고 했다. 영혼은 없어지지만 더 건강해진 유르겔이 유년 시절을 반복해서 다시 자랄 거라고도 했다. 두 이야기를 합치면, 마법진을 통해 왕자가 태어나고 그 왕자의 영혼을 죽여 유르겔의 새로운 육체로 삼는다는 것이 된다.

믿을 수 없는 일이다. 하지만 머리는 계속 그 근처만을 맴돌았다.

세사르는 저 모든 걸 알고 있을까? 그래서 그토록 증오하는 왕비에게 마법진에 대해 알려주겠다고 한 걸까? 왕비를 괴롭히려고?

만약 그녀가 차분히 생각했더라면 일의 순서상 세사르가 유모의 일과 에반스와 유르겔의 일을 알고 있을 리가 없다는 것을 알 수 있었을 것이다. 하지만 한번 의혹 속에 발을 담그니 혼자만의 힘으로는 그곳에서 헤어 나올 수가 없었다. 물을 빨아들이는 것처럼 의혹은 아스의 몸과 머리 전체로 퍼져 나갔다.

"미나, 다음 보름까지 얼마나 남았어?"

"한 일주일?"

길지도 짧지도 않은 애매한 시간이었다. 아스는 침대에 모로 누워 이불 속에서 세사르의 만년필을 보았다.

세사르가 갖고 있어서 놀랐다. 남매가 서로를 증오하는 정도를 고려해 보면 이티카가 죽은 후 그녀의 모든 물건을 파괴하고 태울 거라는 건 어렵지 않게 알 수 있었다. 본래 세사르의 것이었던 아스트리드처럼 역시 원 주인은 세사르였던 만년필. 무슨 변덕으로 남겨준 걸까.

"그래도 너는 주인님이 마음에 들어 하시는 모양이구나."

글을 몰라 필기구에 대해 아무것도 모르는 아스의 눈으로 봐도 만년필은 고급스럽고 아름다워서 세사르의 손에 닿기에 걸맞아 보였다. 어디서나 부끄럽지 않겠지.

손끝으로 만년필의 몸체에 새겨진 C.K 이니셜을 덧그려 보았다. 몇 번을 덧그려도 답은 나오지 않았다. 계산되지 않은 본능만이 붉은빛을 반짝이면서 세사르가 저 일에 연관이 돼서는 안 된다는 경고를 보내고 있었다. 저 일에 연관된 사람들은 어떤 식으로든 무사할 수 없을 것 같았다.

세사르를 모르는 사람들은 그를 두고 냉혹하고 무정하다고 말하지만 그는 감정이 없는 사람이 아니었다. 가진 증오가 너무 커서 그 외의 모든 것에 마음을 두지 않을 뿐이었다. 만약에 그가 마법진을 알게 된다면 그 안에 자신의 피를 섞을 것이다. 무엇이 어떻게 될지도 모르면서도 오직 그 증오 하나만을 갚아주기 위해. 그는 그런 사람이다.

아직 덜 자라 어른이 되지 않았던 손을 기억하고 있다. 그 손을 잡은 순간부터 그녀의 모든 것은 세사르의 것이었다.

그는 행복해야 한다. 그것도 티끌 없이 하얗게.

"일주일 후 합궁이래."

페페가 속삭였다. 왕비가 입을 새 옷을 만들기 위해 왕비 궁에 비상이 걸렸다.

"아스, 안나, 페페. 너희는 나가라."

"왜죠?"

이유를 알 수 있는 인물 구성이었지만 페페가 반발했다.

"자수 말고도 왕비 궁에는 할 일이 많아."

자수 이외의 모든 일이 한정된 인원에게 몰렸다. 페페는 툴툴거렸지만 대꾸할 시간도 없었다. 몸을 움직일수록 이상하게 생각할 시간은 많아졌다. 왕비는 임신할 거고 그 아이의 몸에 유르겔이 깃들 모양이다.

"뻐꾸기 둥지도 아니고, 원."

어떻게 해야 할까. 설득할 수 없으니 세사르에게 말을 할 수 없었다. 차라리 유모에게 그녀의 뒤를 밟았다가 들은 이야기를 털어놓을까? 즉시 고개를 저었다. 흑마법사에게 당신이 흑마법사임을 안다는 이야기는 함부로 할 수가 없었다. 세사르가 위험할 수도 있었다.

점심시간에 아스가 시녀 친구들에게 물었다. 자수방 인원들은 식사까지 그곳에서 해결해야 해서 식당에 모인 인원은 단출했다.

"미나, 혹시 아는 마법사 있어?"

"있으면 여기 안 있지."

"난 있어. 전에 사귀던 남자가 마법사였어."

"아직도 연락돼?"

전 애인이라는 말에 기대를 거의 버리고 물어보니 안나가 웃었다.

"헤어진 애인이랑은 연락하는 게 아니지. 근데 뭐가 궁금한 건데?"

"마법은 정교하게 나눠진 수식이래잖아. 거기에 변수가 끼어들면 어떻게 되나 싶어서."

안나는 소리 안 나게 스프를 떠먹었고 페페와 미나는 빵에서 부스러기가 떨어지지 않게 집중해서 입에 물었다. 엄숙한 식사 시간이 이어졌다. 그러다 문득 페페가 말했다.

"변수라며? 그럼 예측 불가 아닐까?"

"그럴까?"

사실 아스도 그러기를 바랐다. 유르겔은 홀린 지 하루가 지나지 않은 피를 사용할 거라고 했다. 아스는 소매에 꽂아둔 바늘을 보았다. 그녀의 피를 섞어 넣는다면 그 피가 변수가 될 수 있을 거다.

～✺✿✺～

두려움은 있었다. 마법의 변수는 누구도 장담하지 못한다. 왕자 대신에 그녀가 죽을지도 모른다는 생각은 했다. 그녀도 죽고 싶은 것은 아니었다. 하지만 이 년 전에 이티카는 죽었고 세사르는 결혼했다. 세상은 그녀를 두고 흘러갔고 아무도 그녀를 찾지 않았다. 그런데도 굳이 죽지 않기 위해 몸부림칠 필요가 있을까?

"왕비님, 드레스 밑단이 찢어졌는데 제가 꿰매 드려도 될까요?"

합궁은 앞으로 몇 번이나 더 있을까. 바늘로 손가락을 찢어내며 그런 생각을 했다.

～✺✿✺～

피와 먼지로 된 발자국이 저택을 걸어 올라갔다. 발자국은 차가운 석조 계단을 밟아 2층의 작은 방으로 이어졌다. 주인이 떠난 후 오랫동안 닫혀 있던 방문을 열자 정체되어 있던 곳 특유의 냄새가 났다.

세사르 카직은 텅 빈 방 안에 덩그러니 남겨진 침대와 서랍장을 둘러보다 창가에 다가가 창문을 열었다. 창가에 매달려 있던 풍경은 바람에 흔들렸지만 아무런 소리가 나지 않았다.

왜 저런 게 여기에 달려 있을까.

세사르는 얼굴을 일그러뜨리며 생각했다. 무언가가 떠오를 것 같았다. 어느 날엔가 작고 어린 손 위에 저 비슷한 것을 얹어준 적이 있는 것 같았다. 하지만 어렴풋할 뿐 제대로 된 기억이 떠오르지가 않아서 품에 안고 있는 아스트리드를 내려다보았다.

흐트러진 검은 머리카락 사이로 눈을 감고 있는 그녀는 물어도 대답이 없을 것이었다. 신발을 신겨 보냈는데 그 짧은 사이에 한쪽 신발은 어디론가 사라져 버리고 벗겨진 맨발만 남았다. 이러라고 보낸 것이 아니었는데.

아스트리드, 하고 이름이 자꾸 목까지 차올랐다. 하지만 부를 수 없어서 입을 다물었다. 대답이 없을 이름은 부를 수 없었다.

세사르는 손을 뻗어 풍경을 흔들었다. 하지만 오래전에 녹이 슨 풍경에서는 아무런 소리가 나지 않았다.

번외 2
미카엘 반 아펠

"왕자님에게 신부가 필요해."

예고 없이 나타난 시엘 커퍼필드는 그렇게 말했다. 미오 카펠라는 안경 너머로 그를 한번 보기는 했지만 이내 보고 있던 서류로 시선을 떨어뜨렸다.

"왕자님이 아니라 국왕 전하다."

"어쨌든, 그분에게 신부가 필요해."

어린 나이에 즉위한 국왕이 홀로 스무 살을 넘기고도 삼 년이 지났다. 시엘의 주장은 타당했다. 하지만.

"내가 삼 년 전에 왕비를 들여야 한다고 말할 때는 서둘러야 할 일이 아니라고 하더니 이제 와서 갑자기 그럴 필요를 느꼈나?"

"그때 전하는 스무 살이었지만 지금은 스물세 살이시지. 적당할 나이야."

한 이십 년 전이었다면 그런가 보다 생각하고 넘어갈 수 있었을 테지만 미오는 시엘과 이십삼 년의 시간을 보낸 후였다. 시엘의 행동과 사고 패턴에서 석연찮음을 느낄 만한 경험적 지식들이 쌓이기에 충분한 시간이었다는 뜻이다.

"무슨 일 있었지?"

밥 먹을 시간도 부족한 상태지만 대화가 길어질 것을 직감한 그는 안경을 벗어 서류 위에 올려놓고 시엘을 똑바로 바라보았다.

"아니, 아무 일도 없었다."

"마법사."

부정하는 시엘의 대답이 너무 빨랐다. 한숨처럼 길게 시엘을 부른 미오는 다시 정말로 한숨을 쉬었다. 그건 불러본 지 벌써 이십 년이 지난 호칭이었다. 미오가 카펠라 공작이 된 이후로 둘은 완전히 평등했다. 오랜만에 나온 호칭은 혀 위에서 곱게 갈은 얼음처럼 서걱거리며 엉겼다. 그와 똑같은 호칭으로 시엘을 불렀던 여자가 있었다.

갑자기 서두르는 이유를 채근하고자 불렀는데, 답이 필요 없어졌다. 호칭 하나로 스스로 답을 깨달았다. 이십 년간 쌓인 그리움이겠지.

"전하께서도 혼인하실 나이가 되셨지."

"응."

시엘은 풀이 죽어 보였다. 그 이름이 둘 사이의 금기가 된 것은 아니지만 오랫동안 꺼내지 않던 이름이기는 했다. 각자 다른 이유로 분위기가 가라앉아있다. 미오는 안경을 슬슬 만지다가 그만 시류를 접고 자리에서 일어났다.

"전하께 말씀을 드리고 추진해 보도록 하지."

"당장?"

"자네 결심이 흐려지기 전에 시작하는 게 낫겠지. 한 입으로 두 말을 하지는 않겠지?"

물론 시엘은 얼마든지 한 입으로 두 말뿐 아니라 세 말도 할 수 있는 사람이지만 미오는 아직 시엘과 대마법사에 대한 환상이 남아 있었다.

젊은 국왕 미카엘은 그가 가장 믿는 측근이자 스승이며 보호자인 두 사람을 바라보았다. 그가 인생에서 가장 믿는 사람을 꼽으라면 그의 인생 시작점에 함께 있었던 이 두 사람을 선택할 것이었다. 물론 미카엘은 자신 외에는 아무도 믿지 않았으니 절대평가가 아닌 상대평가 하에서의 가정이었다.

"결혼이라, 좋지. 그럴 때이기도 하지."

"그럼 당장 추진하도록 하겠습니다."

"뭐, 상관은 없지만 경들은 내게 이미 혼약자가 있다는 사실을 잊은 모양이군."

금시초문이었다. 반사적으로 둘은 미카엘의 등 뒤에 시립해 있는 세야 료민 자작에게 시선을 돌렸다.

국왕의 옛 스승이기도 하며 본궁의 시종장인 그는 대외적인 업무가 너무 많은 미오나 거느린 마법사들이 많아 왕궁에 붙어 있을 수가 없는 시엘과 달리 거의 매일을 미카엘 곁에 붙어 있었다. 그들이 모르는 미카엘의 사생활이라면 세야가 알고 있어야 했다.

미오보다 훨씬 젊은데도 벌써 머리가 하얗게 세어버린 세야는 둘의 시선을 슬쩍 흘려 버리면서 그들 앞에 찻잔을 내려놓았다.

"들게, 료민 자작이 차 하나는 기가 막히게 타지."

"제 가치는 차 말고도 많습니다만, 전하."

"자작의 순정도 높이 치고 있다네."

미카엘은 두 사람이 들어오기 전부터 마시고 있던 찻잔을 둘에게 들어 보이며 빙긋 웃었다.

"전하. 소신은 전하께서 배냇저고리도 벗지 못하셨을 때부터 보필해 왔습니다만 혼약자 이야기는 알지 못합니다."

"음, 글쎄? 들은 이야기로는 내 어머니나 유모나 내게 배냇저고리를 입혔을 것 같진 않던데."

23년간 아스 타령을 듣고 자란 미카엘의 지적은 꽤 그럴듯했다. 대답을 못 하는 두 사람을 앞에 두고 미카엘은 차향을 들이마셨다. 세야의 차는 늘 향기가 좋았다.

"이거 섭섭한데. 내 스승인 경들이 내 인생의 중요한 부분이 될 일을 잊어버리다니. 섭섭하군, 섭섭해. 이래서 희생을 하면 알아주는 이가 없다는 말이 나오는 게지."

본의 아니게 미오, 시엘과 긴 시간 동안 지나다닐 때 보면 인사는 하는 사이로 지내온 세야는 정말로 둘에게 힌트를 주고 싶었다. 하지만 입을 몇 번 벙긋거리기도 전에 미카엘이 웃는 얼굴로 그를 돌아보아서 아무 일도 없는 것처럼 입을 다물어야 했다.

"내가 아직 아기였을 때 제국에서 제국의 딸을 내게 시집보내겠다고 했었지."

"아."

완전히 잊고 있었다. 제국의 황자가 왕국에서 살해당한 뒤 그 어머니 되는 황후 블랙 드래곤을 달래기 위해 맺어진 협정이었다. 그 일로 전 국왕 에반스는 퇴위를 하고 제국에서 신변을 요구했던 그의 연인과 함께 돌아오지 못할 볼모가 되어 제국으로 떠났다.

"내 스승들은 참 야박하단 말야. 제자의 인생이 걸린 문젠데 이렇게 손쉽게 잊고."

"잊고 있었던 것은 아닙니다."

시엘은 세야가 탄 차의 향만 맡고 내려놓았다.

"제국에는 전하의 상대가 될 만한 왕녀와 공주가 없습니다."

미카엘이 성인이 될 때까지 스승이자 부모가 되었던 시엘도 마냥 놀고 있던 것은 아니었다.

"전하께서 갓난아기일 때 제국의 가장 어린 공주가 9살이었습니다. 그다음으로 태어난 공주는 전하보다 8살이 어린데 최근 이혼했다고 들었습니다."

"이혼했으니 아마 그 공주가 내 혼약자가 되는 게 아닐까 하는데?"

"하지만 전하, 왕국법상 그 공주는 미성년자입니다. 게다가 사별이 아니라 이혼이지 않습니까."

제국의 법과 왕국의 법은 사뭇 달랐다. 성인을 규정하는 나이는 크게 차이가 나지 않았으나 제국은 혼인에 있어 여성의 나이에 제한을 두지 않는 반면에 왕국은 미성년자의 혼인을 금했다. 더불어 왕국은 사별에는 동정을 표했지만 이혼에는 단호했다. 혼인했던 상대자가 살아 있을 경우에는 재혼을 허락하지 않은 것이다.

"그것까지 조사했다니. 내 스승님이 날 빨리 결혼시키고 싶어서 조급한 모양이군."

시엘은 정색했다.

"제 마음은 늘 급했습니다. 갑자기 급해진 것이 아닙니다."

후견인들의 성격과 다르게 꽤 뻔뻔하고 능글맞은 성격으로 자라난 미카엘도 이번만큼은 할 말이 없었다.

"그래, 뭐. 나도 슬슬 배우자를 맞이할 때지. 경들의 뜻에 따르겠네."

미카엘은 다리를 꼬면서 진하게 웃었다.

"기대하지."

세야는 오늘도 미오와 시엘이 마시지 않은 차를 치웠다.

"내 스승들은 참 대단하기도 하시지."

스승들 앞에서 한껏 미소를 지어 보이던 미카엘은 둘이 떠나고 나자 맥 빠진 얼굴로 찻잔을 빙글빙글 돌렸다.

"무슨 문제가 있었습니까?"

미카엘은 눈만 올려 떠서 아직 서 있는 세야를 올려다보았다. 말을 해도 될까 아닐까 가늠하는 눈치였다.

23년 전 왕국은 왕을 잃고 멸망의 문턱에서 살아남았다. 그날 어린 왕자는 아버지를 잃고 후견인을 잃었다. 그런 왕자의 후견인을 자처한 것이 대마법사 시엘 커퍼필드였다. 그럼에도 요람에서 왕관을 쓴 왕이 다스리는 나라는 주변 나라들에 참 쉽게도 보였다. 시간이 흐르며 왕국의 국경은 변하고 영토는 줄어들었다.

평화로우면서도 불안한 정세 속에서 어린 왕은 무럭무럭 사랑스럽게 자랐다. 그를 아는 모든 사람이 그를 사랑했고 그도 사랑받은 만큼 사랑을 돌려주었다. 그러나 왕은 타인을 좀처럼 믿지 않았다.

"신붓감을 찾을 때는 취향 정도는 물어봐야 하지 않나 싶어서."

"두 분이 어련히 잘 찾아오시겠습니까."

"그렇겠지?"

미카엘은 빈 찻잔을 내려놓고 짧게 기지개를 켰다.

"그럼 료민 자작. 제국에 보낼 공문을 준비해 주게."

"무슨 공문 말씀입니까?"

젊은 국왕은 자리에서 일어나 창가로 다가갔다. 저물어가는 햇빛에 찬란한 금색 머리카락이 반짝였다.

커튼을 들어 올린 창문 밖으로 무언가 의견 다툼이 있는 것 같은 시엘과 미오의 모습이 보였다.

"국왕 미카엘이 장성하여 배우자를 맞이하고자 하니 마땅한 신부 후보를 추려 보내달라고."

제국에는 현재 미카엘과 격이 맞는 신붓감이 없다. 이대로 왕족이 아닌 신부를 보내오면 정치적 우위에 설 수 있는 기회이고 혼사가 이루어지지 않아도 그것대로 좋은 일이었다.

"운이 좋으면 이번에야말로 아바마마의 시신을 돌려받을 수 있겠지."

"아직 살아 계실 수도 있습니다."

"위로하려는 의도로 하는 말이라면 필요 없어. 나도 아바마마가 애틋해서 시신 반환을 요구하는 건 아니니까."

23년 전에 제국으로 끌려간 유르겔과 에반스의 생사는 왕국에까지 닿지 않았다. 하지만 대마법사인 시엘이 유르겔의 죽음을 추측했고 대부분 다르지 않게 여겼다. 아무래도 23년이나 지난 탓이었다. 그 시간 동안 미카엘은 줄기차게 전 국왕 에반스의 시신 반환을 요구하고 있었지만 협상은 이루어지지 않았다.

"아바마마도 참 생각이 없으셨지. 후계의 정통성 문제를 그렇게 뒤흔들어 놓고 가시니 내가 힘들잖아. 그러니 시신을 돌려받으려는 노력이라도 보여야지."

에반스가 왕비의 부정을 의심한 탓에 미카엘은 재위 내내 왕위의 정당성 문제에 시달렸다. 매번 에반스의 후계임을 증명해야 했던 미카엘에게 있어서 그 에반스의 시신이 왕국에 없다는 것은 상당히 골치 아픈 일이었다. 만약 제국에 공주가 없다면, 그래서 그와 격이 맞지 않는 신부를 보내온다면 이번에야말로 협상 테이블에서 에반스의 시신을 요구할 수 있을 것이다.

"대마법사는 정치에 관심이 없고 카펠라 공작은 본래 중앙 귀족 출신이 아니라 이런 걸 잘 모르겠지. 국왕의 혼인만큼이나 정치적인 일이 어디 있겠나."

미카엘은 커튼을 고정하고 있던 손을 놓았다. 춤추는 나비처럼 떨어져 내린 커튼이 시엘과 미오의 모습을 감췄다.

"기댈 수 있는 듬직한 신부가 필요해."

"마음을 쉴 수 있는 상냥한 신부가 필요하다."

건널 수 없는 취향의 강이 흘렀다. 시엘과 미오는 의혹이 서린 눈으로 서로를 바라보았다. 상대의 말이 농담이길 바랐는데 아무래도 진심인 것 같았다.

"일국의 왕비잖아!"

"좋은 나라는 행복한 가정에서부터 시작하는 것이다!"

보라색 눈동자와 어두운 녹색 눈동자가 만났다. 신념으로 가득 찬 진지한 눈빛이었다. 타협의 여지가 없었다.

미오가 먼저 말했다.

"우리 따로 찾아보는 게 어떤가?"

"나쁘지 않군. 전하께서 마음에 드는 쪽을 선택하시면 되는 거다."

"그래, 모쪼록 열심히 하기를 바란다."

둘은 반대 방향으로 엇갈려 걸어갔다.

왕궁 내에 마련되어 있는 집무실로 돌아온 미오는 채 자리에 앉기도 전에 부관 율리시스 카직에게 명령했다.

"지금 당장 미혼인 귀족 여성의 명단을 작성해서 가지고 오도록."

"몇 살부터 말입니까?"

모든 미혼 여성이라고 말하기엔 미성년자는 제외해야 할 것 같았다. 하지만 한편으로는, 미카엘의 나이가 젊으니 1, 2년 정도의 약혼 기간은 괜찮지 않을까 싶었다. 모든 가능성을 열어두고 싶었다.

"열여섯 위로 전부 다."

같은 시간, 시엘 역시 그를 보좌하는 마법사에게 같은 지시를 내렸고 며칠이 지나 명단을 넘겨받았다.

"이것밖에 안 됩니까?"

자신의 탓이 아닌데도 자신의 탓인 것처럼 마법사가 목을 움츠렸다. 미혼이기만 하면 머리카락이 하얀 구름같이 센 귀족 여성까지 포함시켰음에도 열여섯 살 이상인 귀족 여자는 서류로 채 한 줌이 되지 않았다.

대마법사는 정략에 대해 잘 몰랐지만 그래도 유력한 가문의 여자와 결혼하는 쪽이 도움된다는 것 정도는 알았다. 미카엘에게는 뒷받침해 줄 형제나 친척이 없으니 더욱 처가의 힘이 필요할 것 같았다.

"이 중에 위세 있는 가문은 어디, 어디지?"

시엘이 명단을 추려 온 마법사를 보았다. 따지자면 연구직인 마법사도 고개를 흔들었다.

미오 카펠라의 사정은 시엘보다 조금 나았다. 대강 20년 전 기사에서 관료로, 그리고 다시 정치가로 강제 이직을 하게 된 그는 대마법사보다는 정치와 정략에 대해 약간이라도 생각이 있었다. 카직 백작가의 후계자인 그의 부관도 어느 정도 도움이 되었다.

이론적으로는 미카엘에게 강력한 아군이 필요하다. 하지만 지나치게 큰 파벌을 이루고 있는 가문에서 왕비를 맞아들이면 오히려 미카엘이 운신하는 데 방해가 될 수 있다. 어차피 미카엘은 대마법사였다. 이론적으로야 강력한 아군이 필요하지만 실제적으로는 그럭저럭한 아군으로도 충분했다.

"전하께서 마음에 들어 하셨으면 좋겠군."

"뭐, 괜찮지 않겠습니까? 정략결혼하는 대부분의 귀족이 적당히 잘 삽니다."

"난 전하께서 적당히 잘 사는 걸 바라는 게 아니라 아주 잘 사시길 바라네."

보통은 미카엘처럼 젊고 흠 없는 국왕이 미혼일 때는 귀족 여성들의 혼인도 늦춰지는 경향이 있었다. 누가 뭐라 해도 귀족 사회에서 일등 신랑감이라는 타이틀은 왕족에게 우선해서 붙는 것이었다. 그런데 어떻게 된 영문인지 성년이 된 귀족 여성들은 하나같이 왕비 자리에 도전할 생각도 안 하고 기혼의 길로 떠났다. 신부 후보가 많지 않았다.

"이 영애 괜찮은 것 같군. 나이는 어리지만…… 에이프릴. 후작 영애?"

"전하의 사촌입니다."

회색 머리카락을 높이 묶은 율리시스 카직이 만류했다. 미오는 흘러내린 안경을 추어올리며 서류의 다른 부분도 확인했다. 대부분 양호해 보였다.

"피가 가깝긴 하지만 사촌 간의 결혼이 불가능한 것은 아니다."

"하지만 연속으로 같은 가문에서 왕비가 나오는 건 없던 일이죠."

미오는 잠깐 낭패한 표정을 지었다. 죽은 전 왕비의 조카였나. 왕국은 유난히 왕족이 없으니 사촌이라고 하면 당연히 미카엘의 외가 쪽 사촌밖에 없기는 했다. 미오는 한숨을 쉬며 서류를 다음 장으로 넘겼다.

추릴 것도 몇 장 없던 서류는 곧 열 장 내외로 줄여졌다. 시엘과 미오 모두 마찬가지였다. 각각 다른 곳에 앉아 다른 책상에 서류를 펼쳐놓은 둘은 서로 같은 결론에 도달했다.

면접을 봐야겠다.

나름의 기준과 엄격한 면접을 통해 시엘과 미오가 지지하는 미카엘의 신부 후보가 두 명으로 좁혀졌다. 둘은 자신 있게 미카엘의 앞

으로 신부 후보를 데리고 나갔다.

미카엘은 미묘한 얼굴로 둘이 데려온 여자를 보다가 시엘과 미오를 번갈아 보았다. 둘의 취향이 반영된 걸까? 아무래도 그런 것 같았다.

"전하. 이쪽은 아이샤 베타 공작 영애입니다."

시엘이 데려온 귀족 여성은 좋은 집안의 아가씨 같았다. 좋은 옷을 입고 예쁘게 치장했다. 작고, 착하고, 마음 약해 보이는 인상이었다. 꽤 어려 보이는 얼굴이라 나이가 궁금했는데 세야가 허리를 숙여 귓가에서 열다섯이라고 속삭여 주었다.

그의 스승은 좀 파렴치한 것 같았다. 미성년자, 그것도 성년이 되려면 3년이나 남은 어린애에다가 무려 여덟 살 차이였다. 시엘이 흐뭇한 얼굴로 그와 신부 후보를 번갈아 보는 걸 봐서는 진심으로 그녀가 자신에게 어울린다고 생각하는 눈치였다. 저런 어린애랑.

어린 아기였던 자신을 안아 키우다시피 한 것이 시엘이긴 했는데. 그래서 그런가 그에게 자신은 아직 한참을 자라나야 하는 어린아이처럼 보이는 모양이었다. 그러니 아직도 떠나지를 못했겠지.

"만나서 반갑소, 베타 공작 영애."

아직 사교계 구경도 못 해봤을 어린 영애는 황금으로 빚은 것처럼 아름다운 젊은 국왕의 미소와 인사를 받으며 어쩔 줄 몰라 하면서 볼을 붉혔다. 어리고 순진했다. 시엘이 저 어린 영애의 부모님한테 허락은 받고 데려온 건지 의심스러워졌다.

미카엘은 고개를 돌려 이번에는 미오가 데려온 여자를 보았다.

"나베돈 자작가의 차녀 이사벨라입니다."

시선이 닿자 이사벨라는 스스로 인사하고 몸을 낮췄다. 국왕과 선을 보기 위해 오는 것이니 나름 꾸미기는 한 것이겠지만 아이샤를 보고 난 후라 초라해 보였다. 더 돋보이도록 치장해서 데려온다는 사고 자체가 미오에게는 없었겠지. 미카엘은 다리를 반대로 꼬며 턱을 괴었다.

아이샤만큼 어려 보이지는 않았다. 슬쩍 뒤에 서 있는 세야를 쳐다 봤는데 그도 이번만큼은 미카엘의 의도를 읽어내지 못했다. 그래서 몇 살인지는 모르겠지만 어쨌든 미성년자 같아 보이지 않아서 안심했다.

화장으로도 채 가려지지 않는 피로가 내려앉은 얼굴이었다. 분명 꾸미고 있는데도 어쩔 수 없는 초췌함이 있었다. 가난 때문이겠지. 직업상 어지간한 귀족들 명부를 다 외우고 있는 미카엘인데도 나베돈이 라는 가문명은 쉽게 떠오르지 않았다.

"반갑소, 나베돈 영애."

미카엘은 자신의 아름다움을 알고 있었다. 어떠한 사람이라도 미카엘을 보면 얼굴을 붉히지 않는 자가 없었다. 바싹 긴장해 있던 아이샤도 미카엘의 미소 앞에서 새빨갛게 달아올랐다.

하지만 이사벨라는 꽤 심드렁했다. 감춘다고 감췄지만 보였다. 막들어왔을 때는 그녀도 긴장해서 굳어 있었는데, 아이샤를 본 시점부터 태연한 듯 심드렁해졌다. 미카엘이 공작 영애와 자신 중에서 당연히 공작 영애를 선택할 거라 믿는 눈치였다.

어쩔까. 미카엘은 그가 허락만 한다면 신부들의 장점을 줄줄이 읊어대고 싶어 하는 스승들의 얼굴을 찬찬히 보았다. 사랑하는 스승들이었다. 일찍이 부모가 사라진 미카엘에게는 부모 같은 소중한 이들이었다. 제국에서 격이 맞지 않는 신부를 보낸다면 차라리 이들이 골라주는 신부와 혼인하는 쪽이 낫겠다는 생각도 했다. 그렇지만.

미카엘은 다시 신부 둘을 한 번에 눈에 담았다. 전혀 다른 인상에 나이도 다른 사람들이었지만 공통점은 있었다. 검은 눈과 검은 머리카락의 키가 작은 여자. 시엘의 상태가 심한 건 알고 있었지만 미오가 의외였다. 그도 조용히 중증인 모양이었다.

"아름다운 두 분을 알게 되어 기쁘오. 모쪼록 료민 자작과 왕궁을 구경하는 시간이 유익하길 바라겠소."

사전에 협의되지 않은 축객령에도 세야는 당황하지 않았다. 그는 부드럽게 미소 지으며 작은 두 아가씨를 양손에 잡고 그곳을 떠났다. 만인의 사랑을 받는 국왕답게 두 영애가 나가기까지 완벽한 미소를 지으며 그 등 뒤를 배웅한 미카엘은 문이 닫히는 즉시 미소를 지우고 둘을 돌아보았다.

"하, 대체 저 여자의 어디가 아스를 닮았다는 거지?"

"그러는 자네야말로 저 어린것의 어디가? 비 맞고 떠는 토끼도 저보다 가련하지는 않겠던데."

"아스는 청순가련한 사람이었어! 좀 생활력이 강했지만."

"맙소사, 20년간 얼굴 대신에 뇌가 늙은 겐가? 그녀는 그런 여자가 아니었어!"

"자네야말로! 아스는 저렇게 퀭하고 초췌한 사람이 아니었다!"

그 짧은 사이에 개판이 났다. 미카엘은 의자에 등을 기대고 뺨까지 괴고서 아르릉, 캉캉거리는 둘을 본격적으로 구경하기 시작했다. 근래에 들어 미오의 일감이 많아지면서 뜸해졌지만 원래부터도 둘은 저러고 잘 싸웠던 것 같다. 많이 싸웠지. 기본적으로 둘은 미카엘을 가르치는 훈육 방침이 맞지 않아 많이 싸웠다.

미카엘이 처음 조랑말을 탄 날 뒤늦게 그 사실을 안 시엘이 미오에게 마법을 난사했었다. 바로 사과하긴 했지만 미오는 이미 갈비뼈가 부러진 후였고 시엘은 자연 회복력을 약화시킨다고 회복 마법도 안 걸어주었다. 마주칠 때마다 사과하긴 했지만.

기본적으로 미오는 대단히 품위 있는 언어 습관을 갖고 있었다. 미카엘은 기사는 물론이거니와 세야조차도 가끔 한두 마디 욕을 하는 걸 들어보았지만 미오가 욕을 하는 건 오직 그때밖에 보지 못했다. 지나고 나니 꽤 재미있는 추억이다.

"그러니까 경들은 내게 내 유모를 소개시켜 주고 싶었던 거로군?"

"네! 제가 아는 가장 좋은 여자가 아스입니다."

"꼭 그런 것은 아니었는데 어쩌다 보니……."

당당한 시엘과 달리 미오는 민망했는지 말을 하다 말았다. 미카엘은 흠, 하는 소리를 내며 한참을 입을 다물었다. 그러자 시엘이 조심스럽게 물었다.

"혹시 마음에 들지 않으십니까?"

"마음에 안 든다기보다는……."

말을 하려다 가슴 한쪽이 뜨끔거려서 중간에 입을 다물었다. 심장 위쪽이었다. 거울에 비춰보면 '정복'이라는 단어가 떠오르는 곳.

"응, 마음에 안 들어. 둘 다 내 이상형과 거리가 멀어."

사랑하는 여자의 곁으로 가고 싶어 그에게 신붓감을 소개시켜 주면서, 그 여자를 닮은 여자를 고르는 건 꽤 악취미인 것 같지만 미카엘은 그렇게까지 말하지 않았다. 그는 늘 그의 스승들을 좋아했다.

새삼 둘은 충격받은 표정을 지었다. 자기들이 고른 여자가 미카엘의 마음에 안 들 수도 있다는 것이 충격인지 아니면 미카엘에게도 취향이라는 것을 물어봐야 했다는 게 충격인지 궁금했다.

"그럼 전하의 이상형은 어떤 분이십니까?"

다행히 후자 쪽에 가까웠는지 미오가 조심히 물었다.

"내 이상형은."

사실 딱히 생각나는 이상형이라는 것이 없었다. 미카엘은 곰곰이 생각해 보았다. 뭔가가 있기는 할 거다. 어렴풋하게 떠오르는 인상은 있었다. 손가락 사이로 보드랍게 감기는 감촉 같은 것.

"어, 내 이상형은 음…… 머리가 길고 결이 좋은 여자?"

"전하께 어울릴 다른 분을 찾아보겠습니다."

말로 한 것은 아니었지만 미오에게는 그다지 미카엘의 의견을 깊게 존중할 의지가 엿보이지 않았다.

"내 유모는 어떤 여자였지?"

무료한지 금빛의 머리카락을 손가락에 돌돌 감는 손장난을 치며 미카엘이 물었다.

요 근래 왕궁에는 뜬금없이 이루어지는 국왕과의 티타임이 유명해지고 있었다. 무슨 기준이 있는지 당사자도 잘 모르는 미혼의 귀족 여성들이 오후마다 국왕의 티타임에 초대가 되었다. 미혼 여성만 초대되었기 때문에 맞선이겠거니 예상들은 했지만 기준은 아무도 몰랐다. 어떤 날은 부유한 집의 영애였고, 어떤 날은 일찍이 남편을 잃은 젊은 미망인이었으며, 또 어떤 날은 소문난 미인이었고, 어떤 날은 집안이 망해 사방으로 돈을 빌리러 다닌다는 영애였다.

거듭된 미카엘의 거절에 기준은 많이 완화되었다. 그래도 짙고 어두운 색의 눈과 머리카락을 가진 키 작은 영애라는 기준점은 일관적이었다. 그리고 둘이 데리고 오는 타입도 거의 고정적이었다.

"기억나지 않으십니까?"

"내 배를 문지르거나 다리를 잡아당기던 손 같은 건 떠오르지만 기분 탓일 테지. 옆에서 23년이나 그렇게 그 여자 타령을 해대니까."

"그럴 수도 있겠군요."

"그래서? 어떤 여자였나?"

오래전에 한쪽으로 치워둔 기억이었다. 이끼가 낀 바위를 굴리듯이 세야는 오랫동안 기억을 더듬어야 했다. 그녀가 어떤 사람이었더라. 얼굴보다 그녀의 손목에 나비처럼 감겨 있던 검은 리본이 먼저 생각났다. 부스스한 검은 머리카락과 그를 올려다보던 검은 눈동자는 그다음이었다.

"착한 사람이었습니다."

"그게 다?"

"귀엽기도 하고요."

"자작도 그녀가 별로 기억이 안 나는 모양이군."

세야는 웃으면서 티 테이블을 정리했다. 이번에도 미카엘의 마음에 드는 영애는 없는 모양이었다.

"시녀장에게는 물어보셨습니까?"

"페페는 자기가 그녀보다 바느질을 잘했다고만 말했다네."

"그것참, 시녀장다운 말이군요."

"그렇지? 페페는 절대 농담은 하지 않으니까."

"농담도 진담으로 만드는 사람이죠."

"페페가 시녀복 디자인 개선에 대한 제안서를 냈던데 읽어봤나?"

"하지만 그건 아무래도 예산의 문제라서…… 왕성의 시녀들이 수백은 될 텐데 모두 교체하려면 몇 년 치 의류비 예산을 초과할 겁니다."

그가 티 테이블을 치우고 그 위에 오늘 안에 미카엘이 봐야 하는 정무 서류들을 올려놓는 동안 미카엘은 긴 의자 위에 방만하게 누웠다. 본래 왕족에게는 접대도 업무의 연장이었다. 그런 것을 매일 연달아서 며칠씩이나 하고 있으니 피곤해지는 모양이었다. 평소에 보이는 미카엘의 광채가 세 뼘이라면 지금은 두 뼘 반 정도로 줄었다.

"그건 그렇고 제국에서 답신이 왔습니다만, 전하."

게으른 고양이처럼 늘어져 있던 미카엘이 몸을 일으켰다. 그는 피로와 나른함이 사라진 단정한 자세로 호박색 눈동자를 빛내며 세야의 다음 말을 기다렸다.

"정식으로 신부를 보내겠다고 합니다."

미오는 왕국에서 자신의 위치가 재상이나 그 비슷한 부근에 있지 않을까 생각했다. 직책은 없는데 의무와 공무는 지나치게 많았다. 물론 미카엘도 일이 이렇게 될 줄은 몰랐겠지만. 미오가 길게 한숨을 쉬니까 미카엘이 살짝 웃었다. 조금 미안해 보이기도 했다.

"신부로 누구를 보낸다고 합니까?"

"그것까지는 아직. 세 명을 보내니 그중에서 고르라고 하는군."

"제국에는 왕비가 될 만한 여성이 없습니다."

그래서 방심했다. 23년 전에 왕국에서 제국의 황자가 죽은 이후로 왕국은 항상 제국 앞에서 약자였다. 제국에 마땅한 신붓감이 없다는 것은 그동안의 관계를 뒤집을 만한 호재였다.

격에 맞지 않는 신부를 보내도, 신부가 없다고 거절을 해도 공식적으로 외교적 항의를 해볼 만한 일이었다. 설마 제국이 신붓감을 셋이나 보내며 먼저 몸을 굽힐 줄은 몰랐다.

"제국이 저토록 저자세로 나올 줄은 나도 몰랐어."

미카엘은 한숨을 푹 쉬었다. 셋 중에 하나라도 왕빗감이 있다면 다행이다. 이런 식으로 타국으로 맞선을 보러 온 여자들은 본국으로 돌아가도 마땅한 혼처를 찾기 힘들다. 어느 정도의 귀족 여성이 오는 것인지는 모르나 그래도 고위 귀족일 것이다. 제국이 그런 이의 혼삿길을 막아버리면서까지 왕국과의 국혼을 원하는지 미카엘은 미처 몰랐었다.

"아무래도 북쪽의 광신도들이 점차 밀고 내려오는 중이니까요. 제국의 황제도 북쪽의 교국을 견제하기 위해서라도 왕국과 굳건한 동맹이 필요하겠지요."

세야가 조심스럽게 의견을 제시했다.

"성의가 저러하니 국내에 마땅한 영애가 있다면 모를까, 먼저 청하고서 거절할 명분도 없습니다."

미오의 어렴풋한 기억으로 제국에 결혼을 안 한 공주가 한 명쯤 있었던 것 같다. 미카엘보다 스무 살인가 위였다. 제국이 그래도 양심은 있게 굴었으면 좋겠다.

"미오 경에게 딸이 있었으면 바로 결혼했을 텐데. 시엘 공이야 어쩔 수 없다고 하지만 공작은 왜 결혼을 안 한 건가."

긁어 부스럼을 만든 건 미카엘이었지만 그는 뻔뻔했다.

"숨겨둔 딸은 없나?"

"전하."

"그렇다고 경에게 조카딸이 있는 것도 아니고."

미오의 본가인 조디악가는 일개 백작가이니 왕비가 나오기에 부족함이 많았지만 미오는 국왕의 스승이었고 왕국의 실질적인 재상이었다. 명분으로는 나쁘지 않았다. 그러나 정말 딸이 없었다.

"지금으로써는 신붓감의 명단을 요청하는 것밖엔 방법이 없군요."

"미오 경."

"네, 전하."

"정말로 숨겨둔 딸 하나 없나?"

모처럼 미카엘은 혼자였다. 유일한 후계자로 태어난 미카엘은 아기 때부터도 혼자 있어본 일이 드물었다. 그는 시엘을 보며 흐리게 웃고 다시 테라스의 난간을 짚었다.

"뭘 보고 계십니까?"

"왕궁이 아름다워서."

시엘은 미카엘의 옆에 서서 그가 보고 있는 것을 함께 보고 있었다.

미카엘은 노래라도 듣는 것처럼 편안해 보였지만 그의 눈에 보이는 것과 시엘의 눈에 보이는 것이 서로 다른 것 같았다. 왕궁을 내려다보던 시선을 거둬 미카엘을 보았다. 금빛 머리카락 위로 주홍색으로 석양이 지고 있었다.

"그렇게 쳐다보면 부끄러운데, 스승님."

마카엘이 여전히 왕궁을 내려다보면서 한 말에 시엘은 빙긋 웃었다. 요새 미오도 그렇고 미카엘도 그렇고 그가 오랫동안 듣지 못했던 이름을 그에게 들려준다. 젊은 국왕이 그와 미오를 스승님이라고 부르던 때가 있었다. 지금보다 조금 많이 먼 옛날에. 아주 잠시 미카엘이 국왕의 얼굴을 내려놓은 시간이었다.

"료민 자작이 보이지 않는군요."

"오늘이 모후의 생일이라 무덤에 꽃을 바치고 싶다기에 그러라고 했네."

"전하는 혼자 계시면 안 됩니다."

"내 왕궁에서 칼 맞아 죽을 정도로 못난 국왕은 아니야. 그리고 나 또한 대마법사인데. 내 스승들이 나를 그리 쉽게 죽도록 가르쳐 놓진 않았겠지."

말은 그렇게 하면서도 미카엘은 테라스 안쪽으로 들어와 시엘에게 고개를 까닥여 보였다. 세야가 없으니 차를 타줄 사람도 없어서 미카엘이 손수 차를 따랐다. 시엘은 찻잔을 받으면서 말했다.

"그리고 보면 왕자님은 어려서부터 저를 유난히 좋아하셨죠."

"그거야 같은 대마법사니까 제일 편했겠지. 기억은 안 나지만."

"혹시 결혼하기 싫으십니까?"

참 빨리도 물어보는군. 미카엘은 그의 스승을 보았다. 한없이 크고 어른인 사람이었는데 그가 자라는 동안에 시엘은 하나도 변하지 않았다. 미카엘은 매끈한 턱을 쓰다듬었다. 이제 얼추 시엘과 나이가 비슷해 보일 것 같았다.

"당연하지 않겠나. 내가 결혼을 하면 그대는 안심하고 떠나 버릴 것 아닌가."

"역시 그게 문제죠?"

"부정도 안 하는군."

"원래 이렇게 오래 있을 생각도 아니었습니다."

당초의 계획에서 몇 년 정도가 어그러진 걸까. 미카엘은 카우치 팔 걸이에 기대앉아 풀 죽어 보이는 시엘을 바라보았다. 이 왕궁에서 미카엘만큼 사랑받는 사람도 없었다. 어려서부터 그를 아는 모든 사람은 그를 좋아했고 그도 그만큼 사랑을 돌려주었다. 그럼에도 사랑은 늘 그에게 신기했다.

그의 아버지는 사랑 때문에 왕위를 버리고 스스로 볼모가 되어 생사를 알 수 없는 곳으로 떠났다. 세야 료민은 그의 모후를 사랑하여 평생을 바쳤다. 시엘은 20년간 그의 사랑을 포기한 적이 없었다.

"벌써 20년이 지났는데 두렵지 않나? 어떻게 늙었을 줄 알고."

"나이 든 그녀도 사랑스럽겠죠."

20년간 눈앞에서 보지도 못한 사랑을 상상하면서 시엘은 더없이 행복하다는 듯이 웃었다. 미카엘은 이 모든 것이 신기했다. 마치 당연히 되어야 하는 일들을 기대하듯이 그의 주변 사람들은 그런 사랑을 이야기했다.

"나는 부모라는 게 뭔지 잘 모르지만 아마 그대와 미오 경을 내 부모 비슷하게 생각했던 것 같네. 그런데도 그대는 20년을 함께한 나보다 채 1년을 함께하지 못한 그녀를 찾아 떠나가는군."

"질투 나십니까?"

"말을 신중하게 하게나. 내가 당장에 마구간에서 날뛰는 종마를 '정복'해 보고 싶은 마음이 들지 않도록 하려면 많이 신중해야겠지."

"서운해하지 마십시오. 저는 언제나 전하를 사랑했습니다."

미카엘은 싱긋 웃었다. 그걸 의심해 본 적은 없었다. 햇빛이 기분 좋다고 느끼는 것처럼 시엘의 사랑은 늘 알고 있었다. 안다고 해서 바뀌는 게 없을 뿐.

"마법진을 정복하십시오, 전하. 대마법사들이 돌아오면 전하는 혼자가 아니게 될 겁니다."

"나는 마법진의 정복을 간절히 바라지 않아. 그런데 정복을 할 수 있겠나?"

어렸을 때는 어렴풋이 마법진을 정복하게 될 거라 생각했던 것 같다. 하지만 왕위를 계승하고 나이가 들어갈수록 정복은 멀어져 갔다. 당장 저 마법진이 아니라 제국을, 이웃 나라를 정복하면? 내 것이 되지 않을 사람을 정복한다면? 그런 생각들이 머리를 차지했다.

시엘은 그가 마법진을 정복할 거라 말하지만 미카엘 스스로는 자신이 없었다. 마법진과 시엘을 맞바꿔야 하는데 진심으로 그걸 바라게 될 것 같지가 않았다.

"전하가 바란다면 모든 것이 이루어질 겁니다."

바로 그게 문제인 건데. 미카엘은 들리지 않게 투덜거렸다.

"나는 어른이야."

"그건 그렇습니다만."

"나는 사랑받는 사람이야. 그대가 없어도 나는 사랑받고 사랑하고 행복할 수 있으니 원하는 곳으로 가도 좋네. 오랜 시간 내 스승이 되어주어 고마웠어."

그 순간 미래를 알고 있는 사람처럼 주저함 없이 '왕자님은 사랑받을 거예요'라고 말하던 여자의 목소리가 들렸다.

시엘은 팔을 벌렸다. 젊은 국왕은 질색하는 얼굴을 했지만 어쩔 수 없다는 듯이 그의 오랜 스승의 품 안에 안겼다.

⁂

마침내 그날에 대마법사는 꽃처럼 웃었다. 미카엘의 신부 후보를 데리고 온 제국의 사신 행렬이 왕궁으로 들어오는 날이었다.

"전하께서 결혼하시는 걸 보고 갔어야 했는데요."

"마음에 없는 소리 말게나."

"진짜입니다. 그래야 아스에게 제가 들려줄 말이 있을 것 아닙니까."

"미오 경에게 듣기로는 그럴 여자는 아닌 것 같던데."

"그건 미오 경 오피셜이고요. 제 오피셜로는 전하의 생각을 할 겁니다."

기억도 나지 않는 유모일지라도 그건 제법 달콤한 말이기에 미카엘은 그냥 웃었다. 믿지 않아도 달콤한 말은 듣기 좋았다. 미오와 시엘의 가장 큰 차이는 미오는 믿을 수 있는 이야기를 하고 시엘은 믿고 싶은 이야기를 한다는 것이다.

그 긴 시간 동안 마법진의 거의 모든 분석이 끝났지만 미카엘이 마법진을 살피는 데 시간이 필요했다. 그도 '정복'을 목적으로 마법진을 대하는 것은 이번이 처음이었다.

"시간이 너무 많이 흐른 건 아닌가?"

벌써 23년이 지났다. 저쪽은 상황이 어떻게 되어 있을지 아무도 모르기에 미오가 조심스럽게 물어보았다.

"아스가 죽기라도 했을까 봐?"

"죽지 않은 건 알지만 그녀도 나처럼 늙었겠지."

시엘은 새삼스럽게 미오를 보며 20여 년간 눈에 들어오지 않던 것을 다시 살폈다. 그의 친구는 나이가 들었다. 짙은 밤색 머리카락에도 흰머리가 생겼고 눈가와 입가에도 주름이 잡혔다. 딱 집어 설명할 수는 없지만 많은 것이 변했고, 어떤 것은 예전과 연속된 과정에 있는 것 같기도 했다. 시엘은 웃었다.

"이상하지. 왜 난 자네의 변화를 지금에서야 안 것 같을까."

그를 볼 때면 항상 그 예전 시간 속의 미오의 모습이 보였다.

"내 영생을 받아주겠나?"

뜻밖의 소리에 미오가 시엘을 물끄러미 바라보았다. 딱히 농담은 아닌 얼굴이었다. 시엘이 가진 영생의 권능은 미오도 들어서 알고 있었다.

"그건 사랑하는 사람에게 쓸 수 있는 것 아니었나?"

"다들 그렇게 한정적으로 생각하는데, 사랑이 한 종류는 아니지. 우리는 친구야. 나는 자네가 내가 모르는 곳에서 내가 모르게 죽는 것이 싫어."

23년간 참 많은 일이 있었다. 하지만 미오는 고개를 저었다.

"난 괜찮으니까 자네가 행복해지기 위해 사용하게."

시엘이 무어라 대꾸를 하려고 했지만 그 순간 미카엘이 그를 불러 미오의 곁을 떠나야 했다.

23년 전에 왕비 궁은 완전히 무너져 내렸다. 그 뒤로도 급박한 일들이 이어져서 왕비는 다른 궁으로 옮겨 갔고 이 궁은 다시 재건하지 못했다. 부서진 흔적들을 치우긴 했지만 지금은 아무렇게나 자란 야생 정원이 조성된 폐허일 뿐이었다. 미오가 기둥 사이로 돋아난 풀과 꽃 같은 것들을 보고 있는 동안에 시엘과 미카엘은 손짓을 해가며 진지한 대화를 나누었다. 대마법사들 간의 이야기였다.

가는구나. 정말 가는구나.

한참 만에 대화가 끝나고 시엘이 그가 있는 쪽으로 물러났다. 젊은 국왕은 보기 드물게 긴장한 얼굴로 쓸쓸하지 않은 폐허를 향해 손을 내밀었다.

"저번처럼 마법진이 열리는 거면 소동이 일어날 텐데."

"아니, 그렇게는 안 할 거네."

미카엘의 몸 주변으로 황금의 마력이 일렁거렸다. 그 마력이 대지에 스며들더니 미오가 알아보기 힘든 마법진이 물이 번지는 것처럼 모양을 드러냈다.

"나 하나 넘어갈 정도로만 열면 되니까."

미카엘의 금빛 마력 위로 마법진의 글자와 무늬가 조각조각 떨어져 나와 춤을 추었다. 마력과 마법진을 교환하는 과정 같아 보였다. 젊은 국왕은 고요한 음악에 집중하는 지휘자처럼 미간을 찌푸렸다.

"수십 년 만에 나타난 널 보고 놀라지 않았으면 좋겠군."

"글쎄, 세계를 맞잇지는 않을 거라 저쪽도 시간이 그리 오래 지나 있지는 않을 거야."

"방금 이해를 잘 못 했는데, 뭐라고?"

"나는 세계를 특정 짓는 것도 벅차서 클라인 카펠라의 흔적을 따라갈 예정이라 아마 시간 축을 비틀게 되겠지. 시간 차는 크지 않을 거야. 많아 봐야 며칠이나 몇 주 정도?"

사실 미오는 시엘이 한 설명을 모두 알아듣지는 못했다. 마법사들의 기본 이론 자체가 기사인 미오에게는 낯설었다. 하지만 한 부분 걸리는 것은 있었다.

"그렇게 해도 되는 건가?"

"안 되지."

폐허가 된 왕비 궁에 떠올랐던 마법진이 미카엘의 몸 위에 빼곡히 들어찼다. 그는 이제 완연한 황금색으로 빛이 났다. 금빛 머리카락은 후광처럼 펼쳐져 흩날렸고 호박색 눈동자는 황혼 같은 금빛으로 타올랐다. 붉게 번뜩이는 문자와 그림들을 몸에 새긴 그가 시엘과 미오 쪽을 돌아보았다.

"문제가 생길 수도 있고 아닐 수도 있겠지. 그건 그때 누군가가 해결하면 될 거야. 내가…… 는 아니고 전하가 저 골칫덩이 마법진을 해결한 것처럼."

시엘은 이어 무슨 말을 하려고 했다. 하고 싶은 말이 있는 사람처럼 머뭇거리다 결국은 웃으며 미오의 어깨를 툭 쳤다.

"혹시 전할 말이 있는지?"

23년을 채운 말들이 있었다. 봄이면 봄대로 가을이면 가을대로, 거울 속 나이 들어가는 얼굴을 향해 차곡차곡 쌓아왔던 말은 많았다. 그 모든 이야기를 꺼내놓을 수가 없어서 미오는 자기 안으로 보냈던 편지들을 뒤집어보았다.

"잘 살라고. 그렇게 전해다오."

23년 전 그때 해야 했던 말이었다. 그때 하지 못해서 23년간 그의 안으로 가장 무겁게 가라앉았던 말을 꺼내 세계를 넘어갈 대마법사의 손에 쥐어 주었다.

마지막 순간에 어쩌면 시엘은 그에게 작별 인사를 했는지도 모르지만 미오는 듣지 못했다. 그를 지나쳐 미카엘의 앞으로 간 시엘은 한숨을 한번 쉬더니 미카엘의 손을 잡았다. 갑작스럽게 빛이 터져 나왔다. 미오는 반사적으로 팔뚝으로 눈앞을 가리며 몸을 틀었다.

빛으로 얻어맞는 느낌이었다. 따끔할 정도로 밝은 빛이 지나가고 난 후에 미오는 천천히 실눈을 떠서 미카엘과 시엘이 있던 곳을 보았다. 미카엘만이 남아 빈손을 내려다보고 있었다.

"전하……? 시엘은 어디에……?"

묻는 도중에 이질감을 느끼고 하늘을 올려다보았다. 하늘과 구름이 모두 황금빛으로 물들어 있었다.

"시엘이 넘어갈 조그만 틈을 여신다고 들었는데."

"나도 해본 적이 없는 일이라, 누구나 실수는 있는 법이지."

둘은 나란히 서서 황금빛 하늘을 올려다보았다. 23년 전이나 지금이나 미오는 떠난 사람들의 무사함을 알 수가 없어서 하늘만 바라보았다.

"솔직한 말로 나는 경도 떠날 거라 생각했네만."

미카엘의 얼굴은 굳이 말로 표현하자면 시원섭섭하지만 아픈 쪽에 가까워 보였다. 한때 그의 품 안에 안겨 웃던 어린 왕자는 단단하고 강한 어른이 되었다.

"전 남을 사람이었습니다. 그때나 지금이나. 왜 그렇게 생각하셨는지 모르겠습니다."

"경과 시엘 공은 오래 내 곁에 있었으나, 보게. 시엘 공이 드디어 자유로워졌네. 떠날 사람에게 마음을 주는 건 꽤 난해한 일이야. 그렇지 않은가?"

아침마다 끔찍한 눈으로 일어나던 여자를 안다. 허공에 던져진 것처럼 갈피를 잡지 못하면서도 그에게 함께 살아남자고 말하던 여자가 있었다. 가끔은 행복해 보였고 더러는 불행해 보였다. 어떻게 하면 불행하지 않을까 생각했다. 무엇을 해주면 행복할까 고민했다. 함께 행복해지고 싶었다. 행복해질 수 있을 것 같았다.

"그때 카펠라 공작은 주저 없이 그녀를 쫓아 떠났지만 저는 그럴 수 없었습니다. 결국 그 정도 마음이었던 거겠죠."

미카엘은 먼 하늘을 보던 시선을 돌려 잠시 미오를 바라보았다. 언제나 짓는 미소가 걷히고 표정이 없어 진중해 보이는 얼굴로 그가 말했다.

"나는 남았다고 해서 경의 마음이 덜하지 않으리라 믿네. 시엘 공이 그녀를 쫓아갔다고 해서 나에 대한 마음이 덜한 것은 아닐 테니까. 그렇지 않나?"

같이 지낸 계절은 봄과 여름, 그리고 가을이었다. 겨울 속에 있는 모습을 보지 못했기 때문에 미오 안에 있는 그녀는 얼어붙지도 않았다. 하루하루 시간을 보내고 계절을 보내면서 그때는 막연하게 그녀와 평생을 함께할지도 모른다는 그런 예상을 했었다. 그들은 평범하게 행복할 수 있었을 것이다.

"만약에 그녀가 남았다면 저는 그녀에게 청혼했을 겁니다."

그녀가 남았더라면. 클라인 카펠라에게도 검을 세우고 대항했을 것이다. 하지만 그는 그녀의 세계로 갈 수 없었다. 주저 없이 세계를 건너간 클라인과 훗날을 기다리며 주저하지 않는 시엘을 보면서 자신은 그들과 다르다는 것을 절감했다.

"그래서, 미오 경. 그녀의 이름이 뭐지?"

"알고 계시잖습니까."

"오늘 생각해 보니 그동안 경의 입에서 그 이름이 나오는 걸 들어본 적이 없더군."

황금빛의 하늘은 이제 다시 푸르게 물들었고 몸 위에 마법진을 가두었던 젊은 국왕의 몸도 거의 원래대로 돌아왔다. 그는 꽤 짓궂은 얼굴로 미오에게 질문을 보냈다.

"달이 밝나 봐요. 미오 경 눈동자 색깔이 보여요."

언젠가의 달이 밝았던 밤에 그의 손을 스쳤던 검은 머리카락의 감촉이 떠올랐다. 그때 그의 눈에도 그녀의 눈동자가 보였다. 깊은 곳을 헤엄치던 금붕어가 어항 위로 튀어 오르듯이 오랫동안 눌러 담고 있던 이름이 입 밖으로 흘러나왔다.

"아스 토케인, 입니다."

언젠가 죽어 심장을 갈라 본다면 그곳에 새겨져 있을 이름이었다.

❧❀❧

시엘이 떠나면 가슴속에 뿌리내렸던 나무가 송두리째 뽑히는 것처럼 가슴이 아프고 허전할 줄 알았다. 하지만 생각보다 많은 것이 담담했고 아쉬움과 그리움보다는 해야 할 일들에 대한 구상이 떠올랐다. 마법진을 몸에 담았던 여운은 아직 몸 안에 남아 있었다. 곧 이 땅에 대마법사들이 활보하리라.

미카엘은 테라스 난간에 팔을 기대고 아무 생각 없이 잘 정리된 후원을 내려다보았다. 멀리서부터 눈에 뜨이는 노란 드레스를 입은 여자가 굉장한 기세로 걸어오고 있었다. 곧 넘어지지 싶은 속도였다. 이런 종류의 예감은 절대 빗나가지도 않는다.

딱 미카엘이 예상한 지점에서 여자가 대차게 넘어졌다. 소년 시절 왕궁을 뛰어다닐 때 미카엘도 자주 넘어졌던 바로 그 지점이었다. 시중인은 물론이고 관료들이 돌아다닐 시간대가 아니어서 여자의 실수를 본 사람은 미카엘뿐이었다. 경황이 없을 여자가 테라스에 시선을 줄 거 같지 않아서 미카엘은 여자가 벌떡 일어나 아무 일 없던 것처럼 자리를 떠나기를 조용히 기다렸다.

"다 꼴도 보기 싫어!"

여자는 심통 난 아이처럼 다리를 쭉 뻗으면서 한쪽 구두를 집어 던졌다. 흐아앙 하는 본격적인 울음소리가 들린 건 그다음이었다. 긴 포물선을 그리며 테라스까지 날아온 구두는 통통 굴러서 미카엘의 발앞에 멈췄다. 모르는 척해주고 싶었는데 그럴 수도 없게 되었다.

"일어설 수 있겠는지, 아가씨?"

구두를 들고 난간 옆 계단을 내려가며 미카엘은 상냥하게 웃었다. 살면서 단 한 번도 미움받아 본 적 없는 미소였다.

"친절은 감사하나 나는 아가씨가 아니라 전하이니라."

가까이서 보니 아직 한참 어린 소녀였다. 눈물은 뚝뚝 흘리면서도 목소리는 제법 고상하게 나왔다. 그리고 보니 본 적이 없는 얼굴이었다. 전하라 이 왕국에서 전하라고 불릴 수 있는 이는 미카엘 자신밖에 없었다. 예외가 있다면 아마.

"나는 이곳의 국왕이니 이름을 가르쳐 주겠소, 제국의 공주님?"

"이런, 실례하였소이다. 나는 유와인 공주라 하오. 추태를 보여 부끄럽소."

"무슨 일로 울고 있는지 물어봐도 되겠는지?"

"숙녀의 눈물은 함부로 보는 것이 아니외다!"

소녀는 잠시 잊었다는 듯이 손등으로 눈가를 벅벅 닦아냈다. 미카엘이 손수건을 건네려고 했지만 순식간에 소녀가 발갛게 눈가를 닦아내서 건네줄 것도 없었다.

제국은 황제의 증손녀까지 왕족의 신분을 보장해 준다. 자신을 전하라 불러야 한다는 것을 봐서는 그의 신부 후보인 세 명의 공주 중에 하나일 것이다. 어린 걸 보면 최근에 이혼했다는 그 공주일 확률이 가장 커 보였다. 몇 살이 어리다고 했더라? 8살?

미카엘은 공주의 흐트러진 검은 머리카락을 슥슥 쓰다듬었다. 한참이나 어린 공주라 별생각이 없었다.

"함부로 만지지 마시오!"

"아, 미안. 쪼끄매서 나도 모르게."

"공주는 쪼끄맣지 않소이다! 어른이 되면 크게 자라날 것이외다!"

구두를 집어 던질 때부터 생각했지만 보통 성깔은 아니었다.

"다리가 아파 걷지 못하겠으니 거처까지 업어줄 수 있겠소이까?"

당당한 요구에 조금 웃었다. 그때 미카엘은 키가 작은 공주의 보드라운 검은 머리카락과 커다랗게 뜬 검은 눈이 꽤 예쁘다고 느꼈다.

✦ ❈ ✦

하늘은 어느새 아까의 황금빛 자취를 찾을 수 없는 파란 하늘과 하얀 구름으로 덮여 있었다.

시엘이 잘 도착했을까?

영원히 알 수 없을 답이었다. 미오 카펠라는 미오 조디악과 함께 옛 왕비 궁의 무성한 정원을 걸었다. 한때는 사람이 다니는 길이 나 있던 모든 곳이 풀에 뒤덮였다. 바람이 부름처럼 그의 머리카락을 잡아 흔들었다. 미오 조디악이 고개를 돌린다. 미오 카펠라도 따라서 고개를 돌렸지만 보이는 것은 없었다.

그 시절이 서 있을 것만 같았는데.

바람이 좋고 햇살이 따뜻한 날이나 밤바람이 서늘해서 기분이 좋은 날에 미오는 아스가 생각났다. 이렇게 혼자 걷는 해가 좋은 날에는 문을 열고 들어서면 아스가 어린 왕자를 안고 돌아볼 것 같았다. 어느새 다시 봄이었다. 아스가 없는 긴 겨울이 끝나고 그녀를 처음 만났던 계절이 다시 돌아왔다. 미오는 새순이 돋고 희미한 꽃망울이 잡힌 나뭇가지들을 올려다보았다. 낯선 바람이 불어온 것 같았다. 참방, 물방울이 튀어 오르는 가슴께를 손으로 눌렀다.

아름다운 봄이다. 그녀가 있는 세계의 봄이 이곳보다 아름다웠으면 좋겠다.

번외 3
황유진

맹세컨대 여행을 안 좋아하는데도 불구하고 스트레스가 극에 달하면 발작하듯이 여행이 가고 싶을 때가 있다. 비행기에서 내리는 순간부터 집에 가고 싶어지더라도 여행이 고프다. 스트레스 상황이다.

"여행이 가고 싶어요."

별로 그러려던 것은 아니었는데 목소리는 비장하게 나갔고 식탁에는 평화가 찾아왔다. 잠시의 정적 후에 시엘이 입에 물고 있던 사과를 아삭, 베어 삼켰다.

"여행이요?"

"네, 여행이요."

여행. 일이나 유람을 목적으로 다른 고장이나 외국에 가는 일.

나베르 국어사전에 치면 저렇게 나온다. 어려운 말이 아닌데 클라인과 시엘은 처음 듣는 말처럼 신중한 얼굴을 했다. 읽고 쓰기는 또 몰라도 말하고 듣는 자동 패치가 되니까 못 알아들은 것이 아닐 텐데?

"왜요, 뭐가 문제예요. 영국 가고 싶단 말예요. 네덜란드! 스페인!"

누구나 마음속에 로망의 해외여행 국가 하나쯤은 있는 거니까.

"여행, 여행. 여행 좋죠, 유진. 여행은 좋습니다만."

"좋습니다만?"

"휴가 내실 수 있습니까?"

클라인이 제일 아픈 곳을 사정없이 콱 찔러 버렸다.

나도! 내가 휴가를 낼 수 없다는 건 안다! 일본이나 중국이라면 모를까 동남아마저도 턱도 없다는 건 나도 알지만 단 십 분 만이라도 현실도피를 하고 싶었다.

"이 회사 때려치우는 날에 반드시 스페인으로 날아갈 거예요."

"요새 취업난이라고 뉴스에 나오던데……."

뭔가 억울하다. 나는 나름 고등교육을 받은 고급 인재였는데 이세계로 갔을 때는 그간 배운 능력치가 리셋되어서 써먹을 게 없었다. 세계가 다르니 어쩔 수 없지, 하고 나름대로 적응하고 잘 살았긴 하지만 클라인과 시엘은 소드마스터와 대마법사라는 절대 내 세계에서 스펙으로 쓸 수 없는 간판을 달고 있는데도 너무 무난하게 잘 산다.

그렇다고 내가 두 사람이 고생하길 바라는 것은 아니지만 그래도 어쩔 수 없는 억울함과 상대적 박탈감이라는 것이 있었다. 대체 왜 한 번 금수저는 계속 금수저인 것이죠?

"아니면 마법사님. 마법으로 어떻게 한 번에 지구 반대편으로 못 날아가요?"

"그게, 하늘을 날아가는 게 아닌 한은 좌표를 찍어야 합니다."

"검색하면 경도, 위도는 나와요."

"마법적인 좌표라 가본 곳이 가장 정확하고 아니면 마법사들끼리 공유되는 좌표가 있습니다만. 이 세계에는 마법사가 없는 것 같군요."

의외네. 머글들 사이에서 돈 벌려고 마술쇼 하는 마법사가 반드시 한 명 있을 줄 알았는데.

"그럼 정말 날아가는 건요?"

"그, 속도가 비둘기랑 비슷합니다. 그리고 그게 혼자 날 때의 기준이라."

새는 좀 빨리 날지 않나? 스마트폰으로 비둘기의 시속을 검색해 보았다. 그리고 인간의 시속도 검색해 봤다. 그래도 새가 인간보다 빠르기는 하지만 저 시속으로는 어디로든 갈 수가 없다. 왠지 앉아 있을 수가 없어서 소파에 드러누웠다. 사람들이 이런 걸 두고 몸져눕는다고 표현하는 것 같다.

"유진, 주말에 가까운 데로 놀러 갈까요?"

클라인이 기력이 떨어진 나를 뒤에서 끌어안으면서 다정하게 달래주긴 했지만 이 남자가 아직 뭘 모르는 모양이다. 주말에 가까운 데 놀러 나갔다 올 바에야 월요일 출근을 위해 집에서 농약 먹은 기러기처럼 누워 있겠다.

"그럼 일본에 꽃구경이라도 가요. 비행기 타고."

클라인과 시엘이 내 세계로 넘어온 지 네 달이 지났다. 그동안 이들은 꽤 멀쩡해 보이게 내 세계에 적응했다. 체계적으로 뭘 배운 게 아니라서 그들이 있던 세계에 없던 단어나 상황이 나오면 순간적으로 렉이 걸린다는 건 문제였지만 얼추 멀쩡했다.

"그래, 국경을 넘으려면 여권이라는 게 필요하다는 말이지."

"통행 허가서 비슷한 것 아닐까?"

"비자라는 게 통행 허가서랑 비슷한 개념인 것 같군."

"그럼 여권은 뭐지?"

"글쎄."

대토론이 벌어졌다. 나는 소파에 엎드려서 내 잠옷에 그려진 분홍 돼지 무늬의 개수를 세면서 둘의 대화를 가만히 들었다. 둘은 스마트폰을 잡고 이것저것 찾아보고 머리를 맞대고 대화를 나누었다. 도통 스마트폰 자판에 익숙해지지를 않는 시엘보다 클라인 쪽이 검색을 많이 하는 눈치였다.

"여권은 어떤 시스템으로 발급되는지를 모르겠군. 일단 관할 구청을 거치는 것 같은데 그 위는 외교부인가? 어디지?"

"구청에서 잘 타고 올라가면 서류 조작이 어렵지는 않을 것 같아. 한 보름 정도면."

클라인과 시엘은 말하자면 이민자이긴 한데 제대로 된 루트를 밟고 온 것이 아니라서 불법 체류자였다. 그 신분으로 이 나라 행정 시스템 상에 둘의 기록을 남기려면 이것저것 불법이 많았을 것 같긴 하지만 실제로 듣는 건 또 처음이었다.

"유진, 보름 정도면 여권이라는 것을 구할 수 있을 것 같습니다."

"구청에 가면 일주일 안에 나오던데 그냥 구청을 가죠?"

나도 여권을 만든 지 한참 되어서 잘 기억은 안 나는데 신분증만 있으면 만들어줬던 것 같다. 가만, 저 둘이 신분증이 있나? 스마트폰 계약하고 집 계약도 바로 했으니 신분증이 있기는 할 것 같은데.

그걸 물어보려는데 갑자기 클라인의 스마트폰이 울렸다. 그랑 내가 굴러다니는 소파랑 거리가 멀어서 내게는 발신인이 안 보였지만 클라인은 모처럼 반가운 얼굴로 전화를 받았다.

"네, 소장님. 정말 오랜만입니다. 저는 잘 있습니다."

몇 마디 인사를 더 주고받던 클라인은 슬쩍 우리에게 인사를 하고는 안방으로 들어가 문을 닫았다.

"막노동할 때 알게 된 분들과 아직 연락하더군요."

클라인과 시엘이 넘어왔을 때, 공교롭게도 내가 좀 바빴다. 사실 내 회사는 늘 바쁘다. 부모님이 귀가하시기 전에 일단 급하게 집 근처 모텔에 둘을 처박아두고 아주아주 간단한 이 세계 생존법을 알려주고, 난 출근을 해야 했다. 계속 조퇴나 칼퇴를 시도하지 않은 것은 아니지만, 하필 그때 프로젝트 세 개가 겹쳐서 다들 점점 인간이 아니게 되어갈 때라 거의 한 달간 그들을 모텔에 넣어놓고 방세 계좌 이체나 해주면서 방치를 해야 했다.

다행스럽고 미안한 게, 본의 아니게 내가 그들을 돌보지 못하는 동안 클라인과 시엘은 살겠다고 나름 고군분투했던 모양이었다. 정보를 어떻게 알아낸 건지 클라인이 정착금이랄까, 종잣돈을 모으기 위해 막노동을 뛰었다. 그 일에는 신분증도 통장도 필요 없었고 일급이 지급되기 때문이라고 했었다.

일 마치고 돌아온 클라인에게 시엘이 회복 마법을 걸어준 덕분에 다음 날 다시 생생하게 용역 시장에 출근해서 그쪽에서 클라인을 요새 보기 드문 청년이라고 좋아했다고는 들었지만 아직도 연락할 줄이야.

그는 대체로 내가 아는 모든 남자와 사이가 좋지 않았다. 지금은 그래도 예전이랑은 달라졌지만 시엘이랑도 사이가 안 좋았다. 그래서 친구가 없을 양반인가 했는데 우리 클라인에게 친구가 있었어.

나는 잠깐 클라인이 그 소장이라는 분과 하트와 이모티콘이 가득한 채팅 메시지를 주고받는 걸 상상해 보았다. 스마트폰 자판에 영 적응을 못 해서 네, 아니오 단답만 하는 시엘에 비해 클라인은 온갖 종류의 동물 모양 이모티콘과 꽃과 재미있는 사진들을 채팅 방에 뿌려대었다. 일단 동물 모양 신상 이모티콘은 다 사는 것 같았다.

자세한 대화 내용은 안 들렸지만 두런두런 들리는 목소리가 평소보다 조금 더 높고 빨랐다. 클라인도 신이 난 모양이다. 친구는 공작님도 춤을 추게 한다. 그 김에 나는 아까부터 신경이 쓰였던 것을 물었다.

"마법사님, 그게 뭘까요?"

"주민등록증이라는 겁니다."

"아니, 그건 저도 아는데."

집도 사고 통장 거래도 하고 있으니 신분증이 있긴 하겠지만 공식적으로 이 둘의 지위는 불법 이민자, 혹은 난민일 텐데 어디서 신분 증명을 하고 이런 걸 만든 거지? 나라도 아니고 세계를 이동한 시엘과 클라인이 제대로 된 행정 업무 절차를 밟기는 어렵다. 그래서 잔고 조작만 빼면 뭐든 다 해서 슬기롭게 정착하라고 응원해 주기는 했지만 뭘 어디까지 어떻게 해둔 건지 모르겠다.

앉아서 손을 내미니까 시엘이 신분증 두 개를 얹어주었다. 내 신분 증 사진은 정말 좌절스럽게 나왔는데 저 둘은 반명함판 사진도 눈 돌아가게 잘생겼다.

"이 세계는 꽤 정교하더군요. 행정 서류들은 조작하기 힘들었어요."

하지만 난해한 이름이다. 나는 '황공작'과 '마법사'의 신분증을 보다 시엘에게 물었다.

"그런데 공작님 성은 왜 황이에요?"

"이 나라는 같은 성씨끼리는 결혼이 안 된다는 법이 있더군요."

"그거 폐지된 지 한참 된 법인데……."

유치원에 가면 천 년 동안은 놀림을 당할 이름을 클라인 본인이 지은 건 아니길 바란다. 시엘의 이름은 그가 지었겠지만.

통화를 마치고 나오던 클라인과 눈이 마주쳤다. 그가 부드럽게 웃었다. 안 그래도 선명한 붉은 머리카락이 형광등에 비쳐 비현실적으로 선명해졌다.

"공작님, 혹시 염색 안 해보실래요?"

"염색했으면 좋겠습니까? 검은색으로 할까요?"

"아녜요, 그냥 한 말이에요. 하면 이상할 것 같아요."

클라인을 처음 보았을 때를 기억한다. 갑옷에 투구까지 쓰고 사람들이 뿌리는 꽃비를 맞으며 함성과 함께 왕성에 들어서고 있었다. 그 사람이 지금 내 눈앞에서 청바지에 검은 반팔 티를 입고 일상적인 대화를 나누고 일상적인 몸짓을 한다. 둘이 동일 인물이라고 생각하면 간지러움과 비슷한 이상한 기분이 든다. 여기 있어도 되는 사람일까 하고.

클라인은 내 옆에 앉더니 소파 테이블 위에 있는 토끼 귀 모양의 사과를 찍어 내 입에 대주었다.

"무슨 생각을 하고 계십니까?"

"저쪽 세계에서의 공작님이요."

남이 깎아준 사과가 맛있다. 클라인은 검을 다루던 사람이라 그런 가 사과도 잘 깎았다.

"사랑합니다."

그가 뜬금없는 말을 속삭였다. 나는 사과를 아삭 씹으며 '저도요'라고 대답했다. 웃음의 결이 조금 달라졌다. 눈을 감을 준비를 하는데 시엘이 클라인의 뒷덜미를 잡아챘다.

"마법사……."

"날 그렇게 부를 수 있는 건 두 명뿐이라고 말했을 텐데."

"그럴 거면 이곳에서의 이름을 그걸로 정하지 말았어야지."

가끔 저렇게 사이가 안 좋은데 둘이 같은 집을 사용하는 게 경이로울 때가 있다.

정착 초기에 클라인이 막노동 뛰고 들어와 쓰러져 있으면 시엘이 아이고, 이 양반아 하면서 치유 마법 써주고 서류 조작도 해주면서 이상적인 탱커와 힐러의 관계를 쌓는 것 같아 보였다. 그러더니 상황이 좀 안정되고 나니까 다시 예전 관계가 나온다.

"유진, 춤출까요?"

한참을 으르렁대더니 시엘이 내게 물었다. 춤? 이 밤에 갑자기? 시엘이 손가락을 탁 튕기니까 거실의 불이 꺼지고 무드 등이 켜졌다. 그리고 은은한 음악이 들려오기 시작했다. 할리퀸 계통의 영화에서 많이 본 장면이다. 하, 하고 클라인이 짧게 웃었다. 시엘은 그쪽을 향해 이를 드러내며 웃고는 내 손을 잡아 일으켰다.

"갑자기 웬 춤이에요?"

"생각해 보니 저는 유진과 춤을 춰본 일이 없어요."

이거 어디서 한 번 이상은 들어본 말인데. 안타깝게도 내 머리는 하나가 들어오면 하나를 뱉어내야 하는 모양이다. 저쪽 세계에서 그렇게 몸으로 배웠던 스텝은 내 세계로 돌아와 맥스 명령어를 꽂아 넣다 보니까 술술 새어서 어디론가 사라졌다. 이제 나는 스텝이 기억나지 않고 시엘은 그냥 봐도 서툴렀다. 우리는 얼싸안고 음악에 맞춰 발만 움찔거릴 뿐 제대로 춤을 추지 못했다. 그런 내 어깨를 클라인이 부드럽게 잡아 돌렸다.

손이 내 허리와 어깨를 감싸 안았다. 낮은 목소리가 왼발, 오른발 하며 내가 움직일 발을 속삭이면서 물처럼 부드럽게 나를 인도했다. 몇 번을 반복한 후 클라인의 어깨를 가볍게 밀어내고 다시 시엘의 손을 잡았다.

"왼발, 오……."

시작하자마자 발을 밟혔다. 그렇지. 나한테 왼발이면 시엘에게 오른발이지.

"다시 해요, 마법사님."

우리는 춤이고 싶었던 무언가의 번데기 같은 짓을 함께했다. 스텝이 사정없이 꼬였다. 시엘이 내 발을 밟은 횟수랑 내가 그의 발을 밟은 횟수가 거의 비슷했다. 입은 왼발을 말하면서 오른발을 내밀려고 하니까 어쩔 수 없이 원스텝이 되어야 하는데 투스텝이 되었고 몸이 의도랑 다르게 입이 하는 말을 따라 움직였다.

이 짓을 클라인은 대체 어떻게 한 거지? 우릴 지켜보던 클라인이 한숨을 쉰 것 같은데 기분 탓이라고 믿고 싶다.

"그, 공작님이 마법사님 춤 가르쳐 주시면 안 될까요?"

어설픈 것들 둘이 붙어서 뭘 하려고 해봤자 더 나은 사람이 대강 가르쳐 주는 것보다 못할 때가 많다. 나는 20분 만에 항복 선언을 하고 말했다. 클라인은 내가 본 중에 가장 활짝 웃었다.

"제가 말입니까?"

"아, 네. 죄송해요. 싫으시군요."

버스 정류장까지 전력 질주 3분을 할 수 없는 나만큼이나 체력이 부족한 시엘이 잠옷 단추를 풀고 펄럭거렸다. 그때마다 잠옷에 그려진 파란 돼지 무늬가 눈앞을 왔다 갔다 했다.

"인터넷에 찾아보면 셋이 추는 탱고가 있을 거예요. 그걸 찾아봐야겠어요."

"굳이 그러실 필요까지는······."

"아녜요, 공작님! 저번에 분명 노래 불러주신다고 했었어요. 저 공작님 노래에 맞춰서 셋이 춤추는 게 올해 목표니까 그런 줄 아세요."

클라인은 순간 조금 난감한 표정을 지었지만 다시 웃었다.

"여행도 가고요."

"아, 맞다. 내일 출근하자마자 휴가 계획서 날릴게요."

정말 짧은 대화를 했을 뿐인데, 그사이에 시엘이 거실 바닥에서 잠이 들어버렸다. 나도 잘은 모르지만 다른 세계에서 마법을 쓰는 게 쉽지만은 않다고 했다. 마법은 세상의 법칙을 기반으로 사용하는 것이라 굳이 말하자면 철학과 1학기에 라틴어 사전만 들고 원서로 그리스 철학 공부하는 거랑 비슷하다고 했다.

내가 그랬듯이 그도 내 세계에 적응하면 나아질 거라고 했지만 당장 필요한 인적 사항과 행정 서류를 조작하느라고 많이 피곤한 모양이었다.

"놔두고 들어가 주무세요. 내일도 일찍 출근하시잖습니까."

클라인은 곧 죽어도 시엘을 안아다가 침대에 뉘어줄 생각이 없는 것 같았다. 그를 이대로 두고 나는 침대에서 자기 많이 미안하다. 꽐라가 된 친구를 길바닥에 두고 돌아가는 느낌이잖아.

"내일도 이곳으로 오십니까?"

"아뇨, 내일은 집에 가야죠. 저희 회사가 야근이 많은 건 사실이지만 외박은 일주일에 두 번 정도가 적당해요."

"자취한다고 나오시면……."

나는 애매하게 웃었다. 우리 어머니가 아무리 나보고 시집을 가라고 성화이시긴 해도 동거를 허락해 주실 분은 아니시다. 내 떨떠름한 표정을 제대로 알아들은 클라인이 다시 말했다.

"부모님께 보여 드릴 위장용 방을 하나 장만하는 건 어떨까요?"

"전 할리퀸은 좋아하는데 돈지랄은 싫어요."

내 세계로 와서 몇 달 만에 기반을 잡은 클라인과 시엘은 집을 샀다. 몇 년간 직장 다닌 나도 못 산 집을 샀다. 그것도 내가 부모님과 같이 사는 집 근처가 아니라 내 회사 도보 5분 거리로.

가끔씩 야근한다고 집에 거짓말하고 이곳에 들른다. 사실 거짓말이 아닐 때도 많았다. 이놈의 회사는 근무의 2/3가 야근이다. 어쨌든 계속 이럴 수는 없을 것 같고 정말 뭔가 방법을 찾아내긴 해야 한다.

"저희 차라리 다 같이 몰몬교에 입교할까요?"

"저랑 시엘도 찾아봤습니다만 거긴 일처다부제가 아니라 일부다처제라고 합니다. 아내가 여럿이죠."

찾아봤구나. 그렇구나.

잠시 후 클라인이 바닥의 난방 온도를 올렸다. 나도 침실에서 이불을 끄집어내 와서 시엘에게 덮어주고 그 뒤쪽에 나도 누웠다. 클라인도 노란 오리 무늬 잠옷으로 갈아입고 내 옆에 누웠다. 눈을 감았는데도 시선이 느껴진다.

그건 좀 간지럽기도 하고 어렴풋하게 따뜻하기도 해서 나도 모르게 미소 지었다.

번외 4
황공작과 마법사

　어느 날 클라인은 그가 근무했던 인력 사무소 소장에게서 연락을 받았다. 그가 등짐을 메고 시멘트와 콘크리트를 나르고 벽돌을 쳐서 지었던 아파트의 분양이 시작된다는 소식이었다.

　"그렇군요."

　알 수 없는 이유로 목이 잠겼다. 망아지 때부터 직접 사료 먹여 키운 말을 처음 군마로 전쟁터에 내보낼 때의 마음과 비슷했다. 전화 너머에서 김 소장이 호탕하게 웃으며 클리인과 그때 일했던 사람들의 모임 날짜와 장소를 불러주었다. 그런 모임 자체는 흔히 있는 일이었지만, 아파트 분양 날이라는 게 특별했던 것인지 클라인은 꽃다발을 한 아름 들고 귀가했다.

　"건설공사 쪽에서 일을 잘해줬다고 꽃다발을 돌렸을 리는 없고 설마 그 모임에 공작님을 연모하는 분이……?"

　"아닙니다! 오늘 박 군이 여자친구를 데리고 나왔습니다. 청혼할 거라고 해서 모두가 도와준 겁니다."

촛불로 만든 길을 따라 언덕길을 올라와 미리 준비된 커다란 상자 앞에 그녀가 서면, 박 군의 동료들이 꽃다발을 들고 그녀와 커다란 상자를 둘러싸 다 같이 합창한다. 그리고 마지막으로 그 상자 안에서 반지를 든 박 군이 나타나는 기획이었다.

"으엑, 그 언덕이 높은 곳은 아니었기를 바라요."

"홍대 정문이었습니다."

"설마 사람도 많았어요?"

"그럼요, 금요일 저녁 홍대인걸요."

유진에게는 요소요소가 다 소름이었지만 공개 프러포즈라는 점이 가장 소름이었다. 그녀가 노골적으로 싫은 얼굴을 하자 클라인도 곤혹스러운 표정을 지었다.

"하지만 그 여자친구는 좋아했습니다만."

"남자친구를 정말 사랑하거나 아주 착하신 분인가 봐요. 저라면 상자에서 나왔을 때, 아냐, 합창이 더 구리니까……. 상자를 봤을 때 구두 굽으로 후려치고 도망쳤어요."

거실 탁자 위에 카드로 성을 만들고 있던 시엘이 끼어들었다.

"하지만 그만하면 로맨틱하고 멋있지 않습니까?"

"마법사님이 로맨틱이라는 단어를 잘못 쓰고 계세요. 공개 프러포즈라니, 소름이 돋아요."

"많은 사람 앞에서 사랑한다고 맹세하는 것이니 열정적이고 멋있지 않습니까?"

거실 소파에 앉으며 클라인은 실수인 것처럼 시엘의 카드로 만든 성을 툭 쳐서 와르르 무너뜨렸다. 집에 들어오면서부터 거슬렸다.

"그것도 그것 나름이죠. 남의 일에 호기심을 느끼는 사람들이 둘러싼 가운데 그런 일을 결정하게 하면 안 되죠. 남들의 이목이 쏠려 있으면 압박이 된다고요."

하지만 둘은 도통 이해한 눈치가 아니었다.

"좋아하는 사람도 있을 거예요, 전 아니지만. 정성 가득한 프러포즈 받으면 좋죠."

"프러포즈 받고 싶으세요?"

조심히 물어보는 말에 유진은 꽃다발을 안고 웃었다.

"공개 프러포즈요? 아니요, 절대로."

하지만 각자 생각하는 것이 생겨났다. 클라인은 그간 프러포즈에 대해 생각한 바가 전혀 없었다. 생각해 보면 다른 세계에서 이미 청혼은 한 셈이고, 이 세계의 어디를 뒤져보아도 여자 하나와 남자 둘이 결혼하는 법은 없었다. 사실 다른 세계에서도 없었다. 그래서 무의식중에 프러포즈에 대해 아예 생각을 안 하고 있었다.

"미카엘 왕자님은 무사히 결혼하셨을지."

프러포즈 이야기를 하니 그때 한창 신부를 찾고 있던 미카엘 왕자가 생각난 시엘이 한숨을 푹 쉬었다. 그때는 당장이 아니면 또 몇 년이 흘러갈 거라 생각했다. 그래서 뒤도 돌아보지 않고 세계를 건넜지만, 이곳에 와서 유진을 다시 만나고 그녀의 인생 옆에서 함께 걷게 되자 그가 키우고 가르친 왕자에게 생각이 미쳤다. 누구를 사랑하고 어떻게 사랑하며 살아가게 될지 그것까지 보고 올 것을.

"어떻게 자랐을지 궁금해요. 전 아가 때 모습만 봤잖아요."

"얼굴은 유르겔 님과 똑같습니다."

"아, 그건 그렇겠네요."

약간이나마 가던 관심이 깨끗하게 식었다. 하도 얼굴에 티가 나자 유진이 떠난 후로 어린 왕자를 먹이고 입히고 재우고 가르쳐 기른 시엘의 고슴도치 스승의 마음이 발끈했다.

"하지만 미카엘 왕자가 더 잘생겼고 착하고 영리합니다. 세상에서 제일 완벽하고 대단해요."

그때 이런 미래를 상상할 수 있었을까. 유진은 투구에 반사된 클라인의 파란 눈빛을 기억하듯이 시엘과의 첫 만남도 기억하고 있었다. 궁지에 몰려 반쯤 미쳐가던 짐승 같던 보라색 눈동자. 그때는 한없이 무서웠다. 용기를 내는 건 어려운 일이다. 아무것도 안 하면 아무것도 변하지 않는다. 나의 보통에 아무 일도 일어나지 않는 것이다. 그 달콤함을 버리고 더 나아질지 아니면 더 나빠질지 알 수 없는 변화를 각오해야 한다. 자신의 세상에서 시엘과 클라인을 바라보며 유진은 웃었다.

"혹시 저쪽 세계랑은 연락 못 해요? 저도 미카엘 왕자가 자란 모습이 보고 싶은데."

그리고 미오 경도.

"당신이 그 세계를 그리워할 줄 몰라서 그런 방법을 한 번도 생각해 보지 않았습니다."

"그럼 생각하세요. 지금 바로, 당장."

시엘이 너무 의외라는 얼굴로 그녀를 보았다. 마치 유진이 그 세계를 빠져나온 후 그곳의 모든 것을 잊거나 버렸을 거라 생각하는 사람처럼. 그 세계를 그리워하는 것은 아니다. 하지만 일 년 가까이 머문 자리에 어떤 꽃이 피었는지 궁금해하는 마음 정도는 있었다.

목 안쪽으로 음, 하는 소리를 길게 내면서 시엘은 유진이 안고 있던 꽃다발을 받아 안았다. 탁자 위에 꽃을 풀어놓고 가위로 꽃줄기 끝을 똑똑 따내면서 생각에 잠겼다. 그사이에 클라인이 무너진 카드 성의 카드를 정리해 치우기 시작했다. 요새 시엘이 집중력을 키운다고 얇은 카드로 삼각형을 그려 성을 쌓는 연습인지 놀이인지를 하는데, 볼 때마다 거슬렸다.

"몇 가지 방법이 떠오르긴 합니다만 리스크를 생각하지 않을 수가 없군요."

"마법사님 입에서 이렇게 겸손한 말이 나올 날이 올 줄은 몰랐어요."

비꼬는 의도가 전혀 없는 순수한 감탄이었다. 그간 들어온 말이 있는데, 세상 당당하고 자신 있게 살아온 시엘의 입에서 리스크라는 말이 나올 줄은 꿈에도 몰랐다.

"불가능하진 않아요. 그저 제가 아무리 이 세계의 법칙에 몸을 적셨다고 해도 이곳 출신이 아닌 한은 위험이 있다는 거죠. 음, 굳이 말하자면 비영어권 사람이 영어권 사람과 영어로 대화할 때 생기는 실수 같은 거죠."

마지막 꽃줄기를 자른 후 이해했냐 물으려 고개를 든 시엘은 온화하고 상냥하게 웃고 있는 유진의 미소를 보았다. 어떻게 더 알아듣기 쉽게 설명해야 할까 고민하는 찰나에 클라인이 나섰다.

"I don't buy it이 무슨 뜻이죠, 유진?"

"안 사."

"믿지 않는다는 뜻입니다만……."

웃으며 끼어들었던 클라인은 흐려진 얼굴로 소파에 몸을 파묻었다. 마치 이후 대화에 끼어들지 않겠다는 것처럼 보였다.

"잠깐, 승진 시험에 영어도 포함되지 않아요?"

유진은 요새 사장 욕은 많이 하지 않았다. 대신에 한 대리 죽여 버리고 싶다, 승진 시험만 붙으면 계급장 떼고 붙는다 등등 소리를 했다. 그리고 바로 얼마 전에 유진은 승진 시험을 보았다.

"포함이죠."

"이번에 몇 점 나오셨습니까."

"제 스리 사이즈는 말할 수 있어도 그건 안 돼요."

"이미 아는 스리 사이즈는 안 궁금하니까 영어 점수를 말하세요!"

"와…… 마법사님 그렇게 안 봤는데, 와……."

세상에 다시 없을 불순한 사람을 보는 시선이 시엘에게 향했다. 심지어 그녀는 마주 앉아 있다가 양어깨를 X자로 교차해 잡고 주춤주춤 뒤로 물러나기까지 했다. 시엘의 얼굴이 순식간에 새빨갛게 달아올랐다.

"아니, 그게…… 그런 뜻이 아니라!"

"장난이었어요."

실패한 농담은 빠르게 회수해야 한다. 하지만 그 후로도 시엘의 달아오른 얼굴이 진정되기까지 꽤 오래 기다려야 했다.

"위험을 감수하지 않으려면 이쪽에서 편지를 띄우는 게 좋죠."

"국군 아저씨에게 펜팔 보내는 느낌으로요?"

"그게 무슨 느낌인지는 모르겠습니다만, 유리병에 편지를 넣어 바다에 흘려보내는 쪽에 더 가까울 것 같군요."

유진은 곰곰이 생각해 보았다. 그러고 보면 놀라운 TV 어메이징 같은 프로그램에서 백 년 만에 반대편 해안에 닿은 유리병 편지 같은 내용이 나왔던 것 같기도 하다. 조류로만 둥둥 떠다니며 이동해서 어디에 도착할지 언제 도착할지는 랜덤인 느낌이었다.

"유리병 편지는 사실 정보나 편지를 띄우는 게 아니라 로망을 띄우는 용도 아녜요? 반 이상이 도착을 안 하잖아요."

"아닙니다. 이건 도착은 해요. 언젠가는 반드시 도착해요. 그게 미카엘 왕자가 살아 있을 때일지 아님 그의 다음 대 대마법사 때일지, 사백 년 후의 대마법사 때일지 알 수가 없어서 그렇지 도착은 합니다."

"그게 도착했을 때 제가 죽어 있을 수도 있겠는데요."

"운이 좋으면 빨리 도착할 수도 있고요."

가장 보고 싶은 것은 그녀가 떠나고 난 뒤의 세상이지만 그 이후라도 괜찮을 것 같았다. 어차피 23년의 시간이 지나 장성한 미카엘 왕자를 상상할 수도 없는데, 300년, 400년 후의 그가 어떠한 왕으로 평가받는지 아는 것도 나쁘지 않을 것 같았다. 그 역사에 비록 미오 경과 안나와 같은 사람들은 남아 있지 않겠지만 그것도 괜찮았다. 끝을 모르면 끝난 것이 아니다.

"위험을 조금 감수하고 보내면 안 돼요? 일반 우편을 특급 우편으로 보내는 정도라도요."

"최대한 노력해 보겠습니다."

9시 뉴스가 흘러나오고 있는 거실에서 시엘이 눈을 감았다. 그를 따라 거실의 빛도 고개를 숙였다. 창문이 모두 닫힌 방 안에는 바람이 흐르지 않았는데도 시엘의 머리카락이 펄럭이더니 그의 등에서 투명한 금빛 새가 태어났다. 투명한 날개를 펄럭이는 새를 유진은 홀린 듯이 바라보았다.

"자, 이제 날아가려무나."

옅은 금빛에 휩싸인 대마법사가 커다란 금빛 새에게 속삭였다. 새는 그들이 보는 앞에서 몇 번 날개를 펄럭이더니 천장을 향해 날아올라 사라졌다.

"새가 저쪽 세계에 도착해 저 아닌 다른 대마법사와 만나 그가 응답을 하면 세계가 연결이 될 겁니다. 하지만……."

"하지만?"

"어느 시점에 도착하느냐에 따라서 시간축이 또 꼬일지도 모르지요. 세계를 두 개의 천으로 보면 저쪽 세계는 이쪽 세계의 23년 전과 닿기 위해 접힌 상태입니다. 그런 상황에서 저 새가 어느 세계에 도착하느냐에 따라서 바느질에 구멍이 한 곳만 날 수도 있고 여러 곳이 날 수도 있고 그러네요."

"그러면 큰일 나요?"

정말 옷감이라면 쓸 수가 없어진다. 두 천을 꿰매고 있는 실을 다 풀고 다시 꿰매지 않는 한 천을 둘 다 망치는 셈이지만 세계는 천이 아니기 때문에 물어보았다. 시엘은 생각하는 것처럼 새가 사라진 천장을 바라보며 천천히 말했다.

"뭐…… 제가 알 바는 아니죠. 큰일이 생겼을 때의 대마법사가 고생할 일이지."

사고를 친 당사자가 할 말은 아닌 것 같았지만 유진도 그러려니 하기로 했다. 과장급이 할 고민을 사원이 하는 게 아닌 것처럼 대마법사 레벨에서 해결될 문제를 그녀가 고민할 필요는 없을 것 같았다.

"새가 빨리 도착하면 좋겠네요."

⚜

한동안 유진은 바빴다. 이렇게 바쁜데 왜 안 죽지? 그리 생각하며 하늘을 올려다보면 동이 터오고 있었고, 멍하니 동트는 하늘을 보다 보면 퇴근도 안 했는데 출근 시간이었다. 회사 보안 게이트를 통과하는 기억이 있는 걸 보면 퇴근하기는 하는 모양인데, 출근한 기억도 없이 모델링을 돌리고 있는 자신을 발견할 땐 좀 오싹하기도 했다. 유진은 중간 세이브를 하며 뻑뻑한 눈을 잠깐 감았다.

눈을 뜨니 그녀는 누워 있었고 주변이 어두웠다. 소스라치게 놀라 일어나기 직전에 크고 따뜻한 손이 그녀의 눈을 가렸다.

"아직 더 자도 돼요."

익숙한 냄새와 따뜻한 목소리는 그녀가 아는 사람이었다.

"저 어떻게 여기 왔어요?"

"어제 밤늦게 오셨습니다."

"기억은 없는데 제가 두 발로 걸어 들어오긴 했군요."

"아뇨, 네 발로 들어왔습니다."

클라인이 웃기에 유진도 따라 웃었다. 그의 웃음 안에 있는 따뜻하고 나른한 기운이 기분 좋았다. 그래서 가끔은 맨정신으로 네 발로 걸

기도 한다는 것을 비밀로 놔두기로 했다.

"몇 시예요? 출근 준비해야 해요."

"아직 삼십 분 정도 더 자도 됩니다."

"잠이 깼어요."

그제야 클라인이 눈가를 가렸던 손을 치우고 유진의 눈썹 위에 입을 맞췄다. 보드라움이 지나가고 눈을 떴다. 방 안은 어두웠지만 커튼 사이로 들어오는 바깥의 빛에 클라인의 붉은 머리카락이 엷게 빛났다. 잠에 취한 눈이라 아직 사물이 명확하지 않았지만 그는 웃고 있는 것 같았다.

"마법사님은요?"

"뒤에."

살짝 뒤를 돌아보자 길게 늘어진 백금발이 보였다. 시엘이 그녀의 등 뒤에서 등을 맞대고 잠들어 있었다. 얼굴을 볼 수 없는 게 아쉬워 그의 뒤통수를 바라보다 손을 뻗어 살살 쓰다듬었다. 잠든 시엘이 터지기 직전의 폭탄이던 시절이 있었지만 이제 그런 시절은 지나갔다. 시엘은 안전한 곳에서 그가 믿는 사람들과 편안히 잠든다.

"공작님은 안 주무셔도 괜찮아요?"

"조금 일찍 깼습니다."

잠은 오지 않았지만 나른해서인지, 아니면 시간이 있다고 해서인지 자리에서 일어나고 싶지 않았다. 그냥 출근이 하기 싫었다. 유진은 클라인의 다리를 더듬어 그의 허벅지에 머리를 올려놓았다.

"주말에 가까운 곳에 놀러 가지 않겠습니까?"

"주말에 출근을 안 해도 되는지 먼저 물어봐 주시겠어요?"

"컨디션 조절 차원에서 주말 하루는 쉬게 할 때도 되었잖습니까."

유진도 슬슬 그럴 때가 되었다고 생각하던 참이긴 했지만 클라인의 입에서 그런 말이 나오니까 신기하기도 하고 죄책감 비슷한 것이 함께 느껴졌다. 그가 살면서 알 필요가 없는 지식을 이 먼 세계에 와서 그녀 때문에 배워가고 있다.

"음, 피곤한데. 어디 가고 싶은 곳이 있으세요?"

"그건 아니지만 날씨가 좋습니다, 유진. 이런 아름다움을 당신이 놓치지 않았으면 좋겠습니다."

어둠 속에서 새파랗게 보이는 눈을 들여다보고 있는데 따뜻한 팔이 그녀의 어깨를 안았다. 몸을 반을 굴린 시엘이 유진을 끌어안고 볼에 입을 맞췄다.

"안녕, 유진. 보고 싶었어요. 요새 계속 자는 얼굴만 봤거든요."

"저도 보고 싶었어요."

"주말에 바다에 가요. 이맘때 바다는 파도가 잔잔하고 햇빛이 반짝여서 예쁘거든요. 유진이랑 그걸 같이 보고 싶어요."

야근이 언제부터 시작되었더라. 한참이나 시엘과 클라인의 얼굴을 못 보고 살긴 했던 것 같았다. 아름답고 좋은 것을 보여주고 함께하고 싶다는 두 사람의 말과 마음이 무엇인지 알 것 같아서 유진도 시엘의 뺨에 입을 맞추며 고개를 끄덕였다.

⊶⊱❦⊰⊷

계획이란 아무 소용없는 것을 알면서도 사람은 왜 계획이라는 것을 세우게 될까. 분명한 것은 오직 한 가지, 계획대로 되지 않으리라는 것 그것 하나임을 알면서도.

사실 유진은 비가 오는 날을 좋아하는 편이었다. 하늘이 깨진 것처럼 비를 퍼붓는 소나기도 좋아했고 비 오기 직전에 시커멓게 물든 하늘 사이로 천둥이 치는 것도 좋아했다. 바다에서 비와 폭풍우 사이의 그 무엇인가를 본 것은 처음이지만 그래도 나쁘지는 않은데…….

"제가 생각했던 것은 이런 게 아니었습니다."

"준비를, 준비를 많이 했는데."

시엘과 클라인이 너무 좌절하고 있었다. 연이은 야근으로 동정심이 많이 사라진 유진도 불쌍해서 오래 보고 있지 못할 정도였다. 날씨는 인간의 영역이 아니니 준비한 것들이 어그러진 것도 인간의 탓이 아니다. 지금 비가 올 줄은 아무도 예상할 수 없었다. 어쨌든 바닷가였다. 폭풍우가 몰아닥쳐도 바닷가는 바닷가. 모든 조건과 상황이 맞춤한 듯이 들어맞을 수는 없으니 유진은 그 정도에서 만족할 수 있었다.

"마법사님, 공작님. 일어나세요. 여기까지 왔는데 바다는 걸어봐야죠. 그리고 회를 먹읍시다."

시엘이 한숨을 쉬며 살짝 그녀의 어깨를 안았다 놓았다. 비는 더 이상 그녀의 몸에 닿지 않았고 바람이 부담스럽지 않았다. 유진은 빙긋 웃으며 우산을 양산처럼 흔들며 걸어가려다 뒤를 돌아보았다. 닿기도 싫다는 듯이 클라인의 어깨를 손끝으로 건드리는 시엘과 그 손이 떨어지기 무섭게 어깨에 묻은 흙을 털어내듯이 탈탈 터는 클라인의 모습이 보였다. 그렇게 긴 시간 동안 한집에 살았으면 이제 친해질 법도 한데, 처음보다는 낫지만 여전히 그들은 서로가 싫어 견딜 수 없다는 듯이 굴었다.

바닷가를 걸으면서 유진은 주변을 살폈다. 폭풍우가 심하긴 심한지 가게 대부분이 문을 닫았다. 이 동네에서 제일 예쁜 카페라는 곳도 문을 닫았고, 이곳에 오면 반드시 들러야 한다는 바다 전망 카페도 문을 닫았다. 어떻게 되는 일이 없냐. 유진은 한숨을 쉬었다.

나란히 모래사장을 걷는 그들의 옆으로 파도가 일렁였다. 그들의 몸에 비와 바람이 닿지는 않았지만 폭풍우는 매서웠다. 유진은 어디서 날아온 것인지 모를 기다란 현수막이 바람에 밀려와 파도 사이로 사라지는 것을 보았다.

그러게, 이런 바닷가에 현수막이 걸려 있어도 괜찮았을 것 같다. 태양이 강렬하게 내리쬐는 가운데 현수막이 펄럭이면 그것도 멋있었겠지. 그런 생각을 하며 파도에 삼켜지는 현수막을 유심히 바라보았다. 어쩐지 파도 사이로 자신의 이름이 보인 것 같았다.

"폭풍우 때문인지 사람이 없네요."

"네…… 그렇죠."

원래는 모래사장 쪽에 사람이 많았을 것 같았다. 어린아이들이 뛰어다니며 모래성을 짓고 놀지 않았을까. 유진은 그 가운데에서 절대 어린아이의 작품은 아닐 거대한 모래성의 흔적을 보았다. 폭풍우와 바람 때문에 원래 형상은 당연히 남아 있지 않았지만, 사람 한둘은 너끈히 드나들 만한 크기였다. 남은 흔적으로 보면 성보다는 빌딩에 가까웠는데 온전한 모습을 보았다면 장관이었을 것 같았다.

"와아, 저쪽 좀 보세요. 저거 빌딩 같지 않아요?"

클라인은 반 이상 무너진 모래 빌딩을 보고 눈살을 찌푸렸지만 시엘은 가슴을 움켜잡았다. 그걸 보고 클라인이 하! 하고 웃었다.

"회나 먹으러 갈까요?"

폭풍우가 휘몰아쳐도 바닷가는 바닷가이니 이제 회를 먹으면 바닷가 가서 맛있는 것을 먹는다는 데이트 코스의 완성이었다.

"제가 알아둔 곳이 있습니다!"

"조금 더 위로 가시면!"

시엘과 클라인이 동시에 말했고 둘의 시선과 손이 가리키는 방향은 달랐다. 둘은 사기꾼의 아리송한 설명을 듣다 드디어 사기라는 것을 발견한 사람처럼 서로를 쳐다보더니 동시에 멱살을 잡았다.

그리고 유진은 그쯤에서 아까 두 사람이 생각하고 준비해 둔 것이 있다고 했을 때 '둘이 같이 준비했을까?'란 터무니없는 생각을 한 것을 반성하기로 했다. 꿈이 컸다.

"그렇습니다, 저는 회를 사랑하는 회의 요정! 점심, 저녁으로 회 먹을 수 있어요. 그럼요, 먹을 수 있죠. 둘 다 가요, 둘 다."

위치상 더 가까웠던 것은 시엘의 가게였다. 그곳은 재해 상황이었다. 바닷가에 더 가까웠던 그곳은 폭풍우의 직격을 맞은 것처럼 모든 창문이 깨졌고, 건물 어디에선가 시커먼 연기까지 올라오고 있었다. 직원처럼 보이는 사람 몇은 건물 근처에 멍한 얼굴로 앉아 있었지만 또 다른 몇 명은 깨진 창문을 타고 넘으면서 다친 사람들을 부축해 나오고 있었다.

그리고 그 순간에 건물 안쪽에서 휘파람 소리가 나더니 쿠궁 하는 굉음이 터졌다. 건물 안을 망치로 거세게 내려치기라도 하듯이 휘파람과 진동, 타격음, 그리고 여러 가지 색깔이 터져 나왔다. 화약 냄새도 났다. 밖에서 터져야 할 불꽃놀이용 화약들이 건물 안에서 터지는데 그 양이 많기도 많았다.

"아, 119 신고."

멍하니 보던 유진이 스마트폰을 들었다.

클라인이 찾은 가게는 날씨 탓인지 그들 외 다른 손님은 한 테이블만 더 있을 뿐이었다. 전망이 좋은 곳이었다. 날씨가 좋은 날이었다면 하늘과 맞닿은 바다와 물결치는 파도가 보였을 데지만 지금은 폭풍우 때문에 모든 것이 새카맸다. 유진은 그것에 나름 박력 있는 유화 같은 매력을 느꼈다.

회를 주문한 후 유진은 맞은편에 앉은 시엘과 클라인을 번갈아 보았다. 처음에는 그런가 보다 하고 넘겼는데 아무래도 돌아가는 상황이 유별난 구석이 있었다. 바꿔 말하자면, 낌새가 이상했다. 둘의 사이가 나쁜 거야 하루, 이틀이 아니었지만 이 세계에서는 이렇게까지 경쟁적으로 굴지는 않았다. 거기다 경험적 지식과 간접 지식이라는 것이 있었다.

식탁 아래에서 유진은 스마트폰으로 재빠르게 이 지역 이름과 맛집을 검색해 보았다. 이 가게 상호명은 보이지 않았다. 바닷가에 와서 군이 특정 음식점을 고집한다는 것은 그곳이 유별난 맛집이 아니고서야 뭔가 이벤트를 준비했다는 뜻이 아닐까? 그녀는 점점 긴장하기 시작했다. 음식점에서 발생할 수 있는 최대 이벤트는 음식 안에 무언가를 넣는 것이다. 그렇다면 회인가 매운탕인가. 매운탕인가 회인가!

유진은 계속 시엘과 클라인의 눈치를 살폈다. 그러다 클라인과 시선이 마주치자 그가 부드럽게 웃었다. 둘의 낌새가 이상한 것 같은데 클라인의 저런 멀쩡한 얼굴을 보면 또 그게 아닌 것 같았다.

"아아악!"

그때 다른 테이블에서 비명이 터져 나왔다. 그쪽도 여자 하나에 남자 둘의 조합이었는데, 우리보다 먼저 음식이 나와서 먹던 도중이었다. 남자 하나가 턱을 움켜잡고 비명을 지르고 있었다.

"뭘 씹었어! 이가 부러진 것 같아, 퉤!"

"사장님! 음식에 뭘 넣었길래 이가 부서져요. 뭡니까?"

유진은 아스라한 시선으로 그쪽을 바라보았다. 주방에서 허둥지둥 사람들이 몰려나왔다. 그중 한 명이 어쩔 줄 몰라 하며 사과를 시작했다.

"우리는 시키는 대로 했는데…… 그걸 씹었어요?"

"아저씨, 그럼 회를 씹지 삼켜요? 이거 이상한 사람들일세!"

"전화로 이렇게 해달라고 했잖아요. 일단 병원부터 가봐요."

시끌벅적하게 사람들이 가게를 떠났다. 뭐였을까. 그때까지 클라인을 돌아볼 수 없던 유진은 그게 신경이 쓰였다. 바닷가라는 장소를 감안하면 진주 아니면 반지일 것 같았다. 과연 저들의 회에 들어 있던 것은 뭐였을까. 다소 공포스러운 느낌으로 맞은편을 보자 클라인이 이마를 감싸 쥐고 있었다.

"밥은 물 건너갔는데 이만 나갈까요?"

이 상황에서 시엘만이 침착했다.

"저기 가봅시다."

시엘은 파도 저편에 있는 바위섬 같은 것을 가리켰다. 평상시에는 패들 보트를 저어 들어가는 아주 작은 섬인데 갑작스러운 폭풍우가 바닷가를 갈아엎어서 패들 보트들은 망가지거나 떠내려가 버린 뒤였다.

"저길 어떻게 들어가야 할까요?"

유진이 명랑하게 물어보자 시엘은 잠시 클라인을 바라보았다. 마치 함께 섬에 갈지 말지 고민하는 사람처럼. 이내 그는 한 팔로 유진을 안고 다른 팔을 클라인에게 내밀었다. 클라인이 그 손을 잡자마자 그들의 몸이 흐려졌다.

유진은 아득한 현기증에 앞에 있는 시엘을 끌어안다가 하늘을 올려다보았다. 하늘에 뭔가 하얀 것이 부유하고 있었다. 얼핏 보면 누가 천사의 날개를 한 움큼씩 뽑아 던진 것 같았다. 천천히 떨어지는 것에 손을 내밀자 손바닥에 한 조각이 안착했다.

꽃이었다. 누가 잡고 뜯은 것처럼 찢긴 꽃들이 바위섬 안을 부유하고 있었다. 누가 섬에 투명 케이스라도 씌운 것처럼, 사방이 폭풍우로 찢기고 뒤흔들리고 있는데 바위섬은 꽃잎과 바람만이 맴돌았다.

"앗, 아니? 어째서?!"

시엘이 절규하다 한쪽 팔을 휘둘렀다. 섬에 온갖 색의 꽃들이 피어났고 이내 그 꽃들은 찢겨서 바위섬 안을 맴돌았다.

"아, 이게 바로 실패한 마법인 거죠?"

"저는 실패하지 않았습니다!"

"그럼 법칙이 잘못 적용된 마법?"

환상처럼 아름다운 광경이었다. 유진은 천천히 온갖 색의 꽃들이 떠다니는 섬 안을 둘러보았다. 당황해서 어쩔 줄 몰라 하던 시엘도 유진이 차분하자 따라서 차츰 차분해졌다. 일단 꽃은 충분히 있었고, 꽃대를 잡고 우두둑 뜯어낸 것 같아서 그렇지 충분히 예뻐 보였다.

"바닥에 꽃이 있어야 하고요. 그리고 제게도 꽃을 줘야 해요."

시엘은 그녀가 한 말을 잊은 적이 없었다.

"유진."

세상은 온통 꽃으로 가득했고 그 안에 그가 사랑하는 사람이 있었다. 시엘은 바닥에 한쪽 무릎을 꿇고 앉으며 그녀를 향해 꽃다발을 내밀었다.

"이제 당신은 당신 세계에서 자유롭고 나는 대마법사가 아니며 당신을 사랑합니다. 부디 저와 결혼해 주시겠습니까?"

그 옆에 클라인 역시 한쪽 무릎을 굽히고 유진에게 손을 내밀었다. 그 손에는 반짝이는 물방울 모양의 반지가 들려 있었다.

"언젠가 힘을 잃은 우리의 하얀 머리카락에 황혼이 물들 때 내가 당신의 눈을 들여다볼 수 있고 당신도 나의 눈을 바라볼 수 있다면 그건 지상에서 꿀 수 있는 가장 아름다운 꿈일 겁니다. 당신과 결혼하고 싶습니다."

아주 잠깐 시간이 멈춘 것 같았다. 유진은 숨을 멈추고 시엘과 클라인의 얼굴을 바라보았다. 낯설고 그리운 얼굴들이었다. 그녀가 이방인이었을 때는 사랑을 말하는 얼굴에서도 희미한 슬픔의 냄새를 맡았다. 하지만 지금은……

유진이 입을 열었다. 그때 갑자기 시엘이 내민 꽃다발이 우두둑 뜯겨 나가고 클라인이 들고 있던 반지가 사방으로 폭발했다. 다행히 사람 쪽으로 튀지는 않았지만 바닥으로 튄 조각 하나가 커다란 돌멩이를 박살 내고 바닥에 깊이 박혔다. 갑작스레 프러포즈 꽃다발과 반지를 잃어버린 둘은 그 자세 그대로 굳어 있다가, 클라인이 시엘의 멱살을 잡았다.

"대체 마법을 뭘 어떻게 걸었길래 반지가 폭발하냔 말이다!"

"내구성이 약한 싸구려 반지를 사 왔나 보지."

"유진에게 튀었으면 어쩔 뻔했어! 네놈은 도통 쓸모라는 게 생기지를 않는구나."

"하! 나는 대마법사다. 내 앞에서 유진이 위험해질 일은 없어!"

"방금 반지가 폭발한 게 네가 한 일이다, 네가!"

계획이란 아무 소용없는 것을 알면서도 사람은 왜 계획이라는 것을 세우게 될까. 분명한 것은 오직 한 가지, 계획대로 되지 않으리라는 것 그것 하나임을 알면서도.

"마법사님."

열다섯 먹은 소년들처럼 싸우고 있던 시엘과 클라인의 얼굴에 희비가 교차했다. 유진은 웃으며 고개를 저었다.

"여기는 위험하니까 집으로 돌아가요."

시엘과 클라인이 이 바닷가에 준비해 놓은 게 뭐가 더 있었을지 궁금하긴 하지만 더 있다가는 또 뭐가 터지거나 날아가거나 다칠 것만 같았다. 시엘이 유진과 클라인의 손을 잡고 그들의 집으로 이동했다.

폭풍우 치는 바닷가에서 격했던 마음은 환하고 따뜻하고 조용한 집으로 돌아오자 차분하게 가라앉았다. 오늘 준비한 것들이 어그러진 건 시엘과 클라인만이 아니었다. 유진이 눈여겨본 카페들도 줄줄이 문을 닫았다. 원래는 석양이 질 때 좋은 음악을 틀어놓고 할 예정이었는데 오늘은 날이 아닌 것 같았다. 그래도 어쩔 수 없지.

유진이 두 사람을 소파 위에 나란히 앉혔다. 그리고 그 앞에 한쪽 무릎을 꿇고 앉았다.

"시엘, 그리고 클라인. 아니다. 황공작, 그리고 마법사."

낮은 목소리로 그들의 이름을 부른 유진은 품에서 조금 큰 반지 케이스를 꺼내 그들의 눈앞에서 뚜껑을 열었다. 반지 세 개가 나란히 들어 있었다.

"유진, 이건⋯⋯."

"저는 마법사님을 공작님과 다른 방식으로 사랑하고 공작님도 마법사님과 다른 방식으로 사랑해요. 언젠가는 두 분이 없어도 잘 살 것 같았는데 이제는 안 그럴 것 같아요."

다른 세계에서 시엘은 그녀가 이방인임을 알아봐 주었고 외로움을 말해주었다. 그녀를 지키고 곁에 있겠노라 맹세한 클라인은 그 약속을 지켰다. 그녀도 사람이었다. 함께 있으면 마음이 생기고 정이 생기는 사람이었다.

"제가 한 분만 선택하길 바라세요?"

그런 마음이 없지는 않았다.

시엘은 유진이 클라인과 함께 있는 것을 보면 기분이 나쁘고 질투가 났다. 그러다가도 자신을 돌아보고 밝고 반가운 얼굴을 하는 유진을 보는 것이 좋았다. 어디선가 날아온 꽃씨가 발아하는 것처럼 매일 몰랐던 감정이 피어났다. 자신에게 그러한 감정들을 안겨주는 유진이 좋았다.

클라인 역시도 시엘이 싫었다. 그가 세계를 넘는 것을 도와준 후로 많이 누그러지긴 했지만 시엘이라는 존재 자체가 싫었다. 하지만 유진은 시엘을 사랑하고 그런 마음 역시도 유진을 이루는 한 부분이었다. 비록 싫은 부분이라고 할지라도 그가 그녀의 작은 한 조각이라도 포기할 것 같은가? 그는 그녀의 모든 것을 원한다.

"저는 낯선 세계에서 이방인이 되는 게 어떤 것인지 알아요. 저는 선택이 아니었고 두 분은 선택이었다고 해도, 이방인은 이방인이에요.

그러니 두 분도 이제 그만 서로에게 가족이 되었으면 좋겠어요."

이 세계로 돌아와서도 유진에게는 두려움이 있었다. 세계의 법칙이 다르다고 해도 시엘은 죽지 않는 대마법사이고 클라인은 어지간해서는 그 육체를 해칠 수 없는 소드마스터였다. 아마도, 구태여 확인하지 않더라도 그녀는 시엘과 클라인보다 먼저 죽을 것이다. 그러면 그녀가 죽은 후에 시엘과 클라인은?

"이 세계에서 우리가 같이 살아가길 바라요. 그러니 시엘과 클라인. 그리고 마법사와 황공작. 나와 결혼해 주세요."

반지를 손가락에 끼며 시엘이 투덜거렸다.

"하지만 이래서야 서류상으로 변하는 건 아무것도 없잖습니까. 공식적으로, 확실한 게 없어요."

"뭐 굳이 결혼을 안 해도 되는 거고 살다 보면 언젠가는 법이 바뀔 수도 있지 않을까요."

"그럴 일은 없겠지만 당장 유진이 사고를 당하면 수술 동의서에 사인해 줄 사람이 없다고요."

"부모님이 하시겠죠."

유진은 반지를 들어 불빛에 비춰보았다. 몇 달 치 월급이 들어간 반지는 급하게 산 것치고 괜찮긴 했지만 뭔가 아쉬움이 좀 남았다. 이거 말고 커플링을 하나 더 맞출까?

"유진."

클라인이 그녀에게 자신의 반지를 내밀었다.

"끼워주시겠습니까?"

청회색 눈동자에 봄볕 같은 따뜻한 기운이 넘실거렸다. 별거 아닌 요정이었는데 얼굴이 달아오른 유진이 반지를 건네받았다.

"잠깐, 그런 거예요? 그럼 저도요."

"이미 반지 꼈으면 끝 아닌가?"

"자기 손으로 끼운 것은 무효다."

"우긴다고 다가 아니다."

이미 친해진 것 같기도 하고 아닌 것 같기도 하고.

유진은 베란다로 나가 창문을 열었다. 바다는 그렇게 폭풍우가 몰아치고 있었는데 이곳은 하늘이 맑고 파랗고 예쁘기만 했다. 다시 봄인가. 눈을 감고 봄 내음을 느끼려는데, 차르릉- 가슴을 울리는 맑은 소리가 들렸다. 고개를 들자 멀리서 푸른 나비가 날아 내려오고 있었다. 날갯짓 사이로 시엘의 황금빛 새처럼 아름다운 금빛이 흩뿌려졌다. 유진이 나비를 향해 손을 내밀었다.

〈번외 완결〉

작가 후기

안녕하세요. 제 이야기를 읽어주신 분들 모두 반갑고 감사합니다!

이야기를 참 좋아했습니다. 특히 다른 세상으로 간 주인공들이 모험을 하고, 사랑을 하는 것을 보면 가슴이 설렜습니다. 그런데 어느날 곰곰이, 내가 다른 세상에 가도 즐겁고 행복할까 생각해 보았더니 아니더라고요. 다른 세상에는 스마트폰도 양념 치킨도 없고 무엇보다 부모님도 없으니까요! 특히 현대인은 절대로 현대 문물과 자신이 이룩한 성취를 포기하지 못할 것 같았습니다.

그래서 죽거나 정신을 잃지도 않은 맑은 정신으로 이세계로 넘어간 주인공이 원래 자기 세계로 귀환하는 이야기를 써보고 싶었습니다. 처음 써보는 소설이라 미흡한 점이 많았고 여전히 아쉬운 부분이 많지만 그래도 주인공의 여정을 즐겁게 봐주셨으면 좋겠습니다.

함께해 주신 독자님들과 이 글까지 읽어주신 모든 분께 말로 다 표현할 수 없을 만큼의 감사와 사랑을 전합니다. 덕분에 무사히 책이 나왔습니다. 감사합니다. 다른 이야기에서 다시 만나 뵐 수 있기를 바라봅니다. 다들 건강하고 행복하고 부유하세요.

늘 고생하시는 편집자님도 제가 늘 죄송하고 감사해요.

최근에 주식을 시작했습니다. 한창 연재 중일 때 주식 로판이라는 말을 많이 들었는데, 제가 주식을 시작하니 왜인지 그 말이 자꾸 생각이 나더라고요. 제 주식은 풍선처럼 노란 하늘로 멀리멀리 날아가고 있네요. 그래도 존버는 승리할 거라 믿습니다. 여러분의 주식은 안녕하기를 바랍니다.

다시 한번 감사의 인사를 드립니다. 함께해 주서서 감사합니다. 다들 행복하세요!